1

Il savait qu'elle pensait à Honorine, et que seul son bras d'homme autour de ses épaules, la retenant très fort contre lui, pouvait apporter quelque atténuation à ce chagrin. En silence, tous deux marchaient à pas comptés le long du premier pont, vaguement bercés par le mouvement dolent du navire à l'ancre. Les brouillards d'été, tièdes mais non moins épais que ceux de l'hiver, les isolaient dans leur promenade, atténuant les bruits venus de la rive.

Joffrey de Peyrac se disait que l'humeur d'Angélique eût pu paraître surprenante à beaucoup.

Cela lui plaisait.

Elle était ainsi.

Un Roi l'attendait. En son palais de Versailles, un Roi rêvait d'elle.

Parmi les honneurs et la pourpre d'une foule courtisane, le premier souci, caché mais lancinant, de ce monarque le plus puissant de l'univers, demeurait de parvenir – par l'effet d'une patience dont il était décidé à ne pas se départir, et d'une générosité pour laquelle nul bienfait ne lui coûterait – à ce qu'Angélique de Peyrac daignât un jour, quittant les sombres et froides antipodes d'Amérique, reparaître à sa cour.

Ici même, au-delà du Saguenay, vers les boréals confins d'une nature sauvage, un chef iroquois, matachié de peintures barbares, le cimier de sa chevelure orgueilleusement dressé, Outtakéwatha, l'adversaire le plus acharné de la Nouvelle-France, s'était porté au-devant de Joffrey de Peyrac, et avait occupé le plus clair de leur temps destiné aux palabres de la guerre, à lui parler d'Elle qu'il appelait Kawa, l'étoile fixe, prenant ses troupes à témoin que cette femme l'avait soigné et guéri de ses blessures à Katarunk, après l'avoir sauvé du couteau à scalper de Piksarett l'Abénakis, son ennemi mortel.

Plus important que tout traité à établir pour la paix avec le gouverneur Frontenac, semblait avoir été, dans la fumée des feux et des calumets passés de bouche en bouche, le déroulement d'un récit épique, aux déjà multiples épisodes, et où Angélique, cette gracieuse et ravissante femme attristée, qui en ce moment marchait près de lui, devenait personnage légendaire.

Entre ces deux exemples extrêmes : le roi de France en la lointaine Europe et le chef indien qui avait juré d'exterminer tous les Français de Canada, Joffrey de Peyrac n'ignorait pas que gravitaient par le monde une multitude d'hommes des plus variés, princes ou pauvres, fols ou sages, résignés ou désespérés, mais qui, pour avoir croisé sa route, gardaient son souvenir comme une lampe allumée en leur obscure espérance de bonheur. Pour avoir été saisis par sa beauté, émus par sa voix, égayés par sa présence, jamais plus le cours de leur marâtre existence ne serait le même.

Or, tous ces admirateurs inconditionnels n'auraient-ils pas été bien marris et surpris de découvrir l'emprise qu'avait sur ce cœur réputé inaccessible, insensible, oublieux, une petite fille de sept ans, aux cheveux de cuivre, sous son bonnet vert, qu'elle avait laissée loin de là à danser la ronde ?

Parce qu'il partageait sa nostalgie, Joffrey de Peyrac n'en souriait pas. L'un près de l'autre, ce soir-là, accordant leurs pas, ils s'autorisaient à se pencher sur des tourments de cœur pour lesquels leur vie aventureuse, perpétuellement hachée de responsabilités d'avenir et de dangers, ne leur laissait guère de loisir.

Ils étaient bien ensemble, se disait-il. Et il se remémorait le déplaisir que lui avait causé cette séparation, la campagne du Saguenay où il n'avait cessé d'être irrité par son absence. Comment, se demandait-il surpris, avait-il pu quelques années plus tôt, envisager, à leur arrivée au Nouveau Monde, de la laisser tout un hiver derrière lui, à Gouldsboro, tandis qu'il s'enfoncerait seul, avec ses hommes, à l'intérieur des terres ? Cela lui paraissait aberrant aujourd'hui... Près d'elle, la vie s'illuminait.

Il resserra son étreinte.

Ils gravirent des marches et se trouvèrent sur le deuxième pont. Puis s'élevèrent encore et gagnèrent le balcon en demi-lune à l'arrière de l'*Arc-en-Ciel*.

Un peu de rose teintant le brouillard annonçait le soleil couchant, mais les brumes demeuraient opaques, cachant jusqu'aux autres bâtiments de leur flotte.

Depuis trois jours, celle-ci demeurait devant Tadoussac, dans l'attente des derniers contingents de soldats et de matelots revenant du lac Saint-Jean, en escortant les Mistassins et Nippisings qui n'osaient pas s'aventurer à descendre le fleuve pour la traite sans leur protection.

Pourtant, les Iroquois s'étaient évaporés. Ils avaient laissé à Joffrey de Peyrac un « collier de porcelaines », un wampum qui disait : « Nous ne porterons pas la guerre chez les Français tant qu'ils resteront fidèles à l'homme blanc de Wapassou, Ticonderoga, mon ami. »

Sitôt obtenue cette promesse, le comte était redescendu rapidement vers le Saint-Laurent dans l'impatience de rejoindre Angélique qui, elle, arrivait de Montréal où elle avait laissé Honorine pensionnaire chez les filles séculières de la Congrégation de Notre-Dame. Il avait peut-être eu le tort, en la retrouvant, de beaucoup l'interroger sur la petite fille, car lui-même y était fort attaché, et elle commençait à lui manquer.

Angélique était tombée dans une profonde mélancolie. Montréal était trop éloigné, dit-elle, et elle regrettait déjà d'avoir cédé aux instances d'Honorine qui voulait être pensionnaire « pour apprendre à lire et à chanter ».

Si dévouées que fussent les religieuses de la Congrégation de Notre-Dame, c'était un milieu trop différent de celui que la petite avait connu jusque-là et elle souffrirait.

– Mais, quelle idée lui a donc pris de vouloir quitter Wapassou ? s'écria tout à coup Angélique sortant de son mutisme et levant sur Joffrey des yeux navrés. Si petite, quelle idée lui a donc pris de vouloir nous quitter ? Moi, sa mère ? Vous, ce père qu'elle avait enfin trouvé à l'autre bout du monde ! Est-ce que nous ne lui suffisions plus ? Est-ce que nous n'étions pas TOUT pour elle ?

Il retint un sourire.

Là, à la poupe d'un navire, dans les limbes d'un brouillard que dorait l'approche du soir, égoïstement, absurdement heureux de l'avoir tout à lui, il aima sa naïveté féminine, cette candeur que la maternité donne aux femmes et qui semble les marquer d'un sceau d'éternelle jeunesse, comme si, avant d'être investies de cette gloire mystérieuse, elles n'avaient rien vécu.

– Mon amour, dit-il après avoir réfléchi, auriez-vous oublié la logique de l'enfance ? La logique de votre enfance ?... Ne m'avez-vous pas conté qu'à dix ou douze ans vous aviez voulu partir pour les Amériques, et que vous aviez entrepris ce voyage avec une troupe de petits croquants, sans vous préoccuper le moins du monde, ni les uns ni les autres, du chagrin et de l'affolement que ne manqueraient pas d'éprouver les parents que vous laissiez derrière vous ?...

— C'est vrai...

Ses retrouvailles avec son frère aîné Josselin avaient ravivé des souvenirs. Volontiers, elle se reconnaissait dans l'enfant Angélique de Monteloup. Les racines profondes n'avaient pas changé. Mais, à jeter un regard d'adulte sur son comportement d'alors, elle comprenait mieux les soucis qu'elle avait causés à sa famille.

— Je crois, fit-elle, que poussée par la soif de l'aventure et de la liberté, je n'avais nulle conscience de ce que représentait ce voyage, ni que cela pouvait impliquer une séparation d'avec les miens.

— Et croyez-vous donc que la petite Honorine ait, elle aussi, notion de ce mot qui nous brise le cœur : SÉPARATION ? Elle veut suivre son chemin, de même que dans une promenade les fleurs d'un sentier inconnu nous attirent et que nous décidons d'y aller voir sans pour autant envisager que toute notre vie va s'en trouver changée... Je me revois atteignant l'adolescence. Je devais tout à ma mère, le salut, la santé, et surtout de pouvoir marcher, même boitillant.

Ma première décision, lorsque je me vis ingambe, fut de profiter de ma nouvelle agilité, pour me lancer sur les mers à la recherche de l'aventure. J'allai jusqu'en Chine. C'est là que j'ai connu le père de Maubeuge. Mon périple dura des années, trois pour le moins dans un premier voyage, et je ne pense pas m'être beaucoup soucié, durant ce temps, de faire parvenir de mes nouvelles au palais de Toulouse. On m'aurait fort étonné en me disant qu'en agissant ainsi envers ma mère pour laquelle j'étais tout, je lui avais causé quelque peine ou inquiétude. Non seulement je n'ai jamais douté de sa passion pour moi tant le lien que je lui conservais me semblait hors de toute atteinte, mais triomphant des dangers et mordant les meilleurs fruits de la terre, il me semblait que mes victoires et mes bonheurs devaient lui être connus. Et maintenant que je me penche sur cette période folle et brûlante de ma jeunesse à travers le monde, je m'avise qu'en vérité, *l'idée ne m'est jamais venue que je l'avais quittée.*

La lueur rose s'était éteinte. Des nuages passèrent, les effleurant d'une haleine plus froide.

La confidence que venait de lui faire son mari, qui parlait si rarement de lui-même, avait ému Angélique, mais, par une association d'idées dont la genèse échapperait fatalement à Joffrey de Peyrac, elle suscitait aussi en elle une inquiétude. Car elle n'avait jamais pu se défendre de la certitude que Sabine de Castel-Morgeat, pour laquelle il avait eu des faiblesses durant leur séjour à Québec, ressemblait à la mère de Joffrey. La femme du lieutenant-général de Nouvelle-France, belle Méridionale au caractère difficile mais aux prunelles de feu, à la poitrine opulente et désirable, usait de la langue d'oc chantante du sud de la France, langage hermétique des Gascons. Angélique en avait été jalouse à mourir, plus encore de la réminiscence maternelle que Sabine pouvait éveiller en lui que de ce qui avait pu se passer entre eux, par accident. Encore que ce fût blessant. Elle s'étonnait d'avoir oublié si facilement... comme elle l'avait promis à Sabine elle-même. Mais elle n'aimait pas que quelque chose le lui rappelât. Et sans doute voyait-elle juste, car à la suite de l'évocation qu'il venait de faire de sa mère, voici que Joffrey, comme si ses pensées avaient suivi le cours des siennes, prononçait des paroles exécrables.

— Au fait, avez-vous pu saluer les Castel-Morgeat lors de votre passage à Québec ?

Angélique sursauta et répondit un peu sèchement :

– Comment l'aurais-je pu ? Vous savez fort bien qu'ils sont repassés en France depuis deux ans.

Étonné et conciliant, il admit :

– Je l'avais oublié. Vous en a-t-on donné des nouvelles ?

Il était tout à fait indifférent.

– Non... n'ayant pu obtenir des nouvelles des présents, comment en aurais-je eu des absents ? Québec était vide. Tout le monde aux champs, et je n'ai trouvé aucun agrément à ce séjour. De toute façon, vous n'étiez pas là... et c'était affreux.

Derechef, il l'enveloppa d'un bras apaisant. Sa nervosité depuis son retour ne lui avait pas échappé. Il n'y avait pas qu'Honorine. Elle cachait une déception... ou une inquiétude. Il l'avait senti dès le premier soir. Il savait qu'elle parlerait quand elle en éprouverait le besoin. Plus tard.

Elle laissa aller sa tête contre son épaule.

– Sans vous, rien n'avait plus de charme. Je me suis souvenue de notre arrivée à Québec. Je ne comprends pas comment, en ce temps-là, j'avais une telle crainte d'être emprisonnée par les exigences de mon titre d'épouse du comte de Peyrac. J'ai repensé à tout cela en allant regarder de loin la petite maison de Ville-d'Avray. Pourquoi avais-je tant besoin alors de m'isoler, de me sentir libre ?

– Je suppute que vous étiez lasse d'être la reine d'un peuple d'aventuriers qui, au fond des bois ou sur des rivages trop rudes, exigeait de vous l'attention de jour et de nuit, peuple auquel vous vous étiez dévouée corps et âme, tout un hivernage et tout un été, soignant les malades, pansant les blessés, réconfortant les affligés, supportant leurs humeurs... Cela je l'ai compris, et j'ai applaudi à votre révolte et à votre sagesse. En arrivant à Québec, vous pouviez connaître une existence plus agréable. Vous étiez aussi devant une autre tâche importante. Vous avez pris une décision qui s'avérait nécessaire et à laquelle je n'aurais peut-être pas songé, inconscient de tout ce qui vous avait été demandé, de ce défi aussi que représentait pour vous ce retour parmi nos compatriotes, l'obligation de les conquérir. Pour cette œuvre, vous aviez besoin de vous recueillir, de rassembler vos forces.

Enfin, vous étiez peut-être lasse, fugitivement je l'espère, d'un époux qui, par jalousie, avait fait peser sur vous le joug de sa violence.

– Non, je voulais au contraire que vous m'apparteniez plus, que nous nous retrouvions en tête à tête et non pas toujours sur un théâtre de guerre ou de débats politiques comme cela en prenait le chemin.

– Vous avez eu cent fois raison et ce fut très bien ainsi. Bien des impondérables nous séparaient encore et j'avais trop méconnu votre droit à la liberté, mon bel oiseau sauvage. Et vous, dans votre finesse, vous deviniez que nous n'étions ni l'un ni l'autre de ceux que l'on emprisonne par des engagements aux yeux d'une société mondaine qu'il fallait séduire et qui allait se disputer nos faveurs, pour ne me tenir que de mon amour, pour éprouver ma fidélité peut-être, vous me rendiez à moi aussi ma liberté.

– Et cette liberté, en avez-vous usé, Monsieur ?

– Pas plus que vous, mon ange ! répliqua-t-il avec un bref éclat de rire.

Mais en même temps qu'il lui renvoyait ce boulet, qu'il lui décochait cette flèche du Parthes destinée à lui faire entendre qu'il n'avait pas été sans ouïr certains bruits sur l'intermède avec Bardagne, il s'inclinait vers elle et posait ses lèvres sur son cou, à la naissance de l'épaule.

Le souffle de Joffrey, le pouvoir de sa bouche tendre, avide et magicienne, balayaient les rancœurs qui, depuis longtemps entre eux, insensiblement, devenaient sans objet. Après tant d'années de bonheur, l'heure de vérité ne signifiait plus rien. Elle ne savait pas y résister. Tout s'abolissait et tombait en poussière. Le miracle du désir qui ne s'éteignait jamais entre eux, ce don des dieux qui leur avait été accordé et qui si souvent les avait sauvés de la rupture, leur rappelait une fois encore que, compte tenu des tempêtes qui, comme tous les autres, pouvaient les assaillir et les ébranler dans leur foi, un seul sentiment demeurait. C'est que lui sans elle, elle sans lui, ils ne pouvaient plus survivre. Que lui pour elle était tout. Qu'elle pour lui était la fin de son horizon, le but, sans partage, de ses ambitions.

Ainsi, enfermés dans la pénombre du fleuve, de la nuit et des brumes, ne faisant qu'un, et perdus dans le charme de ces baisers échangés dont chacun plus secret, plus dévorant, exprimait mille choses informulées, inexprimables, comme des confidences, ou des cris, ou des protestations d'amour ou des aveux éperdus, de façon plus exquise et plus vraie que le moindre mot prononcé, ils quittaient cette terre et abandonnaient les mesquines querelles, les tristes combats de l'orgueil et de la vanité blessés qui font plus de vaincus que de vainqueurs, causent plus de blessures inguérissables que de bienfaits.

Là où ils se trouvaient, il n'y avait plus d'explications à donner, de pardons à prononcer.

Au pied du navire, un bruit de rames frappant l'eau puis se relevant en ruisselant vint les arracher à leur délectation.

Le halo d'une lanterne s'approchant trouait l'obscurité, et ils virent en contrebas une chaloupe glissant, les six rames dressées comme des fantômes dans le brouillard, qui s'approchait puis disparut pour aborder l'*Arc-en-Ciel*.

— J'ai cru apercevoir la bure d'un moine et les passementeries d'un uniforme. Il s'agit peut-être d'un message de M. de Frontenac.

— Ô Seigneur, pourquoi n'avons-nous pas mis plus tôt à la voile, gémit-elle. Pourvu qu'il ne vous appelle pas encore à son secours. Maintenant que mon sacrifice est fait pour Honorine, j'ai hâte de retrouver tous les nôtres et notre merveilleux domaine de Wapassou.

Ils écoutèrent et perçurent, derrière les brouillards que la nuit descendante rendait d'un bleu ardoise, terne et stagnant, des échanges de voix et des bruits de cordages et d'échelle qu'on manœuvrait. Des lueurs surgissaient et s'effaçaient aussitôt, comme ayant peine à fleurir, comme si tout voulait retomber aussitôt dans la torpeur d'une fin d'un jour d'été qui avait des tristesses de novembre, comme si, bien à l'abri dans les limbes complices de Tadoussac, on refusait de s'animer et de se relier à un monde plein d'agitation et surtout d'ennemis administratifs.

Sur les navires ou sur la rive, chacun avait le même réflexe.

– Qu'est-ce qu'il nous envoie de là-haut, de Québec ! Encore des « paquets de troubles » !

Enfin des auréoles de clarté s'affirmaient et l'on devinait, à la coupée, des silhouettes confuses qui enjambaient la rambarde et prenaient pied sur le premier pont.

Brusquement, Joffrey reprit Angélique dans ses bras, l'étreignit de toutes ses forces et l'embrassa sur les lèvres à lui faire perdre le souffle. Puis il la lâcha et l'écarta de lui avec un rire silencieux.

Il se vengeait des importuns qui allaient encore venir leur soumettre leurs soucis et querelles. Ou quel viatique voulait-il lui insuffler ?

Joffrey reprenait aussitôt son maintien à la fois nonchalant et distant de maître du navire. Mais Angélique, retenant avec peine un accès d'hilarité, mettait plus de temps à retrouver sa dignité. Elle écartait de son front une mèche volage qui persistait à s'échapper et à frisotter sous l'emperlage humide de la brume. Puis elle toussotait pour se donner une contenance et enfin se décidait à regarder les nouveaux venus.

14

2

Dans la lumière des lanternes que portaient les matelots, le comte de Loménie-Chambord se tenait devant eux.

Tout d'abord Angélique ne vit que lui. À Montréal, elle avait cherché à le joindre, ayant appris par Marguerite Bourgeoys qu'il avait été blessé dans le voyage de Frontenac aux Iroquois. Mais, l'ayant demandé en vain à l'hôpital Jeanne Mance et aux Sulpiciens, elle avait fini par soupçonner que le chevalier refusait volontairement de la rencontrer.

Aussi éprouva-t-elle une surprise heureuse à le reconnaître parmi les visiteurs et elle vint au-devant de lui en souriant. Puis elle salua M. d'Avrensson, le major de Québec qui apportait un courrier de la part de M. de Frontenac, lequel, dit-il, était sur le point de regagner Québec. M. Topin accompagné de ses deux fils avait piloté les deux officiers dans sa grande chaloupe à une voile, depuis la capitale.

Le religieux qui les accompagnait était un Récollet qui rejoignait la mission de Restigouche, sur le golfe du Saint-Laurent.

Le comte de Peyrac les convia tous à descendre dans la chambre des cartes pour y prendre des rafraîchissements avant de souper en leur compagnie.

Angélique avait tendu la main vers le comte de Loménie-Chambord afin de prendre son bras, et qu'il l'escortât à la suite du groupe jusqu'à la chambre des cartes.

Mais comme il demeurait figé et planté comme une souche, son geste demeura inachevé. Sa première impression pénible lorsqu'elle l'avait distingué de loin se confirma. Sa démarche n'avait plus la fermeté alliée à la légèreté qui était celle des guerriers à l'indienne que formait ce pays. Cette démarche lui avait paru languissante, voire pesante au point qu'elle avait hésité à le reconnaître en cette silhouette amaigrie, voûtée. Bref, il avait vieilli. « Sa blessure, sans doute... »

Elle s'arrêta également, et resta près de lui, laissant s'éloigner la compagnie.

— Parlez-moi de votre blessure, dit-elle.

Il tressaillit et releva la tête. Son visage, pâle et raviné, qu'elle pouvait distinguer malgré la pénombre revenue sur le balcon avec l'éloignement des lumières, confirma ses alarmes, mais, comme elle allait insister pour lui demander des nouvelles de sa santé, il l'interrompit d'un geste impératif.

— Je sais que vous avez cherché à me voir lors de votre séjour à Ville-Marie, fit-il d'un ton abrupt qu'elle ne lui avait jamais connu. Je vous sais gré, Madame, de votre urbanité, mais je n'aurais pu alors vous voir et vous parler avec sang-froid. Cependant, plus tard, j'ai su que je ne pouvais vous laisser vous éloigner et quitter la Nouvelle-France sans vous dire tous les mots qui oppressaient mon cœur. Il faut qu'ils soient dits une bonne fois. C'est un devoir, une dette sacrée. Aussi, mal guéri, je me suis embarqué pour descendre le fleuve avant que votre flotte n'ait franchi les limites de la province de Canada.

Il donnait l'impression de débiter un discours qu'il avait répété mot pour mot pendant des jours et des nuits et qu'il savait par cœur.

— J'ai traversé une terrible crise, mais maintenant je vois clair et je parlerai. Je sais désormais, Madame, que vous êtes bien la femme annoncée qui devait tous nous égarer. Revivant des souvenirs, j'ai pu démonter votre méthode habile, confondante d'ingéniosité. Vous vous faites une vertu d'être sans morale. Et parce que vous n'en avez pas la notion, on vous croit sans péché. Vous êtes comme Ève : inconsciente. Sans remords parce que vous fûtes sans intention. Ne suivant que vos dogmes, vous vous absolvez de transgresser ceux qui ne vous siéent pas dans les lois.

Vous excusez l'hérésie si ne l'approuvez, et vous montrez indulgente au vice, par esprit de justice, dites-vous, charité ou quelque autre prétexte.

Et tous, tous, nous tombons dans le piège.

Nous sommes devant vous impuissants, comme devant des enfants qui auraient mis le feu à notre maison. À la fois on les maudit et on ne peut leur en vouloir : ils ne savent ce qu'ils font !...

« Il a perdu la tête ! » s'avoua-t-elle, médusée, après avoir cherché en vain à arrêter le flot de sa diatribe.

Encore un vent de folie qui s'était levé !

Il continuait d'une voix monocorde.

– On dirait que, si belle, si vivante, vous êtes née pour exalter le bonheur, pour nous rendre le Paradis terrestre, et voici qu'on se retrouve échoué sur un rivage aride, ayant perdu la route du salut. Alors, il est trop tard pour comprendre que *lui, vous,* joignant le charme de son intelligence à celui de votre grâce, menant tous deux une existence contraire à la nôtre, vous vous êtes acharnés à briser les images qui régissent nos sociétés et nous dictent nos devoirs.

– Mais, taisez-vous donc ! réussit-elle enfin à lui intimer avec colère.

Tant qu'il ne s'en prenait qu'à elle, elle ne se laissait pas trop émouvoir. Ce n'était pas la première fois qu'un amoureux déçu la vouait aux gémonies et la chargeait de tous les péchés d'Israël. Mais s'il s'attaquait à Joffrey, là, elle ne le supportait pas.

Il ne tint pas compte de son injonction et continua avec une véhémence qui s'était nourrie de griefs longuement ressassés.

— Par votre vie, à tous deux, vous ridiculisez nos sacrifices ! Vous bafouez nos renoncements.

— Taisez-vous !... Quelle mouche vous pique, Monsieur ? Si vous avez entrepris la descente du fleuve pour venir me bailler de pareilles sornettes, vous auriez pu économiser vos fatigues. Ni mon époux ni moi-même n'avons mérité que vous nous traitiez ainsi. Vous êtes injuste, Monsieur de Loménie, inutilement blessant, et je ne pardonnerais pas de telles paroles ni de telles pensées venant d'un ami si cher et que je croyais si sûr, si je ne devinais que quelque chose s'est passé qui vous a bouleversé et jeté hors de vous-même.

Dans un subit geste de tendresse, elle posa deux doigts sur sa joue.

— Parlez, Claude, murmura-t-elle. Que vous arrive-t-il, mon pauvre ami ? Que s'est-il passé ?

Il frémit.

— Il s'est passé... QU'IL EST MORT !

Il cracha ces mots dans un râle, comme le sang d'une plaie intérieure.

— Il est mort, répéta-t-il avec désespoir. Il est mort martyr aux Iroquois... Ils ont torturé son corps !... Ils ont mangé son cœur ! Ô Sébastien, mon ami !... Ils ont mangé ton cœur ! Et moi, je t'ai trahi !

Et, soudainement, il éclata en sanglots terribles, des sanglots d'homme à bout de détresse et qui s'est trop longtemps privé des larmes.

Angélique pressentait cette explosion.

Les événements avaient pris le tour qu'elle appréhendait. La nouvelle de l'assassinat du Père d'Orgeval, perpétré un an plus tôt aux confins du fleuve Hudson, n'était parvenue officiellement que récemment de Paris en Nouvelle-France. La colonie était sous le choc, et Loménie était atteint.

Elle s'approcha et l'entoura de ses bras avec compassion. Alors, il se tourna vers elle et sanglota, le front sur son épaule. Elle le serra contre elle sans rien dire, attendant qu'il se calmât.

18

Elle sentait qu'il se calmait. Et que c'était d'un geste de compassion, de mansuétude et de tendresse qu'il avait manqué pour supporter l'annonce de la mort de son ami. Il se rendait.

Peu après, il redressa la tête, plein de confusion.

– Pardonnez-moi.

– Ce n'est rien. Vous n'en pouviez plus, dit-elle.

– Pardonnez surtout mes paroles. Mes accusations envers vous, soudain, me semblent futiles.

– Elles le sont, en effet.

– ... Et mes soupçons déraisonnables.

– Voilà qui est bien.

– Je me sens mieux. Je ne sais pas ce qui m'a pris. Vous êtes une amie, une vraie amie. Cela, je le sais. Je le sens. Je l'ai toujours éprouvé. Une exquise amie. Et rien ne m'accable plus que de croire découvrir tout à coup le revers des apparences et d'entendre une voix qui nomme trahison l'amitié que je vous ai vouée.

Il se tamponnait les yeux et paraissait étourdi comme s'il avait reçu des coups.

– Comment ne pas vous juger redoutable ? reprit-il, retrouvant enfin le ton d'humour léger qui était de mise entre eux auparavant. Je suis venu ici, bardé de certitudes et de rigueur, rendant à Sébastien raison pour la méfiance qu'il vous a manifestée, bien décidé à vous fustiger de mille mots qui régleraient, à jamais, par la rupture, l'ambiguïté de notre amitié, de la sympathie que je me reproche, autant celle que je vous porte que celle que m'inspire le comte de Peyrac. Et je me retrouve pleurant dans vos bras comme un enfant.

– N'ayez pas de honte de votre abandon, chevalier. Sans vous prêcher dans un domaine qui vous est plus familier qu'à moi, je voudrais vous rappeler que l'Évangile nous montre le Christ cherchant auprès de ses amis un réconfort à son angoisse.

— Mais pas auprès d'une femme, protesta Loménie qui avait l'air d'un adolescent abattu, dépassé par ses conflits intérieurs.

— Mais si, il me semble, fit-elle gentiment. Elles étaient là aussi, les femmes, sur le chemin de la douleur. Non seulement la mère, mais aussi les amies, les amoureuses, la prostituée, Marie de Magdala. Vous voyez que je suis en bonne compagnie.

Et puisque nous parlons de femmes, puis-je vous demander si vous avez reçu de bonnes nouvelles de votre mère et de vos sœurs ? J'espère qu'aucun deuil n'est venu s'ajouter à celui-ci ?...

Loménie protesta que sa mère et ses sœurs se portaient bien. Il n'avait pas pris le temps de lire en détail leurs longues épîtres, car en même temps, par ce courrier des navires du printemps, lui était parvenue la lettre du Père de Marville lui parlant des derniers moments de son ami de jeunesse et il ne s'en était pas remis.

Il porta la main à son pourpoint comme si le brûlait l'enveloppe qu'il gardait sur son cœur.

— Lucien de Marville m'a répété les dernières et terribles paroles du mourant... Hélas, contre vous, Madame. « C'est elle qui est cause de ma mort. » Et depuis, cela me poursuit. Peut-être ignoriez-vous ces condamnations.

— Je les connais, fit-elle.

Elle lui expliqua comment, se trouvant à Salem, où le chef des Mohawks avait envoyé le Père de Marville, ils avaient été les premiers avertis. La désignant, le jésuite lui avait répété le cri accusateur.

« C'est elle ! C'est elle ! C'est à cause d'elle que je meurs ! »

Prudemment, Angélique se garda de relever ce qu'une telle accusation avait de morbide et de faux. Dès que l'on commençait à discuter des justifications de l'hostilité du Père d'Orgeval envers eux, et surtout envers elle, les arguments donnaient tort et raison aux deux parties. Elle sentit que le chevalier n'était plus en état de replacer les faits sous un éclairage moins farouche, et se tut.

Après quelques instants de silence, Claude de Loménie révéla d'une voix lasse que le Père de Marville lui avait également fait parvenir des lettres et des papiers trouvés sur le missionnaire et son bréviaire. Déjà, à Paris, d'autres reliques du martyr avaient été portées à l'église Saint-Roch pour laquelle le Père d'Orgeval avait une dévotion. On ne possédait pas la chapelle de voyage, mais l'on savait qu'elle avait été sauvée par des catéchumènes iroquois qui l'avaient cachée dans un village des bords de l'Ontario. Elle serait ramenée ultérieurement à Québec.

— Et le crucifix du Père d'Orgeval ? Cette croix qu'il portait sur la poitrine, que l'on disait incrustée d'un rubis ?

— Les Barbares l'ont gardé. Puis, croyant que par cet œil rouge, Hatskon-Ontsi, comme ils le nommaient, continuait à les regarder, ils ont enterré l'objet.

Elle le vit frissonner, comme un malade saisi de fièvre.

Angélique rattrapa le manteau qu'il laissait glisser de ses épaules avec indifférence, et l'enveloppa avec les gestes d'une mère envers un enfant négligent.

— Le brouillard vous pénètre. Moi aussi, je suis transie. Venez, nous continuerons plus tard cette conversation, si vous y tenez vraiment. Mais, pour l'instant, nous allons nous faire servir une bonne tasse de café turc. Vous, qui êtes de Méditerranée, ne pouvez dédaigner ce nectar. Peut-être êtes-vous sujet comme moi-même aux fièvres que l'on contracte à naviguer par là. Cela nous fera du bien.

Le soutenant presque, elle l'entraîna.

Montant à leur rencontre, la silhouette de Joffrey surgit, se détachant en ombre noire sur les lumières allumées des grosses lanternes.

Loménie s'arrêta, comme effrayé à nouveau.

– Lui, fit-il d'une voix sourde. Lui, toujours si sûr de sa voie, si triomphant, si différent de nous tous. Lui et vous ! Je m'interroge avec angoisse.

Vous deux, n'êtes-vous pas venus pour nous achever, Sébastien et moi ? Je me le demande parfois. N'êtes-vous pas venus pour nous vaincre ?

– Quel genre de victoire ? fit-elle. Je me le demande aussi ! Trêve de discours, chevalier. Allons boire notre café et cessez de vous tourmenter.

3

Malgré les raisons qu'elle s'était données d'être indulgente envers le comte de Loménie-Chambord, il y avait quand même deux ou trois réflexions et remontrances qu'Angélique tenait à lui faire, car ce serait lui rendre service que le mettre en face de ses illogismes et de ne pas le laisser trop divaguer.

Au matin, l'ayant aperçu de loin, sortant de la petite chapelle de Tadoussac dont la cloche grêle avait annoncé la messe et sonné le premier angélus, elle se fit conduire au rivage.

Cette fois, dans le jour ensoleillé, elle remarqua mieux en lui la subite atteinte du temps. Les cheveux d'un beau châtain ne grisonnaient pas cependant, mais leur teinte s'était comme lui fanée. Il lui parut plus touchant dans cette sorte de lassitude, avec sa silhouette amaigrie drapée dans un manteau gris, frappé à l'épaule d'une croix pattée de toile blanche, emblème de l'Ordre de Malte.

Il vint au-devant d'elle avec ce sourire d'accueil

si plein de charme qu'elle lui connaissait. Il s'inclina et lui baisa la main en la remerciant de sa bonté pour lui, ce qui prouvait qu'il se souvenait confusément de la scène de la veille, mais qu'il n'en avait pas gardé une idée assez précise pour en conserver une gêne qui aurait dû le pousser à présenter des excuses. Mais elle estima qu'il ne fallait pas feindre l'oubli.

— Ce qui me choque le plus dans les discours que vous m'avez tenus hier soir, Monsieur le Chevalier, lui dit-elle, je ne vous cacherai pas que c'est l'oubli que vous semblez pratiquer de certains témoignages. La première fois que nous nous sommes présentés à Québec, on me soupçonnait d'être la femme diabolique annoncée par une vision de la mère Madeleine du couvent des Ursulines de Québec. Or, de ce soupçon, j'ai été innocentée. Je ne suis pas cette dangereuse créature qui devait surgir pour le malheur de la Nouvelle-France en général, et de l'Acadie en particulier.

— C'est l'évidence même.

— Mère Madeleine l'a affirmé, et vous fûtes témoin de sa déclaration sans ambiguïté.

— En effet. Je fus l'un des premiers à me réjouir de votre réhabilitation dont je n'avais jamais douté.

Apparemment, il semblait avoir oublié une partie de ses désagréables propos de la veille. Plus. Elle aurait juré qu'en ce qui concernait les accusations qu'il avait portées contre elle, il ne se souvenait de rien. Déconcertée, sa vindicte tomba et elle n'insista pas.

— Parlez-moi de votre blessure, mon cher ami. Elle fut plus mauvaise, il me semble, que ce que l'on a bien voulu m'en dire ?

D'un geste, il négligea le propos.

— Ce n'est rien ! Une flèche égarée. Mais j'ai dû revenir sur La Chine et Ville-Marie. J'ai regretté de ne pouvoir suivre Monsieur de Frontenac à Cataracoui. Car, me trouvant non loin du petit bourg de Quinté, sur la rive sud du lac Ontario, j'aurais pu aller recueillir la chapelle de voyage de ce soldat de Dieu, Sébastien d'Orgeval, mort pour sa foi. Au lieu de cela, seul, inutile, immobilisé en l'île de Montréal, je me suis livré à de sombres pensées.

– Qui vous ont égaré. De cela, je crois que vous avez conscience et que c'est la raison – la vraie raison – de la poursuite à laquelle vous vous êtes livré sur nos traces jusqu'ici, malgré votre état de santé précaire. Et non pas celle de venir me dire des choses pénibles. Ce n'est pas trahir un ami disparu que de se réfugier près de ceux qui vous restent attachés et qui vous comprennent. Claude, nous sommes plus proches de vous que bien des personnes qui vous connaissent depuis plus longtemps. Souvenez-vous de notre première rencontre à Katarunk. De la sympathie que nous avons éprouvée tous trois les uns pour les autres ce jour-là. Encore que vous soyez venu avec vos alliés sauvages pour nous massacrer et incendier nos établissements[1].

– Katarunk !... Oh ! C'est là que tout a commencé.

Il fit quelques pas avec agitation. Il raconta comment il avait entendu parler d'eux pour la première fois et les raisons de la campagne de Katarunk. Il se trouvait à Québec et il avait reçu une convocation pressante du Père d'Orgeval qui se trouvait alors à sa mission acadienne de Noredgewook, sur le Kennébec dans le Sud. Le jésuite priait son ami, chevalier de Malte et de ce fait officier de haut grade, de prendre illico la tête d'une expédition pour arrêter l'envahissement d'un dangereux contingent d'aventuriers anglais, disait-il, hérétiques à coup sûr, qui s'installaient dans les contrées à demi désertes de l'immense Acadie

---

1. *Angélique et le Nouveau Monde*, J'ai lu n° 2494.

et se trouveraient bientôt, de ce fait, aux frontières de la province de Canada. Il fallait profiter de l'absence du pirate qui les commandait pour frapper un coup décisif en s'emparant de son poste le plus important sur le Kennébec, Katarunk. Sébastien d'Orgeval s'adressait à son ami le comte de Loménie-Chambord parce que le baron de Saint-Castine, à l'embouchure du Penobscot sur l'Atlantique, prétextant l'éloignement, s'était dérobé.

Il lui indiquait des seigneurs canadiens, officiers sûrs à prendre avec lui : Pont-Briand, le baron de Maudreuil, M. de Laubignières, et parmi les Indiens baptisés : Piksarett, le grand Narragansett et ses troupes. Loménie avait rapidement organisé cette campagne sans en informer Frontenac. Et depuis, il était un peu brouillé avec le gouverneur.

Il était arrivé le premier à Katarunk et s'en était emparé.

Loménie secouait la tête comme pour chasser une réminiscence insupportable.

— ... Il voulait que, sans préliminaires, d'emblée, je vous abatte, je vous efface. Ses directives, je dirais presque ses ordres, étaient si pressants et sans recours que j'en fus troublé. Au moins souhaitais-je parlementer avec M. de Peyrac et le juger avant de l'anéantir. Ce que j'ai fait.

— Et vous avez su aussitôt que nous n'étions pas vos ennemis, que nous étions faits pour nous entendre, et que notre venue en ce no man's land serait profitable à tous.

— J'ai cru bon de suivre une ligne diplomatique plus appropriée. Telle que se présentait la situation, le massacre eût été sans merci et réciproque. Et nous détruire mutuellement ne me parut devoir bénéficier à qui que ce fût, ni à la Nouvelle-France, ni à la France elle-même, ni à l'Église et à ses missions que vous preniez sous votre protection.

— Et cela, il ne vous l'a jamais pardonné.

— Je croyais pouvoir lui expliquer les raisons de mon initiative et qu'il se laisserait convaincre... qu'il comprendrait. Nous avions toujours agi de concert dans la plus parfaite entente. Or, cette fois, en mésestimant son jugement, je l'ai frappé à mort.

— Parce que cette fois, pour la première fois quand vous nous avez rencontrés à Katarunk, la pureté de ses intentions dans ses stratégies vous est apparue douteuse, entachée d'une inexplicable hargne, et peut-être... de folie ?... ajouta-t-elle à mi-voix, guettant sa réaction.

Le chevalier protesta avec fougue.

— Non ! Je ne l'ai jamais soupçonné de folie, Dieu m'en garde. Je croyais seulement, vous dis-je, que les données de l'événement et les conséquences de votre destruction lui échappaient, et... qu'il comprendrait... qu'il m'approuverait. J'étais naïf...

— Vous ne connaissiez peut-être pas tout de lui. Je comprends que vous ayez éprouvé une déception amère. Il s'est buté, a continué de maintenir ses projets belliqueux et presque suicidaires. Et c'est cela qui vous tracasse ?... Qui vous peine aujourd'hui ? Que vous appelez votre trahison envers lui ?

Loménie fit quelques pas, plongé dans ses pensées.

— Si vous saviez... Si vous saviez ce qu'il était pour moi ! Nous étions si unis, et depuis si longtemps. Lorsque j'avais voulu le suivre au séminaire des jésuites, il m'en avait détourné. Il me conseillait l'Ordre de Malte. Ainsi dans la vie, nous continuerions à nous compléter. Il serait mon guide spirituel. Je serais son bras guerrier... Et, soudain, pour la première fois en cette affaire de Katarunk, je me dérobai et refusai son plan.

— Il n'en a pas moins été exécuté. Par les soins de ses plus zélés serviteurs : Maudreuil, de Laubignières...

– Réjouissez-vous. Katarunk a disparu, incendié... Comme il le souhaitait. Et nous-mêmes, si nous avons échappé à la fureur des Iroquois dont les chefs avaient été assassinés sous notre toit, ne croyez-vous pas que cela est dû à un miracle ?

– Un miracle qui venait accréditer votre légende d'être possesseur de pouvoirs supraterrestres !...

Mais il sourit en prononçant ces mots. Il reprenait pied. Elle l'avait apaisé et aidé à voir clair dans ce douloureux dilemme.

4

Le lendemain, lorsqu'il la revit, il gardait le sourire et paraissait impatient de l'aborder. Il la surprit par une question inattendue.

– Avez-vous connu M. Vincent de Paul ?

– Monsieur Vincent ? fit-elle interloquée.

– Le saint prêtre qui fut conseiller et confesseur de la reine mère durant la minorité de notre souverain et qui fonda tant d'œuvres de charité !

– À cette époque, j'étais moi-même fort jeune, et vivant au fond de ma province, et n'aurais eu guère l'occasion de rencontrer un si grand personnage. Mais il est vrai que le hasard m'a mise en sa présence...

– Où était-ce ?

– Lors d'un passage de la Cour à Poitiers.

Le chevalier parut enchanté.

– Les faits coïncident. Mais, écoutez-moi. Et vous comprendrez pourquoi je vous ai posé cette question. Lorsque je me trouvais novice des chevaliers à l'île de Malte, en la Langue de France, j'avais pour condisciple un postulant comme moi qui se nommait Henri de Rognier.

– Ce nom me dit quelque chose. Il me semble qu'on m'en a parlé récemment... ou bien... non,

c'est un souvenir qui m'est revenu dans un songe...
dans un cauchemar, il me semble. Mais, continuez... vous m'intriguez.

— Il me racontait que sa vocation religieuse
avait été déterminée indirectement par la rencontre qu'il avait faite de M. Vincent, en des
circonstances... Hum !...

Claude de Loménie-Chambord lissa sa mous-
tache en la regardant du coin de l'œil. Il semblait
que l'histoire qu'il allait évoquer le distrayait de
ses sombres pensées.

— Il avait alors seize ou dix-sept ans, servant
la Cour auprès de la reine mère, il se trouvait
dans sa suite en la ville de Poitiers... Il courait
par les ruelles pour son service lorsque le hasard
lui fit rencontrer une jouvencelle aux yeux verts.

— Oh ! le page !... sursauta-t-elle. Celui qui m'a
conté fleurette.

— Alors ! c'était donc bien vous la jouvencelle
de Poitiers dont ce chevalier parlait tant ? Pour-
suivrai-je mon récit ?

— Certes ! Voilà qui est piquant ! Si j'ai bonne
souvenance, ce page ne me semblait guère disposé
à entrer dans les Ordres.

— En effet !... Jeune homme folâtre, il avait
d'autres idées en tête.

Loménie-Chambord riait.

— C'était donc bien vous, Madame, la ravissante
enfant qu'il amena en la chaire de Notre-Dame-la-
Grande de Poitiers, pour lui voler quelques baisers, et peut-être plus encore... souhaitait-il,
n'ayant pu trouver d'autre chambre d'amour dans
la ville occupée par la Cour et ses équipages.
Ébats qui furent interrompus par l'apparition de
M. Vincent de Paul, qui, ce jour-là, priait en cette
église. Le saint prêtre avait sermonné les jeunes
fous.

Angélique riait aussi, quoiqu'un peu rose au
souvenir de cette anecdote de son adolescence.
Loménie poursuivit son récit :

– Henri de Rognier, conscient d'avoir vécu un moment hors du temps, sous le regard de ce saint homme, m'avoua que c'était moins la rencontre de M. Vincent que celle de la jeune inconnue qui avait présidé à sa métamorphose. Il se débattit longtemps contre l'emprise de ce souvenir. C'était un souvenir impérissable, disait-il. Il tomba malade. Il se crut envoûté. Un jour il comprit qu'en la personne de l'adolescente inconnue dont il ne savait que le seul prénom : Angélique, il avait rencontré le véritable amour. Et comprenant aussi qu'il ne retrouverait jamais cet amour, qu'aucune autre femme ne pourrait lui inspirer un tel sentiment, et que de toute façon il était inutile de chercher à la retrouver car dans le siècle, parmi les folies de la Cour, un tel amour ne pouvait ni se vivre, ni se préserver, il décida de rejoindre le service de Celui qui est la source de tout Amour, et se fit Chevalier de Malte.

– Eh bien ! Voilà une édifiante histoire. Je suis heureuse d'apprendre que je ne suis pas seulement responsable de désordres, comme vous le prétendez. Qu'est-il advenu de lui ?

– Officier sur les galères de Malte, au cours d'un combat avec les Barbaresques, il fut capturé et connut la mort de nos frères : lapidé sur les hauteurs d'Alger.

– Pauvre petit page !

Elle dit, songeuse :

– Je l'avais oublié.

– Ah ! fit Loménie avec un cri soudain. C'est cela qui ajoute à votre séduction. Votre indifférence presque cruelle. Combien vous êtes oublieuse de tous ceux à qui vous plantez votre souvenir comme une dague qu'ils ne peuvent ensuite s'arracher du cœur ! Vous êtes oublieuse, vous l'avouez vous-même. Sauf d'un seul !

Il la considéra avec une interrogation anxieuse dans le regard.

– Pour les autres, qu'êtes-vous ?...

Puis, sans attendre sa réponse, il murmura avec exaltation :

– Un signe de contradiction. Un appel, un cri qui nous arrache à nous-mêmes comme pour ce jeune Rognier.

– Ah ! Ne commencez pas à vous tourmenter, protesta Angélique. Vous aussi, vous vous noyez dans les contradictions, Messieurs, tels que je vous vois tous, égoïstes et ingrats, pleurant sur ce que vous n'avez pas eu et ne sachant vous réjouir de ce qui vous a été accordé.

Vous me parlez comme si j'avais passé ma vie à distribuer des blessures de cœur à plaisir et sans avoir moi-même souffert d'amour.

Dieu soit loué, que de tous, un seul j'aie pu aimer de façon inoubliable. Il ne fut pas toujours à mes côtés et j'ai souffert ces tourments de l'absence que vous vous croyez seul à éprouver.

– Je sais. Bienheureux est-il celui que vous n'avez pu oublier. L'amour qui vous unit est de ceux qui font croire à l'inexprimable. Hier soir, je vous regardais l'un près de l'autre, et sans cesse vos yeux s'assuraient de la présence de l'autre ou se réjouissaient à sa vue. Le soir où nous arrivâmes avec M. d'Avrensson, je vous ai aperçus, vos deux silhouettes unies en un baiser, au balcon du château arrière, et une douleur dont je ne comprends pas le sens m'a poigné. Je me croyais guéri, immunisé par ma rancune envers vous. Et vous êtes là ! Et à nouveau, je me sens meilleur et heureux de vivre. Vous triomphez toujours avec votre beauté blonde. Vous triomphez sans même vous donner la peine de vouloir conquérir. Inconsciente des ruptures que vous avez consommées, des tragédies que vous avez déclenchées, des destins dont vous avez changé le cours ! Il avait raison de vous voir invincible et détruisant son œuvre. Il meurt au poteau de tortures, en vous maudissant, et vous n'attachez pas d'importance au terrible anathème qu'il a lancé contre vous à l'heure de sa mort ?

– L'a-t-il seulement prononcé ?...

– Vous taxeriez le Père de Marville de mensonge ?...

– Non, mais...

Comment lui communiquer l'impression dont elle n'avait jamais pu se défendre qu'un mensonge rôdait comme un ver à l'intérieur de ce fruit ?

Malgré son côté tragique, la scène qui s'était déroulée dans l'antichambre de Mistress Cranmer, à Salem, lui laissait un souvenir mitigé, celui d'avoir assisté à une comédie macabre volontairement outrée, s'il n'y avait eu le jeune Canadien Emmanuel Labour, s'abattant terrassé par un évanouissement qui n'était pas feint. Peu après il mourut dans des circonstances mystérieuses. À part cela, on se serait cru au spectacle.

Et à l'instant même elle devait se mordre les lèvres pour ne pas sourire car, plus elle songeait à cet affrontement, plus son côté cocasse lui apparaissait, où c'était à qui, entre les personnages symboles du papisme et du calvinisme puritain, le jésuite et le docteur en théologie biblique, Samuel Wexter, c'était à qui imposerait son fanatisme, tandis qu'un géant sauvage iroquois, pieds nus sur le dallage noir et blanc étincelant, touchait de l'aigrette de sa chevelure hérissée les solives bien cirées d'un home de Nouvelle-Angleterre et que, sur les marches de l'escalier, comme sur les gradins d'un théâtre, s'étageaient, assises, les femmes de la maison parmi lesquelles deux quakeresses magiciennes, Ruth et Nômie, et elle-même, en robe d'accouchée.

Les imprécations du jésuite l'avaient moins touchée qu'elles ne l'avaient étonnée. Elles s'estompaient jusqu'à l'oubli. C'était à partir de ce moment-là qu'elle avait senti que se renversait le mouvement du flot, qui n'avait cessé de monter vers eux en leur portant des coups, que le reflux commençait, car ce qui comptait c'était le message contenu dans le wampum que le chef des Cinq-Nations iroquoises, Outtaké, envoyait à Joffrey de Peyrac :

« Ton ennemi n'est plus. »

Près d'elle, le chevalier de Malte, un instant distrait par l'histoire d'Henri de Rognier, retournait à sa hantise.

— Sébastien disait : Notre but est de faire régner sur toute la terre une seule foi. J'aurais dû le soutenir jusqu'au bout.

Elle posa la main sur son poignet.

— Mon cher Claude, nous sommes, vous et moi, les héritiers de près de deux siècles de guerres de religion qui ont noyé l'Europe dans le sang, et n'ont rien résolu quant à faire régner une seule foi. Ne pourrions-nous essayer de construire le Nouveau Monde en paix ?...

— Le peut-on ? Il est vrai que vous êtes assez convaincante. Et je ne le nie pas... Si l'on vous écoutait... C'était aussi ce que Sébastien redoutait en vous, de détourner les esprits de la grande œuvre d'évangélisation. Il considérait comme un danger que votre séduction couvrît une intelligence politique.

— Politique ? s'exclama-t-elle.

L'entendant rire, il se tourna vivement vers elle, et elle retrouva son vrai regard, brillant et doux, plein d'intérêt pour tout ce qui venait d'elle et cette expression qu'il avait parfois à sa vue, à la fois rêveuse et éblouie, comme si, découvrant un aspect inusité de la création, il se fût interrogé sur les chemins inconnus, mais pleins de charme, où leur rencontre le portait à s'engager.

— Votre rire ! Il semble rejeter tous nos tourments à l'obscurité, et nous révéler la volonté d'amour de Dieu à notre endroit.

— Voilà qui est grand. Mais sans me charger, après de si noirs pouvoirs, de si saintes influences, vous pourriez au moins vous arrêter à un moyen terme, celui que je vous propose : considérer que notre présence au Nouveau Monde et notre ingérence, si vous l'appelez ainsi, ont apporté jusqu'ici plus de bien que de mal, plus de paix et de réussites que de désordres et de désastres. Le rôle d'un moine guerrier n'est-il pas de se battre pour la paix des peuples et des opprimés ? Assumer la guerre de défense est une œuvre pie, et il faut en considérer les objectifs et la nécessité avec soin, et ne se résoudre au glaive qu'en dernière ressource, vous le reconnaîtrez. Intelligence politique, dites-vous. Eh bien ! soit, si vous appelez politique le fait qu'une femme se permette de réfléchir au sort du monde et à l'avenir que les souverains de la terre préparent à ses enfants, j'estime qu'elle a raison. C'est une obligation impérative pour une femme que d'envisager en quelle société vont devoir vivre les enfants qu'elle a mis au monde.

Angélique affirma que la responsabilité d'une femme lui semblait plus grande encore en ce domaine que celle des hommes, et d'ailleurs, chez les Iroquois, les femmes avaient leur mot à dire. Mais si le Père d'Orgeval, en ce qui la concernait, l'avait envisagée comme menant les troupes au combat, non, ce temps était passé pour elle.

– Vous n'en avez pas moins arrêté les troupes, fit-il, en tirant sur mes hommes au gué de Katarunk !

– C'était une question d'habileté au tir. La décision de vous arrêter venait de mon époux. Je ne connaissais rien à l'Amérique que je croyais déserte, hélas, ou pour le moins peuplée de réfugiés comme nous qui n'auraient d'autres ennemis à combattre que la marâtre nature sauvage. Hélas ! Je me trompais bien.

Ce n'était pas assez de l'hivernage et des rivalités déjà bien établies entre la France et l'Angleterre. Il fallait encore que nous nous mesurions à un saint. Je ne suis qu'une femme, vous dis-je.

33

— Et une femme adorable.

À nouveau bouleversé devant elle, il lui baisa la main au vol.

— Pardonnez-moi ! Je ne suis qu'un cuistre. Ma conduite n'a pas d'excuses.

Ainsi, ils passèrent une partie des deux journées suivantes à discuter soit à terre, marchant le long de la place, soit à bord de l'*Arc-en-Ciel,* faisant les cent pas sur le pont après un repas partagé avec le comte de Peyrac et les officiers, ou au sortir d'un office entendu dans la petite chapelle.

Parfois ils riaient, retrouvaient la connivence d'une amitié déjà longue et qui s'était créée spontanément, parfois Loménie retombait dans ses mélancolies et ses angoisses, comme s'il se fût subitement éveillé au bord d'un précipice.

Un fantôme était entre eux, mais grâce à ces entretiens, Angélique était parvenue à lui faire regarder la situation de façon plus lucide et sans faux-fuyant. Elle parvint à lui faire avouer qu'il reconnaissait que Sébastien d'Orgeval avait toujours professé envers les femmes un sentiment de méfiance et, sous des dehors policés et parfois charmeurs à leur égard, une hostilité foncière.

— Il était si malheureux, soupira Loménie. Orphelin de mère, je sus d'après ses confidences que son enfance n'avait été entourée que d'horribles créatures féminines, grossières ou possédées par l'esprit du Mal, lubriques et même sorcières. Se méfiant de la Femme, il se méfiait de la Beauté et plus encore de l'Amour...

— Une trilogie à laquelle il semblait avoir voué une haine sans merci.

Le mot haine parut avoir choqué Loménie, mais il se retint de la contredire.

Ils marchaient ce soir-là à nouveau en direction du Saguenay, après un office du soir qui avait rassemblé pour le chapelet de la Vierge Marie des moissonneurs harassés et des sauvages nouvellement débarqués du Haut-Saguenay, avec leurs fourrures pour la traite.

Demain, le comte de Loménie reprendrait le chemin de Québec, tandis que la flotte des gens de Gouldsboro, ayant rassemblé ses équipages, mettrait à la voile pour continuer de descendre le fleuve-mer Saint-Laurent jusqu'au golfe du même nom.

Ils échangeaient des paroles, moins pour se convaincre que pour partager leurs impressions, s'avouer inquiétude et tristesse partagées.

— Vous êtes une créature de lumière, répétait le comte de Loménie, vous ne pouvez pas comprendre ce personnage.

— Mais vous aussi, Claude, vous êtes, vous avez été un enfant de lumière. Et je pense que c'est pourquoi il vous aimait, lui, ce sombre adolescent du Dauphiné, il avait besoin de vous, que vous soyez là pour l'éclairer. Il vous a attiré en Canada pour cela. Ne vous laissez pas entraîner dans les ténèbres de sa tombe.

— Comment savez-vous qu'il était du Dauphiné ? demanda Loménie surpris.

— On... on me l'a dit... je crois.

Mais elle pensait qu'elle en savait beaucoup plus long sur l'enfance de Sébastien d'Orgeval que Loménie lui-même. Et il la considérait avec un mélange d'inquiétude et d'admiration, comme si le reprenait sa crainte dont avait voulu le convaincre d'Orgeval qu'elle avait des pouvoirs de divination sataniques ou une habileté machiavélique.

— Quoi qu'il en soit, reprit-il, on dirait que votre apparition a fait mourir entre nous, lui et moi, cette entente, a brisé ce lien qui nous unissait depuis notre jeunesse et nous avait aidés jusqu'ici à vivre et à magnifier notre vie sur les chemins de la conquête des peuples et du service de Dieu.

Me retrouvant à Ville-Marie après l'annonce de sa mort, je vis ma misère. J'avais tout perdu.

Vous m'échappiez en tant que femme qui avait inspiré mon cœur, car vous étiez l'épouse d'un autre auquel il était vain de vous disputer. Et lui aussi m'échappait, mon frère que j'avais laissé, exilé au loin, sans que j'élève la voix pour le défendre. En me prononçant pour vous, je l'ai blessé. Je n'ai pas cherché à m'expliquer avec lui. Je ne pouvais lui parler de ce que je vous devais.

Et encore aujourd'hui, je me sens coupable d'être prêt à tout pour n'obtenir de vous qu'un sourire, un geste d'amitié comme celui que vous avez eu l'autre soir pour moi. Pas plus, je vous l'affirme, et cela est absurde.

— Absurde !... Pourquoi ? Ce qui est absurde, c'est de vous sentir coupable de si peu de chose... Les gestes d'amitié réchauffent le cœur. Il est doux de nous sentir environnés de sympathie et n'est-ce pas aussi naturel que de nous sentir blessés par l'antipathie ? N'aurions-nous droit qu'aux désagréments, dans nos rapports avec nos semblables ? Dans votre crainte des sentiments affectueux, votre rigorisme deviendra bientôt pire que celui des puritains, calvinistes ou gens de Réforme, que vous blâmez tant.

— La chair... commença Loménie.

Mais Angélique éclata de rire en criant : « Assez, assez de sermons !... La chair... C'est merveilleux. Heureusement que nous sommes chair. »

Et l'entraînant par la main, elle le conduisit jusqu'à l'extrémité du promontoire.

— Et maintenant, regardez !...

— Quoi donc ?

La falaise tombait à pic sur le plan d'eau, s'évasant à l'embouchure du Saguenay. Plus en amont, les flottilles de canoës avaient été tirées au sec sur l'étroite grève. Mais de ce côté, large ouvert, le ciel était encore clair, d'un jaune de citronnelle, et la surface du fleuve brillait comme une laque chinoise.

— N'y aurait-il que la beauté de cet horizon à

contempler que vous, religieux, devriez en être
ému. Mais il y a plus. Je sens qu'elles sont là.
– Qui, elles ?...
– Attendez...
Au même instant, ils virent une silhouette
assombrir l'estuaire, glissant sous l'eau et disparaissant, puis d'autres dans une danse harmonieuse
qui tenait du songe, jusqu'au jaillissement d'un
dôme argenté ruisselant qui bomba comme une
île jaillissant des profondeurs de la mer, pour
replonger, en dressant vers le ciel une queue
impérieuse aux nageoires gémellaires en forme
d'ailes.
– Les baleines !
Le spectacle était rare. Les baleines avaient fui
depuis plus d'un demi-siècle. Mais il arrivait que
des mères revinssent vers les profondeurs glacées
du Saguenay pour y mettre au monde leurs petits,
ou pour y batifoler en paix, gaiement, avec quelques compagnes.
Angélique se promit qu'un jour, elle reviendrait
avec les jumeaux, lorsqu'ils seraient plus grands.

5

Le premier soir de leur venue, Joffrey de Peyrac
avait gardé ses visiteurs à souper dans le salon
de l'*Arc-en-Ciel*, et le Récollet lui-même avait
accepté sans ambages ainsi que le truculent pilote
du Saint-Laurent, M. Topin, et l'un de ses fils,
les voyageurs étant lassés d'une journée pleine
de navigation sur le fleuve, qui n'était jamais
affaire simple pour une grosse barque à une voile,
même en descendant le courant.
« Ce p... de fleuve, disait Topin avec un
mélange d'estime et de rancune, il nous dévorera
un jour, ce monstre... »

Échappés une fois de plus aux abîmes, ces hommes du fleuve s'épanouissaient sous les plafonds de la grande salle des cartes, autour d'une table bien garnie que servaient avec componction le maître d'hôtel Tissot et ses aides. Juste ce qu'il fallait de balancement pour sentir qu'on était sur un navire à l'ancre, et non point à terre, dont la stabilité a quelque chose de dur et d'inquiétant. Pour percevoir qu'il les environnait toujours, le fleuve, le monstre froid, le serpent, en dessous et autour d'eux, mais seulement pour les bercer comme des enfançons en bercelonnette, à peine de quoi faire trembler le vin français dans les grands hanaps de cristal et faire miroiter des reflets de rubis ou d'or lorsqu'on les levait pour boire à de mutuelles santés et d'heureux voyages.

Angélique, contrevenant aux règles de l'étiquette qui indiquaient sa place d'hôtesse soit au centre de la table, vis-à-vis du comte de Peyrac, soit à l'une des extrémités, lui se trouvant à l'autre bout, avait pris place d'office à ses côtés comme elle l'aurait fait, ce soir, s'ils n'avaient pas reçu de visiteurs.

L'ayant à peine retrouvé, elle voulait être très proche de lui, se blottir au plus près de sa chaleur, dans le parfum subtil de sa présence. Elle aimait capter l'odeur de ses vêtements dans ses gestes, celle tiède et raffinée de ses cheveux lorsqu'il bougeait la tête, de son haleine lorsqu'il se tournait vers elle. Et elle éprouvait alors des envies de baisers secrets et prolongés, hors de tout regard.

Cela devait se voir qu'elle trouvait plaisir à se placer dans le rayonnement de sa mâle présence. Mais tant pis !

Plus elle apprenait à vivre près de lui, et moins elle avait envie de le partager avec les autres. Or, leurs existences à tous deux ne cessaient de les mettre sur un piedestal, à la tête d'une vie publique des plus mouvementées, et Angélique devait faire preuve d'entêtement et d'imagination pour ne pas être requise à chaque instant par des devoirs cérémoniels. En cela Joffrey l'aidait, car lui aussi était jaloux de se préserver le plus possible d'heures d'intimité. Le voyage sur le fleuve, en couple, leur avait donné de grandes espérances. Mais il n'avait pu quitter assez rapidement Tadoussac et voici que le monde les rejoignait.

M. de Frontenac envoyait des messagers pour transmettre à M. de Peyrac des nouvelles de son expédition et ses remerciements pour son aide. Loménie-Chambord venait pour confier ses tourments et ses doutes.

Angélique décida de boire pour oublier une déception qui lui faisait le cœur chagrin, non celle, après tout minime et passagère, de ne pas être plus longtemps seule avec son mari mais, venant s'ajouter à sa mélancolie d'avoir laissé sa fille derrière elle, le souci d'avoir retrouvé le chevalier de Loménie-Chambord si changé et abattu...

Elle avait besoin de quelques libations pour dissiper sa pénible impression.

Son cœur restait ému des sanglots de cet homme, ce guerrier au cœur pur et vaillant qui s'était abattu contre son épaule, et les paroles qu'il avait prononcées au milieu de ses larmes étaient comme l'écho d'une plainte qu'un autre, invisible et perdu, aurait laissée échapper.

Elle aurait bien voulu oublier cet *autre* dont il n'était que trop question, ce Sébastien d'Orgeval toujours resurgissant au moment où ils commençaient à se remettre un peu d'aplomb et, mort ou vif, leur suscitant sans relâche les pires ennuis. Elle était d'autant plus mal à l'aise que les confidences de Loménie éveillaient sa pitié malgré elle, tout en sachant qu'il y avait derrière cela un piège dont elle devait se méfier. « Lui », le jésuite, et Ambroisine avaient toujours tablé sur sa générosité, sa bonté pour la perdre... Et elle avait bien failli s'y laisser prendre !...

Elle but donc, comme elle aurait avalé un remède, une première longue lampée d'un vin délicieux et, peu après, sentit sa gaieté revenir. Elle pourrait faire meilleure figure, s'intéresser aux récits de d'Avrensson, donner la réplique à l'exubérant Topin qui avait toujours des histoires de naufrage à raconter.

Cette soirée sur un navire avec des hôtes de passage et des officiers de leur flotte lui rappelait un autre banquet qu'ils avaient eu en cet endroit même, quelques années auparavant alors qu'ils remontaient le fleuve cette fois, se dirigeant vers la capitale de la Nouvelle-France : Québec[1].

Ils avaient festoyé avec faste et folie, « à la française », et chacun s'était senti assez joyeux pour confesser de sa vie des secrets inavouables, ce qui avait resserré leur entente au sein du brouillard de novembre, épais et glacial, tandis qu'ils continuaient de pénétrer en tapinois dans les possessions du roi de France au Nouveau Monde.

Comme jadis, elle éleva son hanap de beau cristal de Bohême, cadeau inattendu du marquis de Ville-d'Avray, et à travers le rubis du vin de Bourgogne, elle voyait le visage de ses hôtes de ce soir, gens de bonne compagnie et qui ne constituaient plus à leur égard une potentielle menace. Ce soir, ils n'étaient tous qu'une assemblée de Français, bons amis, jouissant de se rencontrer aux confins des frontières de leurs immenses territoires respectifs, qui avaient pas mal de nouvelles à se communiquer, et déjà de souvenirs communs à évoquer. Ne serait-ce que la fameuse nuit de la descente des Iroquois sous Québec, au cours de laquelle Angélique avait aidé le major d'Avrensson à sauver la ville tandis que M. Topin courait le long du fleuve, pour éteindre les pots-à-feu balisant les contours du rivage.

1. *Angélique et le complot des ombres*, J'ai lu n° 2497.

Elle voyait le chevalier de Loménie-Chambord s'animer en contant la bataille de la rivière Saint-Charles, celle du couvent des Récollets transformé en forteresse et le moine, dans sa bure, rappelait des détails. Religieux simple, bon enfant, au Canada depuis plus de vingt ans, il avait demandé de la « piquette » à boire ce qui ne l'empêchait pas de se hisser au niveau de jovialité général.

M. d'Avrensson était chargé par le gouverneur de remercier M. de Peyrac de lui avoir rendu l'insigne service de guetter et prévenir une éventuelle descente iroquoise sur Québec. Il fit ensuite le récit de l'expédition de M. de Frontenac.

À Cataracoui, sur le lac Ontario où il avait fait construire un fort rebaptisé à son nom, il était sur son fief, sur ses terres.

Cette année, comme les années précédentes, Frontenac avait reçu soixante chefs iroquois pour une rencontre amicale. C'était déjà une victoire que de les y avoir fait venir et assembler. L'Iroquois est généreux, mais il s'entête.

Cependant, il aime négocier autant qu'il aime se battre. C'était par là que le gouverneur de la Nouvelle-France les tenait. Il les avait durement, mais magnifiquement traités, ces superbes Iroquois ! M. d'Avrensson, présent à ses manœuvres, ne se lassait pas d'en décrire les subtilités et les phases !

On avait fini par leur arracher la promesse de demeurer en paix avec leurs voisins, les Outaouais et les Andastes, et de cesser de massacrer systématiquement les Hurons, ou ce qu'il en restait.

Frontenac avait l'art de réprimander les Indiens sans les mettre en colère. Sa vivacité, sa façon de jouer bruyamment avec leurs enfants les attendrissaient. Ils se pâmaient de rire à l'entendre exécuter parfaitement leurs « sassakouas », leurs cris de guerre à figer le sang.

Pour se mettre en condition de palabrer avec sagesse et lucidité, on avait fait tout d'abord deux grands festins, de ces festins où l'on ne mangeait rien et où l'on ne faisait que pétuner, qu'ils appelaient « festins de songerie ». Il faut dire qu'on en sortait plus saouls et mal assurés qu'après les plus effrénées libations, car ils usaient d'un tabac noir et dur qui vous blindait le gosier pour trois jours.

Puis les vrais festins avaient commencé. Là encore, il fallait mettre le doigt sur ce point de ressemblance entre Français et Indiens, et surtout Iroquois. « Le goût des festins » avant ou après la bataille.

La tête du plus gros chien bouilli à M. de Frontenac qui la mangeait jusqu'aux yeux, ce qui n'était pas la moindre de ses actions héroïques.

Poissons divers... En prenant garde de ne pas jeter les arêtes de poisson dans le feu à cause des esprits des eaux qui pourraient s'en trouver incommodés.

Ayant posé sur un grand foyer leur plus énorme chaudière où avaient cuit des morceaux de viande imposants, ils s'étaient mis à trois grands chefs armés d'un bâton pour s'arc-bouter contre elle et la renverser. Geste symbolique de renverser la chaudière de guerre signifiant : « La guerre est finie. Nous acceptons la paix. »

Puisant avec une calebasse du bouillon qui restait au fond, les chefs avaient accentué la solennité de leur geste en distribuant de ce breuvage, très corsé et excellent, aux « principaux » parmi les Français, selon une coutume qui priait les anciens ennemis de se nourrir de la reddition même de leurs adversaires, car on l'appelait : le bouillon des vaincus, et quelques mauvais plaisants glissèrent qu'il y avait peut-être os et chair humains de récents massacres pour l'accommoder, ce qui fit pâlir de jeunes officiers nouvellement arrivés en Canada.

En bref, on avait enterré la hache de guerre.

Sous les plafonds de bois précieux du salon de l'*Arc-en-Ciel,* les convives applaudirent.

Frontenac, une fois de plus, s'était montré audacieux et habile à sa manière qui faisait trembler ses fidèles, mais qui visait toujours l'intérêt fondamental de la colonie.

Avant de laisser repartir les Iroquois vers leur vallée aux Cinq Lacs, il y avait eu échange de wampums et de cadeaux.

Ils refusèrent le sel, denrée pourtant précieuse, car, disaient-ils, il donne soif, l'eau alourdit, et ils veillaient à la souplesse de leurs muscles afin de mieux courir et bander l'arc. Ils n'avaient jamais soif. Leur fade « sagamité » de maïs bouilli leur suffisait, relevée de petits fruits aigres.

Par contre, ils acceptèrent le cadeau, pour eux luxueux, de plusieurs sacs de farine car ils étaient friands de pain de froment. Un boulanger les accompagnerait en Iroquoisie, qui leur fabriquerait à l'entrée de l'hiver de belles roues de pain à conserver pour toute la mauvaise saison.

Il leur avait aussi laissé un armurier avec deux compagnons qui les suivraient jusque dans leurs bourgades aux longues maisons pour raccommoder leurs armes à feu et resserrer leurs haches.

M. de Frontenac les aimait chaudement, ces sauvages, en Gascon heureux de vivre qu'il était !

La joie s'exprima, générale, autour de la table. L'expédition annuelle avait réussi.

Pour Angélique, la présence de Nicolas Perrot parmi eux lui rappelait leurs difficiles débuts au Nouveau Monde, les dangers qu'ils avaient affrontés. En comparaison, elle fut frappée de l'œuvre, après tout admirable, qui s'était accomplie depuis ce temps-là. Car ce soir, ils étaient tous des Français réunis pour boire à leur souverain, et aux expéditions réussies du gouverneur Frontenac pour établir la paix sur un continent barbare, se féliciter des traités qui rapprochaient, sous le couvert de ses sombres forêts déjà disputées et partagées, des peuples désireux de se comprendre, de travailler ensemble pour un peu de vie meilleure.

Tous ces efforts allaient-ils être remis en question parce qu'au fond de ces mêmes forêts s'était perpétrée la fin funeste d'un grand jésuite ? Son étendard à lui, son drapeau de guerre, était marqué de cinq croix, une à chaque coin et la cinquième au milieu, croix entourées de quatre arcs et flèches.

Elle l'avait vu flotter à la tête des Abénakis alors qu'ils se ruaient à l'assaut du village anglais.

N'en déplaise au Père de Marville, cela n'avait rien d'imaginaire. De même qu'elle avait entendu le jésuite donner l'absolution, au bivouac, à ceux qui demain tueraient les « hérétiques » de Katarunk, c'est-à-dire eux, les nouveaux venus. Elle avait été entr'aperçue sur sa jument qu'elle s'évertuait à ramener au camp et voilà que ces esprits habitués aux miracles et aux prodiges désignaient la pauvre Wallis comme la Licorne maléfique annonçant les malheurs de l'Acadie. Ainsi commençait la sourde et âpre lutte.

Le Père d'Orgeval avait été un homme très aimé des gens simples comme des plus nobles pénitents, et Angélique, loyalement, n'avait pas trop cherché à l'arracher du cœur de ses amis, ni à ternir son image. Et aujourd'hui que sa mort était connue, son culte paraissait prendre une nouvelle force.

On ne se rappelait plus que l'anathème prononcé à son endroit, on oubliait la persécution dont il avait été l'objet, faute d'en connaître l'acharnement.

Cette défection qu'elle sentait latente et qu'elle n'était pas sûre de pouvoir éviter, ajoutait au malaise qu'elle rapportait de son deuxième voyage en Nouvelle-France, malgré les retrouvailles inattendues avec son frère aîné, Josselin de Sancé.

Ses pensées devenaient lucides, et débarrassées de ce qu'elles avaient de triste. Elle revoyait de cette lutte avec le jésuite de très belles images, ordonnées et grandioses comme celles d'un opéra.

Wallis, sa jument, se cabrant dans la forêt d'automne, l'étendard aux cinq croix flottant au vent et la horde des sauvages hurlants, s'épandant à la lisière des bois, coulant le long du vallon vers le village anglais.

De belles images pour une belle aventure ! Celle de leur vie commune en Amérique.

Elle se tournait vers Joffrey, comme s'il eût pu l'aider à disperser le vol de ses pensées un peu folles. Il est vrai qu'il le pouvait. Et quand elle était près de lui, elle échappait très vite à ses appréhensions, qui étaient souvent exagérées ou pour le moins prématurées. Il demeurait calme et philosophe. Car, disait-il, tout en se montrant vigilant, on ne pouvait pas passer son temps à bâtir un avenir de catastrophes et de trahisons.

« Comme je suis bien près de lui », se répétait-elle en se rapprochant encore plus près, jusqu'à le frôler, et elle surprit le regard du comte de Loménie à qui n'échappait pas son mouvement câlin et amoureux de femme s'épanouissant à l'ombre de l'homme qu'elle aime.

Mais elle ne pouvait s'empêcher de le regarder, de revenir à lui, à ce profil d'une virilité si parfaite que pour elle il n'était pas d'homme qui puisse lui communiquer une telle impression de force et aussi de protection sans limites.

Sa confiance en lui était le fruit de son amour total pour elle, auquel elle finissait par croire et dont elle sentait qu'il était habité – imprégné disait-il parfois – et qui l'entraînait à lui répéter si souvent qu'elle était TOUT pour lui, ce qui, pour elle, était la seule chose qui importait.

Lui, Joffrey, il trouvait le moyen de boire, et très franchement et joyeusement, sans jamais faire sentir qu'il en éprouvait le besoin pour chasser une humeur soucieuse ou, comme certains, pour se venger d'un monde qui leur déplaisait dont ils ne savaient reconnaître que l'amertume. Lui, il buvait pour savourer l'excellence du fruit de la vigne, don de Dieu, et se laisser entraîner à son aimable vertige, sans que ce fût par faiblesse. Il buvait pour tenir compagnie à ses hôtes, pour les honorer et les rendre heureux, l'accueil ouvert et le bien-être dispensés au voyageur faisant partie des plaisirs de ce monde, d'un art de vivre, d'une trêve obligatoire, pour compenser l'hostilité et la cruauté régnant par ailleurs sur la Terre maudite.

Quand il buvait, on aurait dit qu'il accueillait le vin comme il les accueillait tous, c'est-à-dire comme un ami avec lequel s'égayer et apprendre à se mieux connaître.

À peine ses yeux brillaient-ils un peu plus, à peine la chaleur de son sourire se faisait-elle plus communicative, son expression plus mordante, voire sardonique, comme s'il s'était mis à contempler de haut l'humaine faiblesse avec un brin de moquerie, mais sans méchanceté.

Aussi loin qu'elle s'en souvenait, il en avait toujours été ainsi. Dès Toulouse, elle l'avait vu, brillant prince des cours d'amour, sa guitare aux doigts, ses yeux riant derrière les fentes du masque, présidant l'assemblée d'hommes et de femmes, qui tous n'étaient pas, loin de là, héros de romans et princesses aux nobles pensées, mais que magnifiaient soudain, les transfigurant, les magies conjuguées du chant, de la philosophie courtoise, des vins choisis, et de l'amour, convoqué au banquet et distribuant ses flèches.

Elle avait conquis le plus convoité d'entre eux, Joffrey de Peyrac. Elle pouvait se dire :

« Tout à l'heure, je serai seule avec lui. »

Elle ne se lassait pas de le contempler tandis qu'il demeurait attentif à suivre les rebondissements de la conversation, en expert de cette joute qui n'a pas moins d'importance que celle des lances ou des épées, sachant que chaque mot, chaque ombre ou lumière, sur les visages, crispation ou sourire, compte.

Il y avait en lui, dans ce guet, quelque chose du roi.

Mais il était plus fort que le roi et plus libre.

« Comme je l'aime. Ô mon Dieu, faites qu'il m'aime toujours ! Sans lui je mourrais !

J'ai trop bu ! Fruit de la vigne, quelle traîtrise ! Est-ce que cela se voit ? Nous rions tous. Même Loménie ! Fruit de la vigne, sois béni. Ce qui compte, c'est d'être vivant. Et nous le sommes ! Je le dirai demain au pauvre comte trahi pour qu'il reprenne courage. Le jésuite est mort. Et lui n'a jamais su qu'il est bon de boire entre amis. Il n'a vécu que pour les ténèbres. Voilà pourquoi il a perdu. Seigneur, pardonnez-moi ! je devrais avoir pitié d'un martyr. »

La compagnie se séparant sous le brouillard pleurant de mille gouttelettes étincelantes, Angélique prenant congé, et se tenant un peu vacillante auprès de son seigneur et maître, lut ou crut lire dans les prunelles de Loménie-Chambord une pensée qui le traversait comme un dard à leur vue : « Ce soir, ils vont s'aimer... »

À nouveau, il changeait de visage. Ses traits se creusaient. Dans les mêmes circonstances, la Démone les voyant à son chevet, si proches et si inséparables dans leur connivence d'amants, avait poussé son cri terrible de désespoir jaloux, son cri de damnée éternelle...

6

La halte à Tadoussac s'achevait. Leurs visiteurs allaient repartir vers l'amont. Dans deux à quatre mois, l'hiver reviendrait les enfermer dans les glaces.

Angélique s'entretint encore quelque peu avec le chevalier de Loménie-Chambord.

Le sentant fragile, elle évitait de l'accabler. Elle aurait voulu le secouer pour l'éveiller, comme un dormeur qui souffre dans son sommeil.

Elle chercha à se contenter des quelques mots qu'il laissait échapper : « Vos arguments se justifient »... « Je ne me suis pas trompé... »

Mais c'était un ouvrage à recommencer chaque jour.

Certaine fois, tirant de son gilet une lettre qu'il déplia avec précaution car elle était rédigée sur une écorce de bouleau fragile, il voulut lui lire des passages de la dernière missive que le jésuite lui avait envoyée il y avait déjà fort longtemps, un peu après son départ de Québec, juste avant qu'on cessât complètement d'avoir de ses nouvelles.

Chose étrange, en cette dernière lettre à son ami d'enfance, le jésuite n'avait cessé de revenir au danger que représentait la Dame du Lac d'Argent. On eût dit qu'il était habité d'une obsession et d'une peur :

– « ... D'elle, craignez tout, mon ami ! C'est une femme de pouvoir, une femme politique !... »

– Dieu ! quelle sottise !

Mais Loménie continuait d'une voix douce et implacable à dérouler le chapelet de ces accusations insanes, mais qui chacune portait, sous l'apparence de la mansuétude, du sage avertissement, sa goutte de venin.

– « ... Pouvoir des sens, poussé au plus haut point et auquel j'ai pu remarquer que vous n'étiez pas insensible, si pieuse que soit votre vie, mais qui ne la singulariserait pas des autres femmes, s'il ne se doublait pas d'une intelligence qui la porte à des ambitions, dans le pouvoir sur l'esprit des hommes, et plus dangereusement à s'emparer de leur âme, ce qui est subtil et insidieux, car les menant à une libéralité coupable vis-à-vis des disciplines religieuses, des impératifs de la loi sainte enseignée par Dieu lui-même, à une méconnaissance de la nature du péché qui peut mener à la plus radicale perte de son salut. Mais laissons cela... »

– Tant mieux ! trancha Angélique qui l'écoutait sombrement.

– « Ne parlons que du pouvoir politique qui se cache sous des apparences gracieuses et comme ignorantes des difficiles arcanes dans lesquels se trouvent engagés les hommes chargés de diriger les peuples. Responsabilités qui n'ont jamais gagné à reposer entre les mains des femmes. »

– C'est à examiner... L'Angleterre n'a pas eu à se plaindre de sa grande reine Elisabeth Ire.

– « ... Mais dont certaines s'emparent de façon souterraine, continuait le chevalier. J'ai ouï dire que notre roi, détourné de se confier aux femmes dans ce domaine par détestation de ces "frondeuses" enragées qui avaient entraîné les Grands du Royaume contre lui pendant sa minorité, ne pouvait souffrir qu'aucune femme, même la reine, et à plus forte raison la plus influente de ses maîtresses, ne lui touchât le moindre mot des affaires du Royaume. Or, il m'est revenu avec certitude que pour cette seule femme, Mme de Peyrac, du temps où elle se trouvait à Versailles, épouse d'un autre gentilhomme, le roi, se départant de son mutisme, lui a plusieurs fois demandé avis pour des questions de diplomatie, est allé jusqu'à lui confier des ambassades près de souverains étrangers... »

Le comte de Loménie releva la tête et considéra Angélique avec une mimique où il y avait à la fois de l'étonnement et une attente de désaveu.

Mais elle se contenta de soupirer.

– Il savait tout, votre jésuite, fit-elle, après avoir laissé passer un moment de silence. Tout... même cela.

– Oui, il savait tout, répéta Loménie en repliant les feuillets avec une lenteur rêveuse. Ce don de divination, de voyance, ne nous indique-t-il pas que nous avions affaire à un saint, dont nous serions coupables de dédaigner les adjurations ?

– Qui vous parle de voyance ? fit-elle en haussant les épaules. Il avait des espions partout...

Ils auraient pu discuter deux jours et deux nuits sans aboutir à un résultat satisfaisant, celui qu'Angélique souhaitait atteindre : rendre au chevalier de Loménie-Chambord la paix du cœur.

Ils tournaient en rond. Elle espéra cependant que ces dialogues n'eussent pas été vains. En ce qui la concernait, ces discussions avec Loménie lui avaient permis de mieux cerner, approcher, ce personnage occulte qui, même mort, continuait de présider à leur destin, et elle s'en était fait une opinion qui l'aidait à garder la tête froide, car, même dans ce nouveau mythe créé autour de lui, elle discernait moins de forces et plus de faiblesses. Ce personnage, avec ce qu'elle savait de lui maintenant, elle le voyait comme prisonnier de sinistres servitudes, comme le bélier dont la beauté des cornes enroulées, sa gloire, est le piège qui cause sa perte lorsqu'elles se prennent à l'entrelacs des buissons et qu'il ne peut s'en dégager.

Ce qui compliquait tout, c'est qu'il avait appartenu à l'ordre des Jésuites, un ordre dont la puissance ne faisait que croître. Formé de l'élite de toutes les nations, c'était un parti à la pointe des idées, des changements philosophiques. Mais aussi, par sa défense des lois établies, des interdictions divines, l'armée de Dieu, l'armée de Rome, c'est-à-dire du pape. Chaque ordre religieux suscité à chaque siècle n'a-t-il pas représenté ce « parti » qui traduisait la pensée de son temps et, pourrait-on dire, sa couleur idéologique ? Pour le siècle dans lequel Angélique était née, l'ordre maître, c'était celui des Jésuites.

En eux se rejoignaient les évolutions modernes et les refus essentiels.

Mais à tout prendre, en y réfléchissant, ce Sébastien d'Orgeval, elle n'était pas certaine que ce fût un « vrai » jésuite, comme son frère Raymond par exemple. Ils étaient très forts et retors, mais pas si totalement hypocrites et intolérants.

Elle l'aurait plutôt accusé d'avoir usé de son état de jésuite comme d'un camouflage.

Elle le voyait tissé de vieilles racines, étendant l'ombre d'antiques malédictions sur une terre vierge, refusant par ses attitudes les courants du futur qui pouvaient naître de ce Nouveau Monde, et quiconque se laissait absorber par cette ombre, qui se voulait à la fois insinuante et tutélaire, perdait sa chance de déboucher à la lumière nouvelle.

Ç'avait été une lutte entre ce qu'ils apportaient, eux, Joffrey et elle, et ce qu'il défendait, lui, dans un sursaut de farouche autorité personnelle.

De ses décisions, le reste du monde était exclu. Ce qu'il voulait, lui, avait seul droit d'être préservé, sa seule vindicte d'être approuvée, sa seule vengeance d'être exécutée. Vengeance contre qui ?... « Contre toi !... contre toi !... », lui cria une voix intérieure. « Mais pourquoi ? Qu'ai-je fait ?... »

Sous sa défroque trompeuse de sainteté, Sébastien d'Orgeval avait mené un stérile combat qui ne concernait que lui et ses propres délires, combat derrière lequel elle était peut-être seule à deviner son orgueil incommensurable et la silhouette pernicieuse de la Démone. « Il croyait l'avoir envoyée vers nous pour son service... Mais c'est le contraire. C'est elle qui le dominait, qui l'a toujours dominé depuis la plus tendre enfance... »

Elle pensa à cette expression : *tendre* enfance.

Et elle imagina, avec un frisson, les trois enfants maudits dans les vallons forestiers du sombre Dauphiné. Tout était sombre dans cette histoire.

Ceux que d'Orgeval et Ambroisine attiraient dans leur sillage rétrogradaient, s'égaraient...

Loménie ne voyait donc pas cela ? Elle repensa

51

à une phrase que le chevalier de Malte avait prononcée un jour à propos d'Honorine à laquelle il venait d'offrir un petit arc et des flèches :

« On aime à combler l'innocence. Elle seule le mérite... »

Tant de délicatesse, de finesse, chez un homme, l'avait attendrie. Aujourd'hui, cela était fané, évaporé. Le jésuite étendait son ombre comme celle d'un arbre vénéneux sur ceux qu'il voulait reconquérir et ramener à lui au-delà de la mort.

Le temps de l'hiver de Québec lui apparaissait comme une période bénie d'amitié et de riantes libertés. Malgré quelques épreuves, erreurs et folies de part et d'autre, beaucoup de bien était sorti de ce temps-là.

Elle n'était pas certaine d'agir sans maladresse. C'était un écorché vif.

Les moindres mots ou allusions, non pesés avec le plus grand soin, risquaient de le faire basculer à l'inverse du but recherché.

Elle devinait que les mots Amour ou plaisir lui étaient insupportables, à lui, l'exclu de l'amour, lui qui pourtant s'en était exclu volontairement pour un amour plus haut, qui avait su la fuir et se séparer d'elle avec une si sereine et digne sagesse.

Par instants, c'était désolant, il ressemblait à Bardagne.

Elle ne se résignait pas à le voir descendre et perdre son aura.

Mais elle était bien obligée de constater qu'on ne pouvait plus discuter avec lui de toutes questions délicates ou délicieuses, comme ils l'avaient fait jadis, proches comme frère et sœur, comme amis amoureux, de façon libérale et charmante.

On aurait dit qu'il n'avait plus de volonté. Lui qu'elle avait connu si énergique, si lucide et si ferme devant la tentation de l'amour, si sûr de bien agir, lorsque à Katarunk il avait fait alliance avec eux, ou lorsque, plus tard, il était allé au-devant d'eux, à Québec, bravant les courants d'opinions contraires, afin de leur donner la caution de sa réputation en Nouvelle-France, il était aujourd'hui comme un navire démâté sans boussole.

Quelques heures avant le départ, elle le regarda en face presque avec des larmes dans les yeux, et lui dit :

– Vous ai-je perdu ?

Une fois encore il changea de visage, et l'on eût dit qu'un coup de brise qui s'élevait entraînait du même coup les fumées délétères qui asphyxiaient son âme.

– Ô mon amie, non ! Qu'allez-vous imaginer ? Comment vivre sans vous ? Au moins sans l'idée que, quelque part, vous me gardez votre amitié, que vous existez et avez pour moi une pensée parfois, ô ma très chère et douce amie.

Mais, comprenez que je souffre des coups injustes portés à un ami si cher !...

« Et ceux qu'il m'a portés, injustes et mortels, ils ne vous font pas souffrir ?... » fut-elle sur le point de lui rétorquer.

Mais elle se contint, persuadée de l'inanité de sa réflexion, pour le moment. De plus, il n'était guère dans la nature d'Angélique de faire état à tous vents des préjudices et torts qu'elle estimait avoir subis. Il y a une pudeur et une fierté d'une essence particulièrement féminine, dans le silence de certains êtres sur les blessures qu'ils ont reçues. Elle était comme les chevaliers des légendes qui portent compassion aux malheurs des autres, volent à leur secours, s'indignent des injustices qu'ils subissent, et nantis d'une si sainte et généreuse vocation de pourfendre les ennemis des autres, ne pensent pas à ceux qui les guettent et oublient leur propre sort.

Hors des légendes, se dit-elle, il serait bon de s'apercevoir que notre armure est parfois fort cabossée et que notre sang coule. Je me laisse stupidement émouvoir par le sort de mes amis et ils en abusent, sans se soucier des coups qui nous sont portés, des chagrins qui nous désolent. Ils nous pensent assez forte et privilégiée pour nous en consoler et nous en défendre nous-même.

— Vous ne m'avez même pas demandé des nouvelles d'Honorine ! lui jeta-t-elle tout à trac, révoltée. Monsieur le chevalier, vous me faites beaucoup de peine. Et votre changement d'attitude ne peut que nuire à la cause que vous défendez, car je ne pourrais manquer d'accuser une fois de plus votre jésuite d'en être la cause.

Je viens de laisser Honorine, ma petite fille, aux soins de mère Bourgeoys, et ne la reverrai pas de toute une année et durant ce voyage, pour une raison que je n'ai pas encore parfaitement démêlée mais qui n'a rien d'imaginaire, la Nouvelle-France m'a fait grise mine. Je vous cherchais à Montréal afin de trouver réconfort et vous m'avez fuie. Attristée, je descends le fleuve et m'éloigne pour longtemps.

Était-ce le moment de venir me faire comprendre que j'ai perdu votre amitié ? Comme si cela pouvait m'être indifférent ! C'est bien méconnaître l'attachement que je porte à mes amis et qui fait, hélas, ma faiblesse. Vous me traitez de femme politique ou de femme calculatrice, légère, que sais-je ! Non. Je ne suis qu'une femme, vous dis-je... et vous devriez être indigné de voir une amie comme moi qui vous ai soigné, sauvé, et qui ai eu la sottise d'avoir pour vous une préférence, quelques faiblesses parce que je vous trouvais charmant, de me voir, dis-je, traitée avec tant de hargne, de haine, oui...

Il l'interrompit en lui saisissant la main et en la baisant avec passion.

— C'est vrai, vous avez raison, pardonnez-moi !

C'était cette versatilité si peu dans le caractère de leur ami de Katarunk qui la tourmentait.

— Pardonnez-moi ! Pardonnez-moi mille fois !

Je vous en supplie. Ma conduite n'a pas d'excuses. Je sais, je n'ai jamais douté. Je sais que vous êtes du côté de la bonté...

— Ce qui voudrait dire que, malgré ses vertus, votre saint martyr, notre adversaire, ne s'est pas privé de manquer de charité dans ses entreprises contre nous ? Vous le reconnaissez ?

Elle aurait voulu qu'il se prononçât, qu'il se décidât à regarder la situation en face, qu'il fît un choix. C'était d'osciller, de douter qui le détruisait.

— C'est vrai, fit-il... Et pourtant, si, il y avait en lui de la bonté...

— Assez, coupa-t-elle. Vous me décevez parce que vous ne voulez pas échapper à vos tourments.

Et voyant qu'il portait la main à son gilet, elle crut qu'il voulait encore lui lire une lettre du Père d'Orgeval.

— Assez, vous dis-je. Je ne veux plus entendre parler de cet homme.

— Ce n'est pas cela !

Il la suivit tandis qu'elle reprenait le chemin de la plage pour regagner le bord de l'*Arc-en-Ciel,* et il lui prit le bras en riant presque.

— Vous vous trompez sur mon compte, vous aussi, Madame. Sachez qu'à Montréal, j'ai été visiter votre petite Honorine à la Congrégation de Notre-Dame, et que je vous amène une lettre de Marguerite Bourgeoys vous donnant des détails sur la petite demoiselle !...

Angélique sursauta, faillit l'embrasser, lui reprocha vivement d'avoir attendu jusqu'à cet instant pour lui transmettre cette bonne nouvelle.

Il se frappa la poitrine, reconnut que la fatigue et la précipitation du voyage lui avaient causé comme un engourdissement de mémoire, au point qu'il avait commencé par oublier le message dont il était porteur. De toute façon, cela lui serait revenu. Il ne serait pas parti sans lui avoir remis ce pli, leur avoir parlé de l'enfant. Elle ne le crut qu'à demi. Elle le soupçonnait d'avoir voulu l'éprouver, la faire souffrir, lui refusant une joie pour se venger d'elle, venger « l'autre »... Cela lui ressemblait si peu... Son état hypocondriaque était beaucoup plus grave qu'elle ne croyait. Elle ne s'étonna pas d'apprendre que c'était Marguerite Bourgeoys qui avait fait chercher le chevalier, aux Sulpiciens, sous le prétexte de lui faire porter une lettre donnant des nouvelles d'Honorine de Peyrac à ses parents avant que ceux-ci n'eussent quitté la Nouvelle-France. D'autorité, elle l'avait décidé à se lancer à leur poursuite.

Elle n'avait pas eu tort puisque, non sans peine, l'on vit reparaître en ces dernières heures l'ancien Loménie, à l'expression aimable et décidée, qui leur parla, comme lui seul savait le faire, de ses entretiens avec la jeune Honorine, leur remit, en sus du pli de la directrice, une page d'écriture de la petite écolière, couverte de grands A appliqués, mais bien tournés et proprement alignés qu'Angélique plia dans son corsage comme une lettre d'amour.

L'heure de la séparation approchant, le comte de Peyrac, qui s'était éclipsé, apporta à son tour une missive qu'il venait de rédiger pour Honorine, un grand pli scellé d'un grand cachet rouge, en demandant au chevalier d'avoir la bonté d'aller lui-même en lire la teneur à leur fille lorsqu'il aurait regagné Montréal. Il y joignit une bague qu'il retira de son doigt, et qu'il envoyait à l'enfant afin qu'elle la portât sur elle en « signe de reconnaissance ».

– Qu'elle sache que nous restons proches d'elle.

Angélique, prise de court, ajouta quelques mots et confia également un long message verbal pour Marguerite Bourgeoys, quelques babioles pour Honorine.

Le chevalier demanda qu'on lui pardonnât encore d'avoir été un bien piètre commensal. La blessure qu'il avait reçue au début de la campagne vers Cataracoui l'avait affaibli car il avait perdu beaucoup de sang. Il avait souvent comme un vide dans la tête. Et c'était peut-être vrai.

Au dernier moment, il parut s'aviser encore d'un oubli, mais c'était par plaisanterie afin de leur ménager une surprise.

Il fit apporter et déposer devant eux, sur la table, une grande boîte carrée d'écorces cousues à la façon indienne.

Le couvercle soulevé révéla un assemblage de petites figurines de bois, aux vifs coloris, que le chevalier commença de dresser, en rang, l'une près de l'autre, maintenue chacune en équilibre par un léger piédestal d'écorces.

Il avait appris, dit-il, que le frère Luc, du couvent des Récollets, sur la rivière Saint-Charles, avant d'entrer en religion, avait travaillé à sculpter et peindre des régiments miniature pour jouets d'enfants, et le chevalier de Malte avait décidé de lui passer commande de quelques soldats de bois à offrir en signe de joyeux événement au jeune Raimon-Roger de Peyrac.

– Pour votre nouveau fils, dit-il, tourné vers Angélique et Joffrey.

Le franciscain et lui avaient choisi d'illustrer quelques-uns des corps de la « Maison du Roi », dont les uniformes avaient suscité l'admiration des gens de Québec lorsqu'une vingtaine des gardes des compagnies françaises y avaient paru pour escorter M. de La Vandrie, conseiller d'État au Conseil des Affaires et Dépêches, envoyé certaine année comme messager exceptionnel du roi. L'année suivante, le conseiller d'État ayant renouvelé son voyage – car les affaires de pelleteries qu'il avait commencé de traiter en Canada valaient bien l'inconfort de quelques semaines de navigation –, Loménie n'avait pas hésité à se documenter auprès de lui, ainsi qu'auprès d'un des « anspessades », ou brigadiers, commandant les membres de l'escorte, sur les détails des uniformes et la variété des différentes compagnies qui représentaient « la Maison du Roi », la prestigieuse création militaire d'hommes d'élite constituée au cours des siècles par les rois de France et dont le renom faisait trembler l'ennemi sur les champs de bataille.

La variété et la minutie d'exécution des figurines souleva l'admiration générale. On se les passa de main en main.

Preuve touchante, s'il en avait fallu, de l'affection en laquelle le comte de Loménie-Chambord tenait ses amis de Wapassou, malgré leur statut d'indépendants un peu trop liés aux hérétiques français ou anglais.

Durant l'hiver, le comte de Loménie n'avait pas manqué de venir apporter son aide à l'enluminure des petits personnages que taillait et peignait le frère Luc assisté d'un des fils du sculpteur-greffier Le Basseur.

— Notre nouveau fils n'a pas encore effectué ses premiers pas, dit Peyrac, mais je peux vous affirmer qu'il est déjà en âge d'apprécier un aussi beau présent et qu'il s'amusera ainsi que sa sœurette à les contempler et à les disposer, sinon pour la bataille, au moins pour le plaisir de la revue.

M. de Loménie reconnaissait qu'il avait passé de sublimes heures d'hiver, dans le calme couvent des Récollets, avec le frère Luc et son aide, à mettre au point leur petite armée, chacun tenant tour à tour la gouge ou le pinceau, et se réjouissant à l'avance du plaisir qu'aurait un petit garçon à les aligner et à les faire manœuvrer.

Au moins, Outtaké, le chef iroquois, en commençant par expédier le Père de Marville et son triste message au Sud, en Nouvelle-Angleterre, avait gagné une année de répit au pauvre chevalier.

Clémente, la saison des glaces qui, près de sept

à neuf mois, privait la province de Canada de tout courrier l'avait tenu dans l'ignorance d'un deuil qui l'avait frappé plus que prévu. Encore qu'il aurait dû, depuis longtemps, s'y préparer.

« Vous voyez, nous sommes toujours vos amis et vous ne nous avez pas reniés », lui disaient les yeux d'Angélique tandis qu'il descendait l'échelle de corde jusqu'à la chaloupe qui allait le conduire vers un petit navire de trente tonneaux sur lequel il avait retenu le passage pour remonter jusqu'à Québec.

Il sourit.

Il souriait toujours en continuant de leur adresser de loin des signes d'adieu.

Mais Angélique le regardant s'éloigner, le cœur serré, devinait qu'une fois hors de leur présence, il serait repris par ses scrupules, ses regrets, sinon ses remords lancinants, creusant en lui le sillon d'un chagrin profond qui était presque un chagrin d'amour. Double chagrin d'amour, inspiré par une femme vivante et un ami mort. Ne pouvant servir l'un sans trahir l'autre, ne pouvant choisir l'un sans renier l'autre, ne pouvant défendre l'un sans causer la perte de l'autre, ne pouvant, les aimant à la fois d'une égale et différente passion, les arracher de son cœur et de sa vie, malgré les prières, la discipline, les méditations, les macérations, les confessions, ne pouvant bannir de sa pensée et de son être, ni le jésuite martyr, l'ami bien-aimé de toujours dont il sentait la présence proche, le suppliant tout bas de le réhabiliter et de poursuivre son œuvre de salut pour la gloire de Dieu et de la France, ni elle, la femme, la féminine incarnation de tout ce qui lui était interdit, l'amie aussi, celle à laquelle il ne savait quel titre donner, mais dont l'image se présentait sans cesse à lui, dont la plus furtive évocation – son nom prononcé, un rire évoquant le sien, un parfum – avait le pouvoir de le ravir jusqu'aux larmes d'émotion, jusqu'au bienfait de la joie éperdue, de la tendresse et de la reconnaissance, le chevalier de Loménie ne cesserait plus d'être déchiré, écartelé entre deux attachements, deux devoirs, deux engagements.

Désormais, il allait traverser le désert, là où nulle voix consolatrice ne se fait entendre, là où s'est tue l'espérance, où la divinité refuse de se laisser percevoir, ce qui est la plus amère et terrible épreuve pour celui qui a consacré sa vie et sacrifié tous les plaisirs de la terre à l'invisible Dieu.

7

Enfin, ils avaient hissé les voiles et s'éloignaient de Tadoussac.

Angélique mit quelques heures à réaliser qu'elle était seule avec Joffrey, tous deux détachés des contingences mondaines, libres sur un navire, ce qu'elle aimait plus que tout.

Ils allaient retrouver des habitudes établies et dont ils ne se lassaient pas de goûter le charme.

Être assis l'un près de l'autre, soit sous une tente que l'on dressait sur le gaillard d'avant lorsqu'il faisait très chaud ou, en cas de pluie, pour être à l'abri du vent, soit, lorsque la nuit tombait, sur le balcon du château arrière sur lequel s'ouvraient les fenêtres de leurs appartements.

Là, à demi allongés sur les divans aux coussins orientaux, ils goûtaient le charme des conversations à bâtons rompus, dans une quiétude et une liberté de temps dont ils disposaient rarement.

Privilégiés ils étaient, Joffrey et elle, d'avoir été épargnés, de pouvoir brûler encore des feux de la tendresse et du désir.

Koussi-Bâ leur servait le café turc dans les petites tasses de fine faïence, portées par de ravissants calices décorés d'arabesques appelés zarfs qui permettaient de boire le café sans se brûler les doigts. Tout cet appareil rituel pour déguster le café qui rappelait l'Orient les ramenait à la

Méditerranée, à Candie et à l'île de Malte dont Angélique avait parlé avec le comte de Loménie.

Elle lui avait suggéré de repasser en France et de retourner chercher aide et conseil parmi ses frères, les Hospitaliers de Saint-Jean de Jérusalem, aujourd'hui appelés chevaliers de Malte. Mais il s'en était défendu. Il voulait rester en Canada où reposaient les restes de son ami immolé par les Iroquois.

– Et pourtant, l'éloignement lui aurait fait du bien. Et le soleil. J'ai aimé à Malte cette belle lumière qui illuminait les salles du Grand Hôpital. Les malades y étaient servis dans de la vaisselle d'argent. J'ai visité l'apothicairerie, les salles de chirurgie. Puis dans le fort, on voyait flotter les oriflammes de toutes les galères de l'ordre de Malte, prêtes à prendre la mer pour lutter contre les Barbaresques.

Elle s'interrompit soudainement. Puis Joffrey la vit plonger son visage entre ses deux mains en murmurant :

– Ô Seigneur ! C'était lui !

Et rester là comme absorbée par une évocation dont les éléments la fuyaient.

– Henri de Rognier, dit-elle encore à voix haute.

Joffrey de Peyrac respecta sa méditation. Celle-ci en effet prenait un tour compliqué. Angélique avait été obligée de se transporter à Salem, lorsque après la naissance des jumeaux elle avait été saisie d'un accès de malaria.

Secouée par cette fièvre qu'elle avait contractée en Méditerranée, elle s'était crue revenue à Alger, lorsqu'elle s'y trouvait prisonnière du Grand Eunuque Osman Ferradji, vizir de Moulay Ismaël, le roi du Maroc pour lequel il l'avait achetée[1]. Dans son délire, l'illusion était telle qu'elle s'imaginait ne pas encore avoir retrouvé Joffrey. Elle

1. *Indomptable Angélique*, J'ai lu n° 2491.

s'était reconnue dans les rues de la ville blanche, conduite par ses gardiens musulmans. À un carrefour, elle avait vu expirer, lapidé par la foule, un des moines-guerriers capturés avec elle sur la galère de Malte, et – dans son cauchemar – il lui criait « je vous ai donné votre premier baiser ».

Revenue à elle, à Salem, Nouvelle-Angleterre, entre les bras de Joffrey de Peyrac, elle avait mis sur le compte des errements de la fièvre l'amalgame baroque de cette scène incongrue.

Et si le chevalier lapidé s'était appelé Henri de Rognier ?... Le pêle-mêle n'était plus si baroque.

Elle fit effort pour se souvenir.

Henri de Rognier ?... Maintenant, elle était presque certaine. C'était bien là le nom d'un des deux chevaliers avec lesquels elle avait voyagé sur une galère de Malte lorsqu'elle recherchait Joffrey en Méditerranée.

Angélique releva la tête.

Impressionnée, elle conta à son mari l'anecdote que lui avait rappelée le comte de Loménie-Chambord, et son prolongement qu'elle venait de découvrir, et dont elle avait été inconsciente, n'ayant pas reconnu le page de Poitiers, son ancien amoureux, sous la tunique rouge à la croix pattée des hospitaliers de Malte.

– Et lui ? M'a-t-il reconnue ? C'était des années plus tard et je voyageais sous le nom de marquise du Plessis-Bellière. De toute façon, il ne connaissait que mon prénom.

– Tenez pour assuré qu'il vous a reconnue. Des yeux comme les vôtres ne s'oublient pas.

– Il n'a fait aucune allusion à une rencontre dans le passé. Ou peut-être n'y ai-je pas pris garde.

Cependant, quelque chose avait dû flotter entre eux pour venir se glisser des années plus tard dans son délire à elle, et lui jeter ces mots qu'il n'avait pas voulu prononcer.

Elle ne parvenait pas à retrouver ses traits.

Seulement sa silhouette plus élancée près de celle plus trapue de l'autre religieux, amiral de la galère.

— Mon indifférence l'a sans doute découragé d'évoquer avec moi un souvenir un peu léger. Il est vrai qu'en ce temps-là vous seul comptiez pour moi. J'étais prête à affronter tous les dangers pour retrouver vos traces.

Elle réfléchit à nouveau. Mesura combien l'auraient intéressée les évocations du pauvre Henri de Rognier alors, et comme elle avait répété facilement le souvenir d'aventures étrangères. Vivonne, Bardagne, même Colin...

— Serais-je donc « oublieuse » comme me le reprochait Claude de Loménie, sauf d'un seul... vous ?

— Je n'aurais garde de vous en blâmer... si je me trouve être ce *seul*.

Et se souvenant de l'ardent espoir qui lui avait fait affronter follement les dangers que courait une femme en Méditerranée, elle en revoyait les étapes. L'une d'elle, celle de Candie, l'avait mise en présence du mystérieux Rescator masqué.

Dans l'affolement de sa situation, lui non plus elle ne l'avait pas reconnu. Ce contretemps qui les avait presque fait s'atteindre pour être séparés plus tragiquement encore lui laissait un regret dont elle ne se consolait pas.

— J'aurais tant voulu connaître votre palais des roses à Candie. À peine avais-je fui que la nostalgie me poignait, tant m'avait séduite ce pirate masqué qui venait de m'acheter. Mais j'avais voulu m'enfuir. Quelle sottise, quand j'y songe ! Le rêve, le bonheur étaient si proches !... Non ! Je ne peux pas dire que ce fut une sottise. Avec le vieux Savary, nous avions mis au point cette évasion avec tant d'opiniâtreté !... N'est-ce pas le devoir d'une esclave de chercher à s'enfuir ?

Il éclata de rire.

— C'est bien de vous, cela ! Comment n'y ai-je

pas songé à temps ! Avais-je oublié qui vous étiez ? Votre fougue ? Votre brûlante résolution devant n'importe quel défi ? Ou bien... en fait, vous connaissais-je si mal ?... si peu encore. Je ne vous avais pas encore suffisamment devinée lorsque nous fûmes séparés. Je ne sais. J'ai voulu renier un amour qui avait pris trop de pouvoir sur moi. Mais à force d'avoir voulu remplacer votre image par une autre, celle d'une femme légère et indifférente, je m'y suis trompé moi-même... Et je fus puni.

Il lui baisa la main. Ils se sourirent. Ils étaient plus heureux qu'ils ne pourraient jamais l'exprimer avec des mots.

Ils regardaient défiler au flanc du navire qui les portait les longs courants glauques et argentés du Saint-Laurent. Ils s'appuyaient l'un à l'autre, épaule contre épaule, et par instants s'embrassaient sur les lèvres. Rarement, ils se sentaient assez en paix pour écarter le voile de leurs souvenirs. Car c'était un sujet sensible et longtemps ils avaient craint, en l'abordant, de se blesser.

— Vous avez raison, mon amour, dit-elle. Je vous cherchais. Mais nous n'avions peut-être pas encore mérité de nous trouver. Nous étions pleins de méfiance.

Elle effleura d'un doigt les cicatrices de ce visage tant aimé.

— Comment n'ai-je pas deviné qui vous étiez, malgré cette assemblée de pirates farouches, ce marché d'esclaves où vous-même veniez choisir l'objet de vos plaisirs ? Comment ne vous ai-je pas reconnu, sous votre masque, malgré votre barbe, votre démarche plus assurée ?... J'étais troublée. Moi aussi, je suis coupable. J'aurais dû vous reconnaître à votre regard, au toucher de votre main sur moi. Aujourd'hui, cela me semble... indigne d'avoir fait preuve d'autant d'aveuglement. Mais pourquoi ne vous êtes-vous pas nommé aussitôt ?

— Là ? devant tous ces brigands des mers, ces luxurieux musulmans venus faire leur marché de femmes au batistan de Candie !... Non, je n'aurais pu m'y résoudre ! Et puis, en vérité, c'était vous que je craignais. Je craignais ce premier regard entre nous, je reculais le moment d'apprendre que je vous avais perdue à jamais... que vous en aimiez un autre, le roi peut-être, le roi sans doute, et que vous n'aviez que faire d'un époux mort, banni ou pour le moins renégat aux yeux des royaumes chrétiens, aux yeux de votre monde de Versailles. Femme inexplicable et inconnue, métamorphosée loin de moi. Sans moi. Une femme dans l'épanouissement de sa beauté, de sa hardiesse, de son indépendance, et non la presque enfant que j'avais accueillie à Toulouse, même si sa fragilité première me prit aux entrailles lorsque je l'aperçus, sur l'estrade du marché, vaincue et livrée dans sa nudité exposée. Mais cela passa. Je vous avais laissée si jeune, il était inévitable que je visse en cette grande dame, portant le nom d'un autre, une épouse oublieuse, indifférente.

— Sauf pour un seul. Vous aviez su prendre mon cœur à jamais. Mais, doutant de toutes les femmes, vous avez douté de moi. Vous n'avez même pas voulu envisager que j'avais entrepris ce voyage fou et contre la volonté du roi uniquement pour vous retrouver. Vous avez mis mon imprudence à me lancer dans des pérégrinations dangereuses au compte d'un caprice d'étourdie, quelque peu insensée, voire stupidement avide d'aller surveiller les bénéfices que pouvait lui rapporter sa charge de consul de Candie.

— Comment aurais-je pu imaginer une telle preuve d'amour de la part d'une femme ?

— Voilà en effet où le bât vous blessait, malgré votre science d'aimer apprise des troubadours. Vous aviez encore beaucoup à apprendre, messire.

Ne saviez-vous pas que vous étiez tout pour moi depuis Toulouse ?...

— Il faut croire que le temps m'avait manqué pour le savoir, pour m'en convaincre. La passion est si fugace. La fidélité si incongrue. L'amour, l'essence de l'amour si peu captable. Et sa réalisation de chaque jour, de toute une vie, si peu compatible avec nos existences exposées aux mille coups de la mondanité pour les puissants, ou de la survie pour les miséreux et les pourchassés. Ce que vous étiez pour moi, unique parmi les autres femmes, c'est de vous avoir perdue qui me l'a appris, c'est qu'on vous ait arrachée à moi qui me l'a révélé.

Les troubadours n'ont pas tout dit. Ils laissent seulement entendre que l'essentiel est inexprimable.

Voilà ce que m'ont enseigné l'obscurité des geôles et les errances du bannissement qui effaçait mon existence passée et me privait à jamais de votre présence.

— N'empêche que vous vous êtes très bien passé de moi à voguer d'île en île et de palais fleuris en cours ottomanes...

— Je confesse que ce fut un long périple plein de détours et de révoltes. Je reconnais qu'au début je ne pensais pas mettre si longtemps à guérir, et surtout à admettre un jour que je ne guérirais jamais, jamais de cette brûlure d'amour que vous m'aviez infligée. À quel moment l'ai-je compris ? À plusieurs reprises, la vérité s'est imposée. Est-ce quand Mezzo-Morte, en Alger, m'imposa le dilemme ? Me livrer le lieu de votre captivité, à condition que je cessasse d'être son rival en Méditerranée ?... ou plus tard, lorsque à Meknès il me fallut envisager votre mort et la séparation définitive d'avec vous, même en rêve ?...

Alors je sus que ce qui était pire que tous les doutes, c'était *de ne plus vous revoir jamais*. « Quelle femme, mon ami !... », me disait Moulay Ismaël, partagé entre la fureur, l'admiration, le regret aussi. Nous étions là deux maîtres, deux potentats des pays de Barbarie et du Levant, et planait sur nous le fantôme d'une femme esclave aux yeux inoubliables, morte sur les chemins du désert. Parfois, nous nous regardions et nous savions que nous ne croyions pas tout à fait à cette mort. « Allah est grand », me disait-il. Nous refusions le verdict parce que nous nous sentions très faibles et très atteints.

Angélique l'écoutait avidement et se retenait de sourire tant cette vision de Joffrey et de Moulay Ismaël accablés lui paraissait plaisante.

Alors ils riaient et s'embrassaient encore, frappés d'un intense sentiment de triomphe à se voir aujourd'hui dans les bras l'un de l'autre, comblés de joies et de bienfaits, d'enfants, de richesses, de réussites, entourés de compagnons dévoués, loin du théâtre de ces événements tragiques évoqués, au point que le décor austère du grand fleuve du Nord, ses rives lointaines aux monts âpres couronnés de noires forêts, ses eaux troubles et tourmentées aux profondeurs effrayantes, son escorte de lourds nuages en escadre monumentale, traînant des rideaux de pluie ou s'enfuyant sous le souffle du vent, tout ce qui créait autour d'eux un décor si contraire à celui brûlant et coloré de la Méditerranée leur paraissait amical, rassurant, et les confortait dans leurs certitudes présentes de trouver l'un en l'autre, l'un par l'autre, l'heure du rêve atteint et du bonheur sans fin.

8

Angélique aurait souhaité que ce voyage durât toujours, ce qui était une façon de proclamer qu'elle en goûtait chaque instant. La navigation sur le Saint-Laurent isolait. Pour les navires qui arrivaient et que l'on croisait, ce n'était plus l'étendue vide de la mer, mais pas non plus l'abord d'un rivage. On y vivait quelques jours – ou semaines – hors du temps. On se saluait parfois de loin. Les uns avaient hâte d'arriver au moins à Tadoussac où commençait l'aventure canadienne, les autres, d'entreprendre la traversée, dont les vraies péripéties ne commenceraient qu'au-delà de Terre-Neuve.

En attendant, il y avait quand même des tempêtes, des possibilités de naufrage, les arrivants pouvaient encore mourir du scorbut dans les cales, et les partants, décider de rester au pays.

C'était une promenade qui prenait chaque jour de l'ampleur. Tout voyageur qui y était passé une fois retrouvait des souvenirs. On naviguait entre deux mondes. Le passé, l'avenir. Et l'on s'étonnait de tout ce qui pouvait se passer sur ce fleuve, pourtant si vaste que les embarcations semblaient y errer sans but et dont les rives demeuraient le plus souvent invisibles l'une à l'autre.

À bord, Angélique dormait d'un sommeil profond et bienheureux. Le balancement de la navigation, la moiteur des nuits souvent brumeuses qui étouffait les bruits la plongeaient dans une véritable léthargie, ce qui ne l'empêchait pas de se réveiller à plusieurs reprises au cours de la nuit, ne serait-ce que pour se ressouvenir de la joie d'être en vie dont certaines périodes de paix nous rendent plus conscients, et de pouvoir se rendormir contre lui.

Ce matin-là en s'éveillant, elle sentit que le navire était à l'ancre, malgré le jour depuis longtemps levé. Une odeur de feux de bois, celle de foyers allumés sur des plages pour y fumer du poisson, entrait par la fenêtre ouverte.

Elle se redressa sur sa couche et aperçut près d'elle, sur l'oreiller, un petit objet, un écrin de cuir fin travaillé d'or au petit fer, et en l'ouvrant, découvrit une montre du plus beau travail, malgré sa petitesse. Elle n'en avait jamais vu d'aussi raffinée. Les aiguilles représentaient deux fleurs de lys, et le boîtier d'émail bleu était constellé de fleurs d'or.

Un ruban de soie bleue permettait de la suspendre au cou. Elle avait appris que c'était la mode à Paris.

Elle se leva pour aller sur le balcon.

L'*Arc-en-Ciel* mouillait au pied d'un promontoire, dont le nez de roches sombres accrochait des lambeaux de brouillard. Le ciel était assez bas, et l'endroit ressemblait à une gravure sinistre pour drames illustrant la misère de naufragés ou de pirates abandonnés, avec de hautes falaises autour desquelles tournoyaient des oiseaux de mer bruyants de différentes espèces.

Mais pour Angélique, quel que fût le temps ou le décor, tout lui paraissait agréable et opportun.

Elle rejoignit Joffrey sur le pont.

— En l'honneur de quel événement vous dois-je, ce matin, ce ravissant présent ? lui demanda-t-elle.

— Un guet-apens de sinistre mémoire. Je ne pourrais l'oublier, car, en ces lieux mêmes, par une nuit sombre et traîtresse, vous m'avez fait cadeau, en me sauvant, du bien le plus précieux : la Vie, que nos ennemis voulaient une fois de plus me ravir. Survenue à temps et par miracle, vous avez abattu celui qui s'apprêtait à m'assassiner : le comte de Varange.

— Je me souviens : La Croix de La Mercy !

C'était donc là ? fit-elle en regardant avec curiosité le rivage qu'elle n'avait abordé que de nuit.

L'endroit gardait un aspect lugubre. Il y avait quand même un peu d'animation sur la grève en triangle surplombée de racines d'arbres qui perçaient les éboulements de la falaise.

Des canoës indiens attendaient, rangés, à demi tirés sur le sable, et à quelques encablures une embarcation à deux mâts se balançait.

Les matelots, des Français d'Europe, étaient venus remplir leurs tonneaux à la source. Mais un peu plus loin dans la ravine, des Indiens commerçaient avec le patron du petit bâtiment. Tout le long du fleuve, la traite des fourrures battait son plein.

Ils se trouvaient à la lisière d'un pays désolé, le Labrador, aux forêts profondes et marécageuses, vomissant des écharpes de brume qui venaient traîner à la surface du fleuve.

Misérables entre toutes étaient ces tribus de Montagnais qui hantaient les abords des rivières torrentueuses et glacées, ne se déplaçaient qu'environnées d'un nuage de petites mouches noires et tenaces, avançaient à la machette dans les taillis inextricables des sous-bois où, seule grâce, brillait parfois l'or de renoncules d'eau géantes. Rien que l'approche de ces lieux étreignait le cœur d'angoisse.

Autrefois, il y avait sur la falaise un premier comptoir et un oratoire, aujourd'hui presque abandonnés. C'était là que le comte de Varange, hanté par la vision de la Démone, avait donné rendez-vous au comte de Peyrac pour le tuer.

Angélique passa son bras sous celui de son mari. Une incroyable chance lui avait permis d'arriver à temps. S'il y avait un endroit où l'esprit des ténèbres n'avait pas prévalu contre eux, c'était bien ce lieu. Mais l'occasion lui parut propice pour faire allusion à l'entretien qu'elle avait eu récemment avec le lieutenant de police, à Québec.

— Garreau d'Entremont continue à fouiner autour de la disparition de ce Varange. Selon les directives de la police nouvelle, il lui faut un cadavre, même s'il s'agit de celui d'un immonde suppôt de Satan.

Ils firent quelques pas le long du pont.

À son bras et sous sa protection, ses déceptions et ennuis de Québec s'évaporaient, se réduisaient à de petites escarmouches dont le développement et la solution étaient remis « aux calendes grecques » par cette longue et lente révolution des courriers qu'exigeait toute enquête. Sur le point d'en parler à son mari, elle avait atermoyé, arrêtée par cette impression que certaines choses désagréables ou que l'on redoute prennent corps à être formulées en mots et que cela n'en valait pas la peine.

Puisque leur halte en la Baie de La Mercy, où dans les siècles passés il y avait eu un petit poste de traite et un oratoire, ramenait le souvenir du sinistre Varange, le dernier envoyé de la Démone pour les arrêter dans leur avance, elle parla de la convocation à laquelle il lui avait fallu se rendre. Et c'était toujours la même chose.

Le lieutenant de police devinait juste en ce qui concernait Varange. Son flair lui indiquait que c'était de leur côté, à eux, les voyageurs d'Acadie, qu'il lui fallait chercher la solution du mystère. Et aussi que cette affaire était liée à celle de la perte de la *Licorne* et de la duchesse de Maudribourg qui, attendue à Québec, était allée s'évaporer avec ses Filles du Roy sur les rivages de la Baie Française.

— Il prétend que les membres de la société donatrice s'impatientent, et de France l'on réclame des détails sur le naufrage de la *Licorne* et la mort de la duchesse.

Elle expliqua comment, pour essayer de lui donner satisfaction et gagner du temps, elle avait dû établir une liste des Filles du Roy survivantes avec l'aide de Delphine du Rosoy.

— Mais ai-je eu tort ?
— Que non pas.

Fallait-il parler des soupçons de Delphine à propos d'une substitution de personne qui amenait à envisager que la duchesse de Maudribourg n'était pas morte et pourrait reparaître ? Elle se tut car plus elle y réfléchissait, plus cela lui apparaissait « sans queue, ni tête ».

À Gouldsboro, elle interrogerait Colin et apprendrait sans doute ce qu'était devenue la sœur de Germaine Maillotin. Alors elle écrirait à Delphine pour la rassurer et la calmer.

Marchant aux côtés de Joffrey sur le pont du navire où tout était paisible et bien ordonné, elle ne se sentait pas disposée à débattre de chimères effrayantes et sans fondement. Joffrey s'était donné tant de mal pour la réconforter à son retour et lui rendre son humeur légère !

En ce moment même, analysant l'entrevue qu'elle avait eue avec le lieutenant de police, il s'efforçait d'en démontrer le côté encourageant, et de réduire à d'agaçantes mais futiles tracasseries les réclamations venues de Paris.

Quels que soient les quidams qui, là-bas, prenaient en main l'affaire de la *Licorne* et de sa propriétaire, Mme de Maudribourg, il les défiait de pouvoir mener et faire aboutir au Nouveau Monde une enquête qui déterminerait avec certitude ce qu'il était advenu de l'une et de l'autre.

Joffrey estimait que, sous ses dehors bourrus, M. d'Entremont s'était montré pour eux un ami sûr. N'avait-il pas laissé entendre qu'aussi longtemps qu'il le pourrait, il essaierait d'éviter de les mettre en accusation ? Sa fonction le contraignait à rechercher les meurtriers de l'ignoble Varange.

Angélique avait eu raison de lui établir cette liste des Filles du Roy à jeter comme un os aux réclamants. Cela l'aiderait à faire traîner les choses en longueur.

Selon toute apparence, il ne les portait pas dans son cœur, les fâcheux de Paris qui l'avaient fait revenir de sa maison de campagne en plein été pour le mettre dans l'obligation de se montrer une fois de plus désagréable avec Mme de Peyrac pour laquelle il devait cultiver un petit sentiment.

— Je ne crois pas que cela aille jusque-là, protesta Angélique qui ne gardait guère bon souvenir de ses entrevues avec le rogue sanglier.

— Disons qu'il apprécie de converser avec une femme séduisante qui lui fait les yeux doux pour l'amadouer et dont il sait qu'elle est en train de lui mentir effrontément, sans qu'il puisse pour autant l'en blâmer.

Irritation et admiration se partagent son cœur tour à tour et le torturent simultanément.

– Pauvre Garreau ! Lui qui déjà doit se livrer à l'aride lecture du « Mallens Maleficarum » pour connaître les pratiques de sorcellerie qui entraînent des crimes de sang sur la personne humaine afin de pouvoir mieux appréhender assassins et empoisonneurs !

Les tribunaux modernes pour en finir avec les délires de l'Inquisition exigeaient des preuves « matérielles » et la tâche se compliquait pour les policiers.

Si le diable se déchaînait, il fallait aujourd'hui apprendre à le combattre avec des armes d'hommes, c'est-à-dire à combattre les hommes eux-mêmes lorsque le Mal s'était installé en leurs cœurs pourris. C'est pourquoi Garreau d'Entremont n'était pas tenté de faciliter la tâche à ceux qui, de France, réclamaient des comptes pour une soi-disant bienfaitrice qui comptait parmi ses amis ayant préparé sa venue en Canada des La Ferté, Saint-Edme, Varange et compagnie, qu'il tenait pour gibier de potence, envoyés en relégation aux colonies par égard pour leurs blasons. La manie d'empoisonner pour résoudre ses problèmes se répandait comme un fléau.

Ils avaient bien ri le soir de ce festin sur le Saint-Laurent qu'elle se remémorait, lorsque, tous étant échauffés par le vin et parlant de la beauté de la cour du roi à Versailles, des fêtes qu'on y donnait, renchérissant sur le plaisir qu'il y avait à vivre parmi cette société brillante dont tout un océan les séparait, elle avait soudain lancé : Et les empoisonneurs !

Ils s'étaient esclaffés comme si c'était là une désopilante plaisanterie. Il y avait de quoi rire vraiment ! Comme si de mourir à la Cour d'un poison versé d'une blanche main baguée était moins tragique que de se faire assassiner d'un coup de poignard dans les bas-fonds de Paris !

Cette bizarre réaction l'avait déterminée à écrire au policier Desgrez, adjoint de M. de La Reynie, lieutenant de police du royaume. Rédigée dans les froids brouillards canadiens de novembre, cette lettre qu'un laquais dévoué, celui de M. d'Arreboust, avait pu faire parvenir en mains propres sans y laisser sa vie, apportait au patient chasseur les armes dont il avait besoin pour démasquer ceux qu'il s'évertuait à trouver.

Dans cette missive, elle lui livrait *tout*. Le nom des sorcières impliquées dans les crimes de Versailles, nombre d'adresses de leurs petits logis à travers Paris où elles recevaient leurs superbes clientèles, le nom de celle qui, jadis, « avait préparé la chemise », Athénaïs de Montespan, la maîtresse du roi, et de Mlle Désœillet, sa suivante, qui, depuis des années, servait d'entremetteuse avec la femme Mauvoisin.

Cette lettre avait eu une influence certaine sur le cours des événements. Elle se demanda comment Desgrez en avait usé... puis préféra détourner sa pensée.

Elle n'allait pas gâcher ces journées précieuses au fil du fleuve, où il leur était permis, sinon d'oublier, au moins de considérer plus légèrement les turpitudes du monde avec lesquelles ils ne tarderaient pas à avoir de nouveau à se débattre.

Le geste par lequel Joffrey tendrement la ramenait contre lui lui signifiait qu'il suivait et partageait ses pensées.

Ils étaient ensemble et se comprenaient. Ils éprouvaient la même ivresse à se tenir ainsi étroitement, lui, à sentir contre lui, accordé à son pas, ce corps de femme si précieux, si délectable, que lorsqu'il en détaillait tout ce qu'il avait d'aimable, il ne pouvait s'indigner que tant d'autres le convoitent et le lui envient. Elle, habitée de cette joie extatique et sereine qu'éprouvent parfois les enfants lorsque le soleil brille, que les fleurs sentent bon et qu'ils savent qu'on les aime. Il lui suffisait d'éprouver la ferme étreinte de son bras autour d'elle pour ne plus rien redouter au monde. Ses inquiétudes s'envolaient et ses soucis perdaient de l'importance. Elle vivait sous la protection de leurs nuits enchanteresses où cet homme que reconnaissaient pour chef et craignaient les plus fortes têtes se révélait si doux et empressé, si ardent à l'aimer, si avide de ses caresses, si attentif à faire naître ses transports et à combler ses désirs les plus vifs, abandons et folies dont ils ne se lassaient pas et en lesquels se transmutait, sur le plan charnel, l'entente qui, le jour, avait rapproché leurs esprits et animé leurs cœurs.

De préférence ensuite, on alla chercher des havres pour la nuit, ou pour se protéger des coups de vent, sur la rive Sud, plus hospitalière.

Au flanc des côtes, s'apercevaient les champs moissonnés. On transportait les gerbes, on chargeait le foin sur fond de moissons et d'engrangement. La hâte de l'été, trop bref, dont dépendait l'hiver, donnait à tous ceux qu'ils rencontraient des allures furtives et méfiantes. L'ennemi était ce ciel, parfois serein, rapidement envahi de nuées lourdes. Des éclairs de chaleur ne cessaient de faire des signaux muets dans la nuit, jusqu'au moment où éclatait l'orage, souvent dévastateur. Un autre ennemi de l'habitant penché sur sa glèbe, c'était le continuel retour des fêtes chômées pour célébrer les saints du paradis.

On essayait de tourner cela, comme les voyageurs partis sans « congé » pour les Grands Lacs ou le Grand Nord tournaient les interdictions et les excommunications. Mais vivre en Canada et sauver sa peau de l'hiver ou de la ruine était autre chose, et réclamait des accommodements avec le Ciel. Il y eut des orages. Les vannes du ciel s'ouvraient. Les navires commençaient leur danse de Saint-Guy. Les tempêtes du Saint-Laurent pouvaient être aussi terribles que celles de la mer.

Le voyage continua sous un ciel purifié.

Plus on avançait vers l'embouchure du fleuve, plus les côtes habitées et cultivées se faisaient rares.

À l'infini, de part et d'autre, le fleuve s'étirait, s'étendait, travaillé de moirures, de longs traits bleus de ciel, traversant l'étain terni de larges surfaces immobiles comme celles de lacs paisibles et d'autres gaufrées miroitant au soleil.

Mais contre les coques des navires, on voyait courir des courants glauques, se former de noirs tourbillons couronnés d'écume blanche.

Lorsqu'on se rapprochait des rivages, se dessinait la monotonie sauvage d'une géante Bretagne, de falaises et de landes couronnées de forêts de conifères noirs et trapus.

Le plus important des censitaires de la région était ce Tancrède Beaujard, ami d'enfance du vieux Loubette. Il vint les visiter à bord, et évoqua les souvenirs des « premiers », lorsque, le navire de la compagnie n'étant pas parvenu cet été-là sous Québec, Champlain avait dû remettre la survie de ces quelques colons à la charité des sauvages et comment lui-même, âgé de dix ans, et sa sœur Élisabeth et ledit Loubette qui en avait onze, avaient été « placés » pour l'hiver chez les Montagnais du coin, ce qui leur laissait le meilleur souvenir de leur vie.

Le fleuve s'élargissait toujours. Le dragon ne cessait d'ouvrir sa gueule immense, bâillait et crachait des îles avant de rejoindre la mer.

9

Après être passé au large de la seigneurie de Mont-Louis, aux environs de la rivière Matane, l'un des quatre cours d'eau descendant des Monts Chikchoks, un vaisseau qui leur apparut comme de la Marine royale sortit de la brume du rivage et sans doute de l'embouchure de la rivière où il se cachait, et après avoir louvoyé, leur expédia des signaux de détresse.

Non sans prudence, Joffrey de Peyrac fit réduire les voilures et détacha, à leur rencontre, un de ses yachts, agile et prompt à la manœuvre. Le vent était si bon que c'était dommage de ralentir la course et de ne pas laisser une partie des bâtiments parmi les plus lourds – l'*Arc-en-Ciel,* par exemple – continuer sur leur lancée. Mais le comte préférait appliquer la règle d'or des Hollandais, gens de mer et de commerce s'il en fut, et qui liaient la réussite de leurs expéditions autour du globe au principe qu'une flotte devait toujours rester groupée.

On manœuvra à grands cris, les matelots s'élançant dans les haubans, courant le long des vergues en maudissant l'importun.

Le commandant de celui-ci fut ramené peu après à bord de l'*Arc-en-Ciel,* et c'était bien un officier de la Marine royale, car il portait le justaucorps bleu à parements rouges, l'écharpe de satin blanc, la culotte noire, les bas de soie cramoisie et un feutre noir à plumes, uniforme imposé par le ministre Colbert, non point tant pour obliger les officiers de la Marine du roi à se bien vêtir, que pour réduire le flot de passementerie, de broderies, de ruches et d'aiguillettes dont ils se couvraient. La réforme n'avait pas été sans soulever un tollé général. Comment dans une bataille sans toutes ces fanfreluches, franges d'or et plumes, les gens d'équipage reconnaîtraient-ils « leur » capitaine et différencieraient-ils les officiers entre eux ? D'où la nouvelle décision de donner un sens aux divers galons auxquels personne ne voulait renoncer : d'or ou d'argent, au nombre de un à quatre, ils allaient indiquer la fonction ou le grade.

Les souliers étaient restés à talons rouges et à revers, la chemise à manchettes et col ou jabot de dentelle. À la rigueur la couleur de la culotte était laissée à la fantaisie ainsi que celle des plumes du chapeau, leur nombre et leur hauteur.

Le nouveau venu ne se privait pas d'outrepasser les limites.

La main sur le pommeau de son épée, il se nomma : le marquis François d'Estrée de Miremont.

— J'ai reconnu votre pavillon, Monsieur, dit-il en s'inclinant très bas et balayant le plancher du panache de plumes de son tricorne galonné, et j'ai béni l'opportunité de votre arrivée. Et maintenant, je vous vois et je continue à être rempli d'aise, non seulement parce que je sais que votre rencontre va me tirer d'un mauvais pas, mais aussi parce que va se trouver satisfaite la curiosité que bien des récits vous concernant ainsi que – d'un plus grand salut encore il plongea en direction d'Angélique – votre épouse, aussi célèbre par ses vertus, ses exploits que sa beauté ont éveillée en moi et aussi, je pourrais l'assurer, dans l'esprit de mon état-major et de mon équipage jusqu'au dernier des mousses.

Et comme Joffrey de Peyrac, sans se laisser émouvoir par ces déclarations flatteuses, demeurait de bois attendant la suite, l'officier s'étonna :

— Vous ne me demandez pas, Monsieur, en quel lieu j'ai pu ouïr ces discours vous concernant et de quelle bouche fort réputée je les tiens ?

– Je m'en doute, Monsieur. À votre langage et à vos manières, je devine que vous les tenez de la Cour.

– Gagné ! Je ne parierai pas avec vous, Monsieur. J'y perdrais trop de plumes. Mais vous ne vous êtes pas inquiété de savoir de quelle bouche sont tombés ces propos.

Jouant le jeu avec un sourire, car il ne servait à rien de vouloir distraire un courtisan de ses tournures habituelles, Peyrac répondit :

– Suis-je présomptueux en avançant que les bouches furent nombreuses car je sais le ramage qui s'autorise autour de Sa Majesté ? Mais s'il ne me faut parler qu'au singulier, j'oserai nommer M. de Vivonne, votre amiral.

– Perdu et gagné, Monsieur ! Vous avez voulu vous montrer trop modeste. Pour moi, je voulais parler de Sa Majesté elle-même. Cependant, il est vrai que M. de Vivonne s'intéresse aussi beaucoup à vous, ce qui est de son devoir, tout ce qui se trouve au-delà des mers relevant de sa juridiction.

On ne savait si son regard appuyé signifiait qu'il connaissait le secret de l'escapade de Vivonne en Nouvelle-France, ou s'il voulait seulement rappeler que le haut titre du frère de Madame de Montespan lui donnait tout pouvoir en ce qui concernait les colonies. Ces mimiques variées pleines de sous-entendus et d'allusions constituaient le langage hermétique et codé de la noblesse courtisane dans l'entourage du roi et c'était tout un art que de savoir le manier et l'interpréter.

Durant ces préliminaires, les navires allaient et venaient, serraient et déployaient leurs voiles pour essayer de faire du surplace, et résistaient difficilement à la brise soufflant de terre.

– Monsieur d'Estrée de Miremont, dit Peyrac, vous n'avez pas été sans remarquer que je descendais le fleuve et que j'avais le vent pour moi. Le temps me presse de profiter de l'aubaine. Veuillez me dire sans plus d'ambages en quoi je puis vous obliger. Avez-vous subi quelque avarie? Manquez-vous de pilote côtier pour la remontée du Saint-Laurent? Connaissez-vous des difficultés du fait de ce vent qui m'est propice, mais peut vous empêcher dans votre route vers Québec?

– Québec? Je ne vais pas à Québec. Qu'irais-je faire à Québec?

Il eut un geste vers l'amont qui signifiait combien peu il faisait cas de ces croquants du fond des terres, occupés à leurs moissons.

C'était un incident fâcheux qui l'avait fait s'engager, bien malgré lui, dans l'embouchure du Saint-Laurent. Il entreprit le récit de son voyage et de ses mécomptes. Il était parti deux mois plus tôt du port de Brest, à la pointe de la Bretagne, le cœur et l'esprit habités d'un but bien précis qui lui faisait poser le doigt sur l'extrême pointe septentrionale de la mappemonde, là où tous les cartographes se contentaient d'ébaucher de vagues contours d'îles et presqu'îles indécises d'un blanc virginal, car nul n'aurait osé y suggérer la présence de verdure, ou seulement de terre.

En un mot comme en cent, M. d'Estrée faisait partie de ces « fous des glaces » qui n'hésitaient pas à aller faire chatoyer leurs beaux uniformes de la marine royale française sous la lumière polaire du Grand Nord. Ils étaient plus nombreux qu'on ne le croyait, ceux qui n'hésitaient pas à s'avancer dans le translucide rayonnement d'un soleil qui traverse l'horizon comme une énorme rose et qui jamais ne se couche, flairant à la poupe d'un vaisseau craquant comme une coque de noix menacée le sûr chemin du chenal bleu de l'eau entre ces murailles géantes, à pic, étincelantes comme des falaises de diamants, des glaces flottantes qui les escortaient, il était de ceux qui parvenaient à découvrir, à atteindre contre toute raison cette sorte d'Eldorado des rivages polaires desquels on attendait on ne sait quelles richesses.

Au début, ç'avait été l'espérance de trouver la mer de Chine afin de raccourcir la route des épices. Plus tard, celle de trouver de l'or ! Plus tard enfin, on avait été récompensé par le pactole des fourrures précieuses recherchées toujours plus haut dans les toundras inaccessibles. Et pour beaucoup, ces expéditions démentes, c'était pour *rien,* sinon le désir sur cette terre donnée aux hommes d'aller plus loin rencontrer des êtres inconnus, survivant sur des radeaux de glace, des animaux, des paysages jamais vus, des phénomènes jamais contemplés.

Les « fous des glaces », explorateurs des pôles, étaient parmi les navigateurs du monde entier une race à part, et qui avaient pour les horizons stériles et gelés une passion quasi voluptueuse qui leur faisait paraître la mort par gel, famine ou scorbut douce et des meilleures.

Malgré son langage précieux et ses jeux de manchettes de dentelles qu'il était capable autant qu'un autre d'effectuer devant le roi, M. d'Estrée se révéla être de cette race-là.

Or, donc, en ces jours mêmes, il revenait de la Baie d'Hudson, où depuis soixante ans, drapeaux français, anglais, croix dressées et jusqu'à un canon danois oublié attestaient des incursions que les hardis amoureux du Grand Nord n'avaient cessé d'y opérer. Pour lui, pas de problèmes, aucune avarie. Le temps parfait, bien qu'à la mi-juillet, là-bas, il flottât encore des îlots de glace paresseux, taillés en monstres biscornus : tourelles, chapiteaux aux pointes vert émeraude ou bleu turquoise.

Mais, sitôt pris pied aux rivages spongieux, encensés de nuages de mouches noires, minuscules, avides et sanguinaires, quel marché de fourrures avait-il fait ! quelle animation, mes amis !

De la forêt aux arbres nains, les Indiens odjibways et nipissings, qui se souvenaient de la grande chaudière pleine de marchandises, suspendue à un arbre par Button, pour les sauvages errants, surgissaient. De son marché, M. d'Estrée rapportait pour deux cent cinquante mille livres de fourrures de toute beauté. Moins de castors, mais du renard argenté, des loutres noires, des martres, des visons, des zibelines.

Après avoir visité les établissements anglais de la *Hudson' Bay Company* et entre autres Fort Rupert au fond de la poche méridionale, dite Baie James, et quelque peu incendié leurs baraquements, il s'était retiré.

Mais, débouchant victorieux du Détroit de l'Hudson et longeant la côte dans les environs de la rivière Melville, il s'était trouvé nez à nez avec un fort impressionnant vaisseau de Sa Majesté britannique, décidé, semblait-il, à emprunter le même chemin à rebours et qui, le voyant surgir de l'endroit même où il se rendait, avait dû se douter que le renard venait de visiter le poulailler.

D'où une poursuite mouvementée à laquelle le bâtiment de M. d'Estrée, l'*Incomparable,* n'avait pu échapper qu'en se glissant par le détroit de Belle-Isle, entre le Labrador et la pointe Nord de Terre-Neuve, ce qui ne retint pas son chasseur. En définitive, le bâtiment français n'avait eu d'autre solution que de se jeter dans l'estuaire du Saint-Laurent, territoire de Nouvelle-France où un navire anglais ne pouvait guère oser le suivre sans commettre une infraction aux traités de paix signés entre les deux royaumes.

Pour plus de sûreté, M. d'Estrée s'était engagé assez avant le long de la rive Sud, cherchant refuge dans l'entrée de la rivière Matane pour y jeter l'ancre. Maintenant, il souhaitait reprendre son voyage de retour vers l'Europe mais continuait de redouter qu'au sortir du terrier, l'ennemi ne l'attendît. Il avait jugé qu'il lui échapperait mieux s'il se trouvait en compagnie, d'où sa demande d'aide à M. de Peyrac.

– Monsieur, fit remarquer celui-ci, vous devez comprendre que, malgré mon désir de vous obliger, je ne peux ouvrir avec le Britannique des hostilités qui me nuiraient fort et pourraient me rendre responsable d'un conflit entre la France et l'Angleterre.

– Aussi ne vous demanderai-je pas cela, mais seulement de me permettre de mêler mon unité à votre flotte avec laquelle elle se confondra et de franchir ainsi, sous la protection de votre pavillon, le cap de Gaspé. Au-delà, je ne pense pas qu'il essaiera de me chercher noise... À supposer qu'il ait gardé assez de patience pour me guetter encore, en risquant de se faire surprendre dans nos eaux territoriales.

Joffrey de Peyrac acquiesça.

– Soit ! Je ne saurais refuser ce service à un compatriote.

Durant son récit, M. d'Estrée n'avait cessé de jeter de brefs coups d'œil sur ses interlocuteurs cherchant à deviner l'opinion que ceux-ci se formeraient de son expédition, blâme ou approbation, car il avait entendu plusieurs sons de cloche à leur sujet et c'était l'occasion de savoir s'il s'agissait vraiment d'alliés des Anglais, sympathisants de la Réforme, ou si M. de Frontenac avait raison de les présenter comme des amis sincères et un solide appui pour la Nouvelle-France.

Hors la courtoise autorisation à lui accordée par M. de Peyrac de pouvoir se cacher parmi ses navires en tant que *compatriote,* il ne put rien deviner.

Joffrey de Peyrac éluda toute discussion tendant à décider si M. d'Estrée avait eu tort ou raison d'aller un peu piller et malmener les établissements de la Compagnie de la Baie d'Hudson dont le siège était à Londres, mais qui avait été plus ou moins fondée par des Français du Canada, les premiers à atteindre par terre les rivages de ladite baie dont l'histoire promettait d'être aussi compliquée et partagée entre hégémonies française et anglaise, que celle de la Baie Française, à l'autre bout au sud.

Joffrey, rompu à ces controverses, ne le contrariait point, reconnaissait les faits et ne blâmait personne.

— Vous m'avez l'air de diablement connaître la région ? fit remarquer l'officier français d'un air soupçonneux car il avait pour la Baie d'Hudson et ses rivages un attachement presque amoureux.

Le comte de Peyrac sourit avec assez de détachement pour rassurer le jaloux et dit qu'un récent voyage dans le Haut-Saguenay l'avait mené dans les parages de la Baie d'Hudson. Il ne parla pas des Iroquois qui auraient fort bien pu aller interrompre de façon sanglante le « marché » de M. d'Estrée, non plus que de ses meilleures sources, qu'il devait aux cartes, plans et descriptions que son fils aîné Florimond de Peyrac, âgé de dix-neuf ans, avait ramenés d'une expédition sur le pourtour de la célèbre Baie en compagnie du fils des Castel-Morgeat.

La navigation se poursuivant de concert, M. d'Estrée fut plusieurs fois convié à dîner ou souper à bord de l'*Arc-en-Ciel*.

Dès le premier repas, Angélique ne fut pas sans remarquer l'absence au service de M. Tissot, leur maître d'hôtel. Son abstention se renouvelant à la visite suivante du gentilhomme français, elle désira savoir s'il n'y avait que hasard dans cette coïncidence. Dans le cas contraire, elle en soupçonnait déjà les raisons. Le maître d'hôtel ne biaisa pas.

— Je dois me garder de me faire reconnaître par M. d'Estrée. Il est souvent à la cour. Sa mémoire pourrait être fidèle.

Ancien officier de bouche du roi, cet homme sur le passé duquel ils savaient peu de chose avait dû franchir les frontières du royaume et traverser les mers pour fuir le triste sort qui guette parfois le valet qui en sait « trop long ».

— À Québec, lorsque vous y fûtes avec nous, vous aviez l'occasion de revoir des personnes indésirables, et vous ne sembliez pas craindre même ce grand seigneur qui s'y cachait sous un faux nom.

— Les responsables des cuisines, des vivres et des assiettes à Versailles sont innombrables. Une véritable armée.

Il se trouve que, connaissant de vue M. de Vivonne pour lui avoir présenté des plats, celui-ci n'a jamais eu à me remarquer parmi mes collègues lorsque j'officiais à la table du roi.

Par contre, M. d'Estrée était l'ami intime du seigneur auquel j'ai été entraîné à rendre quelques services dont j'ai compris, presque trop tard, qu'on aimerait me les voir oublier de façon définitive. La fortune que l'on m'avait offerte et qui m'avait tenté m'a servi à prendre la fuite. Malgré le temps écoulé je ne tiens pas à me faire reconnaître. Il n'est pas de lieu au monde où un homme qui sait ce que je sais puisse se dire à l'abri.

— Je vous comprends, monsieur Tissot, tenez-vous donc à l'écart. Vos aides sont bien dressés par vous et accomplissent leur tâche au mieux. D'ici quelques jours nous passerons sous Gaspé et entrerons dans le golfe du Saint-Laurent. M. d'Estrée nous quittera pour cingler vers l'Europe. De toute façon, je ne crois pas que nous ayons à redouter une attaque de l'Anglais.

Elle regarda d'un autre œil le volubile et aimable officier de la Marine royale. Derrière le « fou des glaces » pointait le courtisan. Sa campagne achevée, et son navire à l'ancre, il abandonnerait son port d'escale pour courir à Versailles retrouver des amis, des femmes influentes, des protecteurs.

Il fallait intriguer autour du trône si l'on voulait se faire donner de brillants et lucratifs commandements.

L'incident de M. Tissot, qui paraissait de peu d'importance, en prenait pour Angélique du fait des songeries qui l'avaient escortée lorsqu'elle passait dans les parages de La Mercy et qu'elle évoquait l'attentat de Varange.

Qu'en était-il à la Cour de ces sinistres histoires de poison ? La mode en passait-elle ? Puisque c'était une mode !... d'après ce que lui avait dit Vivonne, le frère d'Athénaïs de Montespan, qui s'étonnait de la voir considérer avec indignation, la pratique des « bouillons d'onze heures » administrés aux gêneurs, vieux époux, ou rivales en amour, celle des « messes noires » sacrilèges pour obtenir richesses ou honneurs, l'achat des recettes de toutes sortes aux sorcières...

« Tout le monde le fait... » avait-il dit en la considérant avec un mépris apitoyé, comme si elle sortait de sa campagne...

Les lettres qu'elle recevait de la Cour, celles de Florimond, fort détaillées sur les plaisirs, les bals, les spectacles de Versailles, ne faisaient allusion à rien. Et cela relevait d'une prudence élémentaire:on ne pouvait se permettre de seulement énoncer une phrase par écrit sur de telles abominations.

Les écrits tuent. Celui qui aurait eu la légèreté d'en faire état dans un courrier signé de sa main risquait, si la missive était saisie, d'y laisser la vie.

Les paroles sont moins dangereuses. Elles s'envolent, se dissolvent, surtout si elles sont prononcées entre ciel et eau, sur un navire, aux antipodes déserts du Grand Nord.

Elle médita d'obtenir de M. d'Estrée quelques confidences sur ce qui se passait à la Cour en prenant garde que rien de leurs propos ne puisse être surpris par des oreilles aux aguets.

Ce qui n'empêcha pas M. d'Estrée de jeter un rapide regard alentour lorsqu'elle le prit en particulier, à la pointe du second pont, et le pria à voix couverte de lui dire la vérité en ce qui concernait la disgrâce de Mme de Montespan que divers courriers de France lui avaient annoncée récemment comme définitive.

– Je ne peux y croire ! Vous qui vivez à la Cour, Monsieur, renseignez-moi. Athénaïs de Montespan aurait-elle cessé de demander aide à sa devineresse, ou bien celle-ci s'est-elle retirée, fortune faite, privant ses riches clientes de l'aide de ses pratiques magiques ?

C'est alors que M. d'Estrée, un peu désarçonné par la question abrupte, jeta un rapide coup d'œil craintif autour de lui puis, ne voyant que le brouillard ensoleillé qui repoussait sans fin l'horizon, et pour tous témoins proches les oiseaux de mer passant et repassant dans les hauteurs, il parut mesurer la distance qui le séparait des dangers de Versailles et se rassurer.

– Renseignez-moi, je vous en prie, insistait Angélique. Je suis coupée de tout ici, vous le voyez bien. Vous n'avez rien à craindre de moi. Que pourrais-je faire contre vous en ces déserts de ce que vous allez me confier ?... Je n'appartiens à aucune coterie. Mais comprenez que je suis curieuse comme toute femme et m'intéresse à ce qui se passe dans le voisinage du Soleil et au destin de personnes que j'ai bien connues, et que je reverrai sans doute un jour, plus tôt qu'on ne pense. Je dois me tenir au courant. Vous devinez que ce ne peut être par les missives que je reçois. Ce n'est pas par un pli qui peut être saisi par n'importe quel espion que l'on peut trouver réponse à ces questions. Distrayez-moi, Monsieur, en me donnant quelques aperçus de ce qui se raconte sous le manteau. Je vous en saurai gré...

Après une suprême hésitation, il eut un geste qui consentait. Il comprenait qu'il ne serait pas habile de la contrarier. Sa réputation à la Cour et celle de son époux ne cessaient de grandir.

Leurs deux fils, nantis de charges brillantes, retenaient l'attention du souverain. Et puis, après tout, se répéta-t-il après un dernier regard sur les lointains du fleuve, on n'était pas ici dans les couloirs de Versailles, de Saint-Germain ou du Palais-Royal !

Il pouvait se permettre de faire plaisir à une jolie femme qui lui laissait entendre qu'elle s'en souviendrait lorsqu'à son tour elle se retrouverait en faveur près du roi.

– Eh bien ! laissez-moi vous dire que s'ils vous ont parlé de la disgrâce de la belle Athénaïs, vos épistoliers retardent, lui dit-il. Lorsque je quittai le port de Brest, étant passé par Paris pour prendre mes ordres auprès du ministre des Colonies, je sus que Mme de Montespan, votre amie, était revenue à Versailles plus triomphante que jamais. Il est vrai que son règne a connu quelques éclipses. Son trône est ébranlé. Elle faisait au roi des scènes atroces. Et ce n'est pas la première disgrâce qu'elle dut encourir. Elle a été exilée à Saint-Germain plusieurs mois, il y a trois ou quatre ans. Mais, voyez cette merveille ! Elle revint, et le roi lui fit, coup sur coup, deux enfants qu'il s'apprête à reconnaître comme princes du sang.

– Vos renseignements ne me surprennent pas. Le roi n'a jamais pu se passer d'elle ! Sa beauté et son entrain le subjuguent !...

– C'est plus que cela et vous vous en doutez ! Votre question tout à l'heure à propos de la devineresse était pertinente. Sans médire de la beauté de Mme de Montespan, sans méjuger du pouvoir qu'elle a sur le roi par les effets d'une liaison de plus de treize années, il est certain que l'or qu'elle a laissé dans l'escarcelle des sorcières lui fut d'un grand secours.

Angélique lui décocha un sourire entendu.

– La Mauvoisin pratique donc toujours ? fit-elle en baissant la voix.

– Plus que jamais. Tout Paris se rend chez elle, les plus grands noms du Royaume... Depuis que le branle a été donné par Mme de Montespan, son officine ne désemplit pas. Quant à Athénaïs, vous la connaissez, je le vois. Alors que pensez-vous ?... A-t-elle jamais laissé une autre femme prendre sa place auprès du roi ?... Non ! Et cela ne sera jamais. La nouvelle favorite ne va pas tarder à y passer comme les autres.

– Madame de Maintenon ! s'écria Angélique, déjà pleine d'inquiétude pour la pauvre Françoise d'Aubigné, son amie de jadis, qui pourtant était celle aussi d'Athénaïs.

Mais en effet, pour celle-ci, déchaînée par la passion et la crainte de perdre le roi, aucun lien d'amitié ne devait plus compter.

Le courtisan haussa les épaules.

– Vous n'y êtes pas. Je parle de la nouvelle favorite, Mlle de Scoraille, une jolie blonde de dix-huit ans. Notre Sire frustré est à l'âge où l'on se rabat sur des jeunesses...

– Pourtant, l'on m'avait dit que Mme de Maintenon...

– Je ne mésestime pas la faveur dont la gouvernante des enfants bâtards du roi continue à être l'objet. Il l'a faite marquise, ce qui n'est pas rien. Mais que peut-elle faire dans ces embrouilles ?... Elle se contente de rassembler sous ses ailes les petits enfants qui ont été remis à sa garde et de les soustraire à l'influence de leur terrible mère qui a d'autres « chats à fouetter ». Plaire au roi et abattre ses rivales occupe tout son temps. Les pires mixtures entrent au Palais. L'an dernier on a vu le roi fort malade et ce n'était pas l'effet d'une fièvre quarte. Mme de Montespan a laissé entendre qu'elle n'était pas étrangère à ces malaises, disant qu'elle préférait se priver des faveurs du roi indisposé, plutôt que de le voir les porter à d'autres.

– S'il en est ainsi, Monsieur d'Estrée, sachant ce que vous savez, ne pensez-vous pas qu'il est de votre devoir de faire prévenir Sa Majesté... d'une façon ou d'une autre ?

– Êtes-vous folle ? fit-il en lui jetant un regard moqueur, si ce que je sais, si ce que nous savons tous, chacun à part soi, venait au jour, il y aurait menace pour quelques-uns de se « faire tirer par quatre chevaux... ».

Sa réflexion éveillait un sinistre écho.

Il faisait allusion au supplice réservé aux régicides uniquement. Et étaient considérés comme régicides ceux qui avaient formé le projet d'attenter à la vie du roi, même si le projet échouait.

La condamnation était alors d'avoir chacun des quatre membres, bras et jambes, attaché à l'arrière d'un cheval. Lesquels quatre chevaux tirant dans des directions opposées écartelaient le supplicié jusqu'à ce que chaque animal emportât avec lui un lambeau du corps démantelé.

– Que dites-vous, murmura Angélique horrifiée. Mme de Montespan irait-elle jusqu'à chercher à empoisonner le roi ?...

– Je n'ai rien dit, protesta l'officier de la Marine royale en se détournant vivement.

Il paraissait regretter ses bavardages. Mais voyant son air d'attente passionnée, il ne put se retenir d'ajouter :

– Ne parlons pas de poison mortel, parlons seulement de poudres aphrodisiaques que la favorite en titre mêle à la nourriture du roi pour reconquérir celui-ci. Et d'ailleurs, elle a réussi, je vous l'ai dit. Mais le résultat va plus loin qu'elle ne l'avait exigé. Ces médecines qu'il absorbe à son insu expliquent la fringale de chair fraîche dont a été saisie Sa Majesté, ce qui désole évidemment Mme de Maintenon, que pourtant il ne délaisse pas, aimant chaque soir converser avec elle, passant par son appartement pour faire sa partie de billard, mais elle se refuse à lui. Alors vous comprenez... c'est un vrai défilé : Mme de Louvigny, Mme de Rochefort-Théobon... On dit qu'il fait feu de tout bois si je peux m'exprimer ainsi : suivantes de la reine, femmes de chambre, il y a longtemps que l'une des filles de Mme de Montespan avait coutume de la remplacer auprès de lui en ses jours d'incommodités, une certaine Désœillet, et l'on dit qu'elle a eu de lui un enfant...

Mais pour la nouvelle favorite qui est fort jolie et touchante, il semble qu'aient joué auprès du roi d'autres charmes. Il n'y aurait pas eu, dit-on, que ses seules blondeur et jeunesse pour l'attirer... Enfin ceux qui le connaissent bien et ne sont pas nouveaux venus à la Cour prétendent qu'un détail a joué pour retenir sur elle l'attention du monarque.

– Lequel ?
– Son prénom.
– Quel est-il ?
– Angélique !...

Il lui adressa une petite grimace complice, puis éclata de rire en rejetant la tête en arrière, et à ce rire firent écho les cris aigres des goélands, des « fous de Bassan », des mouettes et sternes qui hantaient les rives proches et passèrent au-dessus d'eux avec des froissements et claquements d'ailes qui semblaient s'indigner.

Quel était ce rire grinçant et insultant de l'homme perçant ces solitudes irisées ?

François d'Estrée tendit soudain le bras devant lui :

– Oh ! regardez là-bas !...
– Quoi donc ? L'Anglais ?...
– Non ! Là-bas !... Ces couleurs qui tremblent.

Elle suivit la direction qu'il lui désignait vers le Ponant et vit se déployer au-dessus des ombres, devinées dans le brouillard, de promontoires et de montagnes aux lointains moutonnements, des draperies d'un rose incertain, qui se doublèrent d'un vert d'algues vives traversées de soleil, puis d'un ourlet d'or en galonnade. Cela fondit alors qu'ils avaient à peine réussi à happer la vision. Mais il y eut encore un clignotement subit au milieu d'un cercle d'un blanc incandescent, comme le clin d'œil d'une brillante étoile, qu'un dieu facétieux leur envoyait de l'éther inaccessible.

— Une aurore boréale ! fit le comte d'Estrée, la voix tremblante d'émotion. Dieu, que c'est beau ! C'est plus que rare en cette saison. C'est un signe ! Le froid descend déjà. Les glaces vont se refermer. L'Anglais ferait bien de se hâter sinon il sera obligé d'hiverner à Fort Rupert et j'ai tout brûlé de leurs habitations.

Il riait encore, mais d'un autre rire, et les lumières dispersées d'un soleil invisible mettaient sur son visage débarrassé des poudres et des fards, tanné par les brûlures du froid, le reflet d'une enfantine ardeur.

— Pourvu qu'il ait renoncé à m'épingler à la sortie des détroits.

Il regagna son bord pour être prêt à toute éventualité.

Après avoir dépassé Anticosti, la grande île longue de près de trois cents miles uniquement peuplée d'ours blancs et d'oiseaux, le danger parut écarté de voir surgir un navire anglais en embuscade. M. d'Estrée vint de nouveau à bord, accompagné de son garde-étendard, faire ses adieux et prodiguer ses remerciements.

— Puisque nul désagrément n'en a résulté, permettez-moi de me féliciter de ce contretemps qui m'a donné l'immense avantage de faire la connaissance de personnages célèbres, et fort en Cour, malgré leur éloignement du Soleil. Il n'est de jour où l'on n'entende évoquer à Versailles, soit celle qui a laissé la réputation d'une des plus belles femmes du Royaume, soit celui qui semble donner à nos établissements d'Amérique un nouvel essor et une sécurité qui leur a longtemps fait défaut. Il est vrai que vous avez là-bas comme ambassadeurs deux jeunes seigneurs, vos fils, qui ont su s'attacher la faveur de Sa Majesté.

Jusqu'alors, il n'avait pas fait allusion qu'il eût rencontré Florimond et Cantor. Il se défendit de les bien connaître. C'étaient des bavardages de Cour. Il s'y était intéressé en apprenant que ces jouvenceaux, nantis de hautes charges par Sa Majesté, venaient d'Amérique. Maintenant, il les situait mieux.

Il remit à Angélique, en gage de reconnaissance pour l'aide apportée, un petit flacon d'un certain prix dont il s'excusa que le modèle fût un peu trop courant, de ceux qui allaient porter le renom de la France dans les capitales lointaines, aussi bien chez le Grand Mogol que dans les grandes villes espagnoles du Nouveau Monde. Aussi, sans vouloir la persuader que ce flacon de vermeil n'existait qu'en un seul échantillon conçu pour elle seule, dans son inspiration originale, voulait-il quand même lui laisser un souvenir, gage de son admiration sans limites.

— De toutes les merveilles rencontrées, Madame, vous êtes la première. Je vous décrirai au roi.

LA LECTURE
DU TROISIÈME SEPTÉNAIRE

10

Chaque fois qu'Angélique revenait à Goulds-boro, chaque fois qu'à travers l'échappée de brumes aux frémissements nacrés, ou sur le plus rare écran bleu roi du ciel, elle voyait briller le rose suave des deux grands mamelons du Mont-Désert qui en annonçaient l'entrée, une excitation heureuse s'emparait d'elle.

Et il n'aurait servi de rien de lui représenter l'avalanche de drames et d'avanies que ces parages ne lui avaient guère ménagés et qu'elle allait peut-être trouver.

Pour elle, ils restaient empreints d'une féerie paradisiaque, celle qui l'avait ravie à l'instant même où elle avait perçu dans le brouillard épais traversé d'arcs-en-ciel le bruit de la chaîne d'ancre se déroulant pour immobiliser le bateau parvenu au terme de sa première longue traversée, tandis qu'elle se tenait debout sur le pont, Honorine contre elle. Au fond d'elle s'était élevé ce cri silencieux de tant de persécutés ayant échappé à la prison et à la mort et qui donne envie de tomber à genoux : « Le Nouveau Monde !... »

Tout pouvait arriver sur cette terre nouvelle, avait-elle pensé, elle l'acceptait d'avance. Car ils étaient enfin libres et sauvés.

Chaque fois qu'elle revenait à Gouldsboro, elle

revivait ce moment qu'elle avait ressenti comme l'apport d'un sang neuf qui l'avait galvanisée.

En touchant le Nouveau Monde, les pourchassés, les vaincus retrouvaient leurs qualités d'hommes, et certains pour la première fois.

En dépit de ce qu'elle avait dû endurer par la suite sur ces rivages, Angélique n'oubliait pas sa première impression de béatitude indescriptible.

À laquelle s'étaient ajoutées, les jours suivants, les joies miraculeuses de retrouver vivants ses deux fils aînés. Et elle n'oublierait jamais l'instant où elle avait aperçu Cantor, nu comme un jeune dieu de l'Olympe, voguant à la crête des vagues dans la grotte des Anémones en criant : « Regardez-moi, ma mère ! » Cela rejoignait le rêve prémonitoire qu'en avait fait Florimond avant de partir pour l'Amérique avec Nathanaël de Rambourg. Elle avait cru qu'elle rêvait... ou bien qu'elle était morte. Souvent ici, tout prenait l'allure d'un rêve tant le contraste avec l'existence dans ce qu'on appelait les Vieux Pays était grand.

Donc Gouldsboro resterait à jamais le lieu des réalités qui ressemblent à des mirages, des récompenses démesurées, des bonheurs qui vous foudroient comme l'éclair.

Et ces heureuses dispositions qui lui faisaient l'âme légère et le cœur chantant éveillaient son impatience de retrouver ceux qui avaient été mêlés – pas toujours de meilleure grâce il fallait l'avouer – aux premières heures vécues sur ces rivages.

Il y avait les huguenots de La Rochelle, qu'elle et Joffrey avaient réussi à sauver de la prison et des galères, et parmi eux sa tendre amie Abigaël mariée avec Gabriel Berne, leurs enfants Martial, Séverine et Laurier qu'elle considérait comme ses enfants adoptifs... la vieille Rébecca, leur servante, tante Anna, les Manigault, les Carrère, etc.

Elle s'apprêtait aussi à revoir Colin Paturel, et ce n'était jamais sans éprouver de l'émotion, ni un franc plaisir, qu'elle ne se reprochait d'ailleurs plus. Si elle analysait le sentiment que lui inspirait la vue de leur « gouverneur », haut et massif, venant à eux de sa démarche assurée d'homme de mer habitué au tangage des navires, levant les bras en signe de bienvenue au milieu de l'agitation piaillarde des enfants qui l'escortaient toujours, elle ne trouvait que celui, si reposant, si réconfortant, de se savoir un ami qui professait à leur égard à TOUS DEUX un attachement et un dévouement sans limites.

Lorsque Colin était près d'eux, Joffrey et elle se sentaient *trois* à porter le fardeau, à partager les charges. Ils savaient que la fidélité de Colin à leur égard ne faillirait jamais.

La marée du milieu du jour les porta en eaux calmes par le chenal que seuls pouvaient franchir des pilotes entraînés. Il y eut des manœuvres avant de pouvoir mouiller l'ancre car plusieurs bâtiments de différents tonnages, voiles carguées, encombraient la rade. Dans les préparatifs de l'arrivée, Angélique ne prenait pas garde au peu d'embarcations qui convergeaient vers eux, à part des canoës indiens toujours empressés à venir tourner autour d'un nouveau bâtiment, par curiosité ou désir de vendre des fourrures et d'obtenir de l'eau-de-vie.

Ayant pris place dans la chaloupe qui les menait vers le port, ce ne fut qu'à quelques encablures, relevant les yeux et examinant en souriant le paysage familier qu'elle était si contente de revoir, qu'elle réalisa quelque chose d'insolite et qui n'était pas sans lui rappeler sa récente déconvenue, éprouvée en abordant la Québec estivale.

– Mais... il n'y a personne pour nous attendre, fit-elle en se tournant vers Joffrey.

En effet, jamais ils n'avaient vu l'emplacement de Gouldsboro aussi vide, quoique le mot *personne* ne fût pas tout à fait juste.

On discernait un certain mouvement de matelots, allant et venant, roulant des barriques, transportant des ballots, ou d'autres flânant avec l'indolence d'hommes d'équipage au cours d'une brève escale, mais parmi eux, personne de connu. Pas d'amples robes sombres des dames de La Rochelle, prenant place en rangs d'honneur sur la plage, ni de bonnets et collerettes blanches autour de visages cachant leur joie de les revoir sous une retenue calviniste. Pas de petits enfants accourant en galopant à travers les flaques, à grand renfort d'éclaboussures, et même aucun vol d'oiseaux pour accompagner de leurs cris leurs appels de bienvenue, pas de miliciens en armes et uniformes et de ces couples plus colorés et démonstratifs que formaient les anciens pirates de Colin mariés à des Filles du Roy ou à de charmantes Acadiennes rencontrées sur les pourtours de la Baie Française.

Si absorbés que fussent les habitants dans leurs occupations, on n'avait jamais vu artisans, cultivateurs ou pêcheurs, commerçants, employés ou débardeurs, ne pas abandonner leurs tâches pour se porter au-devant d'eux, et les saluer pour leur retour à Gouldsboro, port franc et colonie fondés par le comte de Peyrac et soutenus par sa fortune.

– N'avons-nous pas fait tirer du canon pour prévenir de notre arrivée ? remarqua Angélique qui s'avisa dans le même instant qu'aucune réponse n'avait été donnée du fort à cette annonce.

Elle jetait un regard interrogateur et perplexe sur le visage de son mari, mais lui-même, sans marquer beaucoup d'émoi cependant, se montrait également surpris. Ses yeux notaient vivement chaque détail inusité dans un décor dont la physionomie leur était chaque fois familière et nouvelle, car Gouldsboro ne cessait de se transformer. C'était un peu comme de retrouver le visage d'un enfant qui a grandi.

À l'examen, deux ou trois fumées paresseuses s'échappant de certaines demeures prouvaient que des habitants s'y trouvaient. Et parmi le va-et-vient des matelots étrangers sur la grand-place, ils distinguèrent un homme âgé qui avait l'air de se promener tranquillement et qui jetait un bâton à son chien pour le faire courir, image qui avait quelque chose de rassurant et semblait confirmer que Gouldsboro n'avait pas été l'objet d'une attaque comme le risque n'en était jamais tout à fait exclu.

Mais ils avaient beau regarder dans toutes les directions, et tous ceux de la chaloupe avec eux, point de Colin Paturel apparaissant avec de grands gestes, accompagné de son escorte, aucun mouvement de soldats sur les créneaux du fort, pas de joyeux adolescents détachant leurs barques et « pigouillant » de la rame pour venir au-devant d'eux.

Comme en ces jeux de verroteries orientales dont le moindre mouvement précipite les couleurs et transforme à chaque seconde le dessin, Angélique avait vu défiler dans son esprit toutes les catastrophes imaginables : les pirates sanguinaires de la Tortue française ou de la Jamaïque anglaise s'étaient emparés de Gouldsboro, les Indiens, Iroquois et Abénakis, avaient massacré la population, ou bien les Anglais du Massachusetts, Phips à leur tête, l'avaient extradée pour reprendre leur bien dans le Maine que l'Angleterre et la France se disputaient, à moins que ce ne fussent les huguenots de La Rochelle qui ne soient partis de leur plein gré pour la Nouvelle-Angleterre ou les îles des colonies anglaises comme ils en exprimaient périodiquement l'intention. Ou alors, en ce vase clos où l'on avait eu l'audace et l'imprudence d'entasser trop de spécimens humains divers, papistes et réformés, pirates et pieux bourgeois avaient fini par s'entre-tuer. Ce qu'avait toujours prévu le marquis de Ville-d'Avray !...

Pourtant, la bannière bleue à l'écu d'argent du comte de Peyrac flottait toujours au sommet du fort, à côté des deux oriflammes, l'une aux armes de La Rochelle, pour la communauté huguenote, l'autre représentant un « cœur de Marie » transpercé d'un glaive, une œuvre d'art brodée par les Ursulines de Québec, qu'Angélique et Joffrey avaient offerte à Colin Paturel et ses compagnons à leur premier retour de Nouvelle-France. Au vu de ces trois oriflammes, on pouvait augurer que tout le monde se trouvait céans. Mais, peu à peu, en se rapprochant, il apparut que la plupart des maisons avaient portes et volets clos, et c'était ce qui donnait à la bourgade son aspect d'hostilité ou de demi-mort.

J'y suis ! La maladie ! pensa Angélique atterrée. L'épidémie ! La peste ! La « picotte » peut-être...

Mais alors Colin aurait hissé le drapeau noir !... À moins que le gouverneur ne fût mort déjà !... Et de ce fait, tout le monde affolé et sans initiative.

Puis, tout à coup, la traversant comme un éclair, une explication qui la fit pâlir, l'idée que la Démone, ressuscitée, avait débarqué... En effet, dans ce cas, l'aspect étrange de Gouldsboro se comprenait. Ce qui pesait sur Gouldsboro, c'était UN MALÉFICE ! et la terreur !

11

La quille de la chaloupe heurta le sable contre le rivage qui s'élevait assez brusquement vers les premiers terre-pleins où l'on rangeait les marchandises, hors de l'atteinte des hautes marées.

La chaloupe avait dérivé. Joffrey de Peyrac, d'un signe, avait fait changer de direction, et ils abordaient vers l'extrémité du port, plutôt que près du môle tout neuf qui s'avançait sur pilotis assez avant dans la rade. La longue digue de bois menait à la grande auberge de Mme Carrère, dite

Auberge-sous-le-Fort où les voyageurs de toutes nations ne manquaient pas de commencer par aller boire une pinte de vin français à leur arrivée. Mais aujourd'hui, elle aussi semblait vide, portes et fenêtres barricadées, et le comte de Peyrac, se méfiant de toutes ces demeures aveugles, sourdes et muettes, préféra mettre pied à terre en un point plus éloigné.

Peut-être aussi son œil d'aigle avait-il repéré de ce côté-là des silhouettes qui, tout en se cachant à demi des regards de la grand-place, semblaient s'être groupées pour les attendre.

Angélique, acceptant l'aide de deux matelots pour gagner le rivage sans avoir à mouiller ses jolis souliers à la mode de Paris qu'elle avait voulu revêtir afin de faire honneur – bien en vain semblait-il – à ses amis de Gouldsboro, foula le sable humide et, relevant les yeux, les vit devant elle, immenses et noires, qui les attendaient.

Dans sa livrée couleur de feu, le « vieux » Siriki se détachant de l'ombre d'une barque échouée s'avança, suivi de sa femme, la belle Peule Akashi qui n'avait rien perdu de sa démarche souveraine malgré les caraco et jupons dont elle avait dû affubler sa nudité sculpturale de Noire soudanaise. Mais l'expression farouche de ses traits avait fait place à celle de fierté et de douceur que seule la maternité peut donner aux reines de Saba.

Elle tenait entre ses bras une ravissante poupée couleur d'ébène qui fixait sur les arrivants de grands yeux écarquillés.

Le fils aîné d'Akashi, l'enfant des savanes africaines, avec lequel elle avait été vendue aux négriers, un garçon d'environ dix ans, aux jambes courtes, à la tête énorme, qu'on appelait « le petit sorcier », les suivait, et il y avait dans le sourire éclatant de ces quatre personnages, y compris celui du bébé qui n'avait pas encore de dents mais duquel émanait une heureuse et paisible innocence, le même rayonnement de joie émer-

101

veillée, une si naïve et franche satisfaction d'être au monde et de retrouver des amis, que l'inquiétude éprouvée par Angélique se déchira comme un écran sombre dont les lambeaux claquèrent au vent de façon dérisoire.

Très digne, après s'être incliné, Siriki désigna d'un geste solennel le bébé.

— Je suis heureux d'avoir l'honneur de vous présenter ma fille nouveau-née Zoé, annonça-t-il, avec une jubilation qu'il ne cherchait pas à dissimuler.

La jeune Zoé avait à peine deux mois. Elle était remarquablement éveillée sous son bonnet à bavolets qui dissimulait l'étoupe noire de ses courts cheveux serrés, entre le miroitement de petits anneaux d'or que l'on avait déjà glissés à ses minuscules oreilles. Ses yeux pleins de hardiesse et d'affection pour le monde alentour séduirent. Une merveille !

Siriki expliqua qu'il lui avait donné le nom de Zoé qui en grec signifie la Vie, et, plus encore, l'essence même de la Vie.

Il avait des lettres, le vieux Siriki.

— Voici une heureuse nouvelle !... dit Peyrac.

— Mais où sont les autres ? demanda Angélique lorsqu'on se fut congratulé. Comment se fait-il que vous soyez seuls à nous accueillir, Siriki ?...

— N'a-t-on pas entendu notre salut d'arrivée ? interrogea le comte. Je n'aperçois même pas le gouverneur, M. Paturel. Que se passe-t-il donc à Gouldsboro ?

— LE VENT DU DIABLE A SOUFFLÉ, répondit le vieux Siriki en levant la main en un grand geste biblique qui fit s'épanouir sur l'horizon gris-bleu de la mer sa paume ouverte couleur de rose fanée. Et certains se sont enfuis. Et d'autres se sont enfermés. Mais ne craignez rien. Ceux qui se sont enfuis reviendront et ceux qui se sont enfermés sortiront...

— Quand cela ?

– Quand la peur les quittera... Quand les raisons de leur peur seront écartées.

Le « petit sorcier » en silence tendit un doigt vers l'extrémité de la plage et ils se tournèrent dans la direction qu'il indiquait.

– Ah ! voici M. Paturel !

Colin arrivait à grands pas, avec par instants un geste qui cette fois voulait exprimer plus sa contrariété ou sa consternation que sa joie.

– Tout va mal, jeta-t-il de loin. J'ai bien entendu vos coups de canon, mais j'étais à la Crique Bleue et le temps de revenir par terre...

Tandis qu'il s'approchait, on avait pu remarquer son expression soucieuse et il n'eut même pas pour Angélique l'habituel et rapide regard de ses prunelles bleues qu'elle voyait s'éclairer et s'adoucir à sa vue, traversées de cet éclair d'admiration, hommage à sa beauté, qui, pour ne pas s'exprimer autrement, ne laisse jamais insensible un cœur de femme.

– Le *Sans-Peur* de M. Vanereick est arrivé ce matin, et j'ai dû le piloter jusqu'au lieu de son ancrage... Si j'avais été averti de votre retour plus tôt... J'ai craint des manifestations de ces mauvaises têtes... Mais je constate, Dieu soit loué ! que tout est calme !

– Oh ! pour être calme, c'est calme ! fit Angélique. Beaucoup trop calme ! Colin, pour l'amour du ciel, informez-nous... Que se passe-t-il ? Quel drame a eu lieu ?

– Avez-vous eu à vous plaindre des matelots étrangers que je vois sur la plage ? demanda Peyrac.

– Que nenni ! Leur navire a relâché hier. Ce sont des Anglais d'Angleterre. Ce n'est pas la première fois qu'ils font escale chez nous avant de regagner l'Europe. Ils nous apportaient des marchandises de Londres et de Nouvelle-Angleterre.

– Est-ce alors la venue de M. Vanereick qui a causé des troubles ?

– Heu !... Oui et non.

– Colin, vous voulez me cacher quelque chose ! s'exclama Angélique qui avait l'impression qu'il ne se décidait pas à parler devant elle.

– Madame, soyez assurée que je ne vous cèlerai rien. J'en fais promesse. Mais auparavant, permettez-moi de m'entretenir seul à seul avec M. de Peyrac.

Les deux hommes s'éloignèrent de quelques pas et se parlèrent en tournant à demi le dos. Colin s'exprimait avec véhémence. Il avait un air embarrassé qui ne lui était pas coutumier car l'on ne voyait pas bien ce qui pouvait embarrasser un Colin Paturel, plus connu jadis dans les Caraïbes sous le nom de Barbe-d'Or-le-Sanglant, et au Maroc, sous celui de roi des Esclaves du bagne de Meknès, dit Colin-le-Crucifié, Colin-le-Normand qui avait pataugé dans le sang, le crime et les trahisons sous tous les cieux du monde. Batailles, boulets, assauts de pirates couteau entre les dents lui faisaient à peine plisser les paupières en une très légère mimique ennuyée.

Or, son front de cuir tanné se creusait de profonds sillons, tandis qu'à mi-voix il mettait le comte de Peyrac au courant d'une situation qui lui paraissait aussi obscure que compliquée. De façon paradoxale, Angélique commença à se rassurer.

« Une histoire de bonnes femmes, je parie », se dit-elle, car, malgré son sang-froid et sa sagesse, Colin était de cette race d'hommes qui préfèrent un franc combat au sabre d'abordage que devoir affronter des criailleries féminines.

La Démone ?... Non !... Siriki ne se montrerait pas si enjoué et serein.

Elle reporta son attention sur Akashi et ses enfants. Mais ils continuaient de sourire, baignant dans l'euphorie la plus parfaite, en ce jour qui leur permettait de présenter aux seigneurs de Gouldsboro ce trésor dont ils étaient dépositaires, la petite Zoé aux prunelles égyptiennes, d'agate blanche, avec un iris brillant comme un diamant noir.

Joffrey de Peyrac revenait vers elle, souriant à demi, lui aussi.

— Rien de grave, ma chérie. L'humeur de ces dames ! qui a entraîné beaucoup de tracas pour notre ami Paturel, malgré une nouvelle qui a tout pour vous réjouir.

Le navire anglais, venant de Salem, avait amené à son bord leurs deux amies Ruth et Nômie, celles qu'on appelait les « quakeresses magiciennes » et aux talents desquelles ils devaient la vie de leurs deux derniers enfants : Raimon-Roger et Gloriandre. Ces jumeaux, nés prématurément à Salem, étaient sur le point de mourir lorsqu'elles s'étaient présentées à la maison de Lady Cranmer où Angélique venait d'accoucher, et, par leur science, les avaient ramenés à la vie[1].

À l'annonce que ces deux amies auxquelles elle devait tant se trouvaient à Gouldsboro, Angélique bondit de joie.

— Où sont-elles ?

Puis voyant l'expression de Colin, elle suspendit son élan et attendit la suite.

Colin expliquait qu'en l'absence du comte et de la comtesse qui, à leur premier séjour, les avaient présentées et patronnées, la venue des deux étranges personnes néo-anglaises avait provoqué comme une brutale réaction épidermique sur la population de Gouldsboro, mélange de panique et d'intolérance, et peu s'en était fallu que les deux jeunes femmes du Massachusetts apparaissant sur la plage dans leurs mantes noires au capuchon pointu ne fussent lynchées. « Les sorcières ! Les sorcières !... »

---

1. *Angélique et la route de l'espoir*, J'ai lu n° 2500.

À leur vue, un regain de solidarité nationale avait paru souder en un seul bloc les habitants de Gouldsboro, papistes et huguenots se souvenant que, pour les Français, l'ennemi héréditaire restait avant tout l'Anglais. Faux prétexte. Mais prétexte que tous les habitants donnèrent à l'unanimité pour refuser d'ouvrir leurs maisons aux deux femmes de Salem; et le commandant ainsi que l'équipage du navire londonien qui les avait amenées en prirent ombrage, se croyant insultés comme sujets de Sa Majesté britannique et commencèrent à se colleter avec les plus forcenés. Il fallut calmer les esprits, assurer le commandant qu'il pouvait, comme d'habitude, prendre de l'eau douce et embarquer des vivres, acheter ou troquer des marchandises : fourrures, vins français, etc.

Par la suite, chacun se renferma chez soi, comme Achille sous sa tente. Le gouverneur désavoué aurait voulu mettre à la disposition des amies de M. et Mme de Peyrac le confort de sa demeure personnelle, mais la chose s'avéra impossible. Il comprit que les deux visiteuses ne pourraient mettre le nez dehors et se promener à travers l'établissement sans provoquer une émeute, car chacun les guettait à travers les vantaux et les interstices ménagés pour les armes en cas d'attaque. Il les avait donc fait conduire hors de l'agglomération par le chemin de la falaise, qui menait au Camp Champlain où étaient installés les réfugiés anglais.

– Je suis soulagée !... Leurs compatriotes ont pu les accueillir...

– Que non pas ! soupira Colin.

Là aussi les choses tournaient mal. Si les Anglais réunis au Camp Champlain avaient réussi à s'entendre bon an, mal an, entre leurs différentes sectes, et si l'on ne pratiquait aucune ségrégation, même envers Cromley, l'Écossais qui était catholique et qu'ils considéraient comme leur chef de clan, une même crainte sacrée avait saisi et rassemblé en un groupe serré les Anglais à la vue des « sorcières », car il est écrit dans la Bible : « Tu tueras le sorcier, tu ne lui permettras pas de vivre... »

L'Ancien et le Nouveau Testament s'étant ligués contre elles, Ruth et Nômie avaient dû se contenter d'un abri à mi-chemin sur la falaise, en un lieu près d'une source où il y avait une cabane et une croix plantée.

— Je n'ai pu mieux faire pour elles, dit Colin désolé. Croyez, Madame, que je le regrette !

Le temps lui avait manqué pour remettre ses ouailles dans le droit chemin.

L'arrivée du Dunkerquois Vanereik qui se donnait comme corsaire du roi de France, mais que tous, des mers chaudes des Caraïbes aux mers froides de Terre-Neuve, considéraient comme un parfait pirate, avait ajouté à la perturbation. Ce Vanereik, nul ne l'ignorait, était un ami très cher de Joffrey de Peyrac, un frère de la côte pour lui. À ce titre, il venait chaque année relâcher, soit sur la côte Est à Tidmagouche, soit à Gouldsboro. Lui, à son dernier passage, avait provoqué des remous, avec la présence de sa chère Iñes dont on le croyait séparé mais qui avait retrouvé sur le *Sans-Peur* sa place de maîtresse triomphante, présence aggravée par celle de deux ou trois autres beautés aux yeux sombres, au teint plus ou moins bistré et aux cheveux de nuit, qui dansaient leurs danses espagnoles endiablées le soir près des feux sur la plage, au clair de lune, mieux que personne.

Les membres du Conseil de Gouldsboro étaient sortis de chez eux pour s'opposer également à ce débarquement. « Nous ne lui accorderons pas, cette fois, l'entrée du port, avaient-ils décidé, ce scandale annuel a assez duré. »

Ils crièrent qu'ils soupçonnaient Colin de vouloir faire ouvrir un lupanar dans leurs murs. Cela ne suffisait pas qu'on leur imposât des « sorcières ».

Colin avait paré au plus pressé, en sortant le chébec de la rade et en se portant au-devant du Dunkerquois pour le guider jusqu'à une autre crique de mouillage, aux environs, la Crique Bleue.

– C'est alors que nous avons entendu vos salves de bienvenue. On ne vous imaginait pas sur le chemin du retour. Je gage que s'ils vous avaient sus si proches, les bouillants pharisiens se seraient montrés plus accommodants.

– « Quand le chat n'est pas là, les souris dansent », fit Angélique. Et quand ils n'ont pas crainte de me voir leur faire rentrer leurs imprécations dans la gorge, les justes et les parfaits s'en donnent à cœur joie de se laisser aller à une sainte colère !... Quelle engeance ! Ils n'ignorent pas cependant qu'il m'est plus sensible de voir maltraiter mes amis que moi-même. Il n'y aura eu que ceux-ci pour ne pas nous désavouer, dit-elle en se tournant vers Siriki et sa petite famille. Et ce n'étaient pourtant pas eux qui encouraient le moins en se portant au-devant de nous.

Siriki reconnut que cela ne leur avait pas été facile de « s'échapper ».

– Quand ils ont entendu le canon de l'*Arc-en-Ciel* tonner, Sarah Manigault m'a interdit de me présenter au-devant de vous. Il y avait un mot d'ordre pour une manifestation par absence que tout le monde devait respecter. Mais nous avons réussi, mon épouse et moi, à sortir par les communs.

– Décidément, ils sont incorrigibles ! Il n'y a aucune logique en eux, seulement des passions partisanes. Quelle folie s'est donc emparée d'eux ?

– Le vent du diable a soufflé ! répéta Siriki avec une énigmatique componction.

Colin Paturel convint qu'une chaleur pesante n'avait cessé de régner durant ce mois d'août, et le vent qui brassait la lourde humidité mettait les nerfs à vif, n'apportait que fatigue et aucun soulagement. On en était seulement étourdi, égaré.

Le ciel sans nuages trompait sur la clémence du temps. Sitôt franchie la barre d'écueils qui défendait la rade, on trouvait une mer crêtée de blanc qui rendait la navigation difficile et la pêche mauvaise.

Tout en parlant et s'expliquant, leur groupe avait traversé la longueur de la plage et était parvenu aux abords de l'*Auberge-sous-le-Fort*.

– Entrons ! proposa Colin. Un verre de bon accueil s'impose qui nous rassérénera.

Mais Angélique refusa.

– Je suis trop en colère et je ne veux pas risquer de me trouver devant les dames de Gouldsboro réunies à me faire leurs mines pincées... Ce ne serait pas la première fois et elles ont bien de la constance de s'imaginer qu'un jour je me rendrai à leurs raisons vertueuses et cesserai de réclamer justice et charité comme bon me semble et pour qui me convient.

Elle avait hâte de courir retrouver les deux pauvres visiteuses anglaises répudiées afin de leur faire oublier, par son empressement, l'accueil hostile qu'on leur avait fait en leur domaine de la Baie Française.

Elle se rendit tout d'abord au fort où l'on apportait ses coffres et bagages. Joffrey la rejoignit alors qu'elle brossait vigoureusement ses cheveux devant un miroir déjà posé sur la console.

Malgré l'humeur versatile de la population, elle était toujours contente de retrouver Gouldsboro, dit-elle.

Elle se demandait parfois pourquoi elle y aimait toutes choses et chacun. Car, sous un prétexte ou sous un autre, toujours la tragédie les y attendait.

Mais un jour, elle se fâcherait.

– Et vous, mon seigneur et maître, cessez de rire de mes déboires. Je sais que je suis stupide, mais je ne veux pas de votre commisération ni que vous vous moquiez de ma constante naïveté qui me pousse à croire que l'être humain peut s'amender et préférer l'harmonie et le bonheur quotidien aux querelles.

– Je ne ris pas, dit Peyrac, et je n'aurais garde de me moquer.

Il l'entoura de ses bras et l'embrassa avec fougue.

– C'est vous qui avez raison, mon amour. C'est vous qui êtes un trésor sans prix et les hommes qui sont fous et déraisonnables. Comme des enfants impuissants et furieux, ils se vengent de ce que la vie, mère exigeante, ne leur permet pas d'être seuls au monde et d'imposer à tous leurs convictions personnelles. Souvent, également, fous et déraisonnables, parce que figés dans des règles immuables.

Ils se vengent de ce que, par votre présence seule, vous leur rappelez leurs inconséquences. Je leur en voudrais de leur conduite si je ne savais pas que, dans le fond, ils nous sont attachés, que, vous surtout, ils vous adorent. Je ne ris pas, je souris seulement à la pensée de la nouvelle joute qui se prépare entre vos huguenots de La Rochelle et vous, leur égérie de prédilection dont je ne crois pas qu'ils pourraient se passer. Le spectacle sera de choix et je vous approuve mille fois. Mais ce sont là conflits d'âmes et de cœurs et que vous savez résoudre. Pour ma part, je dois m'occuper de mes pirates, les uns repentis mais coupables d'inhospitalité, les autres offensés comme notre brave Vanereick. La tâche m'en incombe. Et portez à nos sœurs magiciennes mon salut.

Il lui baisa la main, et elle prit le chemin de la falaise.

Soit ! Gouldsboro était désert !... Et après ? !

Tant pis pour eux s'ils préféraient s'enfermer chez eux, et se priver d'une fête... Cette fois ils n'avaient pas lésiné dans leur action commune, destinée à signifier leur RÉPROBATION ! !

Toute à la joie de revoir ses « anges » de Salem, elle commença d'oublier sa déconvenue. Elle veilla à prendre une expression calme et enjouée tout en s'avançant à travers les ruelles et les sentiers qui sinuaient entre les barrières des jardinets autour des maisons. Des yeux suivaient sa progression.

Mais la consigne de silence et de désertion fut bien tenue. Elle ne rencontra âme qui vive.

Pourtant, gravissant le chemin sablonneux entre les herbes déjà hautes, elle eut la nette impression que quelqu'un, qui descendait dans sa direction, s'était précipitamment retranché derrière les buissons.

Elle passa sans chercher à savoir quel était celui qui avait osé transgresser les prescriptions des Manigault, Berne et consorts en sortant de chez lui et tremblait d'être reconnu. Elle connaissait l'endroit vers lequel on avait relégué les visiteuses de Salem et par moments, tout en grimpant, il lui arrivait d'apercevoir la croix dressée sur la transparence du ciel.

De là-haut, on avait la vue la plus belle sur le port, l'établissement, la rade et les lointains parsemés d'îles. Elle s'y était souvent promenée. Au début, elle y venait méditer, consciente de la fragilité de ces quelques « maisons de bois clair » qui commençaient à s'édifier, sous la protection d'un fort de bois primitif.

Le jésuite Louis-Paul Maraîcher de Vernon, lors de sa visite, mal vu par les huguenots, avait été cantonné là et, autant qu'elle s'en souvenait, c'était lui qui avait planté cette croix, et construit une cabane pour y loger avec son petit aide, Abbial Neals, l'enfant suédois abandonné, qu'il avait recueilli sur les quais de New York. Il avait également édifié un autel rudimentaire afin de célébrer la messe, un confessionnal de quelques planches pour y recevoir les catholiques de l'endroit, c'est-à-dire les Indiens baptisés et les Blancs de Gouldsboro et de Pentagouët.

Par la suite, on avait pris l'habitude d'y reléguer pour une nuit les voyageurs de passage qu'on ne voulait pas recevoir chez l'habitant ou à l'intérieur du bourg. Dans une communauté à la situation précaire et isolée, il fallait se montrer prudent.

Gouldsboro, ce n'était plus, comme au début, une grande famille où tout le monde se connaissait et se surveillait, ce n'était pas encore une ville avec ses lois, ses gardes, ses institutions, ses fonctionnaires, où l'individu anonyme, suspect, se trouve emprisonné, dès les premiers pas, par le corset de la discipline urbaine, ce qui morcelle ses nuisances. De l'inconnu, de l'étranger, de celui qu'on ne connaît point et qui se mêle aux autres, ce qu'on craignait, c'étaient les vols dont on ne pourrait jamais trouver le coupable, les querelles d'ivrognes dont les causes demeuraient obscures, mais où les membres de la population risquaient d'être impliqués. Et par-dessus tout : l'incendie, allumé par négligence ou malveillance, et qui pourrait anéantir le labeur de plusieurs années en une seule nuit.

Comme Angélique arrivait au sommet, découvrant d'un seul coup le panorama où dansaient sous les coups du vent les couleurs mêlées du ciel et de la mer, de la forêt, des plages et des rocs, elle crut voir briller dans les herbes un éclair d'azur, et un homme vêtu d'une redingote de satin bleu barbeau et coiffé d'un chapeau galonné aux plumes agitées se trouva subitement devant elle, tenant dans chaque main un pistolet de marine braqué dans sa direction.

Il lui barrait l'accès au terre-plein où se trouvait la cabane, appuyée à l'ombre des premiers arbres de la forêt.

– Halte, n'avancez pas plus loin, jeta-t-il en anglais. Quelles sont vos intentions ?

Interloquée, Angélique se demanda si, à tous ces désordres, ne venait pas s'ajouter celui impromptu de ce débarquement de Bostoniens

ou de pirates anglais qu'elle redoutait et qui se
seraient approchés de Gouldsboro par voie de
terre. Puis elle crut comprendre.

– Je viens pour visiter mes amies de Salem,
Ruth Summers et Nômie Shiperhall, dont on m'a
dit qu'elles étaient logées ici.

– Leur voulez-vous du mal ?

– Certes non !

– Vous n'allez pas profiter de ce que je vous
cède le passage pour les insulter et leur causer
dommage et dols ?...

– Qu'imaginez-vous là ? Ce sont des amies, vous
dis-je. Je suis Mme de Peyrac, épouse du seigneur
de Gouldsboro...

– *Well !* Je vous reconnais, convint le jeune
officier anglais, en s'effaçant pour laisser libre le
sentier. Je vous ai vue l'an dernier, Milady. Vous
reveniez de Salem où vous aviez donné le jour à
deux enfants jumeaux.

À l'instant où Angélique parvenait à l'esplanade, elle vit surgir d'un hangar édifié près de la
cabane les deux silhouettes noires de ses amies.
Elles se jetèrent dans les bras les unes des autres.
Angélique comprit qu'elle avait craint de ne jamais
les revoir.

Sachant leur situation précaire parmi les puritains de Salem, elle avait souvent tremblé pour
leurs vies. Elle n'en croyait pas ses yeux de les
retrouver là, dans leurs manteaux à capuche alle-
mande, dont le tissu lui parut un peu plus usé et
rapiécé, avec la lettre A rouge en gros tissu
toujours cousue à la place du cœur. Était-ce la
clarté de ce ciel de jour de soleil qui jetait une lumière
crue, accentuant les couleurs et les ombres, qui
lui fit remarquer sur le beau visage de Ruth de
minuscules griffures de rides au coin des paupières,
un teint plus pâle, et autour des yeux bleus de
Nômie, un cerne mauve plus creusé ?...

Sa main posée sur leurs épaules surprit la courbure d'un dos trop maigre qui s'était accentuée, elle devina l'ossature d'un poignet trop frêle, et cela les rendait plus terrestres et révélait ce qu'elles étaient, les pauvres magiciennes : deux jeunes femmes miséreuses, solitaires, repoussées de partout. Et par tous.

Tout en les embrassant, elle se répandait en protestations et regrets pour le mauvais accueil qu'elles avaient reçu, se désolant de n'avoir pas été présente... Et déjà s'effaçaient à ses yeux ces marques de fragilité humaine qu'elle avait cru discerner et qu'elle ne voyait plus dans le rayonnement de leurs doux sourires et de leurs prunelles d'un bleu séraphique.

— Que dis-tu, ma sœur ? Mais nous sommes fort bien logées et dans un endroit merveilleux. L'eau de la source est si bonne.

Nômie alla vers le hangar et revint avec une cruche et un gobelet.

— Bois, ma sœur. La chaleur est forte et le vent dessèche les lèvres.

Angélique but, trouva l'eau délicieuse et s'aperçut qu'elle était assoiffée.

Elle regarda autour d'elle.

C'était bien l'endroit d'où elle avait reconnu le décor de Gouldsboro, tel qu'en la vision de la Mère Madeleine, mis en place pour l'arrivée de la Démone. Là aussi, elle s'était confessée au Père de Vernon quelques heures avant sa mort dramatique.

— La croix ne vous gêne pas ? demanda-t-elle, sachant que les quakers répudiaient les objets de culte, source d'idolâtrie.

— *Why ?* La croix est symbole pour tous. La force qui s'élance vers le haut. La force verticale et horizontale, la force de la terre qui résiste. C'est au point de rencontre que tout se passe, là où fut le cœur percé d'une lance...

D'emblée elles retrouvaient leur langage et le ton de leurs entretiens de Salem. Leur entente à toutes trois se renouait sans effort. Elles firent quelques pas en se donnant le bras. L'herbe rase avançait assez loin le long du promontoire, avec un cortège d'épilobes mauves et de pavots qui descendaient le long des failles jusqu'aux plages au pied des falaises.

Il fallait prendre garde, à marée haute. La mer s'engouffrait dans ces échancrures étroites, parfois une lame plus forte se heurtait au fond en cul-de-sac, bondissait et se libérait en un gigantesque geyser d'écume, que l'on voyait à des hauteurs surprenantes et qui pouvait, en se retirant, entraîner des promeneurs imprudents, trop avancés sur les bords. Pour le moins on risquait d'être mouillé copieusement.

Ce qui leur arriva par deux fois.

– La mer est mauvaise aujourd'hui.

Et elles se reculèrent tandis qu'éclatait une nouvelle gerbe écumeuse qui retomba comme déçue de les voir s'éloigner.

– Ô mer furieuse et tendre !... dit Ruth Summers. Depuis que nous sommes là, elle nous tient compagnie. Nous nous sommes assises pour la contempler voyant à travers elle la face du Tout-Puissant et l'amitié d'une nature qui ne veut pas de mal en nous...

En revenant vers le petit campement, Angélique revit l'officier en redingote bleue et à l'autre extrémité du plateau deux silhouettes portant des bonnets de laine, vêtues de chausses courtes aux genoux à la mode des marins anglais, qui tenaient des mousquets.

– Mais qui sont donc ces hommes ? L'un d'eux m'a barré le passage à mon arrivée, prétendant connaître mes intentions à votre égard avant de me laisser vous approcher.

– Ils se sont déclarés nos gardiens. Ils appartiennent à l'équipage du navire qui nous a amenées de Salem. Vous souvenez-vous l'an dernier quand nous avons quitté Gouldsboro, le capitaine d'un navire anglais nous avait prises à son bord, un homme de Londres, dont le bâtiment est armé par un des favoris du roi. C'est dire que c'est un capitaine qui a de grands moyens pour traiter ses affaires autour du globe. Il s'est montré avec nous franc, courtois, comme certains qui viennent d'Angleterre, un peu dédaigneux pour les colons d'Amérique et, comme tout anglican, moqueur à l'égard des puritains qui dirigent le Massachusetts et qui pourtant ont fort bien gouverné la Grande-Bretagne lorsqu'elle se déclara sans roi. Tel quel il est vrai, dans sa redingote rouge et avec toutes ses plumes, il n'était point fait pour plaire à nos édiles de Salem. Lesquels, à ce premier retour, nous attendaient au port avec des gardes. Notre capitaine s'est montré soupçonneux de l'accueil qu'on nous ménageait au pilori, et comme l'on parlait de nous conduire, il intervint.

Je ne sais ce qu'il leur raconta. Il invoqua, je crois, votre époux qui nous avait recommandées à lui, promit de leur acheter de la morue et de leur rapporter de la coutellerie. Sans leur faire payer de taxes. Et tandis qu'il faisait remplir ses tonneaux de pommes nouvellement récoltées, il nous escorta jusqu'à notre demeure, qui heureusement n'avait pas été incendiée, promit en nous quittant qu'il reviendrait l'année suivante et s'informerait de notre santé. Il tint promesse. Dès sa venue à Salem cette année, il proposa de nous emmener à Gouldsboro, quitte à repasser plus tard pour nous ramener avant son retour pour l'Europe. Et le gouverneur, qui n'est pas commode pourtant, a accédé à sa proposition sans difficulté.

— Et ici, votre compatriote et défenseur a dû à nouveau vous protéger.

— Ces gens de mer sont toujours sur le qui-vive. Un rien leur fait mettre la main à la crosse de leurs pistolets. Ils ne se voient partout qu'ennemis. Je leur ai assuré qu'il n'y avait pas ici à craindre pour nos vies, mais le capitaine en accord avec votre gouverneur Mister Colin – elle prononçait Coline – a préféré nous donner des gardes pour la nuit. Nous ne voulions pas repartir aussitôt, car nous sentions que vous n'alliez pas tarder à arriver...

– Voyez comme les êtres sont déconcertants, fit Ruth d'un ton confidentiel. Les habitants nous ont fait mauvais visage, mais il y a déjà deux ou trois personnes du village qui se sont glissées jusqu'ici pour nous demander un remède ou des soins...

C'était sans doute l'un de ces visiteurs qu'Angélique avait aperçu descendant le chemin et essayant de se dissimuler dans les herbes, tandis qu'elle montait en sens inverse.

– Il continue à en être de même à Salem, reprit Ruth. Ils crient le jour que nous sommes du Diable, et viennent le soir dans l'ombre demander un bienfait de santé qui ne peut être que de Dieu puisque c'est pour une meilleure vie...

Le hangar où on les avait logées paraissait avoir été construit récemment près de l'ancienne cabane plus exiguë.

– On dirait qu'on veut transformer ce hangar en poste de traite, dit Ruth, mais je pense qu'il serait mieux d'en faire un lazaret où les malades épidémiques pourraient être soignés en dehors de leurs familles. L'air est si pur ici...

– Pourquoi ne vous êtes-vous pas présentées chez mon amie Abigaël ? demanda Angélique que tourmentait la hargne de Gouldsboro. Elle vous aurait reçues et vous connaissiez le chemin de sa maison...

– Nous nous y sommes rendues. Mais sa demeure était close, barricadée. Je ne sais s'il y avait quelqu'un à l'intérieur mais personne ne s'est manifesté, ni n'a répondu à nos appels.

« Abigaël, elle-même ! » pensa Angélique soudain déprimée.

Elle continuait à regarder autour d'elle. Quelque chose manquait... ou quelqu'un !

– Où est Agar ? s'écria-t-elle. Votre petite romanichelle ?

Inquiète, elle se demandait si les dirigeants de Salem l'avaient gardée en otage pour s'assurer du retour des deux femmes.

– Agar est morte, dit Ruth Summers.

– Ils l'ont tuée, ajouta en écho Nômie Shiperhall.

Elles s'assirent sur un banc, à l'ombre du hangar.

Le drame avait eu lieu au plus sombre de l'hiver, en ces mois où la mer d'encre allonge ses rouleaux d'écume jusqu'à l'intérieur des terres, et que l'on patauge par les rues et par les chemins, creusés des sillons des lourds chariots tirés par les bœufs, dans une boue rouge, couleur de sang corrompu, où dérapent les chevaux, où trébuchent les carrioles qu'il faut pousser de l'épaule pour les sortir de l'ornière, ces mois où l'humeur est aigre, où la crainte s'empare des esprits soumis à la méditation des soirées trop longues.

Quelle lubie avait pris la petite Agar de quitter la maison en lisière des bois où elle était à l'abri, alors qu'il pleuvait en rafales ?

Où avait-elle couru par ce temps sauvage ? De qui s'était-elle moquée, sur le chemin, l'enfant des Roms ? L'enfant rieuse ? Avait-elle été attirée par le marché dont elle aimait le mouvement ? L'arrivée d'un navire ?...

Les uns dirent qu'elle avait volé... à l'étalage un fromage ou un œuf... personne ne se mit d'accord. Les autres, qu'elle avait « induit en tentation » un respectable pasteur qui la morigénait, à moins que ce ne fût un matelot virginien – tous des convicts ! – qui lui lançait des graines de tournesol comme à un petit singe.

Là-dessus encore, personne ne s'entendait.

118

Avaient éclaté cris de rage, anathèmes, insultes et blasphèmes. La foule, le poing levé, armée de lourds gourdins, d'escabeaux, de manches de fouets, de tout ce qui lui tombait sous la main, s'était refermée sur ce corps dansant de jeune folle qui, même en plein hiver, faute de fleurs, aimait se parer de feuillages, couronne de lierre, bouquets d'ifs au corsage !... Point n'était besoin de tant de coups pour en venir à bout !

Ses mères adoptives ne savaient pas lesquels des citoyens de Salem étaient venus plus tard furtivement déposer le corps brisé sur la terre détrempée, à la lisière du cercle de pierres blanches...

— Elle s'enfuyait souvent les derniers temps, reconnut Ruth Summers en hochant la tête. Je crois qu'elle s'était mise à chercher, et cela avec malignité, celui ou celle à qui je devais d'avoir été emprisonnée plusieurs semaines.

Elle soupira :

— Un dur et triste hiver ! Brian Newlin est mort aussi.

— Brian Newlin ?...

— L'homme que j'avais épousé à Salem après m'être convertie au congrégationalisme. Pour être de ceux qui avaient le droit de persécuter, et non de ceux qui étaient persécutés, comme les quakers parmi lesquels j'étais née.

— De quoi est-il mort ?

La jeune femme ne répondit pas tout de suite et sur son fin visage trop pâle Angélique discernait à nouveau les stigmates des privations et d'épreuves interminables.

— Il m'apportait des livres, reconnut-elle après un silence, et c'est cela qui l'a perdu. Je trouvais ses paquets de livres au-delà du cercle de pierres : Baxter, mais aussi Erasme, qui est interdit. Des sonnets satiriques de Harvey. Tout ce que j'aimais. Moi, une femme, je n'avais pas le droit de lire. « Tu me donnes plus qu'un morceau de pain », lui dis-je un jour que je le croisais sur le chemin. « Je le sais », répondit-il en détournant les yeux. Nous fûmes aperçus devisant. Ils virent que, loin de me répudier avec horreur, mon ancien époux que j'avais offensé faisait alliance avec moi.

Haïssant plus encore l'homme qui abdique sa toute-puissance devant sa femme et surtout devant sa femme coupable, le haïssant plus encore, dis-je, que la femme elle-même, ils le condamnèrent à la pendaison pour perte de raison. Ils disaient que je lui avais mis un ver dans le cerveau. Et c'était peut-être vrai. Encore que l'amorce de sa transformation était là bien avant que je vinsse puisque déjà il lisait en cachette les poèmes de Gabriel Harvey.

Sur le chemin du supplice, ils lui posèrent toutes sortes de questions afin de prouver à la foule qu'il était insensé, et en effet cet homme taciturne parut excité et tint des propos étranges.

« Peignez vos barbes, criait-il, et tous au palais !... pour mon jugement !... » ou encore, à ses juges : « Ne mangez ni oignon, ni ail, car votre articulation, pour vos discours, doit être fraîche !... Craignez le poète car l'œil du poète, riboulant de délire, va de la terre au ciel et du ciel à la terre... »

« Moi qui vous parle Brian, lui dit John Knox Mather comme ils arrivaient à l'échafaud, j'ai beau vous écouter sur le chemin du supplice, et j'eus beau vous entendre au tribunal, moi qui suis docteur en théologie et toutes sortes d'arts et de science, je ne peux rien comprendre à vos propos. Vous êtes donc bien insensé. »

Brian s'arrêta et le regarda dans les yeux avec une insolence et un dédain dont je ne l'aurais pas cru capable : « Sachez qu'il y a plus de choses en l'Univers, Horatio, que n'en rêve votre philosophie !... »

Les gens se demandaient pourquoi il avait appelé le docteur Mather : Horatio...

120

Il cria encore : « Le monde est désaxé !... Sois maudit, Toi, que ce soit moi qui le doive rétablir !... » Ce n'est que plus tard qu'ils comprirent que, tout ce temps, il n'avait fait que leur citer Shakespeare.

Et Ruth Summers se mit à rire, puis des larmes perlèrent à ses cils pâles de blonde Anglaise.

— Quelle grande âme voici détruite, murmura-t-elle.

Angélique aurait voulu lui dire ainsi qu'à son amie : « Restez ! Restez ! Ne retournez pas à Salem car ils finiront par vous faire périr, vous aussi. »

Elles la devançaient.

— Ne te reproche rien ! C'est notre destin ! Nous ne sommes pas venues pour rester. Nous sommes seulement venues pour t'apporter des haricots de notre champ, de ceux que tu appréciais tant en ragoût, le dimanche, arrosés de crème tiède et de sirop d'érable. De la sève d'érable, nous en avons recueilli au printemps dans notre bois derrière la maison, et nous l'avons fait cuire à notre façon pour lui donner la consistance du miel. Nous t'en apportons deux jarres. Nous t'apportons, scellé de plomb, du meilleur thé de Chine, ces feuilles qui donnent une boisson désaltérante et tonique et qui te faisait tant de bien, des remèdes en quantité pour ton apothicairerie, dont l'écorce de ces saules qui poussent au bord de l'étang où l'on fait les jugements de Dieu, et qui est souveraine contre la fièvre... Mais, trêve d'annonces alléchantes ! Nous avons plus important à faire et le temps nous est mesuré. Nous sommes surtout venues pour te relire le troisième septénaire des Tarots, celui que tu n'avais pas voulu entendre par crainte de l'avenir.

— Comment avez-vous deviné que je souhaitais aujourd'hui l'entendre ?

— *Nous t'avons vue sur le fleuve,* dit Nômie.

12

– Tu étais seule à la tête d'un navire, poursuivit la jeune Anglaise de Salem, comme décrivant une image précise. Tu descendais le fleuve parmi les brumes. Dans ces limbes, des ombres de ta vie t'escortaient. Elles te suivaient et te précédaient. En ce fleuve, les ombres de ta vie aiment à se rassembler, lorsque le rideau va s'ouvrir sur un nouvel acte. Et les rôles sont redistribués. Ainsi certaines de ces ombres qui étaient derrière toi vont venir devant en se montrant à toi. Celles qui avaient été longtemps éloignées se rapprochaient et te faisaient signe : « Nous voici, Tu nous avais oubliées. » Celles que tu étais accoutumée à considérer comme familières s'éloignaient. Dans ce mouvement l'angoisse te prenait et tu regrettais de n'avoir pas voulu connaître le troisième septénaire, la troisième étoile qui parlait de voyage impromptu, de changement qui t'effrayait.

Saisie de prescience devant les annonces du destin, tu regrettais de ne pouvoir te rappeler les raisons que nous t'avions données de ne point craindre d'avance, car en cette étoile, nous avons lu triomphe, succès, réussite. Nous avons lu le signe de ta victoire.

Alors, regrettant de n'avoir pas voulu tirer le voile, tu pensais à nous...

Angélique reconnut l'état d'esprit qui était le sien lorsque, récemment, elle descendait le Saint-Laurent.

– Je me souvenais d'un Chariot qui annonçait je ne sais quel voyage dont je préférais ignorer l'éventualité. Mais c'était puéril de ma part.

Et plus tard, il m'est revenu que vous parliez aussi de victoire.

– Et non pas d'une victoire passagère. Mais de la victoire. Celle qui, sur d'autres assises, bâtit la vie nouvelle, tel était ton destin entrevu et vers lequel tu t'avances, et qui désormais s'approche. Aussi, devinant ton regret, avons-nous pris nos cartes, fermé notre maison, et nous sommes-nous rendues au port où, vers la même heure, se présentait l'homme de Londres à la redingote rouge et son lieutenant à la redingote bleue. Et nous voici... Mais tout d'abord, rentrons nous mettre à l'ombre et à l'abri du vent, et allons boire le thé, car c'est l'heure d'après le soleil.

Sur le foyer à trois pierres dans un coin de l'entrepôt, Nômie avait posé une chaudière remplie d'eau.

L'ameublement était plus que rudimentaire. Une planche posée sur des tréteaux servait de table.

Des bottes de paille jetées sur la terre battue et une mangeoire remplie de foin nouveau prouvaient que l'endroit servait aussi, à l'occasion, d'étable ou d'écurie.

Les deux jeunes femmes assurèrent qu'elles avaient fort bien dormi, sous la garde de leurs marins anglais autour du feu dehors, et auxquels elles portèrent de temps à autre une tasse de ce thé qu'ils n'avalaient pas sans grimaces.

Les rudes Anglais se confiaient une fois de plus que les colons de Nouvelle-Angleterre ne faisaient rien comme tout le monde, et que, pour leur part, ils auraient préféré un peu de gin ou de rhum à ce thé tant apprécié au Nouveau Monde. La métropole britannique n'était pas encore entrée dans le circuit du fameux thé, tandis que les puritains du Nouveau Monde, dissidenters, baptistes, congrégationalistes, dans leurs différents exils aux Pays-Bas, ou par l'annexion de la Nouvelle-Amsterdam en Amérique, avaient pris des Hollandais le goût de cette infusion rare et coûteuse, importée de Chine, d'usage médicinal, et que la haute société de La Haye avait mise à la mode.

C'était devenu plus qu'une mode, un rituel. Au Massachusetts, dans toutes les maisons de personnes aisées, on buvait le thé de Chine à certaines heures, et Angélique, chez Mistress Cranmer, avait vu qu'il y avait une pièce réservée à cet usage, en général l'une des petites chambres sur les côtés du vestibule.

Elle sourit en les voyant retirer de leurs pauvres bagages et disposer sur la table grossière de fines tasses de ces porcelaines, venues de Chine, et dans lesquelles seules, affirmaient tous les adeptes du rituel, le thé pouvait être bu. Raffinement qui ne jurait pas avec leur austérité. Ils avaient le respect du commerce, vénéraient la rareté d'une feuille et d'une vaisselle amenées de si loin par l'héroïsme de leurs gens de mer et la bonne tenue de leurs navires construits dans leurs chantiers du Nouveau Monde.

Ruth dit que ces tasses et la théière leur avaient été données par Mistress Cranmer pour les remercier d'avoir soigné et sauvé son père, le vieux Samuel Wexter.

Elle déplora de ne pouvoir préparer, faute d'ingrédients, cette panacée qu'elle lui avait si souvent fait avaler pour lui redonner des forces : une soupe au thé très fort, mélangée d'œufs battus, de lait, de crème, de vanille et de croûtons de pain rôtis au beurre...

Puis, elles demandèrent des nouvelles de leurs « babies », les jumeaux, et chantonnèrent la berceuse qui les endormait :

Bring back, bring back,
Bring back, my bonnie to me, to me.
O blow ye winds over the ocean,
O blow ye winds over the sea.

Un appel les alerta.

L'homme à la redingote bleue leur adressait des signes, en moulinant de ses pistolets.

– Quelqu'un vient ! leur cria-t-il.

Une femme grimpait vers eux, courant malgré la raideur de la côte et le poids de la hotte qu'elle avait sur le dos ainsi que des paniers qu'elle traînait avec elle. Elle devait être en proie à une forte agitation. On voyait des mèches de cheveux s'échapper de son bonnet dans sa hâte.

– C'est votre amie Abigaël Berne.

Jamais Angélique n'avait vu Abigaël se présenter dans un tel désordre.

Cependant, force lui fut de reconnaître, en cette femme échevelée et chargée comme un âne, la calme Abigaël, son amie rochelaise.

– Ah ! je vous trouve enfin, s'écria-t-elle en les apercevant. Et vous aussi vous êtes là, Angélique ! Dieu soit béni ! Nous sommes sauvées !

Elle posa ses fardeaux et, essoufflée, rouge, commença à essayer de ranger ses cheveux sous sa coiffe.

– Gabriel m'a enfermée... pour m'empêcher de faire accueil et porter aide à vos amies qui arrivaient de Nouvelle-Angleterre. Avez-vous jamais ouï pareille folie de la part d'un homme qui... que... jamais je ne l'aurais cru capable de cela ! Il ne m'a pas bâillonnée, mais c'est tout juste !...

Ses yeux brillaient de larmes contenues.

– En tout cas, il m'a enfermée dans l'appentis, de telle sorte que je ne pouvais répondre à vos appels quand vous êtes venues frapper chez moi, fit-elle en se tournant vers les deux jeunes Anglaises, ni me faire entendre de vous, ni de personne.

– Qui vous a délivrée ?

– Laurier... N'est-ce pas une honte qu'un petit garçon comme lui soit témoin de la façon dont son père traite une épouse... Je ne suis que sa seconde mère, mais l'enfant a du respect et de l'affection pour moi... C'est indigne !...

Elle reprit souffle. Sa tension retombait. Il était visible qu'après cet éclat inusité pour son caractère peu enclin à la colère, elle se sentait épuisée comme après le passage d'un typhon.

— Mais que leur prend-il donc à tous ? gémit-elle. On dirait qu'une trombe, un tourbillon les entraîne !

Près des larmes, elle se laissa aller sur l'épaule d'Angélique.

— Ô Angélique ! Je l'aimais tant !... Que vais-je devenir, s'il devient fou comme les autres, mon Gabriel ?...

— Venez boire le thé que nous avons préparé, il est encore chaud, l'encouragèrent les visiteuses.

Les trois femmes l'entourèrent et l'amenèrent à l'abri du toit de feuilles.

Nômie versa l'infusion rosée dans les tasses.

— Nous n'étions pas abandonnées, comme vous le voyez, chère Mistress Berne. Nous avions du thé, du pain noir pour nous restaurer et... des miliciens pour nous garder.

Elle désignait les hommes au-dehors qui avaient repris leur guet.

Abigaël expliqua :

— Je vous apportais des vivres et des boissons. Et aussi j'ai pris pour moi quelques hardes de rechange car je ne sais pas si je vais retourner sous le toit de ce tyran...

— Abigaël ! Et vos petites filles ?...

— Séverine les a emmenées sur l'ordre de leur père... comme si j'étais une mère indigne, qu'il fallait me les retirer... A-t-on jamais vu pareil égarement ?...

— Buvez ! nous parlerons après...

Abigaël but docilement et commença de s'apaiser. Elle hochait la tête.

— Il est vrai que Gabriel a beaucoup changé... Il n'est plus le même depuis ce qui est arrivé à Séverine.

— Qu'est-il arrivé à Séverine ? s'inquiéta Angélique, qui se rassura in petto en se disant que, puisque Séverine avait été chargée d'emmener ses petites sœurs, elle était bien vivante et que c'était là le plus important.

— Oh ! c'est vrai, vous n'êtes pas au courant... soupira Abigaël d'un air las. Ce printemps, avant de vous embarquer avec Honorine, vous êtes passée si rapidement par notre établissement. Nous n'avons pas eu le temps de parler. Vous conduisiez Honorine en pension à Montréal, et c'était bien triste. Nous ne reverrons plus cette enfant, se désola la douce Abigaël Berne, qui trouva prétexte à l'évocation d'Honorine pour plonger le visage dans son mouchoir et verser les larmes qu'elle retenait.

— Mon amie ! ma chérie ! je suis désolée, murmura Angélique en entourant d'un bras ses épaules secouées. Les responsabilités nous dévorent. Plus nos affaires s'arrangent, plus les dangers s'éloignent, et moins nous avons de temps pour nous voir entre amis et jouir d'une paix si durement gagnée.

— C'est qu'il faut lutter aussi pour la conserver, fit la jeune femme en souriant à travers ses larmes. Je me demande si le maintien de nos avantages n'exige pas de nous plus d'efforts que les simples combats du début pour y parvenir. Oh ! qu'est-ce donc ?

Toutes quatre, elles poussèrent un cri, car une boule duveteuse venait de sauter sur la table d'un bond souple.

— Sire Chat !...

— Je le croyais monté à bord avec nous, raconta Angélique après avoir caressé son ami des mauvais jours. Nous n'avons constaté son absence qu'à Tadoussac.

— Il a passé l'été en notre compagnie.

— Nous ne sommes pas trop inquiétés sachant qu'il n'en faisait qu'à sa tête.

Sire Chat voyageait à sa convenance et non pas

sur décision d'autrui. On ignorait quels intérêts ou prescience le décidaient à quitter tel endroit ou à y rester. Mais cela dépendait de sa seule volonté. Il lui suffisait de s'éclipser au moment d'un départ, s'il ne voulait pas être du voyage, ou de se glisser dans les bagages ou à bord des navires s'il était dans son goût d'y participer.

Cette fois, pour une raison obscure, le voyage vers Montréal ne l'avait pas inspiré et il avait préféré attendre le retour d'Angélique sur la grève de Gouldsboro, théâtre de ses premiers exploits.

– M'a-t-il suivie, ou précède-t-il des visiteurs ? s'inquiéta Abigaël.

Par la porte du hangar, elles voyaient les matelots du vaisseau anglais se regrouper, regardant vers le sentier et semblant relâcher leur guet, jusqu'alors farouche.

Cette fois montait vers l'esplanade un groupe dont la vue pouvait faire augurer que tout était rentré dans l'ordre en l'établissement de Gouldsboro.

Aux côtés de Joffrey de Peyrac et de Colin Paturel, on reconnaissait le joyeux corsaire dunkerquois Vaneireck montant allégrement. Il ôta son chapeau et l'agita dès qu'il distingua les silhouettes féminines au sommet de la falaise.

Un fort bel homme, d'une trentaine d'années, en redingote rouge chamarrée, les accompagnait.

– C'est lui, le capitaine du vaisseau de Londres qui nous protège, les avertit Ruth Summers.

Un peu en retrait, mais faisant bonne figure, M. Manigault et celui que l'on continuait d'appeler « l'avocat » Carrère représentaient la communauté majoritaire des lieux, les huguenots français de La Rochelle.

Une des filles des Manigault, Sarah ou Déborah, ainsi que Jérémie revenu pour l'été de son collège de Harvard suivaient avec, eux aussi, un chargement de paniers.

Selon toute apparence, la vie de Gouldsboro recommençait à tourner dans le bon sens.

Il y aurait fête ce soir sur la grand-place, devant l'*Auberge-sous-le-Fort,* et toute chance d'y admirer la belle Iñes y Perdito Tenares dansant le fandango au son des castagnettes.

13

Angélique avait remis au lendemain la lecture de sa troisième étoile. Elle voulait d'abord éclaircir l'affaire d'Abigaël.

Elle se rendit à la maison des Berne et y pénétra, le vent en poupe.

– Où est-il ?...

Abigaël avait réintégré sa demeure, et retrouvé ses deux petites filles. Mais elle était seule et triste.

– Il n'a pas reparu. On m'a prévenue qu'il avait des affaires à traiter avec des pêcheurs bostoniens qui relâchent au Mont-Désert. Je me demande jusqu'à quand il va bouder.

– Profitons de son absence pour nous entretenir sans faux-fuyants. Abigaël, dites-moi en bref ce qui est arrivé à Séverine qui a pu provoquer l'ire de son père contre elle et, paraît-il, contre moi.

À l'âge de la jolie fille, elle se doutait qu'il s'agissait d'une histoire d'amour.

– Gabriel vous en veut car il vous rend responsable de ce malheur, pour l'avoir emmenée, l'an passé, dans ce voyage où elle a rencontré toutes sortes de personnes nocives à sa candeur. Il répète que c'est la tournure de votre esprit qui l'a influencée.

– Allez au but ! tout cela est fort vague.

La pauvre Abigaël ne se décidait pas. L'aveu lui coûtait. Elle se répétait, prenant son récit par un autre bout :

– L'hiver a été très pénible. Gabriel ne s'est pas départi de son humeur. Il était furieux contre vous. Il se reprochait d'avoir laissé sa fille encore si jeune vous accompagner dans ce voyage en Nouvelle-Angleterre où elle risquait de se laisser tenter par la frivolité d'une vie débauchée, dont, malheureusement, nous avons eu la preuve.

– Une vie débauchée ! En Nouvelle-Angleterre ! Chez les puritains ! Cela ne me paraît pas vraisemblable. Même chez les baptistes ou les luthériens, elle n'a pu avoir aucune occasion de...

– Pourtant nos calculs ne peuvent nous tromper. C'est durant ce voyage qu'elle semble avoir connu celui qui...

Enfin, se « jetant à l'eau », Abigaël confessa le drame qui avait bouleversé, au cours de l'année, leur si paisible et heureuse famille des rives de la Baie Française.

À l'automne, un peu après le départ de leur caravane pour Wapassou... Non, en y réfléchissant, c'était plus tard, car il y avait déjà eu des chutes de neige et Noël s'annonçait, Séverine avait été saisie d'un flux de sang. Par bonheur, elle n'avait pas hésité à en avertir sa belle-mère, l'appelant de son grenier, la nuit, et celle-ci, avec l'aide et les conseils de Mme Carrère, sur la discrétion de laquelle on pouvait compter, avait assisté la jeune fille dans ce qui se révélait être une fausse couche de deux ou trois mois, venue spontanément. L'accident n'avait pas eu de suites pour sa santé. Elle s'était remise rapidement. Mais la honte et le malheur étaient entrés au foyer des Berne, et Séverine, quoique butée, ne niait pas, mais se refusait à donner des détails et à prononcer des paroles de contrition.

– Nous n'avons jamais pu lui faire avouer de qui elle s'était trouvée enceinte. Nos déductions nous ont persuadés qu'elle avait dû commettre ce faux pas durant son absence de l'été. Nous avons cru comprendre qu'il ne s'agissait pas d'un jeune homme de Gouldsboro. Mais nous ne pouvons rien obtenir de plus. Ce qui est certain, c'est qu'elle est si fortement attachée à ce souvenir qu'elle n'a manifesté aucun regret de sa conduite. Elle allait jusqu'à sourire devant la colère de son père. La seule chose qui l'attristait, c'était d'avoir perdu cet enfant qu'elle avait commencé d'attendre en secret. Je crois qu'elle l'eût porté jusqu'au bout en s'en glorifiant.

À nos remontrances, elle répondait parfois : Dame Angélique me comprendrait. Ce qui exaspérait Gabriel... et qui l'a entraîné à reporter sur vous un peu de sa rancœur.

Je ne pense pas m'être montrée trop sévère avec elle, je ne suis que sa seconde mère. Je lui ai dit : Séverine, il va falloir devenir grande, témoigner moins d'insolence et de légèreté.

Mais elle nous en a voulu parce qu'elle a compris que nous nous félicitions, par sa fausse couche, d'avoir évité le scandale.

— Elle n'a jamais été facile, convint Angélique. À La Rochelle, elle souffrait d'être humiliée parce que protestante. Cela lui a forgé un caractère rebelle contre les impératifs des adultes. Mais je me défends, Abigaël, de l'avoir encouragée à se comporter ainsi avec cet excès de liberté et ce dédain de préceptes dont elle n'a vu que la contrainte et non qu'ils sont fondés sur le respect de la vie et sur la prudence la plus élémentaire. Car, une jeune fille enceinte, quelle que soit la part que l'on accorde au bien-fondé de l'amour, c'est toujours une tragédie.

Je suis désolée qu'elle vous ait causé cette peine, et je peux vous affirmer que je la partage et que je comprends votre jugement sur ce point, bien que je sois catholique et vous protestante.

— Angélique, dit Abigaël en posant la main sur son bras, rien ne nous sépare ni ne nous séparera jamais. Vous êtes ma sœur. Et plus encore. Une amie. Par bien des points vous nous êtes étrangère, c'est vrai. Mais, quand vous êtes arrivée à La Rochelle, parmi nous, c'était comme si entrait dans nos sombres demeures un peu figées le soleil, ou le vent de mer un jour de beau temps. Vous me fîtes penser à ces anges messagers de la Bible que l'on voit surgir pleins de lumière et d'entrain et qui ne se montrent pas tendres pour les humains timorés. Secourables, cependant, ils viennent nous rappeler que le jour du Seigneur est proche, qu'il faut qu'on se réveille, qu'on prenne la route.

C'est ainsi que je vous ai reçue avec la conscience du bienfait qu'allait représenter pour nous votre présence si peu habituelle, et malgré la jalousie qui me blessa aussitôt. Car j'aimais Gabriel depuis toujours. Mais avec trop d'indulgence, je ne l'ignore pas. Je sus que vous alliez le secouer, le remettre dans le chemin vrai de sa vie.

— Où il devait s'apercevoir que vous étiez faite pour marcher à ses côtés, vous l'exquise Abigaël qu'il ne voyait pas à force d'être absorbé par ses livres de comptes.

— À quoi bon servirait que l'homme ait été animé du souffle de Dieu pour ne se consacrer qu'à une seule vie médiocre ? dit Abigaël.

— Votre Gabriel est un bienheureux de vous avoir près de lui et je me chargerai de le lui rappeler.

— Dans un certain sens, lui comme moi, nous comprenons ce que Séverine voulait dire lorsqu'elle se référait à vous en parlant de l'amour. Moi aussi, je vous dois d'avoir su mieux aimer, d'avoir compris que l'amour était un don du Ciel et qu'il fallait s'y abandonner sans remords, ajouta-t-elle en rougissant légèrement.

Aujourd'hui encore, je n'ignore pas que je ne pourrai jamais apporter à Gabriel la même chose que vous. Mais qu'importe. Ce que j'avais à lui offrir, moi, je suis la seule à le pouvoir. Je le rassure. Il craint ce qui est par trop hors des cadres permis. Cependant il y a une limite. Ma docilité n'est pas démission, mais amour.

Je n'ai pu approuver son comportement envers vos amies de Salem, ni qu'il vous en ait voulu de façon injustifiée et exagérée pour Séverine.

– Abigaël, vous êtes ma consolation. J'aurais compris que vous vous incliniez en bonne épouse, mais cela m'est bon de voir que vous ne m'avez pas désavouée.

– Vous m'avez appris à tenir la tête haute, Angélique, et dans des circonstances encore plus mortifiantes pour une femme que celles qui viennent de m'être infligées. J'ai retenu la leçon. Que de choses n'avons-nous pas vécues déjà sur ce bord d'océan.

– Siriki prétend que le vent du Diable y souffle parfois et souvent.

– Les passions tourbillonnent. Le vent souffle et il passe. Quand revient le calme, on se félicite de n'avoir donné prise que le moins possible à sa fureur sournoise.

– Serait-ce de Nathanaël de Rambourg qu'il s'agit ? réfléchit Angélique, revenant au cas de Séverine. Je ne vois que lui. Abigaël, vous auriez dû me mettre au courant plus tôt. Je parlerai à Séverine et aussi à Maître Berne. Il doit m'entendre. Ses ennuis paternels n'excusent en rien ses façons de tyran domestique.

Elles s'entretinrent longtemps avec confiance et agrément. Tandis que s'éloignait pour elles l'écho des disputes attisées par des sentiments outranciers, fagots à rejeter comme sarments desséchés.

Angélique était la seule femme au monde avec laquelle Abigaël pouvait débattre de ce qui lui tenait à cœur.

– On dirait, Angélique, que vous vous tenez au carrefour de la vie pour en recevoir les richesses de toutes les directions.

– Et ce n'est pas sans en éprouver souvent de l'angoisse, hésiter, comme en ce moment. Au cours de ces années, tout s'est mis en place. Nous avons repris notre assise. Nous avons réussi. Et alors je sais que tout va bouger de nouveau car la nature ne paraît pas vouloir se contenter de la seule réussite… Peut-être me blâmez-vous d'être ainsi aux aguets, de chercher à comprendre, d'accepter, comme vous le dites, ce qui vient de toutes les directions.

– Non seulement je ne vous blâme pas, mais j'envie vos audaces. Car je ne saurais vous suivre en tout.

Ainsi, Abigaël avoua qu'elle était terrifiée à l'idée qu'Angélique voulait se faire lire l'avenir dans les tarots, car c'était une pratique qui, aujourd'hui encore, et plus qu'hier peut-être, risquait de vous mener au bûcher.

– Mais il faut pourtant bien que je sache les grandes lignes de notre destin et de quelle sorte est ma victoire, lui dit Angélique.

– Certes. Et ce n'est pas moi qui vous en détournerai, reconnut Abigaël en riant. Car j'en suis aussi curieuse que vous.

14

– Vous souvenez-vous comment étaient disposées les « lames » de cette étoile ? demanda Angélique.

– Certes ! C'était une si belle étoile ! Et nous l'avons souvent disposée devant nous pour la contempler en pensant à toi.

Au sommet de la falaise, Angélique, Ruth et Nômie s'assirent dans l'herbe courte, autour d'une dalle de granit affleurant sur laquelle Ruth disposa les cartes sorties de leur grand sac de velours.

– Voici le CHARIOT qui t'a tant déplu, dit la voyante en désignant la carte. Tu ne nous as pas laissé le temps de te dire qu'il a plusieurs significations. Mais quand il sort ainsi en hauteur, en premier, avec en opposition le FOU, c'est en effet un voyage imprévu... qui va arriver... sans qu'on l'ait envisagé... Départ rapide sans préparation.

– Comme lorsque nous sommes partis de La Rochelle en quelques heures.

Ici, au Nouveau Monde, leurs voyages étaient prévus, préparés. Avaient un but bien déterminé. L'hiver fini, ils redescendaient le Kennébec vers Gouldsboro. Puis ils s'embarquaient soit pour la Nouvelle-Angleterre ou la Nouvelle-France avec armes et bagages, cadeaux à distribuer, marchandises et réserves.

– Vous aviez parlé de fuite et de déroute ?

– Trop hâtivement, peut-être, reconnut la jeune femme. De toute façon, le FOU étant en opposé, je le répète : c'est un voyage... inattendu, *comme une fuite...* Mais il faut se rappeler que le CHARIOT en lui-même a une double signification dont celle de *victoire sur les ennemis.* Alors je dirais plutôt que ce voyage aux apparences de fuite, car décidé rapidement, est indispensable car il a lieu pour arrêter ou *neutraliser* des ennemis.

– Quel voyage et dans quelle direction ? interrogea Angélique.

Ruth posa une main sur son poignet pour la calmer.

– Ne commence pas à battre la campagne. Ce voyage te concerne peu. Et souviens-toi de ma recommandation. Les forces convoquées ici sont puissantes. Ce sont celles du Souffle. Respecte-les en gardant ton calme. L'étoile est belle. Rien n'est encore accompli. Ton destin s'avance, mais aujourd'hui comme l'an passé, ce n'est que l'annonce de ce qui t'entourera et sera en place au moment où tout commencera. Je vais te dire pourquoi tout à l'heure, et par quelle carte sont magnifiés les autres arcanes, et leur sens transcendé.

Je vois ici la FORCE et en face la JUSTICE. La Force, c'est le lion, symbole du soleil, c'est peut-être un souverain. C'est en tout cas l'homme souverain en face de la Justice. Cela veut dire que l'homme, quel qu'il soit, te rend les armes, te rend ce qui t'est dû. L'équité règne. L'équilibre faussé par l'homme a été rétabli, et par acte de justice, et cet état demeurera car c'est l'un des piliers de ta vie future. Que peux-tu souhaiter de mieux, toi femme qui batailla si longtemps pour que ta voix parvienne à l'oreille du tyran, ou du maître, ou de n'importe quel homme qui refusait des droits de vivre à ta féminité ?

Sur l'axe opposé, il y a les ÉTOILES et la TEMPÉRANCE qui confirment le septénaire dans cette idée de victoire générale, de durée dans le triomphe avec d'autant plus de certitude que c'est le fruit d'une longue et raisonnable constance.

Les Étoiles, c'est la patience, parce que c'est l'acceptation de la Vie, telle qu'elle est, telle qu'elle se présente. Imparfaite, souvent sordide, mais aussi merveilleuse, grisante. Il faut faire avec ce matériau de la vie qui nous est donné. On le peut car on est *au-dessus* de tout cela, parce que protégé par les Étoiles. Tu t'y entends de nature bien qu'impatiente de caractère.

Alors quand, en contrepoint, se trouve la Tempérance, nous comprenons l'excellence des cartes qui te sont distribuées.

La Tempérance indique : ce qui était dans l'obscurité vient à la lumière. D'une vase noire surgit l'or. Il faut aller doucement pour accomplir ces choses, laisser les phénomènes se développer : révélations, transmutations...

Mises ainsi en opposé, les Étoiles et la Tempérance oui, ce n'est pas mauvais du tout. Pourquoi les Étoiles d'abord et la Tempérance ensuite ? C'est une meilleure disposition !... Parce que la patience des Étoiles nous rappelle que tu es protégée par le cosmos. D'autre part, il faut que l'obscurité vienne à la lumière. C'est une longue tâche, seule la protection du cosmos peut te permettre d'en venir à bout.

Enfin, au milieu, nous avons retourné le MONDE, l'arcane qui jette sur tous les autres un poudroiement de réussite et de gloire. Voici le signe de ta victoire. Non pas une victoire passagère, mais qui s'étend sur le renouveau annoncé. Car tout d'abord, le Monde ainsi placé, c'est une possibilité de vie assez longue. L'Héroïne, toi, est avertie que de nombreuses voies s'ouvrent devant elle et qu'il n'est pas exclu qu'elle ne puisse en parcourir plusieurs puisque les années ne lui sont pas comptées. La libération accomplie, elle peut faire ce qu'elle veut de sa vie après, et vivre plusieurs vies encore. Le temps lui est donné, la réussite supérieure et non pas seulement matérielle et pratique. Le Bateleur a été écarté.

– Où est le BATELEUR ?

– C'est la carte non retournée. Et en effet, il n'avait pas grand-chose à faire dans ce septénaire.

Le Bateleur, le funambule en équilibre instable sur son fil, s'immisce dans les réussites de commerce, les affaires d'argent en projet. Désormais, votre fortune est faite, construite. Votre enjeu est plus important et votre dessein plus vaste. Il y a longtemps que vous avez appris à vous passer de lui.

L'Étoile de David que nous avons sous les yeux a d'autres ambitions.

Tu dois repartir dans une vie nouvelle. Il ne s'agit peut-être pas d'une forme de vie nouvelle, mais de toi, surgissant d'une longue élaboration comme quelqu'un de tout nouveau.

Le Monde, c'est l'individu qui se retrouve avec la chance de se refaire une vie s'il veut, ou au moins une *pureté*. Toutes les possibilités lui sont offertes, homme comme femme. C'est pourquoi il est représenté par un être androgyne, plutôt une femme qui se dévêt : on se retrouve nu devant son destin, pur, rien à cacher, rien à regretter…

Angélique, penchée, considéra de plus près la représentation du Monde : un être de chair et de beauté, couronné de lauriers, tenant dans ses deux mains des bâtons d'or, tandis que pleuvaient alentour des gouttelettes d'argent.

— C'est une femme puisqu'elle te représente, et tu la vois « arrosée », selon le terme, de toutes les grâces, joie, euphorie, contemplation. L'être victorieux est ébloui.

— Que tient-elle dans ses mains ?

— Au départ, des rayons qui ont pris une forme plus grossière de bâtons, comme sur des statuettes d'Orient on voit représentés les rayons des forces telluriques. Mais ici toutes les forces : le Bien et le Mal, la Faiblesse et la Force, le Ying et le Yang selon les Chinois, c'est-à-dire les principes féminin et masculin. Tout en mains. Le triomphe.

— Quand cela arrivera-t-il ?

— C'est déjà arrivé ! murmura-t-elle. Mais dans le temps et l'espace tu dois encore passer une dernière épreuve.

Et posant son doigt sur le Fou à la ceinture dorée :

— C'est lui qui le dit, le Fou. Car le Chariot, que tu redoutes, n'est pas dangereux. Mais, associé au Fou, il signifie : épreuve. Le Fou n'est pas un insensé comme certains veulent parfois le considérer. C'est seulement celui qui se différencie. Celui dont on ne dit rien parce qu'on ne s'explique pas en quoi gît « la différence ».

C'est l'homme qui ne répond pas au code établi par les autres hommes pour qu'ils soient semblables entre eux et suivent la coutume générale, la loi commune. Il n'est pas comme les autres. Ce qui ne veut pas dire qu'il n'est pas remarquable.

C'est celui qui n'est pas coupable et qui paraît coupable aux yeux des siens et de la Loi reconnue. Sa Loi est en lui et son juge en haut. Car la grâce plane au-dessus de la Loi.

C'est celui — ou celle — qui admet ou commet

certaines folies qui le feront blâmer et peut-être rejeter. Il les commet non par esprit de folie, mais pour obéir à une sagesse plus haute qui brûle en lui, malgré lui...

Elle s'interrompit les regardant tour à tour.

– C'est toi, c'est nous. C'est l'homme que tu aimes, le comte de Peyrac, ton époux, relié à tous et pourtant à l'écart de tous... Et c'est lui, là-bas, ajouta-t-elle avec un mouvement en direction de l'homme à la redingote bleu barbeau qui continuait son guet austère, prêt à abattre d'un coup de pistolet quiconque voudrait chercher noise à deux malheureuses femmes considérées comme folles dangereuses, et sorcières. Et l'homme de Londres aussi, son capitaine à la redingote rouge qui ne nous a pas oubliées et est venu nous chercher pour nous conduire jusqu'à toi.

– Et Brian Newlin, sans doute aussi ? fit Angélique.

– Oui, c'est vrai. Merci, ma sœur, d'y avoir songé. Ainsi isolés, nous ne sommes pas seuls. Nombreux sont les Fous des arcanes supérieurs qui dansent la ronde. Et chacun a eu son mâtin qui le mord au talon. Morsure qui réveille le Fou oublieux de son destin, et qui s'endormirait. Interdit de dormir, Messire Fou ! Il est aussi le Libre Arbitre, n'oublions pas. Et à quoi servirait d'être libre de choisir sa voie, pour ne pas faire choix et dormir ? Morsure ! Le chien nous saisit au talon. Il faut se réveiller, il faut partir, il faut accepter la nécessité d'agir. Il faut franchir l'épreuve imposée, sinon les promesses du destin ne s'accompliront point. Toi, tu sais déjà que tu franchiras l'épreuve, puisque le triomphe est là et s'impose.

– Si ce n'est un voyage, alors quelle sorte d'épreuve ? demanda Angélique après un moment de silence, car elle craignait d'approcher d'une révélation redoutée autour de laquelle elles ne cessaient de tourner depuis le début, comme rôde le renard autour d'un poulailler.

Ces « lames » aux couleurs voyantes et qui avaient l'air de claironner amicalement un avenir paré de tous les succès et réussites, elles renfermaient bien l'épine vénéneuse promise à sa démarche trop ailée et qui la ferait boiter bas.

Et ce chien, mâtin hargneux ?... Il fallait prendre au sérieux ce mâtin symbolique que Ruth et Nômie considéraient, lui semblait-il, avec indifférence, sinon indulgence, pour s'être familiarisées sans doute trop de fois avec sa morsure stimulante.

À la question d'Angélique, Ruth répondit :
— Je ne sais.

Puis, voyant qu'elle décevait Angélique par son refus de vouloir en connaître plus, afin de la renseigner, elle fit effort. Après avoir jeté un regard à Nômie, elle tomba dans une profonde rêverie.

Et les coudes appuyés à ses genoux, ses joues dans ses paumes, son regard se perdit sur l'horizon mouvant de la mer parsemée d'îles. Cette étendue aux bleus changeants bougeait comme une soie secouée par une main nonchalante se balançant à la limite du ciel. Ses plis se drapaient autour des rocs allongés, alignés en escadre, couronnés de verdure brillante.

Un léger vertige naissait de cette contemplation. Le vent arrivait par risées subites, souvent chargé de bruine salée. On voyait éclater, au bord de la falaise, le panache d'écume des lames de fond, avant d'en entendre le bruit. Un souffle plus violent rabattit le capuchon de Ruth Summers et ses cheveux flottèrent. Pâles et dorés, ils avaient dans le soleil une texture lumineuse qui lui fit comme une auréole. Angélique, parmi cette blondeur, distingua mieux des cheveux blancs, ceux que les tourments intérieurs, les brisures irréparables, l'usure des injustices et des reniements subits font naître avant l'âge. « La sorcière !... » Et elle revit la sorcière de son enfance. Était-ce la première Mélusine ou la seconde Mélusine ?...

Plutôt la première Mélusine, celle qu'on avait pendue. Elle avait de beaux cheveux blancs frisés qu'elle laissait flotter sur ses épaules et qu'elle parait de fleurs, ce qui lui donnait l'air d'une vieille petite fille contente. Plus paysanne, plus ronde que Ruth Summers, mais tout aussi savante et devineresse... Les sorcières !... Les sorcières des campagnes. Que de promenades Angélique enfant avait-elle faites en leur compagnie ! Que de mystères lui avaient été révélés... Les sorcières des forêts !... dont tant avaient été brûlées au cours des âges.

La jeune femme anglaise prolongeait sa méditation.

Elle prononça enfin, d'un ton solennel et presque sépulcral :

— Tu parleras avec un mort !

Angélique sentit un frisson glacial lui passer à la racine des cheveux.

— Que voulez-vous dire ?

— Je ne sais pas exactement, répondit l'Anglaise en secouant la tête. C'est flou ! C'est étrange.

Angélique se vit honorée d'une vision de l'au-delà comme la mère Madeleine, et n'éprouva aucun enthousiasme à cette idée.

— Je ne veux pas avoir à parler avec un mort.

— Que tu es donc rétive ! Tu veux connaître ton sort, tu veux tout savoir de l'Invisible et tu n'acceptes rien !... Et si ton destin était de te faire haïr, de te faire lapider ?... comme le nôtre ?

— Je n'en veux point. J'ai eu ma part de lapidations !...

— Eh bien ! tu as raison, ma chère. Et tout se concilie ! Ce que tu as acquis par les traverses de ta vie, c'est de ne plus appartenir aux vaincus... C'est pourquoi nous ne voyons partout que gloire et triomphe pour toi... Écoute encore. Il est vain et imprudent de vouloir donner aux révélations des tarots une image trop précise. Notre interprétation est sujette à caution. Et comme je te le disais tout à l'heure en cette carte, c'est peut-être le roi, votre souverain, ou peut-être ton époux, ou peut-être tous les deux, ou peut-être un autre homme qui leur ressemble. Ces choses-là, on ne les sait qu'après... C'est le symbole qui nous est apparu... À quoi sert de laisser aller notre imagination imparfaite ? Sois donc humble et patiente devant les prédictions. Tu comprendras le jour venu.

Puis elles se mirent à rire, comme des enfants complices qui sont seuls à saisir l'hermétisme et la cocasserie de leurs plaisanteries et de leurs querelles.

Une vague éclatait au bord de la falaise et le vent dispersait ses embruns salés.

Tout était calme et suave, tout parlait de concorde. Jusqu'à l'ingénuité paisible que la distance conférait aux esquifs entrevus dans les lointains de la Baie Française, voiles blanches des vaisseaux ou brunies au cachou des bâtiments de pêche. Tous rivaux, on le savait, acharnés à faire triompher leurs desseins et à contrecarrer ceux des autres, mais qui, derrière le pastel des brumes, ne paraissaient poursuivre qu'un rêve élégiaque.

Le vent jouait avec les chevelures des trois femmes penchées au-dessus de l'étoile magique.

15

Elles ne m'ont pas parlé de « l'Homme brillant » ni de la « Papesse »... pensa Angélique tandis qu'elle descendait vers le port pour présider au départ de ses amies. Elle n'était pas entièrement satisfaite. Malgré l'annonce de cette avalanche de triomphes et de victoires certifiées, Angélique, qui rapportait de son périple en Nouvelle-France une sensation de menaces confuses, s'étonnait que les subtiles voyantes eussent oublié de lui parler de ces deux personnages, qu'elles avaient naguère dénoncés avec effroi, « l'Homme noir », la « Femme noire » sa complice, qu'elles avaient aussi désignés sous ces vocables : « l'Homme brillant », la « Papesse », et qu'elles avaient définis en termes surprenants si l'on songeait qu'elles ne savaient rien d'eux et n'en avaient jamais entendu parler.

Soit ! Ils étaient morts et enterrés. L'oubli des voyantes semblait l'assurer.

Mais par Ruth et Nômie, Angélique avait espéré être entièrement rassurée sur ces fugaces signes ou présages.

Or Ruth, après lui avoir annoncé, comme par inadvertance, une « épreuve », et en avoir défini, sans assurance, et non sans difficultés, la nature morbide, n'avait rien ajouté. Soit qu'elle fût distraite, soit qu'elle fût moins reliée à Angélique qu'à Salem ou moins préoccupée pour elle, peut-être atteinte plus qu'elle ne l'avouait dans sa santé et dans son cœur par la mort d'Agar et les sévices subis dans les prisons, la magicienne ne voyait pas plus loin. Sa quiétude vis-à-vis du destin d'Angélique était totale. Tout baignait dans le bleu pour l'avenir de l'Impératrice, telle que les tarots l'avaient reconnue, elle, Angélique, l'héroïne des trois septénaires victorieux.

À grand bruit, soutenu par deux matelots anglais, un ivrogne de leur équipage était amené, vomissant à la fois le produit de ses trop nombreuses libations à l'*Auberge-sous-le-Fort* et un flot d'injures contre ces « frog eaters » qui, pourtant, l'avaient abreuvé généreusement de vins français d'excellente qualité.

On lui lia pieds et mains et on le jeta au fond d'une chaloupe.

L'instant des adieux arriva.

Ruth Summers se tourna vers Angélique.

– Ne te tourmente pas !

— Me tourmenterais-je à tort ?

— Tu te tourmentes avant que le temps soit venu. Et c'est une sottise. Tu dépenses tes forces contre des fantômes impuissants.

Il y avait un peu plus de monde sur le port qu'à leur arrivée.

Joffrey était venu les saluer et leur remettre des présents, entre autres une pièce de drap noir pour se tailler des manteaux plus confortables.

Près de lui, Angélique les regarda s'éloigner dans la barque dansant à la crête des vagues, serrées l'une contre l'autre dans leurs mantes sombres à longue capuche qui les faisaient ressembler à deux noires corneilles parmi leurs protecteurs, les officiers et gentilshommes anglais, en redingotes bleues, redingotes rouges juponnantes, plumes des chapeaux galonnés, jabots et manchettes de dentelle au vent et les matelots coiffés de bonnets rayés rouge et blanc, qui poussaient les rames en entonnant un chant d'adieu des bords de la Tamise.

Elles regagnaient Salem, une si jolie petite ville du Nouveau Monde, avec ses lilas, ses citrouilles et son pilori.

16

— Viens m'aider, dit Angélique à Séverine Berne.

Après le départ des deux femmes anglaises dont la présence avait perturbé la population, mais près desquelles beaucoup s'étaient rendus, en secret, quêter des soins et remèdes, on avait fait voter par le Conseil, selon une suggestion des visiteuses, la décision de transformer la bâtisse sur la falaise en lazaret.

Charpentiers et menuisiers étaient allés raf-

fermir les solives, les gonds et serrures de la
porte, boucher les trous du toit par de bonnes
rangées de bardeaux neufs, frais tranchés dans le
bois clair des mélèzes. On avait posé le long des
parois quelques planches pour former des étagères
afin d'y aligner des fioles, boîtes, bassines, mor-
tiers, bocaux, et on avait hissé deux ou trois
grands coffres vides pour y resserrer linges, ouate,
bandes de charpie, couvertures, huile et chandelles
pour le luminaire, réserves de bois.

Il fallait maintenant balayer le sol de terre
battue, lessiver la table et les escabeaux.

Angélique gravit le sentier accompagnée de
l'adolescente, toutes deux suivies d'un essaim
joyeux de fillettes, parmi lesquelles se trouvaient
Dorothée et Jeanneton, de l'île de Monégan, et
la petite Anglaise rescapée des massacres de
Brunswick-Falls, Rose-Anne, fille des William.

Un peu plus tard, tandis que les petites aides
emportaient des corbeilles de détritus pour les jeter,
Angélique et Séverine, armées de solides balais de
branchettes de bouleaux, entreprirent de nettoyer
énergiquement la place et les alentours.

Angélique ouvrit le feu.

— Et maintenant, dis-moi, as-tu des nouvelles
de Nathanaël de Rambourg ?

— Pourquoi de lui ? interrogea Séverine en
détournant les yeux.

— Parce qu'il aurait peut-être quelques bonnes
raisons de s'informer de toi !

Séverine haussa les épaules, et eut un bref éclat
de rire moqueur, mais adouci d'une nuance d'indulgence.

— Lui ? Cela m'étonnerait ! Qu'a-t-il dans la
tête ?... Rien. Moins que rien ! Il erre comme un
grand goéland égaré par les tempêtes !... Et encore !... Même pas. Un goéland s'évertue à retrouver
les siens, se préoccupe de sa subsistance. Tandis
que lui, RIEN !... Il ne pense à rien ! Tient des
projets fumeux. Ne sait rien...

Elle s'arrêta de balayer et tourna vers Angélique son visage aux grands yeux noirs, brillants et animés.

— Figurez-vous qu'il ne savait MÊME PAS d'où venait ce terme de *huguenot* dont nous nous sommes trouvés affublés nous autres, réformés français. Il ne savait même pas que c'était une altération du mot allemand « Eidgenossen » qui veut dire « confédérés » et qui avait été transformé en « eyguenet » par des partisans genevois qui voulaient adhérer à la Confédération helvétique contre le duc de Savoie français.

Et comme plus tard, nous autres calvinistes, nous nous déclarions aussi contre toutes les doctrines anciennes, nos adversaires catholiques nous ont donné ce sobriquet qui venait de Genève, la ville de Calvin : « eyguenet » qui s'est déformé peu à peu en « huguenot ». Moi, je sais tout cela. Tante Anna est si savante et je vis beaucoup avec elle. Mais lui ! son ignorance !... c'est une pitié !...

Mon père a bien raison de dire que les nobles de la religion réformée sont encore plus sots et plus ignares que ceux de la religion catholique.

— Si tu le trouvais si stupide, et si peu séduisant, je ne comprends pas pourquoi tu as...

Séverine se remit à balayer furieusement, puis abandonnant l'ustensile, courut à Angélique et se jeta dans ses bras.

— Ô dame Angélique, c'est de votre faute...

— Ne dis pas cela ! Tes parents m'accusent du pire, de t'avoir mal conseillée, de t'avoir encouragée... que sais-je ?

— C'est d'être *vous* qui m'a encouragée, qui m'a ouvert l'entendement sur le fait que l'amour est mystère. Je pensais mariage, dot, brillant parti. Un jour j'ai compris que l'amour était sans aucune logique. Que le vrai amour est comme la foudre, que nous y avons tous droit, mais que nous le perdons, faute de... le reconnaître, faute de nous incliner devant lui... faute de comprendre que c'est une grâce divine... je ne sais pas m'exprimer... Les mots sont imparfaits... Il faudrait parler des heures et d'un domaine invisible aux yeux humains.

C'est vrai, je le trouvais stupide, pas beau, maladroit à vivre. Et pourtant, comment vous expliquer ce qui est arrivé ? C'était l'an dernier. Le même vaisseau anglais que ces jours-ci s'apprêtait à mettre à la voile, emmenant aussi vos amies de Nouvelle-Angleterre. Elles étaient montées jusqu'à notre domaine pour vous faire leurs adieux.

Un pressentiment m'a saisie. J'ai eu la certitude qu'il allait essayer de partir malgré tout le mal que je m'étais donné pour l'amener à Gouldsboro. Il allait partir et je ne le reverrais plus. Je quittai la maison par-derrière et je courus sur la place. Je le trouvai dans la foule et, comme je l'avais pressenti, portant ses bagages, son sac, son vieux sac, vers la passerelle d'embarquement.

À partir de ce moment-là, je ne peux vous décrire ce qui s'est passé. Ce fut comme si nous nous étions mis à marcher sur un nuage. Dès que je me suis approchée de lui et que nos regards se sont rencontrés, il a lâché son sac et nous nous sommes pris par la main. Nous avons marché, sans parler, nous nous sommes éloignés de l'établissement, nous nous sommes enfoncés dans le bois sauvage. Quelle force en nous ! Quelle sève ! Il ne savait rien. Et moi non plus. C'était la première fois. Nous avons aimé pour la première fois ensemble, ne sachant rien. Quel émerveillement malgré la douleur ! Le ciel qui éclate ! Son éblouissement à lui qui le transfigurait. Ma défaite qui le comblait et me comblait !... Oh !... je suis sûre qu'Adam et Ève au paradis terrestre, la première fois, n'ont pas été plus heureux. Vous aviez raison, dame Angélique. L'extase vaut toutes les peines, tous les sacrifices...

Non, ne me blâmez pas. Vous vous faites du souci pour moi parce que je suis un peu votre fille, mais je sais que vous approuvez qu'on suive hardiment sa route. Celui qui se préserve de tout n'est pas pour autant exemplaire. Quant aux reproches que vous adressent mes parents...

Et Séverine en riant secoua la tête, lançant en tous sens comme un drapeau sa belle chevelure noire.

– Non ! Non ! chère dame Angélique, ce ne sont pas seulement vos paroles ni celles de la lettre que vous m'avez lue. C'est votre exemple, vous dis-je ! C'est toute votre personne. C'est ce que vous vivez avec votre époux qui m'a fait comprendre que l'Amour existait. Et aussi ce qu'il y a entre Abigaël et mon père. Ne leur en déplaise... Je le leur ai dit. Mon père était furieux que je le lui fasse remarquer. Il fallait bien que je trouve quelque chose pour me défendre de sa colère, lorsque je me suis vue contrainte d'avouer...

Passant du rire aux larmes, elle s'attrista, baissa la tête.

– J'ai perdu mon fruit, murmura-t-elle avec amertume.

Elle retint un sanglot et conta sa déception. Elle avait vu son sang fuir avec ce fruit de l'espérance, disparaître ces perspectives de joies nouvelles, de vie changée que représente la venue d'un enfant.

– Oui, je sais, je te comprends...

Angélique se souvenait de son affliction dans une circonstance analogue. Elle avait failli éborgner de ses ongles le gentilhomme qui l'escortait et la ramenait prisonnière à Paris lorsque, par sa faute, le carrosse ayant versé, elle avait compris qu'elle allait perdre une ténue promesse de bonheur.

À ce moment-là, ce n'était pas son sort à elle, ni présent, ni futur, ce n'étaient ni Joffrey, ni

Colin, disparus tous deux, qui lui importaient. Mais seulement la perte d'une promesse d'enfant. Ainsi vont les femmes !

– Que n'étiez-vous là, dame Angélique ! Personne ne pouvait me comprendre. Ils ne pensaient qu'à une seule chose : que le voisinage ne soit pas au courant.

Angélique essaya de lui faire réaliser à quel point l'épreuve imméritée à laquelle le pauvre Berne et sa femme si douce et bonne auraient été soumis risquait de bouleverser leur vie.

– Devoir répondre aux questions perfides, subir l'humeur, la critique et l'injustice de leurs amis, se défendre, défendre leur fille, exiger pour l'enfant innocent une vie normale. Et ils l'auraient fait. Mais, qui sait s'ils n'auraient pas été obligés de rompre avec leur communauté qui cultive le blâme avec tant de satisfaction ? Et de quitter Gouldsboro ? Et Laurier ? Et Martial ? Le monde est ainsi fait. Tu ne peux pas leur en vouloir.

– Je leur en veux et je ne leur pardonnerai jamais.

– Ne sois pas si entière, petite vierge folle ! Tu es une femme maintenant et non plus une gamine qui pense que tout lui est dû de la Vie et des autres. Tu gardes cet amour ! Bien ! Prépare-toi pour l'époux qui doit venir. Je vais écrire à Maître Molines à New York. Il a retrouvé mon frère Josselin après des années de disparition. Cela m'étonnerait qu'il ne parvienne pas à mettre la main sur ton Nathanaël. C'était donc à lui que tu pensais lorsque tu m'as dit : « J'ai au cœur un secret d'amour qui m'aide à survivre » ?

– Oui.

Angélique raconta comment Honorine, ayant été si fort impressionnée par cette parole, avait tenu, la main sur le cœur, à faire la même déclaration au moment de leur séparation dans le parloir de Marguerite Bourgeoys.

– Honorine ! Chère petite sœur ! fit Séverine

avec un sourire mélancolique. Comme elle est imprévisible et amusante. Je donnerais cher pour savoir le nom de son secret d'amour. Nous ne l'apprendrons sans doute jamais. Elle a toujours eu des idées à elle qu'elle estimait trop importantes pour les confier à des adultes irresponsables.

Elles balayèrent à nouveau en silence. Angélique questionna :

— Alors, aucune nouvelle ?

— De lui ? Aucune. Pourtant, je ne désespère pas et j'attends sans impatience. J'attends qu'il revienne. Je n'en veux point d'autre. Il reviendra. Ce que nous avons éprouvé ensemble, nulle autre femme ne peut le lui donner. Et il ne pourra l'oublier. Ni moi non plus.

17

Gabriel Berne s'était arrêté au bord du sentier pour vriller un regard sombre et réprobateur sur un groupe de jeunes filles et d'enfants qui pouffaient et riaient sous cape en regardant les trois fils du vieux Mac Grégor et leur père revêtir leurs plaids à ceinturon. Cela faisait quatre Écossais pour la cérémonie. Si celle-ci présentait un brin de cocasserie et pouvait provoquer l'hilarité juvénile, ou l'intérêt curieux des passants, elle n'avait en soi rien de répréhensible.

Pourtant, elle semblait inspirer à Maître Berne des réflexions fâcheuses et amères qui l'absorbaient tellement que, lorsqu'il aperçut Angélique à quelques pas de lui, il ne pouvait plus la fuir. Ce qu'il n'avait cessé de faire depuis quelques jours.

Angélique qui, elle, l'avait cherché partout, ne voulant pas quitter Gouldsboro sans lui avoir dit son fait, dès qu'elle l'avait aperçu observant un spectacle de rue, s'était empressée de le rejoindre.

Vexé de s'être laissé surprendre, son ancien maître de La Rochelle choisit de passer à l'attaque.

– Voyez-moi donc ces donzelles ! fit-il avec un grand geste vers le groupe des rieuses, et sans même penser à la saluer. Elles gloussent comme des poules, se chuchotent à l'oreille des réflexions libertines sur ces grossiers personnages qui osent, en plein jour, se présenter en chemises sans hauts-de-chausses, hors de leur maison, et s'exhiber ainsi dans un établissement aux mœurs dignes.

Angélique reporta son attention sur la scène qui l'indignait tellement.

Dans l'aimable lumière d'un soleil matinal, les trois solides jeunes gens et leur père, non moins robuste malgré ses favoris blancs, venaient de surgir sur le seuil de la cabane où ils avaient passé la nuit. C'était un fait qu'ils n'étaient vêtus que de leurs seules chemises aux pans flottants.

Ces Écossais du Nouveau Monde portaient la chemise traditionnelle, encore teinte au safran, que l'on disait de toile irlandaise, et qu'ils imprégnaient autrefois de poix pour supporter la pluie et les embruns salés de la mer.

Ils s'avancèrent de quelques pas et se rangèrent à distance les uns des autres, puis commencèrent par se coiffer gravement de leurs grands bérets bleus à pompons, et ensuite enfilèrent ces bas de lainage rouge qui avaient fait surnommer les habitants des Highlands « Red Shankes », et qu'ils lièrent sans façon sous les genoux d'un brin d'herbe ou de paille. Les pans de leurs chemises claquaient au vent, ce qui agaçait Maître Berne.

– Ils ne portent pas de nippes. À Londres, j'ai entendu leurs officiers dire que c'était commode pour les fouetter.

Depuis longtemps, en rupture de toute armée, les Écossais de l'île Monégan étaient loin de tels souvenirs. Après avoir noué un foulard à deux nœuds autour de leur cou, ils entreprenaient la phase importante de leur habillement, c'est-à-dire de se draper dans leurs grands plaids aux dessins et aux couleurs de leur clan, celui des Mac Grégor, venus d'Écosse en 1628 avec Sir William Alexander, et dont la plupart avaient essaimé dans la Baie Française pour y faire souche.

Tout d'abord les quatre hommes posaient leurs ceinturons à même le sol, à distance égale les uns des autres.

Puis chacun étalait sur son ceinturon son plaid ou tartan à carreaux de couleur, vaste pièce de ce tissu de « tiretaine » qui lui avait donné son nom, et qui leur servait la nuit de couverture, en prenant garde que la partie qui formerait la jupe ou kilt, fût plus courte que l'autre. Ils plissaient soigneusement le plaid de façon que les deux extrémités de la ceinture finissent par dépasser de part et d'autre, se couchaient dessus en veillant à ce que le bord vers le bas fût à peu près à la hauteur du creux des genoux, rabattaient les pans sur eux.

Ils bouclaient les ceinturons. Ensuite, se relevant, chacun arrangeait à son goût la retombée plus longue du tartan, comme des femmes eussent fait d'un manteau de robe gonflé par-derrière ou rejeté sur l'épaule. Quand il faisait mauvais temps, ils s'en enveloppaient jusque par-dessus la tête comme d'une capuche.

Habitués à amuser les foules quand ils se présentaient hors de leurs îles, ils saluèrent joyeusement les petits spectateurs qui avaient applaudi et les suivirent tandis qu'ils descendaient vers la grand-place et gagnaient l'*Auberge-sous-le-Fort*.

Berne s'était détourné sans répondre à leur salut cordial.

— Nous sommes envahis d'indésirables, de personnages sans décence.

— Je crois plutôt que c'est votre conscience mal à l'aise qui vous fait voir sous un mauvais jour les hôtes de Gouldsboro, dont ces gens de Monégan sont certainement les plus agréables. Tout Écossais qu'ils sont et sans nippes, puisque cela vous préoccupe, il y a de grandes chances pour qu'ils soient aussi presbytériens, c'est-à-dire, comme vous, adeptes de la Réforme... Mais... Il suffit. J'ai des reproches à vous adresser, Maître Berne, et ne croyez pas que vous pourrez les esquiver !

Comment avez-vous osé traiter une femme aussi merveilleuse qu'Abigaël, jusqu'à l'emprisonner, l'empêcher de demander du secours, écarter d'elle ses enfants ? C'est la première fois que j'entends parler d'un homme civilisé se permettant un tel comportement envers une épouse qui ne le méritait en rien. Et pourtant, Dieu sait que j'ai rencontré de sombres brutes et d'indignes individus dans ma vie ! Aucun, vous dis-je ! Il faut que ce soit vous, Maître Gabriel Berne, de La Rochelle, qui franchissiez les bornes !

Vous mériteriez qu'elle se conduise comme celle qui lui a donné son nom, l'Abigaël de la Bible, qui finit par se lasser de son ours de mari, Nabal, l'homme de Maon, un homme fort riche, possédant des biens à Carmel. « Le nom de cet homme était Nabal, et sa femme s'appelait Abigaël. C'était une femme de bon sens et belle de figure, mais l'homme était dur et méchant... »

Vous savez ce qui lui est arrivé à ce Nabal lorsque la pauvre Abigaël s'est lassée de courir en tous sens pour réparer ses injustices et éviter les effusions de sang que la grossièreté et la mauvaise foi de son époux provoquaient ? Vous le savez ?... Ou faut-il que je vous en fasse le récit ?

— Non, pour l'amour du Ciel ! protesta Berne qui avait essayé en vain de l'interrompre. Inutile ! Je connais ma Bible et mieux que vous.

— C'est à voir. En tout cas, je ne feindrai pas d'ignorer les raisons qui vous ont poussé à cet

acte impardonnable envers votre Abigaël à vous.
Vous vouliez l'empêcher d'accueillir mes amies
qui venaient de Salem pour *me* voir. Avant de
vous condamner, j'écoute votre défense. Que vous
ont fait ces femmes ?

– Elles sont anglaises, sorcières et pécheresses.

– « Que celui qui est sans péché leur jette la
première pierre. »

Elle savait que Maître Berne ne supportait pas
de l'entendre citer les Écritures. Tout en l'admi-
rant, la vénérant en secret, il estimait que ses
façons de vivre et de penser, jugées par lui « athées
et libertines », ne l'autorisaient pas à se référer
aux Livres saints, et son rappel de la Bible à
propos de la conduite d'Abigaël, épouse de Nabal,
l'avait mis sur des épines, d'autant plus qu'il ne
pouvait rien lui rétorquer.

– De surcroît, continua Angélique, elles sont
belles et aimables, ce qui est, je le sais, une faute
rédhibitoire aux yeux de certains... Esprits aigris
et misogynes parmi lesquels je ne voudrais pas
avoir à vous compter.

– Il a été écrit : « Tu ne permettras pas au
sorcier de vivre. »

– Et moi je rétorque : elles ne font que le
Bien. Or il a été écrit : « On reconnaît l'arbre à
ses fruits ! » Ceci dit, et pour en finir avec l'odieuse
attitude que vous vous êtes permis d'afficher
non seulement envers Abigaël, mais envers nos
invitées anglaises, sachez que c'est pour moi
très pénible que de voir des amies qui me sont
chères refusées par d'autres amis auxquels mon
cœur est également attaché. Cela me met en
face d'un choix impossible que je ne peux opérer
sans chagrin, sans dommage pour mon cœur et
que je ne ferai pas. Mais qui m'entraîne à blâmer
ceux qui, par leur manque de charité, me mettent
devant...

Berne rougissait, pâlissait, suffoquait.

– Avouez cependant que les personnes aux-

quelles vous faites allusion sont par trop singuliè-
res, s'emporta-t-il. Et reconnaissez que vous avez
tort de leur accorder votre amitié, ajouta-t-il d'un
ton d'autant plus cassant qu'il commençait à
perdre pied, comme d'habitude, devant ses raisonnements et la lumière de ses yeux verts.

Mal lui en prit. Les yeux d'Angélique foncèrent
comme un ciel d'orage. Elle aurait frappé du
poing sur la table s'il y en avait eu une à sa portée.

— Et vous, Maître Berne, ne croyez-vous pas
que vous êtes aussi un homme par trop singulier ?... Et que j'aurais autant de raisons de vous
retirer mon amitié pour le mal que je vous ai vu
commettre que d'ingratitude à le faire pour tout
le bien que je vous dois ?

Gabriel Berne était si fâché et désorienté qu'il
s'était mis en marche à grands pas avec des gestes
de bras qu'il n'achevait pas, ne trouvant pas de
mots pour s'exprimer à part quelques phrases sans
suite.

— Danger pour nos enfants... Rien que de les
voir de loin... L'exemple des turpitudes...

Angélique le suivait sans se déconcerter.

— Vous étiez plus indulgent aux pécheresses
dans votre jeunesse, reprit-elle. Je me souviens,
lorsque vous reveniez du temple de Charenton
après avoir assisté au culte avec vos amis étudiants
que, voyant une femme courant pieds nus sous
la pluie, vous l'avez prise en croupe sur votre
cheval. Si je comprends bien, aujourd'hui vous
la laisseriez patauger dans la boue, la pauvre
putain qui se hâtait vers Paris.

— Ne parlez pas ainsi ! s'insurgea-t-il, choqué.

— Qu'étais-je d'autre à vos yeux, en ce temps-
là ? Et pourtant vous vous êtes montré généreux,
jeune homme cordial et franc, plein de pitié, et
sans arrière-pensée de profiter de ma misère.

— L'on change avec l'âge, se défendit Berne.
Les responsabilités dont les années nous chargent
nous contraignent à la sagesse. À part ce temps

de basoche à Paris que mon père m'accorda pour jeter ma gourme, je suis un homme du commun. Je n'ai rien d'un héros. Oui, la jeunesse rêve d'exploits, d'obtenir justice pour les malheureux, de réformer l'univers. Mais plus tard, je me suis rangé aux raisons de mon père qui était un sage. Comme lui, je suis un homme qui réprouve l'aventure, sans esprit belliqueux, respectueux de la loi.

— Oh ! certes ! j'en eus la preuve. Esprit belliqueux ?... Il me semble qu'il vous en restait une bonne dose lorsque vous vous défendiez à coups de bâton contre les brigands qui attaquaient votre convoi de marchandises dans les environs des Sables-d'Olonne. Et alors que sous mes yeux, à La Rochelle, vous avez étranglé les sbires de Baumier et avez enterré les corps sous le sel, tandis que les policiers et les préposés aux affaires religieuses, qui cherchaient un prétexte pour vous emprisonner, frappaient à votre portail ! Votre respect de la loi me semble sujet à caution !

Gabriel Berne sursauta, s'arrêta net et la considéra d'un œil égaré comme si les événements auxquels elle faisait allusion avaient totalement disparu de sa mémoire.

Elle lui sourit, contente de lui rappeler le temps de ses fureurs et de ses passions irrépressibles.

Il fit effort pour parler avec calme.

— Tout d'abord, exposa-t-il, en ces temps que nous vivions en France, les bourgeois ont dû apprendre à se battre pour conserver leurs biens. Leurs défenseurs patentés d'autrefois, les nobles, ne maniant plus l'épée que pour les duels ou pour se pavaner devant le roi. Ensuite La Rochelle est ville prise depuis Richelieu, occupée d'étrangers à la ville, d'ennemis acharnés à en chasser ses habitants d'origine. Nous les huguenots, premiers parmi les disciples de la Réforme et ce depuis plus d'un siècle, nous naissions dans la lutte et nous la continuions de génération en génération.

Je ne connaissais rien d'autre, et n'avais jamais rêvé rien d'autre.

— Si je comprends bien, vous étiez un homme du commun, paisible et sans souci. En effet, la vie était plus simple à La Rochelle qu'ici avec vos impôts doublés parce que vous gardiez votre confession protestante et que vous deviez payer ceux des convertis exemptés pour plusieurs années, vous viviez en toute quiétude avec vos enfants qu'on enlevait dans la rue pour les confier aux jésuites, les « provocateurs » de la police qui importunaient vos femmes et vos filles, et que vous deviez étrangler de vos propres mains avant de les mettre au saloir et ensuite les balancer dans le puits de M. Mercelot, vous...

— C'était une lutte à laquelle nous étions accoutumés, cria Berne. Et puis la question n'est pas là. Vous ne pouvez pas comprendre. *Être ruiné,* pour des gens comme nous, comme étaient mon père, mon grand-père, *c'est un peu comme de perdre la vie,* pire encore ! Et c'est cela qui aigrit et rend dur. C'est une maladresse, une honte, un crève-cœur. Lorsqu'on a atteint par le travail et des sacrifices le but qu'on s'était fixé, et mené à bien des réalisations inespérées, on se sent en paix avec Dieu et avec soi-même. On sent qu'on a rempli son devoir envers ses enfants et envers ses aïeux. Mon père souhaitait me voir reprendre et faire prospérer sa maison de commerce.

Voyant que je m'y préparais, il m'a béni à son lit de mort, me remettant le fruit de son labeur dont vous avez vu le beau développement.

Perdre tout ce qui fait notre existence, abandonner aussi l'œuvre de plusieurs générations en quelques heures, l'abandonner à des mains pillardes et paillardes, et... catholiques, il m'arrive de me le reprocher. La vertu était de rester à La Rochelle, dans nos murs.

— Et de mourir aux galères ?

— Je ne sais... Cela aurait peut-être mieux valu.

– Voilà bien d'un homme !... Vous faites peu de cas du sort de vos enfants qui se seraient retrouvés sans défenseur.

Comme pour illustrer son propos, le jeune Laurier apparut, les joues rouges, les cheveux au vent, portant d'un air glorieux et affairé ses seaux de coquillages, et suivi d'une troupe d'enfants plus jeunes, nantis de petits seaux ou de corbillons ruisselants où s'amoncelait leur cueillette de la plage.

Gabriel Berne détourna les yeux avec humeur, refusant de se rendre.

– Vous nous contraignez à l'héroïsme !

– Tant que vous n'aurez que cela à me reprocher, je ne me sentirai guère en faute. Bien que de courir à travers la lande avec les dragons du roi aux trousses, et en poussant dans les reins une troupe de huguenots récalcitrants, afin qu'ils ne se fassent pas hacher à coups de sabre, ne figure pas parmi les meilleurs souvenirs de ma vie, ni les plus distrayants.

Exaspéré, Berne choisit de ne pas répondre.

Ils savaient tous deux, tandis qu'ils allaient et venaient avec agitation, marchant des dernières maisons du village à l'orée de la forêt, que ces passes d'armes verbales tournaient autour d'un sujet qu'il faudrait aborder : les frasques de la fille chérie et coupable de Maître Berne : Séverine. Comme pour y arriver enfin par un biais, il parla de son fils aîné, Martial. À nouveau, il était question de l'envoyer reprendre des études en Nouvelle-Angleterre. Celles qu'il avait suivies tant bien que mal à La Rochelle étaient loin, et le jeune homme, assez brillant, menaçait de devenir un « coureur de pertuis » comme on nommait en Charente les gamins et adolescents toujours à « pigouiller » sur l'eau, ce qui ne les rendait pas moins fous et instables que les « coureurs de bois » d'Amérique, quitte à s'enrichir comme ceux-ci qui le faisaient par la fourrure. Eux, c'était

158

par le cabotage au long des côtes et entre les îles, dont la Baie Française n'était pas chiche. Les jeunes n'étaient pas embarrassés pour accumuler un secret pécule, dû au troc, à la traite agrémentée d'un peu de piraterie avec les Acadiens des seigneuries de la grande presqu'île, lorsque le navire de la société fondatrice tardait trop à venir. Enfin, on ne savait pas ce qu'ils trafiquaient, ces garçons, ni les ennuis que leur petite confrérie pouvait amener aux adultes, lesquels n'avaient plus aucune autorité sur eux. Leurs parents avaient dû fuir leur patrie et ne cessaient de déplorer la perte de leurs biens. Eux, en tout cas, étaient du Nouveau Monde. Ils savaient déjà mieux s'en accommoder que les anciens et cela les poussait à mépriser leurs avis.

Si l'on voyait la situation sous cet angle, en effet, elle était sombre, concéda Angélique. Mais pour sa part, elle estimait, et son mari aussi, que l'activité des jeunes « coureurs de pertuis » avait été précieuse à Gouldsboro. Les vigoureux adolescents patrouillaient aux alentours comme l'avant-garde d'un peuple en transhumance, et gardaient celui-ci des surprises.

Quant à Martial, tout en passant la moitié de son temps sur l'eau avec ses compagnons, il n'en avait pas moins servi de secrétaire au gouverneur Paturel, rôle qu'il continuait de remplir puisque le jeune homme qu'Angélique avait prévu pour le remplacer s'était escamoté sans même daigner leur faire ses adieux.

— Vous voulez parler de ce... ce Nathanaël de Rambourg ? questionna Berne, qui s'étrangla et du même coup ressembla à un taureau furieux devant la « muleta » rouge d'une corrida espagnole. Je ne serais pas étonné que ce grand niais sans scrupules, auquel vous faites allusion, soit... soit...

— L'amoureux de Séverine, compléta Angélique. Eh bien, s'il en est ainsi – et il en est ainsi –

pourquoi tant gémir ? Vous ne cessiez de redouter qu'elle s'« amourache » d'un papiste. Vous voici tranquille. Je peux vous confirmer que le prétendant est de religion réformée et la famille de haut lignage. Vous ne subirez aucun déshonneur en lui accordant votre fille !

— J'aurais déshonneur à remettre ma fille à un incapable et qui l'a déjà déshonorée ! fulmina Berne. Les grands nobles ont ruiné la cause de la Réforme.

Il se lança dans un discours confus où il accusait les grands nobles qui avaient embrassé la cause de la Réforme de l'avoir fait moins par conviction religieuse que pour dresser un parti rebelle en face du pouvoir royal. Heureusement, la bourgeoisie pieuse, austère, laborieuse, avait donné leur vrai visage aux nouvelles formes de croyance.

Ceci pour expliquer que Maître Gabriel Berne n'avait pas plus à considérer M. de Rambourg, dernier du nom, comme un parti honorable, étant donné son impécuniosité, ni comme un parti flatteur du fait de ses quartiers de noblesse.

Sa fille Séverine n'était ni inférieure, ni supérieure à ce Nathanaël intempestif. Ces deux jeunes gens n'étaient simplement pas du même monde, de la même caste, ce qui posait des barrières infranchissables et interdisait leur union.

— Maître Berne, dit Angélique, je vous rappelle que nous sommes en Amérique, et que loin des cancans de votre ville natale, vos conceptions de *caste* sont surfaites et démodées.

Regardez-moi. Me voici devant vous. Je suis née Sancé de Monteloup. J'ai épousé le comte Joffrey de Peyrac de Morrens d'Irristru. Dans la discussion qui nous oppose en ce moment, si je sens que nos caractères se heurtent et que nous avons quelques bonnes vérités à nous envoyer sans ménagement, par contre, aucune barrière de caste ne semble paralyser notre franchise mutuelle, vous en tant que grand bourgeois de La Rochelle, moi, en tant que possesseur de quartiers de noblesse remontant à Hugues Capet, ou à quelque roi de ce temps-là, d'après les renseignements de M. Moline.

— Vous, Madame, c'est différent !...

— Non ! Ici nous sommes tous différents et tous semblables. C'est ce qui nous rapproche et qui fait notre vaillance. Souvent, je baisse les yeux et je regarde vos souliers.

— Mes souliers !... Pourquoi donc ?...

— Parce que chaque fois, que ce soient ou non les mêmes que ceux que vous portiez alors, je me souviens qu'ils chaussaient les pieds du sauveur que j'entrevis par le soupirail de ma prison, les pieds de l'homme qui passait, dont je ne savais s'il était bourgeois, juge, gardien, prêtre ou gentilhomme, et auquel je criais : « Qui que vous soyez, sauvez mon enfant qui est abandonnée seule dans la forêt[1] ! » À cause de ce souvenir, je ne me brouillerai jamais avec vous, bien que vous l'ayez mérité cent fois.

C'est pourquoi j'en reviens à ce qui me peine aujourd'hui. Jadis, lorsque vous m'avez amenée sous votre toit, vous m'avez fait du bien par la délicatesse de votre cœur. Vous étiez souvent triste et bourru, mais vous étiez bon. Ici où vous avez tout pour être heureux, pourquoi laissez-vous votre cœur se durcir ?

— À La Rochelle, j'étais chez moi. Il m'était facile d'être bon et juste.

Je suis un homme ordinaire, je vous le répète, et je pense que la plupart des hommes préfèrent leurs habitudes à un bonheur fugace, qu'ils sont peu aptes à vivre, qui réclame d'eux une passion à laquelle leur nature ne les porte pas, qui les intéresse moins que...

— Que d'aligner des chiffres... Je sais. Vous me faites rire, Maître Berne ! Je vous ai vu en proie

1. *Angélique se révolte,* J'ai lu n° 2492.

à la passion et prêt à y sacrifier et votre commerce, et votre vie, et votre âme.

Croyez-vous que vous êtes le seul et le premier auquel ces sacrifices sont demandés ?... Qui peut prétendre qu'Abraham n'aimait pas sa bonne ville d'Ur, et qu'il n'a pas trouvé saumâtre que Dieu vienne lui dire : « Lève-toi et va dans le pays que je te montrerai » ?

— Assez !

Maître Berne se boucha les oreilles.

— Je vous interdis, vous entendez, je vous interdis de continuer à me citer la Bible !...

— Soit ! Je me tairai. Mais je vous en corrigerai aussi. La Bible et l'Évangile font partie des Livres saints de la tradition autant pour les catholiques que pour les protestants. Et je vous rappellerai que nous adorons le même Christ.

Gabriel Berne déclara forfait.

— On en arrive toujours à la même conclusion, dit-il. Il faut... ou vous SUIVRE, ou vous PERDRE... Vous bouleversez, vous DÉMOLISSEZ tout ! Vous nous contraignez à saisir les montants du cadre de notre vie et à en faire du menu bois. Crac ! Crac ! Mais sachez qu'un jour, cela ne sera plus possible. Un jour viendra où je ne pourrai plus vous suivre, où ma foi, mes croyances... m'obligeront à rompre, m'obligeront à vous...

Il eut un geste qui tranchait.

— À vous répudier... tous les deux ! vous et lui. Malgré toute l'aide et les bienfaits que nous devons à M. de Peyrac. Ceci pour bien vous prouver que ce n'est pas une question de sentiments personnels et affectifs, mais de principes.

— Pour ma part, j'estime que l'amitié n'est pas une question de principes, ni de dogmes.

Quand j'ai quelqu'un dans le cœur, je ne peux l'en arracher si facilement et vous savez que vous y avez bonne place depuis très, très longtemps. Maître Berne, je suis votre servante.

À bout de protestations, il hocha la tête.

– Vous êtes désarmante...

Il soupira.

– Les femmes ont besoin d'harmonie. Elles ne peuvent vivre sans se réchauffer sans cesse à la chaleur de leurs sentiments.

Elle glissa son bras sous le sien.

– Me perdre ou me suivre, dites-vous ? Quelle idée ! Je vous connais, vous êtes un habile homme. Vous saurez bien vous arranger pour, à la fois, et ne pas me suivre et ne pas me perdre.

Ils remontèrent, bras dessus, bras dessous, le sentier.

– C'est un orphelin, reprit Angélique à voix haute, un pauvre garçon sans famille (Il comprit qu'elle parlait de Nathanaël.) Il erre au long des côtes d'Amérique, où il n'a guère de place, étant seul et français, et réformé. Mon frère a connu le même dilemme, étant seul, français et catholique, avant de trouver une femme pour l'aimer. Ce Nathanaël, c'est un exilé comme nous tous, qui dut fuir la mort qui le menaçait sur la terre de sa naissance.

Je pense que vous m'approuverez d'écrire à Moline. Il sait tout. Il le retrouvera et il saura ce qu'il en est de son patrimoine en France, et des possibilités d'en retirer, par vente ou cession, la plus haute valeur.

– Les choses ne s'arrangent pas pour les huguenots de France, si les nouvelles qui nous parviennent sont exactes.

– Il y a cependant des lois toujours en place que l'on peut avancer et faire appliquer tant qu'elles ne sont pas révoquées...

– Il faudrait parler au roi, dit Berne. Quelqu'un qu'il serait disposé à écouter avec confiance, et qui ne lui mentirait point. Vous, peut-être !...

Angélique tressaillit et ne répondit rien.

« Seigneur ! pensa-t-elle. Les malheureux ! S'ils s'imaginent que mon intervention auprès du roi pourrait être de quelque poids dans une affaire comme celle-ci. Que suis-je, moi lointaine, moi femme, devant la coalition des Jésuites, des dévots, qui persuadent le roi que la France est convertie et que l'Édit de Nantes est devenu caduc parce que inutile. Et puis, il me faudrait retraverser l'Océan. Revenir à la Cour. Non. Je ne suis pas encore prête !...

Autour de la demeure d'Abigaël, les framboisiers attiraient les tourterelles. C'étaient de jolis oiseaux, d'apparence frêle et gracieuse, au plumage beige et bleuté, au long cou mince, et dont le ramage ininterrompu avait quelque chose d'étourdissant.

Les habitants près des bois s'en plaignaient. Abigaël, qui se réjouissait de tout, les aimait. Elle disait que ces roucoulements endormaient les enfants mieux qu'une berceuse.

Du seuil, elle regarda en souriant Angélique et son époux montant vers elle.

— Vous n'êtes pas jalouse, Abigaël ? ! lui cria de loin Angélique.

— Pas aujourd'hui. Mais je l'ai été. Affreusement. Lorsque à La Rochelle je vous découvris auprès de lui, et le vis, presque pour la première fois depuis que je le connaissais, lever le nez de sa Bible ou de ses comptes et regarder une femme avec d'autres yeux...

— Que disais-je, Maître Berne ? ! Auriez-vous jamais gagné ce trésor d'Abigaël si vous étiez resté à La Rochelle ? Il a fallu pour le moins que nous soyons ballottés en plein milieu des océans et qu'elle vous voie blessé pour se trahir. Sinon, elle ne vous aurait jamais révélé ses sentiments. N'est-ce pas ?

— Jamais ! affirma Abigaël. D'autant plus que vous étiez une rivale dont la beauté et le charme condamnaient toutes mes chances. Je fus désespérée !... sur le point de me donner la mort !...

— Les femmes sont folles ! marmonna Berne en pénétrant chez lui d'un air faussement outré.

Mais il avait rougi sous les feux croisés de cette feinte dispute, et il découvrait que ce n'était pas désagréable d'être l'enjeu d'une rivalité entre deux superbes dames. Sans conteste, il était plus jeune aujourd'hui qu'à l'époque où il avait le nez dans ses additions.

— Mais les hommes sont fous aussi ! convint-il en s'asseyant à sa place habituelle devant l'âtre. (Et il attira à lui la main d'Abigaël pour y poser ses lèvres avec ferveur.) Fous de préférer l'habitude au bonheur... au bonheur d'aimer. Vous avez raison, dame Angélique.

18

Chaque année, en revenant à Wapassou vers le début d'octobre, Angélique se promettait, l'année prochaine, de s'accorder une saison d'été dans sa résidence préférée. L'obligation de mettre à profit les mois ensoleillés pour effectuer les longs voyages vers la côte, ou des visites en Nouvelle-France et en Nouvelle-Angleterre, la privait de vivre à Wapassou le temps des floraisons qui était aussi celui des cueillettes et récoltes de simples pour les réserves médicinales.

Par bonheur, elle avait eu, en ses amis les Jonas et plusieurs des femmes de l'établissement, de précieux adeptes de sa science qui, pendant son absence, et selon ses instructions, s'occupaient de recueillir les plantes suivant les dates recommandées.

Personne ne chômait à Wapassou et dans aucun domaine.

L'arrière-saison qui, dans sa splendeur, pouvait être brève, était particulièrement chargée. Tandis qu'on se livrait aux dernières grandes chasses, aux amples cueillettes de fruits des bois et des landes, et de champignons, les arrivants, qui remontaient du Sud avec des caravanes de plus en plus importantes, devaient sans plus attendre se lancer, les premières effusions passées, dans les suprêmes travaux, les suprêmes rangements, les suprêmes inspections d'avant la mauvaise saison.

Tout devait être exécuté des tâches que l'incommodité de l'hiver rendrait plus difficiles, sinon impossibles à remplir. La rentrée du bois de chauffage était déjà effectuée. On fabriquait des fagots de torches d'avance.

On réparait les raquettes, les traînes, les traîneaux.

Les échos résonnaient des derniers coups de marteau donnés aux derniers détails des maisons et de leurs communs où des familles, avec leurs porcs, vaches et chevaux, allaient se renfermer dans leur enclos de pieux dont les pointes bientôt émergeraient à peine de la neige.

Si l'hiver permettait un repos relatif, chacun pouvait se dire qu'il était bien gagné.

Une demeure est une chose qui se recommence tous les jours. Celle du grand fort de Wapassou, agrandie chaque année, avec ses dépendances et le nombre de personnes qui s'y renfermaient, les activités communes qui s'y déroulaient, nécessitait le travail attentif et dirigé de plusieurs équipes. Les feux, les poêles, le fumage, les salaisons, la boulangerie, les lessives, les lampes aussi, et les chandelles.

De la côte étaient montés plusieurs tonnelets d'une belle huile de marsouin qui donnait une lumière blanche.

En cette année, Angélique avait eu le temps de courir les bois pour y faire provende de baies qui, après avoir bouilli dans un grand chaudron, laissaient à la surface de l'eau une cire fine, de couleur vert tendre. Cette cire, une fois refondue et coulée dans les moules, donnait des chandelles parfumées.

En passant par le poste du Hollandais sur le Kennébec, le hasard d'une conversation avec le vieux Josuah lui avait livré un secret qu'elle regrettait d'avoir vu le Père d'Orgeval emmener avec lui dans sa tombe : celui des chandelles vertes. Le vieil employé de Peter Boggan lui avait appris qu'on les fabriquait avec les baies d'un buisson, appelées waxberries. Elle se demanda pourquoi elle ne l'avait pas interrogé plus tôt. Le vieux Josuah, bien qu'anglais, était aussi versé dans les secrets des plantes qu'un Indien. Enfant, jeté avec les pèlerins du *Mayflower* sur l'âpre côte déserte du Massachusetts, il avait vu mourir en un premier hiver plus des deux tiers des colons débarqués. La nécessité avait contraint sa génération à tout connaître de la nature environnante.

Il ne cacha pas que c'était lui, des années plus tôt, qui avait instruit sur la fabrication de ces chandelles le jésuite de Norridgewook, le Père d'Orgeval, qui manquait de luminaires pour son sanctuaire.

– Il venait par là, fit-il en montrant un sentier qui débouchait de la forêt. Je n'ai jamais été effrayé par une Robe Noire, ni par les Français.

– Que venait-il chercher à votre comptoir ?

– Un peu de tout : des clous, des couvertures et du pain de froment. Il parlait toutes les langues algonquines et l'iroquois. Il avait parfois un sourire lorsqu'il s'asseyait dans ma cabane, je ne peux dire quel genre de sourire, c'était... comme s'il s'amusait, comme si nous étions complices de quelque chose.

– Parlons-nous du même homme ? Il savait que vous étiez anglais ?

Le vieux Josuah ne paraissait pas se douter que son visiteur en soutane était un grand tueur d'Anglais. Il l'avait accueilli avec la simplicité des pèlerins du *Mayflower* dont la secte, en passant par Leyde en Hollande, avait su atténuer la rigueur des premiers réformés pour ne laisser subsister en leurs cœurs et en leurs mœurs que la douceur des préceptes évangéliques.

Cette découverte du secret des chandelles vertes qu'elle avait tellement souhaitée lui laissa un sentiment mitigé. Tout ce qui avait trait à cet ennemi disparu se présentait comme à faux. Elle gardait l'impression que « les choses n'auraient pas dû se passer comme ça ». Pourtant, lorsqu'elle alluma l'une de ces chandelles dans un bougeoir d'argent, elle ne put s'empêcher d'éprouver un sentiment fugitif de revanche et un soulagement à la pensée qu'il n'était plus de ce monde.

Un peu après l'anniversaire de leur première année, les jumeaux avaient fait leurs premiers pas, salués par les ovations et les rires de la population du fort. On riait moins quelque temps plus tard lorsque, trottant, infatigables, à travers la maison, descendant les escaliers, s'évadant, montant sur les escabeaux et ouvrant les portes, ils mirent leur « mesnie » sur les dents. Berceuses, brodeuses, nourrices demandèrent le secours de la garde.

Frères et sœurs de lait divers dans le même temps avaient pris leur envol. Cela faisait une petite troupe.

Depuis le départ d'Honorine, Charles-Henri se trouvait l'aîné. On comptait beaucoup sur lui, car il était attentif, plein de tendresse et de dévouement pour Raimon-Roger et Gloriandre qui prirent l'habitude de ne pas pouvoir se passer de lui.

Honorine se serait réjouie de voir les cheveux de Raimon-Roger pousser en gros copeaux d'un blond mordoré, où peut-être se devinait un reflet roux.

Ceux de Gloriandre, d'un noir profond, lui couvraient les épaules. Elle avait l'air d'une petite poupée aux yeux d'ange. On s'aperçut qu'elle était très volontaire sans pour cela se mettre jamais en colère. Et sous des dehors doux d'infante, très active.

Mais ces traits de caractère ne se discernèrent ou ne furent reconnus qu'à la longue. Angélique prétendait que, comme on ne la contrariait jamais et qu'on lui laissait faire tout ce qu'elle voulait, elle n'avait guère d'occasions de montrer sa personnalité. Elle était un peu mystérieuse.

Souvent, Angélique la prenait dans ses bras, lui parlait tout bas en sondant ce regard bleu qui la fixait, mais elle n'aurait su dire ce qu'elle pensait.

– Comme tu es belle ! murmurait-elle en la serrant contre elle, en embrassant sa ronde joue fraîche.

L'enfant souriait. Le bonheur rayonnait d'elle d'une façon calme qu'Angélique ressentait sans qu'il fût besoin de s'interroger, et à la pensée qu'elle avait mis au monde un enfant heureux, elle exultait.

À d'autres moments, se souvenant de leur naissance, se souvenant qu'ils avaient été condamnés, et du concert des loups marins qui s'étaient approchés de Salem dans la nuit comme pour célébrer on ne sait quel événement onirique, elle retrouvait ses impressions d'alors. Regardant Gloriandre, elle se demandait ce qui l'alertait chez cette si petite fille, si vive et si sage en apparence. Il lui semblait, par moments, qu'elle n'était pas encore « tout à fait là ». Elle frissonnait et la serrait plus fort, saisie d'un pressentiment.

– Ne repars pas. Reste avec nous...

Elle s'aperçut que Joffrey aussi éprouvait le même sentiment. Mais lui ne s'en inquiétait pas. Il trouvait normal, disait-il, qu'une enfant qui était née sous de si violentes et si troublantes conjonctures hésitât à se rattacher définitivement à la terre. Il lui souriait avec amour, il l'enlevait sur son bras où elle avait l'air d'un jouet, il l'emmenait dans son laboratoire et lui montrait toutes sortes de choses brillantes, de formes curieuses, des gemmes, de l'or.

En fait, les personnes chargées de la surveillance de « la petite princesse » se posaient moins de questions que ses parents. Elle était en parfaite santé et à certaines heures, elles la jugeaient aussi « infernale » que son jumeau.

Celui-ci avait cessé d'intimider son monde avec ses airs lointains. Il se cachait derrière sa sœur en cas de réprimande, mais comme il était plus grand qu'elle, il avait l'air de la protéger.

La vie était un tourbillon avec les enfants, leurs animaux, le chien, le chat qui avait daigné les accompagner à Wapassou, ce qui était bon signe.

Les Indiens, autour du fort, venaient plus nombreux chaque année. Dès le début des intempéries, on les voyait amener leurs vieillards et leurs malades. Plus tard, lorsqu'ils revenaient, certains avaient disparu dans les tempêtes ou par la famine.

Un peu avant Noël, Angélique avait entrepris une tournée générale des familles, car chaque été, il arrivait de nouveaux habitants.

Elle découvrit des « lollards » anglais, qui étaient venus du Sud-Ouest par les bois.

Ils appartenaient à une secte de marginaux chrétiens du XIIIe siècle qui, ainsi que les « vaudois » de Jean Valdo, d'origine lyonnaise, rejetés par les « grandes Églises », survivaient sporadiquement, mais très attachés à leurs croyances.

Leur chef lui expliqua que, de façon concrète, les « lollards » se consacraient au service des malades et à l'enterrement gratuit des morts. Ils y chantaient tout bas des hymnes funèbres, d'où ce surnom de « lollards » du bas allemand « lollen » ou « lullen » : chanter doucement.

Ici, chacun était libre de raconter son histoire ou ce qu'il voulait en raconter. Étant grands voyageurs devant l'Éternel, par goût ou par la force des choses, ils prenaient plaisir à entendre parler de pays et de traditions inconnus.

Les communautés réduites, surtout familiales, parcelles, lambeaux de communautés, n'ayant aucune majorité, évitaient la dispute.

Ils ne se cherchaient pas des frères, mais un bout de terre à travailler, à faire fructifier.

Ils n'avaient pas d'attaches.

Désormais, leur labeur, accepté et accompli, était leur patrie, leur subsistance quotidienne à assurer le but de leurs efforts, le salaire qu'ils recevaient et mettaient de côté en des cassettes, coffrets ou sachets et qu'il leur arrivait d'enterrer en des lieux secrets; c'était la part de l'avenir et du rêve.

Un conseil se réunit pour demander aux représentants de la population de Wapassou comment ils envisageaient de fêter Noël.

Ce fut peut-être la première fois, depuis que les querelles religieuses ensanglantaient le monde chrétien, que des chefs de sectes différentes reconnurent que Noël, c'est-à-dire le jour de naissance de Celui qu'ils appelaient le Messie, leur était une fête commune, et que rien ne les empêcherait, une fois les rites personnels accomplis, de la célébrer par un grand festin et l'échange de cadeaux.

Elle vit Joffrey traverser le hall d'entrée rapidement et l'entendit jeter une phrase à la cantonade.

– Il s'est réfugié chez Lymon White !

Angélique le rejoignit.

– De qui parlez-vous ?

Puis, voyant qu'il s'apprêtait à sortir, elle jeta une mante sur ses épaules et le suivit. C'était l'heure précédant le souper, mais la nuit venait tôt maintenant. Il faisait très noir. Le vent était chargé des rumeurs de son souffle dans les branches. Une première neige était tombée dans l'après-midi qui faisait un tapis mince sur le sol gelé.

Ils s'éloignèrent du fort d'où montaient les agréables effluves du repas du soir. Deux soldats espagnols marchaient derrière eux, portant des lanternes. Joffrey de Peyrac lui expliqua ce qui l'inquiétait, et elle le sentait soucieux et contrarié, ce qui lui arrivait rarement. Elle comprit

qu'il se reprochait de n'avoir pas été assez
attentif et d'avoir ainsi permis à Don Juan
Alvarez de le tromper. Mais il aurait dû s'informer
de lui beaucoup plus tôt, même si le capitaine de
sa garde espagnole avait donné des ordres de
silence à ses hommes. À leur arrivée, les travaux,
la préparation de l'hiver, l'inspection des bâtiments construits de l'été, la connaissance des nouveaux arrivants avaient sollicité tout son temps.
Il n'avait vu Don Alvarez que rapidement, et
depuis quelques jours, il avait cessé de le voir.
Alors, s'informant enfin, il avait appris – et encore
avait-il fallu arracher la confidence mot par mot
à Juan Carillo qui n'ouvrait pas la bouche trois
fois par an – que le gentilhomme espagnol, malade
depuis de longs mois et se sentant mourir, s'était
réfugié chez l'Anglais Lymon White car il souhaitait rendre le dernier soupir sans importuner la
nombreuse compagnie qui habitait le grand fort
et qui ne manquerait pas d'être fort touchée et
attristée.

Ce serait la première mort à Wapassou.

Lymon White, un des quatre premiers mineurs
qui avaient œuvré sur Wapassou, occupait l'ancienne habitation, celle qui avait abrité le premier
hivernage de la recrue Peyrac lorsqu'il était venu,
avec femme et enfants. Quand par la suite on
avait pu s'installer plus largement, l'Anglais avait
préféré y demeurer, ayant ses habitudes et aimant
la solitude. Il était muet car les puritains de
Boston lui avaient coupé la langue pour cause de
blasphème.

C'était un homme pieux, travailleur, très capable, très obligeant. Il avait demandé de poursuivre
certains travaux de traitement du minerai pour
lesquels les anciennes installations du petit fortin
étaient encore suffisantes. De plus, comme il était
armurier de profession, et avait été chargé dans
la première équipe de l'entretien des armes, il
continuait à assumer cette activité qui avait pris

évidemment de l'ampleur. Périodiquement, les uns et les autres lui apportaient leurs armes à réviser, réparer, graisser. L'on trouvait chez lui des fusils de traite et de chasse, des mousquets, des canardières, des arquebuses à mèche et à rouet, des fusils à silex, des pistolets variés, et jusqu'à des arbalètes... ainsi que des brassées de lames d'épées sans gardes, ni manches, très recherchées par les Indiens qui en faisaient un outil universel de ménage et de combat à l'occasion de chasses et de pêches.

Lorsqu'on entrait dans la grande salle, on se trouvait devant un véritable arsenal. Il fabriquait aussi de la poudre et des balles.

Angélique aimait à revoir ce premier abri qui lui rappelait des souvenirs de jours qu'une fois traversés victorieusement on estimait heureux.

L'Anglais muet avait installé l'Espagnol dans son propre lit. En apercevant Don Juan Alvarez soutenu par des oreillers, très amaigri, très jaune, Angélique eut une mauvaise impression. Elle aussi se reprocha de n'avoir pas accordé à tous assez d'attention. Il y avait trop de monde maintenant à Wapassou, trop d'enfants à surveiller, trop de bavards à écouter, et ceux qui voulaient se taire et aller rendre leur dernier soupir dans un coin avaient beau jeu.

– Mais pourquoi ?... lui dit-elle en se précipitant à genoux à son chevet. Cher Don Alvarez, vous n'avez jamais voulu vous laisser soigner ! Vous ne voulez pas avoir à vous abaisser devant une femme, même s'il ne s'agit que de lui demander une tasse de tisane. Et voilà où vous en êtes maintenant...

Elle avança la main vers le buste du malade, mais il la retint. C'était le geste instinctif d'un homme à bout de souffrances et que le moindre effleurement ferait gémir.

– Non, Madame ! Je sais que vos mains sont guérisseuses. Mais il est trop tard pour moi.

Elle avait senti la tumeur.

Joffrey de Peyrac, en espagnol, adressa des reproches amicaux à son capitaine des gardes.

Tandis qu'ils revenaient vers le fort, elle devinait sa tension, une peine sourde en lui dont la vibration l'atteignait, elle, car elle l'avait toujours cru d'airain. Depuis combien d'années avait-il près de lui ce groupe de mercenaires espagnols ? Où les avait-il recrutés ? Quels combats avaient-ils traversés ensemble ?...

Le comte demanda :

– Que pensez-vous de son état ?

– Il est perdu !

Elle ajouta aussitôt :

– Mais je le guérirai...

« Elle l'a guéri... Elle l'a guéri !... Il paraît qu'il est guéri ! »

Le bruit se répandit et personne ne voulait y croire. Parce que Angélique, chaque jour, plusieurs fois par jour, s'était rendue avec son sac et ses plantes à la cabane où se mourait l'Espagnol, parce qu'elle en parlait peu et ne faisait pas de confidences, l'opinion générale avait admis la gravité de la maladie de Don Juan Alvarez. Et s'était établie peu à peu cette retenue mélancolique qui plane sur tous les actes de la vie lorsqu'on attend, sans se le dire, une fin prochaine.

Certains envisageaient que Noël serait triste et endeuillé. À Noël, Don Juan Alvarez ne put encore participer aux festivités, mais il reçut par groupes ses amis venus lui porter leurs vœux. Il était assis dans un grand fauteuil en forme de tétraèdre qui était le seul mobilier de l'Anglais et dans lequel il s'asseyait pour lire sa Bible.

La récompense d'Angélique, c'était cette étincelle heureuse dans le regard de l'homme qu'elle aimait.

– Quel trésor n'ai-je pas reçu avec vous, sur

cette terre ! murmurait-il en l'enlevant dans ses bras pour mieux la serrer contre lui.

Elle lui faisait alors remarquer qu'elle n'aurait pas dit : « Je le guérirai » si elle avait senti que c'était impossible. Elle sentait qu'elle pouvait le guérir, c'est tout.

Et il y avait ces livres, tous ces livres de la science médicinale qu'il avait fait venir pour elle et ces grimoires de Shapleigh qu'elle déchiffrait chaque jour, d'étonnantes recettes dont elle avait étudié la composition, il y avait des souvenirs de ce que lui avait enseigné la sorcière Mélusine.

Durant ces années d'Amérique, elle avait pu, dans le calme de Wapassou, se livrer à des travaux et des expériences dont, en France, elle aurait été détournée à la fois par son rang et par la suspicion dont toute femme se chargeant de guérir était atteinte depuis la chasse aux sorcières, tandis que des hommes ignares, mais universitaires, appelés médecins, prenaient leur place au chevet des malades.

Elle passait de longues heures dans les deux grandes pièces où Joffrey lui avait fait installer son apothicairerie et qui bientôt pourrait rivaliser avec celles des abbayes les plus célèbres.

Durant la maladie de l'Espagnol, elle fit porter dans la maison de Lymon White quantité de bocaux et de sachets de plantes, ayant remarqué un cellier désaffecté, aux parois recouvertes d'un enduit qui défendait de l'humidité. Après l'armurerie, l'ancien poste de Wapassou devenait un entrepôt de pharmacopée. Ce détail, plus tard, aurait son importance.

La neige s'était installée, mais les grandes tempêtes ne s'étaient pas encore déchaînées. On put ramener l'Espagnol au fort pour sa convalescence. Un appartement lui fut ménagé non loin du leur et les enfants lui rendaient visite. Il était le parrain de Raimon-Roger, comme un des autres militaires espagnols était celui de Gloriandre. À Salem, comme ils montaient la garde au pied de l'escalier, sur le point de baptiser les nouveau-nés mourants, la sage-femme irlandaise les avaient requis pour servir de compères à deux de ses filles désignées comme marraines. Il n'était pas facile de trouver des catholiques dans une ville comme Salem. Le ciel lui avait envoyé des Espagnols.

On commença de creuser des tranchées et de tracer des chemins dans la neige avec de lourds madriers disposés en triangle et que tiraient les chevaux.

Par ces chemins, pour se rendre d'une maison à l'autre, souvent Angélique prenait la main de Charles-Henri et l'emmenait avec elle.

Il ressemblait à Jérémie Manigault, son jeune oncle, avec les yeux sombres de Jenny.

Un jour qu'ils revenaient tous les deux, tranquillement, Angélique se surprit à réfléchir intensément sur cet enfant, tandis que leurs pas faisaient grincer la neige. Il n'avait personne. L'on s'en occupait avec soin et tout le monde l'aimait et le gâtait mais il n'appartenait à personne. Jenny ne reviendrait jamais. Et c'était à elle qu'elle l'avait remis.

– Charles-Henri, dit-elle, appelle-moi maman.
– Comme Honorine et les jumeaux ?
– Oui, comme Honorine et les jumeaux.

19

Grâce aux lettres de Florimond, les années de séparation entre eux et leurs deux fils aînés n'avaient pas été marquées par ce lourd et opaque silence qui, en général, s'établit entre ceux qui franchissent l'Océan et ceux qu'ils laissent derrière eux.

Florimond avait vécu en France plus longtemps

que son frère. Il avait des souvenirs précis que son esprit sociable le poussait à faire revivre.

Il écrivit qu'il était allé revoir, rue des Francs-Bourgeois, leur premier logis où, âgé de deux à trois ans, ils vivaient avec la servante Barbe, tandis que leur mère tenait la *Taverne-du-Masque-Rouge*. Puis, suivant la piste en digne coureur de bois, il avait retrouvé David Chaillou et Javotte devenus commerçants prospères et qui continuaient de faire boire du chocolat au Tout-Paris, malgré la concurrence nouvelle du thé.

Pour le présent, elle savait ses fils en parfaite santé.

Requis par le service du roi qui exigeait une présence quotidienne à Versailles, les deux frères et leur compagnie avaient dû se chercher un toit dans les environs du palais.

Non sans peine, ils s'étaient trouvé, sise près du hameau du Chesnay, une de ces petites maisons qu'on ne cessait de construire pour toute la population qui gravitait autour du souverain.

Ils y avaient vécu assez joyeusement, mais assez serrés, semblait-il, jusqu'au jour où messire Cantor « décabana », ayant trouvé, offert par deux belles mains, logis plus vaste, couvert mis... et le reste.

Sur ce sujet, « les amours de Cantor », Florimond n'en disait pas plus long.

Au moins dans la dernière missive, il donnait réponse à une phrase énigmatique d'un précédent courrier : « J'ai retrouvé la robe d'or. » Un hasard lui avait fait retrouver l'une des sœurs d'Angélique.

Leur tante, Mme Hortense Fallot, était, disait-il, la seule femme de Paris, et sans doute du royaume, à laquelle la nouvelle mode de la coiffure « à la Fontanges » seyait.

Ce Florimond avait une façon de tourner les compliments qui devait lui permettre de gagner les bonnes grâces de tous. Il s'était présenté avec son frère Cantor au domicile de leur tante qui habitait un petit hôtel, dans le quartier du Marais, réputé pour ses gens de qualité. Angélique se disait que sa sœur n'avait pas dû embellir avec l'âge. Mais Hortense avait plu à ses neveux, auxquels elle raconta avec beaucoup d'esprit des souvenirs de leur enfance, puis de la sienne, partagée avec Angélique au château de Monteloup.

– « J'étais fort jalouse d'elle, avait-elle avoué. Je voulais qu'elle "disparaisse". Hélas ! elle a disparu, et puis disparu encore. Et je l'ai fort regrettée, malgré tous les ennuis qu'elle nous a causés. »

C'est alors qu'elle leur avait parlé de la robe d'or.

– « Elle m'a laissé chez moi, avec ses bagages, une robe d'or qu'elle portait à son mariage ou à une présentation au roi. Nous n'avons jamais osé nous en débarrasser ni la vendre, même quand nous avons été dans une si complète pauvreté par la faute de la disgrâce que nous avait attirée le procès de son époux. »

Tante Hortense les avait emmenés au grenier, leur avait montré la robe d'or, rangée dans un coffre.

– « J'attends que votre mère revienne pour lui rendre cette robe, mais, hélas, elle est tout à fait démodée. »

Ainsi le passé et le présent faisaient irruption par les lettres de Florimond, dans ce fort de bois du bout du monde, apportant un parfum de demeure cossue aux planchers et aux meubles nourris de cire d'abeilles au benjoin qui imprégnait jusqu'aux murs derrière les tentures et qu'on ne pouvait obtenir que par des années, sinon des siècles, de lubrifiantes onctions.

Les planchers de Wapassou n'en étaient pas encore là, mais dans les appartements, on avait maintenant des tapis ainsi que des tentures qui donnaient un aspect élégant, sans compter qu'ils contribuaient à garder la tiédeur dans le logis en protégeant des vents coulis.

Pour l'an prochain, Angélique méditait de porter à Job Simon, sur la côte Est, le tableau de ses trois fils, peint par son frère Gontran, afin que le sculpteur sur bois puisse s'occuper de tailler et dorer un cadre digne de la beauté de l'œuvre.

Des tableaux aux murs, des miroirs, quelques objets de prix, comme il en arrivait chaque année à Gouldsboro, venant d'Europe ou de Nouvelle-Angleterre, et chacun recréait un décor qui lui permettait non d'oublier l'âpre vent et les tourbillons de neige sifflant au-dehors, mais de s'en protéger, de s'en isoler. Chaque exilé emportait avec lui un doux lien qui le rattachait à sa vie d'avant, et ce n'était parfois qu'un objet, un bijou, un livre. Il le plantait dans sa nouvelle existence et celle de sa famille comme il aurait planté un rameau à refleurir pour la continuité avec la lignée ancestrale, et surtout, c'est ce qu'Angélique remarquait chez beaucoup, pour garder un peu le décor d'une vie qui, bien souvent, avait été misérable ou tourmentée par la persécution, mais qui était celui de leur enfance et du pays où ils étaient nés.

Elle-même qui croyait, dans l'excès des épreuves qu'elle avait endurées au royaume de France, avoir tout rejeté, voici qu'à feuilleter les lettres de Florimond, elle s'attendrissait, imaginait la vie de ce quartier du Marais qu'elle avait bien connu. Voici des nouvelles qui l'avaient beaucoup réjouie, les personnages du passé que l'on a reconnus, avec lesquels on a partagé des débuts difficiles, pour lesquels on a espéré un bel avenir ayant tendance à s'écrouler comme des jeux de quilles, lorsque au bout de nombreuses années on s'informe de leur destin. Tant de bouleversements, de luttes.

Le jeune épistolier regrettait en bien des circonstances de ne pouvoir venir près de son père et de sa mère demander le conseil ou l'aide que d'eux seuls il pouvait attendre.

De ces deux êtres qui, ensemble ou chacun de leur côté, avaient affronté trahisons, dangers, et toutes les variétés de la vilenie humaine, il avait appris – ou avait reçu comme transmis de leur sang au sien – la méfiance, l'habileté, le regard lucide sur les travers et les lâchetés des hommes, le sens du refus de s'en faire complice, et toutes sortes de dons et de capacités qui sont en général l'apanage de ceux qui ont beaucoup vécu ou de ceux qui ont payé très cher leur naïveté et leur confiance premières. Ce sens presque spontané en lui faisait de ce très jeune homme qui avait l'air fol et étourdi, qui riait de tout, saluait à ravir, flattait le roi avec plus d'audace et de tact que bien des courtisans chevronnés, un personnage averti et fort apte à se défendre, mais aussi à découvrir d'un regard trop prompt et qui un jour pourrait lui être fatal tous les crimes, turpitudes et complots sordides qui, au nom de l'intérêt, de l'ambition, de l'avidité des passions les plus basses et les plus irrépressibles des sens ou du cœur, transformaient la cour du monarque le plus réputé de l'univers en un cloaque innommable.

Florimond, ayant accepté une charge auprès du souverain, l'assumait avec conscience. Il avait le sens des responsabilités qui étaient les siennes à un poste donné. Il les élargissait volontiers.

Elle comprit que, chargé de servir le roi, il se sentait tenu de veiller aussi sur lui. Louis le quatorzième, par l'art avec lequel il pratiquait son métier de roi, inspirait de profonds dévouements.

Florimond écrivait :

« Ô Chère Mère, en bien des points votre jugement me serait précieux, vous qui avez connu de la Cour les arcanes les plus compliqués... »

Il avait dû hésiter devant le dernier mot, avait

choisi celui qui ne pouvait en rien prêter à soupçon de malveillance au cas où ce pli tomberait entre les mains d'espions à la solde des différents partis.

En lui répondant, elle aussi devait retenir sa plume et prendre garde.

« Je sais les dangers qui peuvent se rencontrer au sein de cette foule courtisane... »

Mais tout en écrivant, elle se sentait calme. Elle n'avait pas tremblé pour eux lorsqu'ils étaient partis, nantis de leur jeunesse et de leur témérité, assumer de brillantes charges à la Cour. Ils étaient de force à passer au milieu des intrigues comme lorsqu'ils franchissaient les vagues dangereuses en la grotte des Arcs-en-Ciel, assurés de leurs talents et criant : « Regardez ! Regardez ! Mère, comme c'est facile... »

Elle sentait leurs forces, qu'ils devaient forger et aiguiser de leurs propres mains. Florimond avait toujours aimé s'expliquer avec toutes les nuances des sentiments qui le traversaient, mais il était fort indépendant, et déjà, d'avoir pu raconter ses soucis et s'épancher auprès d'elle, elle savait qu'il se sentait mieux, et autant parier qu'il avait trouvé une solution.

Elle se sentait proche d'eux, malgré la distance.

« Un jour, peut-être... je reviendrai... »

Mais malgré le charme des rues de Paris, et les grandeurs de Versailles, elle s'imaginait mal sur l'autre rive.

Elle était si heureuse en ces jours de paix. Tant de choses s'étaient accomplies. Il y avait ces deux petits enfants. Joffrey pouvait prendre le temps de les regarder grandir.

Il y avait ces travaux auxquels ils pouvaient s'adonner, se consacrer en toute liberté.

Si souvent le fil avait été rompu entre eux tous, la famille brisée.

Mais c'était en un temps où il y avait tant de choses qui lui étaient cachées.

Aujourd'hui, dans la sécurité de l'amour des

années qu'elle passait près de Joffrey, ces jours si divers mais tous éclairés de sa présence, ces jours de Wapassou qui, plus que d'autres, tissaient la solide étoffe de leur bonheur, avaient transformé son regard intérieur.

Aujourd'hui, le fil ne pouvait plus être rompu.

C'était une douce sensation.

Elle fermait les yeux et les rejoignait par la pensée, pas vraiment inquiète, évoquait ses trois enfants absents car elle avait foi en leur immunité.

Oh ! certes, elle aurait donné cher pour savoir ce qui se cachait derrière ce que Florimond appelait : les amours de Cantor, ou bien, esprit invisible, des bosquets de Versailles, admirer la belle prestance du jeune maître des Plaisirs du Roi, ouvrant le bal d'une fête de nuit ou encore sur les rives du Saint-Laurent gelé, à l'abri du toit enneigé de la Congrégation de Notre-Dame, apercevoir la petite Honorine écrivant avec soin : « J. M. J. », Jésus-Marie-Joseph, au sommet de sa page d'écriture.

Son regard s'échappait par la fenêtre tandis que son cœur faisait le tour des éloignés.

Elle les devinait, vivant leur vie avec audace et plaisir, et c'était ce qui pouvait leur arriver de meilleur.

20

En ce matin ensoleillé d'hiver qui faisait sourire les façades des maisons du pont Notre-Dame, sur la Seine, Florimond de Peyrac se trouvait au second étage de l'une d'elles, dans une modeste pièce bourgeoise où personne n'aurait jamais eu l'idée de venir le chercher, à s'entretenir avec un policier de haute fonction, M. François Desgrez, « bras droit » d'un des plus grands personnages du royaume, le lieutenant de Police civile et criminelle M. de La Reynie, qui lui avait donné là un rendez-vous secret.

– Je vous remercie, Monsieur de Peyrac, disait François Desgrez, des nombreux renseignements que vous m'avez portés. En s'ajoutant aux nôtres plus difficilement récoltés, car nous avons moins de facilités que vous d'approcher ceux que nous voulons démasquer, il nous sera possible de présenter au roi, un jour, un rapport sûr où seront étayées des accusations qui, hélas, lui seront bien cruelles. Mais il est homme à les regarder en face. En fait, il ne cesse de nous répéter qu'il veut que toute la lumière soit faite sur des crimes dont on prétend que les auteurs se trouveraient parmi ses proches et dont les bruits parviennent jusqu'au peuple. Il est encore dans l'illusion que la vérité doit être établie afin que sa Cour soit lavée de tout soupçon de scandale. Il espère qu'une justice aussi pointilleuse qu'impartiale succédant aux recherches également minutieuses et impartiales de sa police révélera l'exagération de ces rumeurs, et que quelques coupables de peu d'importance offerts en exemple suffiront.

Soit. Il faiblira peut-être devant l'ampleur du désastre, mais nous devons au moins lui fournir des éléments inattaquables pour l'ouverture du tribunal public qu'il exige et veut voir annoncer au plus tôt.

C'est pourquoi je ne vous cacherai pas que c'est surtout votre frère, le jeune Cantor, que je souhaiterais rencontrer aujourd'hui. Son témoignage me serait précieux car il est le seul d'entre nous à avoir connu, vu, de près, une des plus dangereuses empoisonneuses du siècle, amie de cette marquise de Brinvilliers, que j'eus l'heur, il y a quelques années, de pouvoir arrêter et faire envoyer à l'échafaud. Mais l'autre m'a glissé entre les mains et s'est enfuie aux Amériques.

Votre frère l'y a vue et peut me renseigner sur

son sort. Ce serait un de ces noms de peu d'importance pour notre souverain à glisser parmi les premiers dossiers qui feraient écran, pour l'ouverture de cette Chambre de Justice, à d'autres plus douloureux à entendre, qui suivront.

— Mon frère est occupé de ses amours, répondit Florimond d'un air compassé de barbon père de famille, et si pour moi ces divertissements galants n'ont guère de poids, pour lui, il en va différemment. De plus, je vous signalerai qu'il n'est pas bavard de son naturel et que vous n'en tirerez pas un mot s'il ne lui sied pas de parler...

— Nous verrons à nous entendre, fit Desgrez avec un léger sourire. N'oubliez pas que tous les deux, je vous ai fait sauter sur mes genoux !

— Bien ! accepta Florimond avec un soupir de résignation feinte. Je vais essayer de l'arracher au lit de sa maîtresse, ce qui ne sera pas une mince entreprise. Je veillerai à vous l'envoyer, quitte à l'escorter moi-même jusqu'à vous.

Florimond de Peyrac s'étant esquivé de son pas léger, François Desgrez quitta son bureau et alla jusqu'à la fenêtre regarder la Seine qui coulait au-dessous de lui entre les arches du pont.

Ses yeux revinrent errer sur le dallage blanc et noir de la pièce. C'était machinal. Et il sourit à son tour car c'était la première fois depuis longtemps qu'il se remémorait à cette place contre les pieds de la table, la forme marmoréenne, digne et fidèle du chien Sorbonne.

— Ce temps-là... murmura-t-il.

Ses doigts tournèrent la petite clef d'un tiroir. Dès qu'il l'ouvrait, la lettre était là. Il la prit avec précaution car elle était usée aux plis et l'éleva doucement jusqu'à son visage.

Les mots, il les connaissait par cœur.

« Desgrez, mon ami Desgrez,

Je vous écris d'un pays lointain. Vous savez lequel. Vous devez le savoir ou vous vous en doutez. Vous avez toujours tout su de moi... »

Lorsqu'il prenait cette lettre entre ses doigts, ce n'était pas pour la relire. C'était pour l'ensemble, ce qu'elle représentait : le papier, l'écriture, la pensée qu'*elle* avait tenu la plume qui avait tracé ces lignes, que ses doigts légers et racés l'avaient pliée, qu'un peu de son parfum l'imprégnait, un peu de sa présence impalpable y restait attachée.

C'était un geste qu'il avait fait souvent et il aurait préféré périr sur la roue que de l'avouer à quiconque. Mais il ne pouvait y résister, ni s'en passer.

Chargé auprès des hommes d'une mission qui le condamnait au manichéisme, ce qui l'effrayait le plus, depuis des années qu'il traquait le crime, c'était de voir autant d'honnêtes gens s'y livrer avec une si parfaite inconscience, comme si la société de son temps était revenue à la pratique, parfois considérée comme vertu, de l'assassinat des civilisations païennes. Et comme une telle régression était impossible après tant de siècles de christianisme, alors il fallait accepter l'idée d'une contagion de folie satanique, de démence inconsciente gagnant les cœurs, les cerveaux et les âmes comme une épidémie qui les aurait rendus aveugles aux limites naturelles tracées entre l'horrible et le normal.

Comme toute épidémie, ce délire n'aurait qu'un temps. Il était de ceux qui devaient et le savoir, et ne pas se laisser rejoindre, ni détruire.

Ce qui l'effrayait aussi jusqu'à le déconcerter, c'était l'espèce d'exaltation mystique, surtout chez les femmes, avec laquelle certains coupables se vautraient dans le mal, se lavaient les mains dans le sang.

« Alors, dans le soir de Paris, la ville qui sombre dans les pires turpitudes et ne le sait pas, je n'ai que sa lettre pour y appuyer ma joue.

... J'ai connu une femme qui était fort capable

de planter son poignard dans le cœur d'un monstre, mais c'était pour défendre son enfant, et en cela elle demeurait femme, car toute femme doit être capable de tuer pour défendre ses enfants.

... Celles à qui j'ai affaire aujourd'hui, que j'ai pu arrêter grâce à cette lettre, et qui viennent s'asseoir sur cette chaise et que j'interroge, elles seraient plutôt capables de planter un poignard dans le cœur de leur propre enfant, et parfois elles le font, si cela peut leur permettre de rencontrer le Diable et d'obtenir une parcelle de sa puissance infernale. Pour cela elles m'apparaissent froides et déjà putréfiées comme par la mort, si belles soient-elles. Quand l'écœurement me gagne au cours d'un interrogatoire, il m'arrive de m'éloigner de quelques pas, d'ouvrir ce tiroir, de jeter un regard sur ce feuillet de son écriture toujours là, ou bien que je porte sur moi dans mes déplacements, ou bien... je regarde la Seine par la fenêtre... et je dis tout bas : Marquise des Anges ! Marquise des Anges... Le sortilège joue ! Je sais que tu existes... et peut-être reviendras-tu ?...

Quelque part au monde une lumière demeure... Et c'est *elle*.

En quelque lointaine nuit du Nouveau Monde que j'imagine ténébreuse, glacée, et traversée de mille cris étranges et inconnus, elle a rédigé pour moi ces mots. Sur un navire, je crois comprendre que c'était un navire, elle a tracé ces lignes :

" Desgrez, mon ami Desgrez, voici ce que j'ai à vous dire... "

Et à seulement les relire, je retrouve le vertige qui m'a saisi lorsque, brisant le sceau du pli remis par un messager discret, j'ai compris qui les avait écrites, et qu'*elle* s'adressait à moi.

... Le goût de ses lèvres sur les miennes, jamais oublié... Ses baisers fougueux qui ennoblirent les lèvres d'un infect policier qui ne cesse de brailler des insultes pour terroriser et faire avouer d'infects personnages. Son regard, pour moi seul, qui m'environne de sa lumière, le souffle de sa voix dans le vent : " Adieu, adieu, mon ami Desgrez... "

C'est cela qui m'a permis de demeurer humain... »

Quelqu'un gratta à l'huis.

Un des archers qui était de garde au pied de sa demeure l'avertit de la venue d'un autre visiteur.

Celui-ci entra peu après, introduit par le garde, et Desgrez, le reconnaissant, lui dédia un large et cordial sourire.

— Je vous salue, Monsieur de Bardagne. Prenez place.

L'arrivant, sans répondre à cette invite, demeurait debout, le chapeau sur la tête.

Il regarda autour de lui et s'enquit subitement :

— N'est-ce pas le jeune Florimond de Peyrac que je viens de voir sortir de chez vous ?

— En effet.

Nicolas de Bardagne pâlit, rougit et bredouilla.

— Mon Dieu ! « Ils » sont à Paris ?

— Non, pas encore. Mais leurs fils aînés se trouvent en ambassade auprès du roi depuis bientôt trois ans...

— Depuis bientôt trois ans ! répéta l'autre... En effet, tout ce temps-là déjà !

Puis, très froidement, et refusant toujours de s'asseoir, il informa que c'était son premier voyage dans la capitale depuis son retour du Canada, et qu'il mettait à exécution ce qu'il s'était promis de faire dans cette circonstance, soit : aller trouver M. l'exempt de police François Desgrez et l'informer de ce qu'il pensait de lui et de sa conduite machiavélique à son endroit. Il avait mis longtemps à découvrir toute la noirceur de ses actes. Lui, Nicolas de Bardagne, il avait cru que lorsque François Desgrez le recommandait au roi pour une mission en Nouvelle-France, il l'avait fait en considération de son expérience et de ses talents,

alors que Desgrez savait déjà *parfaitement*...
disons qu'il se *doutait* parfaitement QUI le représentant du roi allait rencontrer là-bas et le rôle que cette personne avait joué dans sa vie, de sorte que, ignorant lui le passé de ladite personne, il avait écrit au roi un rapport qui l'avait à jamais perdu dans l'esprit de Sa Majesté. Et c'était d'autant plus crucifiant que tout au long de ce dur hiver à Québec, de ces hivers qui vous tiennent des mois dans l'expectative et l'ignorance d'une réponse, il s'était félicité de sa compétence, il avait cru avoir agi au mieux, comme un imbécile, comme un naïf qu'il était !

Desgrez l'écoutait, les mains au dos, le visage impassible.

— Et ce long hiver, dans les frimas de Québec, regrettez-vous de l'avoir vécu ?

— N... Non.

— Alors, de quoi vous plaignez-vous ?

— N'était-ce pas infiniment humiliant, cette supercherie ? Elle, elle a su tout de suite les ressorts de votre machination, quel rôle de pantin vous m'aviez attribué. À aucun moment, elle n'a ignoré que j'étais ridiculisé.

— A-t-elle eu pitié de vous ?

Nicolas de Bardagne se sentit rougir et baissa les yeux, fuyant le regard aigu du policier.

— Oui ! Elle a eu pitié de moi, reconnut-il d'une voix étouffée.

Il ne savait, en voyant le dos carré de Desgrez qui s'était brusquement retourné vers la fenêtre, quel visage son interlocuteur lui montrerait après cet aveu.

Il vit ses épaules secouées convulsivement et l'autre lui présenta sa face hilare, éclairée par un large rire découvrant ses fortes dents blanches.

— C'est bien ce que je pensais qui arriverait ! Ha ! Ha ! Ha !... De femme plus loyale et plus généreuse, il n'y en a pas. Elle est capable de tout. De tout pour réparer une injustice, pour consoler un cœur naïf *injustement,* vilainement blessé par un vil argousin. Mon cher, vous êtes bien ingrat de m'en vouloir si vous me devez une telle consolation.

Il se frottait les mains.

— Ha ! Ha ! Combien de fois a-t-elle dû se dire en voyant comment je vous avais si complètement berné : « Ce Desgrez ! Quel grimaud du diable ! » Voyez ! je me contente de cela : qu'elle m'insulte dans son cœur !...

Son rire s'éteignit brusquement et ils demeurèrent silencieux.

— Reviendra-t-elle ? murmura enfin Bardagne.

— Le roi l'espère... Mais, comprenez bien, Monsieur. Vous... moi !... Le roi !... Nous n'aurons jamais que des bribes... Et c'est bien ainsi... Et c'est cela qui est infiniment précieux... C'est cela qui rend inoubliable la rencontre que nous avons faite d'elle. Pensez donc à quel point nous sommes privilégiés... Un jour, passant avec ses équipages par votre province, accompagnée ou non de l'homme qu'elle adore, passant, dis-je, par votre Berry pour se rendre en Aquitaine, elle, ou ils, s'arrêteront en votre gentilhommière... Vous la recevrez à votre table... Vous lui présenterez vos jardins, votre campagne, et, qui sait peut-être ? votre femme charmante, vos enfants heureux...

N'êtes-vous pas prêt à vivre patiemment l'attente pour ces quelques heures de rêve ?...

Et moi ?... Moi le grimaud redoutable qui fait trembler le spadassin payé pour un crime et le noble seigneur qui l'a payé pour ce crime, moi qui me salis les mains à manier tant de puantes intrigues, qui ne cesse de rôtir sur le gril de mes fourbes questions moultes créatures plus hideuses les unes que les autres, dont les lèvres ne savent que mentir, dont le cœur est de pierre, sinon pourri comme poire blette tombée, moi qui travaille à assainir Paris et la cour et qui poursuis sans relâche brigands et sorcières, empoisonneurs et assassins, quel aiguillon, croyez-vous, me talonne dans cette ingrate et souvent dangereuse besogne ? Qu'elle revienne un jour, parmi nous, sans avoir à risquer sa vie. Qu'un jour, et je n'aspire à nulle autre récompense, elle puisse, du bout d'une antichambre et me reconnaissant de loin dans la foule des courtisans, me dédier un petit sourire, un petit clin d'œil.

Voici les vrais secrets des hommes. Ceux dont ils s'honorent. Qui les réjouissent, qui leur prouvent leur bonne étoile !... Qu'une rencontre fortuite, brève le plus souvent, déchirante parfois, leur permette de se dire, tout au long de leur vie : « Au moins, une fois, j'ai aimé. »

21

Cantor à Versailles...

La marquise de Chaulnes jouait au piquet avec MM. de Sougré, de Chavigny et d'Oremans lorsqu'au fond de la galerie passa un jeune page, vêtu de blanc, qui, sans qu'on eût discerné son approche, se trouva soudain derrière les joueurs, un poing sur la hanche.

Ce n'était que petit jeu, le roi étant à Marly, mais les personnages installés autour de la table ne se laissèrent pas déranger par la présence du garçon qui demeurait là, posté dans une immobilité totale.

– Qui vous envoie, Monsieur de Peyrac ? demanda Sougré agacé.

Il avait reconnu le cadet des deux frères qui étaient venus de Gascogne, d'après leurs noms, d'autres disaient de Nouvelle-France, ce qui était moins brillant.

Dès l'abord, ils avaient su bien se placer dans l'entourage du monarque, et l'aîné avait promptement obtenu la charge de « Maître des Plaisirs du Roi », très briguée, et très honorable pour celui qui en était pourvu, car elle était aussi recherchée pour ses bénéfices que difficile à remplir.

— Nous vous avons posé une question, jeune Cantor, s'interposa M. de Sougré, qui se piquait d'être intime des deux frères que le roi affectionnait ouvertement et qui avaient débarqué à la Cour avec un train d'ambassadeur.

Malgré leur jeunesse ils semblaient avoir déjà parcouru le monde, et, plus étonnant encore, ne rien ignorer de Versailles.

Mme de Chaulnes qui, jusqu'alors préoccupée par des cartes médiocres qui risquaient de lui coûter sa mise, n'avait pas pris garde à l'intrus, leva les yeux sur lui et fut frappée de deux choses : il était d'une beauté lumineuse et *il ne regardait qu'elle*.

Mme de Chaulnes, par sa taille mince, ses seins parfaits, ni menus, ni trop avantageux, son teint délicatement rosé sans être vermeil, inaltérable dans l'émotion, sa peau fine sans être fragile, sa chevelure d'un blond cendré, était de ces femmes auxquelles on donne éternellement trente ans, et qui semblent en tout cas ne jamais franchir le cap de la quarantaine.

Cependant, bien qu'elle fût plus jeune que la marquise de Montespan, elle se sentait plus touchée par les atteintes de l'âge que l'impétueuse marquise qui, dans l'épanouissement de maternités récentes, continuait d'imposer à la Cour le tempérament fougueux d'une nature irriguée par un sang chaleureux, servi par un corps au zénith de sa beauté et de sa pétulance.

Chez Mme de Chaulnes, l'appréhension de l'âge était une sensation intérieure. Elle se gardait de toute confidence à ce sujet. Elle savait que rien n'en transparaissait et que tous et toutes au contraire enviaient son air de jeunesse qui la faisait parfois prendre par les non-initiés pour une des filles d'honneur, à peine sorties de couvent ou arrivées tout juste de leur province à la Cour afin d'y apprendre, au service des Grands, les manières du monde de la noblesse dans lequel le sort les avait fait naître. Lorsque à la suite d'une telle confusion, les fauteurs s'ébahissaient, elle riait et rappelait qu'elle était arrivée à la Cour à quatorze ans, et avait fait ses premières armes, au Louvre, sous la férule de Mme de Maray.

En ce temps-là, les plus jeunes filles d'honneur apprenaient à danser avec le roi qui avait leur âge.

Mme de Chaulnes était toute habileté. Plus de vingt années d'expérience à la Cour lui en avaient appris toutes les subtilités et les chausse-trapes.

Dame d'atours de la reine, elle avait su lui être dévouée, sans déplaire au roi, et remplir son service tout en n'étant jamais là. On la voyait partout, ce qui ne l'empêchait pas de s'esquiver et de se réfugier dans son petit appartement de la rue des Réservoirs, non loin du palais, à Versailles, pour cause de fatigue ou pour une escapade galante, ou tout simplement lorsque l'envie lui en prenait. Elle savait qu'elle avait acquis ce qu'il faut de solitude pour plaire en haut lieu et nul n'aurait songé à émettre contre elle un blâme tant il paraissait inconcevable qu'elle en méritât un, chacun étant persuadé que toutes ses entreprises relevaient de la perfection même, et de l'accomplissement des devoirs de sa tâche. Elle était une parfaite dame de Cour. Tact, impertinence mesurée, flair, empressement pour les danses, les promenades et prendre place aux tables où l'on battait les cartes et secouait les cornets.

Elle jouait bien, gagnait avec modestie, perdait avec grâce, et n'avait jamais laissé en suspens plus d'une heure une dette de jeu.

Accoutumé à la voir vivre en apparence dépendante des autres dans leur service et en fait la plus indépendante des dames de Versailles, nul ne se souvenait plus si elle était veuve ou si son mari vivait encore – et dans ce cas où résidait-il ? Dans ses terres ? À l'armée ?... À la Cour, qui sait ?...

Telle était la femme qui, ce matin-là, levant les yeux des cartes qu'elle tenait en mains, aperçut un jeune seigneur qui fixait les yeux sur elle. Ses yeux avaient l'éclat et la dureté des pierres précieuses et la couleur de l'émeraude.

Pour une raison inconnue et qui était peut-être due au reflet des glaces ou des vitres de la fenêtre qui donnait sur le Parterre du Midi, son visage et tout son être paraissaient pétris de clarté comme si c'eût été de la lumière et non du sang qui circulait dans ses veines. Réflexion qu'elle se fit tandis qu'un silence profond s'établissait et s'épaississait, jusqu'à ce que les personnes présentes, dont elle-même, se sentissent à demi stupides.

Elle s'entendit demander d'une voix lointaine, bien que puissante :

– Or ça !... Que vous arrive-t-il, Messire ?... Je vous en prie, délivrez votre message !...

– Le message, Madame, est que vous me plaisez infiniment.

Sa gravité conférait à la déclaration de l'insolence.

Mme de Chaulnes se dressa tout d'une pièce, sa maîtrise mondaine inexplicablement en déroute.

– Que... que voulez-vous dire ?...

– Que je serais le plus heureux des hommes si vous me receviez, Madame, en votre couche !...

– Vous perdez la tête !

– Avez-vous, Madame, si peu d'estime pour vos charmes que vous ne puissiez comprendre ma requête et, la trouvant audacieuse, la juger pourtant naturelle et n'étant qu'hommage à leur perfection ?

194

— Connaissez-vous votre âge ? lui jeta-t-elle.

Et elle s'effraya d'avoir été sur le point d'ajouter dans un cri véhément : « Et le mien ?... »

— Mon âge ? C'est lui, Madame, qui me conduit devant vous. L'ignorance qui est son apanage m'est cause de plus d'embarras que mon ardeur à aimer ne m'accorde de privilèges. Ayant peu pratiqué l'amour, et jamais avec une dame de votre rang, de votre beauté et de votre superbe, il m'a semblé voir en votre divine personne, Madame, si assurée par le monde et savante, me semble-t-il, en tout, une réponse à mon ennui.

Les mots manquaient à la marquise de Chaulnes. Elle bégaya :

— Votre... votre ennui... Votre prétention dépasse ce qu'on peut imaginer... Je vous conseille d'ATTENDRE... Le lait vous sort encore du nez et vous osez...

— Attendre !... Seriez-vous, Madame, adepte d'Astrée, de ces Précieuses qui exigent de leurs amants de les attendre cinq ou dix ans afin d'éprouver la sincérité et la constance de leurs sentiments ?... Cela ne vous sied pas. Et je n'en crois rien. Car des échos qui se veulent malveillants, mais qui pour moi ont ajouté à vos attraits, vous décrivent comme peu cruelle, et prompte à offrir votre sacrifice sur l'autel de Vénus lorsque le sacrificateur vous complaît !...

— Voyez-moi ça, l'insolent, s'écria Mme de Chaulnes avec un éclat de rire strident.

Et d'un regard éperdu, elle cherchait le soutien à son indignation auprès de ses partenaires. Mais ils ne lui furent d'aucun secours. Figés, cartes en mains, et la tête allant de l'un à l'autre, ils présentaient tous les symptômes de l'ébahissement. La vivacité et le mordant du dialogue ne leur laissaient pas le temps de compter les coups.

Mme de Chaulnes ne prenait pas garde que, dans l'ampleur du trouble dans lequel l'intrusion et les paroles du jeune garçon l'avaient jetée, et à la grande gêne et stupeur de ses amis, des larmes s'étaient mises à couler sur ses joues, traçant un sillon argenté sur le velours de sa poudre.

— Vous mériteriez que je vous prenne au mot !

— Vous me combleriez, Madame. En quel lieu ? Et quand ?

— Chez moi, rue des Réservoirs. Après la collation de la reine.

— J'y serai.

Tant de hauteur et de condescendance glacée de la part d'un page la pétrifiaient et la terrifiaient presque.

Elle voulut s'en tirer en persiflant.

— Alors, vous allez venir ? Et vous allez m'offrir la fraîcheur de vos joues, la fermeté de vos lèvres et... de votre vigueur toute neuve ?...

— Et vous, Madame, que m'offrirez-vous en échange ?

Elle riposta, hardie, provocante, hors d'elle :

— La Science de l'Amour puisque vous la demandez !... beau page. Est-ce si peu ?...

Et sans vouloir ni pouvoir en supporter davantage, tremblante d'elle ne savait quelle rage, elle rafla ses gains et son éventail qu'elle fit claquer comme un fouet en le refermant, puis s'en fut.

Les comparses revinrent à eux dans l'état d'esprit de gens qui ont cédé inopinément à un court sommeil et se réveillent, ayant eu le temps de faire un songe abracadabrant.

L'habitude de ne laisser nul événement sans commentaires les entraîna malgré leur ahurissement à émettre quelques propos.

— Le jouvenceau ne manque pas de hardiesse, dit M. d'Oremans. Sa fortune est faite !

— Quelle fortune ! grogna M. de Chavigny, haussant les épaules. Il est plus riche qu'elle, et c'est de notoriété publique que lui et son frère possèdent la faveur du roi.

– Alors ?… Qu'est-ce qui lui a pris ?
– Qu'est-ce qu'il leur a pris ?
– À elle, surtout.
– Non ! à lui !…
– Non ! à elle !…

De retour en son logis, la marquise affola ses domestiques en les requérant tous pour mille services et en les priant en même temps de déguerpir au plus vite. Elle ne voulait plus personne dans les murs. Elle ne savait plus ni ce qu'elle voulait ni ce qu'elle attendait. Elle n'avait jamais aimé les enfants, n'en ayant pas eu. Par leur absence, ils l'avaient privée des privilèges qu'on n'accorde qu'aux mères, surtout si elles mettent au monde un héritier. En particulier, et peut-être à cause de cela, les jeunes hommes lui déplaisaient, et elle s'apercevait que ceux d'une extrême jeunesse, de l'âge où l'enfant devient pubère, lui inspiraient un étrange courroux. Elle détestait leur voix mutante, leurs façons insolentes de petits mâles qui s'emparent du pouvoir. Celui-là était plus âgé. On lui prêtait seize ou dix-sept ans. Mais pour l'insolence, il n'en était pas chiche.

Tour à tour, elle se prépara à lui fermer sa porte, à lui adresser une semonce ou, s'il insistait, à… à fuir, à se débattre…

Viendrait-il ? S'il ne venait pas, elle se sentait prête à des gestes extrêmes, des réactions démentes, telles que briser de rage les fragiles bibelots qu'elle aimait, transpercer ses tableaux préférés et jusqu'à son pare-feu de soie brochée de Lyon tout neuf.

Mais s'il venait… À l'avance elle en séchait de frayeur.

Et lorsqu'elle le vit devant elle, on lui aurait dit qu'il avait monté toute cette mascarade et fomenté ce complot dans l'unique but de venir la poignarder sans témoins qu'elle l'aurait cru.

Ses sentiments devaient se voir sur son visage, car au bout d'un instant de silence, il s'étonna.

– Madame, quelle frayeur vous agite ?... J'ai là mon épée. Si quelqu'un vous menace, désignez-le-moi, je suis prêt à le pourfendre.

– C'est vrai, j'ai peur.

– De qui avez-vous peur ?

– De vous... Je ne comprends pas ce que vous voulez.

Il resta figé dans le plus grand étonnement, puis un sourire vint à ses lèvres. Il traversa en quelques pas l'espace qui les séparait et, s'agenouillant, il jeta ses bras autour d'elle, appuyant son front contre son sein. Elle en fut ébranlée au point de vaciller, mais il la retenait fermement, avec une vigueur insoupçonnée.

– Madame, que craignez-vous de moi ? Je ne suis qu'un jeune homme ignorant des arcanes de l'amour. Votre personne m'a inspiré confiance et votre beauté, ce trouble et ces tourments qui me poussent à l'audace de vous désirer. Le reste est entre vos mains. Parlez, et j'exécuterai. Enseignez-moi et j'apprendrai. Je me livre à vous.

Elle le releva.

Ses doigts tremblaient en dégrafant son justaucorps, en se glissant d'un bouton à l'autre du long gilet de soie brochée. Elle le dévêtit comme un enfant. Elle craignait à en avoir la gorge serrée son manque d'empressement, signe, se persuadait-elle, de lassitude, de déception, et qui sait peut-être de répulsion pour les traces de l'âge qu'il avait lues sur elle, jusqu'au jour où elle s'aperçut qu'il ne mettait nulle réticence à répondre à ses demandes à elle, et qu'il mettait un entrain de jeune être plein de sève à satisfaire ce que d'autres moins vaillants lui avaient reproché à elle comme des exigences. S'il y avait signe, c'est d'elle qu'il l'attendait.

Elle apprit à murmurer ces mots de prière qu'elle n'avait jamais prononcés.

– « Encore... Reste un peu !... Recommence !... »

Prières auxquelles il accédait non seulement avec fougue mais avec reconnaissance.

Ainsi soutenue par d'évidents et indiscutables témoignages du goût et du besoin qu'il avait d'elle, Mme de Chaulnes se rassura. Elle cessa de se tourmenter de ses silences. D'autant plus que, lorsqu'elle s'enhardissait à s'en informer, il ne faisait pas mystère de ses pensées. C'était un enfant simple.

Tremblante et craignant de lui déplaire, mais pourtant avide de tout savoir de lui, elle interrogeait, effleurant du doigt son front, écartant une mèche bouclée.

– Où es-tu ?... À qui rêves-tu ?...

Elle le contemplait dans sa beauté parfaite, à demi appuyé sur un coude, l'autre bras étendu reposant sur un genou qui soulevait le drap de dentelles, et sa lisse poitrine nue brillant comme un marbre, dans les jeux d'ombre et de soleil de l'alcôve.

– Je pense à lui, disait-il. Il est si loin... Et si seul. C'est une petite créature des bois. On le dit féroce, habité par l'âme d'un démon... Mais ce n'est pas cela. Il est habité d'une intelligence humaine, plus intelligent parfois que les humains qui le pourchassent. Oui, certains de ses congénères sont féroces, malfaisants parce que trop savants à se défendre et à nuire, à détruire les pièges, à rendre la vie intenable à ceux qui les tourmentent... Mais le mien a été élevé trop près des hommes...

Elle finit par comprendre qu'il lui faisait la description d'un animal sauvage, espèce animale inconnue en France, de ces Amériques d'où il revenait.

– Ils effraient parce que la nature leur a mis un masque noir autour des yeux comme aux bandits de grand chemin, et ils ont deux dents aiguës et longues de chaque côté de la mâchoire comme les vampires, mais si vous saviez, Madame, ils ont une force d'âme si touchante, fit-il, devenant presque volubile pour lui parler de cette bête à fourrure qu'il prétendait avoir élevé tout petit et qui en grandissant le suivait partout comme un chien ou un chat familier.

Il pense à moi... Un jour, nous nous oublierons, mais je sais qu'il pense à moi encore, malgré la force de la vie des bois qui l'a repris. Et s'il ne m'oublie pas, c'est que tout n'est pas fini entre nous. Parfois je le sens qui m'appelle. Ce n'est pas un appel à l'aide, il ne craint rien. C'est une relation, comprenez-vous... Il se relie à moi... Madame, qu'en pensez-vous ? Qu'avons-nous à faire encore ensemble, lui et moi ?

Mme de Chaulnes fit un effort pour trouver une réponse, un conseil adéquat et cet effort la ramena à son enfance, où souventes fois, dans la tour du château paternel, elle avait conversé avec une vieille chouette.

Mais, soudain, il souriait, saisi de remords devant ses traits soucieux.

— Belle amie, voilà un sujet qui manque de grâce pour retenir l'attention d'une belle dame de la Cour.

— Tout ce qui me vient de vous, mon chéri, m'est précieux. J'aime votre innocence et vous me rendez la mienne.

— Prouvons-nous-le donc ! s'exclama-t-il en la saisissant, et il la couvrit de baisers gourmands.

Dans ses beaux bras musclés, à peine couverts d'un duvet blond, elle s'enchantait, s'éblouissait à en perdre la tête.

Elle aimait qu'il fût si plein d'esprit sous des apparences naïves, et si plein de sensualité sous des dehors, en effet, pleins de candeur. Au point qu'elle finissait par se demander si elle avait jamais connu auparavant la sensualité, le plaisir.

À côté de celui qu'il lui dispensait, ce que

d'autres hommes lui avaient apporté n'était que marchandise frelatée.

Enfin elle sut par sa soubrette qu'il ne souriait que pour elle.

— Même en présence du roi, Madame, et malgré les amabilités que Sa Majesté a pour lui, ce jeune sire ne se déride pas. C'est votre cocher qui me l'a dit et qui le tient du valet de chambre du roi, M. Bontemps.

— Alors... dis-tu... je serais seule à lui arracher un sourire ?...

— Ni le roi, vous dis-je ! ni moi-même. Et pourtant j'ai essayé. Vous seule, Madame. C'est donc qu'il a du goût pour vous et que votre commerce lui plaît fort. Je n'en vois pas d'autres raisons.

— Vraiment ! Le crois-tu ? hésitait Mme de Chaulnes, attendant le verdict de la donzelle avec une anxiété si éplorée que celle-ci renonça aux malices et laissa parler son cœur.

Mme de Chaulnes, la jugeant fine et gracieuse, l'avait prise à son service pour lui éviter toute une vie à porter des seaux dans une cour de ferme.

— Vous le méritez, Madame, fit-elle gentiment. Vous le méritez, croyez-moi. Par votre beauté et par votre bonté.

— « Elle est dévorée de luxure », affirmait M. de Maray, ce courtisan de profession et presque de naissance — il était né à la sauvette dans les couloirs du Louvre d'une suivante de la reine Anne d'Autriche, un jour de grande cérémonie où la souveraine devait être assistée de toutes ses dames — qui connaissait tout de tous, à croire que chacun lui faisait de sa vie la plus intime des confidences détaillées. Or, il n'en était rien. Au contraire, sachant qu'il devinait le moindre secret d'un regard, on le fuyait dès que l'on avait quelque chose à cacher. Mais en vain. On eût dit qu'il dissimulait en chaque coin d'alcôve un diablotin espion à son service.

201

Plus élégamment, Mme de Scudéry, parlant de l'état dans lequel se trouvait Mme de Chaulnes, affirmait dans le langage des Précieuses qui commençait à passer de mode depuis que Jean-Baptiste Poquelin, le comédien du roi, le brocardait : qu'« elle s'était égarée dans le bois de la Passion pour aboutir dans la grotte de l'Égarement qui mène au Palais des Sublimités secrètes », ce qui était un peu alambiqué, mais traduisait bien la réalité.

Ce furent des jours, des mois de folies sans limites. Pour Mme de Chaulnes, la vie tournait autour d'heures exquises d'attente, dont l'anxiété était toujours comblée au-delà des espérances et des brûlants tourments qu'elles avaient attisés, d'heures exquises où il s'abandonnait à ses plus délirants enseignements, quitte à lui redire aussitôt la leçon avec une joyeuse et infatigable ardeur.

Elle lui trouvait toutes les beautés, tous les charmes, toutes les succulences. Elle l'appelait : son régal. Elle ne lui découvrait pas de défaut.

Elle le retenait de courir, après l'amour, s'asperger d'eau. Sa forte odeur d'adolescent la grisait, lui paraissait le plus excitant des aphrodisiaques.

Elle lui disait : Bois ! Mange !

Elle lui versait elle-même un vin de malvoisie, le regardait boire, dents étincelantes contre cristal, le regardait, un linge blanc glissant de son épaule nue, choisir une pêche qui avait sa blondeur et sa joue incarnate, y mordre avec une férocité qui n'était qu'appétit et plaisir d'exister.

Car pour mettre un comble à son adoration, elle découvrait que ce jeune prince trop parfait, trop beau, qui avait pris tout pouvoir sur elle et aurait pu si facilement, d'un mot piquant, d'une grimace, d'un bâillement, lui faire souffrir mille damnations, n'avait aucune méchanceté.

Elle était ivre, elle délirait.

Elle baignait dans le bonheur sans oser se dire que c'était le bonheur.

C'était *plus* que le bonheur.

L'idée de se confesser de sa passion nouvelle pour en recevoir l'absolution, comme elle avait fait jusqu'ici à chacune de ses incartades amoureuses, ne l'effleurait pas.

Au contraire. Telle était la folie qui s'était emparée d'elle que souventes fois, éveillée, dans la douceur des nuits apaisées, le contemplant endormi contre son flanc à la lueur d'or de la veilleuse, contemplant ce corps virginal et distant, cette lèvre boudeuse mais qui ne bouderait pas le baiser par lequel elle l'entrouvrirait pour l'éveiller, il lui arrivait de se demander avec humilité et surprise, et aussi une immense gratitude envers Dieu, quelle bonne action elle avait bien pu accomplir dans sa vie égoïste et frivole, qui lui avait mérité ce don du Ciel.

22

Honorine à Montréal...

Honorine aidait Mère Bourgeoys à fabriquer les chandelles. La supérieure de la Congrégation de Notre-Dame se chargeait souvent de ce travail. Elle aimait à rappeler qu'elle était fille d'un maître chandelier de Troyes.

Une petite élève l'assistait pour laquelle c'était un honneur, une récompense. Et pour l'habile pédagogue, l'occasion de parler amicalement et en confidence avec l'une des enfants qui lui étaient confiées.

Aujourd'hui, c'était Honorine de Peyrac. Elle était chargée de tendre les mèches de coton autour desquelles, avec une louche, la religieuse laissait couler dans le moule la cire fondue.

Honorine, très pénétrée de son rôle, rappela qu'au fort de Wapassou aussi, on fabriquait des chandelles.

Elle aidait également sa mère à trier les plantes pour les tisanes.

Marguerite Bourgeoys l'interrogeait et l'écoutait avec intérêt. L'aventure de ces Européens qui étaient venus s'installer au sein de la région la plus impénétrable de la Nord-Amérique, désertée même des tribus indiennes d'origine qui avaient été décimées ou avaient reflué vers les côtes, lui rappelait par l'audace d'entreprise, la foi dans la réussite, l'esprit qui avait animé la petite fondation de Ville-Marie à ses débuts. D'autre part, ce n'était pas la première fois qu'elle s'interrogeait sur les réticences qu'elle sentait chez l'enfant à propos d'un lieu où, selon les apparences, elle avait été très heureuse.

– Je ne veux pas retourner à Wapassou, dit brusquement Honorine.

Mère Bourgeoys se tourmenta jusqu'à ce qu'Honorine finisse par lui avouer le vrai motif de sa répugnance.

– Je ne vois toujours pas le vieil homme dans la falaise de la montagne et tous les autres le voient. C'est injuste. Je croyais que quand on avait des yeux pour voir, on voyait tout.

– Hélas ! non. Ce serait beaucoup trop pour chacun. Les yeux de l'âme choisissent ce qui leur est nécessaire pour vous faire découvrir le monde de votre vie. Nous ne pouvons pas recevoir tous les cadeaux à la fois. Soyez patiente. Un jour, ce cadeau vous sera donné.

Honorine aimait la façon qu'avait la directrice de lui dire « vous » comme à une grande personne, lorsqu'on parlait de sujets graves, puis de revenir au tutoiement pour les questions familières.

Mise en confiance, elle laissa pointer le bout de l'oreille à quelques-unes de ses rancunes dissimulées, mais ce n'était jamais ce que la religieuse attendait comme des manifestations de jalousie envers ses jeunes frère et sœur ou d'égoïsme.

Mais ses frères aînés l'avaient quittée, ce qui paraissait lui avoir été le plus sensible, et surtout Cantor.

Déjà son ours Lancelot l'avait quittée. Elle ne l'avait plus retrouvé lorsqu'elle était revenue de Québec. « Ils » l'avaient laissé repartir au bois. Elle voulait se persuader que lui, au moins, elle pouvait se dire qu'il dormait, l'hiver, bien à l'abri dans un trou.

Mais les loups ! Les loups ! Qui parlerait avec les loups maintenant que son frère Cantor n'était plus là, ni elle ?

— Nous ne pouvons faire chacun qu'une petite partie de la tâche en ce qui concerne les autres, expliqua mère Bourgeoys, sommée de répondre à ce regard anxieux.

Et elle parla de tous les enfants auxquels elle avait appris à lire, qu'elle avait entourés de soins, et qui, maintenant, étaient grands, connaissaient des épreuves loin d'elle, couraient parfois de grands dangers chez les païens ou sur le fleuve, sans qu'elle puisse les secourir d'aucune façon malgré toute l'affection qu'elle leur gardait.

— Mais nous pouvons toujours continuer à aider de loin, en aimant.

— Oui, l'amour des amants, fit Honorine d'un air entendu.

Mère Bourgeoys la regarda avec curiosité, puis sourit, se rappelant une missive qu'elle avait écrite à Mme de Peyrac.

— Oui, l'amour des amants, répéta-t-elle. Il ne craint rien et il peut tout car il prend sa source dans l'amour divin, et il n'a pour souci que le bien de l'être aimé. Il rend possible l'impossible. Et c'est ainsi que nous pouvons aider ceux qui nous quittent, ceux qui sont loin de nous.

— Même les loups ?...

– Même les loups. Saint François d'Assise vous le dirait.

Ces deux questions réglées, il semblait qu'Honorine était soulagée d'un grand poids. Elle babilla tandis que les moules de fer-blanc, par six ou huit chandelles, s'alignaient.

Après avoir parlé de quelques-uns des personnages de Wapassou, elle décrivit les jumeaux, et fut prise de nostalgie.

– Je voudrais les revoir, gémit-elle. Ils sont si drôles. Ils ne parlent pas, mais ils comprennent tout ce que je dis. Me laisserez-vous partir à l'été avec les coureurs de bois, pour rejoindre Wapassou par la forêt ?

– Par la forêt ?... Mais c'est folie !

– Pourquoi ? Je m'habillerai en garçon et je me tiendrai sage dans le canoë...

– C'est une région pleine de dangers. On m'a dit que les pistes se perdent, les fleuves sont peu navigables. Les hommes les plus rudes s'épuisent à les franchir.

– Par les navires c'est trop long. Je sais, j'ai regardé les cartes de mon père et de mon frère Florimond.

« Quelle idée va lui prendre encore ? pensa la directrice. Si elle se met en tête de s'enfuir aux bois comme les petites Indiennes ! »

– À l'été, reprit-elle à haute voix, vos parents vont venir vous visiter et, eux, arriveront par les navires. Quelle joie pour nous tous que leur venue ! Mais d'ici là, il faut faire beaucoup de progrès en écriture.

Elles commencèrent à retirer des moules les chandelles déjà froides, et Honorine fut chargée de les nettoyer en grattant les restes de cire avec son petit couteau.

– Êtes-vous heureuse d'apprendre à lire et à écrire ? demanda mère Bourgeoys qui connaissait maintenant assez sa petite pensionnaire pour savoir que celle-ci, interrogée avec douceur, ne faisait pas mystère de ses opinions.

— Je suis venue pour ça, répondit la jeune personne sans interrompre son travail.

Angélique avait prévenu la supérieure que c'était Honorine qui avait demandé à venir à Montréal, et celle-ci était intéressée d'en recevoir confirmation de la bouche même de l'enfant qui, peut-être, ne s'en souvenait plus, ou avait agi par caprice, ou, et c'est autour de cela que tournait le souci de l'éducatrice, pour une de ces raisons de rancune ou de jalousie qu'elle livrait peu à peu, puériles mais importantes pour sa paix intérieure, et si imprévues parfois qu'on ne pouvait en vouloir aux adultes les mieux intentionnés et les plus attentifs de ne pas les avoir soupçonnées.

Elle se reprocha de donner à sa question une formulation qu'elle savait détournée, mais ne faut-il pas parfois « prêcher le faux pour savoir le vrai » ?

— N'avez-vous pas regretté que vos parents vous envoient si loin pour apprendre à lire et à écrire ? Car Montréal, c'est encore plus loin que Québec.

Honorine interrompit son travail pour regarder longuement la directrice. Il y avait une vague sévérité au fond de sa prunelle mais qui s'adoucit. Elle eut comme un sourire. Et Marguerite Bourgeoys pensait qu'il n'y a rien de plus beau et de plus émouvant au monde qu'un regard de petit enfant qui vous livre son âme neuve avec une parfaite confiance et une parfaite innocence.

— C'est moi qui ai voulu venir, répondit enfin Honorine d'un ton qui sous-entendait : comme si vous ne le saviez pas. Je vous ai vue à Tadoussac et aussi à la cathédrale quand on chantait le « Te Deum », et j'ai toujours aimé la lumière qu'il y a autour de votre tête.

La religieuse eut un léger tressaillement d'émotion à cette réponse inattendue.

— Ma petite fille, il est vrai que tu n'es pas une enfant comme les autres. Il faut accepter cela sans te révolter, ni en vouloir à ceux qui ne te comprendront pas toujours. Car toi, tu vois des choses que bien peu voient.

— Mais je n'aime pas la lumière qu'il y a autour de la tête de mère Delamare, reprit Honorine en rassemblant avec soin les esquilles de cire blanche. Si vous partez, mère Bourgeoys, je veux partir aussi.

— Mais, ma petite enfant, il n'est pas question que je parte.

— Ne me laissez pas, si c'est mère Delamare qui commande. Elle n'est pas vous et elle ne m'aime pas.

« C'est vrai », pensa la sainte directrice.

Elle fit une petite croix sur le front d'Honorine et dit qu'il fallait prier Dieu. Elle caressait pensivement les longs cheveux cuivrés et son geste était celui de la bénédiction.

Puis elle revint à des questions pratiques.

— Ma petite enfant, l'été sera bientôt là. Tu vas souffrir de la chaleur avec tes cheveux longs. Et tu ne veux pas qu'on te les tresse. Si je te les coupais, juste aux épaules, pour que tu sois plus à l'aise ?

— Ma mère ne veut pas. Dès qu'on touche à mes cheveux, elle en fait toute une histoire.

Elle raconta comment elle avait voulu se faire une coiffure à l'iroquoise et tous les ennuis qui en avaient résulté.

Le récit amusa Marguerite Bourgeoys au plus haut point. Elle en rit, en rit avec une si franche et juvénile gaieté qu'Honorine, enchantée de son succès et d'avoir réussi à dérider la supérieure qu'elle jugeait tant soit peu trop sévère, repartit joyeusement jouer à la balle dans le jardin avec ses petites amies.

À ce jeu de balle participaient souvent des enfants iroquois de la mission de Khanawake. Ils étaient reçus à la Congrégation de Notre-Dame lorsqu'un marché ou des démarches auprès des Français, ou des achats à faire les amenaient avec leurs familles à Montréal.

La réserve des sauvages iroquois convertis avait été plusieurs fois déplacée car, sise les premières années près du lac des Hurons, elle était devenue un but de raid pour leurs compatriotes païens et il avait fallu ramener le plus grand nombre des Iroquois chrétiens sous Montréal, à l'abri des forts et des villages français.

Elle était maintenant établie sur la rive droite du Saint-Laurent, en face de La Chine, au lieu-dit Khanawake : le Sault, le rapide.

Vingt ans plus tôt, elle était plus proche de la ville, à Kentaké-la-Prairie, et comptait cinq cabanes. Maintenant, il y en avait plus de cinquante et un millier de personnes. Depuis quatre années, elle s'était transférée sur la rivière de portage, à la limite de la frontière protégée des barbares, les Jésuites en outre voulant l'éloigner le plus possible du voisinage des Français qu'ils jugeaient préjudiciable aux néophytes.

Mère Bourgeoys disait que les Indiens iroquois convertis étaient un exemple pour tous. Malgré les massacres dont ils avaient été l'objet de la part des leurs parce que chrétiens, ils se sentaient responsables du salut de leurs frères païens et se maintenaient en liaison d'amitié avec leurs familles des Cinq-Nations. Ils pouvaient supporter d'être devenus un peuple sans territoire et sans racines parce que en fait ils ne se considéraient pas comme séparés du peuple de la Longue Maison, qui, là-bas, vivait dans la Vallée sacrée où règnent le maïs, la courge et le haricot, sous la protection solaire des champs de tournesol.

Honorine regrettait de ne point les voir arriver à la maison de Notre-Dame, bardés d'armes et de peintures de guerre, mais ayant entendu les commentaires de mère Bourgeoys, elle reconnut qu'elle aussi aimait à rencontrer les Iroquois de la mission de la Prairie. Elle aimait s'asseoir avec eux lorsqu'ils venaient apprendre leur langage et se vanter près d'eux de fort bien connaître Tahon-

209

taghète, le grand capitaine des Sénécas, et Outtaké, le dieu des nuages.

Eux l'appelaient : Nuée Rouge.

Parmi les femmes qui accompagnaient les
enfants lorsqu'ils passaient plusieurs jours à Ville-
Marie, il y avait une jeune Indienne avec laquelle
Honorine aimait jouer, chanter, prier. Une
aimable lumière sans doute auréolait, aux yeux
de la petite Française, la fine tête, coiffée de
tresses noires retenues au front par le bandeau
brodé de perles traditionnel.

Elle s'appelait Catherine. Elle avait été chassée
de la tribu des Mohawks, ou Agniers, parce qu'elle
voulait vivre selon l'idéal chrétien et être baptisée
comme sa mère, une Algonquine chrétienne,
enlevée par les Iroquois. Toute la famille de
Catherine était morte au cours d'une épidémie
de variole, à laquelle, seule, elle avait survécu.

Orpheline maltraitée par son oncle qui voulait
lui imposer un époux, elle avait fini par échouer
à la réserve de Khanawake. Elle rayonnait du
bonheur d'avoir trouvé son lieu d'élection, près
des églises et des chapelles où habitait le Dieu
d'amour qu'elle avait choisi pour élu de son cœur.
Ses compatriotes avaient ajouté à son prénom de
baptême Catherine ou Katéri, plus facile à prononcer, celui de Tekakwitha, à double sens comme
les noms symboles qu'ils se choisissaient, car cela
voulait dire « qui renverse les obstacles » et témoi-
gnait de sa volonté de survivre aux épreuves qui
l'avaient accablée, mais aussi « qui marche les
mains en avant pour ne pas se heurter aux obstacles », car, de la variole qui l'avait terrassée à
l'âge de quatre ans, elle était restée à demi aveugle.

23

Ils étaient arrivés la veille à Tidmagouche, sur la côte Est. L'annonce leur étant donnée que la rade était encombrée par la flotte de pêche saisonnière et à laquelle s'ajoutaient des navires en partance pour l'Europe, d'autres arrivant, à bout de traversée, ils avaient jeté l'ancre plus au sud, dans un havre faisant face à l'île Saint-Jean, et s'étaient rendus au poste par terre, accompagnés de membres de l'équipage et des gens de leur maison qui transportaient sur la tête, à dos d'homme, à la perche d'épaules, sacs et coffres pour une installation sommaire.

L'endroit restait assez pauvre, à part les aménagements portuaires, entrepôts et baraquements où logeaient les pêcheurs malouins et bretons qui louaient les « graves » chaque année.

L'ancienne maison fortifiée de Nicolas Parys recevait le comte de Peyrac et sa femme lorsqu'ils s'y arrêtaient pour quelques jours.

On n'avait pas encore eu le temps de la rendre plus spacieuse et plus avenante.

Chaque fois, le comte se promettait d'ordonner des travaux, mais il manquait d'homme de confiance en la place pour les diriger : le vieux Job Simon était trop occupé de ses pêcheries pour son commerce et de son atelier de sculptures et dorures de figures de proue pour sa consolation et le gendre de Nicolas Parys peu amène et sans capacités pour ouvrir et surveiller un chantier de construction en leur absence.

Tidmagouche demeurait donc une escale.

Angélique n'y revenait jamais volontiers, quoique happée par l'excitation des journées intenses et décisives qu'elle y avait vécues lors de son duel avec la Démone, et qui avaient eu ce coin perdu de la côte pour théâtre. Des épisodes lui revenaient en mémoire dès que le vent lui portait aux narines l'odeur saumâtre des poissonneries, mélangée à celle, balsamique, de la forêt surchauffée de l'été, en arrière-plan.

Tidmagouche était aussi la halte à mi-chemin entre Québec et Gouldsboro. Donc éveillant, malgré tout, un sentiment d'impatience heureuse à l'idée, soit de retourner dans leurs domaines du Sud, ou bien, comme cette fois-ci, de retrouver, en sus de leurs amis de Québec, Honorine qu'ils voulaient visiter longuement à Montréal, ainsi que la famille du frère d'Angélique retrouvé.

Pour toutes ces raisons, Angélique se serait fort bien arrangée de ne pas rester ici plus de vingt-quatre heures. Mais c'était un point de rencontre et Joffrey y avait toujours beaucoup de questions à traiter.

Cette année-ci, les jumeaux avaient fait partie du voyage du Kennébec ramenant les hivernants de Wapassou vers leur port d'attache, Gouldsboro. La question s'était débattue de les emmener aussi jusqu'en Nouvelle-France. Mais la double escorte qu'exigeait le déplacement des petits princes, les tracas qui pouvaient en résulter sans nécessité pour un voyage à la fois aussi court et trop long pour de jeunes enfants avaient fait abandonner le projet. Ils jouissaient déjà à Gouldsboro d'une cour se disputant leur faveur. Abigaël les prenait sous sa surveillance.

Laissant M. Tissot et sa troupe mettre de l'ordre dans la maison sur laquelle venait de s'élever la bannière bleue à l'écu d'argent, Angélique sortit, reconnut du haut du terre-plein, à mi-côte où était édifiée l'habitation, le vaste amphithéâtre de la baie sous ses brumes matinales, plissa les paupières sous la lumière diffuse, écouta les bruits confus qui montaient vers elle avec une sorte de paresse comme si les activités menées en contrebas : travaux des pêcheurs sur les échafauds pour préparer les morues, allées et venues des barques ou de groupes de marins se déplaçant pour venir chercher de l'eau à la source ou bien livrer leur pêche aux coutelas des trancheurs, etc., l'eussent été par des fantômes.

Et, c'était irrésistible, elle ne pouvait s'empêcher d'évoquer celle qui, dans ses robes excentriques, avec sa finesse de statuette de Tanagra, son sourire innocent, ses grands yeux émouvants, s'était plu à régner un temps sur ce royaume déshérité, peuplé d'hommes isolés, solitaires, naïfs ou brutaux, candides comme des enfants ou vicieux comme des démons, que les hasards et les obligations de la pêche à la morue jetaient là sur les grèves, le temps d'un été, au pied des côtes et des falaises, hors l'espace et le temps, comme sur l'île maudite d'une étoile perdue.

L'année précédente, au retour de son voyage en Nouvelle-France, sous le coup du trouble qu'avaient jeté en son esprit les élucubrations de Delphine du Rosoy et l'interrogatoire du lieutenant de police Garreau d'Entremont, elle avait essayé de chasser de sa pensée des soucis nébuleux, et d'éviter, pour laisser au temps le loisir de décanter ces informations, certaine démarche. Aujourd'hui, en ce voyage d'aller qu'elle effectuait en compagnie de Joffrey et qu'elle comptait bien accomplir avec lui jusqu'au bout, elle se sentait en meilleure disposition.

Un courrier qui l'attendait ici de Mme de Mercouville, toujours prolixe épistolière, lui annonçait que Delphine du Rosoy attendait un enfant pour la fin août, ce qui, calcula Angélique, leur permettrait d'être là pour l'heureux événement, au moins pour le baptême. Une autre lettre affectueuse de Marguerite Bourgeoys, datée du mois de juin, car confiée aux premières barques qui pouvaient gagner l'embouchure du Saint-Laurent dégagée de ses glaces, lui donnait des nouvelles détaillées et satisfaisantes sur la petite fille, et le message était accompagné d'une feuille couverte de grosses lettres appliquées : « Ma chère mère, mon cher père... » Cela n'allait pas plus loin, car suffisant à remplir la feuille, mais cette première preuve tangible de la bonne santé et de la gentillesse d'Honorine et de ses progrès en écriture les avait remplis de joie.

La crissante fanfare des insectes célébrait la belle saison.

Angélique s'engagea sur le sentier et monta à travers les hautes herbes déjà presque réduites à paille par la chaleur. C'était la première fois qu'elle se risquait par là et jusqu'alors, quand elle avait fait halte à Tidmagouche, elle évitait de tourner la tête dans la direction des bois.

Elle trouva la tombe.

Autant qu'elle s'en souvenait, ayant dû par convenance assister à l'enterrement, c'était bien là.

Malgré la végétation envahissante, la croix de bois se dressait, à peine rejetée un peu de guingois par le travail actif, à ses pieds, d'une colonie de fourmis.

Apparemment, personne ne s'était préoccupé de nettoyer cette tombe au cours des années. Après l'ensevelissement, sur la terre fraîchement refermée, Joffrey de Peyrac avait fait poser une dalle pesante, et il avait donné une confortable obole à l'un des pêcheurs bretons, sculpteur de pierre en son pays, afin qu'il y gravât les nom et prénom, sans épitaphe, de la riche, noble et pieuse duchesse française, venue mourir

214

tragiquement au Nouveau Monde, sur un rivage déshérité.

Le Breton avait fait son travail avec conscience, et s'il avait dû éprouver des difficultés pour faire tenir le prénom d'Ambroisine et le nom de Maudribourg sur toute la pierre tombale, il y était parvenu en allant à la ligne et en serrant un peu les lettres vers la fin. Il avait réussi à fignoler encore une petite croix et en dessous la date du décès. La date de naissance était inconnue.

« S'il fallait en croire sa duègne Pétronille Damourt, elle aurait été plus âgée que moi, se souvint Angélique. Mais elle donnait à penser par ses façons timorées qu'elle l'était beaucoup moins. Encore une qui avait trouvé le secret de l'éternelle jeunesse. Mais par l'intervention de Méphisto ! »

À y réfléchir, avait-elle été si belle et si jeune ? Ou était-ce l'effet d'un charme qui émanait de sa personne et jetait des écailles sur les yeux des gens ?

Angélique se pencha afin de déchiffrer l'inscription que rongeait une dentelle arachnéenne de lichen doré. Elle gratta, écarta un peu plantes et dépôts de poussière incrustés et son doigt suivit le tracé de chaque lettre :

> *Ici repose*
> *dame*
> *Ambr-*
> *-oisine de*
> *Maudri-*
> *-bourg*

Elle se redressa, et s'écarta de quelques pas afin de regarder de loin la tombe. Elle n'éprouvait en cet instant nul sursaut de crainte ou de ressentiment comme chaque fois que le nom de cette femme était prononcé devant elle.

Qui reposait là ? Elle, le corps, la dépouille mortelle de la Démone, l'esprit succube dénoncé par le père jésuite Jean-Paul Maraîcher de Vernon, ou une pauvre fille dévouée à sa maîtresse, Henriette Maillotin, exaltée, prête à tout pour celle qu'elle idolâtrait, et qui, par elle et ses complices cachés, avait été odieusement trompée, sacrifiée, assassinée ?

Angélique, au moment où l'on rapportait de la forêt, sur un brancard, la dépouille mortelle de la duchesse de Maudribourg, n'avait pas voulu, à bout de forces nerveuses, s'approcher du cadavre dont elle avait seulement reconnu de loin les lambeaux de jupe maculés, jaune et bleu canard de ses étranges atours.

Mais Marcelline au grand cœur, voulant donner quelques soins pieux à ce corps mutilé, l'envelopper au moins dans un linceul avant qu'il fût porté en terre, lui avait parlé de ce visage méconnaissable... « Une bouillie de chair et d'os... comme si on l'avait frappée, écrasée à coups de maillet... » Personne n'avait relevé son observation qu'elle n'avait d'ailleurs pas communiquée à tous. On en restait de préférence à l'intervention des loups et des lynx.

« Et les cheveux, Marcelline ?... Comment étaient ses cheveux ?... Longs ?... Noirs ?... »

Sans doute poissés de sang, arrachés par touffes... Néanmoins, il faudrait qu'un jour elle pose la question à Marcelline.

Elle revint s'asseoir près de la tombe.

Dans ce bourdonnement des insectes, l'endroit demeurait doux, serein. Et elle s'étonna, car ici elle ne ressentait pas le malaise de Tidmagouche. Des épilobes mauves, des verges d'or étincelantes, hautes comme des cierges, poussant follement à leur manière, l'entouraient, l'abritant du vent qui faisait onduler leurs cimes dans un mouvement continu de berceuse. Des ancolies blanches, des petits asters mauves au cœur jaune, le rose lupin des prés, se mêlaient aux herbes envahissantes et un liseron commençait d'investir la croix d'une liane innocente.

« Elle n'est pas là ! Si elle était là... LES FLEURS NE POUSSERAIENT PAS », se dit Angélique.

Puis elle se releva et s'éloigna, après avoir eu quand même le courage de faire un signe de croix, et en se redisant que sa réflexion à propos des fleurs était puérile car la nature se moque bien de ces nuances.

À supposer que par sa malice et son emprise sur Nicolas Parys ou un autre de ces hommes qu'elle subjuguait, la duchesse de Maudribourg ait pu sauver sa vie, Angélique ne pouvait plus l'imaginer réapparaissant aussi dangereuse qu'avant.

Ces luttes qui sont des épreuves, ces combats ne doivent pas pouvoir se renouveler dans les mêmes conditions et avec les mêmes personnages, car les uns et les autres en sortent changés.

En ce qui concernait le passé, elle estimait qu'elle ne s'était pas trop mal battue mais qu'aujourd'hui, elle se laisserait moins désarçonner par les ruses et les sourires enjôleurs de la rouée. Puis elle eut un frisson, et s'inclina avec humilité en se souvenant de certaines lueurs dans les yeux d'Ambroisine qu'elle avait vues briller à travers l'ambre de ses prunelles de femme séductrice et qu'on ne pouvait attribuer à un être humain. Par ces yeux de femme, le démon parfois regardait. Devant une telle rencontre avec l'esprit des ténèbres, nulle créature ne peut se vanter de ne pas trembler, et les plus forts eux-mêmes de ne point succomber, paralysés, comme des lapins devant l'œil du serpent.

« Mea culpa ! se dit-elle. Si j'ai acquis quelque expérience à ce combat, au moins que ce soit celle de ne pas me croire plus forte que l'être infernal. C'est par cette prétention que je risquerais encore de me faire abuser. »

– « On ne plaisante pas avec ces choses-là, disait le marquis de Ville-d'Avray, tout badin qu'il

fût. J'ai reconnu l'écriture de Satan sur ce gri-
moire. Ma chère, n'y touchez pas ! »

Il avait fait analyser la signature de Mme de Maudribourg par le jésuite Jeanrousse et celui-ci,
paraît-il, s'était signé plusieurs fois.

Le marquis prenait très au sérieux les dangers
occultes qu'elle représentait, sans pour cela se
départir de sa préciosité mondaine, et cesser de
couvrir Ambroisine de compliments et jouer le
naïf, ce qui était la meilleure défense.

– « Quatre-vingts légions, ma chère enfant, ce
n'est pas rien !... Oui, j'ai fait quelques études
de démonologie », jetait-il, négligemment, le petit
doigt levé tout en puisant un bonbon dans son
drageoir...

À vivre près de lui les jours sinistres de Tidmagouche, elle avait pu s'apercevoir qu'il était en
effet fort savant en toutes sortes de sciences.

Alors qu'attendrie à ce souvenir elle l'évoquait,
voici qu'il apparut. Tel qu'en lui-même, marchant
à pas comptés en lançant de côté sa canne à
pommeau d'ivoire avec la même élégance souveraine que le roi, ses talons rouges écrasant avec
assurance sur le sentier sablonneux les graviers
de la plage, le satin de son habit et les fleurs de
son gilet brodé miroitant magnifiquement au soleil
barbouillé de brumes de la côte Est.

La découvrant, il fit halte. L'avenant sourire,
qui ne cessait jamais de fleurir sur ses lèvres,
s'épanouit.

– Angélique ! s'écria-t-il. VOUS ici ? Et je ne le
savais pas !

Remise de sa stupeur, elle le considéra sans
tout à fait en croire ses yeux.

– Monsieur de Ville-d'Avray ! Je vous croyais
en France !

– Mais je suis venu voir Marcelline, lui dit-il
comme s'il s'agissait d'une visite de voisinage.

– Vous avez traversé l'océan pour visiter Marcelline ?...

218

– Elle en est digne, répliqua-t-il avec hauteur. Et je voulais lui amener son fils à embrasser.

Comment allait ce « diable à quatre pattes » de Chérubin ?

Fort bien, et devenu parfait homme de Cour, si l'on en croyait son père.

– Et puis, n'oubliez pas que je suis toujours gouverneur de l'Acadie. Croyez-vous que j'allais laisser les frères Defour et tous ces brigands de la région grossir leur magot en mon absence en s'imaginant qu'ils n'auraient jamais à me verser leurs dividendes ! Je ne parle pas pour M. de Peyrac. À Paris, son banquier m'a toujours remis sa dîme à date. Pourtant, étant donné le statut particulier de cette portion de la côte Est qui a toujours été considérée comme exterritoriale, il aurait pu trouver prétexte pour s'en dispenser. Le vieux Parys ne s'est jamais beaucoup gêné pour me satisfaire, lui. Aujourd'hui, il est mort… En France et sur la paille !… C'est bien fait pour lui ! Son gendre vient de m'en avertir. Cela dit, je ne suis pas mécontent de ma tournée. Tout le monde a rendu gorge.

– Allez-vous poursuivre sur Québec ?

– Québec ! Il n'en est pas question ! Les choses y tournent trop au vinaigre. Cependant, je balance en mes projets. Voyez : j'étais hier à Shédiac et j'allais repartir pour Chignectou où j'ai laissé Chérubin, lorsque j'appris que M. de Frontenac allait relâcher à Tidmagouche. J'ai préféré venir l'attendre ici que de me rendre au-devant de lui, dans le golfe, où l'on s'égare à travers les îles.

– M. de Frontenac est en chemin pour la côte Est ?… Personne ne m'en a parlé.

– Je suis seul à le savoir… J'ai mes espions. Toujours très dévoués… Notez, si M. de Peyrac est avec vous, il ne va pas tarder à être averti, lui aussi. M. de Frontenac arrive sur la *Reine-Anne,* vaisseau amiral accompagné de *L'Indomptable* et d'un petit trois cents tonneaux : *Le Vail-*

lant. Une belle escorte que lui a envoyée le roi. Mais j'ai pensé à l'attendre. Il n'est jamais mauvais, pour une traversée, de se trouver en compagnie. Et puis, dans son cas, je suis persuadé que M. de Frontenac appréciera la présence d'un ami sûr, comme je le suis pour lui.

– Il compte partir en France ?

Ville-d'Avray hocha la tête, les paupières baissées.

– Sur ordre du roi.

Ayant regardé de tous côtés, il lui confia :

– Cela va très mal pour lui. Ses ennemis, dont les Jésuites, sont sur le point d'avoir raison de sa réputation.

– C'est venu bien subitement ! Que peut-on avoir à reprocher au gouvernement de M. de Frontenac ?...

– L'intrigue est une arme qui ne se préoccupe pas de ces choses ! Ce qui est certain... et je suis seul à savoir... car il ne le sait pas encore, ne s'en doute même pas... mais je vous le dirai à vous... c'est que l'on parlait, lorsque je suis parti, de le démettre de son gouvernement en Nouvelle-France... Mais chut ! il sera bien temps que cela s'ébruite ! s'il n'est pas au courant, de l'en avertir.

– N'exagérez-vous pas ?...

Angélique était consternée. Tout d'abord, elle ne s'habituait pas à discourir avec des personnes qui envisageaient les voyages à travers l'Atlantique comme une simple équipée en carrosse de Paris à Tours.

En Canada, il y avait deux races de gens bien distinctes. Ceux qui n'hésitaient pas à traverser l'océan pour aller disputer de leurs affaires en métropole sans souci des tempêtes, des pirates et du mal de mer, et ceux qui préféraient mourir que de remettre le pied sur le pont d'un navire. Sans décider de façon aussi extrême, Angélique était plus inclinée vers la seconde espèce que vers la première.

Les angoisses de leur premier voyage[1] avaient gravé en elle des impressions de distances infranchissables et de séparation définitive.

Entendant parler du départ de Frontenac pour la France, elle ne pouvait concevoir qu'il fût de retour à Québec avant l'hiver comme il en avait l'intention, et envisageait cette annonce comme une catastrophe.

– Qui peut vouloir nuire à cet excellent gouverneur ? Vous qui avez vos entrées à la Cour...

– Oh ! si peu ! fit le marquis avec un geste de regret. Vous savez que Sa Majesté ne m'aime pas. Lorsque je me suis présenté à Versailles, après pourtant des années d'absence, le roi, dont la mémoire est exceptionnelle, fronça les sourcils à ma vue. Prudent, je tenais ma botte secrète en réserve, et aussitôt lui parlai de vous. Depuis, il me supporte, mais je ne fais pas d'éclats. Pourtant, mes propos ne lui ont pas déplu, car, ayant fait allusion par hasard à votre science et votre goût pour les plantes et épices aromatiques et médicinaux, j'ai ouï dire qu'il a demandé de composer, à votre intention, un jardin d'herbes par M. Le Nôtre, dans un coin de son potager. Ah ! vous n'êtes pas oubliée, chère Angélique. J'ai vu vos fils. Je vous en parlerai. Ils sont très aimés. J'ai entr'aperçu Mme de Castel-Morgeat très en beauté !...

Il lui adressa un petit clin d'œil dont, sur le moment, préoccupée, le sens lui échappa.

Ils rejoignirent sur la grève le comte de Peyrac auquel on avait signalé l'arrivée de navires de la Marine Royale venant de Québec, et à bord desquels le bruit courait que se trouvait le gouverneur, M. de Frontenac.

Ville-d'Avray confirma. Il jouissait de la surprise que causait son apparition, et plus encore

---

1. *Angélique et son amour*, J'ai lu n° 2493.

de prouver qu'il était au courant de tout, avant les autres, même des affaires de la colonie.

Tandis qu'au loin apparaissaient des pyramides de voiles blanches déployées et les hautes tours dorées des vaisseaux de ligne, Joffrey posa au marquis la même question qu'Angélique.

– Voyez-vous qui peut chercher, en France, à nuire à M. de Frontenac ?

– Non, hélas ! Je me tiens un peu à l'écart des rumeurs, n'ayant pas intérêt à être remarqué... Une oreille que j'ai au ministère de la Marine m'aurait parlé d'un placet que l'ancien propriétaire de la côte Est, Nicolas Parys, aurait remis au roi à son retour d'Amérique, pour lui faire part de son œuvre au Nouveau Monde et réclamer une gratification ou une pension qu'il jugeait mériter. Mais il est mort aujourd'hui, ce qui diminue singulièrement la puissance de ses réclamations, et sans avoir, dirait-on, obtenu gain de cause.

L'affaire serait plutôt dirigée contre vous, Monsieur de Peyrac. Défendez-vous si son gendre se croit des droits à cause de ce placet.

24

De la plage, noire de monde, ils regardaient évoluer les navires. La rade de Tidmagouche, habituée à de plus modestes flottes, n'avait jamais reçu un aussi grand nombre de brillants visiteurs.

Ville-d'Avray, du bout de sa canne, désigna à Angélique un bâtiment plus petit que ceux des arrivants, mais travaillé de sculptures et doré comme une châsse, qui avait levé l'ancre et évoluait fort gracieusement afin de laisser aux gros bâtiments de Sa Majesté la possibilité de trouver leurs places dans la rade.

– C'est mon navire... Ne vous souvenez-vous

pas ? Celui que M. de Peyrac m'a offert pour compenser la perte de ma pauvre *Asmodée*, coulée par les bandits.

À l'avant, Angélique avait cru distinguer en figure de proue une très belle sirène aux longs cheveux et à la poitrine inspirante.

Mais le bateau évoluant, bientôt il présenta les décorations du château arrière. Entourées d'une profusion de guirlandes et de fruits dorés, les vives couleurs du tableau de tutelle étaient surmontées par une banderole portant le nom de ce bel oiseau des mers.

– *Aphrodite* !...

– Heureusement que vous aviez promis à M. de Saint-Chamond de ne pas donner un nom païen, dans le genre d' « Asmodée » à votre prise de guerre, dit Angélique en riant.

Puis elle rit de plus belle en découvrant la scène peinte sur la dunette qui représentait « Aphrodite naissant de l'écume de la mer » et, comme il se devait, une fort belle femme nue, dont les traits pouvaient éveiller chez les initiés une impression familière.

– Vous êtes quand même arrivé à réaliser le plus extravagant de vos caprices.

– J'ai eu beaucoup de mal, mais j'ai trouvé l'artiste. N'est-ce pas ressemblant ? dit-il, réjoui. Tout le monde vous reconnaît. Le tableau de M. Paturel sur son *Cœur-de-Marie*, à côté de celui-là, ne vaut rien du tout.

– Ne mélangez-vous pas un peu trop les genres et les symboles ? Souvenez-vous que ce navire, avant de vous appartenir, fut entre les mains des complices de Mme de Maudribourg, et faisant partie de la flotte qu'elle avait frêtée pour venir nous déloger et nous occire.

– Précisément !... Quelle meilleure protection pour exorciser ce bâtiment que de le mettre sous l'égide de la déesse de la Beauté et de vous-même qui vous confondez en une seule et même personne ?

Je vous retrouve toujours radieuse et douée d'un charme que vous possédez, dirait-on, malgré vous, ce qui vous rend inattaquable, et chaque fois, alors que l'on pourrait s'attendre à vous voir le perdre ou bien en avoir laissé un peu s'évaporer ou s'éventer l'essence exquise, au contraire, on vous retrouve autre mais plus séductrice encore. Comment faites-vous ? Je pense au roi. Je le lui dirai. Car il vous attend, mais je sens qu'il redoute aussi ce moment où après tant d'années d'absence de votre part, de rêveries pour lui, vous allez reparaître. Je vais pouvoir, oh ! avec tact, le rassurer.

— Ne vous mêlez pas de cela.

— Ô Angélique, comme vous me parlez durement !

Après les manœuvres d'usage, les chaloupes accostaient et le gouverneur Frontenac, en simple équipage, parmi les nouveaux uniformes de la Marine Royale, marchait à grands pas vers le comte de Peyrac et sa femme.

— Je suis bienheureux de vous croiser tous deux avant de poursuivre mon voyage. C'est une folie, peut-être. Mais je crois que vous m'approuverez. J'ai pris la décision de me rendre en France afin de parler au roi. Je ne pense pas qu'il blâme mon initiative. Il ne s'agit que d'un aller et retour. Mais il est indispensable que nous nous expliquions de vive voix. Car il y a des personnes en place qui me desservent.

Angélique regarda du côté de Ville-d'Avray. D'après ce qu'il lui avait dit, elle avait cru comprendre que M. de Frontenac était rappelé par le roi dans une semi-disgrâce. Le marquis était-il toujours aussi menteur et sa propension à créer la zizanie sans avoir l'air d'y toucher avait-elle augmenté, à s'exercer auprès des grands ?

Il répondit à son interrogation muette en levant les yeux au ciel d'un air de pitié.

Puis, s'adressant à Frontenac comme on aurait parlé à un grand malade, il lui dit :

– Nous ferons route ensemble. Cela va être charmant.

– Tiens, vous êtes là, vous ?... bougonna Frontenac en le découvrant. Vous choisissez mal votre moment pour revenir. Québec est intenable !

– Je n'ai aucune intention d'aller à Québec...

Frontenac était très gai, quoique regrettant, du fait de ce voyage impromptu, d'être privé cette année de son expédition sur le lac Ontario, au Fort-Frontenac, afin d'y recevoir somptueusement les Iroquois et d'y vérifier avec eux que la hache de guerre était bien enterrée.

Ayant bien pesé le pour et le contre, disait-il, il s'en tenait à cette décision d'occuper l'été et la possibilité de navigation, pour aller purger les mauvaises querelles chez qui de droit.

C'était son épouse, bien en cour à Versailles, qui lui avait mis « la puce à l'oreille ».

Parlant d'elle, il crut devoir s'adresser plus directement à Angélique.

– Malgré notre brouille familiale profonde, vous savez que la présence constante à la Cour de ma femme Anne de La Grange est fort heureuse, car elle ne lésine jamais pour la défense des intérêts du Canada, surtout en travaillant à détruire les cabales qui se trament auprès du roi contre moi.

Mais, cette fois, elle m'a laissé entendre qu'elle ne peut découvrir d'où vient le mal, mais que la poussée est forte et habile. Mlle de Montpensier, son amie de toujours, et dont vous savez qu'elle est une intrigante fort active, déclare forfait. Je dois venir. Notez que je ne sais pas si ces dames n'accordent pas trop de pouvoir à mon influence. J'ai trop abusé des relations presque de famille qui liaient mon blason à celui des Bourbons. Mon père fut le compagnon de jeu de Sa Majesté Louis XIII, qui me tint sur les fonts baptismaux. J'en ai gardé l'habitude de considérer que le roi est mon cousin, et n'ai pas avec lui assez de ménagements. Mais je ne peux décevoir la comtesse qui sait que j'ai le plus grand respect pour ses avis. Je n'ai rien à perdre. À Québec, tout va de mal en pis et ce n'est pas sur place, en effet, que pourra se dénouer l'imbroglio.

Il leur montra une lettre de l'évêque, dont il avait eu copie par un de ses espions, et qui récriminait contre lui, l'accusant d'avoir fait bâtir le fort de Cataracoui pour s'y enrichir en secret avec la fourrure.

— Même l'évêque me lâche, bien que je l'aie soutenu contre les Jésuites. Carlon aussi me « tire dans les jambes »...

— L'intendant ? ! nous le croyions en disgrâce ?

— Il l'est, mais n'en continue pas moins à me contrecarrer pour soutenir un sien parent qui fait la loi à Montréal et que j'ai voulu faire arrêter. Il croit qu'en me désavouant, il penchera du bon côté. Il s'illusionne... son remplaçant est déjà en chemin... Mais Carlon l'attend de pied ferme car on lui a dit qu'il ne s'agissait que d'une nomination de complaisance pour lui garder son poste pendant qu'il se rendra en France afin de rendre des comptes.

Moi, au moins, je pars sans avoir remis mes pouvoirs à quiconque. Mon secrétaire expédiera les affaires courantes. Cela va bien embarrasser le nouvel intendant. Il a des ordres, paraît-il.

— Des ordres de qui ?

— C'est ce qu'il faut éclaircir. M. de La Vandrie qui m'a apporté les dépêches du roi par les premiers navires n'est même pas au courant !... À moins qu'il ne dissimule.

— Le roi ne peut ainsi relever les « puissances » de la colonie sans préalable.

— Alors, il doit être averti... Et c'est pourquoi je me rends en France. Mais il ne s'agit que d'une visite au roi.

Il soupira, soucieux.

– Encore un coup des Jésuites, grommela-t-il. Le rappel du père de Maubeuge, temporisateur, et qui maintenait ces pilleurs des Grands Lacs au moins dans l'apparence de leur fonction religieuse, a sonné le glas de la modération.

Afin de les entretenir de façon plus confidentielle, il se rapprocha du groupe formé par Joffrey de Peyrac, Angélique et Ville-d'Avray qu'entouraient les officiers de la flotte de Peyrac qu'il connaissait aussi pour les avoir eus dans ses salons du château Saint-Louis : Barssempuy, Urville, Le Couennec, etc.

Laissant les représentants de la Marine royale, et leurs jeunes lieutenants et cadets emplumés secouer leurs mouchoirs pour dissiper l'odeur de saumure et d'huile de foie de morue coulant au soleil qui les incommodait, tandis que les pêcheurs bretons qui travaillaient aux salaisons, curieux de voir de plus près tout ce beau monde, se rapprochaient en cercle dans leurs souquenilles imprégnées d'eau de mer et leurs tabliers de cuir couverts d'écailles de poisson, il continua à mi-voix :

– Vous ne pouvez vous imaginer l'esprit qui règne à Québec. Cela rappelle celui de l'année qui précéda le grand tremblement de terre, ou bien avant votre venue lorsqu'il y avait ce d'Orgeval qui voulait régner sur tout et sur tous et qui y parvenait malgré ses manières humbles et pondérées. Personne n'était plus maître en sa mission, sa cabane, sa chaumière, et pas plus le gouverneur en son palais. J'ai soupiré d'aise d'apprendre sa fin et de le voir donner en martyr à l'Église et en héros à la Nouvelle-France. Cela ne pouvait on ne peut mieux finir. Je vous le dis sans ambages.

Quoi qu'il en soit, mort ou vif, il me cause bien des soucis. On rappelle ses paroles et l'on veut entraîner tout le monde sur le chemin de la guerre pour pouvoir honorer sa mémoire.

Au moment où je quittai Québec, le bruit a couru que les canots en flammes de la « chasse-galerie » étaient passés au-dessus de la ville. Moi, je ne les ai pas vus, mais vous savez que, chaque fois, le peuple est fort impressionné. Il y voit l'annonce de calamités ou un message de l'au-delà lancé par ceux qui sont à bord et qui viennent pour rappeler aux vivants leur devoir. Eh bien ! cette fois, il y était.

– Qui ?

– D'Orgeval. Ils l'ont vu et reconnu, m'assure-t-on. En compagnie des premiers martyrs, jésuites et coureurs de bois. Que puis-je faire contre cela ? Des fous ! Je me suis vu contraint d'envoyer la maréchaussée contre une bande d'enragés qui voulaient se rendre à l'île d'Orléans pour pendre Guillemette de Montsarrat-Behars, une seigneuresse qu'on dit sorcière.

Il faut que je fasse comprendre au roi les conflits auxquels j'ai à faire face de cet autre côté de la terre et le tort que les Jésuites causent à ses intérêts de monarque du Nouveau Monde en surexcitant les consciences.

Joffrey de Peyrac posa une main apaisante sur l'épaule de son compatriote gascon.

– Mon cher ami, vous avez derrière vous plusieurs jours de traversée. Le soleil est au zénith. À rester sur cette plage, nous allons bientôt fondre comme les foies de toutes ces morues. Je vous recommande d'aller vous rafraîchir à votre bord.

Ce soir, je vous convie à souper et nous pourrons reparler de tout cela à loisir et tirer des plans.

Sa voix et son geste parurent rasséréner Frontenac qui retrouva son sourire.

Le comte de Peyrac se rendit auprès de M. de La Vandrie et de son état-major, et les invita à venir boire du café turc à l'ombre de sa modeste habitation coloniale, toute de rondins et d'un soubassement de pierres pour les caves et le magasin à poudre.

Cette courtoisie le dispenserait de les recevoir plus tard en compagnie de Frontenac. Ayant bu un délicieux breuvage et fait le tour du propriétaire dans une atmosphère de fournaise, ils se retirèrent sur leurs navires, heureux d'y retrouver un peu de brise marine, tandis que M. Tissot, le maître d'hôtel, commençait à préparer la grande salle du fort pour recevoir dignement, le soir venu, le gouverneur de la Nouvelle-France.

Le gendre de Nicolas Parys était un homme lourd et taciturne d'une trentaine d'années. Il était né sur la censive de Saint-Pierre-du-Cap-Breton au temps où il ne devait pas y avoir plus de quatre cabanes de colons et une chapelle pour les Micmacs de la région. Il n'y en avait guère plus aujourd'hui. L'homme n'en était pas pour autant sans agilité d'esprit et capacités commerciales. L'envahissement des flottes saisonnières et des matelots du Vieux Monde se chargeait de dégourdir les petits colons d'Acadie, lents de nature, cependant. Mais lorsqu'il put parler et placer son mot, il se défendit avec vigueur.

Le vieux, en effet, avait présenté son placet au roi, mais cela dès son retour des Amériques, il y avait trois à quatre ans. On ne pouvait donc accuser de la lecture de ces pages, que peut-être le souverain n'avait même pas daigné parcourir, les changements subits qui venaient de se manifester dans la politique coloniale de ces messieurs de Paris. Ensuite, le vieux s'était marié. Puis il était mort dans une lointaine province, où on apprenait qu'il était allé s'établir afin de jouir de son épouse, et de la fortune qu'il avait ramenée de la vente de ses domaines d'Acadie, et aussi d'une générosité assez subséquente du roi. Sa veuve s'était remariée avec un haut personnage de la région, un intendant ou quelqu'un d'une fonction de ce goût-là, de sorte qu'elle semblait se désintéresser de l'héritage américain.

Tout ceci lui avait été annoncé d'un coup ainsi qu'à la fille dudit Nicolas Parys, par un courrier arrivé, ce printemps, sur l'un des premiers bateaux bretons.

Il exhiba d'un sac de peluche à cordons une importante liasse qui avait dû lui coûter, ainsi qu'à sa femme, pas mal d'heures et de sueur à déchiffrer, et les faire passer par « toutes les couleurs de l'arc-en-ciel » en cours de lecture, puisque c'étaient là, rédigées par des notaires et fonctionnaires civils, les premières et uniques nouvelles qu'ils recevaient du vieux depuis son départ, mais sur la conclusion desquelles ils avaient poussé, sa femme et lui, un gros soupir de soulagement, étant donné qu'après avoir appris pêle-mêle la présentation à Versailles de son mémoire, son mariage, sa mort, ils arrivaient à la conclusion seule capable de les rassurer que cette marâtre – veuve intempestive – ne se mêlerait pas de leur venir disputer l'héritage. Il avait quand même bien dû laisser quelque chose, le vieux. Peut-être « là-bas », où en plus de sa fortune rapportée d'Amérique, il leur avait toujours dit qu'il avait du bien – et les notaires semblaient faire allusion qu'il y avait quelque chose à gratter – en tout cas ici, en Acadie.

– Ici, mon ami, l'interrompit Ville-d'Avray, la chose est nette et ne sera pas longue à coucher sur parchemin, avec tous les sceaux et paraphes nécessaires. N'espérez pas entamer un procès sans fin pour rentrer en possession des territoires que votre beau-père a vendus à M. de Peyrac.

Je fus témoin de la cession des droits établis en bonne et due forme devant M. Carlon, intendant de la Nouvelle-France. Il vous a laissé Canso, des « graves » à louer aux pêcheurs qui vous rapportent, une partie des gisements de charbon de terre. Quant à « là-bas », rien ne semble vous empêcher de vous embarquer et d'aller voir vous-même, en France, de quoi il retourne.

Le gendre de Nicolas Parys repartit avec sa femme sans insister.

Après avoir longuement réfléchi et médité devant une fiasque de bon gin anglais qu'il se procurait par Terre-Neuve, il dit à son épouse que c'était une affaire de patience. Il fallait attendre. Savoir tout d'abord de quel côté le vent tournerait.

Voilà que l'on commençait de murmurer que M. de Frontenac partait en disgrâce, était « rappelé ». L'intendant Carlon suivrait peut-être ! ? Alors dans ce cas, que vaudraient les droits du gentilhomme d'aventures sans pavillon, sans foi ni loi, ce soi-disant comte de Peyrac qui touchait la dîme de toutes ces industries de la côte Est ? On aurait plus d'une occasion de le faire déménager, soit en exhibant les lois d'héritage, soit en le faisant débouter par la marine royale comme pirate ou allié des Anglais.

Ce serait son tour, à lui, gendre de Nicolas Parys, d'être le roi de la côte Est. Quant à aller se frotter à ces bandits des Vieux Pays, en Europe, lui qui ne s'était jamais risqué même jusqu'à Québec, pour cela aussi, il valait mieux attendre. L'an prochain, peut-être. Pour l'instant, il allait seulement écrire à ces notaires, greffiers et avocaillons, en annonçant son arrivée afin qu'ils lui gardent ses écus « au chaud ».

À Tidmagouche, dans le fort à quatre tourelles, bâtisse modeste à la vue, la salle, bien que basse de plafond, mais de vastes proportions, pouvait permettre de dresser un couvert doté de tout le raffinement dont Joffrey de Peyrac aimait honorer ses hôtes. Lorsque l'occasion s'en présentait, on pouvait y prendre part à des festins dignes au moins des réceptions officielles de Québec avec vins choisis, mets variés, dans de la vaisselle d'or, et ce soir-là, l'on put admirer, en l'honneur du gouverneur, des verres à pied de cristal de Bohême, à reflets rouges, tels que le roi n'en possédait pas lui-même.

M. Tissot, le maître d'hôtel, officiait en grand apparat, avec ses quatre assistants, huit porteurs de rôts, et une nuée de marmitons, tous mieux dressés qu'une troupe de comédiens jouant devant le roi.

M. de Frontenac fut sensible au fait d'être si princièrement reçu alors qu'il s'attendait à manger frugalement un morceau de gibier, sur le pont de son navire à l'ancre.

Il arriva dans la soirée, accompagné de M. d'Avrensson, major de Québec, qui regagnerait la capitale après son départ, du groupe habituel de ses conseillers et dirigeants de sa maison, et de quelques personnalités de la ville appartenant au syndic.

Il était assez sombre, ayant peut-être réfléchi plus avant dans son projet, mais les vins eurent raison de son humeur maussade. Il retrouva sa jovialité. Et, dans le feu d'une fin de banquet où récits de batailles, de hauts faits et d'exploits dont chacun de ces messieurs avait bonne mesure se continuaient par des récits de cour et d'exploits plus galants, il se laissa entraîner à évoquer, et à citer, le fameux poème qui, dans son triomphe libertin et glorieux – car, à l'époque, de douze années plus âgé que Louis XIV, subtiliser au roi son ardente maîtresse ne pouvait qu'attester de ses grands talents de séduction et de sa toujours vigoureuse virilité –, lui avait coûté un exil, déguisé en honneur de l'autre côté de l'Atlantique. Mais, en Gascon qu'il était, il ne regrettait rien car il s'était bien amusé du scandale provoqué.

Il fredonna :

> *Je suis ravi que le roi, notre Sire*
> *Aime la Montespan*
> *Moi, Frontenac, je m'en crève de rire*
> *Sachant ce qui lui pend !*
> *Et je dirai, sans être des plus bestes*
> *Tu n'as que mes restes*
> *Ô roi !*
> *Tu n'as que mes restes ! !*

L'excellence des boissons ayant créé un climat d'aimable connivence, l'assistance ne se priva pas de rire.

Le maître brocardé était loin. Chez les plus flagorneurs, le fabuleux respect qu'il inspirait par sa présence cédait le pas à une maligne satisfaction de l'imaginer, chatouilleux comme un simple mortel, se piquer jusqu'à la vengeance. Pour lors, c'était Frontenac qu'on désirait flatter, avec une arrière-pensée de reconnaissance pour son audace qui payait des dédains et vexations que le roi ne se privait pas d'infliger autour de lui, et qu'il fallait subir en silence et avec révérence.

Bienfaisante libération pour des rancunes refoulées et à laquelle on s'abandonnait sans remords, sachant qu'elle serait brève et passagère.

Une fois dissipées les fumées de l'alcool, certaines personnes présentes, remises dans le sillage courtisan, ne manqueraient pas de prendre en compte l'anecdote et de réévaluer le crédit du trop insolent gouverneur.

Frontenac n'attendit pas d'être dégrisé pour le comprendre. Fût-ce par un avertissement amical qu'il crut lire dans les yeux de son hôte.

Il reconnut que ce n'était pas le moment d'évoquer ces souvenirs alors qu'il se lançait dans les aléas d'une traversée pour parler amicalement avec le roi.

Angélique avait mal pour lui car il semblait confiant. Il attendait de sa démarche auprès du souverain un grand bien pour la colonie. Cependant, étant fin politique, il devait se douter de quelque chose et couvait depuis longtemps une inquiétude, car, peu à peu, à converser, à écouter les sons de cloches, à tendre l'oreille aux intonations des uns et des autres, il ne put ignorer que son entourage, ses conseillers les meilleurs, et ses amis les plus sûrs et les plus francs tels que le

comte de Peyrac ne partageaient pas son opti-
misme.

— Il se peut que je commette une erreur mais
je ne saurais renoncer à cette visite en France
tant j'en ressens la nécessité.

— Avez-vous le choix ? lança Ville-d'Avray.
N'est-ce pas le roi qui vous convoque ?

— Vous vous trompez du tout au tout. C'est
moi qui ai pris la décision de partir. Demandez
à M. de La Vandrie.

— M. de La Vandrie est un fourbe qui vous
jalouse, qui vous hait, et qui a déjà aligné trois
de ses amis pour vous remplacer à votre poste
de gouverneur.

Frontenac sursauta, suffoqua, but un verre d'eau
que lui tendait son valet, puis se calma.

— Je ne crois pas un mot de vos sornettes.
J'avais déjà réfléchi à l'opportunité de rencontrer
le roi.

— Et La Vandrie arrivant, avec en poche votre
ordre de rappel, assez embarrassé d'exécuter sa
mission, et vous voyant en si bonnes dispositions
de départ, se contente de vous encourager.

— Ce faquin !... Si vous dites vrai, je vais aller
le trouver et lui faire sortir les lettres qu'il a été
assez couard pour ne pas me remettre.

— Inutile de lui montrer que vous avez deviné
son jeu. Restez serein. Vous n'en serez que mieux
sur vos gardes !...

— Et si je me fais arrêter au port et conduire
à la Bastille ?

— Les choses n'en sont pas là ! protesta Ville-
d'Avray d'un ton qui laissait supposer qu'elles
n'en étaient plus loin encore.

— Mais parlez franc, vous ! s'écria subitement
Frontenac en sautant sur Ville-d'Avray et en le
secouant par son jabot. Dites ce que vous savez.

Ville-d'Avray assura qu'il ne savait pas grand-
chose. Lorsqu'il était parti en mai — et l'on était
début août — ce n'étaient que des échos, et dans

les basses sphères des ministères. Il aurait parié que le roi n'étaient au courant de rien, et continuait à regarder avec bienveillance du côté de ce Frontenac auquel il devait une réconciliation pleine d'espérances avec M. et Mme de Peyrac.

Mais il faut dire que les échos proliférèrent rapidement, que lui, Ville-d'Avray, s'était attardé en Acadie au Moulin de Marcelline-la-Belle. Si, revenu sur la côte, il s'inquiétait pour Frontenac, c'était que, premièrement, il connaissait les intentions de M. de La Vandrie et avait appris sa venue, deuxièmement, qu'il avait le nez creux, et qu'il ne s'était jamais trompé quand ce nez l'avait averti que les choses allaient mal pour l'un de ses amis.

Frontenac se tourna vers Joffrey de Peyrac comme pour attendre de lui un avis. Le comte l'encouragea à garder son attitude de gouverneur toujours en place, se rendant auprès du roi pour discuter avec lui des affaires de sa charge.

— Le roi apprécie ceux qui font leur travail en conscience et vous en faites partie. Le roi de France ne se laissera jamais priver d'un serviteur qu'il estime de valeur pour seulement complaire à des intrigants.

— Cela est vrai, reconnut Frontenac. Mais il y a ce sonnet, fit-il piteux. Je l'ai moqué et il ne me pardonnera jamais.

Puis la colère le prit en songeant à toutes les fausses accusations et sottises que ses ennemis avaient accumulées contre lui, et qui, si mesquines qu'elles fussent, pouvaient ébranler son crédit auprès d'un monarque peu disposé à l'indulgence envers lui.

— Savez-vous que pour me chercher querelle, on est allé jusqu'à me reprocher d'avoir choisi comme emblème royal et national en Nouvelle-France le drapeau blanc à fleurs de lys d'or des Bourbons ! Je sais bien qu'il date seulement de Henri IV, et que les Français l'ont admis difficilement parce que le drapeau blanc était celui des huguenots et rappelle le panache blanc protestant d'Henri de Navarre lorsqu'il guerroyait contre les catholiques et affamait Paris, avant de devenir Henri IV, le premier des Bourbons.

Je n'ignore pas non plus que les Français affectionnent encore l'Oriflamme ou drapeau rouge de Saint-Denis et même le plus ancien, le bleu de la Chape de Saint-Martin. Pour ma part, je vous avouerais que j'ai une préférence pour le drapeau bleu ciel de la cavalerie auquel notre souverain Louis XIV a ajouté le soleil d'or.

Mais en arrivant en Canada, j'ai dû me plier à d'autres considérations car je me trouvais devant un dilemme. Pour les Iroquois, le rouge représente *la guerre,* voire *la mort.* Tandis que le blanc signifie : *paix* et l'or : *richesse*

Il se trouvait donc que le drapeau blanc à fleurs de lys d'or, rarement usité en France, représentait ici, symboliquement, beaucoup plus. C'est pourquoi je l'ai choisi.

— Et bien fîtes-vous ! Le roi ne peut vous en vouloir d'avoir mis à l'honneur pour le représenter, ainsi que la France, l'enseigne de ses ancêtres généalogiques, les Bourbons !...

— Comment le savoir ? murmura Frontenac d'un air désabusé. Mon geste a pu lui être présenté sous un autre jour... Les gens sont si méchants... et si bêtes.

Tout est bon pour me perdre. On est allé jusqu'à dire que j'avais encouragé les Iroquois à nous faire la guerre parce que je leur avais prêté un armurier pour réparer leurs armes.

Je possède pourtant, dit Frontenac, avec une fougue attendrissante, quantité de colliers de wampum d'une valeur inestimable qui m'ont été remis à diverses reprises par les « principaux » des Cinq-Nations. Je pourrais en témoigner au roi.

Les assistants échangèrent un regard de commisération, et Ville-d'Avray fit la moue.

— Je doute fort que le roi et M. Colbert comprennent l'importance de ces trophées inconnus.

— Pourtant ils représentent la paix en Amérique du Nord. La paix avec l'Iroquoisie. La route ouverte du Mississippi...

— En tout cas, voici des subtilités qu'il est nécessaire d'expliquer de vive voix à Sa Majesté et à M. Colbert, dit M. d'Avrensson.

— Et par une bouche dont ni l'un ni l'autre ne seraient disposés à prendre en suspicion les propos, dit le marquis. En tout cas, moi, malgré l'affection que je vous porte, je ne m'en charge pas. Je suis brûlé depuis l'affaire des potiches chinoises de Monsieur. Mais je me défendrai.

— Il faudra donc démolir une à une ses attaques.

Ce qui ulcérait Frontenac, c'est qu'on pût l'accuser de se débattre pour la bonne marche de son gouvernement afin de faire fortune. Pour le Canada, il avait entamé sa cassette personnelle.

— Si l'on me cherche noise sur ce point, je ne me gênerai pas pour dénoncer le commerce des Jésuites...

Puis, comprenant que ces ragots indisposeraient le roi, d'autant plus qu'à la Cour les Jésuites n'étaient jamais loin et œuvraient en sous-main activement, il se tut.

— Non ! Non ! s'écria-t-il soudain avec un geste qui faillit balayer son hanap qu'un valet proche retint de justesse. Non, je ne peux entreprendre une si importante mission avec si peu d'atouts, si peu d'aides efficaces, diligentes, sincères. Des atouts ? que dis-je ! En ai-je seulement un ? J'arrive bardé de calomnies comme d'autant de flèches. Le terrain a été préparé par des factieux qui n'ont de nos travaux et de nos périls en ces territoires sauvages pas la moindre idée, gardant juste celle de me nuire, et si, de plus, chaque fois que j'ouvrirai la bouche pour plaider la cause du

Canada devant le roi flotte entre lui et moi le souvenir de mes bévues, quelle espérance puis-je avoir de m'en faire écouter ? quel résultat attendre ?

Et pourtant, dit-il tristement, je n'ai en vue que le salut et la grandeur de la Nouvelle-France sur laquelle flotte sa bannière à fleurs de lys.

S'appuyant du coude sur la table, il laissa tomber son front dans sa main et resta pensif. « Il le faut, l'entendit-on répéter à plusieurs reprises, il le faut ! Il n'y a pas d'autre solution. Sinon ce voyage ne sera qu'un échec, une mascarade. »

Il releva la tête, l'air décidé, les yeux brillants d'espoir, et l'incertitude avait disparu de ses traits.

— Qu'importe que cela paraisse une manœuvre hardie, une ruse. J'en suis coutumier, et le roi ne déteste pas d'être pris par surprise du moment que c'est pour la réussite de ses ambitions et dans l'intention de le servir. Or, ma conviction est faite. Un seul homme, à mes côtés, parlant pour moi, peut le détourner d'attacher trop d'importance à ma personne et à mes fredaines d'antan, un seul homme peut retenir son attention et faire dériver sa mémoire, peut se faire écouter de lui, parce que seul capable, par une énonciation des faits claire et sans passion, d'éveiller l'intérêt de Sa Majesté pour ces questions coloniales qui l'ennuient et même l'exaspèrent, d'autant plus que nul, dans son entourage, ne peut, ou ne veut jamais, lui en débrouiller le mystère, un seul homme, dis-je. Et c'est VOUS, Monsieur de Peyrac.

Debout, il resta un long moment à fixer un point devant lui, comme si son regard se perdait dans le miroitement rouge du vin à travers le cristal.

Puis, levant son verre et se tournant vers son hôte :

— Monsieur de Peyrac de Morrens d'Irrustru, frère de mon pays, dit-il, au nom de l'amitié qui nous lie, des services que nous nous sommes mutuellement rendus, au nom des vastes et beaux projets que nous avons formés pour le bienfait et la paix des peuples de ces contrées auxquelles nous sommes attachés, je vous le demande instamment, je vous le demande humblement, je vous en conjure : ACCOMPAGNEZ-MOI !

25

– « Frère de mon pays, je vous en conjure, accompagnez-moi en France pour plaider ma cause et celle de la Nouvelle-France », s'était écrié Frontenac s'adressant au comte de Peyrac.

– « Cela, JAMAIS ! » avait répondu en écho une voix de femme, celle d'Angélique, dès qu'elle eut compris le sens des mots qui venaient d'être prononcés.

. – Cela, *jamais* ! répéta-t-elle d'un ton catégorique.

Et en même temps, elle sut que Frontenac avait raison et que cela se ferait, parce que... c'était... LA MEILLEURE SOLUTION !

Moline, dans une de ses dernières lettres, faisait allusion aux bienfaits d'une « visite » répondant à la longue patience du roi. Ne serait-ce que sur le terrain politique.

– Non ! Non. Ça, jamais ! Je ne le laisserai pas partir.

L'Europe, c'était trop loin ! L'océan, c'était trop grand. Quand on passait d'un continent à l'autre, c'était pour toujours.

Elle avait cessé de regarder vers l'est. Sauf depuis que ses fils s'y trouvaient. Mais ses fils reviendraient. Aujourd'hui, il s'agissait de sa vie. Et sa vie, c'était Joffrey. Elle ne pouvait pas vivre sans lui. Elle s'était juré que plus jamais ils ne seraient séparés. Séparés, d'une séparation où la distance, les dangers, la rupture accomplie et irréparable posaient le risque qu'elle devînt définitive.

Et l'océan, c'était cela !

Joffrey, posant le pied sur le sol de France, c'était cela !...

Joffrey de Peyrac devant le roi ! C'était sa perte.

Non, jamais, jamais, elle ne le laisserait partir.

Elle répéta : « Cela, jamais. »

Et elle regardait tour à tour, avec défi, ces hommes qui, chacun à sa façon, accueillaient, entérinaient et jugeaient sa réaction impulsive, son émoi, sa révolte. Les uns avec étonnement, les autres offusqués, contrariés, amusés ou intrigués. Frontenac ne comprenait pas. Il était tellement content de ce qu'il venait de trouver. Il n'aurait jamais envisagé que l'opposition puisse venir de Mme de Peyrac. Ville-d'Avray, lui, comprenait, et cela ne l'étonnait pas. Lui savait ce que c'était d'aimer, et de quel amour vivait ce cœur de femme. Il pensa qu'il y avait des perspectives d'âpres débats et l'on pouvait commencer à prendre des paris.

Quant à Joffrey... Non, Angélique ne voulait pas lire sur le visage de Joffrey ce qu'elle était certaine d'y découvrir : *qu'il acceptait* la proposition de Frontenac... Il allait la trahir, l'abandonner !

Elle se jeta dehors, et s'en fut, après avoir traversé le hameau, par un chemin qui suivait les falaises, courant presque, comme si de courir lui permettait de fuir l'épreuve qui allait se planter entre ses deux épaules, le dilemme qui allait la torturer, qu'il lui faudrait discuter, disputer non seulement avec elle-même, mais avec les autres, pour, à la fin, s'incliner, le cœur brisé, et vivre cette chose inimaginable, intolérable, qu'elle s'était promis de ne jamais plus admettre, accepter, laisser la vie leur imposer : la séparation.

Après avoir marché jusqu'au bout d'un sentier qui tombait droit sur une grève, elle revint, et s'échoua à bout de forces et d'énervement au pied d'une croix bretonne, dressée là depuis plus d'un siècle par les aventureux pêcheurs de morue. Puis elle se redressa et repartit de plus belle, se souvenant que c'était de cet endroit que la pauvre Marie-la-Douce avait été précipitée sur les rochers par l'abject secrétaire d'Ambroisine, Armand Dacaux. Elle ne pouvait pas rassembler deux raisonnements ensemble, et ne savait que se répéter qu'elle haïssait cette affreuse côte Est qui ne lui apportait jamais que des malheurs.

Elle finit par s'asseoir au bord du chemin, et tant pis si c'était à cette même place qu'elle avait sangloté dans le giron de Piksarett l'Abénakis, quand elle s'imaginait que Joffrey l'avait trompée avec sa perfide rivale : la Démone.

Tout cela était du passé. Une bataille livrée et gagnée et dont elle était sortie différente et plus forte.

Et voici qu'elle se retrouvait faible devant un nouvel obstacle.

« La Fuite ! la Déroute ! voilà ce que signifie le Fou que le chien mâtin mord au talon ! ! – Non ! Non ! pas cela. Plus de fuites, ni de déroutes pour nous, au moins dans ce sens de désastres que l'on ne peut assumer et qui vous mènent au bord de la mort physique ou morale.

Nous pouvons tout assumer maintenant. Alors ?... que disaient les lames des tarots ?... « Un voyage non voulu qu'il vous faut accomplir » poussés par la morsure du mâtin... Une obligation à laquelle on ne peut pas se dérober. Le Fou vêtu de bleu ciel – esprit – et sa ceinture dorée – mystique... Un voyage ? – soit. Si cela doit s'inscrire dans notre destin de sauvegarde et de réussite. Mais pas la séparation... Non ! pas deux fois ! Pas deux fois le supplice, cette angoisse, cette fatalité !... Pas la séparation. Je m'y opposerai de toutes mes forces !...

La séparation, c'était la mer des Ténèbres. C'était elle, sur cette rive-ci, et lui, sur cette rive là-bas.

Ils étaient arrivés ensemble au Nouveau Monde et avaient mené ensemble et côte à côte une bataille commune pour leur réussite commune.

Les séparations épisodiques qui leur avaient été imposées contribuaient à asseoir cette réussite, dont le symbole était pour eux la possibilité de revivre en paix, l'un près de l'autre, comme le leur avait promis l'aube de leur amour, lorsqu'ils s'étaient rencontrés dans les certitudes de bonheur, à Toulouse.

Ils avaient souvent reparlé de ce premier moment décisif de leur passion.

Coup de foudre !...

N'avaient-ils pas mérité qu'au moins, sur la Terre Nouvelle, ce qui avait été rendu ne fût pas de nouveau arraché ?

Ce qui arrivait là, c'était la faille, le précipice creusé.

Non ! Il ne fallait pas laisser encore l'erreur s'accomplir... le laisser s'éloigner.

Lorsqu'elle regagna le fort de Tidmagouche, Joffrey de Peyrac, dans leur appartement, l'attendait. Par la fenêtre il l'avait sans doute vue venir. Il avait les bras croisés. Il s'appuyait au chambranle, dans ce mouvement souple qu'il adoptait pour reposer sa mauvaise jambe, la tête un peu inclinée, sa pensée tournée vers la réflexion, son regard voyant toutes choses, et un petit sourire au coin des lèvres pour ne pas inquiéter... et quelquefois pour inquiéter. « Oh ! tu n'es que toi ! pensa-t-elle, une forme d'homme isolée en ce vaste monde. Avec tes pensées, tes rêves, ta science, ta vigueur, et tes faiblesses. Et moi, si tu en disparais, je me retrouve dans le vide ! »

— Si tu disparais, je me retrouve dans le vide, dit-elle à voix haute.

— Quelle folie de prononcer de tels mots, lui dit-il. Ma chérie, toi qui te plais à caracoler en solitaire sur la capricieuse cavale de ta vie ? !

— Rien n'existe plus, répondit-elle, tu as tout pris.

Sa propre existence était balayée. Sous sa protection, sous son égide, oui, elle pouvait rêver de liberté, suivre ses pistes secrètes, ses desseins personnels. Mais dès que se présentait à son imagination la vision de son éloignement, elle n'était plus qu'un cœur prisonnier, elle était reprise par les hantises de la vie des femmes, de toutes les femmes qui courent après un homme qui s'en va, qui s'accrochent à ses vêtements, se cassent les ongles sur sa cuirasse, baisent les pieds du cavalier déjà en selle, tombent le front dans la poussière tandis qu'il s'éloigne.

— Les femmes ont bien de la chance de pouvoir se livrer à de tels débordements, dit-il en baisant ses paupières et ses joues mouillées de larmes. Elles ont bien de la chance qu'on leur accorde le droit aux cris, aux larmes, aux mains jointes, aux cheveux arrachés, au front dans la poussière, manifestations qui ne laissent pas d'apporter soulagement à une douleur excessive. Que me sera-t-il permis à moi, homme, lorsque je vous verrai me quitter, vous qui êtes le refuge de mon cœur, la consolation de mes amertumes, et la permanente promesse des plus amoureuses ivresses qu'un homme puisse connaître ? Que dirai-je, moi, pauvre homme, livré à l'ennui d'une vie qui n'aura d'autres soleils que l'espoir de vous revoir au plus tôt, soumis aux arides exercices des rencontres diplomatiques, dont je n'aurai même pas le réconfort de pouvoir m'entretenir avec vous ensuite ? Moi, devant sacrifier à la comédie d'un monde inepte et vaniteux, sans avoir la satisfaction de secouer sa morgue blasée en présentant à ses yeux la plus étonnante et éblouissante des créatures de l'univers, n'ayant pour me distraire au soir de longues et rusées manœuvres politiques que la certitude à remâcher que, nulle femme ne pouvant me combler et me distraire autre que celle qui me manque, autant rêver à elle dans la solitude, en espérant que de son côté...

Le front blotti contre son épaule, elle consentit à sourire puis à rire. Elle releva la tête.

— Je ne crois pas un mot de vos protestations, et vous ne m'apitoierez pas sur votre sort. Je n'ai que doute à leur sujet, surtout en ce qui concerne la dernière.

Elle posa ses doigts sur ses lèvres, lui refusant de se récrier.

— Pas de promesses... je vous l'ai dit, je ne crois rien et je ne veux rien croire... Je ne veux même pas penser, envisager, imaginer que vous allez vivre loin de moi... Oui, qu'importe ! Tout m'est égal ! Qu'importe QUI vous êtes loin de moi ! VOUS ÊTES et loin de moi. Comment pourrais-je supporter cela !

Et elle sanglota de nouveau.

— Je vais mourir !...

Elle roulait sa tête contre sa poitrine, elle l'emprisonnait entre ses bras comme si elle avait voulu prendre jusqu'à satiété des réserves de sa chaleur, de son odeur, de tout ce qu'elle aimait en lui. Ses bras autour d'elle, cette vibration de la vie qui parcourait son grand corps, et qui passait dans chacun de ses gestes, de ses expressions, et qui lui procurait une volupté de chaque instant, à savourer en secret, et dont elle vivait.

Il était si vivant, que les autres, tous les autres à côté, allaient lui paraître non seulement insipides, mais mortels, oui, mortels d'ennui, insupportables.

— Alors, vraiment, dit-il, vous ne voulez pas vous persuader que je serai très malheureux sans vous ?...

— Non. Je n'ai aucune confiance. Je vous connais trop bien ! Vous prenez tant de plaisir au gouvernement des hommes, à dompter les cabales et les éléments, à abattre les obstacles, à construire de rien, à réédifier ce qui a été détruit. Vous êtes un homme. Le roi lui-même, c'est votre enjeu. Vous ne doutez pas de le circonvenir puisque l'occasion et le moment vous en sont donnés. Vous aurez trop à faire et de trop brillants exploits à accomplir pour voir le temps passer !

— Eh ! n'en ferez-vous pas autant, Madame ? lui dit-il en lui prenant le visage entre ses deux mains vigoureuses et chaudes, afin de l'obliger à le regarder dans les yeux. Moi aussi je vous connais trop bien. Et, Dieu merci, l'amour de la vie qui vous habite vous aidera en toutes choses, pendant mon absence, et je sais que je vous retrouverai ayant triomphé de vos ennemis, des miens, et toujours belle, et plus belle encore !

— Soit, je devrai bien me résigner à mon sort d'épouse. Il est plus affligeant que le vôtre, car ce sont les hommes qui s'en vont.

— Les femmes aussi parfois. Vous mésestimez la place que vous avez prise dans ma vie. C'est moi qui vais souffrir en vous imaginant vous éloigner, retournant vers Gouldsboro, pour une vie à laquelle de longs mois je vais être étranger, sans avoir le droit de clamer ma douleur ou pour le moins mon inquiétude et, ne vous en déplaise, la jalousie, qui me poigne à vous savoir à nouveau seule, maîtresse de votre vie, sans compter que la situation que je laisse derrière moi, en Amérique, peut s'aggraver. Il me faudra oublier que vous pouvez vous trouver en danger.

Ces paroles où elle sentait vibrer une sincère anxiété l'aidèrent à se reprendre.

— Je me porte garante de moi-même. Je n'ai pas de crainte pour moi, vous pouvez partir en paix.

— Alors, rendez-moi la pareille. Croyez-moi

lorsque je vous dis que pour l'amour de vous, je saurai me préserver et me tirer de tous les mauvais pas. Votre affolement est aujourd'hui sans objet. De quoi s'agit-il si nous réfléchissons avec sang-froid : d'un hiver à passer, loin l'un de l'autre, mais non pas l'un sans l'autre. La mission dont M. de Frontenac veut me charger près de lui est d'une grande importance. Vous le savez comme moi. Cette fois, je crois que notre intervention est nécessaire auprès du roi : tout peut être sauvé comme tout peut être perdu pour un mot qui ne sera pas dit, un rapport qui décidera de guerres inutiles, de bannissements néfastes. Pendant ce combat, vous serez près de moi, comme je serai près de vous...

Ainsi, à force de mettre en place avec prudence sur un échiquier bouleversé les pions paraissant tous plus raisonnables et anodins d'une partie qu'ils ne pouvaient refuser, réussit-il à atténuer son aveugle et première réaction de refus.

Dans ses bras, le tenant contre elle, elle consentit à admettre que – oui – une instance plus haute, et qui mettait leur sort et leur avenir, ceux des enfants, de leurs possessions, de leurs amis, de leurs alliés, en jeu, les obligeait à ce sacrifice. Qu'à l'examen – oui – ce n'était, en proportion des avantages qui naîtraient de ce sacrifice, qu'un minimum d'épreuves à traverser. Tout irait bien, ne cessait-il de répéter. Ces mois de séparation passeraient très vite.

En fait, elle le croyait. Elle savait que tout irait bien. Elle le voyait traversant la mer sans incident. S'était-il jamais fait capturer ? Avait-il jamais fait naufrage ? Elle le voyait débarquant dans un port de France où ses « correspondants » se retrouveraient à ses côtés pour refermer autour de lui ce rideau de protections et de complicités qu'il avait tissé pour lui et les siens dans tous les coins du monde. Elle le voyait devant le roi. Et quoi de plus simple et de plus naturel ? Un grand du royaume d'une ancienne famille d'Aquitaine reprenait place parmi ses pairs.

« Il fallait bien que cela arrivât un jour », aurait dit Molines.

Le roi ! Joffrey de Peyrac ! Deux hommes qui auraient d'autant moins de difficultés à se reconnaître et à s'entendre – foin des rancunes du passé et des réticences sentimentales – que le prétexte de ce retour et cette réunion impromptue était ce qui, à ces hommes, leur tenait à cœur : la grandeur du roi de France en ses possessions d'Amérique. Louis XIV aimait tout vérifier par lui-même. Et elle faisait confiance à Joffrey. Il était si fort, si habile. Il avait des vues si claires et si complètes, sur tout et tous...

26

Le lendemain, en sortant, elle trouva le marquis de Ville-d'Avray qui l'attendait et qui lui prit le bras d'office. Marchant au long du chemin sablonneux, en y posant le pied et le bout de sa canne avec sa grâce habituelle, il commença par l'entretenir des jardins du roi.

– Je ne vous parle pas des jardins et parcs d'agrément, mais des potagers. Leur splendeur, née de la beauté de tous les fruits, légumes et fleurs entremêlés et disposés avec un goût et une science infinis, a de quoi ravir la vue comme si l'on se promenait dans un des tableaux d'un peintre. Quant à l'odorat, le parfum des poires, au pied du mur des cent marches, contre lequel le roi a fait planter cinquante poiriers en espaliers, ce parfum, lorsqu'il s'exhale dans la tiédeur d'une fin d'été, a de quoi faire défaillir d'une volupté aussi délicieuse qu'innocente une personne de votre complexion.

— Pourquoi m'entretenez-vous de ces raffinements, alors que nous nous en trouvons fort loin et précisément dans le cadre d'une nature sauvage et plus qu'une autre ingrate, si je ne parle que de l'odeur dont nous environnent ces sempiternelles sècheries de morue ? Et à Wapassou, je n'ai même pas réussi à faire fleurir un pommier normand.

— Précisément, si en contraste j'évoque le domaine du jardinier du roi, c'est que je sais que votre amour de la vie vous rend sensible à de telles évocations et peut vous inciter à désirer les revoir.

— Étienne, vous savez que je ne peux accompagner M. de Peyrac, vous le savez fort bien. Tout me retient en Amérique. Ma place est auprès de mes enfants, de nos amis et compagnons et associés dévoués, et j'ajoute, hors de l'obligation que j'ai de demeurer présente en l'absence de mon mari, je ne suis pas certaine que je déciderai jamais de retourner en Europe.

— Vous y viendrez ! Vous y viendrez ! Souvenez-vous !... Je vous invitais à Québec, et vous disiez : Il est impossible pour moi de poser le pied sur un territoire français sans me trouver en danger. Et puis, vous êtes venue, et nous avons passé une si agréable saison d'hiver dans notre petite capitale, votre séjour n'ayant fait que resserrer des liens d'amitié.

— Résultats heureux qui semblent bien compromis tout à coup !

— Mais que dites-vous ? Comme vous êtes pessimiste, chère Angélique ! Il n'y a rien ! Ce n'est qu'une intrigue de quelques jaloux et fâcheux qui a soudain jeté Frontenac hors de ses gonds et l'a décidé à aller s'expliquer à Paris. Au fond, ce bruit que le roi le rappelle, j'ignore s'il est vrai ! Frontenac a raison. Il obtiendra de faire balayer sa maison. Ce n'est qu'une intrigue de « coloniaux », de marchands de fourrures, de jésuites intolérants, et dont, je parie, le roi lui-même n'a pas entendu parler.

Il paraissait très assuré.

Elle se demandait s'il lui cachait quelque chose, ou si c'était elle qui, affaiblie par l'attachement qu'elle vouait à Joffrey, l'homme de sa vie, affaiblie par l'habitude du bonheur, donnait à l'épreuve qui l'attendait des proportions dramatiques, et lui cherchait, sans raison, de sinistres prétextes.

Une fois la chose admise, et bien qu'elle demeurât endolorie, étourdie comme après des coups, et malgré tout habitée d'une réticence, pour ne pas dire d'une peur, qui, par moments, lui donnait envie de crier, il fallait bien reprendre les habitudes quotidiennes.

Dans l'immédiat, cette décision en entraînerait d'autres. Le but de leur actuel déplacement, c'était Honorine que l'on devait aller visiter ! Elle pensa continuer en direction de Québec et de Montréal, remonter le grand fleuve Saint-Laurent... Mais Joffrey de Peyrac s'y opposa, et sa réaction prouva à Angélique que sa méfiance était éveillée et qu'en dehors de la présence de M. de Frontenac, il ne voulait pas la savoir en Nouvelle-France.

– Et Honorine !...

Les déceptions s'ajoutaient les unes aux autres. Et dans une soudaine avalanche de petits faits révélés, la joyeuse insouciance de leur départ en croisière pour aller visiter leur fille faisait place à une brusque incertitude.

Après deux jours de débats et d'oscillations diverses, il fut décidé que le navire de Job Simon, le *Saint-Corentin,* ayant à son bord le lieutenant de Barssempuy pour diriger l'expédition, porterait jusqu'à Québec et Montréal les voyageurs auxquels l'on avait déjà promis le passage : M. de Vauvenart et son amie La Dentellière, Adhémar, Yolande et leurs enfants, qu'ils s'étaient engagés à présenter à des parents acadiens de Québec,

Yann Le Couennec qui s'arrêterait pour rencontrer la Mauresque, etc.

Barssempuy et l'oratorien, M. Quentin, continueraient jusqu'à Montréal en messagers de M. et Mme de Peyrac. Ils verraient Honorine, s'entretiendraient avec Mère Bourgeoys, visiteraient le Seigneur du Loup et sa famille, rapporteraient nouvelles et courrier, reprendraient à Québec le couple Adhémar-Yolande et Yann, ainsi que – peut-être – sa promise.

Angélique écrivit des lettres dans toutes les directions. La pensée qu'Honorine recevrait des visites de Gouldsboro et de Wapassou, et qu'on lui rapporterait des nouvelles de l'enfant après l'avoir vue, ne suffisait pas à calmer ses regrets.

– J'irai jusqu'à Ville-Marie pour la voir moi-même, lui promit la bonne Yolande. Je saurai vous donner plus de détails sur elle. De me voir la consolera un peu de ne pas vous voir, Madame, cette année.

Honorine aurait-elle besoin d'être consolée ? se demanda Angélique. Elle sentait l'enfant si lointaine, et devenue sans doute très différente. Elle avait dû s'habituer à sa vie de petite fille partageant jeux, études et prières avec des enfants de son âge sous la douce férule des charmantes sœurs de la Congrégation de Notre-Dame. C'était pour Angélique que la séparation était le plus dur. La frustration qu'elle ressentait à propos de sa fille qu'elle s'était tant réjouie de revoir bientôt ajouta à l'oppression que lui causait l'approche des départs.

Après le *Saint-Corentin,* la *Reine-Anne* qui avait à son bord Frontenac et les gens de sa suite, la *Gloire-du-Soleil* et le *Mont-Désert* pour le comte de Peyrac prendraient la mer.

Au moment du départ du *Saint-Corentin* pour Gaspé, Angélique attira Yolande à l'écart.

– Ramène-la, lui dit-elle d'un ton pressant. Ramène-la si ton cœur te le dicte. Ramène-la.

J'en touche un mot à Mère Bourgeoys dans ma lettre. Elle va sans doute me juger une mère faible et folle mais, en l'absence de mon mari, je suis effrayée de la sentir si loin pour une année encore.

— Et si la petite me semble heureuse et n'a pas envie de revenir ? s'enquit Yolande qui connaissait la demoiselle. Rappelez-vous, Madame, c'est elle qui a voulu y aller, au couvent, chez Mère Bourgeoys.

Angélique hésita encore.

— Si elle est bien là-bas et heureuse, alors laisse-la. Nous nous reverrons l'été prochain... Mais... ne te fie pas seulement à ce qu'elle te dit. Regarde autour de toi. Examine si elle ne risque rien. S'il te semble que nous puissions perdre notre crédit en Nouvelle-France et avoir des difficultés ensuite à y revenir, ramène-la. Je te fais confiance. J'écris aussi à mon frère. Je vais également parler à M. de Barssempuy.

Et plus le jour, l'heure approchaient, plus elle comprenait toutes les douleurs et le courage de ces femmes de jadis qui avaient regardé les chevaliers partir aux croisades pour des années, sinon pour toujours.

« Ce n'était pas la même chose. Les gens de ce temps-là ne s'aimaient pas comme nous. Il fallait un cœur de pierre pour supporter ces arrachements, un esprit vide et obtus, seul soucieux de matérialité quotidienne, d'une existence abrutie dans ces rudes châteaux forts perdus du Moyen Age, ou le besoin de coups d'épée à distribuer dans le goût du sang et de la force brutale voulant se dépenser. »

Puis elle se reprenait et demandait pardon à ses ancêtres, reconnaissait qu'ils étaient partis pour délivrer le tombeau du Christ, évoquait les « Chansons de Geste » qui faisaient les belles heures des veillées de Wapassou, et Aude expirant de douleur dans les bras de l'empereur Charlemagne à l'annonce de la mort de Roland-le-Preux.

251

L'amour, l'amour-passion, l'amour mystique, traversait l'histoire des hommes. Un chant éternel dont elle entendait les accents déchirants et pathétiques, celui de l'adieu des femmes aux hommes qui s'en vont, qui partent pour la guerre, de la femme qui regarde s'éloigner celui qu'elle aime, ce preux, ce vaillant chargé de soutenir le monde, de défendre le faible et l'opprimé, de réclamer justice par la force de son bras musclé, brandissant la lourde épée, la lourde lance, la lourde hache, le lourd mousquet, défendant la femme et l'enfant, avec ses moyens d'homme, souvent dérisoires, souvent brutaux et sanglants, mais avec cette vaillance qui est son apanage, le rachat du chaos dans lequel il se débat ne pouvant se construire que dans la lutte.

Joffrey renversa l'image.

— Vous partirez avant nous, ma chérie. Ainsi, vous n'aurez pas à souffrir de voir disparaître peu à peu nos voiles à l'horizon.

Mais elle ne voulut pas. Elle était une femme comme les autres. Et les femmes restent sur le rivage.

Il rapprocha son visage du sien, et répéta à plusieurs reprises, les yeux clos : Ma chérie ! Ma chérie !

Le vent les arracherait l'un à l'autre irrésistiblement et, ensuite, partagés et le cœur dolent, mal accoutumés à cette rupture, en manque d'une partie d'eux-mêmes, ils partiraient chacun vers une aventure désignée, une tâche en fait qu'eux seuls pouvaient accomplir et qu'ils devraient accomplir seuls, et si pour Joffrey les lignes en étaient bien tracées et qu'il pouvait déjà en mesurer la charge et en préparer les étapes, il s'étonnait de pressentir que c'était à Angélique qu'était dévolu le plus lourd fardeau, le plus dur combat. Alors il s'ébrouait comme un cheval qui s'éveille et de même qu'il avait aplani, dissipé en la raisonnant son inquiétude démesurée pour lui, il s'évertuait à dissiper la sienne pour elle, sans objet véritable, si ce n'était que, pour lui aussi, l'épreuve de l'absence qui les avait séparés de longues années avait laissé dans son être des séquelles d'angoisse qui le condamnaient à n'être jamais rassuré sur son sort sauf si c'était lui qui demeurait à ses côtés pour veiller sur elle.

Angélique le vit par instants marcher de long en large avec souci. Ce n'était pas ce qu'il projetait d'exposer au roi qu'il méditait, ce qui aurait été assez dans sa manière car aussitôt investi d'une charge et d'un but à remplir, il en commençait l'approche sans attendre. Il la surprenait en lui révélant qu'il ne cessait de se demander quelle résidence était préférable pour elle en son absence.

Wapassou, n'était-ce pas trop loin, trop éloigné de la côte ? Il lui suggérait de passer l'hiver avec les enfants à Gouldsboro. Tout à coup, il se sentait comme les Anglais. Pour elle, il voulait la mer libre par laquelle on peut s'enfuir, la mer lui apparaissait une complice bienveillante à laquelle confier leurs vies précieuses.

— À l'occasion, si quelque chose arrivait, vous pourriez vous rendre à Salem, ou à New York chez M. Molines...

— Que craignez-vous ?

— Rien, en vérité... Mais à Gouldsboro, vous seriez moins seule, plus entourée.

— J'aime Wapassou. J'y suis très entourée aussi et chez moi. De plus, je crois ma présence nécessaire. C'est un poste avancé et ceux qui le tiennent ont besoin que l'un de nous soit présent parmi eux l'hiver, ne croyez-vous pas ?

De toute évidence, l'un d'eux devait demeurer en terre d'Amérique pour veiller sur la bannière des Français de Gouldsboro et de Wapassou.

Il y avait enfin que la stratégie spontanément mise en place convenait à une évolution mesurée de leurs rapports avec le roi. On commencerait par une affaire d'hommes. La femme, pomme de discorde, paraîtrait plus tard, à son heure et dans un climat apaisé.

Sous la violence de son chagrin, toutes ses défenses s'abolissaient et jamais le comte de Peyrac n'avait perçu avec autant de vérité l'intensité de son amour pour elle. Jamais ils ne furent si proches l'un de l'autre, et cela entremêlerait aux sombres jours précédant le départ des souvenirs d'adoration, d'abandon et de tendresse jamais égalés parce que jamais osés peut-être, dont elle nourrirait les rêveries de son absence. C'était au moment où il n'y avait plus aucune barrière entre eux qu'il leur fallait se séparer. Du moins, était-ce leur sentiment, que l'injustice cruelle de la séparation les surprenait en plein bonheur, à un sommet merveilleux de leur entente. Car la connaissance mutuelle est comme la perfection du plaisir amoureux. On ne peut prétendre en atteindre les limites.

Ce qu'ils vécurent ouvrait un nouveau chapitre de l'histoire de leur vie commune, alors qu'ils croyaient fermer avec douleur une page lumineuse et sans nuages de leur amour.

« À peine réunis, nous voici séparés », se plaignait Angélique, ce qui était quelque peu injuste car une longue période de plusieurs années leur avait été accordée à vivre l'un près de l'autre, mais elle traduisait son sentiment de n'avoir pu encore savourer assez le miracle de leurs retrouvailles, son regret d'avoir mis trop de temps à guérir de sa méfiance envers lui au début, et de n'avoir pas goûté assez pleinement chaque jour, chaque heure. Mais si, pourtant ! Chaque heure, chaque jour de ces années qu'ils venaient de vivre au Nouveau Monde avait tissé la trame de leur amour plus solide, plus chatoyante, plus indestructible.

Le dernier soir les trouva, dans le refuge du fort, debout devant le rouge du ciel, s'embrassant comme des fous, comme des noyés, se répétant que c'était la dernière épreuve qui était exigée d'eux, que chacun allait gagner l'un pour l'autre le droit de rester à jamais l'un près de l'autre, qu'ils ne se quitteraient pas et se soutiendraient par la pensée.

Cette fois, lui disait-il, en caressant ses cheveux, en couvrant de baisers son front pour la calmer, cette fois, si elle le voulait, ils ne seraient pas séparés. Si elle le voulait, elle pourrait l'aider, non seulement en demeurant ici en Amérique, en veillant sur Gouldsboro et Wapassou, mais en restant reliée à lui par son amour dont il voyait enfin toute l'ampleur. C'est ce qu'ils avaient oublié de faire jadis, c'est ce qu'ils ignoraient encore la première fois. Ils ne s'aimaient pas assez.

L'absence avait rompu le fil d'argent de leur passion. Ils s'étaient trouvés devant le vide, hurlant de désir frustré, d'une déception qu'ils croyaient définitive, mutilés d'une perte qu'ils croyaient irréparable comme des enfants au jouet brisé.

Alors qu'ils auraient pu se soutenir mutuellement. Mais ne l'avaient-ils pas fait ? Le grand amour hurlant, n'était-ce pas lui qui finalement les avait ramenés l'un vers l'autre, l'un à l'autre ?

— La force de l'Amour, nous y croyons maintenant. Ne nous laissons plus abuser par des craintes injustifiées, des peurs sans fondement, des méfiances qui ne sont que broutilles.

C'est la nostalgie de la présence, la soif des retrouvailles, l'ennui de cette absence qui prive notre chair d'une partie de nous-mêmes, qui forgeront les liens, la force d'attraction entre nous. Cette attirance, elle n'est pas seulement lien qu'on ne peut rompre, elle est notre soutien, la multiplication de nos pouvoirs, de notre résistance dans les luttes qui nous seront demandées.

Je penserai sans cesse à vous, mon amour, disait-il. Comme jadis. Avec le regret de vos beaux yeux. Mais non comme jadis avec crainte et méfiance, prêtant à la femme que j'adorais, parce que je l'avais perdue, indifférence et légèreté, l'oubli propre à toutes les femmes.

Je connais maintenant celle que vous êtes. Vous êtes *vous*. Et j'aime tout de vous. Je ne crains rien de vous. Je vous veux *vous*. C'est tout ce qui m'enchante. J'ai appris, et cela par votre don de chaque jour, que je suis la flamme de votre vie, comme vous êtes la flamme de la mienne. Rien ne peut éteindre ce feu, et c'est ce qui m'importe.

Soyez forte, mon amour, soyez vous-même, soyez la joie des yeux et du cœur de tous nos peuples et de tous nos royaumes. Vivez, riez, chantez, entraînez autour de vous la joie de vivre, inspirez à tous, à votre seule vue, la joie d'aimer, de rire, de bâtir. Telle je vous vois, telle je vous aime. Telle je vous connais, telle je vous approuve. Pour moi, vous n'avez pas de faille et vous n'avez jamais failli. Vous êtes mon trésor, vous êtes mon univers, vous êtes ma vie. Continuez de vivre, continuez d'être, continuez de rassembler vos amis autour de vous, de soigner, de cueillir vos « simples » pour soulager, continuez d'écouter le récit des légendes, de parler avec tous, et vous verrez. Le vent soufflera dans nos voiles sans tempête et je serai bientôt de retour. *Ce n'est qu'un hiver à passer.*

Les jours se succéderont comme vous les aimez, chacun différent et amenant son petit théâtre de drames et de comédies.

Vous verrez : CE N'EST QU'UN HIVER À PASSER. Gardez-vous ! Gardez-vous bien en vie. C'est tout ce que je vous demande.

Telle était leur douleur en cette dernière soirée qu'ils se sentaient sans forces et sans désir. Ce ne fut qu'à l'aube, après un sommeil anéanti dans les bras l'un de l'autre, qu'ils s'éveillèrent, miséricordieusement délivrés, se souriant comme pour l'éternité, dans cette douce lueur du petit jour, et qu'ils s'étreignirent en apportant à cet ultime moment l'enchantement, la joie et l'oubli, l'attention et la fougue, le délire et la tendresse qu'ils auraient pu rêver pour leur dernière heure d'amour sur cette terre.

— Soyez sans crainte, je veillerai sur lui, murmurait Ville-d'Avray tout en étreignant les épaules d'Angélique d'un bras amoureusement secourable. (Il était partagé, gémissait-il :) J'aurais mieux fait de rester près de vous, mais je vous servirai mieux en partant. Je m'occuperai de M. de Peyrac, je veillerai sur lui, répétait-il. Et ce n'est pas un vain serment. À la Cour, je suis un fin limier, je sais tout de tous et personne ne me dupe.

Pour lors, il décidait de rester le dernier à terre aux côtés d'Angélique pour l'aider à traverser les premières heures douloureuses de la séparation.

L'*Aphrodite* prendrait la mer à la prochaine marée, et il affirmait qu'elle ne serait pas longue à rejoindre le gros de la flotte.

Quant à Chérubin, qu'il n'était plus temps d'aller chercher à Chignectou, il en serait quitte pour passser une année sur la Baie Française, en espérant qu'il n'oublierait pas ses bonnes manières et son alphabet, péniblement assimilés.

Tant et tant de départs avaient vus ces plages ! Il fallait faire bonne figure. Sous les yeux du public habituel à ce théâtre, Angélique et Joffrey de Peyrac pouvaient quand même s'embrasser, car on n'était pas à Boston, mais avec la retenue qui seyait à leur rang d'aristocrates français. Joffrey de Peyrac n'oubliait personne dans ses adieux et ses recommandations.

Puis il revenait à Angélique, se disant qu'il n'y avait pas de plus beaux yeux sur terre que les siens.

Cependant, elle l'étonna, au dernier moment, en l'adjurant d'un ton bas et pressant :

— Promettez-moi !... Promettez-moi...

– Je vous écoute !...

– Promettez-moi que vous n'irez pas à Prague.

– À Prague ?...

– Le temps me manque pour les explications... Votre promesse, c'est tout !

Il promit. Elle était décidément imprévisible.

Prague ? C'est vrai, se souvint-il. C'était une cité où, comme savant, il avait toujours rêvé de se rendre...

Tandis qu'il prenait place dans la chaloupe, il regardait vers Angélique avec une réflexion amusée dans les yeux. « Ma femme adorable ! Mon imprévisible ! »

Angélique se sentait satisfaite et soulagée de ne pas avoir oublié, à l'instant ultime, de lui arracher cette promesse.

M. de Frontenac, en nommant, l'autre jour, la sorcière de l'île d'Orléans, lui avait rappelé une vague prédiction de Guillemette. Mieux valait prendre toutes précautions contre le sort...

Ce léger incident cassa l'émotion insoutenable qu'éveillaient les premiers battements des rames arrachant la barque et la conduisant jusqu'au navire qui, à quelques encablures, parmi les ordres lancés aux gabiers, commençait à frémir de tous les préparatifs du départ. La *Gloire-du-Soleil* était un très beau vaisseau, que Joffrey de Peyrac avait commandé aux chantiers de Salem, et dont c'était la première traversée.

Longtemps, debout à l'arrière, le comte de Peyrac regarda vers la terre, où s'amenuisait une silhouette tant aimée qu'il voyait seule parmi la foule.

Jamais il n'avait tant déploré que la force de l'homme ne pût soulever toutes les montagnes, qu'il ne puisse vivre l'épreuve à la place de l'être qu'il adore. Son sentiment d'impuissance le contraignit à aller chercher plus haut les moyens de la secourir.

« Je resterai près de toi, toujours, je te le

promets, je resterai près de toi sans cesse, mon amour, ma beauté, mon enfant bien-aimée. Et ma force s'ajoutera à la tienne dans le combat. »

Son suivant, Enrico Enzi, crut voir se creuser la face soudain pâlie de ce maître sans faiblesse et, pour la première fois depuis qu'il le suivait à travers voyages et dangers, aventures et tragédies, dans les prunelles noires et pleines de défi, un éclat qui ressemblait à celui des larmes.

Angélique repartait sur l'*Arc-en-Ciel,* lequel appareillerait en même temps que l'*Aphrodite.* Elle dut reconnaître que la présence du pétulant marquis lui fut d'un grand recours.

Après l'avoir forcée à partager avec lui un flacon de vin fin, il lui donna une chronique des plus détaillées de la Cour, à Versailles, de celle de Monsieur, à Saint-Cloud, où la nouvelle Madame, une princesse palatine qu'il avait épousée en secondes noces, forte et joviale créature, faisait régner un climat agréable, enfin il lui parla longuement de ses deux fils, Florimond et Cantor.

En mer, vint le moment où les deux navires, après avoir échangé force signaux des bras, puis des drapeaux, se séparèrent, l'un, cinglant vers l'ouest et s'enfonçant avec la nuit vers la mer des ténèbres, l'autre, obliquant vers le sud, longeant les côtes sauvages de la Nouvelle-Écosse qui envoyait, vers Angélique, désormais seule à bord, ses parfums de landes en fleurs.

À Gouldsboro, elle se jeta dans les bras d'Abigaël et là pleura franchement. Abigaël, après l'avoir patiemment laissée s'expliquer et s'épancher, se tenant assise près d'elle, pleine de douceur et de compassion, lui posa une question :

— Avez-vous, hors ce contretemps, cette séparation de quelques mois d'avec votre époux qui vous est imposée, telle autre raison de vous désespérer ?

– Oui et non, convint Angélique. J'ai compris que c'est le destin des femmes de connaître l'épreuve de la séparation qui leur est certainement plus pénible qu'aux hommes. Qui peut se vanter de traverser toute une vie entre époux qui s'aiment sans être jamais séparés ? En ces temps troublés plus qu'en nul autre temps... Mais un malaise qui s'y ajoute me fait craindre que ne s'annoncent d'autres ennuis.

Elle avoua qu'elle pensait à une parole que Piksarett lui avait dite : Fais foi à ton intuition. Et elle avait peur d'avoir une intuition, que cet accablement fût moins le signe d'un chagrin personnel et naturel qui pouvait se surmonter que l'avertissement de malheurs qui allaient fondre sur elle, sur eux tous, en l'absence de Joffrey.

– Je ne sais pas si je m'égare, mais une angoisse par instants me traverse. Pourtant, à la vérité, je ne crains pas pour lui, pas plus que je n'ai craint en voyant s'éloigner mes fils. Je les sentais, comme lui, assez forts.

Parce que c'était Abigaël et qu'elle savait que la sereine jeune femme écoutait avec la même indulgence attentive les balbutiements d'un bébé que les énigmatiques déclarations de Séverine, les clameurs d'une Mme Manigault que les ratiocinations de la tante Anna, Angélique se risqua à lui donner un aperçu de ses craintes qui n'avaient aucun fondement sérieux, mais qu'elle ne pouvait s'empêcher de ressasser lorsque la bonne marche de la vie, qu'elle aurait toujours souhaitée harmonieuse et joyeuse, se mettait à gripper et grincer comme une roue de charrette mal huilée.

– Vous voyez, Abigaël, c'est comme une risée de vent sur la mer qui, brusquement, change la couleur du temps autour de vous. Tout devient froid, tout devient sombre.

Elle revint à l'année précédente, lorsqu'elle avait perçu l'ambiance changée de Québec à son dernier voyage, ce qui pouvait être dû fort naturellement à l'agitation de l'été. Mais il y avait eu, et là c'était un fait bien posé, l'enquête demandée par Garreau d'Entremont à propos de la *Licorne* et des Filles du Roy.

Elle mit Abigaël au courant du travail auquel elle s'était livrée avec Delphine du Rozier, l'impossibilité de connaître le sort d'une des Filles du Roy, le soupçon qui était né de ces doutes : que la Démone fût vivante.

— En avez-vous parlé à M. de Peyrac ?

— Que lui dire ?

À un moment ou à un autre, la sœur de Germaine Maillotin avait disparu et personne ne pouvait dire ni où, ni comment.

Cette année, il y a le rappel de M. de Frontenac. Tout cela n'a peut-être aucune corrélation, mais je n'aime pas ce faisceau de maladresses et de malchances, d'intrigues et de malentendus s'accumulant.

Abigaël l'écoutait avec attention. Elle dit enfin que *d'être deux* à considérer du même regard la situation, si imprécise qu'elle fût, c'était déjà la clarifier. C'était déjà l'envisager sous un aspect différent. S'il y avait complot contre eux, l'on pouvait se féliciter que des mesures énergiques aient été prises. En France, Joffrey de Peyrac ne se laisserait pas berner et il saurait porter le coup d'estoc au cœur de la pieuvre, s'il y en avait une.

Avec Abigaël, elles convinrent que les mois à venir étaient lourds de possibles bouleversements. Il fallait être vigilant, redoubler de prudence. C'était une période de transition.

— Tout est mouvement, conclut Abigaël. Lumière et ombre. Soleil et tempête. Ce serait nous leurrer que de croire que nous pouvons être vivants et nous tenir hors du mouvement.

27

Le tourbillon commença par le retour prématuré du couple Adhémar-Yolande.

Ils étaient là, l'un près de l'autre, avec cet air ahuri, raide et gauche de bonshommes de bois peinturlurés qu'ils affectaient volontiers.

Angélique, qui sortait du fort en tenant les jumeaux par la main, et se dirigeait vers l'auberge avec l'intention d'y faire un bon repas, commença en les apercevant, à se demander d'où ils sortaient, si c'étaient bien eux, et où elle avait bien pu les voir la dernière fois. Enfin, ayant déterminé que c'était à Tidmagouche, quel pouvait bien être leur dernier périple envisagé ? D'après ses souvenirs, elle les avait vus s'éloigner, avec leurs deux enfants, sur le *Saint-Corentin,* le brigantin de Job Simon, avec l'intention de visiter de la famille à Québec, puis de pousser jusqu'à Montréal afin d'y prendre des nouvelles d'Honorine et, si possible, de la ramener.

Auraient-ils bénéficié du meilleur vent qu'ils ne pouvaient déjà être de retour.

Que signifiait ?

Après un long silence pendant lequel le couple ressembla plus que jamais à des santons de bois, Angélique finit par demander :

— Que faites-vous ici ? Où est Honorine ?

— On n'a pas pu dépasser Gaspé, répondit Yolande d'une voix lugubre.

– Pourquoi ?

– Naufrage.

– Le *Saint-Corentin* a coulé, compléta Adhémar.

– Coulé ?

– Oui, coulé !

Depuis qu'on existait en ce pays de sauvages, jamais aucun navire de la flotte de Gouldsboro n'avait coulé.

Ils mouraient de vétusté, passaient des traversées triomphales de l'Océan au cabotage des côtes. Mais aucun d'entre eux n'avait fait naufrage.

Angélique demeura quelques secondes incrédule.

– Une tempête ? s'informa-t-elle enfin.

Tout en tablant sur la chance, on ne pouvait pas oublier que le Saint-Laurent était un fleuve sujet à des fureurs aussi démentielles que celles de la mer.

Ils firent un signe négatif et se regardèrent l'un l'autre, avec un mouvement raide de la tête, comme des marionnettes. Elle allait commencer à les houspiller un peu pour les aider à se remettre et à parler, lorsque Yolande se décida.

– On nous a tiré dessus.

– Un boulet ! Deux boulets dans nos œuvres vives ! continua Adhémar. Et voici le *Saint-Corentin* qui s'enfonce, et nous tous à barboter dans l'onde amère.

Une fois lancés, ils parlèrent tous les deux à la fois. Cela s'était passé alors que le petit yacht était déjà entré assez loin dans l'embouchure du Saint-Laurent.

D'un autre bâtiment, un grand vaisseau, vaguement entr'aperçu dans le brouillard fort épais, un éclair avait fulguré, l'écho sourd d'un coup de canon leur était parvenu en même temps qu'un choc les jetait à terre. Touché, le bateau commença de gémir et de s'incliner, tandis que les

hommes se précipitaient pour aider les charpentiers à colmater la voie d'eau.

Pendant que M. de Barssempuy donnait l'ordre
de mettre la grosse chaloupe à l'eau et conseillait
aux passagers, dont quelques femmes, d'y prendre
place, lui-même descendait dans le petit canot
avec quatre hommes d'équipage. Faisant force de
rames, ils se dirigeaient vers la silhouette du grand
navire immobile, énorme comme un fantôme
menaçant. Debout, criant fort et agitant la bannière de M. de Peyrac, Barssempuy répétait dans
son porte-voix qu'ils étaient de Gouldsboro, et
qu'il allait exiger des explications, de l'aide et des
secours.

On les vit disparaître, le canot abordant sans
doute le bâtiment de l'autre côté.

Durant ce temps, obéissant aux recommandations du capitaine, tous les occupants du *Saint-
Corentin* qui n'avaient pas à participer aux réparations étaient descendus dans la chaloupe.

Bien leur en prit, car, peu après, du sein du
brouillard de plus en plus dense, un nouvel éclair
jaillit, et cette fois, le bateau de Job Simon, frappé
sous la ligne de flottaison, bascula et coula.

— Tout le monde en a-t-il réchappé ?

— Hélas non ! Deux hommes, qui n'avaient pas
eu le temps de remonter de la cale inondée,
disparurent avec le *Saint-Corentin*.

Les autres, jetés à l'eau, dont le vieux Job
Simon soufflant, crachant, parlant de damnation
qui le poursuivrait jusqu'à la fin des jours, avaient
été repêchés par la chaloupe qui, surchargée et
sans cesse menacée de sombrer à son tour,
demeura seule à la surface du fleuve, drossée par
les longs courants glacés du grand fleuve, au cœur
des brumes.

— Vous avez rêvé !

Elle cherchait sur leurs visages des signes de
dérangement d'esprit, ou – elle l'espéra un instant – le complot échafaudé entre eux d'une plaisan-

terie, mauvaise sans doute, mais qu'ils auraient montée par étourderie.

Non ! l'abattement, l'atterrement, l'ahurissement auxquels ils étaient encore en proie n'étaient pas feints.

Yolande se mit à sangloter.

– Où sont vos enfants ? lança Angélique, saisie d'un soupçon terrible.

La jeune femme pleurait de plus belle.

Enfin, au milieu des larmes, des hoquets et des reniflements de la vigoureuse Acadienne, Angélique put apprendre avec soulagement que les deux enfants, Mélanie et Anselme, se trouvaient en sûreté chez leur mère-grand de célèbre renom, Marcelline-la-Belle, au moulin de Chignectou.

Encore que les pauvres petits eussent bien été sur le point de perdre la vie dans cette chaloupe dérivant comme un sabot trop lourd.

Ils avaient fini par rencontrer la grande barque d'un colon de l'endroit, Tancrède Beaujars, qui les avait recueillis et ramenés jusqu'à sa censive perchée sur les falaises de Gaspé. Amis de M. et Mme de Peyrac, après avoir écouté leur récit, il leur avait recommandé de ne pas essayer de pousser plus avant pour rejoindre Québec. À son avis, il se préparait du vilain avec ce nouveau gouverneur qu'on envoyait pour remplacer M. de Frontenac. Gros à parier que c'était du bâtiment officiel l'amenant qu'on leur avait fait ce mauvais coup.

« Retournez chez vous au plus vite, et prévenez M. de Peyrac », leur avait dit le vieux Beaujars.

Il leur avait prêté son petit cotre et son pilote : « Vous me les ramènerez quand vous pourrez avec un chargement de charbon de terre du Cap-Breton et quelques paquets de belle morue séchée. »

De poste en poste, les naufragés étaient redescendus vers Tidmagouche. Et voilà que, voulant traverser le bras de mer entre la côte Est et l'île Saint-Jean, celui-ci était envahi par une masse de phoques qui s'étaient trompés dans leur route de migration héréditaire.

– Ce n'est tout de même pas le nouveau gouverneur qui en est responsable, dit Angélique.

– Quand les hommes commencent à perdre la tête, la nature elle-même se détraque, dit Adhémar, sentencieux. À moins que ce ne soit le contraire. Quand la nature se détraque, les hommes perdent la tête !

Adhémar avait pris son ton des homélies pleurnichardes des premiers temps. Gémissant, il commenta :

– Ah ! Deux cent mille phoques dans le détroit. Croyez-moi, Madame, quand la nature se trompe, c'est ce qu'il y a de plus terrifiant à voir. Et c'est aussi un signe. La fin du monde n'est pas loin ! Disons le début des catastrophes... catastrophiques.

Arrêtés par l'affaire des phoques trompés dans leur migration par on ne sait quel bouleversement des étoiles, de la lune ou du soleil, ils avaient abordé du côté de Shédiac, puis, à pied, avaient traversé l'isthme pour rejoindre le fond de la Baie Française.

Laissant les enfants à Marcelline, ils s'embarquaient aussitôt pour aller avertir Gouldsboro.

– Tancrède parlait d'un nouveau gouverneur, s'étonna Angélique... N'est-ce pas plutôt d'un nouvel intendant ?...

– Il disait : gouverneur.

– Et Barssempuy et ses hommes seraient-ils restés entre les mains de ces pirates ? Parlez !

– Voilà ! Alors qu'ils se débattaient, moitié à descendre dans la chaloupe, moitié à essayer de sauver le *Saint-Corentin* qui penchait – le deuxième boulet n'avait pas encore été envoyé –, ils avaient eu comme une impression, le brouillard s'entrouvrant, d'apercevoir à une vergue le lieutenant de Barssempuy pendu.

— PENDU ! ?

— Il n'y a pas eu que nous à le voir. Demandez à ceux-là.

Adhémar désignait deux hommes rejoignant le groupe que formaient devant l'auberge Angélique et ses enfants, qui confirmèrent le récit hallucinant.

Ils étaient de la Baie Française et avaient fait partie de l'équipage du *Saint-Corentin*. Sauvés du naufrage, ils ramenaient leurs familles pour se mettre sous la protection du port franc de Gouldsboro.

Les voyant tous encore tout tremblants et prêts à pleurer comme des enfants, elle les emmena chez Colin Paturel pour lui exposer les faits un à un. On pouvait épiloguer sans cesse sur les données de l'incident, depuis une erreur de tir due au brouillard jusqu'à la nouvelle d'une déclaration de guerre entre la France et l'Angleterre qui ne serait pas encore parvenue jusqu'en Amérique.

Il y avait la mort de Barssempuy inexpliquée, inexplicable. Elle espérait que c'était une fausse nouvelle. Elle avait de la sympathie pour ce jeune homme qui, au demeurant, n'était plus si jeune, mais qui l'avait émue par son amour pur et sincère pour Marie-la-Douce, une des Filles du Roy. Celle-ci avait été lâchement assassinée par Armand Dacaux, le secrétaire de la Démone, et il ne s'était jamais consolé de sa perte. Amour et souffrances rachetaient chez ce gentilhomme d'aventures sa vie de rapines et de crimes, vécue auparavant comme lieutenant de Barbe-d'Or, le pirate normand aux sanglants exploits.

— Pendu ! se répétait-elle. C'est impossible. Même un capitaine anglais fourvoyé dans le Saint-Laurent n'oserait pas... Ces pauvres gens terrifiés ont mal vu.

Barbotant dans l'onde amère, comme disait Adhémar, et dans l'affolement du premier coup de canon, aveuglés par le brouillard qui ne leur révélait que par bribes leurs attaquants, ils avaient dû imaginer le pire. Et Joffrey était parti ! Et M. de Frontenac aussi !...

Il y avait dans l'emmêlement des conjonctures et des nouvelles se chevauchant et arrivant à contre temps comme un rappel du désordre qui régnait lorsque était venue la Démone. La même avance insidieuse.

Incapable de préciser ce qu'elle ressentait, elle ne put que penser : « Cela va de mal en pis. »

La suite des événements ne lui laissa pas le loisir de pousser plus loin son estimation.

28

La Démone ! La toile d'araignée de ses habiletés s'étendait peu à peu pour empoisser ses victimes, paralyser les volontés, endormir les vigilances, travestir les apparences !...

Angélique sentait le filet se recomposer autour d'eux.

Aussi fut-elle à peine saisie lorsque, une fin de matinée, elle entendit des clameurs venant du port. Cependant, apercevant une femme échevelée qui se débattait, maintenue par plusieurs hommes, elle eut un choc. « Non, cela ne se peut. »

Des enfants accouraient en criant.

– Dame Angélique ! Venez vite ! Une femme vient de débarquer qui est saisie du haut mal.

Elle dut reprendre tout de suite son calme, seule attitude à avoir pour réduire les manifestations hystériques qui commençaient à se traduire par des cris aigus.

De loin, elle voyait une silhouette de femme jeune qui essayait d'échapper aux mains qui la retenaient. Sans son bonnet, car elle l'avait arraché dans sa crise, tous ses cheveux étaient dénoués et cachaient son visage. Certainement étrangère, c'est-à-dire inconnue des rivages de la Baie Française, car les gens de Gouldsboro affectaient cette expression à la fois indifférente et vaguement goguenarde qu'affichent ceux qui contemplent un spectacle dont l'incongruité n'entraîne, pour la communauté, aucune implication gênante, parce qu'il s'agit de gens qu'on « ne connaît pas ». Si un peu de pitié se lisait sur quelques visages, car il est toujours triste de voir l'être humain livré à l'égarement de sa raison, la plupart étaient surtout intrigués sinon alléchés par la scène, et l'on fit escorte à Angélique lorsqu'elle s'avança et pénétra dans le cercle formé autour de la malheureuse qui était tombée à genoux.

— Que se passe-t-il ? Qui est cette femme ?

— Le sait-on ? Elle n'a pas voulu nous dire son nom, expliqua un des matelots qui la tenaient par le bras.

Et il se présenta comme étant un Breton faisant partie d'un équipage saisonnier de morutier. Il avait été chargé, avec sa grosse chaloupe, de conduire jusqu'ici cette malheureuse qui ne cessait de répéter : Gouldsboro ! Gouldsboro ! et qui, d'un établissement à l'autre, demandait le passage vers Gouldsboro « par charité » depuis le golfe Saint-Laurent.

Tandis qu'il parlait, la femme, plutôt jeune et assez mince et bien faite, était demeurée prostrée et à demi agenouillée parce que maintenue dans cette position par toutes les poignes sans lesquelles elle se serait certainement laissée aller la face contre le sable, quasi évanouie. Pourtant, elle s'était calmée dès qu'elle avait entendu la voix d'Angélique, ou bien était-ce une coïncidence ? – parce qu'à ce moment, l'attention s'était détournée d'elle et qu'on avait enfin cessé de lui brailler dans toutes les langues et de toutes les façons de « se tenir tranquille » ! Mais on pouvait la voir soudain effectuer un sursaut convulsif comme en ont les poissons que l'on croit morts et qui, d'un suprême bond, réussissent à se jeter par-dessus bord, car, échappant aux mains qui la tenaient et s'élançant aux pieds d'Angélique, elle lui enserra les genoux de ses deux bras.

Puis, levant la tête, elle cria d'une voix hagarde et désespérée :

— ELLE ARRIVE ! ELLE ARRIVE !

Et Angélique, stupéfaite, reconnut, si blême, terreuse et maculée qu'elle fût, la fine épouse de l'enseigne Gildas du régiment de Carignan-Sallière, Delphine Barbier du Rosoy elle-même. Elle avait eu l'occasion de la revoir l'an dernier, durant son dernier séjour à Québec.

— Delphine ! est-ce bien vous ? Delphine, que vous arrive-t-il ? Pourquoi êtes-vous venue ? Et dans cet état ! Répondez-moi.

Les lèvres de la jeune femme tremblaient, cernées, aux commissures, d'une écume blanchâtre. Elle semblait avoir de la peine à décoller sa langue et à déglutir.

— Elle est assoiffée, dit quelqu'un.

Les Bretons confirmèrent qu'elle refusait de manger et de boire depuis plusieurs jours, ne répétant que : Gouldsboro, vite ! vite !

— Ou bien, c'est la peur.

Angélique prit le visage de Delphine dans ses mains et lui parla avec douceur afin de l'aider à se ressaisir : elle était arrivée à bon port, lui assura-t-elle, elle allait se rafraîchir et se reposer. Ici, à Gouldsboro, il ne pouvait lui advenir aucun mal...

Ses paroles finirent par atteindre l'esprit épuisé, et le regard de la jeune femme perdit peu à peu de sa fixité. L'arrivante fit effort pour s'expliquer.

— Je l'ai vue, réussit-elle à articuler, non sans difficulté. Je l'ai vue ! Ah ! je savais que nos pressentiments étaient justes et que ce ne serait pas si simple de s'en débarrasser de toute notre vie. Elle nous a rejointes ! Nous sommes perdues ! Je l'ai vue.

— Mais qui donc ?

— Elle ! souffla Delphine du Rosoy dont les pupilles se dilatèrent. Vous le savez très bien. Elle ! la duchesse, la bienfaitrice. Elle, la...

Elle défaillit sur le dernier mot, et tomba.

Angélique la fit transporter au fort, dans son appartement, et étendre sur son propre lit. C'était l'endroit le mieux accommodé pour soigner quelqu'un et écouter ses confidences.

Elle commença par lui humecter les lèvres comme à une malade fiévreuse, puis lui fit boire doucement de l'eau fraîche, et comme on s'en doutait, la voyageuse était terriblement altérée. Delphine but longuement ce qui lui redonna vie et un peu de couleur. Elle se laissa aller contre les oreillers avec un profond soupir, mais bientôt, elle fut reprise de tremblements.

— Mon Dieu ! Qu'allons-nous devenir ? gémissait-elle en se tordant les mains. Elle m'a toujours haïe, moi surtout. Haïe de lui avoir échappé, au moins d'avoir essayé de lui échapper... Elle va me tuer, tuer Gildas, mon pauvre mari. Elle a juré de me détruire. Même au cours de ces années, il m'est arrivé de me réveiller la nuit en l'entendant m'appeler et me promettre qu'elle se vengerait de moi, septante fois sept fois... Et voilà qu'elle a surgi du tombeau ! Oh ! Dame Angélique, aidez-moi.

— Je veux bien vous aider, mais il faut que vous soyez plus calme et que vous m'exposiez les faits qui ont causé une telle frayeur.

— Eh bien ! je l'ai vue, là, vivante devant moi, et j'ai vu qu'elle m'avait vue ! Dieu, quelle terreur !

— Où cela, Delphine ? Où étiez-vous au moment où vous l'avez vue ?... Dans votre lit ?... à rêver ?...

— Non ! sur le quai, comme tout le monde. Je regardais débarquer le nouveau gouverneur qu'on nous annonçait avec son épouse, de France, et, tout à coup, je l'ai vue là, entourée de sa cour. Ah ! mon sang s'est glacé dans mes veines. J'ai su que l'instant était arrivé. C'était elle !

— Ne vous êtes-vous pas laissé abuser par une ressemblance ? Vous n'avez jamais cessé de craindre sa résurrection.

— À juste titre !... Et n'avions-nous pas déjà tout deviné de sa malignité ? Depuis que la disparition d'Henriette Maillotin a été démontrée, je n'avais plus d'espérance.

Elle insista, véhémente.

— Ne le savez-vous pas comme moi ? La tombe, là-bas, à Tidmagouche, c'est celle d'Henriette Maillotin, la sœur de Germaine, qui a payé bien cher son dévouement à celle qu'elle voulait sauver. Ils l'ont assassinée, défigurée, puis exposée dans la forêt, revêtue des habits de la duchesse, tandis que la duchesse était à nouveau libre et pouvait continuer ses méfaits.

— Comment a-t-elle survécu à ses blessures ?

— Le vieux Nicolas Parys s'est chargé de tout. Il ne manquait pas, lui non plus, de complices ou de refuges dans les îles... N'oubliez pas. C'était le roi de la côte Est, plus puissant que tous les sagamores indiens et même que M. de Ville-d'Avray. Cela s'est passé ainsi, j'en suis certaine. Deux complices de l'Enfer... qui se valaient bien.

— Et, si c'est elle, pourquoi avoir attendu si longtemps pour reparaître ?...

La jeune femme haussa les épaules.

— Comment savoir... Pour elle, le temps n'existe pas. Elle est éternelle. C'est un démon. Un démon qui a pris le temps de se faire oublier... d'accréditer cette mort qui lui permettait d'échapper au tribunal de l'Inquisition... De retrouver sa santé, sa beauté... D'échapper à nos dénonciations possibles. En France où elle revenait, elle était pourchassée comme complice de Mme de Brinvilliers. On l'avait écharpée... Elle était dans un triste état... quand vous l'avez arrachée de leurs mains.

– Le vieux Parys est mort.

– C'est pourquoi elle revient ! Voyez, tout se tient. Les années ? Qu'est-ce pour elle ? Si courtes pour nous qui travaillons à reconstruire nos bonheurs détruits.

Pour elle, le temps peut-être d'en finir avec son vieil amant, de le ruiner, de l'assassiner et de se faire épouser par un autre, qui lui permettrait, sous un nouveau nom, de reparaître en Canada où, sachant tout de tous, elle ferait d'autres dupes et polirait sa vengeance contre nous.

– À supposer que ce soit elle, puisque vous l'avez reconnue si vite et si facilement, d'autres ne seront-ils pas eux-mêmes intrigués ? Elle risque d'être dénoncée, même aujourd'hui.

– Par qui ? Le silence a été fait sur cette affaire par la volonté de tous ceux qui en avaient été les témoins. Qui oserait ?

– L'intendant Carlon, par exemple. Il n'est pas des moindres.

Delphine rit avec désenchantement.

– L'intendant, que peut-il ? Il est bien mal placé pour jouer les dénonciateurs... Il sait qu'il risque le ridicule ou... la mort. Le nouveau gouverneur a tous les pouvoirs en main, même celui, pour l'instant, d'intendant.

– Cela n'empêche pas...

– Si... Car vous ignorez que le nouveau gouverneur est marié, et que sa femme l'a accompagné en Canada, et que... l'épouse du nouveau gouverneur, Mme de Gorrestat... c'est ELLE ! Quant aux autres, elle les trompera. Elle n'a rien perdu de son pouvoir diabolique. Ce pouvoir est plus puissant et occulte que jamais. Elle les trompera tous, à Québec comme ici, comme elle vous avait, vous aussi, illusionnée lorsqu'elle débarquait, soi-disant naufragée et portant des vêtements faussement déchirés, sa chevelure qu'elle idolâtrait, parfumée et souple, et personne, personne ne voyait rien, même vous qui vous empressiez à la secourir, même nous qui l'adorions et ne la voulions que parfaite et belle. Combien les êtres humains aiment l'illusion et craignent la réalité. Elle aimait jouer avec ce besoin de rêve et d'oubli. Comme les autres, elle les endormira, les envoûtera de son rire, de ses paroles gracieuses, de ses regards pleins de sous-entendus et de promesses.

À ces mots Angélique eut l'impression de voir se tourner vers elle le visage d'Ambroisine et d'être prise dans le faisceau d'or de son regard envoûtant.

– C'est impossible ! s'écria-t-elle de toutes ses forces, refusant la réalité. Delphine, était-ce bien elle ?

– Elle était différente, peut-être. Un autre visage, d'autres traits... Des cheveux d'une autre couleur – mais cela s'obtient facilement – et édifiés d'après l'artifice d'une mode... une mode qui ne lui va pas. Très différente. Elle est moins belle... semble plus âgée...

– Vous voyez ?

– Mais son regard, c'est le même, son sourire, ses manières et *elle me regardait*... J'étais aussi paralysée qu'un lapin sous le regard d'un serpent. Elle est passée près de moi, dans la foule, avec son escorte, toujours souriante, et elle m'a dit sans que personne puisse l'entendre : « Ce soir, tu mourras !... », en me fixant au visage et sans presque remuer les lèvres.

– Avez-vous *vraiment* entendu ces paroles ? reconnu sa voix ?

Delphine soupira et ferma les yeux d'un air las.

– J'en répondrais devant Dieu. Et son regard me le disait. Alors, me souvenant de son habileté et de la promptitude avec laquelle elle frappait, j'ai compris que je ne devais pas lui donner une seule chance de me retrouver, le soir venu, lorsqu'elle m'enverrait ses tueurs. Québec est une trappe close; je devais fuir dans l'instant même si je voulais lui échapper.

Profitant du brouhaha de l'arrivée, je me jetai dans une chaloupe qui, peu après, me mena avec d'autres passagers à un petit navire qui descendait vers Tadoussac. Il partit à la marée suivante et l'équipage, qui avait retardé son départ afin d'assister à l'arrivée de ce navire officiel, qui amenait le gouverneur et des fonctionnaires du roi, et qui était fort intéressé par les nouvelles qu'on en avait reçues, ne prit pas garde à ma présence. Et...

Elle s'interrompit, parut s'affaiblir.

– Et me voici, acheva-t-elle. Me voici perdue, mourante, après ce terrible voyage. Au début, je n'avais aucune notion de l'endroit où pourrait me mener cette chaloupe. Seulement fuir, m'éloigner aussi loin que possible de Québec... AVANT LE SOIR. Puis, peu à peu, une idée s'est imposée à moi. Vous rejoindre VOUS parce que vous étiez la seule... la seule qui pouviez me comprendre, me croire.

Elle se tut et un long frisson la secoua derechef.

– Mais, ma pauvre Delphine, dit Angélique en ménageant ses mots, ne craignez-vous pas d'avoir cédé à une impulsion, une impression trop hâtives ? Cette personne se trouvait parmi les nouveaux venus, beaucoup de visages étrangers. On sait ce que c'est que le brouhaha qui accompagne l'arrivée des navires. Une ressemblance... et vous avez cru...

– Non ! Non ! On n'oublie pas ce regard-là ! Et ce sourire de triomphe lorsqu'elle me distingua. On attendait le nouveau gouverneur, M. de Gorrestat, et son épouse... et c'était elle, vous dis-je.

– Une ressemblance fortuite avec la grande dame annoncée vous a rappelé d'autres circonstances pénibles.

La jeune femme tressaillit et leva vers Angélique un œil éteint.

— Vous ne me croyez pas ?

Pour la détourner de son obsession, Angélique interrogea :

— Où est Gildas ?

— Gildas ? fit Delphine d'un air absent.

— Oui ! Gildas, votre époux.

L'autre passa sa main sur son front à plusieurs reprises.

— Gildas ! ah oui ! fit-elle comme sortant d'un songe. Pauvre ami ! pourvu que... Non ! heureusement il ne sait rien. Il ne comprendra rien. Elle ne peut pas lui faire de mal à lui. Et, de toute façon, je lui ai échappé.

— Mais enfin, Delphine, votre mari ! Vous l'avez prévenu ?

— Non ! Non ! Je suis partie si vite ! Il le fallait. Ses yeux avaient dit : *Avant ce soir !* Je n'avais qu'une ressource. Disparaître aussitôt, le fleuve était là... Je connais sa diabolique habileté, et comme elle tire les ficelles à la fois de maints pièges où nous venons nous engluer comme des mouches avant même d'avoir pu discerner l'araignée qui, au centre, nous guette. Mais je la connais trop bien. Souventesfois, de quelques mots, elle me mettait au courant de ses plans, et déjà ils s'accomplissaient, comme si les mots prononcés étaient autant de serpents sortant de sa bouche qui se mettaient en chemin aussitôt vers le but qu'elle leur assignait.

Alors qu'Angélique s'interrogeait encore sur la créance à apporter à son récit, Delphine parut revenir à elle. Elle s'assit sur le bord du lit, puis se leva avec des gestes mesurés. Regardant autour d'elle et comme reconnaissant l'endroit où elle se trouvait, elle défroissa des deux mains les plis de sa robe et marcha vers la fenêtre.

Elle s'appuya au chambranle, regardant au-dehors. Elle était calme. Peu à peu, une expression de joie mélancolique et de tendresse naquit, illuminant sa physionomie. Elle leva les deux bras lentement, dans un geste qui aurait pu être de supplication vers le ciel, mais qui avait une étrange grâce incantatoire.

– Oh ! Gouldsboro ! Gouldsboro ! murmura-t-elle. Comme je t'aime et comme je te hais à la fois. Mon calvaire a commencé là, mais aussi ma renaissance. Tout s'est révélé et elle fut dévoilée. Comme je te hais, Gouldsboro, de m'avoir appris qui elle était, et comme je t'aime de m'en avoir détachée.

Lorsque Delphine était à Gouldsboro, elle avait fait montre de beaucoup de courage dans ces vicissitudes. Angélique l'avait jugée d'emblée supérieure à ses compagnes qui, d'instinct, se groupaient autour d'elle et elle avait toujours estimé ses qualités de sang-froid et de contrôle de soi. Seule, la duchesse de Maudribourg avait eu le pouvoir de la mystifier, et elle avait été l'une des premières à voir clair.

Elle avait prouvé qu'elle n'était pas d'une étoffe à devenir folle pour un rien.

Sans se tourner vers Angélique, Delphine se remit à parler. Sa voix maintenant était normale et comme résignée, voilée d'un triste reproche.

– Pourquoi doutez-vous de moi, Madame de Peyrac ? Et pourquoi voulez-vous me faire passer pour folle ?

Elle continuait à regarder au-dehors.

– Vous vous défendez en vain de n'avoir pas partagé mes craintes. Dès le début, vous m'interrogiez à propos du nombre de mes compagnes. Et nous nous sommes comprises lorsque nous établissions la liste demandée par M. d'Entremont. Mais je suis comme vous, je sais que l'on espère toujours lorsque rien ne vient étayer les quasi-certitudes que l'on garde secrètes, dans la peur, si on les exprime, de les voir prendre forme. Au moins doit-on retirer de l'expérience et des avertissements une salutaire prudence, et le courage d'être prêt au pire. Je le suis. Je n'ai cessé de l'être. Et c'est ce qui, cette fois, m'a permis de sauver ma vie.

Et vous devriez plutôt me féliciter, Dame Angélique, de n'avoir pas hésité un seul instant, plutôt que de vous inquiéter de ma conduite et de ma déraison. Vous me connaissez bien, Madame. Vous savez qu'elle peut, notre démoniaque, me faire commettre des gestes de folie apparente, *mais pas me rendre folle.*

Or, c'était le raisonnement que venait de se tenir Angélique. Déconcertée et ne sachant plus que penser, elle observa Delphine avec perplexité, étudia la silhouette émaciée qui se profilait à contre-jour, et un détail la frappa.

— Delphine, ne m'avait-on pas avertie que vous étiez enceinte ? Si mes calculs sont justes, vous devriez en être à votre sixième ou septième mois.

Delphine se cassa en deux, comme sous le coup d'une douleur insupportable.

— Je l'ai perdu, s'écria-t-elle en sanglotant. (Elle couvrit son visage de ses deux mains). Ô mon Dieu ! un si grand bonheur promis... Et puis... c'est fini ! Pauvre petit ! Pauvre Gildas ! Quelle tristesse pour lui qui était si heureux !

Ce drame pouvait fournir une autre explication. Sa déception lui avait porté à la tête. Cela arrive parfois.

Delphine devina sa pensée.

— Détrompez-vous. Ce n'est pas à Québec que cela est arrivé, dit Delphine en revenant près d'elle. À Québec, je me portais bien et je m'apprêtais à une heureuse maternité. C'est peut-être son regard qui l'a tué en moi, mais je crois plutôt que ce sont les fatigues et les tourments de cet affreux voyage.

Haletante, elle fit un récit déchirant de sa fausse couche :

— C'est arrivé sur ce maudit bateau par la cause de l'horrible tempête qui nous a secoués en traversant le golfe du Saint-Laurent. Nous autres,

278

les passagers, dans la cale, nous étions ballottés d'une paroi à l'autre, meurtris de mille coups. Peu après la tempête, j'ai senti mes entrailles comme se rompre, je me suis presque évanouie et, peu après, il était là, dans le sang, sur le plancher sordide. Oh ! mon pauvre petit !...

Elle sanglota désespérément, en se balançant d'avant en arrière.

– ... Il était déjà si mignon et si tendre, si merveilleux. Les matelots voulaient le jeter à la mer, en pâture aux cormorans. Je leur ai arraché, et aussi longtemps que je l'ai pu, je l'ai tenu contre mon cœur. À la fin, le capitaine a dû comprendre de quelle sorte était mon tourment et il m'a apporté un petit coffret de bois qu'il avait lesté de plomb. J'y ai couché moi-même le petit être inachevé. Je l'ai porté moi-même sur le pont. Je voulais être seule à le rendre à la mer. Mais, comme je parvenais à l'air libre et ventueux, je fus saisie par un bruit infernal. On aurait dit que tous les cris des damnés se déchaînaient. M'approchant de la rambarde, je vis la mer noire de loups marins qui s'étaient engouffrés par erreur dans le détroit et qui hurlaient vers nous d'affolement et de déplaisir, et le navire était lui-même en danger parmi leurs soubresauts. Comme je restais méduseé, effrayée par ce spectacle et ces aboiements rauques, le capitaine m'a pris la boîte des mains et l'a jetée lui-même à la mer. Mais, grâce à Dieu, je l'ai vue couler tout de suite, parmi le grouillement de ces animaux noirs et luisants.

Ce capitaine était un brave homme, admit-elle.

Elle resta silencieuse, laissant couler ses larmes.

– À l'escale suivante, sur le golfe, des Indiennes m'ont soignée. Mais je ne voyais plus personne. Je ne rêvais qu'une seule chose : être près de vous. Je répétais : Gouldsboro ! Gouldsboro ! Le capitaine me confia à ce morutier, et je m'embarquai sur l'esquif de ceux qui promirent de me conduire jusqu'à vous.

Elle se tut, épuisée. Angélique était désolée. Et vraiment, pensait-elle, le destin des femmes est par trop misérable. Tout à l'heure, prête à accuser Delphine de faiblesse, elle se demandait maintenant comment la raison de celle-ci avait pu résister à tant d'épreuves.

Son récit prouvait qu'elle avait gardé toute sa lucidité. Le détail des phoques dans le détroit dont avait parlé Adhémar était exact. Et leur vue avait dû rendre encore plus douloureux pour la jeune mère le sacrifice de se séparer du petit corps. Delphine n'était pas folle. Au contraire, elle avait fait face avec beaucoup de force d'âme au plus dur des sacrifices.

— Pauvre petit être, murmura Delphine avec une infinie tristesse. Pauvre petit chéri. Il aura été parmi les premières victimes du retour de la Démone, son premier crime. IL Y EN AURA D'AUTRES !

— « Il y en aura d'autres, avait prévenu Delphine du Rosoy. Et prenez bien garde à vous, Madame, car c'est à cause de la haine qu'elle vous porte qu'elle est revenue en Canada. »

Parfois, elle courait à la fenêtre afin de regarder dans la direction du port comme si elle s'apprêtait à la voir surgir.

— Reposez-vous, Delphine ! Elle ne va pas se trouver là sur l'heure. Elle n'a tout de même pas le don d'ubiquité pour voler de Québec à Gouldsboro.

Elle entoura de son bras les épaules maigres et tremblantes.

— Vous devez prendre du repos, ma pauvre Delphine. Je vais vous soigner. Ici, vous allez pouvoir dormir en paix, ce que vous n'avez pas fait depuis de longs jours. Je vous le répète. Ici, vous êtes en sécurité.

— Et si elle met à la voile, ne vous trouvant pas à Québec, et cingle vers Gouldsboro ?

– Elle n'abordera pas demain.

– Mais si, elle peut aborder demain, pleura Delphine d'une façon enfantine.

– Mais non ! Réfléchissez. Vous avez quitté Québec sur-le-champ, à l'instant où elle débarquait. Si elle arrive comme épouse du nouveau gouverneur, il faut qu'elle s'y fasse recevoir, qu'elle s'installe... À supposer qu'elle vous ait vraiment reconnue, elle ne va pas se lancer aussitôt sur votre piste.

– Oh si, elle le peut.

– Mais non !

– Elle peut y lancer ses sbires...

– Et moi, je vous dis que, en tout état de cause, nous avons plusieurs jours devant nous pour préparer nos batteries. Nous allons parler de tout cela avec M. Paturel. Ici, nous sommes entre amis, fort bien défendus.

Elle resserra son amicale étreinte autour du pauvre corps décharné, la berçant, voulant la rassurer. Et cela l'empêchait de penser plus avant car elle craignait, si elle se mettait à réfléchir, d'être saisie de panique.

– Calmez-vous, répéta-t-elle au moins pour la centième fois et, à bout d'arguments terrestres :

– Mon amie, quoi qu'il arrive, souvenez-vous que le secours et la paix sont donnés sur terre à ceux qui veulent le triomphe du Bien... quoi qu'il arrive. Et même si elle devait surgir devant nous, escortée de tous les démons de la terre et des enfers, souvenez-vous et n'oubliez jamais: DIEU RESTE LE PLUS FORT.

29

Dans la soirée, Angélique installa Delphine chez
tante Anna qui louait souvent une chambre de
son habitation.

Elle ne put s'entretenir avec Colin Paturel
comme elle en avait l'intention car celui-ci était
en tournée. Il lui fallait aussi s'occuper de ses
enfants qu'elle alla retrouver chez les Berne. Elle
toucha deux mots à Abigaël de l'arrivée inopinée
de Delphine du Rosoy, mais resta évasive quant
à l'histoire que celle-ci racontait. Elle voulait se
persuader, au moins devant Abigaël et jusqu'à
preuves plus tangibles, qu'une ressemblance, une
confusion avait ébranlé Delphine.

Elle y croyait presque en s'éveillant le lendemain, en commençant une nouvelle journée où
elle ne manquerait pas d'activités. Il lui fallait
songer à son départ pour Wapassou et s'occuper
de ce qu'il fallait emporter avec la caravane.

Mais, venait-il de la rive une rumeur annoncia-
trice d'arrivées qu'elle ne pouvait s'empêcher de
se précipiter vers le port et de scruter les groupes
lointains, craignant d'y distinguer la silhouette
d'une femme honnie. Alors, elle se raisonnait.
« Et à supposer que ce soit elle, je n'ai plus rien
à en craindre, maintenant. Elle a été vaincue. Je
suis prête à la recevoir. »

Mais quand on vint l'avertir que deux dames
étrangères la demandaient, elle fut persuadée
qu'elle avait vu, vraiment VU, briller là-bas, au
bord de l'eau, le rouge, le bleu canard et le jaune
d'or des atours de la duchesse.

« Nous y voilà », se dit-elle en s'arrêtant pour
rassembler ses forces. Elle rouvrit les yeux. Point
de somptueux vêtements, ni d'éclatantes couleurs
sur les épaules des deux voyageuses qui venaient

de débarquer et que l'on escortait en troupe, selon l'usage, et si la Polak, montant lourdement la grève caillouteuse de Gouldsboro en jurant et en houspillant son petit valet, pouvait se placer au rang des événements imprévus, ce n'était pas une surprise saumâtre, et sa silhouette ne pouvait en rien se confondre avec celle d'elfe, inquiétante, de la soi-disant ressuscitée, très belle et dange-reuse dame de Maudribourg, aujourd'hui devenue Mme de Gorrestat.

La Polak tempêtait : son poids la contraignait à enfoncer jusqu'aux chevilles dans le sable mouillé.

— Aide-moi, fit-elle en tendant vers Angélique, qui n'en revenait pas, son bras dodu. Eh bien ! oui, quoi ! C'est moi ! Qu'est-ce que tu croyais ? Que j'étais pas capable, comme tout un chacun, de monter sur un navire pour te rendre visite dans ton Gouldsboro du bout du monde ?

Les embruns avaient mouillé une sorte de haut édifice de lingerie qu'elle portait dressé sur la tête et qu'elle redressait de temps à autre d'un coup de main lorsqu'il retombait piteusement.

— C'est une « fontange », expliqua-t-elle. Paraît que la maîtresse du roi, celle qui s'appelle Angé-lique, comme toi, ne s'attife qu'avec ça. Et ta Mme de Gorrestat a lancé la mode à Québec.

— « MA », Mme de Gorrestat, interjeta Angéli-que, que signifie ?

— Julienne m'a affranchie, lui glissa Janine Gon-farel avec un clin d'œil entendu. Je sais tout. Mais, motus. On va s'expliquer tranquillement et j'ai trop de choses à te raconter. Ce qui urge, c'est une bonne assiette de soupe au lard allongée d'un verre de vin rouge, car je ne tiens plus debout de faiblesse.

Angélique aperçut Julienne; c'était la seconde voyageuse. Encore une Fille du Roy qui avait fait naufrage sur ces côtes avec la *Licorne* et qui éprouvait le besoin d'y revenir en des circonstances troublantes. Son époux, Aristide, le pirate repenti, n'était pas loin, montant le sentier venant de l'embarcadère en portant les sacs en cuir bouilli de ces dames, et malgré son jabot de dentelle, son costume de bon lainage à boutons de corne et son tricorne posé légèrement de travers, mais juste ce qu'il fallait pour marquer l'honorabilité désinvolte du personnage, il appréhendait de se retrouver à Gouldsboro, qui l'avait vu, en un temps oublié, chargé de chaînes et prisonnier.

— Si ce n'était de la Julienne, vous ne me verriez pas ici, Madame, fit-il en apercevant Angélique. Mais elle a voulu quitter Québec comme si elle avait eu le diable à ses trousses.

Il ajouta en baissant la voix :

— Paraît que la Bienfaitrice, la « dussèche » du diable, est vivante !

Depuis que Janine Gonfarel lui avait jeté « ta Mme de Gorrestat », Angélique était incapable de prononcer un mot et de se répandre, comme la situation l'aurait exigé, en protestations de surprise et de joie. Une boule glaciale s'était logée au creux de son estomac. En fait, elle comprenait que, jusqu'alors, elle n'avait pas ajouté foi à l'histoire de Delphine. Maintenant, il faudrait se rendre à l'évidence : Ambroisine, la Démone, était revenue !...

En silence, elle guida ses visiteuses qui, sans prendre conscience de son mutisme, se contentaient de son sourire machinal, et faisaient les demandes et les réponses, excitées et soulagées d'être enfin parvenues à leur but, après des jours de navigation.

Elle les fit entrer dans l'*Auberge-sous-le-Fort,* puis les amena dans une pièce attenante à la grande salle où elles pourraient s'entretenir sans être entendues et être l'objet de la curiosité publique.

Comme attirée et appelée d'intuition, Delphine

du Rosoy s'y trouvait déjà qui se jeta d'un élan au cou de Julienne.

— Ainsi donc, toi aussi tu l'as reconnue ! s'écria-t-elle, oubliant dans son émotion les distances qu'elle avait toujours marquées à la pauvre Julienne lorsqu'elles faisaient partie du même contingent des Filles du Roy amenées en Canada par leur Bienfaitrice Mme de Maudribourg.

La joie de Julienne en reconnaissant Delphine fut surprenante car elles s'étaient toujours évitées.

— Delphine, ma mie, je vous ai trouvée parfois pimbêche, mais nous avons naufragé ensemble, pas vrai ? ensemble nous avons souffert mort et passion avec cette diablesse, ensemble vécu des années à Québec dans la paix et le bien, et je suis heureuse de voir que vous avez réussi à lui échapper.

On y venait donc.

— Alors, c'est donc bien vrai ? Vous aussi, Julienne, vous l'avez reconnue ? demanda Angélique.

— Reconnue ? Oui-da. C'est elle. Pas de doute. Et surtout, ce sont ses yeux. Son visage a un peu changé à cause des blessures qu'elle a reçues. Je l'ai vue de tout près. Elle est moins belle. Mais c'est elle. J'ai vu ses cicatrices.

Au moins, Julienne ne s'était jamais trompée sur la Bienfaitrice, ce qui lui avait valu, en son temps, l'hostilité de ses compagnes.

— Quel coup ! Moi, je l'avais depuis belle lurette oubliée, cette salope ! Morte elle était, morte elle restait. Et de l'arrivée de cette Mme de Gorrestat, je n'avais que ouï dire. Pas eu le temps d'aller au port pour saluer le nouveau gouverneur et sa femme. C'est que j'ai du travail sérieux, moi, à l'Hôtel-Dieu avec tous ces malades ou blessés qu'on nous amène, Indiens et Français. Et puis l'autre jour, on nous a amené Henriette.

— Quelle Henriette ?

— Henriette GOUBAY, la demoiselle de compagnie de Mme de Baumont. Elles venaient toutes deux de rentrer de France avec les navires, au printemps. J'avais vu Henriette. Elle parlait de Paris. Elle était fiancée à l'intendant de la maison de Mme de Baumont. Elle était heureuse. Et voici qu'on nous l'amenait mourante. Un accident ! qu'on dit... Une chute ! J'accourus car nous avions fait partie de la même confrérie, n'est-il pas vrai ? Je vis tout de suite qu'elle était perdue, et, comme je me penchais sur elle en lui disant : Ma pauvre Henriette, dis-moi, que t'est-il arrivé ? déjà le prêtre appelé par mère Jannerot s'amenait avec les derniers sacrements et comme je levais les yeux, je sentis un regard qui m'attirait, et je LA vis à quelques pas, de l'autre côté du lit, et c'est ainsi que je l'ai reconnue parce qu'elle me regardait et qu'elle souriait. Elle n'était pas morte et elle était revenue. J'ai cru une vision : le Diable, et puis j'ai compris. Dieu ! quelle terreur. Mme de Baumont me disait que Mme de Gorrestat, étant leur voisine, avait eu la bonté de secourir Henriette quand celle-ci était tombée de son toit où elle était montée pour vérifier que l'échelle d'incendie y était bien fixée, et de suite elle l'avait fait ramasser et porter dans son carrosse à l'Hôtel-Dieu, et avait réclamé un prêtre. Qui sait si Henriette n'a pas chu de l'avoir aperçue d'en haut et reconnue à la fenêtre de l'hôtel voisin ? Qui sait si l'autre ne l'a pas achevée dans le carrosse ?... Qui saura jamais ?... En tout cas, moi, si je ne suis pas morte sur le coup, c'est parce que je suis solide et puis que j'avais comme un pressentiment depuis que le Ronchon était venu me poser des questions sur la *Licorne* et qu'on réclamait de France nos noms et nos états. Et puis, j'en ai trop vu pour n'avoir pas d'abord l'idée de me défendre. J'ai profité de la cérémonie de l'extrême-onction pour prendre la poudre d'escampette et, par une porte de derrière de l'Hôtel-Dieu, je me suis sauvée. J'ai d'abord cherché

Delphine, ne l'ai pas trouvée chez elle. Pas le temps, me suis-je dit. J'ai commencé par courir à la recherche d'Aristide qui était dans les bois avec son alambic.

— Cette duchesse n'en fera jamais d'autres, grommela Aristide. J'ai dû laisser en plan la fabrication d'une de ces eaux-de-vie comme M. le Gouverneur Frontenac lui-même n'a pas dans sa desserte pour la suivre, ma Julienne, quasiment sur l'heure, et m'embarquer... je ne savais même pas pour où !...

— Je t'ai peut-être sauvé de la mort deux fois, dit Julienne. Tu te serais empoisonné avec ta mixture.

Angélique écoutait leurs voix alternées sans parvenir à décider encore s'ils n'avaient pas tous été victimes d'une crise de folie collective.

Il y avait eu des phénomènes anormaux qui bouleversaient les esprits simples : les canots en feu dans le ciel, les tempêtes, les phoques dans le détroit...

— En tout cas, l'Henriette, elle est morte, conclut Julienne, et si on ne s'était pas sauvés, ç'aurait été bientôt notre tour.

La Polak commença à raconter à mi-voix d'un air mystérieux :

— Moi, bien sûr, je l'ai vue tout de suite, cette « gouverneuse », elle ne m'a pas plu, trop mielleuse... Mais ce n'est pas à une vieille guenon qu'on apprend à faire des grimaces. Je me dis tout d'abord qu'elle venait chez moi et me faisait des sourires parce qu'on l'avait informée que j'étais la meilleure table de la ville, et puis, peu à peu, elle en vint à me parler de toi : « Mme de Peyrac ! Vous connaissez Mme de Peyrac ? » et alors on aurait dit quand elle prononçais ton nom, Angélique, qu'elle se pourléchait les babines, elle passait la langue sur ses lèvres.

— Décris-la-moi.

— Je ne peux rien en dire. À part les yeux :

parfois comme de l'or, parfois comme la nuit. Mais cela n'aurait pas suffi à me mettre en branle pour un voyage. Il y a eu autre chose.

Un matin, on m'a fait porter un message du couvent des Ursulines comme quoi mes chandeliers de bois que j'avais mis à la dorure étaient terminés. Seulement, mes chandeliers, de longtemps je les avais dans mon oratoire et de commande, point, je me souvins. Mais tu sais que c'est dans mon principe de ménager les gens d'Église et de chercher à leur plaire et, quelle que fût l'erreur, je me dis qu'il y avait là-dedans peut-être une façon détournée de me faire savoir qu'on désirait me voir là-haut.

Je claironnai que je m'en allais chercher mes chandeliers chez les Ursulines et je m'y fis porter en chaise.

À l'atelier de dorure, je vis la mère Madeleine qui y tâchait, seulette, et, quand elle me vit, je crus qu'elle allait défaillir tant elle parut soulagée comme si j'avais eu le pouvoir, en apparaissant, de lui apporter le bon Dieu.

— « Oh ! vous êtes venue, chère dame, me dit-elle en me baisant quasiment les mains. (Elle m'attira près de son établi.) Et par bonheur, continua-t-elle en regardant autour d'elle, nous sommes seules. Oh ! Madame Gonfarel, vous qui êtes l'amie de Mme de Peyrac, il faut que vous lui fassiez parvenir un message. Vous lui direz que cette fois je l'ai reconnue.

— « Qui donc ? demandai-je.

— « La Démone de l'Acadie. (Et comme je la regardais :) Mais, me dit-elle, n'avez-vous pas entendu parler, bonne dame Gonfarel, vous qui savez tout, de la vision que j'ai eue il y a bien des années sur la Démone d'Acadie ?

— « Pour sûr, lui dis-je. Oh ! je connais cette vision par cœur, comme tout le monde, et qu'on a eu l'insolence d'y mêler Mme de Peyrac. Mais vous l'avez innocentée. Et maintenant, vous dites que vous avez vu la vraie ?... »

Très bas, elle me confia que c'était la noble dame qui s'était présentée la veille avec le nouveau gouverneur au parloir des Ursulines. De temps à autre, une sœur passait le nez. Elle jetait un coup d'œil et mère Madeleine semblait prise en faute.

– « Mais, ma petite sœur, lui ai-je dit en parlant aussi tout bas, si vous êtes persuadée de cela, que cette dame, qui à vrai dire ne me plaît guère, est votre démone, alors, pourquoi ne pas en informer l'évêque, ou votre confesseur ? C'est à des gens d'Église de s'occuper d'elle, sans aller plus loin et mêler notre amie Mme de Peyrac à ces histoires de visions dont elle a eu plus que son compte, ne croyez-vous pas, ma petite sœur ?... »

Elle s'est mise à pleurer :

– « Je le leur ai dit, à tous... ! Mais ILS NE ME CROIENT PAS. »

Alors là, comprenant, j'ai décidé de partir, continua la Polak. Tu dois être prévenue, c'est toi la femme qui lui est opposée. C'est toi qu'elle cherche... pour se venger, paraît-il.

– Elle ne m'a pas trouvée à Québec où elle a dû se rendre en premier lieu. Quant à venir jusqu'ici, ce ne lui sera pas une expédition facile Et cette fois, nous sommes prévenues. Nous sommes à l'abri ici, et un gouverneur du Canada, nouveau ou pas, n'y a aucune influence.

– Mais, elle pourrait se rendre à Montréal, gémit Delphine.

– À Montréal !

Et tout à coup, Angélique se sentit blêmir. Une sueur d'angoisse lui vint aux tempes.

Montréal, c'était Honorine.

À Montréal, il y avait Honorine...

Et si, de Québec, apprenant ce fait que la fille d'Angélique était pensionnaire à Ville-Marie, l'affreuse créature décidait de se rendre à Montréal et de s'attaquer à Honorine ?...

Angélique vit sur tous les visages se refléter l'effroi que faisait naître en elle une telle supposition.

— Mais, pourquoi vous êtes-vous enfuies comme des lièvres ? s'écria-t-elle tournée vers les arrivantes.

Il fallait au contraire ne pas la quitter des yeux, et si elle partait pour Montréal, monter sur la même barge qu'elle !

— La même barge qu'elle ? répéta Julienne en ouvrant des yeux horrifiés.

— Il fallait la surveiller, la dénoncer, l'empêcher de nuire !... Ne comprenez-vous pas ?... Si elle va à Montréal, et si c'est vraiment elle, alors, Honorine va tomber entre « ses » mains !...

La Polak sauta sur ses pieds et, comme un boulet, sortit de la pièce en claquant la porte.

Elle revint peu après, en coup de vent, suivie de Mme Carrère et de ses filles qui, sur leur lancée, jetèrent à travers la table des écuelles, des bols, des brassées de cuillères et de couteaux, distribuèrent des gobelets, plantèrent trois pichets d'étain, et couronnèrent le tout par deux énormes bassines de chaudrée de coquillages et de ragoût de viande fumantes.

Angélique se retrouva assise sur un banc par des poignes péremptoires dont elle ne sut si elles appartenaient à Mme Carrère ou à la Polak, peut-être aux deux, l'assiette pleine, le verre plein, les couverts mis en main comme à une gamine, et la Polak lui portant le verre de vin aux lèvres en lui déclarant que si elle ne l'avalait pas sur l'heure, elle le lui ferait ingurgiter de force avec plus de dextérité que l'exécuteur des hautes œuvres de Paris quand il lui versait deux coquemarts d'eau froide dans l'estomac pour lui faire avouer qu'elle avait volé deux onces d'eau-de-vie au cabaretier du coin.

— Beau temps que ce temps-là ! Oui-da. Nous n'y reviendrons pas. Nous sommes libres. Mais je ne laisserai pas une de ces bandites de grandes dames empoisonneuses venir nous empoisonner jusqu'ici. Bois et mange, nous parlerons ensuite.

J'ai dit à la patronne : Ma commère, vous êtes aubergiste. Nourrissez-nous vite et bien. Nous ne pouvons continuer comme cela, sinon nous allons tomber du haut mal.

Renonçant à penser, Angélique accepta de partager ce repas avec ses amies, épuisées par les émotions et les fatigues de leur voyage.

30

— La surveiller ?... La dénoncer ? Tu en as de bonnes ! dit la Polak lorsqu'elles eurent retrouvé des forces et se sentirent moins énervées. Tu as vu ce qui est arrivé à l'Henriette ? à Mme Le Bachoys ?... Elle fait vite, cette assassine, et elle est bien servie. Alors nous autres, en face !... S'ils n'ont pas cru la mère Madeleine, crois-tu qu'on avait des chances de se faire entendre, la Julienne ou moi ?...

— Mais alors, QUI va sauver Honorine ? s'écria Angélique en se tordant les mains.

La distance, le temps qui exigeaient pour rejoindre Montréal des jours, des semaines, presque des mois, pour peu que la malchance s'en mêle, l'obtuse inconscience des êtres se dressaient devant elle comme autant de murailles géantes qui l'empêcheraient de voler au secours de l'enfant bien-aimée.

Elle s'élança dehors et courut vers la maison de Colin, heureusement de retour.

— Et tout d'abord, cette femme, il n'est pas dit qu'elle va se rendre immédiatement à Montréal, argua Maître Berne. Elle et son époux se doivent d'abord à leurs administrés de Québec, ce qui va les retenir dans la capitale. Ensuite, la saison sera trop avancée pour prendre la route du fleuve.

Le Conseil avait lieu dans la demeure du gouverneur Paturel où l'on s'était rendu après avoir convoqué les Berne afin de les mettre au courant et leur demander assistance de suggestions et d'encouragements.

Colin ne fit aucune remarque quant à la vraisemblance d'une résurrection de l'ancienne Bienfaitrice des Filles du Roy. Après avoir attentivement écouté les uns et les autres, et avoir gardé le silence un long moment, sous les yeux anxieux des personnes présentes, il ne se perdit pas en vaines paroles.

Pour commencer, il proposa de faire partir immédiatement pour Montréal, mais par terre, un messager, un coureur de bois émérite connaissant toutes pistes et lieux de portage, bien pourvu de monnaie d'échange, pacotille ou eau-de-vie, pour gagner les sauvages, et qui se ferait conduire par canoë, au plus rapide, jusqu'à Ville-Marie, porteur d'une lettre d'Angélique pour mère Bourgeoys, lui recommandant de toute instance de veiller particulièrement sur Honorine, de ne s'en défaire sous aucun prétexte, de ne la céder à quiconque. Si elle le jugeait bon, de prévenir son oncle Josselin, le seigneur du Loup. En accord avec lui, de trouver un passage à bord d'un navire qui la ramènerait, d'étape en étape, au moins jusqu'à Gouldsboro. La saison permettait encore de la voir quitter le Saint-Laurent avant l'arrivée des glaces.

Angélique retourna au fort, dans son appartement, pour écrire cette lettre, tandis que Colin Paturel se mettait en quête d'un voyageur.

Elle s'absorba dans la rédaction de son épître, presque bercée par le grincement de la plume d'oie sur le papier, soulagée de pouvoir faire quelque chose pour Honorine.

Elle hésita à souligner pour la religieuse le danger que pouvait représenter à l'occasion la femme du nouveau gouverneur, Mme de Gorrestat, si par hasard celle-ci se rendait en visite à Montréal. À aucun prix on ne devait laisser cette femme s'approcher d'Honorine. Elle se décida à parler net, soulignant par deux fois le nom de ladite dame de Gorrestat qui était, expliqua-t-elle, son ennemie jurée et de longue date. Elle espérait que la supérieure la prendrait au sérieux. Mère Bourgeoys était très fine et intuitive, et Angélique pensa qu'elle ne se laisserait pas berner par une Ambroisine.

De temps à autre, Angélique relevait les yeux. Contre les vitres du fortin, ces belles vitres claires venues d'Europe, une pluie d'été s'abattait, les frappait, les couvrant comme de petites larmes ruisselantes. Et Angélique voyait la nature partager ses peines, se révolter. La mer s'était soudain déchaînée, battant la grève à grands coups comme lavandière enragée, faisant mousser l'écume de ses vagues avec une exubérance hargneuse. On entendait le sable se brasser sous les coups.

Quelqu'un toqua à l'huis, et comme elle ne répondait pas, Colin se permit d'entrouvrir la porte sans attendre son assentiment.

Il se rassura en la voyant assise à son secrétaire près de la fenêtre, écrivant sagement.

Il aurait tout fait pour alléger son fardeau.

Il dit qu'il avait réfléchi.

Le mieux serait, après avoir prévenu Marguerite Bourgeoys qu'un danger menaçait la petite Honorine dont on ne pourrait lui expliquer que plus tard les détails, qu'Angélique lui demandât expressément de confier l'enfant au messager, lequel, se joignant à un groupe de traitants ou d'Indiens quittant le Saint-Laurent et descendant vers le Maine, pourrait ainsi l'amener jusqu'à Wapassou. Ce voyage, quoique plus ardu, serait infiniment plus rapide que la voie fluviale et le contournement des côtes par mer. Tant que la première neige n'était pas tombée, l'expédition serait possible.

– L'enfant est vigoureuse, dit-il. Elle a été élevée quasiment à la sauvage. Passer de longues journées en canoë, franchir les portages, dormir à la dure, cela ne lui coûtera pas. Au contraire, elle sera enchantée d'être traitée comme un gar-çonnet canadien. Honorine aura l'occasion de porter là ses petites chausses de gentilhomme, ne croyez-vous pas ?

De plus, Colin avait trouvé le messager et il considérait comme un signe du ciel et un encou-ragement pour ce second projet d'avoir reconnu en lui le métis Pierre-André, fils de Maupertuis, l'un de leurs plus fidèles commensaux du début, qu'Honorine connaissait bien. Le jeune homme était venu à Gouldsboro par les montagnes du Vermont, chargé de peaux qu'il souhaitait troquer avec des navires de Boston contre de la quincail-lerie et de la coutellerie anglaises.

Il laissa aussitôt son marché et se déclara prêt à reprendre la piste avec son frère indien pour aller au secours d'Honorine.

Il partit vers le soir.

Angélique lui avait fait ses recommandations de vive voix, le mettant au courant de ce que contenait la lettre urgente, mais insistant que le but principal de sa mission était d'obtenir qu'Ho-norine lui soit confiée afin de la ramener à Wapas-sou. Colin l'avait bien entretenu là-dessus. On le nantit de vivres, de pemmican, de la meilleure eau-de-vie, ce qui lui permettrait de trouver guides et porteurs sans difficulté, d'écus or pour les Montréalais. En chemin, dit-il, il se pourvoirait aussi de fourrures, monnaie d'échange indispensa-ble, d'autant plus qu'il arriverait vers la fin de la foire aux fourrures d'automne. Contre tout cela et son habileté de gars du pays, ses complicités, son dévouement, toutes les manœuvres artificieuses d'une femme de gouverneur n'auraient pas gain de cause.

Il connaissait bien Marguerite Bourgeoys qui lui avait appris à lire et elle lui ferait confiance.

Angélique ne put fermer l'œil, suivant en pensée l'avance de Pierre-André, transportée en rêve à Wapassou, vivant ce moment où elle pourrait serrer Honorine sur son cœur.

Ce ne serait qu'à cet instant que l'affaire de la résurrection d'Ambroisine cesserait d'avoir de l'importance. Aux autres de se débrouiller avec le démon succube !

Bien à l'abri dans leur fort de Wapassou, gardés autant par leurs soldats entraînés que par les glaces de l'hiver, Angélique et Honorine, avec les petits princes, pourraient attendre le retour du printemps et de Joffrey, en profitant des jours qui, chacun, apportaient de nouvelles joies. Il y avait les enfants, les amis, les facéties des bêtes, les visites des Indiens, et les changements du ciel et de la terre. Certains jours, la tempête sifflerait et ce seraient des veillées au coin de l'âtre, des récits, des chansons; et d'autres jours, le soleil mènerait son ballet d'or et d'azur autour de l'étincelante neige, et ce seraient des débauches de crêpes et de « merveilles » du carnaval, et l'ivresse des glissades et des promenades joyeuses dans le froid vivifiant.

Colin les recevait à sa table.

Conscient du désarroi de ces femmes, impliquées malgré elles dans une suite d'événements fâcheux, où leurs vies étaient menacées, leur quiétude remise en question, il leur procurait, plus encore par sa présence que par ses conseils, le soutien dont elles avaient besoin. Il veillait à ce qu'elles prennent repos et nourriture, car l'on sait combien une femme, épouse, mère ou amoureuse inquiète, perd facilement le sommeil, le boire et le manger.

Aussi, leur dépêchait-il des gardes les convoquant à l'heure des repas en de solennelles invitations. Et l'on retrouvait le calme à s'asseoir en sa compagnie. Il les engageait à deviser, encourageant Mme Gonfarel à leur décrire Québec. On ne risquait pas de s'ennuyer à l'entendre. Parfois, il adressait à Angélique un coup d'œil insistant afin qu'elle fît effort pour terminer la portion de nourriture qu'elle avait dans son assiette, et de se sentir surveillée avec tant d'affection atténuait la virulence de son souci. Il avait, comme Joffrey, le don de dédramatiser une situation sans pourtant en nier la gravité.

— Vos enfants sont plus raisonnables que vous, Madame, disait-il. Regardez comme ils mangent bien, comme des seigneurs.

Car les petits étaient là souvent avec parfois Abigaël, les Berne et leurs enfants, Laurier, Séverine, parfois d'autres qu'il conviait.

Grâce à lui, l'on était confiant et souvent gai. L'on pouvait se dire que chaque jour passé permettait au messager, courant ou pagayant par monts, bois et rivières, de se rapprocher de Montréal et de l'enfant.

Et il restait toujours un espoir qui aidait à maintenir la confiance.

— « Elle » ne peut se rendre à Montréal cette saison. Le messager arrivera à temps.

Delphine, bien entourée, quittait son expression traquée, reprenait des couleurs.

Un petit cotre entrait dans le port. C'était le *Saint-Antoine* de M. de La Fallière qu'on n'y avait pas vu de la saison.

Sa progéniture était à ses trousses comme d'habitude, et se répandit parmi la population enfantine avec des cris joyeux.

M. de La Fallière dit que, revenant de Québec, il était tout juste passé à sa censive du Port-aux-Huîtres pour ramasser son monde et avait remis à la voile afin de venir flairer le vent des nouveautés à Gouldsboro.

— Quand donc vous êtes-vous trouvé à Québec ? lui demanda-t-on aussitôt tandis qu'il s'attablait chez Mme Carrère devant un solide fromage de tête dans lequel il plantait aussitôt son couteau, commençant un ballet bien réglé entre la charcuterie, son quignon de pain et sa bouche, ne s'interrompant que pour pousser le tout avec un verre de bière ou pour lancer, comme il l'aurait fait à des mouettes, un morceau à l'un de ses enfants, surgi pieds nus, qui l'attrapait au vol et s'enfuyait, tandis qu'un autre surgissait.

— Y a près d'un mois, répondit-il entre deux bouchées. Je voulais m'entretenir avec le nouveau gouverneur pour ces questions de redevances que m'a subtilisées M. de Ville-d'Avray.

Mais il était arrivé trop tard. Le nouveau gouverneur n'était déjà plus là. Parti pour Montréal avec son épouse afin de se faire acclamer comme vice-roi tout le long du Saint-Laurent.

— Avec SON ÉPOUSE !...

— Une aimable dame, à ce qu'on dit, commenta La Fallière qui, peu subtil et travaillant vigoureusement des mâchoires, ne s'avisa pas du lourd silence qui accueillait ses paroles.

— Pourquoi cette hâte à se rendre à Montréal à peine arrivé ? demanda Colin, traduisant la question qui tremblait sur toutes les lèvres.

— Sait-on !

Le seigneur de Port-aux-Huîtres interrompit ses activités gastronomiques pour réfléchir.

— Oui ! Il aurait pu m'attendre. J'ai tout manqué. Je ne pouvais me risquer à le poursuivre plus loin car, alors, c'est moi qui aurais eu des difficultés pour regagner mes pénates. Les Indiens disent que l'hiver viendra tôt. J'aurais été pris dans les glaces.

Mais ce nouveau gouverneur, on dirait qu'il a le feu aux trousses, et sa femme encore plus.

31

Angélique fléchit sur l'épaule d'Abigaël.

– Le messager arrivera trop tard. Elle va la tuer ! Elle va la tuer !

Abigaël frémit mais resta sereine. Ses longs cils pâles s'abaissèrent sur son regard pour en cacher l'éclair effrayé. Angélique avait surtout besoin d'entendre des paroles confiantes.

Elle la ramena chez elle.

Rassemblés autour d'elle, tous les membres de la famille Berne lui prodiguèrent de multiples assurances, démontrant que le sort ne jouerait pas contre eux.

Martial calculait le temps que devait mettre un navire officiel pour remonter le Saint-Laurent. Et, en supposant que Mme de Gorrestat ne se présentât pas aussitôt à la maison de la Congrégation, ou que Marguerite Bourgeoys sût se montrer méfiante, Pierre-André aurait *largement* le temps d'arriver, lui disait-on.

Il irait sur les ailes du vent.

Et Angélique bénissait le pays de Canada qui avait forgé cette race des « coureurs de bois » dont on pouvait dire qu'ils étaient aptes à réussir des exploits hors du commun, aucun obstacle ne les arrêtant et passant là où tout homme normal déclarait forfait.

– Qu'est-ce qui prouvait, renchérissait-on, que cette femme était au courant de la présence de la fille d'Angélique en l'île de Montréal ? Peut-être l'ignorait-elle ? Peut-être ne le saurait-elle jamais ?

– Elle ne tardera pas à le savoir. Elle est si maligne.

Et seulement d'imaginer Ambroisine-la-Démone rôdant dans les rues de Ville-Marie, à la recherche d'Honorine, on en avait la chair de poule.

De temps en temps, les petits enfants, Élisabeth, Apolline et les jumeaux qui jouaient ensemble, percevaient l'anxiété des adultes, se précipitaient vers Angélique et demandaient à l'embrasser en tendant leurs petits bras. Charles-Henri n'osait pas se montrer aussi exubérant. Il se tenait sans rien dire dans l'ombre de leurs sièges, et Abigaël, comprenant qu'il partageait leur souci et avait le cœur gros, le prit sur ses genoux.

Le chat, pour sa part, restait à l'écart, perché sur un coin de table, plissant des paupières et les regardant de loin d'un air dubitatif.

Gabriel Berne fit remarquer que tout ce qui pouvait humainement être fait de Gouldsboro avait été fait. C'était maintenant à l'esprit qu'il fallait s'adresser, car s'ils le voulaient, ils avaient tous ces forces qui soulèvent les montagnes.

Souvent, lorsqu'elle se trouva seule les jours suivants, elle s'arrêtait et regardait le paysage de Gouldsboro qui, jamais, n'avait paru si tranquille, égrenant les jours d'une vie quotidienne sans surprise. Le vent du Diable soufflait. Mais il soufflait ailleurs.

Il allait, balayant cette fois une aire beaucoup plus vaste que ce petit coin du monde.

Il soufflait dans certaines âmes, certains cœurs. Soudain, saisi d'une incommunicable terreur, l'individu qui *voyait*, qui *savait*, se découvrait étranger à son propre frère.

Alors, dans cette solitude mortelle de celui que la malédiction isole au sein d'une foule indifférente, commençaient la rencontre et le rassemblement momentanés de ceux qui sont envoyés pour partager la douleur, ou pour participer au drame. Un drame dont le déroulement n'était qu'un acte bref, parmi le déroulement d'un autre drame, ou plus grandiose ou plus hermétique. Le « pourquoi » échappait… On ne pouvait pas tout savoir. On ne voyait qu'à quelques pas dans ce tourbillon. Le vent du Diable soufflait mais il ne soufflait pas pour tous.

Le secret allait de l'un à l'autre des initiés, et jusqu'au dernier acte, on devait jouer le jeu caché, sans se distraire pour autant du jeu des apparences, plein d'embûches.

Se souvenant qu'elle avait sauvé la vie d'Ambroisine, Angélique se révoltait de la voir resurgir pour menacer son enfant. C'était trop injuste !

Elle ne voulait pas de victimes. Elle interdisait les victimes. Et surtout pas Honorine ! la petite Honorine.

Elle la voyait lorsqu'elle se tenait, grave et attentive, parmi ses compagnes, pour former la ronde, la petite Honorine dans la joliesse de ses huit ans, posant sur le monde un regard confiant, et dans son avidité de vivre, d'aimer et d'être aimée, ne pouvant comprendre qu'on lui fût cruel, qu'on la repoussât, ou qu'on la rejetât sans raison alors qu'elle n'avait rien fait de mal !

Angélique jetait son cri intérieur qui convoquait, du fond de l'horizon, les armées des cieux à venir guerroyer pour la justice.

« Saint Honoré, Saint Honoré… Vous, portant votre tête au fronton de la petite chapelle votive… dressée là-bas dans le vent âpre des hauteurs du Gâtinais où se réfugiaient les rebelles du Roi… abandonnerez-vous l'enfant qui vous fut remise sur votre seuil ? Et baptisée de votre nom !… Et vous, l'abbé ? L'abandonnerez-vous ?

Lesdiguières ! Lesdiguières ! À moi ! ! ! »

Comme elle levait les yeux vers le ciel, poussée par un élan de rage et d'exigences supraterrestres, elle revit près d'elle les trois silhouettes sombres des esclaves, là depuis un instant déjà, quatre si l'on comptait la jeune Zoé, passant par-dessus l'épaule de sa mère Akashi, son minois rond, d'un beau noir brillant où s'écarquillaient deux grands yeux attentifs.

— Dame Angélique, fit la voix de Siriki perçant les brumes de sa détresse, nous savons le danger qui pèse sur ton enfant. Bakari-Temba se propose de t'aider.

— Qui est Bakari-Temba ? demanda Angélique après avoir fait effort pour retomber sur terre.

— Le fils d'Akashi. Son aîné. Qui est venu avec elle du pays des herbes sèches, en Afrique, dont je suis aussi originaire.

À son dernier passage, Angélique n'avait fait qu'entrevoir la petite famille du fidèle serviteur des Manigault. Elle savait seulement que la belle Akashi était de nouveau enceinte.

Ses yeux se portèrent sur le garçon que lui nommait Siriki. Il n'avait pas grandi depuis le jour où Joffrey de Peyrac l'avait acheté sur le quai de Newport, et où Angélique, reprenant conscience après une sévère maladie, l'avait aperçu aux côtés de Timothy, ce qui lui avait fait croire qu'elle se trouvait encore au royaume de Marocco, dans le harem de Moulay Ismaël. Il ne grandirait plus. Cela donnait l'impression que sa tête était devenue plus grosse et ses jambes plus grêles et plus torses, tandis que s'accentuait la courbure déviée d'une épaule.

— Temba propose de t'aider, répéta Siriki.

— M'aider ? Mais comment peut-il m'aider ? s'étonna Angélique caressant machinalement la tête crépue du pauvre gnome.

Siriki jeta un regard vers son épouse puis, ayant reçu d'un signe son approbation, il commença un récit qu'il ferait aussi bref que possible mais qui était indispensable pour qu'elle pût comprendre l'intérêt de leur proposition.

Dans le pays d'où venaient Akashi et son fils, une tradition contraignait les tribus à sacrifier les nouveau-nés débiles ou infirmes. La dure vie que ces Noirs nus, gardiens de troupeaux, affrontaient au cœur d'une savane infestée de fauves, à la lisière d'une forêt qu'habitaient des races étrangères, anthropophages et primitives, contraignait les hommes à n'être que vigoureux, guerriers rompus à tous les exercices de la chasse et de la bataille. Pas de bouches inutiles. Les enfants condamnés étaient déposés au sommet d'une fourmilière géante qui s'élevait non loin du village et dont les habitantes carnivores se chargeaient d'éliminer très rapidement la chétive existence.

Lorsque la reine mit au monde – malheur sans précédent – un enfant qui s'annonçait bossu et contrefait, elle ne put se soustraire à la loi.

Le nouveau-né fut porté sans cérémonie aux insectes voraces.

Deux jours plus tard, un chasseur qui suivait la piste d'un lion passant au large de la « tour » des fourmis, entendit les vagissements d'un bébé. S'approchant, il constata que, non seulement l'enfant condamné était toujours vivant, mais que les fourmis avaient « décabané » comme l'on disait par ici, au Nouveau Monde.

Devant ce signe de la protection des dieux sur lui, l'enfant débile fut rendu à sa mère, la reine Akashi.

Seul à être difforme et disgracié, au sein de cette tribu d'hommes et de femmes splendides, il grandit entouré de crainte et de respect pour ses dons de magie, qui se révélèrent sans tarder.

Passèrent les marchands d'esclaves avec leurs arquebuses, qui payèrent le roi voisin, de la grande forêt, pour aller provoquer les chasseurs de la savane et les attirer loin de leur enceinte.

Profitant de cette absence, ils raflèrent tout ce qu'ils purent de femmes et d'enfants demeurés au village.

C'est ainsi que la reine et son fils bancal se retrouvèrent sur la côte du Sénégal et passèrent des mains de leurs ravisseurs arabes en celles d'un négrier hollandais, puis aboutirent, première escale, à Saint-Eustache, puis Saint-Domingue, pour échouer, marchandise invendable déclarée calamiteuse, sur ce quai de Newport, de l'État de Providence, l'une des sept colonies anglaises du nord de l'Amérique, où leur couple pitoyable avait attiré l'attention du comte de Peyrac qui, par compassion, les avait achetés.

Aujourd'hui, apprenant le danger qui planait sur la fille de leur bienfaiteur, le petit sorcier sollicitait l'autorisation de faire ce qu'il appelait, dans la langue véhiculaire de l'Ouest africain, un « bilongo », c'est-à-dire une opération magique.

— Il a vu en songe la femme mauvaise. Il assure qu'il peut faire quelque chose pour l'empêcher de nuire. Il a déjà préparé, dans le bois et l'os, une figurine à son image.

Par chance, l'enfant africain avait pu emmener, dans son exode, les principaux outils dont il avait besoin pour ses conjurations et ce petit bagage ne lui avait pas été enlevé, car les esclaves étaient bien traités sur les navires hollandais s'ils se montraient dociles.

Comme il aurait exhibé avec fierté ses jouets préférés ou le produit d'une pêche ou d'une cueillette dont il serait fier, il entrouvrit un sac en peau d'antilope et montra à Angélique divers gris-gris dont elle ignorait l'usage : une griffe de panthère au bout d'un manche velu, des plumes, des sachets de poils, de poussières et de poudres, des anneaux de crins de diverses tailles.

Dans un bois dur, il avait commencé de sculpter une grossière statue qui était censée représenter Ambroisine. La tête, le cou suffisaient, dit-il. Il faudrait incruster des pierres de la couleur de ses yeux...

— Tu es sceptique, reconnut Siriki qui ne quittait pas du regard le visage d'Angélique. Tu as tort d'être sceptique quand l'heure est si grave et que la vie de ton enfant est en jeu.

— Tu vois pourtant que la science des sortilèges de ton petit sorcier ne leur a pas épargné, à lui et à sa mère, d'être enlevés par les marchands d'esclaves.

Siriki roula des yeux blancs terribles.

— As-tu oublié que les deux planteurs qui ont acheté Akashi pour sa beauté à Saint-Eustache et à Saint-Domingue sont morts dans les heures suivantes et sans l'avoir touchée ? Et que c'est pour cette raison que les Anglais et les Français des Antilles cherchaient à s'en débarrasser, l'envoyant au Rhode Island en désespoir de cause, n'osant même pas la tuer de peur de s'attirer de plus grands malheurs ?

Comme elle se taisait, il poursuivit d'une voix contenue :

— Ne sais-tu pas que la magie est l'arme du faible ? Ce qui reste à la femme, l'enfant, l'esclave, contre la force obtuse de l'homme et de ses armes de fer et de feu. Mais peu sont initiés. Et c'est pourquoi l'homme ne cesse d'étendre son pouvoir sur le faible avec sa force et ses armes, ne lui laissant plus aucune échappatoire.

Tu me diras que, moi aussi, je suis un homme, un mâle, que j'ai engendré la petite Zoé, mais comme ma bien-aimée Akashi, et son fils, je ne suis rien de plus qu'eux, car esclave. Il faut être un homme prisonnier, tombé aux mains des plus forts, pour comprendre la malédiction qui pèse sur les femmes et les enfants et les faibles. Car je suis passé de la faiblesse de l'enfant à celle de l'opprimé.

Les marchands de l'Islam m'ont enlevé à ma tribu alors que je n'avais pas encore atteint l'âge d'être envoyé par les miens, armé de deux sagaies, tuer mon premier lion dans la savane afin de prouver que j'étais devenu un homme. Les marchands arabes m'ont traîné dans les sables, battu, affamé, souillé, mais je n'étais pas assez beau ou assez jeune pour plaire à un pacha, pas assez fort pour servir de portefaix, trop faible quand j'arrivai de l'autre côté du désert pour subir l'opération des eunuques, je n'étais rien, mon corps était si décharné que je ne pouvais même pas faire honneur au marchand qui me vendait. Je fus embarqué avec un lot. À La Rochelle, Amos Manigault m'a acheté, tout inutile que j'étais, et dans sa maison j'ai appris le culte du Dieu qui était venu pour défendre les faibles et les opprimés... Que m'importe que ses adeptes, mes maîtres, aient quelque peu perdu le sens de la doctrine. Dans leur maison, lui, le Dieu crucifié, me chuchotait : Je suis venu pour toi. Connais ma langue et connais mes pouvoirs... Quand elle œuvre pour la défense du faible et de l'innocent, la magie est l'instrument de Dieu.

Il reprit haleine et, avant qu'elle ait réussi à l'interrompre, repartit de plus belle :

— As-tu oublié que Jésus fut un magicien, et ne se fit connaître que par cette arme ? Qui plus faible parmi les hommes de son temps que ce Jésus ? Un homme du bas peuple, un artisan, travaillant de ses mains, pauvre, citoyen d'une nation occupée par des peuples guerriers, dont ces Romains, le glaive au poing, casqués, bardés de plastrons de cuir et qui régnaient sur toute la terre ! Qui était-il ce jeune homme démuni qui ne pouvait, malgré sa vigueur, faire usage de violence et s'imposer par la force et le maniement des armes ?... Tout lui avait été refusé dans son enfance, sa jeunesse, à part l'oppression... Le pouvoir magique fit sa force. Il chassa les démons qui tourmentaient les pauvres gens et s'étaient introduits partout, il multiplia les pains, guérit les infirmes, ressuscita les morts...

Et ses disciples ? les premiers chrétiens ? Pauvres gens aussi, ignorants, qu'étaient-ils sans le miracle, devant lequel puissants, riches et lévites ne purent que s'incliner et même tomber à genoux en disant « je crois... » ?...

— Siriki, tu m'étourdis par tes prêches ! soupira Angélique. Je ne sais plus où j'en suis !...

Immédiatement, le grand nègre adressa quelques mots dans sa langue au garçon qui lui répondit en phrases volubiles.

Ensuite, tout alla très vite.

— Il dit qu'il est certain d'avoir tous pouvoirs sur le démon de cette femme s'il pouvait posséder un objet, un vêtement lui ayant appartenu, qu'elle aurait porté ou touché et, qui mieux serait, des rognures d'ongles ou des mèches de ses cheveux...

— Des objets ! des rognures d'ongles de cette femme ? Vous êtes fous ! Qui oserait conserver par-devers soi la moindre chose ayant appartenu à cette créature ?... S'il y en a qui se sont trouvés dans ce cas, il y a longtemps qu'ils ont tout jeté ou fait brûler avec prières à l'appui. Je sais que Mme Carrère s'est débarrassée des aiguilles avec lesquelles elle avait raccommodé ses vêtements.

Le vieux Siriki réfléchit et proposa :

— Si nous allions interroger les deux femmes qui viennent de Québec et qui l'ont vue récemment ?

Le groupe partit à la recherche de Delphine et de la Polak.

Toutes deux poussèrent les hauts cris.

— Un objet ? un vêtement lui appartenant ! Dieu nous en préserve ! Nous aurions commencé par le jeter au feu. De toute façon, nous avons pris la poudre d'escampette sans même avoir le temps de rassembler nos propres hardes !

Contre laquelle affirmation Aristide Beaumarchand, qui avait porté les valises de Mme Gonfarel, s'inscrivit en faux car lesdites valises étaient fort lourdes.

La conversation ayant lieu à l'*Auberge-sous-le-Fort*, Mme Carrère se rapprocha et confirma que non seulement elle avait jeté les aiguilles qui avaient servi à ravauder les atours de la duchesse, soi-disant abîmés par le naufrage, mais aussi le

306

dé, et les bobines de fil qui avaient participé à ces travaux. Elle ne l'avait pas fait sans hésitation et regrets car la mercerie coûtait cher en ces parages, mais elle préférait cela à tout ce qui aurait pu avoir effleuré de près ou de loin, ou lui rappeler cette femme maléfique et empoisonneuse qui avait voulu l'envoyer « ad patres ».

Sur ces entrefaites, arriva Séverine Berne qui avait eu écho de leurs recherches. Elle se souvenait que tante Anna, chez qui elle habitait une partie de l'hiver afin de lui tenir compagnie, prétendait avoir reçu de la duchesse de Maudribourg un châle des Indes en remerciement de son hospitalité. Elle l'avait en effet hébergée dans une remise attenante à son logis. Tante Anna mit un moment à comprendre ce qu'on lui demandait. Pourtant, sa cohabitation avec une démone n'avait en rien altéré sa santé, ni celle de sa compagne et servante, la vieille Rebecca. Sans avoir besoin d'utiliser le camphre que l'on recommandait pour chasser les esprits malins des literies, ni l'ail en chapelets pour éloigner les vampires, elles étaient passées toutes deux sans dommage au travers de la sinistre aventure.

Le châle, dit-elle, offert par Mme de Maudribourg, elle ne l'avait jamais porté. Ce qui prouvait qu'elle possédait plus de jugeote qu'elle n'en avait l'air. Elle ne l'avait même pas touché. Malgré les conversations savantes qu'elles avaient eues ensemble, tante Anna n'avait pas éprouvé de sympathie pour Mme de Maudribourg. Le châle était resté dans la remise, et récemment, un jour qu'elle recherchait dans ses malles des livres de mathématiques, elle l'avait aperçu ainsi qu'un réticule de tapisserie contenant des rubans de cou et des objets de toilette que Mme de Maudribourg avait oubliés. Le tout devait y être encore car elles n'avaient jamais eu depuis le loisir, ni elle, ni Rebecca, ni Séverine, de se livrer à des rangements dans cette annexe bien commode qui lui servait de débarras.

On y courut.

Tante Anna, que personne ne proposait d'aider, plongea allégrement dans ce qu'elle appelait son « capharnaüm ».

– Ah ! voici les objets que m'a laissés cette dame.

Elle se retournait et tendait innocemment vers eux le châle poussiéreux, le petit sac de tapisserie, qui, ouvert, révélait les colliers de rubans plus un peigne, une brosse et – trouvaille mirifique – sur la brosse et le peigne, des CHEVEUX ! qui, longs et noirs, y demeuraient accrochés.

Devant ces vestiges effrayants que nul, y compris Angélique, Séverine et Mme Carrère, n'aurait voulu toucher pour tout l'or du monde, et que tante Anna finit par poser à terre, le jeune Bakari alla s'agenouiller.

Ils le regardèrent de loin accomplir différentes passes rituelles, marmonnant, crachant à distance par petits jets qui s'accompagnaient de bruits ressemblant aux sifflements du serpent, tandis que ses mains, chacune les pointes des doigts rassemblées, mimaient en direction des objets susdits les mouvements saccadés de têtes de reptiles crachant leur venin.

Temba finit par cueillir comme avec des pincettes le châle, les colliers de rubans, le peigne et les cheveux, pour les enfermer chacun à part dans des sachets différents de peau de vessies d'orignaux nantis d'un lien coulissant, puis il mit le tout dans un grossier bissac de cuir mal tanné. Cette sacoche, il la porta d'une main, tandis qu'il gardait à l'autre son sac de « médecines » personnel.

Ils remarquèrent une sueur en toutes petites perles au large front bombé de l'enfant qui le mouillait comme la rosée eût fait briller un granit sombre, car les pores de la peau des Noirs, très fins, très serrés, ne laissent sourdre la transpiration qu'avec peine.

Debout, les paupières baissées, il prononça une suite de phrases d'un ton monocorde et d'un air chagrin, puis passant devant eux, s'en fut sans jeter un regard à quiconque.

Lentement, ils sortirent du magasin, et prirent congé de tante Anna, que le « camphre » des mathématiques et « l'ail » des cogitations scientifiques semblaient préserver à tout jamais de l'atteinte des sortilèges.

Angélique voyait au grand Siriki et à la longue et superbe Akashi un teint grisâtre.

— Que vous a-t-il dit ?

— Il dit que c'est un démon très fort. Très fort, très choisi, assisté de multiples démons. Mais il ne faut pas craindre. Quand il sera venu à bout de l'esprit principal, les autres petits esprits s'enfuiront comme poux quittant le cadavre, et d'eux il n'y aura plus rien à redouter... Ce sera dur, très dur, mais il affirme : ta fille sera sauvée. Sa magie à lui sera la plus forte, car il va s'adresser à Zambie, qui est le dieu du Ciel, et plus puissant que le dieu de la Terre.

— Court-il un danger ?

— Il peut mourir, chuchota Siriki. Et Akashi le sait.

La veille de son départ pour Wapassou, elle dîna seule en tête à tête avec Colin.

D'être assise en sa présence, sans être obligée de feindre, de parler, de répondre, lui fit du bien.

Le calme solide qui émanait de lui, et l'amour passionné qu'elle le sentait éprouver pour elle endormaient sa douleur comme une drogue.

Avec bonne volonté, elle réussit à porter à ses lèvres quelques cuillerées de potage et, quand elle relevait les yeux, elle voyait son bleu regard fixé sur elle avec intensité.

— À quoi penses-tu, Colin ?

— Je pensais... Combien les femmes deviennent inaccessibles quand leur enfant est en danger. Et combien nous nous sentons impuissants, nous autres hommes, pour les défendre de cette angoisse.

– Vous pouvez plus que vous ne croyez. C'est bon de ne pas être seule à aimer un enfant.

Et elle se souvenait de Joffrey s'inclinant devant la petite Honorine, un bébé encore, qui lui demandait ardemment :

– « Pourquoi m'aimes-tu ? Pourquoi ? »

Et lui, répondant avec un grand salut :

– « Parce que je suis votre père, damoiselle. »

Elle n'était pas seule.

Colin posa sa large main chaude sur la sienne.

– Tu n'es pas seule, fit-il en écho à sa pensée. Notre amour veille près de toi. Notre amour veille sur elle.

Et il répéta avec assurance la même phrase que Siriki avait dite :

– Ne crains rien. Ta fille sera sauvée.

32

Honorine savait que la dame aux yeux jaunes voulait sa mort. Et pire encore !

Quand le regard de la dame était tombé sur elle, au parloir, elle s'était sentie très mal.

Et la nuit, elle avait rêvé de ses yeux jaunes sur elle. « Dame Lombarde, l'empoisonneuse. »

Et depuis que mère Bourgeoys était partie, elle était habitée par une maladie qui l'empêchait de respirer et presque de dormir. Si elle en avait expliqué les symptômes à la mère infirmière, celle-ci lui aurait peut-être dit que cette maladie se nommait LA PEUR.

Elle n'avait jamais éprouvé cette maladie.

« Même l'ourse qui voulait nous tuer pour défendre son petit n'était pas aussi féroce que cette femme aux yeux jaunes... »

Mère Jalmain et ses petites amies qui s'extasiaient : Vous allez monter en carrosse avec la femme du gouverneur... étaient stupides. Quand la dame reviendrait, elles l'obligeraient toutes, avec des tas de rires et de phrases idiotes, à suivre cette femme horrible, à partir avec elle. Et elle sentirait se refermer sur son poignet cette main, comme la première fois, mais cette fois, mère Bourgeoys ne serait pas là pour intervenir. Et elle ne pourrait rien faire !

Contre cela, même son arc et ses flèches ne pouvaient rien. Si elle essayait, tout le monde rirait et se moquerait d'elle. Et elle se laisserait entraîner. Et elle allait être PRISONNIÈRE !...

Lorsqu'on l'avertit que, dans l'après-midi, Mme de Gorrestat allait venir la chercher pour l'emmener à la fête, elle décida de se cacher. Mais on aurait tôt fait de la dénicher.

Elle pensa s'enfuir. Mais où ?

Tout à coup une idée lui vint.

« Je vais aller chez mon oncle et ma tante du Loup, près de La Chine. »

C'était bon de s'en souvenir.

« J'ai une famille ! » Elle faisait partie de cette famille. Une famille se doit de défendre ceux qui lui appartiennent, comme dans les tribus. Tandis qu'avec les étrangers, même s'ils vous aiment beaucoup, on ne peut être jamais sûr qu'un jour ils ne se détourneront pas de vous. Vous ne faites pas « partie » de leur famille.

« Mon oncle, ma tante, mes cousins », se répéta-t-elle avec satisfaction. Et sa tante était si gentille.

Apercevant la porte du jardin ouverte, elle fut sur le point de mettre aussitôt son projet à exécution. Le regret de ses deux boîtes à trésors qu'elle ne pouvait laisser derrière elle la retint et, par la faute de cette hésitation, elle fut contrainte de suivre à la récréation les autres dans la cour, où on leur distribua, pour la collation de dix heures, une tartine et une poire.

Honorine mit pain et fruit dans la poche de son « devantier » de toile. La route serait longue, et elle aurait besoin de manger en chemin.

Elle réussit, sans se faire remarquer, à rentrer dans la maison et à monter jusqu'à l'étage des dortoirs.

Grimper sur une chaise sommée d'un escabeau pour atteindre l'étagère ne fut pas une petite affaire. Ayant récupéré ses deux boîtes, et se retrouvant au sol sans dommage, Honorine s'empara du havresac indien de Mélanie Couture – ça lui apprendrait à ne jamais le prêter – dans lequel

elle mit son bien, et dont elle se passa la bandou-
lière à l'épaule.

Maintenant, elle suivait le bord du fleuve, heureuse d'avoir pu sortir du jardin et s'éloigner sans
être remarquée. Elle n'était pas très sûre de la
direction à prendre, et avançait en hésitant. Une
brume bleutée pastellisait les alentours, noyait les
contours des buissons d'osier et les bouquets de
saules. La rive lointaine s'effaçait.

Si la brume se faisait plus dense encore, Honorine espérait ainsi devenir invisible.

L'œil requis par la danse nerveuse d'une libel-
lule, le bourdonnement d'un essaim de moustiques, par instants elle s'arrêtait. Elle se tenait là,
rêveuse, petite personne en robe de coutil et
caraco d'été, son havresac lui battant les mollets.
Et sur ses épaules, ses cheveux qui s'échappaient
du béguin de linon blanc mettaient une tache
d'aurore à travers les brouillards.

Une voix jeune chanta, derrière le feuillage
retombant des saules, et une barque à l'unique
voile qu'on venait de laisser tomber glissa et vint
cogner contre la rive.

Le pilote, Pierre Lemoine, un grand jeune
homme, reconnut Honorine.

— Vous vous promenez, demoiselle ?

— Je dois me rendre chez mon oncle et ma
tante, fit Honorine, importante. Les Seigneurs du
Loup, à Saint-Pierre.

Prise d'une inspiration subite, elle ajouta :

— Pouvez-vous m'y conduire ?

— Pourquoi pas ? fit le jeune homme avec
entrain.

Fils du fleuve, il n'était heureux qu'à la
manœuvre de son esquif et ne perdait aucune
occasion de savourer, en des navigations sans fin,
la liberté d'être son seul maître, entre ciel et eaux.

Il la fit monter, prendre place sur le banc, et,
après avoir gagné à la rame le milieu du fleuve,
dressa la voile carrée en sifflotant.

Le vent était bon. Se gardant des courants dont il connaissait toutes les ruses, le jeune nautonier ne mit que deux heures à joindre la crique où les habitants de la région de Saint-Pierre abordaient.

Au-delà de la paroisse de Saint-Martin, le brouillard s'était dissipé, et le fleuve reparut sous le ciel bleu, luisant comme une peau de serpent, agité de remous qui annonçaient les rapides de La Chine.

Ç'avait été une promenade charmante. Ils avaient chanté tour à tour ou en chœur toutes les chansons de leur répertoire d'école ou d'église.

Pierre Lemoine en savait quelques autres pour être allé une fois aux Grands Lacs et il donna à Honorine la primeur de celle qui commence ainsi :

« Je m'en reviens des pays hauts
Adieu tous les sauvages... »

– Vous avez encore à marcher, lui dit-il, après l'avoir aidée à prendre pied sur la rive, mais je vais vous indiquer un raccourci.

Lorsque vous aurez remonté jusqu'au hêtre rouge, là-bas, vous ne prendrez pas le chemin du Roy qui fait un long détour, mais vous bifurquerez sur la droite et, après avoir longé un petit bois, vous vous trouverez devant un sentier qui traverse de grands pâturages. Le manoir du Seigneur du Loup est au bout.

Elle le regarda s'éloigner, reprenant ses chansons. Il avait bien de la chance d'être un garçon et de pouvoir aller aux bois, jusqu'aux Mers Douces ou jusqu'à la Vallée des Iroquois.

Elle se mit en route, rassurée de reconnaître les lieux. Elle était déjà passée par là quand elle était venue avec sa mère.

Angélique, avant de la quitter, lui avait bien recommandé de chercher à voir sa famille si elle était triste. Mais jusque-là, elle n'avait pas été assez triste pour avoir envie de les voir. Car elle était très heureuse chez mère Bourgeoys. Son oncle et sa tante étaient venus la visiter de temps en temps, mais elle leur avait « fait la tête », elle ne savait plus pourquoi.

Mais, malgré cela, elle était certaine que son oncle la défendrait.

Son oncle dirait : C'est la fille de ma sœur ! N'approchez pas !

Elle aussi, quand elle serait grande, elle défendrait les enfants de Gloriandre. Elle dirait : C'est la fille de ma sœur. Elle essaya d'imaginer Gloriandre avec des enfants...

Elle trottinait courageusement. Il faisait très chaud. La sueur mouillait son front. Le havresac devenait lourd. Elle le passa sur l'autre épaule. Elle se demanda si elle serait habilitée pour défendre aussi les enfants de Florimond et de Cantor.

Cantor, certainement, ne voudrait pas. Il ne lui faisait pas confiance et la rejetait de la famille. Et Florimond était bien trop malin pour laisser ses enfants avoir besoin de la protection de quelqu'un d'autre que lui.

Elle serait obligée de se rabattre sur ceux des jumeaux. Ils n'étaient pas très débrouillés, et certainement lui seraient reconnaissants de les aider. Et tout d'abord, ils n'auraient pas à discuter car elle était leur sœur aînée.

Ces considérations, qui absorbaient son esprit, avaient permis à Honorine de franchir un long parcours. Quand elle releva la tête qu'elle tenait penchée, sous l'intensité de ses réflexions, elle vit devant elle le sentier dont avait parlé Pierre Lemoine et qui traversait de vastes champs en pente douce où paissaient des moutons et des vaches.

Elle s'y engagea. De nouveau elle avança, le front baissé pour ne pas se décourager devant la distance à franchir. Elle crut entendre, voguant par-dessus les prés, un bruit de roues cahotant et de chevaux galopant, mais n'y prit pas garde. Le sentier montait. Elle était fatiguée.

Elle aperçut enfin, au revers du coteau, les cheminées du manoir de l'oncle Josselin. Son petit cœur battit. Bientôt, elle serait dans « sa famille ». Sa tante Luce viendrait au-devant d'elle, et quand elle se pencherait pour l'embrasser, Honorine mettrait ses bras autour de son cou et cacherait son visage dans l'ombre de son épaule. C'était bien qu'il y ait des femmes comme sa tante Luce qui aiment les enfants et ne les craignent point.

Elle se hâtait et à force d'être essoufflée, elle avait la gorge toute sèche et brûlante.

Elle parvint au sommet de la colline et la sente se continuait devant elle à travers le plateau, mais elle voyait maintenant non loin le manoir tout entier avec sa façade blanche un peu rosée par le soleil et son beau et grand toit bleu.

Des barrières clôturaient les champs par lesquels elle s'avançait. À ces barrières, un groupe de personnes se tenaient appuyées, des gentilshommes, car à contre-jour, on voyait les panaches déployés de leurs chapeaux à plumes.

Ils venaient d'arriver en carrosse par la voie malaisée que, pour une lieue ouverte, on appelait « le chemin du Roy ». Ils s'interposaient entre Honorine et la maison de son oncle. Une femme en grands falbalas se tenait parmi eux.

En la reconnaissant, l'enfant s'arrêta, pétrifiée.

La femme aux yeux jaunes !...

33

Dans cette remise poussiéreuse où ils l'avaient conduite à l'arrière d'une maison de bois vétuste et inhabitée – son propriétaire était en France – qu'un jardin mal entretenu isolait des autres demeures et de la rue passante, ils la regardaient sans pitié, insensibles à sa terreur.

— Elle est plus maligne que toutes les nonnes réunies, fit Ambroisine en grinçant des dents, mais cela ne lui aura servi de rien, de me redouter, et de me fuir.

Elle considéra la petite forme, tremblante, debout devant eux et se délecta d'imaginer derrière ce rond visage d'enfant terrorisée celui d'Angélique désespérée.

Elle jubilait et frémissait de joie hystérique. Enfin, elle tenait sa vengeance, si longtemps méditée.

— Nous allons revenir te chercher, dit-elle, et alors, nous nous amuserons bien avec toi, mon petit amour !... Tu regretteras d'être née, et d'avoir été la fille de ta mère.

Elle se rapprochait à petits pas et ses yeux luisaient de plus en plus.

— Oui ! tu peux regretter d'être sa fille. Sache-le bien. C'est à cause d'elle que je vais te faire périr dans les tourments... Veux-tu avoir un avant-goût de ce que je te réserve ?

Elle attrapa une mèche de cheveux hors du bonnet et tira avec une telle violence qu'elle arracha un peu de chair. Honorine ne poussa pas un cri. Elle ouvrit la bouche et aucun son n'en sortit.

Ambroisine éclata de rire.

— Ne voyez-vous pas qu'elle est devenue muette de peur !... Inutile de s'inquiéter. Elle n'appellera pas. Et il n'est pas nécessaire de mettre la chaîne à la porte. Elle ne bougera pas non plus. Retirons-nous. Nous avons perdu assez de temps à la pourchasser. L'on pourrait s'étonner de mon absence. Après les cérémonies, nous reviendrons... Et nous l'emmènerons... où vous savez.

Quoi qu'elle en eût dit, ils mirent la chaîne et Honorine entendit la clé tourner dans le cadenas.

Cela ne changeait rien. La femme aux yeux jaunes avait raison. Elle ne s'enfuirait pas car elle ne pouvait plus bouger.

Honorine éprouvait un sentiment de honte terrible et de rage contre elle-même. C'était cela qui lui faisait le plus mal, plus que la douleur de la déchirure qu'elle avait au bord du front et dont elle sentait le sang couler en filet sur sa tempe et sur sa joue.

Le serpent qui endort le lapin.

« Je suis le lapin. » Plus sa terreur était grande, et plus elle était paralysée, au lieu de courir et de se battre ! Elle ouvrait la bouche et aucun son n'en sortait, n'en sortirait plus jamais. « Ne voyez-vous pas qu'elle est devenue muette ? », avait dit la femme dans un rire exécrable.

Jamais plus elle ne courrait, ne rirait. Sa pensée était figée comme de la glace dans sa tête. Son cœur fondait. Par instants, elle avait l'impression de disparaître au fond d'elle-même comme si elle se noyait, puis elle revenait à la surface et c'était encore plus horrible car alors, elle se rappelait.

Le temps passait, le temps durait... l'ombre avançait.

Elle perçut un brouhaha lointain, le bruit des voix où perçait un RIRE démoniaque.

« Ils » revenaient.

« Je veux mourir. »

La porte s'ouvrait...

Ce n'était pas la porte, mais une planche qui avait été déplacée dans la paroi branlante de la cabane, et, par l'interstice de lumière, se glissait une silhouette fragile et souple. Honorine reconnut la jeune Indienne Catherine, avec laquelle elle s'était si bien amusée au parloir, le jour de la fête.

« Kateri ! Kateri ! voulut-elle crier. Sauve-moi ! »

Mais l'Iroquoise ne pouvait entendre ce cri intérieur qui ne franchissait pas ses lèvres, ni l'apercevoir car la pénombre s'était accentuée.

« Et elle est presque aveugle !... Elle ne me verra pas ! Je suis perdue ! »

Défaillant de détresse, elle se répétait : « Elle ne me verra pas ! Elle ne me verra pas ! ! ! » Jusqu'à l'instant où elle comprit, dans un délire de joie, que c'était pour elle que Catherine Tetakwita avait pénétré dans le cellier, que c'était elle, la petite Honorine, qu'elle cherchait.

Car, la discernant enfin, immobile, dans son encoignure, comme une statue, comme un totem de bois, elle eut un doux et triomphant sourire.

Au-dehors, les voix, le rire satanique se rapprochaient.

La jeune Indienne mit un doigt sur sa bouche. Elle fit signe à Honorine de la suivre. Puis comprenant qu'elle était incapable de se mouvoir, elle l'enleva dans ses bras frêles.

Ceux qui arrivaient et s'arrêtaient devant la remise, venant chercher leur innocente victime pour une immolation abominable et, assurés de son impuissance, ne se hâtaient pas de tourner les clés, savourant les prémices des jouissances malsaines qu'inspirent aux hommes dépravés la terreur et les tortures infligées à l'être faible et sans défense, et sur lequel ils ont pris pouvoir — seules jouissances dont la plupart d'entre eux, perdus de vices et débauchés, pouvaient encore se prévaloir —, les démons ricanants qui se groupaient derrière leur égérie, déjà prêts à l'assister dans son cruel et luxurieux divertissement, se souviendraient plus tard d'avoir entr'aperçu, tandis qu'ils s'approchaient, une femme indienne portant un enfant et dont la mince silhouette drapée dans sa couverture de traite rouge avait disparu au tournant de la ruelle.

— Oh ! Catherine ! Tu m'as sauvée ! dit Honorine en mettant ses bras autour du cou de la jeune Iroquoise. Oh ! Catherine, tu m'as sauvée « in extremis » !...

34

Par les sentiers du Maine américain, entre Kennébec et Penobscot, cheminait la caravane, et sous les ramures, philosophaient des petits enfants.

– C'est quand le Malheur vient, que lui, Sire Chat, ne vient pas.

– Comment il est le Malheur ?

– C'est un grand bonhomme noir avec un grand sac.

– Peut-être que le Malheur va manger Sire Chat ?

Charles-Henri et les jumeaux discutaient de l'absence de Sire Chat qui, au moment du départ de la caravane vers Wapassou, s'était révélé introuvable, ce qui les privait de leur compagnon de jeu jusqu'à la prochaine saison. Et Angélique n'aimait pas cela. Non pas qu'elle craignît pour Sire Chat. Il reparaissait toujours triomphalement là où il lui plaisait d'être. Mais Angélique ne pouvait s'empêcher de penser que, s'il l'abandonnait, ELLE, c'est qu'il devait avoir des raisons graves.

Et tandis que les pas des mules, qui portaient les enfants, et ceux de son cheval sonnaient sur le sentier pierreux, elle se demandait si le chat ne fuyait pas, en elle, la malédiction de la Démone, comme des miasmes contagieux.

C'est de cela que s'entretenaient les enfants, bien fixés, chacun dans un petit fauteuil, sur des mules alertes au pied sûr. Ils n'étaient pas restés sourds aux conversations qui avaient agité Gouldsboro, et, d'après ce qu'elle comprenait de cette importante conversation dont Charles-Henri était à la fois l'interprète et le commentateur – car le langage des jumeaux, pourtant très volubiles, exigeait parfois des éclaircissements –, ils s'étaient forgé dans leurs petites têtes une image de ce Malheur gigantesque et sombre qu'ils avaient senti planer sur les adultes inquiets.

— Je ne veux pas que le Malheur mange Sire Chat, dit Gloriandre, dont la lèvre rose trembla sur des sanglots proches.

— Sire Chat ne se laisse pas manger, la rassura tout de suite Angélique. Au contraire, ce sera peut-être Sire Chat qui lui crèvera les yeux, au Malheur.

— Mais le Malheur n'a pas d'yeux, lui répondit Raimon-Roger en la regardant d'un air hautain, ses prunelles marron-noir qui contrastaient avec ses cheveux bouclés et mordorés et son teint blanc s'arrondissant au point que, lorsqu'il vous fixait ainsi, on ne voyait qu'elles.

Angélique aimait leur babillage au long du chemin.

À tour de rôle, elle les prenait sur le devant de sa selle, et pendant quelques heures, par l'intimité de ses bras refermés autour d'un petit corps confiant dont elle sentait palpiter le cœur aux élans neufs, l'esprit en éveil comme celui d'un oiseau qui s'éveille à ses premiers chants, elle tissait les liens étroits et chaleureux entre elle et eux, qui se fortifieraient et s'enrichiraient au long de leur vie : « Mon enfant ! » « Ma mère ! »

Les yeux bleus de Gloriandre, et ses noirs cheveux plus beaux que la plus belle des nuits, la beauté-laideur de Raimon-Roger, le « comte roux » qui, toute sa vie, fascinerait sans qu'on pût déterminer pourquoi et en qui elle sentait cette raideur de combat qui avait dû être celle de Joffrey enfant lorsqu'il avait décidé de refuser la mort, dans le panier du paysan catholique.

Et puis ce Charles-Henri, l'enfant étranger, marqué du destin, bon, vaillant, au rare mais doux sourire, qui, lorsqu'il la regardait avec tant de joie contenue quand elle le prenait à son tour sur son cheval, lui rappelait le regard de l'enfant disparu dont il portait le nom.

– L'orignal est une bête mélancolique au sombre caractère, se complaisant dans l'humidité.

Sur leur parcours, ils passaient près d'un petit étang d'un vert étincelant, et chaque fois, ils y avaient vu un orignal buvant, dont les bois superbes s'ouvraient sur le ciel comme des ailes.

Angélique se persuadait que c'était toujours le même animal, un peu plus grand chaque année, qui venait les attendre là.

Elle lui disait : Bonjour, gardien du Kennébec.

Et les enfants, après elle, répétaient son salut.

Ils mirent près d'un mois à remonter le Kennébec et à atteindre Wapassou.

La saison n'étant pas avancée, rien ne pressait la caravane et l'on pouvait s'arrêter aux étapes devenues familières.

À Wolvich, village anglais du Maine où était né leur ami-ennemi Phips, Angélique pensait retrouver Shapleigh, l'homme des médecines. Il ne vint pas et, regrettant de ne pas l'avoir vu ainsi que son épouse indienne, son fils, et sa bru qui avait nourri Gloriandre, ils reprirent leur route. Angélique était également contrariée de l'avoir manqué, car ses provisions d'écorce de quinquina contre la malaria s'épuisaient, et il était le seul à pouvoir lui en procurer.

L'estuaire du grand fleuve développait son réseau compliqué de multiples presqu'îles et d'îlots, hérissés de sapins noirs dont les branches basses trempaient dans l'eau.

Dans ce labyrinthe se faufilaient canoës d'Indiens et navires dont les mâts et les voiles apparaissaient au-dessus de la cime des arbres.

Chaque été, les pirates des Caraïbes remontaient les premiers miles de son estuaire, dans une vague espérance d'Eldorado, pour aboutir au poste du Hollandais Peter Boggen sur l'île de Houssnok, dont les plus grandes richesses étaient représentées par la fabrication de grosses boules de pain de froment, dont les Indiens de la région étaient friands, et des tonneaux de bière.

Les pirates se consolaient autour d'une marmite de la mixture brûlante dont le Hollandais avait le secret, dans laquelle entraient deux gallons du meilleur madère, trois gallons d'eau, sept livres de sucre, de la mouture d'avoine fine, raisins secs, citrons, épices... le tout flambé dans un grand bol d'argent.

Ils passèrent ensuite au large de la mission désaffectée de Norridgewook qui avait été celle du Père d'Orgeval, s'arrêtèrent quelques jours à la mine du Sault-Barré qui était tenue par l'Irlandais O'Connell. Depuis qu'il avait épousé la sage-femme Gloria Hillery, son caractère s'était un peu amélioré.

Au cours de ce voyage, il n'y eut qu'un seul incident, mais de taille.

Un peu après qu'ils eurent quitté la mine du Sault-Barré, les premiers porteurs revinrent en arrière, l'air troublé, en disant qu'ils avaient aperçu des Iroquois en grand nombre. Depuis des années, depuis le drame de Katarunk qui s'était déroulé dans ces parages, aucun parti d'Iroquois, venant l'été piller et tuer, n'avait été signalé dans la région.

– N'étaient-ce pas des Hurons ?

Mais les indigènes étaient formels. Leur instinct, durement aiguisé par les massacres du passé, ne les trompait pas. Certains commencèrent à se glisser vers l'arrière de la caravane dans l'intention de fuir. Les soldats d'avant-garde vinrent se regrouper près d'Angélique et des enfants.

Elle se tenait sur son cheval, et, regardant autour d'elle, reconnut qu'ils n'étaient pas loin de cet endroit qu'on avait appelé la « crique des Trois Nourrices ». Beaucoup de bâtiments y avaient été bâtis depuis car, de là, on continuait par voie d'eau, avec les montures, sur des barges.

— Essayons de continuer jusqu'à ce poste, proposa-t-elle. Nous pourrons nous regrouper, édifier un camp de défense s'il le faut.

Elle n'était pas vraiment inquiète. Elle avait dans ses bagages la « parole » des Mères des Cinq-Nations iroquoises qui lui avait déjà servi à Québec.

Des yeux, par-dessus la rivière, elle chercha le guet qui ne devait pas être loin. Et voici que, sur l'autre rive, entre les arbres, aussi immobile que les arbres selon son habitude théâtrale, elle reconnut Outtaké, le chef des Mohawks.

C'était lui, malgré une coiffure différente.

Son panache était plus court et raide comme une brosse, encollé de cire teintée de vermillon, et traversé d'une unique plume de corbeau noir.

Il était seul. Mais si loin de la Vallée des Cinq-Lacs, on pouvait supposer qu'il ne s'était pas rendu seul jusqu'en ces régions ennemies et que chaque arbre de la forêt dissimulait un Iroquois aux aguets.

O'Connell, qui avait fait escorte à la caravane jusqu'à l'étape suivante, respira bruyamment.

La dernière fois que les Iroquois étaient passés par là, il avait tout perdu dans cet horrible incendie de Katarunk, toute sa réserve de fourrures. Ça n'allait pas recommencer !...

Outtaké leva la main et salua Angélique en disant :

— Salut à toi, Orakawanentaton !

Pour plus de solennité, il énonçait de tout son

long le nom qu'ils lui avaient donné et qui était celui de l'étoile polaire, « celle qui nous guide au firmament et ne dévie pas de la route salvatrice qu'elle indique ».

Elle répondit :

— Salut à toi, Outtakéwatha.

— Nous sommes venus laver les ossements de nos morts, annonça Outtaké.

La rivière était étroite et l'on pouvait se parler sans trop élever la voix. Il y avait comme un écho qui ricochait à la surface de l'eau.

— Le temps est venu où nous devons rendre hommage à nos morts de Katarunk. Nous ne pouvons encore les ramener parmi les leurs pour le grand festin des morts, mais nous devons laver leurs ossements et les envelopper dans des robes de castor neuves pour les honorer. Ils nous en voudraient de ne pas les visiter, eux, nos frères et nos chefs, assassinés traîtreusement à Katarunk. Plus tard, nous reviendrons encore et les ramènerons au pays des longues maisons où est leur place, mais aujourd'hui, ils doivent recevoir notre visite et être consolés par notre présence.

Nous ne pourrons, hélas, leur conter les exploits de la grande fédération iroquoise. Les promesses que nous vous avons faites, à toi et à ton époux Ticonderoga, et aussi à Ononthio, enchaînent les fiers Iroquois, prisonniers de leurs villages et de leurs cultures comme des femmes, et ils vont perdre le goût et l'art de la guerre, tandis que ces chiens de Hurons, ainsi que les Algonquins nomades, vermines de la terre, en profitent pour aiguiser le tranchant de leur hache et polir la boule de leur tomahawk. Mais qu'importe ! Nous avons échangé nos « paroles » et je ne reviendrai pas là-dessus.

Pour te plaire, j'ai lancé mon cri : Osquenon, qui veut dire PAIX. Et je ne le retire pas, et je le répète encore.

Il leva le bras derechef et lança son cri :

– OSQUENON !...

qui fut repris en grande clameur sourde par ses invisibles guerriers, dissimulés derrière les arbres et les fourrés du bois.

– Osquenon !...

Le cri de paix, à lui seul, donnait plus le frisson que n'importe quel cri de guerre d'Europe.

Outtaké réitéra ses promesses et l'assurance qu'il ne venait accompagné d'environ deux cents guerriers chargés de représenter les Cinq-Nations auprès des Anciens décédés – ce qui fit frémir à nouveau ses interlocuteurs – que pour remplir un devoir sacré et traditionnel, que ses intentions étaient pacifiques et que personne n'aurait à souffrir de leur passage dans la contrée, si nul ne cherchait à les attaquer et à les empêcher de repasser le Kennébec pour rentrer chez eux.

– La cérémonie doit durer six à huit jours. Durant ce temps, demeurez dans votre campement que vous possédez un peu plus haut, en amont, et que nul n'en bouge avant l'heure. Quand vous apprendrez que la fête des morts est terminée, nous serons loin déjà et sans risque qu'un seul de nous puisse être fait prisonnier par traîtrise.

– Comment serons-nous avertis que la cérémonie est terminée et que nous pouvons nous remettre en chemin ?

Un aigle viendra survoler votre campement.

– Un aigle survolera le campement ! Et voilà ! C'est tout simple ! grognait O'Connell. Comment voulez-vous qu'on s'habitue à vivre dans des pays pareils ! Et dire qu'ils vont se munir de magnifiques robes de castor qui représentent une fortune pour envelopper de vieux débris de squelettes ou des corps pourris pleins de pus et de vers, et remettre tout ça dans la terre ensuite. C'est du gâchis !

Mais il fut bien obligé, comme les autres, de prendre son mal en patience au campement pendant les six à sept jours que dura la fête des morts.

L'ancien Katarunk n'était pas loin et parfois voguait à la cime des arbres une rumeur d'orage, un long cri : « Haé ! Haé ! »

— Est-ce leur cri de guerre ?

— Non. Celui-ci s'appelle le cri des âmes !...

Quand un aigle survola le campement, si haut, si tranquille, personne n'y croyait. L'on se remit en route un peu timidement. Il n'arriva rien.

Les derniers des acacias, les premières grandes masses de conifères, chênes et tulipiers s'espaçant, et puis les colonies royales des érables dont les variétés se distingueraient mieux lorsque les feux de l'automne seraient venus empourprer leurs feuilles aux pointes aiguës.

Suivant les lignes de crête, ils traversaient les forêts rafraîchissantes qui garnissaient les sommets des massifs granitiques, et d'en haut, on apercevait la pénéplaine étoilée de lacs glaciaires, puis les montagnes les plus élevées du Maine pointant au loin sur le ciel d'azur prirent des allures superbes, les escortant des premières couleurs de l'automne, tels qu'ils auraient pu l'être par les chants de chœurs solennels ou les cuivres et les trompettes d'un ample orchestre se déchaînant.

Un brusque froid de quelques nuits alluma l'or palpitant des bouleaux dans les frondaisons encore résolument vertes de tous les verts de l'été. Les journées restaient brûlantes et il fallait faire halte aux heures les plus chaudes.

Délire, débauche de couleurs...

La montagne au loin, mauve, les érablières roses, rouge cerise, et l'or encore, l'or vert, l'or miel, ambre, se reflétant dans des lacs d'un bleu grave qui viraient à l'argenté dans leur centre, au violet sombre ou à l'émeraude le long des rives.

Angélique pensait à son frère Gontran qui aurait su les peindre aux plafonds de Versailles.

Dans les profondeurs des bois où bougeaient

des lueurs de fournaise, le geai bleu lançait son cri aigre.

Plus loin, ils retrouvèrent des chevaux. La marche ne présentait plus les difficultés du premier voyage, un pont franchissait le défilé de la Tortue où le signe des Iroquois s'était dressé devant Angélique, paraissant lui interdire l'accès des contrées au-delà.

À deux jours du but, un orage entraîna des torrents d'eau à travers la piste praticable qui suivait un lit de torrent asséché.

Il fallut renvoyer les chevaux, laisser la plupart des colis en attente dans une cache creusée au flanc d'une falaise, et continuer à pied, les enfants portés à dos d'homme.

Le beau temps revint. Les deux journées de marche et d'escalades au flanc des cascades qui marquaient les saults, lieux de portage, passèrent rapidement, comme une promenade.

Et ce fut le moment toujours goûté, celui où, débouchant de la forêt, on put entendre le meuglement des vaches qui, aux abords de Wapassou, dans les vastes espaces marécageux maintenant drainés, paissaient paisiblement.

Sur les rives du lac couleur d'ardoise, aux tonalités profondes, les roseaux d'or dressaient leurs hampes rigides, tandis qu'entre eux s'effilochait le roux blé de millet où s'ébattait le gibier d'eau.

Elle aperçut aussi, dans la falaise, les traits du Vieil Homme de la montagne, mis en relief par les rayons du soleil du soir. Et son cœur se serra en pensant à Honorine qui se désolait tellement de ne pas le voir. Elle ne cessait de penser à Honorine. Mais en s'efforçant de tenir en bride son imagination, lui refusant de s'appesantir sur les épreuves cruelles qui déjà avaient marqué la courte vie de l'enfant dans le passé, et sur celles encore plus cruelles et atroces qui la menaçaient dans le présent ou un proche avenir.

Elle gardait son esprit étale, à un niveau de

confiance où s'inscrivaient sur la pierre ces mots : *Tu seras sauvée, mon enfant.*

Peu importait comment. De préférence grâce au périple du messager. Elle comptait les étapes, puis les démarches que nécessiterait « l'évasion » d'Honorine.

Les pronostics les plus optimistes ne pouvaient pas autoriser à espérer qu'Honorine les attendrait à Wapassou, mais bientôt, on la verrait arriver avec Pierre-André.

À Wapassou, tout était en place : les étables, les appartements, les salles communes, les entrepôts, le grand puits dans la cour d'entrée, et deux autres, intérieurs, dans les cuisines, comme on en trouvait dans les maisons québécoises et montréalaises.

Femmes, enfants vaquaient à leurs occupations.

On relevait de blanches lessives étendues sur les rives, près de l'eau brune, l'eau « humique » qui lave mieux que toute autre.

Des passages d'oies sauvages avaient permis la mise en pots de confits savoureux.

Des wigwams en dômes du petit campement indien montaient, droit comme d'un brûle-parfum, des filets de fumée paresseuse.

Du donjon, elle s'attarda à regarder la nuit qui descendait sur les grands espaces étagés sans fin, et dont les ors et les pourpres s'éteignaient, étouffés par l'ombre avançante.

Le drapeau bleu, à écu d'argent, de Joffrey de Peyrac flottait sur le fort.

Cependant, le calme idyllique de Wapassou cachait une autre face.

Dans l'euphorie du retour et la joie de retrouver sa maison, elle ne s'en avisa que plusieurs jours plus tard.

Soudain, l'établissement lui parut dépeuplé. La plupart des hommes manquaient, et jusqu'à Porgani, l'Italien, que l'excellence avec laquelle il avait assumé à plusieurs reprises la garde et la direction du poste, en l'absence de M. de Peyrac, désignait comme le chef incontesté et qu'elle avait été étonnée de ne pas voir venir à sa rencontre. Antine, le colonel de la recrue de mercenaires qu'il avait levés en son canton helvétique d'origine le remplaçait, non sans diligence, avec son adjoint Curt Ritz, et ils continuaient d'assumer la défense militaire, mais ils n'avaient guère plus sous leurs ordres que trois soldats. L'explication qu'on lui donna était coutumière et ne pouvait fournir aucun sujet d'inquiétude.

Tous les autres, lui dit-on, participaient aux grandes chasses d'automne avec les tribus metallaks.

C'était devenu traditionnel, depuis le premier automne, où, arrivant dépouillés, sans réserves et presque sans toit, pour aborder l'hivernage, la grande chasse d'avant les frimas à laquelle avaient participé les tribus accourues à l'appel de Mopountook, le chef des Metallaks, leur avait permis de survivre plusieurs mois.

Comme en ce bel été indien que l'on évoquait, une exceptionnelle clémence de l'automne présent avait attribué à l'expédition des allures de fête. Thomas et Barthélemy, les deux enfants d'Elvire, avaient reçu l'autorisation d'y participer. Les femmes et les enfants restants accordaient autant d'importance aux festivités prévues pour le retour triomphal des chasseurs qu'aux préparations plus modestes qui étaient leur lot du moment en l'arrière-saison : cueillette des baies à faire sécher sur des vans tressés, ou des champignons que l'on enfilait sur des liens et qui se conservaient en chapelets tendus d'une solive à l'autre des plafonds.

Ces menues besognes exigeaient beaucoup de temps, de main-d'œuvre et Angélique, dès la première inspection, vit que rien n'était fait encore, il s'en fallait de beaucoup.

Elle remarqua de même que les choux, au

revers du coteau, n'avaient pas été tronçonnés et retournés pour s'y congeler dès les premiers gels. Une partie auraient déjà dû être mis en tonneaux dans la saumure, pour la sauerkraut qui aidait à lutter contre le scorbut.

On lui donna comme excuse qu'on avait craint de manquer de sel. Elle en apportait en effet quelques sacs portés par des mules, puis à dos d'homme. Elle dut, pour décider les soldats à aller mollement, armés d'une machette, couper les choux, leur rappeler que M. de Peyrac tenait essentiellement à ses tonneaux de choucroute et qu'il serait mécontent.

— Monsieur Antine, il vous reste peu d'hommes, n'a-t-on pas un peu trop dégarni le poste ? S'il arrivait quelque chose ? une attaque ?... Que sais-je ?...

Mais les heureux habitants de Wapassou tournèrent vers elle des regards étonnés. Que pouvait-il bien arriver à Wapassou ? Un fort rassemblant autour de lui un village et que chacun, à des centaines de lieues à la ronde, s'était habitué à considérer, malgré sa bâtardise franco-anglaise, comme la halte, le relais, le refuge indispensable, le point neutre où des pourparlers pouvaient s'entreprendre, des accords de commerce ou d'alliance se conclure. L'atmosphère qu'on y rencontrait rappelait, au dire de certains qui avaient voyagé dans les pays d'Afrique, cette trêve qui s'établit autour des points d'eau lorsque au crépuscule lions et gazelles viennent y boire, côte à côte.

Angélique ne demandait qu'à croire en ces bonnes paroles.

Le soleil demeurait immuable.

Chaque jour de gagné, c'était l'assurance d'un voyage plus sûr pour Honorine, sans avoir à affronter les tornades, les arbres brisés par le vent, le risque des canots renversés.

La moindre rumeur en lisière des bois lui faisait espérer la caravane de Pierre-André le métis.

Certain jour, un Indien rôdant à l'entour du

fort profita de ce qu'elle sortait de l'enceinte pour l'aborder. Il lui faisait des signes de la suivre mais sans pour autant lui donner d'explication, malgré ses questions, se contentant de multiplier les sourires et les clins d'œil, et d'accentuer sa mimique importune. Elle finit par se dire qu'il voulait la conduire auprès d'un des siens, femme ou enfant malade, et se résigna à l'accompagner.

Il remonta la colline derrière le fort, traversa le boqueteau qui couronnait la crête, puis redescendit, s'assurant qu'elle le suivait toujours, jusqu'au fond d'une ravine que creusait le lit d'un ru, desséché par l'été.

Là se dressait, sur le ressaut de la rive, un superbe et géant buisson de sumac, d'un rouge plus flamboyant que le buisson ardent apparu à Moïse. De ces feuillages et de ces branches glorifiées par les couleurs d'automne, la voix qui s'élevait, d'un être caché dans les frondaisons, paraissait moins proche de vouloir délivrer un message divin, comme pour le gendre de Laban, que de chercher à imiter le grognement d'un ours irascible.

Cela faisait comme un grondement de borborygmes, de grommellements indistincts parmi lesquels Angélique finit par distinguer, en français, ce mot d'appel :

— Voisine ! Voisine !
— Qui êtes-vous ? interjeta-t-elle.
— Votre voisin.
— Mais encore ? Montrez-vous.
— Êtes-vous seule ?
— Seule ? Oui... hors cet Indien qui m'a conduite jusqu'ici.

Quelque chose bougea dans les buissons qui avait bien l'apparence, la lourdeur et la carrure d'un ours, et un coureur de bois canadien, dont la tuque rouge se confondait avec les feuillages du sumac, apparut.

Elle le reconnut à ses bottes.

— Monsieur Banistère !

— Vous pouvez m'appeler Banistère de La Case. J'ai gagné mon procès d'anoblissement.

— Je vous en félicite.

Une silhouette plus courte se glissait près de lui. Son fils aîné, l'un des quatre.

— Venez donc au fort, tous deux, vous reposer et vous restaurer.

Le rogue Banistère regarda autour de lui avec suspicion.

— Pas question ! Je ne veux point me faire voir, qu'on puisse jamais dire qu'on m'a aperçu par chez vous. On me croit sur le chemin des Mers Douces et j'ai laissé mes canots et mon chargement au Sault de Maagog. Ça m'a fait un bon Dieu de crochet pour venir jusqu'ici, par le tabernacle de Notre Seigneur ! mais il fallait que je puisse vous parler en secret.

D'un signe impérieux, il ordonnait à l'Indien d'approcher, d'un autre, à son fils d'avancer. L'Indien, agité et riant, tendait une petite gourde d'écorce cousue et laquée de résine, et le gamin, attirant un tonnelet qu'il portait sur l'épaule, le débondait, versait dans le récipient une mesure d'alcool dont la forte odeur s'éleva comme un encens âpre, se mêlant aux senteurs de feuilles sèches et de fruits des bois qui régnaient au creux du ravin surchauffé.

Sur un autre signe sans réplique de la main large comme un battoir, l'Indien s'escamota.

— « Ils » tueraient père et mère pour un demiard d'alcool, murmura Banistère, méprisant.

Jetant un regard sur son fils, il lui arracha son bonnet.

— On salue une dame quand on est un seigneur français de la province de Canada !

Lui-même gardait vissé sur son front bas son propre couvre-chef.

Angélique voulut insister pour les convier en sa demeure, mais il mit un doigt sur ses lèvres et se rapprocha d'elle, tandis que ses yeux ne cessaient de surveiller les alentours.

Il avait toujours estimé être persécuté par la société québécoise, et sa méfiance ne semblait pas être près de se dissiper malgré la réussite de son procès. Il chuchota :

— Je viens vous apporter des nouvelles de la petite voisine, votre fille !...

— Ma fille ! Honorine !

— Chut ! ordonna-t-il encore.

— Honorine ! répéta-t-elle plus bas. Oh ! dites-moi, je vous en supplie. Où est-elle ?

— ELLE EST AUX IROQUOIS.

35

C'était un matin clair du début d'octobre, avec une soudaine sapidité dans l'air qui faisait penser aux journées d'hiver.

Une fraîcheur qui fouettait le sang et rendait les idées vives.

Angélique se souviendrait toujours de ce moment où le poids qui l'oppressait s'était allégé. Honorine était sauvée.

Elle passait pourtant par toutes les phases de l'effroi et de l'angoisse, de la colère impuissante en comprenant que ses pressentiments ne l'avaient pas trompée, qu'Ambroisine ressuscitée avait bel et bien cherché à se venger d'elle sur sa fille. Elle frémissait en découvrant avec quelle habileté l'horrible femme s'était appliquée à éloigner de la pauvre petite ceux qui auraient pu la défendre et la protéger, en apprenant l'acharnement qu'elle avait mis à la retrouver quand l'enfant avait réussi à lui échapper.

Aussi, en regard de la peur rétrospective qu'elle éprouvait, sa déception que le messager, envoyé par elle, n'ait pu gagner sur Ambroisine, et il s'en était fallu de peu semblait-il, et d'apprendre que sa fille se trouvait maintenant si loin, à plus de six cents miles de Wapassou, s'estompait-elle devant la certitude de la savoir en sûreté, grâce à l'intervention d'une jeune chrétienne iroquoise qui avait pu la soustraire à temps aux projets criminels de ses bourreaux pervers.

Après avoir bousculé de questions le pauvre Banistère, moins prompt, et avoir appris l'essentiel, elle le laissa poser son récit comme il l'entendait.

C'était arrivé à cause de la femme du nouveau gouverneur, dit-il, la dame de Gorrestat. Et tant mieux que tous les gouverneurs qui étaient venus jusqu'alors en Nouvelle-France n'eussent pas amené leurs épouses. Car celle-ci en valait bien douze. Dans le même temps, à Montréal, on parlait d'une petite pensionnaire du couvent des Filles séculières de la Congrégation de Notre-Dame qui s'était enfuie, ou avait été enlevée, enfin, avait disparu, et la dame Gorrestat, qui se prétendait amie de la famille, offait une fortune à ceux, habiles pisteurs ou « voyageurs », qui sauraient mener l'enquête et la retrouver.

— L'hypocrite, ne put s'empêcher de murmurer Angélique, tremblante.

Il s'était rendu jusqu'au château où le gouverneur était reçu, ainsi que son épouse, leur escorte et leur domesticité, et il s'était retrouvé avec quelques fameux coureurs de bois chevronnés qui connaissaient les dialectes de tous les peuples sauvages jusqu'au-delà des Sioux.

— Elle nous donna à chacun une bourse pleine de louis d'or et nous dit : « Trouvez-moi l'enfant et je vous récompenserai du double. »

Voici qu'il m'est venu dans l'idée qu'il me fallait chercher du côté de Khanawake, la réserve des Iroquois baptisés qui est en face de La Chine.

Dans le même temps, la femme du gouverneur

dit qu'elle voulait visiter ces pauvres sauvages sanguinaires de la mission de Khanawake qui s'étaient enfin rendus à la foi chrétienne, et elle traversa le fleuve avec tout son monde et les jésuites fort contents de lui montrer les fruits de leur labeur missionnaire.

Ça faisait une belle flottille à traverser le Saint-Laurent. M'est avis que cette dame avait autant de flair que nous autres car elle suivait la piste de même. J'entrais dans le camp que déjà on entendait parler sur l'eau et que toute la belle compagnie débarquait, venant de l'île de Mont-réal. Et la dame Gorrestat commença à aller dans les allées de la mission, entre les longues maisons de néophytes et baptisés iroquois.

Pour sa part, Banistère se rendit à la grande cabane des Agniers. Déjà son fils en sortait en lui disant : « Papa, elle est là. Nous sommes riches ! »

On ne voit jamais très clair dans les longues cabanes des Iroquois. Il faut avoir l'œil exercé. Mais il l'avait reconnue aussitôt. Et il lui avait dit :

– « Hé ! n'est-ce point vous, gamine, que l'on recherche par toute l'île de Montréal ? »

Elle l'avait agrippé des deux mains par la man-che.

– « Voisin, ma mère vous a gardé vos bottes et vos écus, et vous nous avez sauvées un soir sur le chemin d'un soldat qui voulait nous faire un mauvais parti. Sauvez-moi encore de la femme aux yeux jaunes. Elle est très méchante. »

– Elle est très fine, la petite. Elle a su prononcer les paroles qu'il fallait : « Voisin ! Voisin ! ne me trahissez pas, pour l'amour de ma mère. »

Angélique l'écoutait, le souffle suspendu, les jointures blanchies à force de serrer l'une contre l'autre ses mains croisées.

Le rude individu semblait avoir été impressionné par la scène et par la tension des Iroquois qui habitaient la longue maison où Honorine avait été recueillie, et qui tous se déclaraient prêts à donner leur vie plutôt que de la laisser reprendre par la femme qu'elle redoutait tant.

— Tous ces Iroquois qui étaient là, femmes, enfants, vieillards et quelques « braves » qui avaient voulu embrasser la foi du Christ, m'entouraient et me disaient :

— « Akwirashes, es-tu fou ? Ne vois-tu pas que cette femme qui vient là est un démon ? »

Les uns qui avaient aperçu Mme de Gorrestat, en ville, et qui connaissaient sa singularité, l'appelaient Assontekka, nom que les Iroquois donnent à la lune, mais quand ils en parlent dans son sens inquiétant, et qui signifie littéralement : « Elle porte la nuit. »

Mais la plupart la nommait « Atchonwithas », ce qui veut dire : double face, et appliqué à une femme : sorcière.

Autour de lui, les sauvages murmuraient. Ils étaient effrayés, presque scandalisés de voir que le père jésuite qu'ils respectaient n'était pas sensible comme eux au rayonnement noir qui émanait de la grande dame française à laquelle tout le monde faisait des courbettes. Pendant ce temps, elle entrait dans les cabanes et prodiguait de précieux sourires, mais ses regards cherchaient avidement dans tous les recoins et étaient autant de flèches empoisonnées.

Dans la cabane des Agniers, sauvages et sauvagesses entouraient Banistère.

— « Akwirashes, lui dirent-ils, toi qui fus le frère de sang d'un de nos grands chefs, aujourd'hui mort, mais qui conserves un peu de son esprit en toi, comment peux-tu te montrer aussi insensé ? Si tu livres l'enfant, l'or de cette femme t'étouffera. Il causera ta mort et, ce qui est pire pour toi, ta ruine.

Il savait ce que parler veut dire.

— « Ferme ton bec, intima-t-il à son fils. Si tu "mouftes", je te scalperai de mes propres mains. »

Il s'arrangea, quand les visiteurs passèrent devant la cabane où était cachée l'enfant, pour en obstruer l'entrée de sa massive carrure, et personne ne put jeter un regard à l'intérieur.

Un cousin de la jeune Catherine Tetakwita le prit à part : « Dès demain, à l'aube, l'enfant sera avec nous sur le chemin de la Vallée des Cinq-Lacs. Nul ne la poursuivra jusque-là, car nul suspect ne pénètre sur le territoire des Cantons iroquois sans risquer sa chevelure. Quant à la femme blanche, son sexe et son rang ne lui permettent pas de dépasser les rapides de La Chine. Elle ne peut pas voler dans les airs, quoique son âme noire en soit bien capable. Mais sa condition humaine la retient au sol. Notre chef Outtaké te sera reconnaissant de ce que tu peux faire pour l'enfant et pour sa famille.

C'est ainsi que M. Banistère de La Case s'était détourné de sa route qui devait le conduire à la pointe sud du Lac des Illinois pour ses quartiers d'hiver de collecteur de fourrures, afin de passer d'abord par Wapassou, et avertir les parents d'Honorine du sort de la fillette.

Mme de Gorrestat n'avait pas pu mettre la main dessus. Elle ne décolérait pas et refusait de repartir pour Québec, ce que les Montréalais commençaient à regarder d'un mauvais œil malgré tous les honneurs qu'ils lui devaient.

Ils avaient déjà une recluse étrangère dans la ville en la personne de Mme d'Arreboust et ne tenaient pas trop à être encombrés d'autres pieuses personnes sur leur territoire.

Angélique serra plusieurs fois avec affection les mains calleuses de leur ancien voisin. Elle ne savait comment lui témoigner sa reconnaissance et le regardait avec un mélange d'envie et de ravissement à la pensée qu'il avait pu rencontrer Honorine bien vivante, et hors de danger.

— Comment est-elle ? Décrivez-la-moi. Comment est-elle ?

– Contente, fit Banistère après avoir réfléchi un bon moment avec l'embarras d'un homme peu habitué à se pencher sur ce genre d'examen. Oh ! bien sûr, une petite Iroquoise tartinée de graisse d'ours des pieds à la tête, mais... contente... Oui, ça je peux le dire ! contente !...

– Je l'imagine, fit Angélique avec un pâle sourire. Elle qui rêvait tant de vivre la vie des bois !...

– Ne vous en faites pas... Elle sera bien chez les sauvages. Ils sont bons pour les enfants, et elle leur plaisait. Ils étaient déjà tous à rire autour d'elle des histoires qu'elle leur racontait. Mais ils ont agi avec prudence en l'envoyant jusqu'à la Vallée des Iroquois, plutôt que de la garder sous Montréal où la femme mauvaise aurait fini par la trouver.

Outtaké, le grand chef des Agniers, est votre ami. Il la prendra sous sa protection et, dès le printemps, il vous la ramènera. Ce n'est qu'un hiver à passer.

Lui aussi disait les mêmes mots que Joffrey : « Ce n'est qu'un hiver à passer. »

Comme il la quittait, il revint sur ses pas.

– Prenez garde, voisine. Cette femme ne vous aime guère. Et les Indiens l'appellent Atchonwithas.

Il s'éloigna et disparut, suivi de son rejeton, et sans que le moindre bruit de leurs foulées se fasse entendre.

Revenant vers la maison, elle titubait à travers la prairie sous l'ivresse d'une joie sans mesure.

Honorine avait échappé aux griffes d'Ambroisine. Honorine avait été sauvée.

Passant près d'une des sources que leur avait révélées Mopountook, elle s'agenouilla, but l'eau glacée avec ferveur, baigna son visage brûlant. Elle se souvenait d'Honorine lui disant la veille de la naissance des jumeaux : « Il faut boire ! L'eau est lourde ! Elle aide les anges à descendre... »

Elle pensa aux fontaines sacrées des provinces où l'on va implorer le miracle. Le patrimoine était le même.

Il y avait une fontaine sacrée près de la chapelle de Saint-Honoré.

Au fort, Raimon-Roger et Gloriandre vinrent au-devant d'elle en pleurant à chaudes larmes.

Ils trottinaient en se donnant la main, ce qui s'avérait être leur suprême réconfort dans les vicissitudes de cette dure existence, et malgré leurs pleurs, elle les trouva si beaux qu'elle les enleva dans ses bras tous les deux pour les embrasser passionnément.

— Qu'y a-t-il, mes poupées ?... Quel malheur encore vous accable ?

— Le chien niaiseux est parti, la renseigna Charles-Henri qui apparaissait toujours sur les talons des deux marmousets.

De leurs explications, on pouvait dégager la même chose : le chien niaiseux était parti.

Il l'avait suivie quand elle s'était éloignée et n'était pas revenu.

Elle se souvint que, tandis qu'elle parlait à Banistère, elle avait cru voir se faufiler un animal dans les fourrés.

Le chien avait-il flairé ses anciens maîtres et, les ayant reconnus, avait-il décidé de les suivre... jusqu'aux Grands Lacs ?

Après celle du chat, cette défection était sensible aux enfants.

Angélique envoya des « grands » le héler par landes et vallons, mais il ne revint pas.

« S'il les a suivis, c'est qu'il est vraiment bête, se dit Angélique. Ou bien plus intelligent que nous ne le croyions !... »

— Et maintenant, si l'incendie éclate, comment serons-nous avertis ? demanda Charles-Henri.

Le retour des chasseurs n'allait pas tarder. Et l'on préparait les claies pour le fumage des viandes qu'ils rapporteraient. L'on préparait la fête d'automne. Ce fut une miséricordieuse éclipse de toutes les appréhensions.

Miséricordieuse ? Ou néfaste ?...

D'immenses tapis de pourpre, chargés d'airelles rouges, descendaient jusqu'au lac, aux abords de l'ancien fortin du premier hivernage, qu'habitait seul l'Anglais muet, Lymon White, parmi les armes. S'y livrant à des travaux de mines, et chargé de la fabrication des balles et de la poudre.

Escortée des jumeaux et de Charles-Henri, et après avoir réquisitionné tout ce qu'elle put trouver de femmes, d'enfants, et de paniers, Angélique partit avec sa troupe pour la cueillette. C'était une journée chaude et pure, et l'odeur des baies mûres imprégnait l'air. Chacun se mit, avec des peignes de bois, en mesure de ramasser les plus grandes quantités possibles de fruits avant le coucher du soleil.

Angélique s'était arrêtée et riait de voir les trois petits près d'elle, le museau barbouillé de rouge. Le fortin de Lymon White était à quelques pas et elle regarda avec amitié leur premier et rustique abri, où ils avaient coulé des jours héroïques, mais non dénués de charme.

L'Anglais aux longs cheveux blancs et au rire muet vint sur le seuil, et leur fit de loin un salut de bienvenue.

Elle entendit crier Judy Goldmann, l'aînée de la famille de quakers qu'ils avaient recueillie l'an dernier. À l'instant, elle venait de quitter la jeune fille qui, se chargeant de deux corbeilles pleines, retournait vers une traîne où l'on versait dans des récipients d'écorce plus grands le résultat de la cueillette, avant de les conduire au fort.

Se retournant, Angélique aperçut un Indien qui, ayant saisi Judy par le poignet, l'entraînait rapidement, malgré sa résistance. Simultanément, d'autres cris s'élevèrent. Un Indien, le tomahawk levé, dévalait la pente en bondissant à travers les buissons d'airelles. Et comme elle envisageait la scène sans pouvoir encore, dans sa surprise, en capter le sens, une emprise chaude et graisseuse se referma sur son avant-bras. Elle vit la main rouge sur elle ! et le petit bracelet de plumes autour d'un poignet musclé, couleur de terre cuite. Le visage matachié d'un Abénakis se penchait à deux pouces du sien, mais ce n'était pas celui de Piksarett.

Elle le secoua et se débattit en criant : « Lâche-moi », dans tous les dialectes qui lui venaient aux lèvres.

Les croix, les chapelets et les colliers de dents d'ours de l'Indien tressautaient sur sa poitrine, mais il ne lâchait pas prise, et cela lui rappelait l'attaque et l'assaut du village anglais de Brunswick-Falls.

Un coup de feu retentit.

Le sauvage qui la tenait fit un bond de poisson ferré par l'hameçon, puis tomba, l'entraînant dans sa chute.

Lymon White, de son seuil, avait épaulé un des fusils à longs canons dont il avait la garde et avait tiré. Car, de sa place et regardant vers la colline, il voyait ce qu'elle ne pouvait pas voir.

Et lorsque Angélique, ayant rejeté la main inerte du sauvage abattu, se fut relevée, elle vit aussi et comprit. Il n'y avait plus une seconde à perdre.

Ce n'était pas la première fois que ce spectacle s'offrait à ses yeux, mais nul n'aurait pu l'imaginer quelques instants plus tôt. De la lisière de la forêt, sur les hauteurs, une nuée d'Indiens, toma-hawks brandis, dévalaient vers eux à travers les tapis de pourpre des champs d'airelles rouges.

– Cours vite... cours devant toi, dit-elle à Charles-Henri en lui désignant la cabane de Lymon White.

L'Anglais muet s'élança au-devant du petit garçon, l'attrapa, le jeta à l'intérieur, et épaula, tira encore pour couvrir la course d'Angélique qui, un jumeau sous chaque bras, s'engouffra derrière lui dans la grande salle d'entrée de l'ancien fortin.

– Fermez la porte. Mettez la barre. Vite !

Lymon White n'avait pas besoin d'être stimulé. À peine avait-il repoussé le lourd vantail, que le choc d'un tranchant de hachette lancée s'y plantant se fit entendre.

Sitôt la lourde barre de chêne posée sur ses appuis de fer, le muet reprit son fusil, enleva une autre arme du râtelier, la jeta à Angélique. Lui désignant la chambre où il y avait un lit, il lui fit signe d'y déposer les enfants, puis de monter avec lui par l'échelle qui donnait sur le toit.

Le toit du premier poste de Wapassou avait été aménagé en plate-forme de défense couverte car, à part la porte principale très enfoncée en contrebas dans la terre et qui n'était pas d'un abord facile, l'habitation ne pouvait être investie que par le haut. Il y avait un court rempart à créneaux qui permettait de s'abriter pour tirer.

Jaillissant de la trappe, Angélique et le muet commencèrent un feu nourri et chaque coup atteignait son but.

Devant leur résistance, les Indiens refluèrent, se tinrent à bonne distance, parurent se concerter, puis, tournant le dos, s'éloignèrent au petit trot en direction du grand fort.

La première vague d'assaut avait été silencieuse et peu fournie. Maintenant on entendait, venant d'un peu partout, des hurlements, des cris, des appels. Mais ce vacarme cessa assez vite et un silence stupéfiant régna. À part quelques cadavres d'Abénakis étendus dans les myrtilles, la scène précédente aurait pu être rêvée.

« Mais... qu'est-ce que c'est que cette folie ?... », pensa-t-elle, éberluée.

D'où elle se tenait, elle ne pouvait voir que le

haut du donjon et, un peu plus bas, le bastion de l'aile gauche du fort. Mais ce qu'elle aperçut alors la suffoqua.

Sur le donjon, quelqu'un, dont elle ne distinguait pas l'uniforme à cause du parapet, descendait la bannière bleue à écu d'argent du comte de Peyrac, puis, peu après, montait le long de la hampe une autre bannière et, malgré la distance, elle pouvait en déchiffrer le dessin.

C'était, aux quatre coins de la soie blanche, la tache rouge d'un cœur, et au centre un cœur aussi percé d'un glaive.

Machinalement, elle rechargeait son arme, celle que lui avait passée l'Anglais muet, dans les premiers instants de l'attaque. C'était un fusil à silex allemand dont le fût de hêtre était sculpté de scènes de chasse en relief. Belle arme mais très lourde, de plus agrémentée d'une petite boîte de crosse contenant des accessoires dont des amorces, plusieurs charges de poudre, un sac de balles, ce qui augmentait le poids, mais lui permettait de recharger plus rapidement.

Elle avait pu faire feu plusieurs fois avant que Lymon White ne se glissât auprès d'elle avec d'autres munitions, et toute une brassée de mousquets de rechange.

Cependant, elle n'eut pas le loisir de se choisir une autre arme plus maniable.

Un gentilhomme apparut au revers du coteau et commença de descendre vers eux. Il était sans armes. C'était un officier vêtu d'une casaque de drap gris marquée d'une croix blanche. Elle reconnut le comte de Loménie-Chambord.

36

Les mains crispées sur son fusil, elle le regarda s'approcher.

Plus il s'avançait et plus sa tension augmentait. Elle craignait de le laisser approcher et pourtant c'était leur ami.

Quand il fut assez près pour l'entendre, elle cria :

– Arrêtez-vous, Monsieur de Loménie. Ne continuez pas plus avant... ou je tire.

Il obtempéra, regardant dans sa direction et, la découvrant, parut ne pas en croire ses yeux.

Il ébaucha un mouvement en avant, mais elle le retint encore.

– Ne bougez pas. D'où je suis, je peux fort bien vous entendre. Vous me devez des explications.

Elle ne voulait pas qu'il l'abordât, ni qu'il cessât d'être dans sa ligne de mire. L'échange des bannières au sommet du donjon était un geste de déclaration de guerre inacceptable et qui pouvait justifier de sa part la plus excessive des méfiances.

Elle ignorait ce qu'il était advenu des défenseurs du grand fort. Si elle le recevait pour parlementer, tout pouvait arriver. Pendant qu'elle s'entretiendrait avec lui, les soldats et alliés de Loménie-Chambord, sur ses ordres peut-être, risquaient d'investir le fortin. Lymon White ne pouvait le défendre à lui seul. Une fois tombé ce dernier bastion de résistance, la situation deviendrait irréversible.

– Madame de Peyrac ?

– Monsieur le Chevalier ?

Elle le vit pâle comme la mort.

Et comme il n'ajoutait rien :

– Je vous écoute.

— Chère Angélique, soumettez-vous.

— À quoi donc ? Ou à qui ?...

— À la loi divine. À ceux qui ont reçu les vertus nécessaires pour en être les gardiens.

— Est-ce le nouveau gouverneur... ou son égérie de femme que vous mettez parmi les gardiens de la loi divine ?

Il eut l'air subitement ahuri et décontenancé.

— De qui parlez-vous ?

Il semblait ignorer qu'il y avait en Nouvelle-France un nouveau gouverneur.

— Alors, si ce n'est pas ce sinistre pantin... ou sa démone de femme qui vous envoient... alors c'est « lui », fit-elle les yeux étincelants, c'est « lui » dont vous venez de hisser l'étendard qui vous envoie, toujours « lui » notre ennemi acharné, même mort. Et vous êtes son instrument docile.

— Angélique, s'écria-t-il, il faut que vous compreniez !...

Il fit un pas en avant.

Elle se rejeta à l'abri du créneau, le tenant toujours en joue.

— N'approchez pas !

Il suspendit sa marche.

Il parlait avec douceur comme pour essayer d'amadouer sa fureur. Il disait que, se trouvant en campagne depuis plus d'un mois, on leur avait signalé un parti d'Iroquois qui rôdait du côté du Kennébec.

C'est alors que, passant au large de Wapassou, il avait eu une inspiration du ciel qui donnait réponse à bien des questions crucifiantes qu'il se posait depuis de longs mois.

— Je sus que l'heure était venue de remplir une mission à laquelle je m'étais jadis dérobé.

— Je comprends ! Renouveler le coup manqué de Katarunk... Sans songer que vous vous attaquiez à moi et à mes enfants.

— Je ne pouvais me douter que vous étiez présente. On avait annoncé votre départ à vous et M. de Peyrac, comme chaque été.

— Et vous êtes venu comme un voleur !... Comme à Katarunk, une fois de plus !

Il ne voulait pas l'entendre, poursuivait ce qu'il avait à dire afin de pouvoir exécuter jusqu'au bout sa mission comme il serait monté au calvaire.

— Vous allez nous suivre, Madame, avec vos enfants et vos serviteurs. De Wapassou, nous descendrons jusqu'à la Baie Française afin de remettre la main sur ce merveilleux pays d'Acadie. La saison le permet encore.

— Et vous comptez sur moi pour vous livrer nos établissements du Kennébec et du Penobscot, et vous ouvrir le chemin de Gouldsboro ?

— Mon amie, répondit-il. Vous êtes une femme, une femme charmante et que je ne veux point juger, mais une femme. Il faut que vous compreniez. Ni vous, ni votre époux ne pourrez avoir raison contre un saint. En mourant, Sébastien d'Orgeval nous a montré la voie et a replacé les choses dans leur vérité. Le doute et la recherche d'autres voies mènent à l'hérésie. L'oubli des interdits, au péché. Nous devons fustiger le Mal.

— Vous vous égarez. Le Mal n'est pas là où vous croyez le voir. Vous êtes, vous avez toujours été, notre ami.

— Je fus aveugle comme Adam. Vous fûtes pour moi la tentation. Je m'en suis aperçu trop tard. Mais rendez-vous, Madame. Et vous serez pardonnée.

— Vous êtes fou. Tout ce que vous dites là est faux et vous le savez ! Chevalier, revenez à vous ! réveillez-vous. Elle n'est pas ici, la Femme tentatrice. Elle n'est pas ici. Vous êtes trahi... Vous êtes trahi par vous-même... Reprenez-vous... Ramenez vos troupes. Rassemblez vos sauvages... Laissez-nous en paix.

Elle eut peut-être tort d'ajouter :

– Wapassou ne vous appartient pas et je le défendrai jusqu'au bout. En agissant comme vous le faites, vous violez les traités et vous désavouez le roi.

Il se raidit, cinglé.

– Toute parcelle de la terre appartient à Dieu, fit-il en forçant sa voix, et doit être remise aux mains de ceux qui le servent selon ses lois. Il a été dit : « Qui n'est pas avec Moi est contre Moi... »

Il paraissait être en proie à un tourbillon de pensées contraires qui défiguraient d'angoisse son beau visage.

– Vous fûtes la tentation, répétait-il. Je ne voulais pas le savoir, et pourtant tout est toujours semblable et recommence. L'éternelle tragédie. La femme qui toujours égara l'homme nommé gardien des préceptes et de la volonté de Dieu. J'aurais dû m'en souvenir et ne pas oublier qu'Adam succomba à cette voix tentatrice qui lui travestissait l'erreur.

Soudain Angélique ressentit la fatigue de ses bras qui soutenaient le pesant mousquet. Elle ne s'était pas assez entraînée au cours de l'année. La crispation de ses épaules lui infligeait une douleur aiguë qui se répercutait dans la nuque et jusqu'aux muscles de son visage mobilisés pour permettre de ne point perdre de vue sa cible.

À la pointe de son canon, il y avait cet homme vêtu de gris, une croix blanche sur la poitrine comme un signe de sa folie mystique, et qui continuait lentement d'avancer en prononçant des paroles qu'elle recevait comme aberrantes... et même stupides.

« Surtout stupides... » pensa-t-elle en ayant envie de crier d'exaspération.

Elle l'avait connu si proche et si différent, habité de lumière et de vérité, ne redoutant pas de quitter les anciennes routes pour essayer de percevoir plus loin d'autres aspects du message oublié.

Où était-il, son ami de Québec qui avait posé si chastement ses lèvres sur les siennes dans le jardin du gouverneur ?...

L'officier, le gentilhomme, le chevalier de Malte qui était là, cherchant à la ramener pour sa perte dans les arcanes soi-disant religieux d'un jeu politique de guerres et de massacres sans fin, n'était que sa défroque, privée d'âme. « L'autre », le fanatique, le jésuite, son ami de prédilection, s'était emparé de lui et lui avait rongé le cœur.

Elle savait maintenant qu'il la regardait avec d'autres yeux, les yeux du jésuite mort, et que, contre sa vision, elle n'avait plus d'argument.

Et voilà qu'il recommençait d'avancer.

– Arrêtez ! Arrêtez ! hurla-t-elle. N'approchez pas !

Elle se dressa, prise de folie elle aussi, submergée de désespoir devant le fantôme de son ami le chevalier qui s'était laissé envahir par la volonté d'un autre, qui s'était laissé prendre, sans même le savoir, dans les rets de la complice démoniaque du jésuite, Ambroisine, présente en terre de Canada, et qui s'avançait avec un visage irradié de douceur alors qu'elle le suppliait de s'arrêter ; elle se dressa, éperdue de douleur et de révolte, effrayée de son impuissance, affolée à l'idée qu'elle pourrait céder à la tentation de se rendre pour en finir et ne pas le perdre dont elle se sentait envahie, prise de panique en voyant fondre sa volonté de résistance, en découvrant que sa certitude de devoir défendre coûte que coûte Wapassou commençait à être ébranlée, qu'allait se troubler la lucidité qui lui faisait comprendre que si elle se rendait, ce serait PIRE, ce serait sa perte et celle de ses enfants à brève échéance, que par sa reddition elle livrerait les siens et leurs œuvres à la dispersion et à l'effacement, que par sa défaillance elle abandonnerait Joffrey qui, au loin, luttait pour eux en comptant sur sa vaillance à elle, qu'elle le tra-

hirait, le dépouillant de tout, le frappant une
ultime fois, et alors, ce serait elle qui l'aurait
frappé.

« Ils » auraient réussi cela, par la fin.
Consommer la perte de l'homme « au-dessus des
autres » et surtout celle de leur amour, leur insultant amour. Jamais !

Elle se dressa donc, et elle était hagarde, luttant
contre les formes évanescentes des monstres invisibles, nés de ses paroles, qu'elle sentait se jeter
sur elle pour la paralyser et la bâillonner, et elle
cria d'une voix changée qui résonna loin sur l'horizon des bois et des montagnes :

– Vous vous trompez ! LE SERPENT N'EST PAS
ICI !... Il est là-bas, d'où vous venez... Il vous a
étreint de ses anneaux... Il s'est emparé de vous,
Monsieur de Loménie. Et il vous étouffe... IL
VOUS ÉTOUFFE !...

Tout à coup, comprenant qu'il pouvait jouer
de leur dialogue, de son affolement pour lui faire
lâcher son arme, qu'elle s'exposait ainsi debout
à la balle de quelque tireur embusqué, elle se
rejeta à l'abri du créneau, épaula de nouveau, le
doigt sur la détente, la joue contre le fût de
l'arme dont elle sentit les sculptures de la crosse
lui entrer dans la chair et la mordre, mais elle
n'en éprouva qu'une sorte de volupté rageuse.
« Mon arme, lui dit-elle tout bas, ne me trahis
pas ! Je n'ai que toi ! »

– N'avancez plus, chevalier. Ou je vous abats.

Sans l'entendre il continua vers elle comme s'il
ne la voyait pas... ou, au contraire, ne voyait
qu'elle.

Elle tira.

Il était là maintenant, étendu dans la prairie,
et il y avait des heures, lui semblait-il, qu'elle
demeurait en vue de ce corps immobile, qu'elle
ne pouvait secourir.

Il était là, tué par elle, lui, leur ami, le chevalier de Malte si tristement abandonné dans la mort, et dont le corps mince, assoupli au métier des armes, aux exercices de la prière, aux raffinements des mondanités, retrouvait dans son dernier sommeil son aspect de douceur et d'élégance.

Le soir tombait et dans la lumière soufrée du couchant qui accentuait les ombres et les clartés, elle commençait de distinguer aux confins de ce corps sans vie la lente avance d'une nappe de sang.

Hypnotisée, sa garde se faisait machinale. Elle ne sentait plus la douleur de ses bras raidis, oubliait la signification de sa présence au bord d'un rempart de rondins.

La main du muet sur son bras la ramena à la réalité.

Il lui expliquait : « Plus personne. Ils se sont retirés dans le fort. »

— Ils reviendront la nuit, dit-elle.

Il hocha la tête affirmativement avec une mimique signifiant qu'il y avait, hélas, de grandes chances qu'ils essaient à la nuit de reprendre l'assaut. Et elle se souvenait de ce qu'elle avait appris lors de l'échauffourée de Katarunk : que les Indiens baptisés étaient plus à redouter que les autres, car ils ne craignaient pas de se battre la nuit.

Elle reporta son attention sur le paysage redevenu calme et que recouvrait la pénombre.

La brise du crépuscule portait vers eux des odeurs de fumée.

Du côté de Wapassou, elle apercevait toujours en ombre profilée le donjon et la tourelle d'angle.

Si tous les assiégeants s'étaient retirés dans le fort, cela prouvait qu'il ne s'agissait que d'un parti assez restreint, composé pour un raid d'automne destiné à mener une campagne fulgurante, brève et définitive, sur les établissements étrangers du Kennébec et du Penobscot.

Or, on leur avait tué leur chef militaire, peut-être le seul officier habilité à diriger l'expédition.

Dans l'ignorance de ce qui allait se passer à la suite de cette mort, la vigilance nocturne d'Angélique et du muet ne devait pas se relâcher.

Angélique ne voulait pas s'endormir cette nuit-là. Elle laissa la garde de la plate-forme au muet, le temps d'aller voir ce qu'étaient devenus les enfants. Ils s'étaient endormis dans le grand lit, après avoir mangé des myrtilles et des galettes que leur avait données White. Elle vérifia toutes les issues. Puis examina les fiasques ou flacons de spiritueux que possédait l'habitant des lieux. Trouva une eau-de-vie parfumée au genièvre qu'il fabriquait lui-même et en avala une solide lampée. Elle remonta avec des munitions, encore un paquet de fusils et de pistolets en ordre de marche, et de la grenaille pour, à l'occasion, bourrer la couleuvrine.

Il s'annonçait une nuit sans lune. Le crépuscule très bleu, très clair, sans brume, permettait encore de distinguer l'homme abattu, une masse noire en forme de croix que dessinait sur la prairie le corps du chevalier de Loménie-Chambord.

L'Anglais redescendit Loménie pour aller se poster près de la porte et surveiller toutes les issues par lesquelles une attaque pouvait se produire.

Enfin, tout se brouilla dans une obscurité opaque. Angélique demeura aux aguets, entourée de ses armes, laissant brûler l'amadou de la mèche, prête à tout, ne voulant pas perdre un instant pour enflammer la poudre, tant elle craignait, si elle se servait d'amorces turques, système moins archaïque pour la mise à feu, de manquer un coup si celle-ci était humide ou abîmée.

La nuit s'avançait, et, figée dans sa posture de guet, les mains tenant l'arme un doigt sur la détente, la pensée paralysée, elle ressentait comme l'approche d'un ennemi imprévu, mais qui l'aurait investie *par l'intérieur,* un poison dans ses veines qui l'aurait ligotée.

Elle se transformait, se changeait en pierre, en statue de sel.

Elle ne savait pas ce qui lui arrivait.

Le choc comme d'une guérite qui lui tombait sur les épaules faillit la faire basculer et s'effondrer d'un seul bloc.

Une menue flamme jaunâtre auprès d'elle perça l'ombre, dont elle avait perdu notion qu'elle était si épaisse, et le visage blafard du muet lui apparut, éclairé par plans, dans le halo d'une buée scintillante qui lui donnait l'apparence d'un rêve.

Il lui expliquait à nouveau quelque chose par signes, tout proche d'elle, remuant ses lèvres minces sur la bouche sans langue qui était un trou noir, levant le doigt vers le firmament à plusieurs reprises. Lui recommandait-il de faire confiance au Ciel ?

Il semblait plutôt l'avertir que de là-haut venait le danger.

Voyant qu'elle ne comprenait pas, elle le vit changer de tactique, et approcher de ses mains qui tenaient le mousquet la flamme de son briquet. Ce ne fut pas la sensation de brûlure mais seulement celle de chaleur qui lui causa subitement une souffrance intolérable et, en même temps qu'elle réalisait l'état de ses doigts, collés, morts et blêmes à l'acier, elle déchiffrait le message énoncé par les lèvres du muet et ce qu'il voulait lui désigner de son doigt levé vers les profondeurs de la nuit sans étoiles.

Le FROID !

Sur l'automne éclatant et brasillant de ses feux quelques heures auparavant, le froid venait de s'abattre avec la soudaineté d'une catastrophe planétaire.

Si la lourde couverture de fourrure que Lymon White venait de monter lui poser sur ses épaules avait failli la renverser sous son poids, c'était parce que Angélique était en train de geler sur pied tout bonnement.

Lorsque à la chaleur de son briquet, il réussit à rendre un peu de circulation dans ses mains, il dut les détacher l'une après l'autre de l'arme avec précaution, avant de les abriter dans d'épais gants fourrés qu'il avait aussi apportés.

La circulation revenant dans ses mains gourdes lui donnait envie de crier.

Alors, toujours par signes, il lui indiqua qu'il avait allumé en bas les feux et pensé à bien couvrir les enfants dans leur grand lit.

À l'aube, la nuit fut remplacée par un haut mur gris de brouillard miroitant de gel qui s'arrêtait à quelques pas du fortin. Vers le milieu du jour, le brouillard se retira comme à regret, découvrant un pan de prairie dont le vert encore vif, écorché par les traînées rouges des buissons d'airelles, brilla telle une revanche, un reproche indigné à la brutale apparition des frimas, et elle put voir que le corps du chevalier de Loménie-Chambord avait disparu.

« Ils » étaient donc venus le chercher, à la faveur de la nuit. Mais, sans doute déconcertés par la mort de leur colonel, le changement de température et la résistance acharnée du fortin, ils n'avaient pas cherché à en profiter pour reprendre leur assaut, et s'en emparer.

Vers le milieu du jour, ce brouillard opaque et hermétique, comme un personnage hostile, se referma, noyant tout. Mais le froid excessif cédait et dans la grisaille environnante, de gros flocons de neige commencèrent à voleter.

Le lendemain, le brouillard était toujours là et la neige avait tout enseveli.

Elle montait presque jusqu'à la plate-forme, c'est-à-dire jusqu'au toit de la petite habitation, et avait obstrué la porte et les fenêtres.

Angélique et le muet, se relayant, avaient passé la nuit à guetter et à déblayer alternativement, car les rafales poussaient la neige sous leur abri. Puis, avec des écorces et des peaux, ils avaient édifié un second toit pour protéger la poudre et les cartouches.

Le repli des gens de Canada s'effectua à leur façon, c'est-à-dire comme un souffle et sans bruit.

Les deux guetteurs n'en surent rien, n'en comprirent la réalité que lorsqu'une sourde lueur rose se développa derrière l'écran mouvant de la neige.

C'était le cœur de la nuit et Angélique crut que c'était l'aurore. Mais la lueur rose s'étendait, sans pour autant dissiper les ténèbres d'un monde fermé, où la neige pressée, silencieuse, s'activait doucement.

Cette lueur géante de l'autre côté de la colline, elle le comprit enfin, était celle de l'immense incendie qui, cette nuit-là, dévora le grand fort de Wapassou, la « Châtellenie » comme l'avait surnommé les « voyageurs » qui avaient appris à goûter son hospitalité.

Le feu, la neige, ce fut une étrange compétition à qui dévorerait, à qui ensevelirait le plus férocement.

La fureur du vent attisant les flammes contrecarrait les effets de la tombée de neige dont l'abondance aurait peut-être réussi à les étouffer. Combien d'heures dura cet incendie ?

Angélique et l'Anglais, sous la tempête de neige, avaient été contraints de déserter la plateforme du toit car c'est à peine si, continuellement obligés de secouer l'obsédant linceul, ils se rendaient compte qu'ils avaient encore une maison sous leurs pieds.

En se faufilant par la trappe, entraînant leurs armes avec eux, ils avaient l'impression de descendre au sein de la terre pour fuir sa surface devenue inhabitable.

Le cauchemar cessait en retrouvant le silence, la chaleur, la lumière, et la stagnation bienfaisante d'un lieu qui n'était plus livré à l'hystérie des éléments.

Les trois enfants y jouaient comme des petites souris avec ce que Lymon White avait mis à leur disposition. Du sable dans un baquet, des coupelles...

Quand Angélique et Lymon White purent se risquer hors de leur abri, une semaine plus tard, il était déjà trop tard.

La neige tombée, accablant les ruines noircies, en interdisait l'accès. Puis, ce fut le gel enfermant les vastes régions dans une carapace de glace impossible à attaquer sur le revêtement de glace, puis les tempêtes qui glaçaient la neige, et encore la neige...

Profitant d'un jour où les brouillards de novembre se dissipaient, le muet Lymon White ficela sa paire de raquettes en travers de son dos, ne prit qu'une infime portion de nourriture dans sa besace, par contre son fusil et une bonne quantité de munitions, et, après avoir expliqué à Angélique par signes qu'il allait essayer de marcher vers le sud pour atteindre le Kennébec et la côte afin d'informer les leurs des derniers événements, il quitta l'abri du petit fortin. Jamais un homme n'aurait dû se risquer seul en une telle saison. Malgré tout, elle espéra.

Le temps passa. Jours plus courts, nuits plus longues et plus profondes. Brèves éclaircies durant lesquelles elle se glissait dehors pour essayer de visiter les pièges ou de guetter un gibier au bout de son fusil, mais en vain. Et la tempête sifflante refermait son rideau. Le souvenir et l'amertume de la destruction de Wapassou la quittèrent, s'effaçant pour ne laisser place qu'à une seule hantise.

Elle était prisonnière de l'hiver, avec trois petits enfants, et si aucun secours ne parvenait jusqu'à eux d'ici quelques semaines, tous quatre, dans ce fortin enseveli, risquaient de mourir de faim.

Le blizzard hululant et fou, frappant de-ci, de-là aveuglément, semblait rappeler que l'être infernal reçoit parfois licence de se déchaîner sur la terre. Pour suspendre le cortège des calamités engendrées par la Démone, quand donc viendrait l'Archange ?

37

L'archange était sur les pas de la Démone depuis l'antichambre du roi.

Un pan de tapisserie qui se déplace, une porte ouverte sur un étroit passage, deux ou trois marches à franchir. La chronique parle de celles qui conduisaient du salon de Mme de Maintenon à la salle de billard où le roi se rendait chaque soir pour faire sa partie.

Un page le précédant, pour retenir le battant de tapisserie, des dames plongeant dans leurs brocarts et l'une d'elles se relevant.

Deux regards, l'un d'or, l'autre d'émeraude, qui se croisent. Et dans l'ombre des labyrinthes d'un palais, Versailles, s'engouffre l'air salin d'une côte perdue d'Amérique, l'odeur de pourriture du poisson qui sèche au soleil, une femme qui hurle, agenouillée devant un corps traversé d'un harpon : « Zalil ! Zalil ! ne meurs pas !... »

C'est Elle, j'en suis sûr, avait pensé Cantor de Peyrac.

Sur-le-champ, il avait fourré un louis d'or dans la paume d'un laquais proche.

– Le nom de cette femme qui vient de me croiser !...

Le laquais ne savait pas mais, stimulé par la fortune qui venait de lui échoir, il ne lui avait pas fallu plus d'une minute pour revenir et se glisser dans l'assemblée qui faisait cercle autour du billard du roi, et chuchoter à l'oreille du beau page si généreux :

— Mme de Gorrestat.

— Son époux ? Lequel ? ses titres ? lui rétorqua le page avec le don d'une deuxième obole.

Cette fois le laquais abandonna pour une heure son poste de porte-torchère, calculant que si cette désertion risquait de lui attirer des reproches, elle lui coûterait moins que ce qu'il avait à gagner à servir ce jeune seigneur.

Avant la fin de la partie du roi, il était de retour et confiait à Cantor dans le creux de l'oreille tout ce qu'il avait pu glaner.

Cette dame était l'épouse de M. le Gouverneur du Nivernais récemment arrivé à Versailles sur convocation du roi. La rumeur courait qu'il y attendait une nomination d'importance. Son épouse, personne de qualité, discrète et agréable, avait plu à Mme de Maintenon qui la recevait parmi ses dames, ce qui était pour ces dernières la meilleure façon de se trouver près du Soleil.

Il apprit que le couple se préparait déjà pour s'embarquer au Havre vers le Canada où M. de Gorrestat était nommé gouverneur.

Dès le lendemain, il sut que c'était bien la « veuve » du vieux Parys qui avait convolé avec M. de Gorrestat.

Tout se recoupait.

Si Cantor voulait réunir promptement le prix d'un voyage au-delà des mers, il s'agissait de trouver un expédient. Cantor comprit. Il n'y avait plus un jour, ni même une heure à perdre.

Il bondit chez Mme de Chaulnes, sa maîtresse. Il la trouva inquiète de ne pas avoir vu depuis quarante-huit heures son jeune amant. Sans vouloir lui donner les raisons de sa brusque décision, Cantor l'avertit qu'il lui fallait s'embarquer d'urgence pour la Nouvelle-France et que, dans ce dessein, il se faisait besoin d'une somme de vingt mille livres.

Mme de Chaulnes crut que le monde se fendait en deux.

Elle poussa un cri terrible dont l'écho ne pouvait lui revenir aux oreilles sans qu'elle se sentît pétrie de honte, de détresse et de déchirante concupiscence. Un cri de bête frustrée.

– Non !... Pas vous !... JAMAIS ! Ne me quittez pas !...

Il la regarda avec une stupeur indignée.

– Ne savez-vous donc pas, Madame, que rien ne dure éternellement ? Voilà pourquoi il nous faut cueillir le fruit et le savourer quand il nous est donné... Vous le saviez bien quand vous m'avez reçu en votre lit. Il n'y a nulle pérennité au monde !... Je dois partir !...

Elle l'imaginait seul galopant sur des chemins, attaqué par des bandits, noyé...

– Mais la mer !... gémit-elle.

Il rit. La mer ?... Ce n'était rien. Quelques mauvaises semaines à se laisser balancer au gré des vagues, en rêvant, en fredonnant, lié au sort de la nef qui vous porte, une question de patience !

Sa jeunesse étincelante lui donna le regret de n'avoir pas su prendre les choses de la vie gaiement quand elle avait son âge.

– Tu vas le rejoindre ?... le petit animal des bois ?...

Cantor fronça les sourcils. Une ombre passa sur son visage.

– Il n'est point certain que je le retrouve, fit-il avec souci.

– Vous a-t-il appelé ?

– Je ne sais...

– Ne mécontentez pas le roi...

– Mon frère arrangera cela...

Ils échangeaient des mots, tandis que Mme de Chaulnes ouvrait des coffres, puis des cassettes, et versait dans l'escarcelle tendue de Cantor des louis d'or qu'elle ne prenait même pas la peine de compter.

– Je ne te laisserai pas partir...

– Le devoir ne se discute pas, Madame.

– Mais enfin ! qu'arrive-t-il ? Votre famille, là-bas, en Amérique, est-elle en danger ?...

– C'est pire !

Elle laissa tomber sa tête sur son épaule, le couvrant de larmes.

– Mon beau sire, au moins, dites-le-moi... qui donc allez-vous pourfendre ?

– Le Mal !...

Il se redressa. Et elle s'écarta. Elle ne le voyait plus qu'à travers un brouillard.

Elle allait l'attendre, en se remémorant ses gestes, ses rares sourires, ses paroles si sages. « Madame, ne savez-vous donc pas que rien n'est éternel ?... »

– Merci, cria-t-il. Et priez ! priez pour moi !

Il courait vers la porte.

– Non ! Vous n'allez pas partir ainsi... sans me dire adieu !...

Il revint dans un élan confus et la prit dans ses bras. Tandis qu'il l'embrassait, elle sut qu'il était un homme, un homme qu'elle aurait tant rêvé de rencontrer à l'aube de sa vie. Avec lequel elle aurait tant rêvé de vivre, jour après jour.

– Attendez, mon chéri... Tout à coup, il me vient une idée encore... Deux diamants de pendants d'oreilles, des perles d'un collier que vous pourrez négocier.

Elle les lui remit, en combla ses paumes, lui referma les doigts sur les bijoux comme si c'était là son pauvre cœur qu'elle lui confiait à emporter. Il baisa les mains généreuses qui tenaient les siennes.

– Merci. Merci. Je laisse un mot à mon frère afin qu'il vous soit fait remboursement au plus tôt.

Elle gémissait, larmes taries.

– Non. Gardez tout... Ce sera un peu de moi qui demeurera avec vous.

Il se jeta à ses genoux comme la première fois, l'étreignit.

– Douce amie, soyez bénie !...

Toute sa vie elle conserverait le souvenir de ses jeunes bras, en cercle autour de ses reins, de son front juvénile contre son bas-ventre.

Elle mourrait avec ce viatique.

Le seul à garder, comme le seul trésor de toute une vie.

Hagarde de douleur, elle s'en fit serment.

Son seul viatique d'amour !

La poursuite mena Cantor de Peyrac jusqu'au Havre-de-Grâce, un port de Normandie.

Le navire qui emmenait le gouverneur provisoire de Nouvelle-France, son épouse et leur suite avait pris la mer depuis deux jours. Il n'y avait plus qu'à espérer que la tempête qui venait de se lever sur la Manche les déportât jusqu'au golfe de Gascogne et les retardât, le temps, pour Cantor, de trouver pour lui-même un passage. Cela s'avéra difficile. Flotte et flottilles de pêches saisonnières, navires de commerce, chargés de courrier et de passagers pour la Nouvelle-France, avaient déjà mis à la voile, tous en chœur. Les premiers départs s'effectuaient à peu près aux mêmes dates. Il finit par trouver un petit bâtiment que d'indispensables réparations de dernière heure avaient retenu au port. C'était une « patache », mais Cantor, apprenant que l'intention de son capitaine était de filer « par le plus droit » sur le Saint-Laurent, offrit bon prix pour monter à bord. Son expérience des traversées et des navires lui avait appris qu'une coquille de noix grinçante, nantie d'un équipage restreint, mais formé de « bonshommes » qui se sont trouvés plus souvent sur mer que sur terre, peut damer le pion de la vitesse aux grands monuments à trois ponts et vingt-cinq canons.

Il sut également à la mine des matelots que son apparence et ses louis d'or exhibés ne manqueraient pas de faire naître des intentions très précises dans leur esprit, comme celles de le voler et de l'assassiner.

La seconde nuit du voyage, deux silhouettes se glissèrent dans la cambuse où il dormait, se ruèrent sur la forme allongée et, tandis qu'ils s'occupaient de la larder de coups de couteau, deux chocs violents reçus à l'arrière du crâne les endormirent pour le compte.

Puis Cantor de Peyrac alla réveiller le capitaine, et le pria de l'accompagner afin de constater les dommages qu'on avait voulu lui causer et dont seul était victime le mannequin de toiles et chiffons allongé à sa place.

— Capitaine, lui dit-il, je vous veux homme d'honneur et sans partage dans ce complot, mais je m'étonne que vous n'ayez pas plus à cœur, connaissant vos hommes, de maintenir la bonne renommée de votre bâtiment.

Je suis entre vos mains, mais vous êtes aussi entre les miennes. Je vous propose un marché. De cette bourse pleine d'or que j'ai là, si j'arrive vivant sur les rives du Canada, je vous donnerai, à vous, la moitié. Si vous me tuez pour avoir tout, non seulement vous serez obligé de partager avec vos forbans, mais vous ne pourrez jouir des quelques louis qui vous resteront, car désormais, vos jours seront comptés. J'ai indiqué aux gens de ma famille sur quel navire je m'embarquais. En quelque coin du monde que vous vous rendiez désormais, les hommes de mon père vous retrouveraient et vous trancheraient la gorge pour le moins. Je vous cèlerai son nom afin que vous n'ourdissiez pas le projet de me retenir captif pour demander rançon.

Sur ces entrefaites, un des matelots qui, plus habile, avait réussi à se dégager des liens un peu hâtifs dont Cantor l'avait paralysé, vint au secours du capitaine armé de son couteau. Cantor se retourna et lui déchargea son pistolet à bout portant.

— Vous m'avez tué un de mes hommes, dit le capitaine, après avoir contemplé le cadavre un certain temps, comme s'il n'était pas très sûr de ce qui gisait là, à leurs pieds.

— Qui ne sait tuer ne peut vivre, riposta son jeune interlocuteur. Voilà une vérité que mon frère aîné me répète chaque matin, et tous deux nous avons été enseignés là-dessus par notre père et son exemple. Aussi, capitaine, que cette intervention vous prouve le sérieux de mes discours. Réfléchissez bien. La moitié de l'or que je porte sur moi en échange de ma vie, ou tout mon bien et ma mort, et vous ne jouirez pas longtemps de ma fortune acquise. Sans compter que vos bandits de matelots chercheront à vous la ravir. Donc, protégez-moi contre ces forbans de tout le pouvoir et la puissance dont vous êtes détenteur sur ce navire, où la loi des hommes vous a fait seul maître à bord après Dieu. Et je commencerais de vous suggérer pour celui-là, coupable de s'être absenté du guet afin d'accomplir son forfait, de le mettre au carcan selon la peine prévue, peine légère hors celle plus recommandée qu'il reçoive la cale trois fois.

Les presciences de jeune navigateur s'avéraient.

La « patache », avec la vigueur du « corniaud » en face des chiens de race, évitait grains, coups de vent, pirates et calmes plats, et filait à bonne vitesse par les routes ordinaires.

Ce fut une traversée facile, de celles qui entretiennent l'ennui du matelot.

Le jeune homme blond assis le dos au bastingage, qui sifflait dans une flûte de berger grec et se plongeait des heures à regarder des images, continuait de tenter les bandits, et l'on chercha à obtenir ses richesses par des voies moins directes.

On lui envoya un homme de Dieppe qu'on appelait Léon-le-Musulman parce qu'il avait été dix ans captif en Alger, chez les Barbaresques, et qu'il y avait pris le goût de porter des turbans et celui des garçons.

Le sourire câlin avec lequel il aborda Cantor se figea, lorsqu'une fois agenouillé devant lui, il sentit la pointe d'une dague lui piquer les côtes.

— Que me veux-tu ? demanda le jeune homme blond.

L'homme enturbanné chercha à se faire entendre. Cantor le retenait d'une main et de l'autre continuait à lui couper le souffle avec la pointe de son poignard.

— Tu connais le règlement du bord : « fautes-châtiments » ? Quels en sont les termes pour celle que tu t'apprêtes à me demander de commettre avec toi ?

Cantor récita d'une voix monocorde d'élève :

— Faute : sodomie; peine : étranglé et jeté en mer ou débarqué sur une île déserte parfois *sans eau*...

— Notre capitaine ferme les yeux sur ces jeux...

— Je peux le prier de les rouvrir. Je l'ai payé pour ça.

Le pauvre « musulman » éconduit s'en fut confirmer à ses compères qu'il n'y avait rien à faire. Il n'avait même pas pu entrevoir la bourse aux louis d'or. Par contre, par le caban entrouvert du blondinet, il avait vu un véritable arsenal. Deux pistolets, un coutelas et une petite hachette comme en ont les Indiens. Plus l'épée en baudrier. Et il devait avoir une dague dans chaque botte.

Aussi, par la suite, tout resta calme. On était sur l'autre versant du voyage. Plus proches du grand continent de l'Amérique que de l'Europe familière.

38

À Terre-Neuve, il se confirma que le navire qui portait le gouverneur, son épouse et son escorte, continuait sur Québec, comme prévu. On ne parlait pas de personnes descendues à l'escale et qui auraient fait voile vers la Baie Française.

Il se rassura pour sa famille.

À Tadoussac, il quitta sa « patache », ayant réglé ses dettes avec le capitaine. Une joyeuse sensation d'être revenu au pays l'habitait lorsqu'il flairait l'odeur des feux, des fourrures, celle du fleuve, plus fade, et cela reposait après tant de jours dans la saumure. Pourtant, longtemps l'eau était encore salée, très avant sous Québec. Cependant, s'il goûtait de la nature des sensations amicales, il ne chercha pas à se faire reconnaître des humains. Un brouillard annonçant l'automne, assez frais, lui permettait de tenir un pan de son manteau sur son visage, et sur les bâtiments qu'il emprunta, pour la remontée du Saint-Laurent, la plupart du temps il dormit le chapeau sur le nez.

En vue de l'île d'Orléans, il savait déjà qu'il ferait son possible pour garder son incognito tant qu'il n'aurait pas « pris le vent », écouté parler les badauds, su comment Québec accueillait le gouverneur intérimaire et son épouse qui allait déployer toutes ses grâces de Bienfaitrice pour conquérir la capitale. Ses sens en alerte lui donneraient de la ville une vision différente.

Dressée dans la brume, la ville, si belle avec ses clochers et campaniles, apparut frappée d'un morne charme comme une cité engloutie. Cependant, elle n'était pas déserte ni endormie. L'agitation en elle et autour d'elle lui parut fantomatique.

Le glas sonnait.

Tendant l'oreille aux propos des passants, tandis qu'il gravissait la côte de la Montagne, il apprit que c'était Mme Le Bachoys qu'on enterrait.

Un frisson lui courut le long de l'échine jusqu'à la racine des cheveux.

Les crimes commençaient.

De l'angle de la place de la cathédrale, lorsqu'il y parvint, il aperçut le cortège des funérailles qui passait. Vêtus de noir, les gens s'avançaient lentement, en psalmodiant. La bruine cachait les cimes des arbres et le haut du clocher et du dôme. Les cerisiers sauvages au bord du ruisseau avaient la couleur du sang. Déjà l'automne.

Il obliqua sur la droite, traversant la place, le visage toujours dissimulé entre le col de son manteau et son « tapabor », un chapeau paysan qu'il avait acheté en cours de route pour son large bord à l'ancienne mode qui le protégerait mieux, et du soleil, et de la pluie, et des regards indiscrets.

Il commença de gravir la rue de la Petite-Chapelle. La taverne du *Soleil-Levant* était fermée. L'enseigne ruisselante paraissait pleurer.

Son intention était de frapper à l'huis de Mlle d'Hourredanne, mais les contrevents étaient mis. La demeure semblait vide. Un aboiement étouffé lui suggéra que seules y restaient la servante captive anglaise et la chienne cananéenne.

Il s'avançait par là, car il savait, on l'avait averti, que par là, hiver après hiver, son glouton était venu rôder. « Il va deviner que j'approche... »

Mais, en même temps, l'endroit perdait de sa réalité. La maison de Ville-d'Avray était bien là, et l'orme, et le petit campement de Hurons aux wigwams d'écorce, avec les deux Atlas de bronze dans l'herbe. Mais ce n'était qu'un décor.

Il paraissait inimaginable que, sur ce chemin boueux, vide et nostalgique, sa mère si belle se fût avancée avec sa cour d'enfants, de sauvages et de grands seigneurs toujours si ridiculement empressés de recueillir le moindre de ses sourires, la moindre de ses paroles.

Tout était effacé. Cela avait seulement les apparences d'un rêve triste, plein de mystères et de menaces.

Voyant un filet de fumée se diluer paresseusement au sommet de la maison du marquis, il bondit sur le talus, passa par la cour et se pencha à l'une des fenêtres de la grande salle où il voyait luire la lumière d'un léger feu dans l'âtre.

Il aperçut la servante de Ville-d'Avray – celle qui n'avait pas voulu rester quand elle avait su qu'elle n'aurait pas son maître pour elle toute seule – occupée à frotter des pièces d'argenterie comme si demain, dans cette maison abandonnée, on allait recevoir pour une collation ou un souper noble compagnie.

Il frappa.

Elle le reconnut aussitôt, et ne se dérida pas.

– Hé ! vous voilà à c't'heure, mon garçon. M'amenez-vous toute la famille ?

– Que nenni ! Mais je vous apporte des nouvelles de votre maître que j'ai vu maintes fois à Versailles, chez le roi.

Pour flairer l'hypocrisie des Grands et ne pas se laisser prendre à leurs « grimaces », Cantor faisait confiance aux personnes simples. Valets, cochers, servantes se taisent mais n'en pensent pas moins. Cette femme, dont il ne se rappelait ni le nom ni le prénom, lui fut dans l'instant plus proche que toutes celles qu'il avait pu rencontrer depuis son départ.

Quel soulagement de pouvoir parler à cœur ouvert, et sans presque avoir à employer trop de mots. Une mimique, un reniflement, un haussement d'épaules... cela suffisait pour en dire long et juste.

Il n'avait pas terminé l'écuelle de soupe qu'elle servit au jeune voyageur affamé, que déjà il savait qu'elle avait « son idée » sur la femme du nouveau gouverneur, Mme de Gorrestat, et que si toutes ces dames se congratulaient de sa venue, se félicitaient de sa piété, de sa générosité infinie, de son urbanité avec tous, elle, Jehanne Serein, née en Canada, son nez, qu'elle désignait, l'avertissait que, derrière cette femme, se tenait du vilain, du mauvais. Sa vie l'avait habituée à reconnaître les sorcières, les vraies, qui ont parfois joli minois. Son mousquet était chargé, encore que ce ne fût pas tellement avec un mousquet qu'on venait à bout de ces affaires-là.

— Pensez-en ce que vous voulez, mon ch'tit, le Diable, ça existe... Moi, je ne m'y trompe jamais. On en trouve chez nous comme partout ailleurs... Rappelez-vous ces seigneurs qui ont fait sortilèges dans une pierre noire, que l'exorciste a dû aller chercher avec croix et bannière.

— C'est Elle qu'il avait vue dans la pierre noire, dit Cantor.

Et il commença à lui faire le long récit des drames et maléfices qui s'étaient déroulés un été sur les côtes d'Acadie et dont cette même femme qu'il avait reconnue et suivie depuis Versailles était l'instigatrice.

Long récit, aux multiples épisodes, qu'elle écouta, assise en face de lui et comme lui penchée en avant, les bras sur la table afin de parler de plus près, à mi-voix, qui les mena de la fin du jour à la nuit s'égrenant aux différents clochers et campaniles du dehors, et que Jehanne Serein ponctuait de brèves remarques.

— M'étonne pas... C'est bien ce qui est en train d'arriver. La ville est folle et comme égarée... Voilà pourquoi l'Henriette de Mme de Baumont était morte.

Il découvrit qu'il y avait eu plusieurs attentats inexplicables. Aux braves gens, les ennuis pleuvaient comme grêle.

La Delphine s'était enfuie et, plus grave, Janine

Gonfarel, la patronne du *Navire-de-France*, avait disparu.

Elle se pencha plus avant encore.

– Il faudrait savoir ce qui tourmente la mère Madeleine que M. le Gouverneur a visitée et, à ce qu'on dit, en le voyant, la nonne s'est évanouie d'horreur...

Sur ces entrefaites à la cathédrale l'heure sonna deux coups ou trois coups de la nuit, l'heure du plus grand repos, et soudain, le jeune coureur de bois et la femme de Canada s'interrompirent et s'entre-regardèrent, leurs sens alertés par des changements subtils dans la texture du silence nocturne.

Cantor jeta un vif regard vers les fenêtres et constata avec soulagement qu'à la tombée du jour, elle avait mis les vantaux de l'intérieur. Personne du dehors ne pouvait l'apercevoir assis à cette table, où une grosse chandelle s'était consumée en pyramide boursouflée.

Tous deux pensèrent ensemble : « Ils » approchent ! « Ils » cernent la maison.

D'un signe du menton, elle lui intima de se lever. Sans bruit, ils descendirent aux caves. Comme jadis il s'y trouvait des brebis ensommeillées et de la paille dans laquelle il s'enfouit. La servante logeait, elle, dans le réduit à mi-chemin de l'escalier de pierre. Il admira avec quelle prestesse elle se retrouva en cotte et bonnet de nuit, alors qu'au rez-de-chaussée le bruit sourd de poings tambourinant ébranlait la porte, accompagné d'appels et d'injonctions : « Ouvrez !... »

Jouant la femme tirée de son sommeil, elle était remontée, et il entendit de sa cachette un dialogue véhément qui, par instants, prenait une tournure de dispute.

Il s'étonnait que la nombreuse troupe qu'il sentait autour de la maison n'eût pas déjà fait irruption et entrepris une fouille de fond en comble.

370

Elle revint seule, ayant réussi à faire respecter le toit sacré de son maître, le marquis de Ville-d'Avray.

C'était, entouré de soldats de la prévôté et de délégués du nouveau gouverneur, ce fouinard de préposé aux Affaires religieuses, chargé de repérer, au moment de l'arrivée des navires, d'éventuels clandestins de la Religion réformée, des protestants essayant de prendre pied en Nouvelle-France. On recherchait un jeune blond qui ne s'était pas présenté au greffe à son arrivée pour y répondre de sa foi catholique.

La gardienne fidèle de la maison de Ville-d'Avray s'était refusée d'ôter la barre et de tourner les clés.

– C'est pas des manières. Qu'est-ce qui vous prend à c't'heure ?

Elle s'était contentée d'ouvrir la partie du haut de la porte sur le côté, et de se tenir là comme à une fenêtre, de sorte qu'il ne pouvait pas pénétrer dans la maison sans forcer le passage en la repoussant et en escaladant la demi-porte qui était assez haute.

Le préposé aux Affaires religieuses s'était retiré avec ses hommes, mais en affirmant qu'il pourrait revenir.

Elle baissa à nouveau la voix.

– Elle a donné l'ordre, ou il a donné l'ordre sur son ordre, de rechercher votre « carcajou » et de le tuer.

Des hommes et des sauvages, bien récompensés, sont en battue depuis plus d'une semaine, aux alentours de la ville, dans les endroits où l'on soupçonne son repaire.

Cantor se sentit blêmir.

C'était bien « elle » ! Si un doute avait pu subsister sur l'identité de la Démone, il reconnaissait cette férocité tatillonne envers tous ceux qui l'avaient offensée, dont elle avait à se venger, même un pauvre animal des bois !...

L'avait-elle reconnu, lui, Cantor de Peyrac, dans

l'antichambre du roi, lui, l'adolescent qui l'avait repoussée jadis, le fils de celle qu'elle n'avait pu vaincre ?

– Mon glouton sera plus fort qu'eux tous, affirma-t-il avec ferveur, en pensant à Wolverine.

– Pensez-vous ! Pour sûr ! l'encouragea-t-elle, un « carcajou », nous savons tous que c'est plus malin qu'un homme !

Quant à sortir de la maison sans se faire remarquer ni arrêter, ce n'était pas à ce sujet qu'il fallait se faire du souci.

Et puisque avant toute chose il voulait rencontrer la mère Madeleine, eh bien ! le chemin était ouvert.

Depuis le temps qu'on creusait sous terre à Québec, et que cela faisait des « paquets de troubles » et des « monstres de procès », il aurait été dommage de ne pas se servir de ce réseau de galeries, si commode lorsque la tempête empêchait de mettre le nez dehors, ou que l'on redoutait l'œil du voisin. Qu'il se souvienne de la cave de M. de Ville-d'Avray qui tombait dans celle de Banistère-le-Cogneux, lequel avait un procès avec les Ursulines, dont les sapes avaient rejoint par mégarde ses entrepôts, ménagés sous un terrain lui appartenant.

Ce fut ainsi qu'à la nuit, après être passé par les caves et avoir émergé parmi les réserves de vins et de fromages du couvent des Ursulines, Cantor de Peyrac put se glisser jusqu'à l'atelier de dorure de la religieuse visionnaire.

39

« Ils » ne la croyaient pas. « Ils » ne la croyaient plus.

Cela durait depuis la visite de la femme du nouveau gouverneur au couvent des Ursulines.

Harcelée, blâmée, punie, sœur Madeleine, la petite nonne visionnaire, avait été reléguée à l'atelier de dorure où elle devait par pénitence travailler sans relâche, sans avoir le droit de parler à ses compagnes le jour, devant se relever la nuit pour aller surveiller le bouillon de la « colle de rognures de gants » ou celui de « roucou » et de gomme-gutte qui donnerait le vermeil, frémissant sur un réchaud dont la flamme devait demeurer stable et petite.

Il avait été question de la priver de la sainte communion quotidienne, mais elle avait tant pleuré que la Supérieure l'avait prise en pitié.

— Que Dieu vous assiste, qu'Il vous souffle le repentir. Reconnaissez que vous avez voulu vous rendre intéressante... que vous avez voulu intervenir dans une politique qui ne nous concerne pas... Certes, nous regrettons M. de Frontenac, mais vous avez manqué d'habileté.

— Ma Mère, je n'ai dit que la Sainte Vérité. C'est elle, celle que j'ai vue s'élevant des eaux... la Démone !

— Assez !... Ne recommencez pas avec votre marotte. Cette affaire est réglée depuis longtemps et vos visions nous ont attiré assez d'ennuis... sans qu'aujourd'hui nous nous fassions un ennemi du nouveau gouverneur.

Elle restait donc là, seule et sans défense, avec son lourd et terrifiant secret.

Son cœur se glaçait : « Seigneur, allez-Vous m'abandonner ? »

La ville se transformait, comme retournée, et montrait un masque contraire.

On ne parlait que de la piété, de la modestie, de la charité de Mme de Gorrestat.

Elle tendait l'oreille aux bavardages qui parvenaient au-delà des murs du cloître. Seule dans ce concert d'éloges, Mme Le Bachoys avait eu une phrase choquante, où l'on vit une déclaration de guerre due peut-être à la jalousie, ou à la fidélité que beaucoup gardaient à M. de Frontenac.

La remarque ayant été faite, devant Mme Le Bachoys, combien la première dame de Nouvelle-France avait de la douceur dans ses manières, Mme Le Bachoys avait riposté : « Le serpent aussi à de douces manières. »

Mère Madeleine en conçut de l'espoir.

Mme Le Bachoys était considérée comme une « pécheresse », mais c'était signe de hardiesse, de courage, et voilà pourquoi, elle, saurait « tenir tête ». Si seulement la pauvre religieuse pouvait lui parler en secret ! Mère Madeleine réussit à lui faire transmettre un mot à propos d'une commande de tabernacle que les bourgeois de la Basse-Ville voulaient offrir à une paroisse de la côte de Beaupré. Mais la petite commissionnaire revint en annonçant que la brave dame avait été frappée de congestion... et que l'on craignait pour ses jours. Tandis qu'elle maniait ses instruments au long de la journée, mère Madeleine priait pour sa guérison. Elle entendit sonner le glas. On disait que Mme Le Bachoys avait trop sacrifié à l'amour, et que cela devait lui arriver un jour. Elle était morte.

Le désespoir et la terreur envahirent le cœur de la petite nonne.

Elle craignait moins pour sa vie, bien qu'elle sût qu'un jour « l'autre » reviendrait pour l'achever, que pour ce qui allait se déchaîner sur ce pays, à peine arraché au paganisme et auquel elle avait consacré sa vocation.

Cela lui était égal de mourir.

Comment n'avait-elle pas compris depuis longtemps que RIEN n'était encore arrivé ? C'était cela qu'elle aurait dû dire aux juges, aux confesseurs lorsqu'ils l'interrogeaient et l'avaient confrontée avec Mme de Peyrac. RIEN n'est encore arrivé ! Ne soyez donc pas si impatients ni d'être rassurés, ni de conclure. Ils avaient décidé que l'affaire de la vision était terminée. Or, c'était maintenant qu'allait se dérouler le drame de l'Acadie assaillie par le démon succube sorti des eaux. Et plus personne ne l'attendait.

Elle tomba à genoux dans l'atelier désert. « Dieu ! Pitié ! »

Dans ce halo lumineux en forme d'amande comme la mandorle du Christ, elle voyait se préciser l'éternelle image, hantise de ces années de débats et de confrontations qu'elle avait subies, la femme nue d'une beauté surprenante, aux yeux traversés de sentiments immondes, et elle tremblait de tous ses membres.

« Dieu, ne feras-tu rien pour nous sauver ? » Derrière elle, il y eut un léger bruit.

En se retournant, elle aperçut l'Archange.

40

Dieu l'avait prise en pitié.

L'archange de la vision se tenait là, le même qui lui était apparu, armé d'un glaive, faisant reculer les esprits malins, tandis qu'un monstre aux dents aiguës qu'il semblait commander se jetait sur la Démone et la mettait en pièces.

Et, comme elle l'avait remarqué dès la première fois où elle avait vu Mme de Peyrac, l'autre femme qui s'opposait à l'apparition diabolique, l'archange vainqueur lui ressemblait.

Un flot de joie l'inonda, comme un fleuve qui régénère une terre aride.

Pourquoi avait-elle douté ? Ne savait-elle pas que le Bien triompherait !

Il vint à elle, un doigt sur les lèvres.

— Ma sœur, je me nomme Cantor de Peyrac. Vous connaissez ma mère.

Maintenant, elle comprenait. Dieu bon ! Tu sais Te servir des hommes pour Ta justice et le secours des innocents.

Son émotion était telle qu'elle dut enlever ses lunettes pour les essuyer, la vue brouillée par les larmes.

Puis l'angoisse la poigna de nouveau. Si Mme de Peyrac se trouvait à Québec, elle était en danger.

Il secoua la tête.

— Non, ne craignez rien. Elle est dans ses domaines et mes parents ignorent même que je suis revenu sur la terre d'Amérique. Mais j'accourus vers vous, ma sœur, lorsque je sus que Mme de Gorrestat se dirigeait vers le Canada.

— Alors... Vous savez donc QUI elle est ?

— Je le sais.

Les lèvres de mère Madeleine tremblaient. Elle joignit les mains et dit précipitamment :

— Empêchez-la de nuire, Monsieur. C'est affreux. Personne ne me croit.

— Personne. Et ceux qui savent se taisent ou tremblent. Silence. Je suis seul. Il faut le silence. Ne plus rien dire. Je suis venu jusqu'à vous pour vous recommander cela, et pour que vous sachiez que je suis en chemin.

— Mais... comment êtes-vous entré ?

— Silence, répéta-t-il doucement. Il faut faire comme si de rien n'était. N'attirez plus sa vindicte... Humiliez-vous... Faites porter vos excuses... Humiliez-vous... Où est-elle ?

— Pour l'instant, l'on dit qu'elle est à Montréal.

— Cela ne l'empêche pas de laisser derrière elle un sillage de mort... Ma sœur, évitez de vous trouver en présence de quiconque demanderait à vous voir du dehors... Désobéissez à la Sainte Règle, s'il le faut... Sinon elle parviendra à vous tuer, vous aussi.

— Je ne crains pas la mort.

— Il est interdit de donner la victoire au Destructeur, chuchota-t-il, quand on le sait... Soyez plus forte que ses ruses... Moi, je vais la rejoindre.

Ses yeux brillaient d'un éclat si doux et si

éblouissant qu'elle se perdait en leur rayonnement. Lorsqu'elle s'aperçut qu'il avait disparu, elle éprouva à la fois la faiblesse et l'ivresse qui vous viennent dans la convalescence, après une longue et pernicieuse maladie. Elle tremblait encore, mais désormais elle serait forte.

41

Cantor ouvrit la porte du jardin des Ursulines. Il traversa l'enclos, franchit le mur.

On ne le chercherait pas par là et le brouillard de l'aube était épais. Il descendit jusqu'à la rivière Saint-Charles. Là, il devinait que patrouillaient les chasseurs à la poursuite de son glouton. Par instants, à travers les marécages, des pas lourds s'entendaient et des silhouettes floues passaient non loin, se hélant entre elles. Il répondait comme s'il était du groupe, car on ne pouvait le distinguer avec les brumes.

— L'a-t-on trouvé, le carcajou ?

— Pas encore ! Sacrée bête !...

Le soleil commença de percer et de dissiper les brumes qui se diluèrent en une pluie fugitive.

Quelqu'un cria au loin :

— On l'a trouvé !

Cantor se hâta, le cœur battant, les mains sur ses armes.

De loin le corps échoué, avec la longue courbe de poils dorés qui ensoleillait sa fourrure, lui apparut amenuisé, plus chétif qu'il n'en avait gardé le souvenir.

Aurait-il pâti de la vie des bois ?... Peu habitué à la nature sauvage, il n'a su s'en défendre ?... Wolverine...

Mais quand il fut tout près et qu'il vit l'animal à demi retourné, il comprit.

– C'est une femelle. Ce n'est pas Wolverine.

Agenouillé près de la bête inerte, il l'examina.

Malgré le noir masque de bandit qui, autour des yeux, avait le pouvoir d'effrayer les Indiens, la petite « carcajou » aux paupières closes avait l'air si douce. Son gros corps velu à la longue queue superbe que convoitaient les assistants contrastait avec la tête petite, au mufle court. Les lèvres retroussées dans une moue chagrine laissaient luire à peine les redoutables crocs des deux côtés de la mâchoire qui n'avaient même pas eu le temps de se découvrir pour exhiber leur menace de défense, car elle avait été prise au piège. Les pattes courtes de devant aux griffes serrées se dressaient rigides et impuissantes comme des bras de poupée.

Il caressa le front au pelage soyeux entre les oreilles petites et rondes.

Il devina.

– Sa femelle !... C'était sa femelle.

Cantor se releva, regardant autour de lui les hommes silencieux, et plus loin, au-delà, les bois aux cimes frangées de pluie perlée où les chasseurs allaient repartir à la poursuite de Wolverine.

– Ils ont tué sa femelle... Un crime de plus parmi la série de crimes qui va se répandre dans le sillage de la Démone... Mais je suis là, Wolverine.

Il était là-bas. Ou bien tout près. Il avait tout vu. La capture et la curée. Il n'oublierait jamais.

Même le reconnaissant, lui, Cantor, se laisserait-il approcher désormais par l'un de ces humains qui avaient tué sa compagne, après les avoir guettés et pourchassés tous deux, pendant de longs jours et de cruelles nuits ?

Il n'oublierait jamais. Ni le crime, ni ceux qui l'avaient commis et il les poursuivrait jusqu'à leur défaite, sinon jusqu'à leur fin, jusqu'à ce qu'il pût les égorger, les mettre en charpie, jusqu'à ce qu'il parvînt à accrocher au sommet d'un orme leurs têtes lacérées, détachées du corps par ses griffes et ses crocs vengeurs.

Ses yeux revinrent vers les hommes qui l'observaient. On ne le reconnaissait pas.

Sans bruit et à sa façon péremptoire, il alla de l'un à l'autre des traqueurs en leur remettant à chacun une gratification, sous prière de suspendre la chasse et de s'en tenir à ce gibier-là.

– C'est que... Madame la Gouverneur nous a bien payés aussi pour que nous en finissions avec le « carcajou » qui rôde autour de Québec depuis deux hivers, et nous cause des dégâts, fit remarquer l'un des hommes.

– Elle nous a fait promettre de lui en montrer la dépouille à son retour de Montréal.

– Une dépouille ? Vous en avez une, dit-il. Cela doit bien suffire pour la satisfaire.

Il n'était déjà plus là.

Il s'éloigna sans bruit, laissant le groupe discuter âprement lequel s'approprierait la dépouille du glouton femelle.

Le reste de la matinée, il s'avança par les halliers et les sous-bois presque impénétrables d'une forêt que les labours avaient refoulée au sommet des côtes, mais qui trouvait le moyen de couler et de revenir assez en avant sous la ville, là où les terrains n'avaient pas encore été remis aux défricheurs.

Il lui semblait que le glouton n'était pas loin, le suivant, le précédant, l'observant, et il parlait sans cesse, employant ce langage de mots français, anglais ou indiens, et d'onomatopées, qui avait été le leur jadis.

Enfin, comme il se retrouvait à l'orée du vallon ravagé, il devina une masse sombre, tapie sous des buissons, et un regard humain aux aguets.

Il y avait tant de tristesse, mais aussi tant de joie incrédule dans ces prunelles qui luisaient sous les groseilliers sauvages, tant de souffrance, mais aussi tant de bonheur.

– Pardonne-moi, dit-il. Wolverine, je ne suis pas arrivé à temps. Mais nous allons la venger, ta femelle...

Et il continua de lui parler jusqu'à ce qu'il sentît que le lien était renoué.

Alors il se mit à courir, en galopant et en sautant parmi les obstacles du sous-bois, vers la rive du grand fleuve, le chemin d'eau, en criant à pleine voix :

– Suis-moi Wolverine, suis-moi, maintenant... viens ! Viens avec moi, Wolverine !... Viens avec moi à Montréal.

42

Avant de se présenter à celle qu'il avait poursuivie si loin, Mme de Maudribourg, aujourd'hui la femme du nouveau gouverneur, Cantor rôda à travers les rues de Ville-Marie, de Montréal. La cité au pied du Mont-Royal était encore marquée par la grande foire aux fourrures de l'automne dont la tradition se perpétuait avec la venue des tribus voisines.

Cantor n'était jamais venu à Montréal et il se sentait étranger.

Son esprit restait occupé par deux pôles : Ambroisine, à surprendre, à piéger, Honorine, à protéger, à mettre à l'abri s'il en était encore temps.

Marchant et revenant sur ses pas avec hésitation, sans décider à laquelle des deux s'adresserait sa première visite, il réalisa son imprudence. À ainsi baguenauder, il allait se faire remarquer. Déjà l'on se retournait sur son passage. Ici les nouvelles couraient vite. Et il devait se souvenir que ladite Mme de Gorrestat avait essayé de le faire assassiner, avant son départ de Versailles, et de le faire arrêter à Québec.

Sans plus tergiverser, il se décida pour le couvent de Notre-Dame. Il ne se leurrait pas. Son hésitation à aller prendre des nouvelles d'Honorine, c'était de la peur. Peur d'apprendre qu'il arrivait trop tard. Un pressentiment ne cessait de le tourmenter. Il connaissait trop bien l'être infernal qu'il s'était juré, cette fois, de détruire à jamais. Si « elle » était arrivée en l'île de Montréal depuis trois semaines, elle n'avait pas dû attendre pour s'attaquer à la fille d'Angélique, car c'était là son but en entreprenant ce voyage aux apparences officielles. Cela également, il le savait d'instinct. Aussi, lorsqu'une religieuse, à l'air hautain sous son fichu noir bordé de blanc, le reçut dans un parloir à l'odeur de cire et de pommes nouvellement cueillies, ne s'étonna-t-il pas de l'entendre dire qu'Honorine de Peyrac n'était plus céans. Mais surprenant le nom de Mme de Gorrestat mêlé aux explications assez confuses que lui donnait son interlocutrice, le cœur lui manqua. Il se contraignit, néanmoins, à exiger d'un ton bref et maussade des précisions, et finit par comprendre que la fillette avait disparu, s'étant échappée à plusieurs reprises, désobéissante comme elle était.

Mme de Gorrestat s'était présentée comme une très bonne amie de Mme de Peyrac qui s'intéressait à l'enfant. Apprenant sa disparition, elle avait remué ciel et terre pour la retrouver. « Ciel et terre ! Plutôt l'enfer ! pensa-t-il... » Bref, c'était touchant de voir avec quel dévouement cette grande dame qu'ils avaient le bonheur d'accueillir désormais aux côtés de celui qui occupait le plus haut poste de la colonie – et c'était, expliqua-t-elle en une longue parenthèse, un autre signe de bénédiction, car jusqu'alors, la colonie n'avait eu à sa tête que des gouverneurs privés de la douce et généreuse influence d'une compagne, et l'on pouvait augurer que les œuvres de charité s'en trouveraient bien, ce domaine étant plus ouvert à la compréhension et à l'activité féminines –, c'était donc émouvant et encourageant d'avoir pu constater avec quelle ardeur elle avait mis tout le pays en branle pour retrouver la petite pensionnaire évadée, et quelle aide elle avait apportée spontanément aux pauvres religieuses de Notre-Dame dans leur souci.

Cantor examina sans aménité celle qui lui parlait, et elle lui déplut.

Il demanda à voir mère Marguerite Bourgeoys. Il se souvenait tout à coup qu'il l'avait rencontrée sans trop y prendre garde à Tadoussac et à Québec, et que cette femme charitable et alerte paraissait être *vraiment* une amie de sa mère.

Mais, pinçant les lèvres, mère Delamare dit que mère Bourgeoys, leur directrice, dont elle assumait en ce moment les fonctions, avait été convoquée d'urgence à Québec par Monseigneur l'évêque, et qu'il était même question qu'elle entreprenne un voyage en France, afin d'aller s'expliquer avec l'archevêché de Paris, et également à Rome pour les statuts de son ordre de religieuses enseignantes, mais non cloîtrées, qui portait fort à controverse dans les milieux ecclésiastiques.

Le jeune homme quitta le domaine dans un état d'esprit agité où se mêlaient colère envers les dames du lieu, inquiétude pour Honorine, effroi à propos d'Ambroisine. Le cauchemar recommençait.

Arrivé à la barrière qui clôturait le verger, il se retourna vers la maison basse et blanche, au bout de l'allée, ayant pour toile de fond l'étendue grise du fleuve confondue avec le ciel du même bleu grisé que les eaux. Tracée au loin, la ligne de l'infinie forêt américaine se distinguait à peine sous l'approche d'un brouillard annonçant les frimas.

Assises dans l'herbe, sous des pommiers d'or bruni et des cerisiers en panache incarnat, des petites filles mangeaient des tartines de mélasse et le regardaient avec curiosité.

Derrière l'image la plus innocente, une ombre sinistre rôdait. Un souffle délétère empoisonnait l'air qu'on respirait. Il y avait comme une haleine mauvaise qui ternissait les couleurs et l'éclat de la vie heureuse, pour les imprégner de péché.

Comment mère Bourgeoys avait-elle pu laisser en place une personne comme celle qui l'avait reçu, qui parlait d'un air extasié de ce monstre de vices, Ambroisine ? Encore une qui s'était laissé abuser et qui se retrouvait soudain gardienne du Mal, parmi les saintes femmes.

Comme il remontait une allée de chênes qui conduisait à la route carrossière et qui le cachait de la maison, il entendit courir derrière lui et aperçut une jeune religieuse qui s'efforçait de le rejoindre dans un grand bruit de lourdes jupes.

— Monsieur, j'ai cru comprendre que vous étiez le frère de notre petite Honorine. Oh ! cher Monsieur, retrouvez-la ! Que dira mère Bourgeoys à son retour ? Elle avait laissé des ordres pour que l'enfant puisse partir avec la caravane selon la demande du messager qui est venu de la part de votre mère. Comment notre sœur Delamare a-t-elle pu se laisser circonvenir à ce point ?...

À force de l'interroger, le jeune homme comprit comment les choses s'étaient passées. Ambroisine, forte des prérogatives de son rang, armée de sa douce et inflexible emprise sur les êtres de bonne volonté, comme sur les âmes noires par ailleurs, avait tout arrêté et remis la machine en marche à l'envers, à son bon plaisir.

Elle avait suspendu le départ d'Honorine, l'avait fait ramener. Puis la petite avait disparu, mais apparemment elle n'était pas tombée dans les mains d'Ambroisine puisque celle-ci la faisait rechercher. À moins que ce ne fût qu'une feinte pour dissimuler son crime. Elle était capable de tout. Un jour, on retrouverait un petit cadavre mutilé. Le cœur de Cantor lui faisait mal à force d'être serré d'angoisse.

– Je n'ose émettre à haute voix mon opinion, chuchota la petite sœur en regardant de droite et de gauche, mais je me suis réjouie que la petite se soit échappée, car cette personne, la femme du nouveau gouverneur, m'a paru effrayante...

– Et vous avez raison, ma sœur, lui assena-t-il, car je sais de source sûre, de source ecclésiastique, que c'est un démon, un démon succube.

Elle poussa un cri d'horreur, se voila la face des deux mains, et s'enfuit en sanglotant vers la maison.

Cantor était furieux. Ces nonnes étaient-elles toutes des demeurées ? L'une abandonnait ses responsabilités directoriales pour un voyage qui pouvait bien durer, pour le moins, deux années, l'autre, sa supérieure sitôt le dos tourné, contrecarrait ses ordres, une troisième se cachait, de peur d'encourir des blâmes, en essayant de protéger les enfants... Puis il se ressaisit. Les pauvres femmes. On reconnaissait bien là le vent de désordre qui se levait sur le passage de la Démone.

Mais en attendant, qu'était devenue Honorine ?

Il gagna la rive et se mit à marcher le long du fleuve, ne sachant encore ce qu'il allait faire. Pour aborder l'ennemie, l'habile créature à langue de serpent, il lui fallait reprendre force. Il pensait à Honorine, et derrière les mots prononcés dans le parloir : « désobéissante comme elle était », « elle a disparu », « elle a fait une rage épouvantable, elle s'est sauvée », il revoyait la silhouette de la petite bonne femme aux cheveux roux, haute « comme trois pommes », sa ronde frimousse sans beauté mais si comique dressée sur son joli cou, dans cette attitude de défi et de dignité qui n'appartenait qu'à elle.

Quelle force indomptable en cette petite créature ! C'est pourquoi on avait tendance à se montrer dur et injuste envers elle. Et lui le premier, pensa-t-il avec remords. Il est vrai qu'elle était insupportable.

Mais il continuait de se sentir en colère contre toutes les femmes, et lorsqu'il pensait à l'injustice qui n'avait cessé d'accabler Honorine, sa colère s'étendait à ceux qui en avaient eu la charge et qui l'avaient mal aimée, donc peu à peu à lui-même. Tout le monde voulait s'en débarrasser, de cette fille. Lui aussi quand il était à Wapassou voulait qu'elle soit punie. Elle l'agaçait, cette fillette exigeante et susceptible qui accaparait leur mère et même leur père sans y avoir de droit. D'où sortait-elle, cette fille ?... Il valait mieux ne pas y songer car cela donnait envie... de s'en débarrasser.

Et maintenant, c'était bien fait ! On ne savait même plus où elle était. Tout le monde l'avait voulu. Mais c'était une chose horrible, un poids plus lourd que le plomb à supporter. Car elle était si petite et si drôle. Elle était orgueilleuse, têtue, mais sans défense. « Qu'est-ce qu'un enfant, dit l'Iroquois. On ne peut attacher d'importance à ses actes car il n'a pas de raison. Que lui doit l'adulte ?... Le défendre en attendant qu'il se fortifie et que la raison lui vienne !... »

Mais Honorine avait été arrachée et rejetée au grand vent !... Il se souvenait, quand elle lui apportait des petits bouquets de fleurs, quand elle lui cirait ses bottes pour lui faire plaisir... Elle l'avait toujours aimé. Il était son préféré. Pourquoi l'avait-il repoussée ? Il ne comprenait plus. Ce n'était qu'une enfant ! Il n'aurait pas dû laisser tant de stupide jalousie ronger son propre cœur. Et maintenant Honorine était perdue par leur faute à tous, par sa faute...

Des larmes jaillirent de ses yeux... Il s'efforça de les retenir.

– Je suivrai sa piste !... J'irai jusqu'au bout du monde. Je ferai avouer la mégère. Je la retrouverai, Honorine... Je la ramènerai.

La petite Honorine en prière. C'était bien ainsi qu'elle s'était annoncée la dernière fois. Il était allé aux Ursulines de Québec pour lui faire ses adieux avant de s'embarquer avec Florimond. Mais elle avait fait dire par la Mère Supérieure qu'elle priait, à la chapelle, qu'elle avait une vision... et elle avait tout bonnement refusé de le voir. Quelle tête de bois !...

Il s'essuya les yeux.

– Je te retrouverai, tête de bois !...

Seul, il suivait le bord du fleuve. Il était loin de la ville maintenant, et avait dépassé les dernières maisons dispersées parmi les jardins et les champs.

Il n'entendait que le froissement des hautes herbes contre ses bottes et le susurrement des insectes de fin d'été, dont les nuits froides commençaient à réduire le nombre, groupés en nuages voraces.

Machinalement, il allait vers l'ouest, il avait pris la direction opposée à celle de son campement, un coin sous les saules qu'il avait établi vers la pointe extrême de l'île, en un lieu encore peu occupé, où il n'y avait, sur une butte, qu'un vieux moulin désaffecté, parce que le propriétaire du lot n'avait jamais amené de recrues pour peupler ces terres. Les Sulpiciens qui les lui avaient concédées étaient en pourparlers pour les reprendre, mais l'affaire traînait et le lieu, en attendant, demeurait le domaine du gibier aquatique.

Cantor de Peyrac y avait débarqué le matin. Il ne s'était approché de l'île de Montréal qu'avec précaution et, à la suite de nombreuses manœuvres destinées à brouiller sa piste et à retrouver à chaque étape son compagnon, Wolverine, qui le suivait le long de la rive. Ou bien, doué d'un instinct qui l'avertissait à distance de ses intentions, il l'attendait sous un buisson à l'endroit où le jeune voyageur quittait la barque ou le navire sur lesquels il avait pris passage pour une journée de remontée du Saint-Laurent, ou bien Cantor, assis près de son feu dans la nuit du rivage, le voyait surgir au bout de quelques heures, avec de grands bonds farceurs.

Le canot lui avait servi à faire traverser l'animal. Et maintenant, le glouton était dans l'île. Il fallait agir vite avant que des chiens ou des Indiens ou des habitants, laboureurs, pêcheurs, chasseurs ou couples d'amoureux ne le découvrent et ne signalent sa présence.

Cantor de Peyrac devait arrêter un plan. Mais il lui fallait calmer en lui cet ouragan de peine qui l'avait submergé.

Il fit effort pour se raisonner, et trouva consolation à se souvenir de toutes les bonnes parties qu'il avait faites avec Honorine, ce lutin aux cheveux roux. Car, au fond, ils s'entendaient très bien tous les deux. Souvent, il l'avait juchée sur ses épaules pour la faire danser et sauter « comme les Indiens » dans leurs danses de guerre en criant « you! you! you! » et il l'avait emmenée, en cachette, un soir au clair de lune, écouter le chœur des jeunes loups, en s'approchant assez près pour les apercevoir.

Une voix de jeune homme qui chantait sur l'eau lui parvint.

> *Le six mai l'année dernière,*
> *Là-haut je me suis engagé...*
> *Pour faire un long voyage...*
> *Aller aux pays hauts*
> *Parmi tous les sauvages...*

Cantor releva la tête et s'aperçut que le brouillard venu des lointains recouvrait le fleuve. Il ne ferait que passer et irait s'accrocher au bord du Mont-Royal vers le nord. Ou bien se dissiperait comme par enchantement. L'automne était une saison claire et guillerette, aux couleurs ardentes mais brèves.

Derrière la brume, la voix bien timbrée continuait :

> *Quand le printemps est arrivé*
> *Les vents d'avril soufflent dans nos voiles*
> *Pour revenir dans mon pays*
> *Au coin de Saint-Sulpice*
> *J'irai saluer ma mie*
> *Qui est la plus jolie...*

Une barque pointa et sortit du brouillard, menée par un seul garçon de dix-huit à vingt ans, bien bâti, en lequel Cantor reconnut Pierre Lemoine, troisième fils d'un négociant de Ville-Marie. L'aîné, Charles de Longueuil, servait comme lieutenant au régiment de Saint-Laurent à Versailles, et faisait partie de leur coterie.

Après s'être entre-regardés, ils se saluèrent. Pierre Lemoine avait lui aussi fait un bref séjour à la Cour. Malgré sa jeunesse, c'était un marin émérite qui avait déjà mené des navires dans la traversée de l'océan.

— Je vous croyais en France. Nous apportez-vous des nouvelles de notre frère Charles ? Nous en avons eu de récentes par Jacques, le second qui est revenu dans l'escorte de M. de Gorrestat, le nouveau gouverneur.

Voyant se froncer les sourcils de Cantor, il ajouta :

— Cela ne veut pas dire que nous sommes d'accord avec lui. Il est un peu fou, Jacques. Il a fait partie de la cabale contre M. de Frontenac. Mais tout cela va se calmer avec l'hiver qui vient... Et vous-même, j'y songe, seriez-vous aussi arrivé avec le gouverneur ?...

– Je suis venu pour chercher ma jeune sœur Honorine de Peyrac.

Pierre Lemoine, accrochant son canot à un pieu de la rive, sautait à terre. Il se rendait à La Chine, et avait décidé de faire une halte en attendant que le brouillard se dissipe.

– Votre jeune sœur, dites-vous ? fit-il d'un air pensif, figurez-vous qu'il y a moins de trois semaines, elle était là, à l'endroit même où vous vous tenez. Elle était là, toute seule et toute petite avec un grand sac. Je l'ai aperçue. Elle m'a dit qu'elle voulait se rendre jusqu'au manoir du Loup, chez son oncle et sa tante. Je l'ai prise dans ma barque et l'ai déposée non loin du manoir.

– Mon oncle de Sancé ! s'exclama Cantor, illuminé, car voyant l'amorce d'une piste pour retrouver Honorine.

Il avait attaché peu d'attention à la découverte d'une parenté en Canada. Cela suffisait avec toutes celles que Florimond lui dénichait dans Paris.

À son tour, il monta dans la barque du jeune Canadien. Là-bas il aurait des renseignements. « Cette petite bonne femme, quand même ! se disait-il tout ragaillardi, comme elle s'est bien débrouillée... »

Un vent frais avait dissipé les brumes. Ils croisèrent une barque chargée d'enfants. Les jeunes de Montréal passaient leur vie sur l'eau à manœuvrer des voiles.

Mouchetés de blanc, les rapides s'annoncèrent en amont.

Pierre Lemoine déposa Cantor au bas de la côte. Il lui dit qu'il s'apprêtait à partir vers le Haut-Saint-Laurent et que s'il voulait le trouver, il serait à La Chine où il rassemblait bagages et marchandises.

43

Un elfe aux cheveux blonds descendit la prairie, encore verte, en courant et en dansant, venant au-devant de lui.

Elle avait un regard qui lui parut familier. Il la trouva d'emblée fort mignonne, et quand elle s'arrêta à quelques pas pour le considérer d'un air pensif, il se souvint qu'une des filles de cet oncle retrouvé après un silence de près de trente ans avait, prétendait-on, des traits qui rappelaient ceux de sa mère, Angélique de Peyrac, née Sancé de Monteloup. Ce qui, sur le moment, lui avait paru impossible. Dans son for intérieur, il dut faire amende honorable.

Il ne serait plus le seul à évoquer un visage qui faisait soupirer le roi lorsqu'il paraissait, ce qui à la fois flattait et n'était pas sans inquiéter le jeune page, porteur malgré lui de sombres souvenirs pour Sa Majesté.

C'était une évidence qui en entraînerait une autre. Les deux jeunes gens se ressemblaient tellement qu'ils finirent par en rire.

— Cousine, embrassons-nous ! Comment vous nommez-vous ?

— Marie-Ange. Et vous, je suppose que vous êtes Cantor !

Il regardait autour de lui et commençait à s'étonner de n'apercevoir personne d'autre, comme si la jeune fille aux allures de fée eût été la seule habitante d'un domaine endormi sous le coup d'un subit enchantement.

Elle l'avertit que ses parents étaient absents. Ils avaient été convoqués à Québec et avaient dû partir pour la capitale afin d'accueillir le gouverneur qui remplaçait M. de Frontenac. Ce qui n'avait pas empêché ledit gouverneur d'arriver à Montréal presque aussitôt après le départ de M. et Mme du Loup.

– Mais qu'est-ce que c'est que cette maladie de voyager et de courir à cause du gouverneur ? s'écria Cantor, à nouveau bouleversé. Les gens deviennent-ils fous ?

– En effet.

– Pourquoi ?

– Parce que le nouveau gouverneur et surtout son épouse sont en train de mettre tout le pays à l'envers.

Enfin quelqu'un qui ne se laissait pas endormir. Elle le regardait de ses yeux clairs et tranquilles, un peu moqueurs.

– Pourquoi vous désolez-vous tant de ne pas voir mes parents ?

– Ils auraient pu me donner des nouvelles de ma petite sœur Honorine. Je sais qu'elle a essayé de les joindre.

– Si c'est pour votre sœur que vous vous inquiétez, je peux, MOI, vous donner de ses nouvelles.

Il faillit la secouer d'importance.

– Vous l'avez vue ?

– Non. Mais je sais ce qu'elle est devenue. Un Indien m'a porté de ses nouvelles.

– Parlez, je vous en conjure.

– Elle a d'abord été cachée parmi les Iroquois de la mission de Khanawake du côté de la Madeleine, en face de La Chine, et puis ensuite, les Indiens l'ont emmenée plus loin.

– Pourquoi ?

– Pour qu'elle échappe à cette femme qui voulait la tuer.

Le pauvre Cantor sentit sa poitrine se dilater sous l'effet d'un soulagement incommensurable.

– Ça, ma mie, vous me plaisez, fit-il en passant un bras affectueux autour des épaules de l'adolescente. Venez me raconter tout cela dans un endroit tranquille, loin des yeux curieux qui repèrent de loin.

Il s'attendait à ce qu'elle le fît entrer dans le manoir, mais elle le conduisit du côté des communs et l'introduisit dans un vaste bâtiment moitié grange, moitié entrepôt. Des crochets au plafond supportaient des lots de fourrures. Dans un coin, une bonne partie de la récolte de foin avait été resserrée et c'est là qu'ils s'assirent.

Il remarqua quelques objets de toilette, peigne, brosse, posés sur un coffre, un coussin, une mante et un pot à braises comme on en trouve sur les navires.

Après le départ des parents, racontait Marie-Ange, cela n'avait pas tardé. « Ils » étaient revenus. Et l'ennui c'était qu'elle n'avait pas compris que cette fois ce n'était pas pour eux.

— Je les ai vus de loin. Leur carrosse était arrêté au bas du grand pré, sur le chemin du Roi. Je ne savais pas ce qu'ils venaient faire là ni ce qu'ils attendaient. Je ne l'ai su que plus tard. Mais c'était la petite qu'ils attendaient, et c'est là qu'ils l'ont attrapée.

— Seigneur ! s'exclama Cantor en blêmissant.

Elle posa vivement la main sur son bras.

— Elle leur a échappé, vous dis-je ! Mais prenez patience. Laissez-moi poursuivre mon récit. Ils sont revenus le lendemain, tous ces Français, comme des perroquets avec leurs talons rouges, leurs dentelles et leurs plumes. Cette fois, ils sont montés vers le manoir. Madame la Gouverneur marchait à leur tête. J'ai dit à mes jeunes frères : « Déguerpissons ! Sortons par l'arrière, et allons nous cacher dans le bois. »

Ils n'ont trouvé que maison vide. Mais après leur passage, je ne voulais pas revenir dans les murs. J'ai envoyé mes frères loger à la ville, les plus grands chez ces Messieurs de Saint-Sulpice où ils sont élevés, et le plus jeune chez ma sœur qui est mariée à un officier en garnison au bourg de Saint-Armand. En attendant, j'ai pris logis dans ce magasin. Quelques jours plus tard, j'ai aperçu l'Indien qui tournait aux alentours, cherchant du monde à qui délivrer son message. Je l'ai appelé et il m'a tout raconté.

Honorine s'est enfuie avec l'aide d'une de leurs sœurs baptisée de la tribu des Agniers et ils l'ont cachée parmi eux, à Khanawake. Mais, quand ils ont vu que cette femme venait la rechercher avec tant de constance et que leurs pères jésuites, croyant bien faire, lui apportaient aide, ils ont été très effrayés. Ce que voyant, ils l'ont confiée à une caravane de citoyens des Cinq-Nations qui, bien que baptisés, souhaitaient se rapprocher de leur pays d'Iroquoisie.

— Elle est sauvée !... s'écria Cantor en se dressant, et en lançant en l'air son chapeau, et, attrapant les mains de Marie-Ange, il la fit tourner dans une ronde enthousiaste. Ma sœur est sauvée ! Petite cousine, vous allégez mon cœur d'un poids sans pareil ! Ce gibier faisandé, ces fauves de Cour ne pourront plus la poursuivre au fond de nos forêts !...

— Ils ne l'ont pas tenté. L'on murmurait que Mme de Gorrestat avait peine à dissimuler son déplaisir devant l'inanité des recherches.

— Quel chemin les gens de Khanawake ont-ils pris pour rejoindre le pays des Cinq-Nations ?

— Je l'ignore. Le baptisé m'a dit que l'itinéraire devait rester secret afin de faire courir le moins de dangers possible à l'enfant.

— Soit ! Je trouverai... mais plus tard. Auparavant, je dois en finir avec le démon. Et croyez-moi, ma mie, ce ne sera pas chose facile que de débarrasser la terre de sa présence impie.

Comme il ébauchait un mouvement pour prendre congé, la jeune fille le retint.

— Le soir tombe. Vous devriez suivre la route, car cette partie du fleuve n'est pas navigable la nuit. Qu'allez-vous faire à retourner en ville et qu'on vous reconnaisse ? Au moins, demeurez jusqu'à demain. Le jour sera neuf et vos forces aussi. Je vais aller vous chercher à manger.

Tandis qu'elle s'éclipsait, Cantor se laissa aller en arrière dans le foin. Il étendit ses membres courbatus. Maintenant qu'il était rassuré sur le sort d'Honorine, il se sentait fourbu. Il n'avait plus la force de penser à rien et il demeurait seulement ébahi de cette rencontre avec Marie-Ange, sa cousine. C'était vrai qu'elle ressemblait à sa mère, et il s'imaginait volontiers que celle-ci devait avoir la même vivacité ailée, dans sa jeunesse à Monteloup. Elle l'avait encore lorsque, sous l'aiguillon d'un travail à accomplir ou d'une directive à donner, toutes choses urgentes à l'habitude, il lui prenait l'idée de courir, de traverser prés ou maisons, de gravir allégrement un escalier ou un sentier des bois, sans souci d'âge ou de dignité de son rang.

Ce qui était surprenant, c'est que Marie-Ange avait aussi d'Angélique quelque chose de son âme, et près d'elle il se sentait en familiarité comme s'il l'avait toujours connue, qu'elle avait partagé ses jeux au Plessis ou à Versailles, dans sa petite enfance.

Elle revint avec de grandes tranches de pain, des charcuteries, un pichet de cidre. Tandis qu'il mangeait, elle s'étendit près de lui dans le foin et lui dit que son père lui proposait de partir en France pour connaître la vie d'une jeune noble française. Appuyé sur un coude, il sentit qu'elle l'examinait avec des yeux brillants de satisfaction.

Cela le gêna un peu. Il ne fallait pas oublier que ces filles canadiennes étaient assez hardies. Privilégiées par leur sexe en ce pays qui manquait de femmes, innocentes et « nature » comme tous les enfants qui naissaient hors des contraintes ou des inégalités d'une vieille société hiérarchisée, elles ne s'embarrassaient pas de « quant-à-soi » et de scrupules qui leur paraissaient sans objet. Les chemins alambiqués de l'Amour décrits par la « Carte du Tendre » et les subtilités des Précieuses parisiennes leur étaient inconnus.

Les curés de leurs paroisses et les religieuses qui les enseignaient avaient bien raison de les faire passer sans attendre de la férule de l'école à celle du mariage. Dès quatorze ans, c'étaient d'accortes petites femmes de colons, prêtes à assumer la solitude de l'hiver, les naissances annuelles, les travaux des champs et de l'étable, en de lointaines censives.

Marie-Ange du Loup, à seize ans, presque dix-sept, n'étant pas mariée, refusant tous les prétendants et ne se reconnaissant pas de vocation religieuse, se trouvait dans une situation qui n'allait pas tarder à devenir difficile. Elle devait être à la fois plus enfant et plus « mûre » que ses compagnes, nées et élevées comme elle en Nouvelle-France, mais qui, du berceau au mariage, grandissaient étroitement motivées par ce destin de femmes de pionniers, de fondatrices de familles qui les attendait.

Ici, les années de formation mondaine n'étaient pas prises en compte.

— Cousin, n'est-il pas temps que nous nous tutoyions ?

— Comme tu le veux, petite cousine.

Elle se leva une nouvelle fois pour aller chercher une fourrure de grande taille qu'elle jeta sur eux deux étendus l'un près de l'autre, car le froid du crépuscule commençait à se faire sentir.

— À quoi penses-tu ? demanda-t-elle.

— Le combat est pour demain, répondit-il en joignant ses paumes sur sa poitrine et en prenant l'attitude d'un gisant les yeux clos.

Il lui sut gré de ne pas poser d'autres questions et, loin de chercher à le distraire, de s'endormir après avoir enfoui son petit nez confiant contre son épaule.

44

Mme de Gorrestat, alias Ambroisine de Maudri-bourg, regarda autour d'elle avec humeur.

Elle se tenait devant sa coiffeuse qui, par ins-tants, lui renvoyait ce reflet d'un visage auquel elle n'était pas encore tout à fait habituée.

Elle avait beau user de fards avec habileté, ramener les boucles de sa coiffure sur ses tempes et ses joues, il y avait certaines boursouflures, certaines cicatrices qu'elle n'était pas parvenue entièrement à effacer.

Elle se tenait là, au cœur de cette maison de grosses pierres trapues que ses hôtes de Montréal avaient mise à sa disposition, et si elle devait reconnaître que l'habitation était assez bien meu-blée, elle s'y sentait mal à l'aise depuis qu'elle avait appris qu'Angélique y avait été reçue avant elle.

La disparition de l'enfant Honorine lui était apparue comme un signe de mauvais augure.

Elle commença d'éprouver l'insolite des lieux où elle se trouvait.

Elle aurait dû se souvenir que les terres loin-taines sécrétaient des forces étrangères. Elle avait éprouvé cela à Gouldsboro. Mais ici, c'était pire, car il y avait l'ennui en plus, qui venait saper sa fièvre d'action.

Ici, tout était tellement ennuyeux. Tandis qu'à Gouldsboro…

Tout d'abord, il y avait Angélique. Une femme si belle à regarder vivre, à conquérir, à faire souffrir. Et elle avait joui de chaque minute d'approche, de chaque coup porté. Quoi de plus savoureux que de voir foncer, sous l'aiguillon de l'inquiétude, la couleur verte de son regard, quand elle lui laissait entendre que Joffrey de Peyrac dont elle était si follement amoureuse essayait de devenir l'amant de Mme de Maudribourg !

Mais à ce souvenir, c'était Ambroisine qui s'assombrissait.

Lui ! Lui ! Pourquoi cet homme galant au sang méridional n'avait-il pas cédé à ses avances ?...

Elle avait mis des années à comprendre. « Il me méprisait. Il dévoilait tous mes mensonges. Dès le premier instant, il s'est méfié de moi. Je croyais qu'il tombait dans mes pièges alors que chacune de ses questions insidieuses avait pour but de me démasquer... »

Aujourd'hui encore, elle en grinçait des dents. Aujourd'hui, revenue à pied d'œuvre pour sa vengeance, elle sentait l'amertume l'envahir en se remémorant le long purgatoire vécu par la Démone abattue.

Ah ! que d'années passées à feindre.

Et sans même pouvoir s'offrir le subtil et secret plaisir de torturer quelque sotte épouse de province en lui volant son mari, ou celui, plus voluptueux encore, de voir céder devant ses charmes les défenses masculines d'hommes réputés incorruptibles : ecclésiastiques ou hauts fonctionnaires dévots.

Elle devait être sage, inattaquable.

Durant toutes ces années, aucune faille ne s'était glissée dans son plan. Elle pouvait se féliciter de n'avoir donné aucune prise aux soupçons.

Une amère et inconcevable expérience, vécue sur la terre d'Amérique, l'avait rendue prudente.

Tout d'abord, elle fut une silhouette discrète glissant le long des rues et que l'on croyait voilée parce qu'elle vivait dans l'ombre d'un amant riche, un vieil homme revenu des colonies et qui en avait fait sa maîtresse, un nommé Nicolas Parys.

Il avait fallu attendre de laisser aux stigmates de son visage le temps de s'effacer.

À tout prendre bon compère et bon complice, ce vieux Parys.

L'un et l'autre s'en étaient tenus aux termes de leur contrat élaboré, un soir sinistre, sur la côte Est de Tidmagouche.

Il la voulait. Il l'avait toujours voulue et la voulait encore, cette femme blessée, défigurée, mais dont le corps demeurait intact. Il voulait se vautrer sur elle comme un porc dans sa bauge.

Elle, elle voulait être sauvée et échapper à ses ennemis qui, si elle survivait, la livreraient comme assassine, sorcière et empoisonneuse, à la justice du roi.

Il lui fallait disparaître. Disparaître à jamais.

Le vieux Parys contenterait son besoin de chair à elle. Elle avait toujours préféré les vieillards chez lesquels le feu brûlant d'une virilité déclinante exige pour s'allumer maints artifices en lesquels, depuis son plus jeune âge, Ambroisine avait toujours été experte.

Le pacte fut conclu.

Aucun scrupule, ni chez l'un, ni chez l'autre, à assassiner Henriette Maillotin qui l'avait aidée à s'évader, à la défigurer et à la livrer aux bêtes sauvages de la nuit, qui achèveraient de rendre méconnaissable cette jeune femme qui allait la remplacer dans la tombe.

Le navire s'était éloigné.

La France grouillante permettait au couple d'effacer les dernières traces.

Au fond des provinces, on trouve sans peine, pour de bons écus sonnants et trébuchants, des notaires ou des hommes d'affaires, voire des curés, complaisants pour établir des papiers de mariage sur le seul énoncé d'un nom de baptême accompagné de date et de lieu de naissance tout aussi imaginaires.

Et pour s'amuser, Ambroisine s'était plue à se désigner comme native de la province du Poitou. Mais cette fantaisie lui coûta par la suite. Car cette identité factice ne cessa de lui rappeler que, si elle avait pu duper Angélique sur ce point de son origine poitevine, par la fin Angélique avait quand même été la plus forte.

Aussi, loin de l'amuser, cette évocation du Poitou la mettait chaque fois en rage. Ce qui était excellent, se disait-elle, pour la poursuite de sa vengeance.

Car, à force d'être si sage, effacée et discrète, n'aurait-elle pas fini par oublier qu'elle n'avait qu'un seul but à poursuivre : se venger d' « eux » et surtout d' « elle » ? par oublier, ce qui était plus grave, qu'elle avait une mission à accomplir et infligée par un maître qui ne supportait pas l'échec ?

N'avait-elle pas été tentée, par instants, d'oublier ? Et des frissons de terreur alors la secouaient, réveillant sa haine envers « ceux » de là-bas qui l'avaient mise en échec.

Ah ! que d'années à feindre et à guetter dans le miroir la guérison, puis la résurrection de son visage. Certaines traces ne s'effaceraient jamais. Ce n'était pas cela qui la touchait le plus. Elle n'était plus tout à fait la même et parfois elle s'en félicitait. Elle n'était plus tout à fait aussi belle, aussi jeune, et cela c'était la faute d'Angélique, se disait-elle, car il lui avait semblé qu'Angélique avait nourri de sa défaite sa propre beauté, sa propre jeunesse. « Plus je descendais et plus elle devenait éclatante. Oui... même à Tidmagouche, lorsqu'elle était malade, et que je la tenais à ma merci... »

Dorlotant ses griefs, les années avaient passé pour Ambroisine, la recluse, l'effacée.

Les voilettes se firent moins épaisses. Les miroirs lui annonçaient qu'elle pouvait reparaître au grand jour et le temps vint pour le vieux Parys de décéder par l'effet de quelque potion. Et peu après, pour elle, sa veuve, de s'enfuir dans une autre ville et de se montrer à visage découvert et sous un autre nom.

Ensuite, tout avait suivi selon ses plans longuement ourdis et selon ses désirs.

Ce n'est qu'après avoir épousé, à Nevers, M. de Gorrestat, intendant de Province, qu'elle avait commencé de recruter ses « fidèles » : seigneurs désargentés ou valets sans scrupules, âmes noires de son espèce qu'elle attachait à sa fortune et qui, bien payés, bien récompensés de mille façons, se chargeaient, sur ses ordres, d'intriguer, d'acheter des alliances ou des complicités, et, s'il le fallait, de réduire au silence les gêneurs.

Le premier de ses serviteurs, sans le savoir, n'était-ce pas cet homme de peu d'intelligence et de beaucoup de vanité, mais nanti d'appuis sûrs et de relations brillantes dont elle avait fait son nouveau mari, M. de Gorrestat ?

Très vite, et à l'écoute de toutes les occasions, elle l'avait encouragé à s'occuper d'affaires coloniales, puis à briguer une charge en Nouvelle-France. De multiples interventions amenaient pour lui sa nomination comme gouverneur intérimaire, pendant le voyage du gouverneur en place, M. de Frontenac, obligé de se rendre à Paris pour s'expliquer avec son souverain. Les choses en étaient au point que l'on pouvait envisager la disgrâce certaine de Frontenac, et que son remplaçant pourrait se considérer comme vice-roi pour plusieurs années.

Pour Ambroisine, son épouse, qui se faisait appeler Armande, née Richemont, et que l'on admirait de le suivre si courageusement en ces lointains et rudes pays, il y avait eu une à deux semaines à Paris, où elle avait pu pointer son nez en quelques officines où, depuis un certain temps, elle avait demandé par correspondance, et envoi d'hommes de loi, de faire éclaircir l'affaire de la *Licorne*. Cela ne manquait pas de piquant que de réclamer, sous un prétexte de parenté, des nouvelles de Mme de Maudribourg et de son expédition.

Puis, elle se rendit à Versailles, pour une révérence au roi qui ne la remarquait point.

Une révérence de trop, cependant. Dans le battant d'une porte, le regard vert d'un adolescent s'était planté dans le sien avec une soudaine lueur.

Promptement, le carrosse des Gorrestat prenait la route du Havre, et Ambroisine se réjouissait de s'éloigner de la capitale et de prendre la mer.

Elle ne craignait pas les traversées. Et peu lui importait de commencer par la province de Canada, comme l'y obligeait son nouveau titre de femme de gouverneur. La première fois, elle était une Bienfaitrice, et libre de se rendre où elle voulait. Mais cette fois, il lui fallait passer par Québec, et à l'avance elle s'était armée de patience et avait préparé son sourire le plus suave.

Mais... qu'est-ce qu'ils s'imaginaient, tous ?...

Son but était autre que de se faire encenser par ces « ploucs » de coloniaux.

Elle n'avait jamais eu l'intention de moisir à Québec, une ville des antipodes glacée, qui avait encore la prétention de se faire passer pour une capitale. Un « petit Versailles », disait ce ridicule Ville-d'Avray. Et Frontenac, ce bouffon, y croyait.

Mais leur nouvelle fonction l'obligeait à y descendre, à s'y faire recevoir, et acclamer s'il le fallait, et ce n'était pas inutile, car elle comptait bien y régler certains contentieux avec ceux qui lui seraient désignés comme ayant plébiscité ses pires ennemis : Joffrey et Angélique de Peyrac, et ayant réclamé la disgrâce du Père Sébastien d'Orgeval. L'annonce de la mort de celui-ci l'avait aiguillonnée.

« Plus tard, Gouldsboro, s'était-elle dit. Patientons le temps qu'il faut... »

Elle avait eu raison.

Dès les premiers jours de navigation sur le Saint-Laurent, le présent lui livrait des visages du passé. Et déjà étaient morts ceux qui devaient mourir. Ah ! combien elle s'était réjouie en voyant se balancer, pendu aux vergues de son navire amiral, le lieutenant de Barssempuy qui la haïssait parce qu'elle avait fait exécuter Marie-la-Douce, son amie.

– « Ce sont des Anglais ! avait-elle réussi à convaincre son époux, le nouveau gouverneur. De traîtres ennemis qui ont réussi à pénétrer dans l'estuaire du Saint-Laurent... Exécutez-le pour montrer que vous n'êtes pas, comme le gouverneur Frontenac, indulgent à ces ennemis de la France et aux huguenots français renégats qui s'allient à eux.

Dommage que, par la faute du brouillard, on n'ait pu capturer tout l'équipage du petit yacht qui naviguait en arborant le pavillon de franchise du comte de Peyrac. »

Et à Québec, se sentant reconnue ou soupçonnée en certains regards, elle avait promptement fait justice.

Malheureusement, cette sotte de Delphine et la grosse tenancière du *Navire-de-France*, dont elle avait perçu l'antipathie, lui avaient filé entre les doigts... Pourquoi ? Comment ?... Elle s'inquiétait, sentant vaciller l'infaillibilité de ses ruses.

Elle avait considéré comme enfin un retour de sa chance et de la protection occulte sur laquelle elle commençait de douter d'apprendre que la fille du comte et de la comtesse de Peyrac – la petite fille pour laquelle Angélique ramassait des améthystes sur les rivages de Gouldsboro – était pensionnaire chez les religieuses de la Congrégation de Notre-Dame, à Montréal.

Le hasard lui livrait l'enfant de ses ennemis. À l'avance, elle s'en pourléchait. Le Diable, cette fois, était pour elle. L'île de Montréal, en amont du fleuve, était loin, mais les plaisirs qu'elle se promettait de cette capture et des souffrances qu'elle infligerait à la petite victime valaient bien les ennuis de ces voyages fluviaux parmi les hommages qu'elle sentait faux et dangereux de ces colons-paysans grossiers qui voulaient qu'on les appelât « habitants » et qui se considéraient comme des seigneurs parce qu'on leur avait donné les droits de chasse et de pêche.

Mais plus elle les détestait et plus elle se réjouissait car elle aurait bien des occasions plus tard de leur faire payer leur arrogance. Et elle commençait à accepter, à la rigueur, une saison d'hiver dans les glaces à la petite cour de Québec, puisqu'on lui annonçait qu'on ne pouvait faire autrement. « Plus tard, Gouldsboro !... Tu peux attendre. Gouldsboro, je te retrouverai ! La vengeance est un plat qui se mange froid. » Et en se répétant le dicton, elle éclatait d'un rire strident. « Très froid !... »

Elle pouvait attendre ce plat de résistance après s'être offert à Montréal celui d'enlever la petite Honorine, de la torturer à mort, et d'en envoyer une à une les preuves à son ennemie tant haïe, tant désirée, tant maudite, Angélique, à l'étonnante beauté, à l'incompréhensible pouvoir de séduction, Angélique, la mère de cette enfant.

– « Vivement, partons pour Montréal, avait-elle dit à son époux, il faut que nous connaissions tous nos administrés avant l'hiver, et que nous effacions en chacun d'eux le souvenir du gouverneur précédent, M. de Frontenac. »

Oui, tout avait bien marché jusque-là. Jusqu'à l'instant où elle s'était trouvée devant cette petite enragée qui s'était mise à hurler en la traitant d'empoisonneuse : « C'est dame Lombarde ! C'est dame Lombarde, l'empoisonneuse... »

Que de patience encore et d'abnégation apparente à déployer pour effacer la mauvaise impression de la scène. Ces gens de Canada avaient une propension ridicule à adorer leurs enfants et à leur donner raison en tout.

Elle avait réussi à écarter Mère Bourgeoys en la faisant convoquer par l'évêque à Québec, à écarter aussi son oncle et sa tante, car c'est avec déplaisir qu'elle apprenait que se trouvait dans les parages un frère d'Angélique, et tout cela était extrêmement contrariant, car il faut se méfier de la coalition occulte des membres d'une même famille : il se crée entre eux, même entre ceux qui se connaissent peu et ne s'entendent pas, une complicité de nature, d'une sorte mal connue, mais aux ondes puissantes.

Elle avait donc réussi à écarter de l'enfant ses protecteurs importants et, venant la chercher au couvent et apprenant que la petite s'était enfuie, elle avait même réussi à la rattraper. Et puis, à nouveau, un inexplicable revers. Sa proie disparaissait. S'évanouissait serait plus juste. Toutes les recherches, une fortune distribuée, avaient été vaines.

Ambroisine voyait clair maintenant. Ce n'était pas par la faute d'un affaiblissement personnel de ses facultés qu'avait altérées une trop longue inertie pendant ces années de relégation en la France provinciale, ce n'était pas par la perte de la protection satanique dont elle n'avait jamais manqué, ce n'était même pas parce que les Français et les Indiens de Canada se révélaient moins malléables, moins faciles à duper que les humains de l'ancien monde, qu'Ambroisine-la-Démone se voyait tenue en échec. Mais parce qu'une fois de plus, elle s'était attaquée à « eux ». Et il lui fallait donc conclure que la petite était aussi dangereuse que sa mère.

Pire encore !...

Qu'y avait-il donc dans cette famille qui lui était si contraire ?...

Elle dispersa devant elle, sur sa coiffeuse, le contenu des deux coffrets trouvés dans le havresac de l'enfant.

Et devant ces objets hétéroclites d'inégale valeur, une turquoise, par exemple, et des plumes, des coquillages, une dent de cachalot gravée, elle devinait que certains avaient dû appartenir à

Angélique avant qu'elle les eût donnés à sa fille.

Traînait par là, floconneuse, une mèche de longs cheveux roux qu'elle avait elle-même arrachée à la tête de la fillette, en la malmenant dans sa rage. Elle prit cette mèche entre le pouce et l'index, et la fit glisser dans son autre main.

Où était-elle, maintenant, la petite misérable ? Comment l'atteindre ? Lui porter malheur ?

« On peut faire beaucoup de choses avec des cheveux... »

À Paris, elle aurait eu pléthore d'utiles adresses, de noms de devins et de devineresses à visiter en leurs bouges. Mais ici ?...

« J'aurais dû m'assurer les services d'un magicien. »

L'aurait-elle pu, sans attirer sur elle l'attention de la police et entraîner à sa suite soupçons et enquête ?

Passant par Paris, elle avait voulu consulter la plus fameuse des sorcières, la femme Mauvoisin, dite La Voisin.

Approchant de la demeure, elle en avait vu sortir un groupe de « missionnaires », de ces prêtres appartenant à l'ordre fondé par M. Vincent de Paul pour prêcher les petites gens, et la chose lui ayant paru aussi inquiétante qu'insolite, elle s'était éloignée précipitamment. Deux jours plus tard, tout Paris apprenait l'arrestation de la devineresse en question. Ambroisine en tremblait encore. Et, derrière cette arrestation, toujours l'affreux policier François Desgrez.

À cause de ce personnage, son départ vers Le Havre avait pris l'allure d'une fuite. Comme la première fois, lorsqu'elle lui avait échappé de justesse alors qu'il venait d'arrêter son amie intime, la marquise de Brinvilliers.

Cette fois, le policier frappait au cœur de la forteresse des empoisonneurs.

Les nouvelles marchant vite, M. et Mme de Gorrestat ne s'étaient pas encore embarqués qu'on apprenait que La Voisin était accusée d'avoir voulu empoisonner le roi. Athénaïs de Montespan s'enfuyait de la Cour.

« Sous la question, elle donnera mon nom. J'ai été jadis, avec ma chère Brinvilliers, l'une de ses plus assidues clientes... Mais qu'importe qu'elle me nomme. Je suis morte, morte !... »

Elle eut un rire qui s'acheva en un ricanement macabre et sans écho.

– La duchesse de Maudribourg est morte ! fit-elle à voix haute.

Mais elle ne put s'empêcher de regarder autour d'elle peureusement.

N'était-ce pas injuste ?

Toujours s'enfuir. Toujours se cacher, toujours dissimuler.

Cependant Ambroisine s'était sentie soulagée de pouvoir prendre la mer, de se réfugier au Nouveau Monde où son incognito serait mieux préservé; comme la première fois, dans un retour imprévisible des circonstances, elle fuyait ce Desgrez et son maître, le lieutenant de police du royaume, M. de La Reynie, tous deux les chiens courants du roi.

Il valait mieux ne laisser aucune piste à renifler sur leurs traces.

De magicien, elle comptait sur M. de Varange, expert en art de sorcellerie, et qui l'attendait à Québec.

Or, voici qu'on lui annonçait qu'il était mort... et depuis longtemps. Disparu, en fait. Sa disparition avait coïncidé avec la visite que M. et Mme de Peyrac avaient faite à Québec.

Pourquoi Varange avait-il disparu au moment où « ils » arrivaient ? Comme s'il avait voulu leur céder la place...

Un soupçon effrayant commença de s'emparer d'elle.

« Ils » sont encore derrière cette mort... cette disparition, se dit-elle.

– C'est elle qui l'a tué ! s'écria-t-elle, si assurée dans son pressentiment qu'elle ne pouvait plus discerner si elle se laissait aller aux divagations d'une obsession ou si elle était magiquement avertie de la réalité.

Angélique avait tué M. de Varange. Ce ne pouvait être qu'elle. Où ? Quand ? Pourquoi ? Comment avait-elle deviné que le vieux débauché était son complice ? Impossible de le savoir. Mais c'était Angélique qui avait tué le comte de Varange.

« Je vais crier partout que c'est elle qui l'a tué, et... on me traitera de folle. On me regardera avec suspicion... Même ce Garreau d'Entremont qui n'attend qu'une dénonciation dans ce sens... Lui aussi sait que c'est elle qui a tué Varange.

Mais il demandera des preuves... »

Cette nouvelle police que le roi avait mise en place exigeait des preuves. Autrefois, il suffisait de crier à la délation, à l'accusation, à la sorcellerie.

Aujourd'hui, ils voulaient des *preuves*.

Et la fleur de la noblesse de France allait être envoyée à la Bastille ou en exil, voire à l'échafaud par la faute des cadavres des enfants nouveau-nés qui avaient été immolés dans les messes noires payées de beaux écus, pour être dites sur un ventre de putain. Quelle vision ridicule et disproportionnée ! Quelle importance avaient ces bébés sans noms, véritables larves humaines, en regard des grands personnages qui payaient si bon prix leur immolation ?

« Des larves humaines, d'ignobles vers blancs se tordant et bâillant, se répéta-t-elle en tordant sa bouche dans une grimace de dégoût, sans noms et même pas baptisés... Ah ! si. Il paraît que La Voisin ou une autre commère les baptisait avant de leur enfoncer l'aiguille dans le cœur... L'idiote. Elle va payer cher d'avoir arraché sa proie à Satan... »

Des preuves ! Elle ne pouvait accuser Angélique sans apporter de preuves !

Elle arrêta brutalement la marche folle de sa pensée. Il ne fallait plus faire de projets. La peur la prenait. La peur ! C'était la première fois. Pour ne l'avoir jamais éprouvée, elle devinait que c'était la peur qui la saisissait à la gorge.

Elle avait eu tort d'oublier.

D'oublier ce qui était arrivé en Acadie. La Défaite ! La Déroute totale ! Mais n'avait-elle pas survécu pour un seul but : achever sa mission ? Sinon, *elle n'avait aucune raison de survivre*. Si elle ne réussissait pas cette fois, on ne lui accorderait plus de survie. La peur et la haine gonflèrent son cœur, éveillant en elle des spasmes voluptueux. Ses mains s'ouvraient et se refermaient dans le désir d'étreindre un cou d'enfant, un petit cou blanc et ferme très droit, très beau, celui d'Honorine, qui en elle portait la douleur possible d'Angélique.

« Ah ! comme je les hais toutes deux... »

La frustration et le désir des visions entrevues la tourmentaient jusqu'à l'égarement.

« Quelle volupté », se répéta-t-elle, avec un long soupir né du profond de ses entrailles.

Ses entrailles se réveillaient. Dieu merci ! aurait-elle dit, si un pacte intérieur passé avec les puissances infernales ne lui eût interdit d'employer ce vocable, autrement qu'à voix haute et pour tromper. Qu'il est donc difficile d'habiter une chair si faible ! Voici qu'en dehors de toute stratégie, elle souhaitait une étreinte amoureuse pour calmer des ardeurs presque douloureuses que les évocations lubriques de ses projets frustrés, de sa vengeance inachevée lui inspiraient.

Elle voulait bien jouir, mais non souffrir, et son corps lui apparut faible, subjugué, dépassé par les forces qu'elle avait déchaînées.

« Suis-je devenue réellement, moi aussi, une créature humaine ?... » se demanda-t-elle avec effroi.

La voix d'un domestique l'informant qu'un jeune homme la demandait lui parvint.

– Faites entrer !

Elle sentit une présence sur le seuil de la pièce, à quelques pas, et se retourna.

Elle eut un frisson violent. Mélange de peur et de satisfaction. Celui qui venait d'entrer était une réponse à ses doutes et à ses indécisions. Elle préférait le corps à corps avec l'adversaire.

Dans le corps à corps, elle était la plus forte. Et quand il s'agissait d'un beau jeune homme comme celui-ci, la victoire était assurée d'avance. Elle pouvait faire pleurer les femmes, les briser, détruire leur existence, mais non pas les dompter, à part quelques-unes. Tandis que ces mâles imbéciles, esclaves de leurs sens et de leur vanité, c'était presque trop facile de les amener à composition, tremblants, à ses genoux.

Cependant, il y avait aussi la peur.

Depuis qu'elle s'était sentie reconnue par lui à Versailles dans l'antichambre du roi, une sourde certitude l'habitait qu'il ne s'en tiendrait pas là. C'est pourquoi elle avait voulu le faire tuer aussitôt. L'attentat avait donc échoué ?

La crainte n'avait cessé de la tarauder. Ridicule ! Puisque, ayant gagné Le Havre avec son époux, elle s'embarquait pour la Nouvelle-France.

Malgré cela, elle ne cessait de se l'imaginer, ce Cantor de Peyrac, qui avait les yeux de sa mère, cherchant à en savoir plus long sur elle. S'embarquant peut-être à sa poursuite, elle en était si intimement persuadée qu'avant de quitter Québec pour Montréal, elle avait prévu sa venue, l'avait décrit à ses gens qu'elle laissait en place, leur avait donné des ordres précis à son sujet, et pour le « glouton » aussi. La bête avait été tuée, mais lui, comment leur avait-il encore glissé entre les mains ?

Il ôta son feutre avec grâce et salua profondément.

— Madame, me reconnaissez-vous ?

— Certes, fit-elle en redressant la tête avec défi, et je n'y ai point de mérite, car depuis Versailles, vous me poursuivez, Monsieur. Puis-je savoir pourquoi ?

— Je vous ai reconnue, Madame, alors que tous vous croient morte depuis plusieurs années. N'est-il pas normal d'avoir voulu m'assurer que mes yeux ne m'avaient pas trompé ?

— Une curiosité si démesurée qu'elle vous presse à vous rendre aux antipodes pour la satisfaire ! Vous vous moquez, Monsieur !... ou vous mentez...

— Madame, à ma fougue et à ma passion qu'importent les mers à traverser... Voici peu de choses pour m'assurer de ce miracle. Vous êtes vivante. Et en effet, il s'agissait pour moi, en me lançant sur vos traces, de satisfaire bien d'autres désirs que celui d'une simple curiosité. Oh ! Madame, poursuivit-il, sans lui laisser le temps de percevoir en lui et en elle la fausseté de ces déclarations, que de pleurs j'ai versés, que de remords m'ont tourmenté, que de regrets m'ont déchiré. On vous a fort maltraitée sur la grève de Tidmagouche, et fort injustement. La folie des hommes n'a pas de limites quand la jalousie s'empare d'eux. Voilà, Madame, ce que j'avais à vous dire, et pourquoi j'ai traversé les mers puisqu'un hasard béni me permettait, en implorant votre pardon, d'apaiser ma conscience.

Le croyait-elle ? Il y avait dans les yeux allongés d'Ambroisine des lueurs froides et fixes, meurtrières.

Elle répéta :

— On vous a vu courir dans Québec...

— J'étais à votre recherche.

— Je ne vous crois pas, beau page.

Qu'il était beau, ce Cantor de Peyrac. Son nom et sa beauté lui faisaient à la fois grincer des dents et monter l'eau à la bouche.

À Versailles, lorsqu'elle y était passée, des commérages lui étaient parvenus à l'oreille à propos d'une des dames d'honneur de la reine qui en était folle. Au point que, plutôt que de la blâmer et de s'en défaire, la reine, qui tenait à elle, lui avait accordé un congé d'amour illimité, la laissant « poulotter » son jouvenceau tout son saoul.

Petit dieu, petit seigneur déjà plein de puissance et de morgue, voici qu'il était là en ces roturières provinces, ayant tout quitté pour elle, affirmait-il.

– Vous me blessez, Madame, en doutant de mon souvenir et de ma ferveur. De quelle façon mieux vous les prouver qu'en commettant cette folie de vous poursuivre ? Que rechercherais-je dans cette course insensée ? Voyez ! Ayant cru vous reconnaître, j'ai abandonné sur-le-champ mes charges à la Cour. Je risque la disgrâce... Mais je n'ai pensé à rien !... Qui accomplirait un tel geste sans être poussé par le brûlant et sincère sentiment que j'ose vous confesser ? Le méconnaître, c'est me désespérer et méconnaître aussi la puissance des feux que vous m'inspirez. Ah ! Madame de Maudribourg. Je prononce ce nom sans y croire.

– Chut ! fit-elle vivement. En effet, ne le prononcez pas.

Elle regarda autour d'elle avec effroi. Son être se dédoublait. Elle était encore, mais avec difficulté, Mme de Gorrestat, femme du nouveau gouverneur, ayant déjà conquis les édiles de la colonie et établi sa réputation de dame d'œuvres pieuse et chaste, mais, depuis qu'il avait surgi, elle était surtout cette femme aventurière du Nouveau Monde – combien ce rôle lui avait plu ! – qui, quelques années plus tôt, avait traversé sur les rivages d'Acadie une odyssée secrète dont les péripéties n'avaient cessé de nourrir de fantasmagories ses souvenirs.

– Tidmagouche !... fit-elle avec amertume. (Les coins de sa bouche s'abaissèrent et elle devina que la grimace l'enlaidissait. Mais elle n'avait pu la retenir). Tidmagouche, je n'ai point souvenir que vous m'y ayez traitée avec justice.

— Je n'étais qu'un enfant.

— C'est cela qui me plaisait, fit-elle entre haut et bas, avec un sourire sournois et cruel.

« Damne-moi, Seigneur, pour mon péché, pensa-t-elle, mais, au moins... que ma chair serve à cela !... l'étourdir, l'égarer, la mystifier ! »

Elle était prise d'un tremblement. Allait-elle éclater en insultes, crachant feu et flammes, comme sur la plage de Tidmagouche ou, au contraire, ce frémissement était-il le signe avant-coureur de sa reddition ? Il avait noté ses faiblesses, ses craintes. Il fallait appuyer là-dessus, à la fois pour la ramener au passé et pour lui faire craindre le présent. Elle ne voulait pas être reconnue. Elle n'avait pas encore éliminé assez de témoins dangereux de son passé. Il y avait plusieurs points où elle manquait d'assurance, où elle avait besoin d'être tranquillisée. Sa beauté, entre autres, ses chances de séduction...

— C'est donc bien vous, chuchota-t-il, feignant d'être ébloui. Vous avez réagi à votre nom. Un doute me restait...

— Pourquoi ?... jeta-t-elle avec anxiété. Ai-je donc tant changé ?

— Oui, vous avez changé, mais cependant, je vous ai reconnue. Par quelle grâce se fait-il que vous soyez plus belle que dans mon souvenir, plus proche de mon rêve, Madame de...

— Ne me nommez pas, intima-t-elle à nouveau.

— Ambroisine, alors ! Ambroisine ! Ce nom plein de charme a hanté mes nuits, n'a cessé de chanter en moi...

Il avançait à pas imperceptibles vers elle.

Les yeux verts affrontaient le regard d'ambre, puis s'en emparaient, et ces deux lumières s'anéan-

412

tissaient dans une sorte de trêve, un effacement passager de la lutte.

Elle sentit proche d'elle cette chair drue de très jeune homme, et elle décida de le croire car de cela, de cette solide et sûre sensualité primitive, elle avait désormais une faim et une soif dévorantes. Son besoin de lui ravageait tout, secouait son corps, mais se heurtait au flot contraire de sa méfiance démoniaque. D'où, en elle, un débat incohérent. Ramenée à une vie lointaine, oubliée, effacée, où il avait été presque le même devant elle, sur une plage, à peine plus jeune, plus enfant, elle perdit le contrôle de ses propos.

— Vous vous êtes pourtant mêlé à ceux qui se sont jetés sur moi pour me massacrer !

— Dieu m'en garde, Madame, j'ai eu pitié, au contraire, de la violence qui vous était faite en cet instant. Croyez-moi.

Les prunelles d'Ambroisine eurent un éclair venimeux.

— Je ne vous crois pas, répéta-t-elle. Je me souviens de votre méchanceté lorsque, à Gouldsboro, j'essayais de vous caresser.

— Je n'étais qu'un enfant, Madame, effrayé par l'amour et l'œuvre de la chair qui m'étaient inconnus.

— Je vous ai pourtant offert de vous initier.

— J'ai tremblé.

— Vous craigniez la colère de votre mère qui me jalousait. Pour ma beauté, rivale de la sienne. Et qui me haïssait parce que j'avais réussi à séduire votre père et que j'attirais le regard des autres hommes.

Cantor se sentit blêmir.

L'horreur et le dégoût lui nouaient la gorge.

Heureusement pour lui, elle s'était retournée vers le miroir et s'y examinait, inconsciente de trahir par cette attitude une inquiétude quant à la pérennité de sa beauté et de ses pouvoirs. Puis elle sourit, rassurée.

– Par la suite, il me renia et il mentit pour la satisfaire, elle. Et vous aussi, pauvre petit benêt... Vous n'avez pas osé la contrecarrer... N'est-il pas un peu tard aujourd'hui pour venir implorer mon pardon ?...

Jamais plus, se jurait-il, écœuré, il n'écouterait une seule femme lui murmurer des mots de rendez-vous et des promesses voluptueuses. Et, tandis qu'elle parlait, il la voyait tourner et retourner nerveusement autour de son doigt un long fil d'or rouge, un fil de cuivre, souple, chatoyant, qui ne cessait d'attirer son regard, malgré lui, jusqu'à ce qu'il comprît que c'étaient là quelques cheveux d'Honorine, quelques-uns des longs cheveux de la petite rouquine que la harpie avait sans doute arrachés au crâne de l'enfant en la malmenant, dans sa fureur.

« Je te tuerai, se dit-il, avec une sombre intensité douloureuse, seule capable de l'aider à maîtriser sa colère. Je te tuerai, Démone !... Que Dieu m'assiste et soutienne mon glaive !... »

– « Elles » m'ont tenu tête, marmonnait-elle, Elles !... Elles seules !... Elles m'ont échappé !... C'est inadmissible ! Cela exige punition !... Ah ! combien je les hais toutes deux ! Lui, je ne lui en voulais pas... de m'avoir repoussée. Non. C'était un homme. L'homme a tous les droits. L'homme a le droit d'être le plus fort. Car il est le plus faible. J'en fais ce que je veux, un jour ou l'autre. Mais les femmes, non, les femmes n'ont pas le droit de triompher de MOI ! Les femmes m'appartiennent. Des femmes, je ne veux que des victimes ou des complices ! Quant aux hommes, ils ne sont pas à craindre. Mais elles, elles se sont jouées de moi...

Ah ! combien je les hais toutes les deux...

Un peu en retrait, derrière elle, il devinait qu'elle parlait d'Angélique et d'Honorine. Une brûlante indignation lui brouillait la vue. Sa mère ! Et une enfant, sa demi-sœur !... Quoi qu'il en soit, une enfant remise à sa protection puisqu'il était devenu son demi-frère aîné.

Comment osait-elle, l'horrible créature, en parler sur ce ton devant lui ?... Comme s'il lui était acquis sans nul doute !...

« Prends garde ! s'intima-t-il, s'adressant à lui-même et vidant son cerveau de toute pensée, qu'elle ne soupçonne rien de ce qui t'agite... »

Et il surprit le regard qu'elle lui jetait dans le miroir. Cherchant à deviner ses sentiments, prête à se jeter sur lui, furie, au moindre signe, éclair de colère ou de répugnance qui pourrait lui faire soupçonner qu'il n'était pas entièrement à sa dévotion. À ses pieds... Enchaîné par le désir charnel qui l'aveuglerait, le rendant indifférent à tout ce qui n'était pas elle, sourd aux paroles effrayantes qu'elle prononçait comme par mégarde devant lui, afin de provoquer son ire. Au moindre soupçon de ce qu'il ressentait vraiment pour elle, c'était sa mort qu'elle déciderait.

Mais elle ne put lire dans les yeux clairs fixés sur elle autre chose qu'une impavide lumière, cette fixité absente, obsédée, presque imbécile, qu'une trop ardente convoitise jugulée donne parfois au regard des hommes.

Sensible à ce langage impérieux, elle eut un gloussement satisfait.

L'avait-il abusée ? Il voulait l'espérer. La sueur mouillait le dos du pauvre Cantor, dans la peur qu'il éprouvait de l'alerter par le fléchissement d'une seule de ses pensées.

Toute la ruse et le sang-froid de son père se rassemblaient en lui. Il comprenait maintenant cette force de dissimulation du comte de Peyrac qui souvent l'avait irrité ou déçu, blessant sa sensibilité enfantine, bien que, lui aussi, s'abritât à l'ombre de cette force et se félicitât de sa protection.

Il comprenait que l'arme se forge à la virulence de l'ennemi, à l'ampleur du danger, qu'on n'évite la traîtrise que par une traîtrise plus grande encore.

Il fit un nouveau pas vers elle.

« Que ma chair au moins serve à cela, songeait-il, que ma chair qui la subjugue serve à cela... Au salut de tous !... »

Elle voyait si proche sa bouche renflée, ferme, et ce fut elle qui capitula tandis qu'il murmurait :

– Où ?... et quand ?...

Cet ultimatum lui avait déjà réussi.

C'était Florimond qui lui avait indiqué quelques stratégies et formules qu'il prétendait irrésistibles.

Elle tressaillit toute. L'égarement avide qui apparut sur ses traits lui donna la nausée.

Elle répondit, haletante :

– Ce soir, à la pointe de l'île, en aval du fleuve. Il y a un moulin désaffecté... entouré d'aulnes et de trembles. Et la brume ajoute à la nuit pour dissimuler ceux qui ne veulent pas être vus. Je vous attendrai là-bas, en lisière du boqueteau...

45

Dissimulée sous la mante grise qu'elle avait empruntée à l'une de ses femmes de chambre, et se fondant à cette heure du soir avec l'ombre que projetait le moulin vacant, elle attendait.

Les mille bruits ténus de l'endroit la faisaient tressaillir, et elle s'étonnait d'un sentiment fait d'impatience et d'angoisse qui lui était inhabituel.

Sauts des grenouilles dans l'eau dormante d'une prairie spongieuse plantée de roseaux, crissements, coassements, bonds étouffés, lourds, du côté des bois, claquements d'ailes comme de molles voiles se heurtant aux bardeaux du moulin où logeaient et s'éveillaient des petites chouettes duveteuses dont par deux fois l'appel modulé s'éleva.

Qu'elle était sotte de s'être laissé tenter par cette escapade. Il aurait dû déjà être mort. C'était si simple et *ce qu'il fallait faire*. « Non, se répéta-t-elle. Je le tuerai, mais... après ! »

Et à cette pensée, elle passa sa langue sur ses lèvres. Quelque chose d'elle-même lui échappait, comme si, de ses mains, des rênes qu'elle avait toujours tenues solidement — oui, toujours — avaient glissé.

D'où lui venait cette envie dévorante de goûter le corps du jeune homme, de tout savoir sur lui, de connaître la vigueur de ses bras autour d'elle, de se noyer dans ses prunelles limpides, qui lui rappelaient celles de sa rivale, de la créature féminine, sa sœur qu'elle aurait dû asservir si facilement et qui avait ri d'elle ?

« Tout. Mais ne pas renoncer à cet instant », se dit-elle, les reins brûlants d'un désir qui, de seconde en seconde, lui parut inconnu et se glissa en tous ses membres comme le déroulement d'un subtil serpent.

Elle entendit le pas d'un cheval.

Éclairé de face par les dernières lueurs d'un couchant qui s'était voulu pâle, nuancé de clarté liliale plutôt que rose, un cheval blanc apparut, monté par le jeune héros attendu.

Pourquoi venait-il à cheval ?

Il n'était pas de ce monde.

Elle était éblouie par l'éclat de ses boucles d'or sous son grand chapeau emplumé qui, frappé de lumière, lui faisait comme une auréole.

Dans son ivresse de le voir, elle perdit la notion de sa propre réalité charnelle. Elle ne pouvait ni se mouvoir, ni avancer d'un pas. Le feu de sa passion se détachait de son être, comme des lambeaux pourpres qu'on lui aurait arrachés un à un.

« Est-ce là le bonheur que connaissent les

humains ? » se demanda-t-elle, saisie de frayeur, comprenant trop tard que ce corps, défroque habituelle et fort choyée comme instrument docile, la piégeait. La spirale l'entraînait qui faisait de sa chair elle ne savait quelle flamme dévorante et sublime, ce feu du sang vermeil pour lequel « ils » sont prêts à vendre leur âme, sifflante ascension prestigieuse et fatale car impliquant de DÉSOBÉIR AU MAÎTRE, ce qui lui inspirait une terreur sans nom, et les douleurs d'un arrachement, dissociation des natures inconciliables. Le phénomène, aussi atroce à subir qu'un écartèlement, lui cacha la venue de la boule sombre et velue, comme un boulet fendant les herbes.

De celui qui avait chu du Ciel dans les enfers, l'assaillant avait les prunelles fulgurantes, le hideux rictus.

La beauté perdue de Lucifer restait pour l'autre là-bas, qui, sur son cheval d'argent en lisière du bois, regardait vers elle de ses yeux aux transparences d'eau première, d'azur inviolé.

– Face d'ange, sois maudit !... cria-t-elle.

Le choc de la bête la renversa. Et elle fut, dans l'instant, sa proie ravagée.

– Laisse-moi approcher, disait Cantor.

Malgré sa répugnance et l'effroi sacré dont il était saisi, il avait mis pied à terre et, dans les ténèbres, tournait autour de la scène immonde, essayant de calmer le glouton en furie.

Mais celui-ci ne voulait pas s'écarter. Il s'acharnait, se ruait à nouveau, revenait sans cesse.

– Laisse-moi approcher ! Je le dois !

À l'animal qu'il avait élevé, ensauvagé désormais, il avait beaucoup parlé durant le voyage, à mi-voix ou par la pensée, l'entretenant de la femme assassine qu'il serait chargé d'exterminer.

Que savait Wolverine ? Se souvenait-il des chiens géants, gros comme des ours, qu'Ambroisine avait lancés contre lui à Tidmagouche ? Devinait-il que c'était à ses ordres, à elle, qu'obéissaient les chasseurs, traquant sa piste autour de Québec, et qui avaient tué sa femelle sous ses yeux ?... Avait-il « vu » soudain, comme le petit chat jadis, la vérité de l'être apparu ?

– Laisse-moi approcher ! Je le dois ! J'ai promis. Je dois lui enfoncer ma dague dans le cœur, afin de m'assurer de sa mort. J'ai promis. Après, tu pourras faire ce que tu voudras !...

Le cheval hennissait, pris de panique, se cabrant, tirant sur le rameau auquel il était retenu. Il finit par le briser et s'enfuit au galop.

L'orage éclata. Un orage sans pluie. La foudre, passant en zigzags au ras des toits de Ville-Marie, frappa les ardoises du manoir mis à la disposition de M. le Gouverneur, et rebondit, en boule de feu capricieuse, s'engouffra dans l'une des cheminées.

Le temps d'établir une queue jusqu'au fleuve et de sortir les seaux, tout fut consumé. Ne restèrent que les murs de pierres noircis.

Les domestiques et servantes se sauvèrent de justesse. M. le Gouverneur était ce soir-là chez ces Messieurs de Saint-Sulpice. Ce fut la raison pour laquelle on ne rechercha pas aussitôt Mme de Gorrestat, la croyant disparue dans l'incendie.

Il fallut attendre de pouvoir sonder les ruines encore chaudes pour s'étonner de n'en trouver aucune trace. Simultanément, un chasseur d'outardes accourut, parlant d'un cadavre affreusement mutilé du côté de la pointe au Moulin.

Devant des restes méconnaissables qui, mélange de chairs et de morceaux d'étoffe, avaient déjà servi de pâture à des renards, on doutait encore.

Mais l'affreuse découverte, non loin, à la fourche d'un orme, d'une tête de femme aux longs cheveux pendants, poissés de sang, fit renoncer tous les témoins de cet horrible spectacle qui entraîna les officiers et gentilshommes nouvellement arrivés de France à aller vomir, le front appuyé aux troncs des arbres, à s'interroger plus longuement sur son identité.

Vivement l'on porta en terre, avec hommage, les restes de la malheureuse femme du nouveau gouverneur, dont on ne disait à voix haute que du bien, mais dont la disparition causa à beaucoup, secrètement, un certain soulagement.

En l'île de Montréal, les enquêtes pour crimes n'avaient pas le sérieux que l'on y apportait dans Québec, la capitale, où un Garreau d'Entremont avait à cœur de faire régner la justice du roi, avec l'aide d'une police prenant exemple sur les réformes du lieutenant de police civile et criminelle du Royaume, M. de La Reynie.

On était aux avant-postes, dans une région pionnière.

Travaillé d'ambitions qu'on lui avait soufflées et du besoin d'agir, M. de Gorrestat fit pendre un Iroquois du nom de Magoniganbaouit. C'était un baptisé, mais on l'accusait de traîtrise car son nom signifiait « ami de l'Iroquois ».

Ce genre d'exécution qu'ils n'avaient jamais vue glaça tous les Indiens d'épouvante. Ils trouvaient indigne qu'on empêchât, en l'étranglant, un condamné de chanter son chant de mort.

Reprenant le projet qu'il avait conçu de dépasser en actions glorieuses ses prédécesseurs, qui n'avaient agi qu'en gouverneurs alors que lui comptait agir en vice-roi, il profita du prétexte qui lui était donné de venger la mort ignominieuse de son épouse pour réclamer la levée immédiate d'une campagne de représailles jusqu'au cœur de la Vallée des Cinq-Nations.

Il était assuré de trouver à Montréal, où les morts à venger ne manquaient pas, des partisans enthousiastes à le suivre en ce projet.

Quatre compagnies, autant de la milice, à peine

moins de groupes d'Abénakis, d'Algonquins ou de Hurons se rassemblèrent et entreprirent en une flottille fervente et chantante de remonter le Saint-Laurent pour atteindre le fort Frontenac.

Il convoqua leur missionnaire, le Père Raguet, qui se rendit aux cantons avec l'aumônier des troupes, le Père de Guérande, et qui réussit à les persuader d'envoyer une délégation à Cataracoui pour honorer le nouveau gouverneur.

Les tribus, qui avaient regretté de n'avoir pas leur habituel rendez-vous de l'été pour festins et danses avec M. de Frontenac, se laissèrent tenter par une invite flatteuse, quoique tardive, qui piquait leur curiosité. Nombreux parmi les capitaines et grands hommes des Nations, accompagnés chacun d'une petite escorte de guerriers, prirent le chemin du lac Ontario.

À l'issue du banquet, alors qu'ils étaient bien engourdis par la bonne chère, il les fit cerner par ses troupes, et attacher la corde au cou et les bras serrés par des liens aux « ceps » que les charpentiers avaient ajoutés aux préparatifs de la fête sans que personne s'en inquiétât autrement. Ce que voyant, « ils se mirent à chanter à pleine tête leurs couplets de mort ».

Quarante-cinq Principaux Iroquois furent ainsi capturés et dirigés vers Ville-Marie puis Québec, et un certain nombre embarqués illico pour servir sur les galères de Marseille.

Aussitôt averti que les quarante délégués des Cinq-Nations étaient envoyés aux galères de France, M. de Gorrestat, toujours ivre de rage et de transports intérieurs grandioses, comme possédé, jeta ses troupes sur les cantons iroquois. À Cataracoui, il les fit débarquer au plus près, c'est-à-dire sur la rive sud-est du lac Ontario. Le choix du territoire était maladroit.

Les Onnontaguès se comportaient depuis plusieurs années en nation pacifique.

Ils résistaient aux appels de massacre général des Français, que ne cessait de lancer Outtaké, l'un des plus ardents chefs de la tribu des Agniers.

Leur modération ne profita pas aux Onnontagués. Six cents réguliers, trois cents miliciens et autant d'alliés sauvages fondirent sur eux. En quelques jours, deux de leurs plus importantes bourgades furent la proie des flammes : Cassouets et Touansho.

Leurs guerriers, pourtant nombreux mais dispersés par les dernières chasses, n'eurent pas le temps de se rassembler.

Sur ces entrefaites, et comme si la nature se fût soudain sentie excédée par les folies délirantes des hommes, l'hiver abattit sa lourde patte sur un automne qui commençait à peine et s'annonçait clément.

Des soldats venus de métropole, vêtus de leur drap d'été, se réveillèrent sous la neige ou ne se réveillèrent pas, gelés dans leur sommeil.

Beaucoup furent écrasés par la chute d'arbres qui, n'ayant pas encore perdu leurs feuilles, succombaient sous le poids dont la neige inhabituelle les chargeait, et cassaient.

Ce fut la débâcle. Sans raquettes, insuffisamment vêtus, les hommes se noyaient dans les congères, dans les marécages invisibles, dans les lacs qui n'étaient pas assez gelés par endroits et sur lesquels ils s'engageaient, croyant traverser des plaines.

Cantor de Peyrac, qui, durant ce temps, avait remonté la rivière de l'Outaouais et atteignait la Baie Géorgienne, avec l'intention de gagner par le sud les cantons iroquois, arrêté par les neiges, réussit à atteindre la grande île de Manitouline pour hiverner chez les Odjibways.

À l'est de l'Ontario, les armées rassemblées tant bien que mal et guidées par les miliciens canadiens, eux-mêmes incommodés par la précoce venue du froid, mais connaissant le pays, se renfermèrent dans les forts ou enceintes de missions que les survivants purent atteindre, forts des lacs Champlain ou Saint-Sacrement au nord du fleuve Hudson, forts Saint-Louis et Sainte-Thérèse, Sainte-Anne dans l'île de Lamothe, forts du Richelieu jusqu'à celui de Sorel.

M. de Gorrestat, lui, resta au fort Frontenac, sur le lac Ontario.

Au début, on espérait un retour du beau temps, un redoux, une reprise normale de la saison. Il n'en était pas question.

Jusqu'aux rivages de l'Atlantique dans le sud et ceux du golfe Saint-Laurent à l'est, frangés d'une mer noirâtre et verdâtre, brassant des glaçons, le Désert Blanc s'étendit, recouvrant pour de longs mois des espaces infinis.

En un point desquels, nommé Wapassou, une femme et trois petits enfants, prisonniers d'un fortin enseveli, privés de tout secours, d'ici quelques semaines allaient mourir de faim.

LE DÉSERT BLANC

46

Une anxiété qu'elle ne voulait pas laisser se transformer en angoisse commençait de l'envahir sournoisement.

Dès qu'elle ouvrait les yeux, cela lui sautait à la gorge. Avant même d'avoir perçu le retour d'un nouveau matin, d'avoir reconnu la lumière de la vie au sortir du sommeil et de l'oubli miséricordieux, il y avait cette poigne griffue qui lui serrait le cou, et sur sa poitrine une charge pesante qui l'empêchait de respirer. Malaise qui trahissait la perception profonde qu'elle avait déjà de la situation, vérité imposée par un subconscient plus lucide que son conscient, et qu'elle faisait reculer aussitôt comme on fait reculer un cheval rétif, à coups d'injures et de mots violents dont le vocabulaire lui revenait de la Cour des Miracles et dont le plus convaincant et expressif commençait par un M..., mot que tout Français de tout ordre et des deux sexes semble posséder de naissance, tenu en réserve dans un coin de mémoire pour lui permettre d'exprimer, en des circonstances trop pénibles, l'ensemble de son déplaisir.

Aveu de malchance, constat d'une situation désastreuse, voire perdue, protestation contre le sort adverse, et tous ceux, ennemis, traîtres, auxquels on estime le devoir, reproche voilé adressé à sa propre sottise et qui suggérait le mouvement bienfaisant de se frapper la poitrine ou de se traiter d'imbécile, tout était contenu dans ce mot, à la fois court et symbolique, dans ce cri de défaite, d'impuissance, mais aussi de farouche revendication contre le Ciel et les hommes, et après l'avoir répété énergiquement à plusieurs reprises, Angélique se sentit mieux. Ce cri devait être entendu, compris par qui de droit.

De l'avoir lancé à la cantonade la soulageait et lui rendait courage. Le raisonnement se remettait en marche et, son caractère l'y aidant, elle se laissait aller à une plus saine et optimiste vision des choses.

Cela ne servait à rien en effet de jeter des insultes aux quatre points cardinaux. Il y avait encore de quoi manger pour quelques jours, et d'ici là, on aurait trouvé une solution... ou bien la caravane arriverait. Elle reprenait pied avec entrain, se redressait, secouait ses cheveux, ses vêtements, comme pour les débarrasser des miasmes du malheur et, rencontrant certaines fois les sourires et les yeux écarquillés pleins de malice et de surprise scandalisée de Charles-Henri et aussi des jumeaux – ces petits « venimeux », comme disait Yolande – toujours à l'affût, dès qu'ils avaient eu les oreilles ouvertes, des mots interdits, et qui n'avaient rien perdu à son réveil, de son vigoureux réquisitoire contre l'injustice et la « chiennerie » de l'existence, elle éclatait de rire.

– Levez-vous ! petits poucets. Il fait moins froid. Nous allons essayer de retrouver les pièges de Lymon White.

Les enfants aimaient à sortir lorsque le temps le permettait et elle s'aperçut que ce n'était pas seulement parce qu'ils pouvaient s'ébattre au grand air, mais parce qu'ils étaient heureux de reconnaître leur décor familier.

Pour eux, c'était toujours Wapassou. Elle se prit à poser sur les alentours ravagés un autre regard,

comme elle aurait reconnu, derrière une face
meurtrie, un être aimé.

Les enfants avaient raison. Les bonheurs vécus
à Wapassou ne pourraient pas être effacés, ni les
actes posés, les réussites, les gageures...

Il lui avait dit : Je vous bâtirai un royaume.
Ce n'était pas un royaume. Le terme lui paraissait
impropre sur la terre d'Amérique. C'était une
petite république. Avec les enfants, le soir, ils
prirent l'habitude de jouer au jeu de « La petite
république ».

Elle leur demandait :

– Qui habite dans notre petite république ?

Et ils faisaient un effort pour évoquer les visages
de gens qu'ils avaient aimés et qui leur manquaient.

Charles-Henri était l'interprète des jumeaux
quand elle ne comprenait pas ce qu'ils expliquaient
ou évoquaient avec animation.

– Ils parlent de Colin, ils parlent du chien, ils
parlent de Grenadine...

Elle stimulait leur mémoire, s'intéressant aux
images qu'ils avaient déjà accumulées en eux et
qui, par leur choix, les définissaient, les révélaient.

– Et vous souvenez-vous de celui-ci ? de celle-
là ? Était-il gentil ? Méchant, dis-tu ? Qu'a-t-il fait
qui ne t'a pas plu, Raimon-Roger ?

De ceux qui marquaient dans leur souvenir, ou
de ceux dont ils ne se souvenaient pas, elle leur
parlait, prenant le ton de la légende pour les
décrire comme des héros de roman, leur donnant
par épisodes le récit des exploits que leurs amis,
les habitants de la petite république, avaient
accomplis.

C'était comme une chronique, dont le déroulement lui était bienfaisant à elle aussi, qui revoyait
plus intensément les visages de chacun. Portraits
auxquels les commentaires des enfants, commentaires qui souvent ne manquaient pas de saveur,

ajoutaient une touche supplémentaire et parfois inattendue.

Ces conversations leur permettaient de s'évader, de s'envoler vers des évocations riantes, les reposaient d'une monotonie des heures scandées par les instants trop brefs des repas, et l'attente de cette autre évasion bénie, le sommeil. Si les enfants n'étaient pas conscients de ces deux obsessions qui peu à peu s'installaient dans leur vie et la commandaient, si l'on sentait en eux encore l'étincelle toujours prête à s'allumer du mouvement, pour jouer, sauter, courir ou se livrer à cette activité spécifiquement enfantine, que les grandes personnes appellent « faire des bêtises », Angélique savait que la plus grande difficulté, pour elle, serait de conserver à leur vie d'enterrés le rythme de journées normales.

En battant le rappel de tous leurs amis, en promettant de bientôt les revoir, elle peuplait leur refuge bien vide pour des enfants qui, depuis leur naissance, avaient été accoutumés à vivre en communauté. À elle aussi, cela faisait du bien d'évoquer tant d'années heureuses vécues près de Joffrey, et toute cette vie foisonnante qui s'était établie et développée à l'ombre de leur protection et de leur activité entraînante.

Et, peu à peu, Angélique prit conscience du rôle qu'elle avait tenu dans la tragédie récente dont le dernier acte – la mort du comte de Loménie-Chambord – lui pesait sur le cœur.

« Je les ai arrêtés ! »

Venus en croyant profiter de leur absence, comme la première fois pour Katarunk, ils l'avaient trouvée là.

Si elle n'avait pas été là, ou si elle avait capitulé, ils auraient continué vers le Sud, le long du Kennébec, et auraient enlevé, sans coup férir, successivement les mines et postes disséminés appartenant à Joffrey de Peyrac, puis Gouldsboro. Pour Gouldsboro, cela n'aurait peut-être pas été sans coup férir, mais dans ces conditions, avec ou sans l'aide de Saint-Castine, la bannière du roi de France aurait remplacé sur le donjon du fort celle à l'écu d'argent du gentilhomme indépendant.

Situation qui, une fois entérinée, aurait été plus épineuse à régler que celle présente.

Wapassou avait brûlé, mais les vengeurs du Père d'Orgeval s'en étaient tenus là. Ils étaient remontés vers le Nord.

« Je les ai arrêtés ! »

Elle se rendait cette justice pour garder courage.

À vrai dire, cette fois-ci, et malgré les apparences, ils ne s'étaient pas laissé prendre de vitesse, elle et Joffrey.

À mesure qu'on avance en âge et en expérience, ce n'est pas de demeurer sans cesse en alerte qui est exigé, ce qui serait insupportable, mais d'acquérir ce sixième sens qui permet de se porter à temps au secours des points faibles de la forteresse. Parfois en ignorant qu'elle se trouve déjà menacée.

L'un et l'autre, à vivre unis, s'étaient formés à ce jeu de défense inconsciente, et cela sans y tâcher, presque sans le savoir.

Leur instinct s'était fait unique. Lorsqu'elle y songeait, elle voyait clairement que la décision, pour lui d'accompagner Frontenac, pour elle de retourner à Wapassou, et malgré les débats et les arrachements que cela leur coûtait, s'était imposée naturellement, parce que c'était *cela* qu'il fallait faire.

Ils avaient reçu la grâce de se porter à temps vers les points faillibles que visait l'ennemi.

Ce qui ne voulait pas dire que l'on sauverait tout, et que l'on « n'y laisserait pas de plumes », selon l'expression populaire.

Mais ç'avait été la meilleure stratégie. C'est-à-dire celle qui permettait *d'éviter le pire*.

« Le pire a été évité », se répéta-t-elle en jetant aux lointains glacés que chaque jour, chaque heure touchait d'une lueur ou d'une nuance différente, un regard de défi. « C'est une loi, une loi logique de la Nature. Elle jouera pour nous... Nous nous sommes portés à temps aux créneaux où se présentait l'ennemi, et à temps nous avons pris les armes... En vain déchaîneras-tu ta cruauté aveugle... »

Debout sur la crête, elle parlait toute seule, se tournant de côté et d'autre. Au fil des jours, elle cessa d'élever la voix et de remuer les lèvres car c'était encore une dépense d'énergie, mais elle continua de s'entretenir avec véhémence avec son seul interlocuteur, le paysage, dans un mélange de sensations intérieures qui oscillaient de l'effroi à la joie la plus exaltée, de l'admiration, la confiance, à la crainte, la rancœur, d'une certitude de domination sur les éléments à l'accablement, la démission devant leur puissance aveugle.

Tour à tour, elle voyait à travers eux l'immobilité de la Nature, son inertie pétrifiée, la cruauté du destin des hommes et la promesse de la grandeur de ce destin.

Elle était l'Humanité tremblante aux portes de l'Eden. Celles-ci, lourdes et gardées par l'ange au glaive flamboyant, s'étaient refermées dans son dos. Devant elle, froid, faim, douleur, sueur du pain quotidien... Mais aussi... la Beauté, le secret des trésors enfouis, le secret des consolations, pour cette aventure de la Vie qui s'annonçait et qu'il faudrait rechercher.

Aussi allait-elle à ces sorties qu'elle opérait presque chaque jour comme à un rendez-vous d'amour, comme au bal, comme à la noce, comme à la fête.

Il se mêlait à ce plaisir un sentiment d'attente, la certitude que cette fois, ce jour-là, quelque chose allait bouger au loin, l'approche de la caravane, l'approche des secours.

Elle savait aussi que, même si l'horizon restait muet, un viatique lui serait donné, une fleur d'espérance.

À travers le spectacle grandiose passait le courant d'une confidence qui fortifiait tout son être, lui rendant perceptibles les vérités salvatrices. « À travers moi tu contemples *le sourire de Dieu !...* »

Debout sur la plate-forme, ou au bord de la tranchée, faisant quelques pas comme pour mieux se placer au centre d'une solitude où sa présence unique d'être humain, frêle, mais avec ce minuscule et rouge cœur vivant qui battait en elle, ce sang rouge et chaud qui circulait dans ses veines, sa présence prenait une signification décisive.

Ce jour-là, cette aube-là, la débauche des couleurs, des lignes, des multiples formes, c'était comme un opéra.

47

Ce matin-là, à l'est, le rideau de la nuit s'ouvrit sur deux nuages couleur de sable, allongés comme des dunes, de sépia foncé ourlé d'or. Ils stagnaient immobiles derrière le Mont Kathadin. Leurs métamorphoses colorées annonçaient la montée de l'astre du jour.

Vaisseaux de l'espace, chargés de menaces ou, au contraire, des consolations de la splendeur.

Comme eux, Angélique, debout sur sa petite éminence de neige glacée, attendait le soleil.

Elle se levait très tôt, et son premier geste était d'empoigner le chaudron, posé sur les braises, et d'aller jeter de l'eau chaude sur les gonds de cuir de la porte pour la dégager. Si, un beau jour, panneaux de bois, ferrures, gonds, s'enrobaient de glace, elle n'aurait plus assez de forces pour ébranler cette lourde porte et se frayer une ouverture vers le dehors.

S'il avait neigé dans la nuit, elle se réchauffait et se remettait en mouvement à pelleter la neige et à dégager les abords du seuil et les degrés taillés dans la glace qui permettaient de sortir de la tranchée. Celle-ci se faisait de plus en plus profonde chaque hiver. Cela avait été leur problème lorsqu'ils hivernaient dans le fortin de Wapassou. Au départ, il n'était qu'un abri pour quatre mineurs, édifié contre le talus dans lequel se prolongeaient les galeries de mine, un vrai terrier. Déjà à demi enfoui sous la terre, la neige ne pouvait que l'enterrer encore, et les agrandissements et aménagements n'avaient pas concerné l'entrée principale. Elle devait donc chaque matin rejeter la neige tombée, sous peine de voir bientôt cette ouverture condamnée.

Une fois dehors, dans la nuit à peine pâlie, Angélique prenait le vent, tâtait le froid, et si ni l'un ni l'autre ne se montrait trop agressif, elle se hissait hors du trou et gagnait, à quelques pas de là, un léger surplomb qui lui permettrait de faire, du regard, le tour de l'horizon lorsque le jour se lèverait.

Quand elle ne se sentait pas de goût pour les travaux de déblaiement, elle montait de l'intérieur, par une trappe, sur la plate-forme. De là aussi, on pouvait embrasser du regard l'horizon, mais d'une façon moins détaillée que de la butte, car le talus auquel était adossée l'habitation cachait une partie du lac de Wapassou, appelé le lac d'Argent. Celui-ci, aujourd'hui recouvert d'une épaisse couche de neige, formait à ses pieds une grande étendue blanche.

Par les grands froids, au plus dur de la saison, les heures qui précèdent l'aube sont peut-être les moins éprouvantes. Si neige et rafales ne tourbillonnent pas, il semble que le gel desserre son étreinte, marque une pause clémente.

Angélique aimait cette heure qui paraissait promettre une rémission.

Elle n'était pas effrayée de se trouver là, seule, dans les ténèbres infinies du ciel et de la terre mêlés et que ne perçait aucune lumière. Elle avait un peu perdu la notion des dates et lorsque la lueur du jour commençait à se répandre dévoilant ce désert blanc muet, sourd et figé, elle ne voulait pas reconnaître qu'on avait atteint ce moment de l'année qui, les autres hivers, faisait dire aux gens de Wapassou – ou penser à part soi, pour ceux que cela impressionnait : « L'hiver s'est refermé. »

De toute façon, elle ne venait pas là pour méditer sur sa solitude. Il y avait une vie, un mouvement auquel elle était sensible dans cet instant grandiose, chaque jour assuré et chaque jour différent, du lever du soleil.

C'était la vie. Cela bougeait. Cela parlait. Un théâtre s'ordonnait pour elle à tous les points de l'horizon. L'image n'était jamais semblable.

C'était parfois le seul moment de la journée où elle pouvait apercevoir le soleil. À travers une brume translucide, il s'élevait, énorme bouclier rose, puis disparaissait, happé par un lourd rideau de nuages.

Mais d'autres fois, le spectacle se déployait avec magnificence, instant par instant, jusqu'à ce que toutes voiles arrachées, tous les instruments de l'orchestre ayant donné leurs voix, le soleil consentît à poursuivre sa course dans un monde purifié et, pour ce jour-là, redevenu blanc et bleu.

Maintenant, les deux nuages, derrière le mont le plus élevé, étaient comme deux baleines sombres escortées de baleineaux, petits nuages qui avaient surgi on ne sait comment de l'éther azuré. Leurs échines étaient sombres, d'un gris lourd d'orage, et le ventre d'un blanc éclatant. Leurs formes s'allongèrent, naviguant, devenant en s'étirant et se divisant, îles, rivages, continents aux plages de miel sur les bords d'une eau bleue à peine teintée de vert. De ce jade pur allait surgir l'astre d'or.

À l'ouest, la lumière montante déjà accrochait des pointes de rubis, multipliait les poignées de joyaux jetés à la volée, améthystes, perles, diamants, à travers la masse sombre et tourmentée des montagnes endormies.

Dans les vallées indistinctes, les brouillards se détachaient d'un gris épais, se répandant avec une paresseuse mélancolie au-dessus des fleuves et des rivières et comblant leurs méandres.

La nappe s'étendait d'un lieu à l'autre, mais sans hâte. Ce serait une journée où le soleil aurait plus longtemps droit de cité sur le monde, que les nuées hivernales lui dérobaient trop souvent. À midi, quand le soleil serait au zénith, si les nuages n'avaient pas tout envahi, elle pourrait sortir les enfants. Et comme chaque matin, au moment de quitter la plate-forme ou le belvédère, elle hésitait, ne se décidait pas à rentrer, retenue par le charme, elle éprouvait une frustration déprimante...

Pour se décider à rentrer, il fallait que l'effet du froid commençât à la pénétrer, qu'elle ne sentît plus ni ses pieds, ni ses mains engourdis, et une fois elle craignit de s'être fait geler le nez, comme c'était arrivé à Euphrosine Delpech, la commère de Québec qui, pour guetter les faux pas de Mme de Castel-Morgeat, avait encouru ce dommage. Rentrée au chaud, elle guetta, dans le miroir, avec inquiétude, son appendice nasal et se promit d'être plus raisonnable à l'avenir. Si un jour ou l'autre il lui fallait reparaître à Versailles, il ne s'agissait pas de le faire marquée d'ineffaçables stigmates de ses voyages au *Nouveau Monde*. Les cicatrices ne sont glorieuses que pour les hommes.

Et pourtant, ce matin-là, quelque chose la retenait encore. À plusieurs reprises elle revint de la porte à son point d'observation, avec l'impression confuse qu'un détail lui avait échappé. Subitement, avec un battement de cœur, une interrogation se fit jour.

Parmi ces brumes errantes et lointaines, ces brouillards exhalés des marécages durcis et des gouffres refermés sur leurs chutes d'eau gelées, son regard s'était arrêté à une tache lointaine, tour à tour blanchâtre ou transparente, aux formes changeantes, parfois s'arrondissant comme poussée sous un souffle de vent, ou au contraire s'étirant en hauteur dans l'air pur soudain calme, en filet blanc. Moins que rien : une tache arrondie puis un filet blanc s'allongeant, *mais qui ne changeait pas de place*.

Une fois qu'elle l'eut de nouveau repérée, elle ne la quitta plus des yeux. Elle suspendait jusqu'à sa respiration pour mieux l'observer. C'était infiniment loin et cela n'avait pas plus de consistance qu'un songe.

Mais cela ne pouvait se confondre ni avec des brumes au-dessus des rivières, ni avec le brouillard.

C'était DE LA FUMÉE.

Elle revint dans la maison, bouleversée de joie, mais ne voulant pas croire à ce frêle indice.

Était-ce bien de la fumée ?

Plusieurs fois dans la journée, elle retourna dehors guetter le signe aperçu, et il était toujours là.

— Tu sors tout le temps ! se plaignirent les enfants.

À la fin, elle ne douta plus : c'était de la fumée. Et derrière la fumée, il y avait des hommes. Quels qu'ils fussent, ils représentaient le salut.

À la nuit tombante, elle opéra encore une sortie. Tournée dans la direction vers laquelle lui étaient apparues les traces de fumée, elle ne put distinguer aucun point rouge qui dans l'ombre du soir aurait révélé l'emplacement d'un foyer.

« Et pour cause ! se rassura-t-elle. "Ils" ont quitté l'emplacement et ont éteint le feu car "ils" continuent leur marche vers nous. »

Elle resta en observation si longtemps que, lorsqu'elle se décida, devant l'obscurité montante, à réintégrer l'intérieur du fortin, elle eut de la difficulté à se mouvoir tant elle était gelée jusqu'aux moelles.

Malgré sa déception de n'avoir pu discerner aucun point rouge, elle continuait de voir, dans ces différents indices, de nouvelles raisons d'espérer.

« Ils » venaient, « ils » montaient vers elle. Ces feux étaient ceux d'une halte avant la dernière étape qui pouvait les faire arriver à Wapassou, la nuit même.

Encore quelques heures et les gens de la mine du Sault-Barré, ceux de la mine du Croissant, peut-être ceux de Gouldsboro, alertés, débouleraient dans la tranchée de neige et heurteraient la porte du terrier, comme cette première fois où, sous des trombes d'eau, ils s'y étaient réfugiés après Katarunk, et ce seraient des congratulations sans fin : O'Connell, Lymon White, Colin Paturel...

Elle alluma le feu dans la grande salle. Elle ne pouvait guère faire davantage pour leur préparer l'accueil, à part l'eau-de-vie et le vin.

Pour faire office de phare, elle remonta planter dans la neige une grande torche.

Elle prépara des paillasses et des couvertures et attendit encore.

Elle demeura en éveil toute la nuit, entretenant les feux, guettant chaque craquement au-dehors, croyant entendre à tout moment des bruits de pas ou de voix dans le souffle du vent, et se précipitant à leur rencontre sur le seuil dans la nuit glaciale.

Mais au matin personne n'était venu et c'était toujours le grand silence.

Cependant, lorsqu'elle monta sur la plateforme, la fumée au loin était toujours là au même endroit, semblant se jouer de son attente, se déployant de façons diverses en petits toupets ou plumets très visibles, puis se fondant jusqu'à s'effacer complètement, pour reparaître encore. Elle était toujours là comme un souffle humain parlant de vie, une respiration humaine à la surface de la terre.

Dès lors, elle décida d'y aller voir. Au moins elle essaierait de s'avancer assez loin à la rencontre du phénomène pour se faire une opinion. S'il y avait des humains là-bas, ils représentaient le secours, une chance qu'elle ne pouvait négliger. La pensée de laisser les trois enfants seuls, ne serait-ce que quelques heures, la préoccupa. Ils étaient si petits. Elle fit ses recommandations à Charles-Henri : entre autres, ne pas s'approcher du feu, qu'elle avait préparé avec des mottes de tourbe qui dureraient longtemps et ne risquaient pas de donner de hautes flammes.

– Et si le feu s'éteint ?

– Vous vous mettrez dans le lit sous les couvertures, pour vous réchauffer. Je ne serai pas longue. Je reviendrai avant la nuit.

Elle enfila les hauts-de-chausses de Lymon White, son capot de gros lainage, rabattit le capuchon sur sa tête et se coiffa, au surplus, d'une de ces toques de fourrure que tous les habitants mâles de Wapassou affectionnaient.

Elle se choisit des raquettes parmi les plus légères, prit une arme à silex, accrocha corne à poudre et sachets de balles à sa ceinture.

Les enfants la suivirent jusqu'à la porte en promettant d'être sages.

« Et s'il m'arrivait quelque chose ? un accident ! se dit-elle tourmentée. Qu'adviendrait-il d'eux ?... »

Elle se rappela son angoisse du temps de ses chevauchées du Poitou, ce jour où, après avoir laissé Honorine, bébé de dix-huit mois, attachée au pied d'un arbre afin de courir au secours de ses gens attaqués, elle avait reçu un coup dans la bataille, avait perdu conscience et s'était retrouvée en prison, sans savoir ce qu'il était advenu de l'enfant restée seule dans la forêt.

Dans l'ignorance de ce qu'elle allait trouver au bout de son expédition, elle retourna dans la chambre et écrivit sur une feuille de papier : « Il y a trois petits enfants seuls dans le fortin de Wapassou. Secourez-les pour l'amour de Dieu » et glissa le feuillet dans la poche de sa casaque. Si elle était blessée, si... Il fallait tout prévoir, et agir « comme si... ».

Mais en fait, elle était persuadée qu'elle ne se lançait dans cette démarche que pour lever un doute insupportable : Fumée ? ou non fumée ?... Ce qu'elle craignait le plus, c'est d'avoir été la proie d'un mirage.

Elle retrouva les enfants qui avaient commencé à s'ébattre dans la grande salle où ils avaient plus d'espace que dans la chambre.

— Vous pouvez jouer un peu ici, mais ne sortez pas.

— Même pour aller jusqu'au lac faire des glissades ? demanda Charles-Henri déçu.

— Grands dieux ! non ! Ne sortez pas, vous dis-je.

— Même pour faire des boules de neige ?

— Même pour faire des boules de neige, répéta-t-elle. Je t'en prie, mon petit bonhomme, sois un grand frère comme Thomas. Tu te souviens de ce qu'il te disait : « Respecte les consignes. » Ma consigne est : Ne sors pas.

Quant aux jumeaux, ils n'en avaient qu'une : OBÉIR à Charles-Henri.

Et elle lui répéta une fois de plus tout ce qu'il devait faire et ne pas faire, adressa une dernière supplique à leurs anges gardiens et se lança sur la plaine.

Elle avançait sans pouvoir calculer la distance qu'elle aurait à parcourir. Elle ne savait pas si le point qu'elle visait et ne quittait pas des yeux était proche ou bien se situait à des heures, sinon des jours, de marche.

Cette fumée là-bas, c'était un souffle si mince, une tache infime qui se diluait, par moments s'effaçait et elle ne la voyait plus, puis la percevait à nouveau sans être certaine de ne pas s'illusionner. On aurait dit un souffle d'agonisant dont l'interruption aurait signifié pour elle, en effet, presque la mort.

En tout cas, la perte d'un espoir fou.

Heureusement, de pas en pas, la fumée devint plus certaine à ses yeux pleurant de froid, fatigués de percer la blessante lumière pour ne pas perdre de vue cette trace bleutée, laquelle enfin commença à se déployer plus nette et plus proche sur un rideau d'arbres noirs.

En lisière de la forêt, des hommes avaient allumé un feu. Elle ne les voyait pas, mais désormais, leur présence ne faisait plus de doute.

D'autres pensées alors l'assaillirent. Des hommes ! Amis ? Ennemis ?

Des hommes qui, en la voyant s'approcher, forme indistincte et maladroite, bougeant sur l'immensité blanche, croyant peut-être avoir affaire à un animal, pourraient la tirer, à bout portant, comme un vulgaire gibier.

Sur ces entrefaites, et de façon inattendue, un pan de brume jaunâtre assez épais traîna vers elle sur sa gauche et l'enveloppa.

« J'aime mieux ça ! » pensa-t-elle.

L'odeur de la fumée la guiderait car maintenant on la percevait à pleines narines. C'était enivrant. Et malgré le danger possible, Angélique frémissait d'impatience.

Tout à coup, sous ses raquettes, le sol céda.

Avançant dans un paysage dont le brouillard estompait le relief, elle vit trop tard le bord d'une faille profonde. Elle n'eut que le temps de se rattraper à un petit arbre en surplomb.

48

Angélique se pencha au-dessus de la ravine. C'était bien de cette faille que la fumée s'élevait en volutes paresseuses, s'étalant en nappe pour se mêler à la lourde brume.

À ce moment, la branche à laquelle elle se cramponnait et qui était enrobée de glace cassa comme verre et elle débaula dans le trou en se heurtant aux rochers mais sans se faire de mal grâce à l'épaisseur de la neige qu'elle entraînait avec elle.

Elle se retrouva au fond, presque ensevelie par l'avalanche, et eut beaucoup de peine à s'en extraire, à retrouver son arme qui lui avait échappé et un de ses gants arraché. La neige s'était insinuée dans ses manches, dans son cou, dans son capuchon.

Avec des mouvements de nageur, elle parvint à regagner un terrain plus ferme et se retrouva près d'un petit ruisseau à moitié gelé.

Devant elle se dressaient les colonnades de glace d'une chute d'eau, un « sault » comme ils disaient par là. C'était au pied de la cascade, pour lors figée et muette, que stagnait la fumée, émanant des dômes engloutis de deux wigwams indiens, de ces abris que les nomades montent hâtivement avec des baguettes souples, sur lesquelles ils jettent des pans d'écorce d'ormes ou de bouleaux. À travers les interstices des écorces, et sans même faire fondre complètement la neige, la fumée filtrait, trahissant la vie.

Alentour et malgré la tombée de neige fraîche de la nuit précédente, on relevait les piétinements d'un campement. Elle aperçut une traîne et un harnais qui émergeaient, et crut entendre gronder un chien à l'intérieur d'un des deux champignons coiffés de blanc.

Le doigt sur la détente, elle demeura aux aguets. Elle avait été si privée de toute présence humaine depuis ces longues semaines qui avaient fait sans doute des mois, qu'elle hésitait et redoutait le contact. Amis ? Ennemis ? Indiens ou coureurs de bois canadiens ?...

La plaque d'écorce, qui servait de porte, s'écarta. Un visage de femme indienne sous son bandeau de perles se montra à demi, puis s'effaça pour laisser place à celui de son seigneur et maître, un Indien, lequel, pour s'extirper de sa tanière, pointa en avant un haut chignon huilé, orné de « couteaux » noirs d'ailes de corbeau. Redressant la tête, il observa l'intruse, en arrêt à quelques pas derrière les buissons.

À son profil busqué, son menton court, ses petits yeux pétillants, elle supposa qu'il s'agissait d'un Abénakis du Sud. Il ressemblait à Piksarett. La vue du mousquet ne semblait pas l'impressionner.

À tout hasard, elle le héla de loin et le salua en sa langue. Il répondit en français.

– Salut à toi. Je suis Pengashi, de la Fédération des Wapanogs. D'où sors-tu, enfant ?

À sa silhouette, il devait la prendre pour un jeune Blanc.

Elle ébaucha un geste vers le sommet du ravin.

– De Wapassou, là-bas.

Il plissait des yeux pour mieux la distinguer.

– Je croyais qu'ils étaient tous morts là-haut. J'ai vu de loin les ruines du fort et des maisons...

Alors elle se nomma et il parut heureusement

surpris. Elle lui dit qu'elle restait seule à Wapassou avec trois enfants.

— Approche ! Entre ! lui intima-t-il en se retirant pour lui laisser libre le passage de l'étroite entrée.

Elle planta ses raquettes devant le seuil, à côté de la hutte et se glissa à l'intérieur du wigwam. Une fois la porte refermée, c'est-à-dire la plaque d'écorce retombée sur l'ouverture, il faisait bon dans cet abri étroit où l'on ne pouvait se tenir qu'assis. On marinait dans une épaisse fumée, mais Angélique fut surtout sensible à l'odeur du brouet qui avait dû cuire dans une marmite posée sur des braises et dont deux ou trois enfants achevaient de rassembler les derniers restes dans des écuelles de bois.

C'étaient certainement de très pauvres gens. Elle avait scrupule de leur demander d'emblée de la nourriture. Pengashi racontait que l'hiver les avait surpris alors qu'il n'avait même pas achevé de mener à bien la traite d'été sur les côtes du New Hampshire. Pas plus n'avait-il eu le temps de chasser et de fumer assez de viande et de poisson pour leurs réserves d'hiver.

Démuni, ayant dû abandonner ses fourrures dans une cache au pied d'un arbre, il était remonté vers les montagnes de l'intérieur pour y joindre les gens de sa tribu, mais ceux-ci se trouvaient presque dans le même cas que lui, et tout le monde se dispersa afin de courir sa chance de subsistance chacun de son côté. Son frère aîné l'avait encouragé à se rendre vers le nord pour passer l'hiver sous la protection des Blancs de Wapassou. Mais après un long et pénible voyage, il croisa quelques groupes clairsemés d'Abénakis et d'Algonquins qui erraient, désorientés, et qui l'avertirent que le fort de l'Homme du Tonnerre était ruiné, et qu'il n'y avait plus là-bas âme qui vive.

Il continua pourtant, ne voulant pas y croire, aperçut de loin les ruines noircies, se résigna, mais avant de s'engager dans une nouvelle direction, comme il était à bout de vivres, il chercha un endroit propice pour cabaner, le temps de poser des pièges dans l'espoir d'attraper un gibier que l'hiver précoce rendait fort rare.

Ils avaient dressé leurs huttes depuis trois jours. Du fond de sa ravine, uniquement préoccupé de ses pièges et de sa chasse avant de se remettre en chemin, il n'avait pas pensé à examiner de plus près l'emplacement de Wapassou et à y chercher des traces de vie, ce qui expliquait qu'il n'eût pas remarqué de son côté la fumée du fortin.

Son intention était de continuer vers le Nord et de mettre sa famille à l'abri des missions sur le Richelieu, ou du fort Sainte-Anne.

Tout en parlant, il fumait sa pipe à petits coups et il avait sans cesse une mimique satisfaite, hochant la tête avec l'air entendu de quelqu'un qui n'en pense pas moins, et qui se félicite d'avoir si bien mené ses affaires.

— Le Richelieu ? le fort Sainte-Anne ? Mais c'est très loin, lui fit remarquer Angélique. Pourquoi n'essayez-vous pas plutôt de remonter par la Chaudière vers Québec ? Vous auriez moins de distance à parcourir.

Il secoua la tête. Il avait entendu dire que l'armée du nouveau gouverneur hivernait dans les forts du Richelieu et ceux des lacs Saint-Sacrement, Champlain, et qu'à l'automne, des barques n'avaient cessé d'y acheminer de Montréal un ravitaillement monumental.

Non seulement il serait à l'abri, avec les siens, de la famine, mais à pied d'œuvre quand viendrait le printemps pour participer à la grande campagne guerrière qui se préparait contre les Cinq-Nations iroquoises.

Tout à coup, il s'informa du nom des enfants qui étaient avec elle dans le fortin, et quand elle lui eut répondu, il manifesta à nouveau une grande satisfaction.

– Charles-Henri ! Charles-Henri ! répéta-t-il à plusieurs reprises.

Puis se penchant vers elle d'un air malicieux :

– Je suis le beau-frère de Jenny Manigault, lui confia-t-il.

Pour tout dire, il était le frère de Passaconaway, le chef des Pemacooks, qui avait enlevé Jenny et qu'elle était partie rejoindre après son évasion, confiant son fils Charles-Henri à Angélique.

Pengashi estimait que son frère aîné avait eu tort d'enlever une Française.

– Nous le lui avons tous dit, au début, nous, sa parenté, ses amis. « Mon frère, prends garde, lui répétions-nous. Tu as enlevé une Française et nos alliés blancs de Canada vont nous chercher querelle. » Alors, il alla se cacher dans les Montagnes Vertes, mais plus tard il m'avertit qu'il avait appris que sa captive française était de la même religion que les Anglais, de ceux qui avaient crucifié Notre Seigneur Jésus-Christ, et que, pour cette raison, ses compatriotes français la considéreraient comme prisonnière s'il proposait de la leur rendre. Et, loin de la racheter, les Français la donneraient à d'autres Abénakis comme butin. Il avait donc compris que personne ne viendrait la lui reprendre, s'il savait bien se défier et des uns et des autres.

La dernière fois que Pengashi avait vu son frère le chef Passaconaway, il s'apprêtait à décabaner avec sa famille composée de Jenny et de l'enfant qu'il avait eu d'elle, une petite fille, de sa mère et d'un jeune cousin qui avait perdu tous les siens dans la guerre du roi Philippe.

L'hiver s'annonçait trop rigoureux dans les Montagnes Vertes. Il voulait se rapprocher de la côte, tout en veillant à ne pas attirer la suspicion des colons anglais qui avançaient, de plus en plus nombreux, vers les montagnes pour défricher la forêt et qui voyaient partout, dès que pointait la plume d'un sauvage, des partis de guerre du Nord canadien, Français et Abénakis, venus pour les scalper.

Passaconaway n'était pas baptisé, comme lui Pengashi, qui était chrétien ainsi que sa famille, et jusqu'à ses parents. Passaconaway se méfiait des hommes blancs qui pouvaient venir lui reprendre Jenny, les Français parce qu'elle était de leur race, et les Anglais parce qu'elle était de leur religion. Il serait heureux que Pengashi apporte des nouvelles de son fils à Jenny.

– Si tu remontes vers le Nord, tu n'es pas près de revoir ton frère, ni de pouvoir transmettre à Jenny des nouvelles de son fils, lui dit-elle.

Mais cette notion de temps et de distance n'impressionnait pas l'Indien. De toute façon, la campagne de guerre contre les Iroquois les amènerait non loin des régions où Passaconaway et sa petite tribu se cachaient.

Une fois les Iroquois anéantis, Pengashi pourrait suivre un parti, décidé à descendre récolter des chevelures d'Anglais chez les habitants des frontières, ce qui le mettrait aux limites de l'arrière-pays du New Hampshire et des Montagnes Vertes. Il saurait distraire quelques jours aux combats pour joindre les siens et les visiter.

Dans le wigwam de Pengashi, il y avait deux femmes. La plus jeune nourrissait un bébé ficelé sur sa petite planchette. C'était sa fille aînée dont le mari avait été tué par la chute d'un arbre au cours de leur exode.

– Les neiges sont venues trop tôt. Les arbres n'avaient pas perdu leurs feuilles. Alourdis, ils ont cassé en grand nombre.

L'autre, l'épouse, surveillait Angélique d'un regard sans aménité. Malgré l'étroitesse de la hutte, elle avait entrepris de graisser ses cheveux avec de la graisse d'ours fluide. Les Sauvagesses prenaient toujours grand soin de leur chevelure. Celle-ci, malgré leur situation précaire, ne dérogeait pas à ses habitudes. Elle demanda à Angélique si elle n'avait pas un peigne à lui donner, en écaille ou en os, car le sien, en bois, s'était brisé.

Pengashi la fit taire avec humeur, et Angélique comprit qu'il lui reprochait de gaspiller de la graisse d'ours alors que leurs provisions étaient épuisées.

Sa fille aînée, la jeune veuve, à son tour réclama : si la femme blanche pouvait lui procurer de la charpie pour son nouveau-né. Elle accusait encore l'hiver. Elle n'avait pu faire assez ample provision de ce duvet de roseau ou de bois de pruche pilé dont on garnissait l'entrejambe des bébés afin de ne pas gâter leurs fourrures. Là aussi, l'Indien fit taire sa fille, rappelant que de la poudre de bois de pruche, les femmes s'en étaient servies toutes deux pour dégraisser leurs cheveux avant de les laver, quitte à les regraisser plus tard. Leurs cheveux ! toujours leurs cheveux ! Et l'on n'avait pas de quoi manger.

Mais l'instant d'après, il demanda à Angélique, pour lui, de l'alcool et aussi une couverture, car il n'avait pu aller deux fois à la traite et rapporter des navires ou du poste du Hollandais les marchandises dont ils avaient besoin.

Angélique regretta de ne pas avoir emporté de l'alcool. Elle s'était mise en route tellement persuadée de marcher vers un mirage qu'elle n'avait pas pensé à se nantir au moins d'un peu de ce produit d'échange. Elle recommença d'expliquer sa situation. Elle était seule dans ce fortin avec les trois enfants, dont Charles-Henri. Ils avaient du bois pour se chauffer, mais leurs réserves de nourriture s'épuisaient. Elle attendait des secours qu'un compagnon survivant était parti chercher, jusqu'alors personne ne venait. Et la neige avait complètement recouvert l'emplacement des pièges.

Tout en parlant, elle ne pouvait s'empêcher de lorgner en direction du bol de graisse d'ours et d'un

restant de soupe de maïs, la même qu'après beaucoup de comédie les enfants avaient fini par laisser
au chien, lequel avait attendu avec patience leur
décision, puis s'était jeté avidement sur cette
suprême boulette de pâtée.

Avec la finesse de ses congénères, Pengashi,
tout en fumant, dut comprendre le langage muet
de ses regards. Il acheva sa pipe et, lui adressant
à nouveau un de ses clins d'œil de connivence,
la pria de le suivre.

Une fois dehors, il se dirigea vers le second
wigwam et lui fit signe d'y pénétrer en sa compagnie. Deux vieillards s'y trouvaient : un homme
et une femme aux tresses blanches, assis très
dignement dans le fond. Coiffé d'un bonnet de
fourrure, l'homme fumait sa petite pipe de pierre
rouge, et de temps à autre, la tendait à sa vieille
épouse, afin qu'elle pût tirer quelques bouffées.
Une gamine d'environ douze ans, accroupie à
côté du foyer, raclait avec soin une peau dont
elle arrachait les derniers lambeaux de chair et
de nerfs, si minimes fussent-ils, pour les jeter un
à un dans une petite marmite posée sur les tisons
du foyer, au centre de la cabane.

Angélique et son hôte trouvèrent leurs places.
Pengashi expliquait à ses parents qui elle était et
les raisons de sa venue. Ils écoutaient sans cesser
de fumer à petits coups et sans qu'un muscle de
leurs physionomies bouge, de sorte qu'on pouvait
se demander s'ils avaient entendu le moindre mot
des propos de leur fils. Celui-ci ne se formalisait
pas de leur indifférence, et prenait son temps
pour respecter les règles de bienséance que l'on
doit aux ancêtres.

En examinant la petite Indienne courbée sur
sa tâche, Angélique surprit le regard de curiosité
qu'elle lui jetait, et lui vit une prunelle claire
dans une petite frimousse maigre assombrie de
hâle et de crasse, mais qui laissait deviner des
taches de rousseur. Malgré la graisse qui les

oignait, ses cheveux tressés, retenus sur le front par un bandeau brodé de perles de couleur et de poils de porc-épic, avaient un reflet doré. Encore une petite captive anglaise.

– Mon frère était si fou de sa captive blanche. Il m'est venu l'envie d'en avoir une dans mon wigwam. Il y a quelques années, avec un parti allié, nous avons suivi la campagne de la Robe Noire, qui est descendue jusqu'aux environs de Porthmouth. J'ai enlevé cette petite fille. Elle était si petite et si blonde. C'est moi qui lui ai mis ses premiers mocassins aux pieds. Je trouvai le moyen de les tailler et de les coudre malgré la course dans la forêt, car les Yennglies nous poursuivaient et nous avons dû tuer presque tous nos autres captifs qui ne pouvaient pas garder la vitesse. Je lui ai mis ces mocassins aux pieds. Et après, c'était fini. Elle n'était plus une enfant de Yennglie. D'ici peu de temps, elle sera assez grande pour que j'en fasse mon épouse. C'est pourquoi Ganita ne l'aime pas. Alors, je l'ai donnée comme servante à mes parents.

Angélique l'écoutait, moins attentive à ses paroles qu'à ses gestes.

Il s'était glissé jusqu'au fond du wigwam et avait soulevé une plaque d'écorce qui formait la paroi et attirait du dehors un volumineux paquet enneigé, enveloppé de peaux. Ayant soigneusement refermé l'ouverture, il enjoignit d'une voix rude à la petite servante d'alimenter le feu. Il attendit que la chaleur soit revenue à l'intérieur de la hutte pour développer les peaux qui étaient durcies par le gel. Non sans fierté, il montra un gros bloc glacé d'une matière rougeâtre.

– J'ai fait bonne chasse avant-hier. Un jeune daim. Mais je n'ai pas tout dit à ma femme Ganita. Elle aurait voulu qu'on fasse bombance. Elle n'a pas de cervelle. Mes parents ne parleront pas. Ils m'approuvent d'être parcimonieux. L'hiver est un ennemi traître et cruel, et on ne s'arme jamais avec assez de prévoyance contre lui.

Il prit dans un coin une vieille lame d'épée bien aiguisée et, de trois ou quatre coups décisifs, tailla un gros rectangle de viande qu'il enveloppa dans un pan de peau, soigneusement découpé lui aussi. Tandis qu'il enjoignait à la petite servante d'en coudre les bords, ce qu'elle fit rapidement et avec habileté, il attirait, d'un autre trou, toujours du dehors, un sac d'où il sortit deux racines de raves et un pochon fermé d'une lanière coulissée. L'ayant ouvert, il compta dans le creux de sa main avec autant de soin qu'un avare ses pièces d'or des parcelles noires ou brunâtres d'un produit léger dont il paraissait apprécier la valeur à l'once même.

Il hésitait, ajoutait trois ou quatre pastilles de supplément, hésitait encore, secouait un peu le sac, puis semblait se raviser et regretter son geste, et se reprenait pour en verser encore. Quand sa main fut pleine, il pria Angélique de lui tendre les siennes et d'y recueillir la précieuse provende.

– Fais gonfler ces petits fruits des bois dans le bouillon. Ils défendent du mal de terre.

Il parlait du scorbut.

Elle se confondit en remerciements.

– Je suis le beau-frère de Jenny Manigault, répondit-il comme si cette parenté le contraignait à certaines obligations envers elle. N'aurais-tu pas un objet sur toi que je pourrais lui remettre quand je la reverrai ? Mon frère aîné me traite volontiers de menteur. Il pourra constater que je lui suis loyal.

Angélique chercha ce qu'elle pourrait laisser au sauvage qui témoignerait près de Jenny qu'il l'avait rencontrée. Pour Jenny, un mot écrit. Elle n'avait ni papier, ni plume, ni encre sur elle, et ne portait aucun bijou. À part une bague trop large sur son doigt amaigri. Elle finit par l'ôter un peu machinalement, et la remettre à Pengashi en lui expliquant que Jenny reconnaîtrait ce bijou qu'elle avait vu à sa main.

– Peux-tu me donner aussi ton fusil ? demanda l'Abénakis, après avoir serré la bague dans la petite aumônière retenue autour du cou, que tout Indien porte contre sa poitrine. J'ai droit d'avoir un fusil car je suis baptisé.

Cette générosité qu'elle lui consentit et qui le combla ne lui coûtait pas cher. Avec tout l'arsenal entreposé dans les flancs du fortin de Wapassou, elle pouvait se le permettre.

Pengashi jubila.

– J'ai aussi un petit présent que Jenny m'a donné pour son fils, mais je ne peux plus mettre la main dessus. Je parie que c'est cette enragée de Ganita qui me l'a dérobé. Mais je vais lui faire rendre gorge. Reviens me voir dans trois jours. Qui sait ! avec le fusil, j'aurai peut-être, si le Grand Esprit continue pour moi ses bontés, un peu de viande à partager avec toi.

Quoique baptisé, quand il s'agissait de chasse, il préférait s'adresser au Grand Esprit.

Elle promit d'apporter de l'eau-de-vie, une couverture pour sa vieille mère, et de la charpie pour le bébé.

Dans sa joie de rapporter pour quelques journées de vivres supplémentaires, le retour lui parut facile et rapide. Elle atteignit la maison avant la nuit.

Avec soulagement, elle serra sur son cœur les enfants. Comme ils étaient courageux, si petits, d'avoir su l'attendre sans s'effrayer de son absence, sans s'affoler ni faire de sottises !

– Nous avons mangé et puis nous avons dormi, lui dit Charles-Henri.

Elle se réserva de lui parler plus tard de sa mère.

Ce Pengashi l'avait abusée avec ses projets de retour vers les Montagnes Vertes. Parviendrait-il seulement, le malheureux, à atteindre les missions du Nord ? Elle dut laisser passer quelques jours avant de reprendre le chemin de leur campement.

Dans l'intervalle, un vent aigre s'était mis à siffler. Vent sec, mais glacial, qui érodait comme poussière d'acier la surface de la neige. Elle attendit, sachant qu'elle ne pourrait pas faire deux pas dehors sans être renversée, et aurait-elle voulu ramper qu'elle aurait été roulée et balayée de part et d'autre, au ras du sol, et elle comprit pour quelles raisons, en cette saison, Pengashi montait ses cabanes au plus creux des ravins.

Enfin, certain jour, le vent commença de tomber, laissant sous un ciel bas et menaçant un monde décapé recouvert d'une carapace verglacée. Les conifères étaient d'un noir d'encre sans une pincée de neige sur leurs aiguilles, les feuillus dépouillés couleur d'os, les branches en candélabre sans la moindre brindille. La journée étant trop avancée, elle dut attendre au lendemain pour se rendre au campement des Indiens. Elle emporterait une chopine d'eau-de-vie, un peigne, un peu de charpie, et encore qu'elle n'en fût pas très pourvue, deux couvertures de traite en lainage anglais de Limbourg pour les grands-parents.

Mais dans la nuit, la neige se remit à tomber à gros flocons. Par crainte de s'égarer, elle attendit encore une journée, puis une deuxième. Le vent avait tout à fait cessé maintenant, mais les versées de neige molle et silencieuse ne semblaient pas se tarir. La matinée suivante, il y eut une accalmie. Les flocons se raréfièrent, tourbillonnant avec lassitude, puis cessèrent peu à peu.

Un pan d'horizon se découvrit vers l'ouest dans un espace restreint, mais suffisamment pour qu'elle ait la possibilité de savoir dans quelle direction elle se dirigeait.

Ses recommandations faites à Charles-Henri comme la fois précédente, et après avoir déblayé tant bien que mal les abords de l'entrée, elle se hissa au-dehors et s'engagea vers la plaine. Contre toute attente, elle retrouva, bien que faiblement tracée, l'amorce de son ancienne piste. Brumes et nuages traînants repassaient dans les lointains et il était vain, sur cet horizon bouché, d'essayer de repérer les traces de fumée du petit campement perdu.

Le ciel s'abaissait de plus en plus, la neige se remit à tomber.

Elle tombait dru, mais le vent, qui transforme un paysage déjà obscur en une muraille infranchissable, ne s'était pas encore levé, et sans doute ne se lèverait-il pas. Elle continua sa marche.

Cette fois, elle s'était munie d'un fagot de baguettes afin de baliser sa piste. Presque aussitôt, elle regretta de ne pas les avoir taillées plus hautes, car la neige aux énormes flocons duveteux qui tombaient en déluge menaçait de les recouvrir d'ici son retour.

Malgré les raquettes, elle enfonçait jusqu'aux genoux à chaque pas. Elle progressait lentement, plus pataude qu'un ours, se guidant sur le très faible sillon de son précédent parcours.

Comme la première fois, elle manqua le rebord abrupt de la falaise et, n'ayant pas pressenti à temps le surplomb, fut entraînée vers le fond, dans la même coulée de neige, ce qui était sans gravité car celle-ci amortissait les chocs. Si elle mit plus de temps à se dégager, par contre, elle n'avait perdu ni raquettes, ni gants.

La ravine avait revêtu un aspect fantomatique, les arbres transformés en longs cierges géants pleurant leurs larmes de cire blême, la cascade elle-même ayant disparu, se confondant avec les rocs submergés.

Des wigwams, point de traces.

« Ils ont décabané... »

Puis, en s'approchant, elle distingua la forme ronde d'un des deux abris, et dans son soulagement de les savoir encore présents, elle ne s'inquiéta pas de ne pas remarquer de fumée. Elle

451

héla, ne reçut nulle réponse. Elle souleva la cheville de bois, écarta l'écorce de l'entrée, et aperçut les deux vieux dans le fond, assis côte à côte, jambes croisées, l'homme coiffé de sa toque de fourrure et la vieille femme avec son bandeau brodé, planté d'une plume, tels qu'elle les avait laissés la première fois.

Elle les salua. Une fine poussière de neige qui s'était infiltrée par un trou dans le toit poudrait les tisons noircis du foyer, ainsi que les deux vieillards, soulignant de blanc les plis de leurs vêtements.

À cette fine neige qui les recouvrait peu à peu, ils ne semblaient pas prendre garde et, impassibles, la fixaient de leurs yeux ternis.

Ce ne fut qu'après un long moment, lorsqu'elle remarqua la pipe éteinte posée devant l'homme et constata l'envahissement de la hutte par le souffle imperceptible de la poudreuse, qu'elle comprit qu'ils étaient morts.

Alors que Pengashi et sa famille repartaient par les espaces enneigés et par les ouragans vers une aussi lointaine qu'incertaine direction, le moment était venu où l'ancêtre avait dit : « Mon fils, je m'arrête. Ici, ma piste est finie. »

Selon le rituel et la tradition, Pengashi leur avait laissé le wigwam au-dessus de leurs têtes, un dernier feu allumé devant eux, avec une dernière marmite posée sur les tisons contenant deux suprêmes rations de sagamité, une dernière prise de tabac pour le calumet du père, puis, non sans avoir soigneusement reposé la plaque d'écorce qui servait de porte, suivi de sa femme, de ses enfants, de sa fille aînée et de son bébé, et de la captive anglaise, aux pas lents de leurs raquettes, portant et traînant leur harnachement de pauvres et derniers biens, ils avaient repris leur marche vers le Nord, à la recherche des missions et postes français.

Angélique demeura sans mouvement, agenouillée devant les deux et dignes momies, jusqu'à ce qu'à son tour elle vît que la neige commençait à se déposer sur ses vêtements et qu'elle était pétrifiée de froid.

D'un geste instinctif, elle tendit la main vers la marmite. Mais, comme elle s'y attendait, celle-ci était vide et déjà à demi comblée de neige.

Ils avaient doucement fumé le calumet en se le passant l'un à l'autre puis, après la dernière bouffée, le vieil Indien avait posé l'objet sacré devant lui. Ils avaient attendu que le dernier tison s'éteigne, et alors ils s'étaient distribué les dernières bouchées de nourriture terrestre. Puis, les mains posées sur leurs genoux, dans l'obscurité qui peu à peu se refroidissait, ils avaient laissé venir la mort.

Quand la chute de la branche avait crevé le toit du wigwam, déjà, ils étaient loin, continuant leur chemin par les plaines du Grand Esprit, là où il n'y a que chaleur et lumière.

À la lueur blafarde qui, par l'ouverture, venait du dehors, elle ne pouvait se lasser de les contempler, retenue malgré elle, sans pensées, sans savoir pourquoi, par ce spectacle macabre, et cependant noble et serein. Ils demeuraient si vivants qu'elle se retenait de leur poser sur les épaules les couvertures qu'elle avait apportées.

Peu à peu, un détail insolite attira son attention engourdie. Sur les mains ouvertes de chacun des deux personnages hiératiques, reposait une sorte de motte de quelque chose d'indistinct. On aurait dit un gros caillou de boue agglomérée, lui aussi déjà saupoudré de neige.

Mais lorsqu'elle s'approcha, elle s'aperçut que c'était *de la nourriture*. Deux gros blocs congelés de bouillie de maïs mélangée de morceaux de viande et de fruits séchés. Le dernier repas des ancêtres qu'ils n'avaient pas touché.

Elle frémit d'une joie insensée. Tremblante,

elle détacha les deux morceaux des paumes squelettiques, et elle hésita, les interrogeant du regard :
« Était-ce pour moi ? Saviez-vous que j'allais revenir ? »

Sur leurs poitrines, parmi les gris-gris de dents
d'ours, de poils de porc-épic, de coquillages enfilés, parmi les chapelets, les médailles, elle voyait
briller ces petites croix d'or, façonnées et portées
par les Indiens baptisés du Sud-Est.

Devrait-elle voir en ce geste une suprême
offrande au Dieu de la charité sans limites que
les Robes Noires leur avaient enseigné à prier ?

Qu'était une ration de plus sur cette terre,
avaient-ils songé, alors qu'ils allaient partir là où
ils seraient à jamais rassasiés ? La femme blanche
et les enfants blancs de Wapassou avaient faim.

Débordante de gratitude, elle enfouit son butin
dans son sac. Il y avait encore une aumônière de
cuir posée sur la portion que tenait la femme,
qu'elle prit également, car cela paraissait faire
partie de l'offrande.

En se retirant, elle heurta un objet enveloppé
de peau qu'elle n'avait pas vu. À sa forme, elle
reconnut un piège d'acier pour les petits animaux
à fourrure et se souvint qu'elle s'était plainte
devant Pengashi de ne pas retrouver ceux posés
par l'Anglais muet à l'automne.

En échange du fusil, l'Indien lui laissait un de
ses outils de chasse pour la traite, qui pourrait
lui offrir une dernière chance.

Se reculant sur les genoux, elle sortit du
wigwam, regardant les deux vieillards une dernière
fois.

– Merci ! merci ! que Dieu vous bénisse.

Elle ajusta et consolida la porte, et s'évertua
à reboucher l'ouverture du toit, afin de leur éviter
aussi longtemps que possible l'outrage des bêtes
carnassières.

49

De la petite aumônière de cuir trouvée près de la grand-mère, glissa dans la main d'Angélique, lorsqu'elle eut dénoué le cordon, une paire de pendants d'oreilles composés chacun d'un petit grenat serti d'argent ciselé : les boucles d'oreilles que Jenny Manigault, de La Rochelle, portait le jour où elle avait été enlevée par les Indiens.

Angélique les contempla avec émotion en souhaitant cette fois que sa bague puisse parvenir, un jour, à la pauvre enfant. Sur le point de remettre le présent à Charles-Henri et de lui parler de sa mère, elle se retint.

La faim les rendait tous fragiles. Leur sensibilité s'aiguisait, oscillait. Un rien les touchait, les atteignait, et l'on ne pouvait jamais savoir en quel sens jouerait le moindre choc.

Ce qu'elle éprouvait elle-même adulte, les enfants n'y échappaient pas non plus, bien qu'il fût plus facile de les distraire, et elle craignit d'ébranler le bel équilibre du petit garçon.

Elle savait que, de son odyssée avec l'Indienne qui l'avait traîné deux saisons de wigwam en wigwam, il ne gardait pas un souvenir heureux. Il évitait toujours d'en parler et ne répondait pas quand on y faisait allusion. Si, d'autre part, il avait reconnu en elle sa mère, la rupture n'avait-elle pas laissé en lui une blessure ? L'évoquer n'allait-il pas éveiller sa nostalgie et le plonger dans la mélancolie ? Il avait appris à sourire à Wapassou, et cela avait demandé de longs mois. Elle replaça les modestes bijoux dans le petit sachet.

Plus tard elle les lui remettrait, quand il serait plus grand, ou quand ils seraient sortis de ce cauchemar et se trouveraient tous réunis, assis autour d'une bonne table, chez Abigaël qu'il aimait, car elle avait été la seule à consoler sa petite enfance abandonnée.

Dès qu'elle le put, elle alla installer le piège que lui avait laissé Pengashi, à quelque distance du poste. Elle le plaça à l'abri d'un arbre, dans un endroit qui lui parut propice au passage du gibier, sacrifia une boulette de viande à l'appât, tout en se demandant si c'était bien ainsi qu'il fallait procéder, et en se gourmandant de ne pas avoir témoigné plus d'intérêt au maniement de ces engins de malheur. Armes de braconnier ! Son père, le hobereau, pestait contre les manants furtifs qui allaient lui piller sa garenne pour mettre un lièvre dans leurs pots. Pris sur le fait par le garde-chasse, l'homme risquait d'être pendu, selon la loi seigneuriale. Mais les Sancé de Monteloup avaient toujours été trop pauvres pour se payer les services d'un garde-chasse, et le baron n'avait jamais pendu personne. Parfois, les seigneurs du voisinage, aussi affamés que leurs paysans les années de mauvaise récolte, organisaient des battues sur leurs terres, avec des voisins, pour tirer un cerf ou deux qu'ils se partageaient.

Elle pensait vaguement à tout cela en se débattant, les doigts gourds, avec la méchante mâchoire d'acier qui faillit se refermer sur son poignet.

Ici, en Amérique, la viande de venaison était chassée au fusil, tant par les Blancs que par les Indiens. Beaucoup continuaient à la chasser à l'arc, les armes de traite étant encore réservées aux chefs, mais l'usage s'en multipliait. Les pièges, c'était pour la capture des bêtes à fourrure, monnaie d'échange qu'au printemps les indigènes porteraient vers les comptoirs, ou remettraient aux « voyageurs » et « coureurs de bois », venus jusqu'à eux dans leurs canots, en échange des marchandises de traite : haches, couteaux, lames d'épées, marmites, eau-de-vie, et bien d'autres

objets encore dont ils étaient avides et ne pouvaient plus se passer.

Le trafic des fourrures étant refusé d'emblée à
Wapassou afin de ne pas mécontenter les Français,
Angélique s'en était désintéressée. Elle n'aimait
pas s'imaginer ce claquement perpétuel des pièges
se refermant sur les petites bêtes des bois, cette
musique macabre qui ne cessait de planer sur les
grands espaces sauvages. Elle se dit qu'elle avait
été stupide. Dans sa jeunesse, elle n'était pas si
sensible à propos des bêtes. C'était Honorine,
avec sa manie de s'identifier à toute créature
innocente malmenée, qui avait déteint sur elle.

Des humains étaient venus et pourtant ensuite,
la situation lui parut pire qu'avant. Ils lui avaient
donné un prolongement de quelques jours de
nourriture, mais lui avaient ravi l'espoir.

La vue de cette petite famille errant à travers
le désert blanc lui avait fait prendre la mesure
de l'isolement dans lequel elle se trouvait enfermée.

Elle se raccrocha à la pensée que Pengashi
parlerait d'elle. On saurait qu'elle était vivante.

Mais Pengashi parviendrait-il jamais, lui aussi,
au rivage des vivants ? Sans fin était la piste,
mortelles les tempêtes. Frappé par l'hiver, tout
gibier avait disparu dans le ciel et sur la terre.
Avec le fusil, l'Indien aurait quelque chance. Elle
ne regrettait pas de lui avoir laissé l'arme.

En dernière ressource, les Indiens mangeraient
leur chien.

Elle rêva de fèves au lard, et des haricots de
Boston, que l'on dégustait à Salem arrosés de
crème et de mélasse, et elle appela Ruth et Nômie
à son secours. Elle se réveilla en poussant un cri
de déception qui effraya les enfants.

Des montagnes de plats fumants lui apparaissaient comme sur la table du roi.

Ces dernières années étaient marquées d'un

sceau de vitalité étincelante, auréolées à la fois de splendeurs terrestres et d'ingérences mystiques, qui donnaient à tout un sens différent de ce qu'elle avait vécu autrefois.

Elle pensait aux premiers jours de leur arrivée au Nouveau Monde.

Elle pensait à Wallis, la jument, inquiète et tourmentée comme elle, qui s'était affrontée à la tortue géante, symbole des Iroquois.

— Les chevaux !... Les chevaux !

Ce dernier automne, au moment de l'attaque des Indiens, alors qu'elle courait déjà vers la cabane de Lymon White pour s'y réfugier, elle avait aperçu dans une vision éclair les chevaux qui, au loin, galopaient à travers les prairies, comme s'ils étaient pris de panique, ayant deviné que c'était la fin de Wapassou et qu'il fallait s'enfuir. Elle ne savait pas si cette vision lui faisait mal ou la rassurait.

Ils descendront vers le Sud. Ils chercheront le chemin des landes et des Hauts Plateaux. Libres, ils retrouveront leur instinct, s'organiseront en troupeaux...

Mais le Maine était un pays si difficile, de forêts et de précipices, et l'hiver était venu trop tôt...

Ne pense pas. Imagine plutôt qu'ils sont heureux d'avoir retrouvé l'espace. On les avait habitués à vivre dehors et au bout de l'été certains redevenaient sauvages et indomptables.

Les petits braillaient à pleine voix tandis que Charles-Henri se penchait sur elle.

— Vous pleurez, maman ! Et vous criez : Les chevaux !... les chevaux !...

Elle se redressa contre les oreillers et attira les trois petits sur son cœur.

— Ne pleurez plus. Je les ai vus galoper ! Il ne faut pas être triste. Ils sauront trouver leur chemin. Ils iront vers des endroits où il y a moins de neige et beaucoup d'herbe, et ils peupleront l'Amérique.

Il fallait lutter contre la folie du silence et elle se contraignait à parler aux enfants, à maintenir leur attention en éveil.

Elle leur disait que le chien niaiseux avait fait preuve de très grande intelligence. Il était parti avant l'incendie et il l'avait en quelque sorte annoncé. Et il était parti rejoindre Honorine, qui se trouvait aux Iroquois. Quand Honorine reviendrait, elle leur apprendrait à tirer à l'arc.

Leurs figures pâlottes s'éclairaient quand on prononçait le nom d'Honorine.

– Honorine, mon petit « bout de chou » ! « Mon trésor ».

Honorine survivrait. Elle était plus forte que tous.

50

Angélique commençait de douter que « le pire avait été évité ».

« Tu m'as trahi ! Tu m'as trahi, reprochait-elle à l'horizon muet lorsqu'elle montait sur la plate-forme. Tu avais promis... Nous avions passé un contrat avec toi... Nous t'amenions des chevaux ! Nous t'amenions le toit, et l'encens de la fumée des hommes. Nous t'amenions l'alliance des hommes de bonne volonté. Les travaux des hommes, le feu de leur cœur et les flammes de leur génie. »

Le pire, ce serait la mort des enfants, puis sa mort à elle. Joffrey recevant la nouvelle, lui qui avait dit : Maintenant je ne pourrais plus vivre sans vous.

Lui si seul, si désavoué, elle ne pouvait lui faire cela. En disparaissant, elle serait celle qui infligerait le suprême coup à cet homme indomptable. Elle donnerait le triomphe à ses ennemis qui avaient juré de venir à bout de cette joyeuse force, de ce libre esprit.

Il était en droit de le lui reprocher pour l'éternité. Il lui dirait :

« ... Tu m'as rongé le cœur, à moi qui ne me laisserais pas capturer dans les filets de l'Amour pour ensuite disparaître, et me laisser démuni en face de ceux qui avaient juré ma perte, les évêques, les dévots, les sots, les ignares, les pédants, les jaloux, les incapables, les médiocres, les tyrans débiles et les tyrans inspirés... comme ce Roi-Soleil qui te disputait à moi, Angélique mon amour, mais tyran cependant, ce qui est repoussant, tu m'as laissé, m'ayant pris toutes mes forces, comme Dalila les cheveux de Samson... »

« Non ! Non ! ne dis pas cela. Je te promets que je survivrai », criait-elle.

Non ! le pire, ce serait la mort des enfants, et qu'elle survive, et qu'elle reparaisse devant lui, comme la première fois, sans les enfants !... Cycle infernal, ricanante histoire recommencée, composée par un barde féroce, dispersant leurs cœurs en lambeaux... Le chœur des médiocres, le chœur des destructeurs, clamant avec joie : « Cette fois... cette fois, ils sont vaincus !... »

« Ne pense pas ! Ne pense pas ! » s'ordonnait Angélique lorsque son imagination prenait ce tour accablant. Car elle savait qu'elle usait inutilement ses forces.

Elle n'avait même plus le courage chaque matin d'insulter le sort, comme elle l'avait fait au début. À son réveil, ce n'étaient plus les expressions énergiques de la Cour des Miracles qui lui venaient aux lèvres, mais dans son demi-sommeil, elle s'entendait murmurer : « Mon Dieu ! Mon Dieu ! Mon Dieu !... », invocations remontant à la surface de sa conscience comme les bulles de son désespoir.

Et chacun sait que cet appel au recours suprême, lorsqu'il se manifeste chez l'être humain, si persuadé qu'il est de son pouvoir de se tirer de tout par ses propres moyens, signifie qu'il entrevoit la fin de ses espérances terrestres, qu'il touche le fond de sa détresse.

Personne. Nul être humain !...

Faut-il croire à Dieu ! Dieu qui reste. « Dieu qui est partout, en tous lieux !... », comme dit la prière :

... Job sur son fumier qui se plaint à Dieu :
« Tu m'as passé comme le lait !
Tu m'as tranché comme le fromage... »

« Job !... il ne faut pas oublier... Par la fin, Dieu lui a tout rendu. »

On voit bien que tout cela a été écrit par des hommes et non pas par des femmes !...

Elle fit bouillir des ceinturons, des morceaux de rognures de cuir pour en tirer une gelée qui accompagnait les quelques bouchées de nourriture parcimonieusement réparties. Deux jours, trois jours au plus. Et ensuite... Pour gagner un jour pour les enfants, elle se privait, se soutenait avec de l'eau-de-vie.

Elle était hantée par la peur d'avoir des hallucinations. Et puis tant pis, elle aurait des hallucinations. Il fallait s'y résigner. Cela faisait partie des phénomènes de la faim.

Elle prenait un peu d'eau-de-vie dans le creux de la main et frictionnait les enfants pour les revigorer. À force de chercher dans tous les coins, elle trouva un fond de poudre de café turc dans une boîte de métal. Lymon White avait ses petites faiblesses. Ce fut une bonne journée. Ayant préparé le café avec tout le soin possible, elle le but comme un nectar précieux et en donna aux enfants. Charles-Henri fit la grimace.

– C'est mauvais.

Mais il but avec avidité et tous trois ensuite parurent moins dolents.

Partir. Marcher jusqu'aux bois là-bas. Le pour-rait-elle ?... Qu'y trouverait-elle ?... La neige était tombée sans relâche. Elle n'aurait pu aujourd'hui se traîner jusqu'au ravin de Pengashi.

Elle se rendait jusqu'au piège, et toujours le trouvait vide. Elle finit pas retirer l'appât qui pouvait être consommé.

Une fois qu'elle s'y traînait de nouveau par des rafales de neige, elle le chercha en vain, s'égara, et ne put retrouver le fortin qu'en se guidant à l'odeur très fugace de la fumée.

Une autre fois, en chemin, elle s'évanouit, se réveilla raide de froid, se traîna vers l'abri, elle ne savait encore avec quelles forces.

Lorsque à l'occasion de brèves éclaircies, elle s'efforçait encore le matin d'ouvrir la porte et de monter voir se lever le soleil, son éloignement de la maison où reposaient les enfants prenait des allures de fuite. Elle n'avait plus le courage de les regarder dépérir. Pour lors, ils dormaient. Elle avait réchauffé leurs corps frileux avec des tisanes auxquelles, puisqu'elle en disposait, elle mêlait beaucoup de plantes calmantes. Dans le sommeil, ils oubliaient les affres de la faim. Mais elle se souvenait des récits de la vieille Rébecca, de La Rochelle. La vieille Rébecca qui, jeune mère de trois enfants, avait connu le siège de La Rochelle, sous M. le cardinal de Richelieu. « Que peut-on trouver dans une ville quand tout ce qui peut être mangé a été mangé ? On ne laisse même pas à un brin d'herbe le temps de repousser entre deux pavés... »

« C'est mon petit aîné qui est parti le premier, racontait-elle. Un matin, je croyais qu'il dormait. Mais il était mort. »

Alors Angélique se précipitait au chevet des enfants, guettant leur respiration sur leurs lèvres pâlies.

Puis elle ressortait sur la butte. Elle se tenait devant l'horizon, élevant ses deux mains, paume contre paume, comme pour l'invocation, prêtresse d'un sacrifice dont elle était la seule célébrante.

La frise mauve et grise des montagnes se déroulait sur un ciel réellement couleur de pêche. « Pourquoi es-tu si cruelle ? » criait-elle à la Nature si belle et si indifférente.

Aussi bien, ces moments, où elle reprenait des forces avec l'impression, parce qu'elle bougeait et sortait, de faire quelque chose, lui furent refusés.

Le couchant ce soir-là fut d'un jaune agressif, acide, contrastant avec le moutonnement des montagnes d'un bleu d'eau marine. C'était beau mais inquiétant. Dans la nuit, le blizzard se mit à siffler. Il ne vint pas en tapinois mais avec une violence brutale qui réveilla les enfants pourtant habitués à ces hululements des nuits d'hiver, et aux secousses des vantaux ébranlés.

Mais, surpris, ils crurent que le toit s'effondrait. Angélique bénit le Ciel que le petit poste soit si profondément ancré dans la terre et le roc.

Elle serrait les trois enfants contre elle, les couvrant de baisers et leur murmurant des paroles rassurantes.

— Ils passent ! Ils passent. Ils ne font que passer.

Mais les noirs escadrons de la tempête n'en finissaient pas de passer.

Les nuits et les jours se succédaient au point qu'on ne pouvait plus savoir si c'était le jour ou la nuit.

51

Elle devait au moins rassembler son énergie pour se mouvoir à travers l'espace étroit qui lui restait dévolu. Si elle se cantonnait à l'unique pièce, ensuite elle ne pourrait plus se lever et elle glisserait lentement dans le sommeil de la mort, ses petits contre elle jusqu'à ce que, ayant cessé de leur dispenser sa propre chaleur et ses forces vitales, ils s'endorment aussi à jamais contre son corps de glace.

– Lève-toi ! Bouge-toi !

Elle se redressait, se raidissait, agissait comme un automate. Elle jetait sur ses épaules sa mante, dans le geste habituel, quotidien. Elle ouvrait la porte de la chambre, et s'engageait dans le couloir avec la même résolution qui la voyait s'engager chaque saison, et chaque jour, au seuil de l'habitation principale de Wapassou, traverser les cours, inspecter les étables et les magasins, franchir les limites des remparts, visiter les campements indiens les plus proches, les fermes voisines qui, peu à peu, avaient essaimé hors les murs, famille par famille. Dehors, maintenant, c'était le désert. Ce jour-là, dans la grande salle, elle s'aperçut que la porte bloquée par la neige condamnait la sortie. Une autre fois, se promit-elle, quand elle se sentirait plus forte, elle s'attaquerait à l'ouvrir, puis à se traîner, pas à pas, jusqu'au piège. Pourrait-elle s'orienter ? dégager l'appareil des masses de neige tombées ? Elle se mit à marcher autour de la pièce, martelant le plancher, pour entendre le bruit de ses pas.

Elle traîna un escabeau au pied du soupirail, seule issue ouverte par laquelle pouvait encore couler parcimonieusement, comme une eau trouble mais présente, la lueur du jour au fond de leur tombeau. Par là, peut-être, il lui serait plus facile de se glisser au-dehors.

Elle arracha avec son couteau la protection de peau huilée. Un mur de glace obstruait presque entièrement l'ouverture. Par l'interstice dégagé, un froid cruel lui mordit le visage. Elle rabattit le col de son manteau pour se protéger jusqu'aux yeux. Son regard suivait la fuite de la surface de la neige sur laquelle une source de lumière invisible projetait des éclaboussures de cuivre : aube ou coucher du soleil ? Elle demeura en observation assez longtemps pour décider du crépuscule. Ainsi, elle allait pouvoir déterminer de la marche des jours et des nuits. À condition que la tempête ne revînt pas ensevelir le monde dans sa nuit éternelle.

Elle replaça la peau qui servait de vitrage, travailla à poser devant le soupirail une protection de mousse et de fourrures qu'elle fixa avec des clous. Puisque au moins, il lui restait de l'outillage, obligation de s'en servir. Protection contre le froid ! Chaque jour, elle viendrait déclouer un pan du rideau afin de suivre l'évolution des heures, de la température au-dehors. Elle était couverte d'une sueur de faiblesse, mais décida que ces travaux lui avaient donné un regain de forces, comme il est nécessaire de bouger et s'activer lorsque l'engourdissement du gel s'empare de vos membres et de votre esprit.

Elle nourrit les enfants, dosant chaque bouchée, appréhendant leur avidité qu'elle ne pouvait satisfaire, les soigna, les berça, les enveloppa encore dans les peaux de chat sauvage, reprit un espoir démesuré à les voir sourire et même rire et prononcer quelques mots. Cependant leur sommeil, seul, quoiqu'elle en discernât l'inquiétante apathie, la rassurait, la rassérénait. Éveillés, elle lisait trop bien sur leurs petits visages et leurs petits corps ce qui leur manquait, craignant chaque jour de discerner les signes avant-coureurs du mal terrible : le mal de terre, le scorbut, ou les signes avant-coureurs de la mort.

Il restait encore assez de provisions : graisse, viande salée, maïs, pour trois ou quatre jours, peut-être plus. Chaque jour, elle travaillait à dégager le soupirail.

Puis, il n'y eut plus rien à manger. Les dernières bouchées avalées, les enfants se lovaient dans leur engourdissement. La faim arriverait avant le scorbut. Elle-même, égarée, fuyait la vision de leur dernier sommeil. Elle se hissa jusqu'au soupirail, se glissa convulsivement hors du boyau qu'elle avait creusé dans la glace, se redressa en criant :

— Je ne veux pas les voir mourir !...

Elle se vit courant sur la surface glacée étincelante, répétant :

— Je ne veux pas les voir mourir ! et s'éloignant comme Agar, dans le désert, s'était éloigné de l'arbre sous lequel se mourait son fils Ismaël.

Elle buta, tomba contre les mâchoires du piège émergeant. Un lièvre des neiges s'y trouvait pris, blanc dans tout ce blanc, presque invisible, gelé et aussi raide que les mâchoires d'acier.

Elle le dégagea par miracle, trouvant cette fois, en se protégeant les mains de son châle et en s'aidant de son couteau, les gestes à faire. Elle prit le lièvre dans ses bras. Elle le serrait contre son cœur.

— Merci ! Merci petit frère ! Comme tu es bon ! Comme tu es bon d'être venu !

Jamais, elle n'avait senti si puissante et si tendre l'alliance de l'homme et de l'animal. L'animal qui avait dit à l'homme : Moi, je veux bien... Prends-moi, sers-toi de moi pour survivre, maintenant que, par ta faute, nous avons tous perdu le paradis terrestre.

— Je raconterai cette histoire aux enfants...

Deux, trois jours de nourriture encore !

— Merci ! Merci petit frère !...

Et c'était le signe. Le signe qu'ils atteindraient le bout du tunnel. Que ceux qui étaient en route pour les sauver arriveraient à temps. Elle berçait contre elle le petit animal, rigide, aux grandes oreilles dressées.

— Merci ! Merci petit frère !

Le lendemain, elle retourna au piège.

Avec les rognures grattées sur la peau du lièvre, un peu de ses ossements pilés, elle prépara un appât susceptible d'attirer des bêtes plus grosses et carnassières. Elle avait remis le piège en état.

Mais elle ne put y revenir, car la tempête se réveilla, prolongeant l'emprisonnement des êtres vivants au fond de leurs abris, toute tentative de s'en extraire et de s'en éloigner équivalant à une condamnation à mort immédiate.

À nouveau le spectre de la faim se dressa.

C'était un soir lugubre. Les vivres épuisés. La mort proche.

Percevant une accalmie au-dehors, elle était venue dans la grande salle et avait essayé de dégager l'orifice du soupirail pour constater que cette fois, l'issue était devenue impraticable. Tout était bouché, barré. Neige, glace ou arbre abattu ? Jour ou nuit ? on ne pouvait plus savoir. Ses calculs l'avertissaient de la nuit. Mais à quoi bon dénombrer les jours et les heures ? Ils allaient mourir. Elle tournait et marchait dans la grande salle déserte et glacée. Son cerveau se mit aussi à tourner follement, lui montrant les étapes de sa vie qui l'avaient amenée à cette heure.

Le fiel amer qui brûlait ses entrailles se muait en une marée d'amertume, née de la faim et de la détresse, submergeant ses pensées.

Elle se vit le centre d'un inexplicable *faisceau d'hostilités* qui, toute son existence, l'avait encerclée, et elle apprit clairement que, s'attirant des amis, elle n'avait jamais cessé d'être encerclée d'ennemis.

Non point des ennemis farouches, et sachant pour quelle raison ils voulaient l'anéantir. Mais des ennemis de nature, d'état, pour ainsi dire.

Simplement des ennemis qui étaient ses ennemis parce qu'ils ne pouvaient pas être ses amis.

Quelle erreur avait-elle commise qui la condamnait ? N'avait-elle pas su se plier ? Aurait-elle dû plier ?

— Mais, j'ai obéi à l'Amour...

Oh ! mon amour, s'écria-t-elle, il n'y a que toi, il n'y a jamais eu que toi... Je te promets, nous partirons encore. Nous ne reviendrons plus. Nous irons en Chine, nous irons n'importe où, que m'importe !... Avec toi...

Elle marchait toujours comme une bête en cage, et se sentait ranimée de décider de leur vie, alors que la mort était là.

Les questions se bousculaient dans sa tête... Avons-nous eu tort de ne pas comprendre ? De ne pas plier ?... Que l'on ne peut avoir raison contre tous ? Contre le monde entier ?... Et surtout contre les représentants de Dieu ?

Loménie l'avait adjurée.

— « Nous n'avons pas le droit d'oublier les enseignements de notre enfance, et que la grâce du baptême nous a été donnée à notre naissance. La mort d'un saint est venue me le rappeler. Chère Angélique, soumettez-vous... car je le sens, *vous n'aurez pas raison contre lui.* »

La prédiction s'accomplissait.

Mais Angélique, perdue, anéantie, continuait de se débattre.

Quelle faute impardonnable ai-je commise ? Qu'il va falloir payer de la mort de mes enfants ? Ai-je manqué d'humilité ? Qui viendra nous le dire ? Qui nous reconnaîtra ? SI DIEU SE TAIT... Et venge ainsi ses ministres défiés ? !...

Avons-nous manqué d'humilité ? réitéra-t-elle, en tournant son visage aux quatre coins de la pièce, comme pour y débusquer, tapis dans l'ombre que dissipait mal la triste lueur de la torche allumée, des interlocuteurs.

Avons-nous péché par audace, foi, confiance ?

Qui viendra me le dire ?

D'accusateurs, je ne manque point. Mais qui viendra me dire : Tu ne te trompais pas... Tu m'as consolé par ta ferveur... Tu n'as pas trahi le message... ?

Elle attendit. Et tout était silence. La torche grésillait comme on pleure, à petits coups, faible, mourante, elle aussi.

Tout était échec.

Ils avaient rêvé d'un Nouveau Monde. Ils avaient œuvré pour le construire. Elle avait aimé Wapassou, Gouldsboro et Salem... et Québec... Et Québec avait effacé Wapassou, et, un jour, Ruth et Nômie seraient pendues aux gibets de Salem.

Des visages défilaient. Pour la première fois, elle voyait ce que cachait leur façade commune. Tout était si clair et si net désormais.

D'illusions ! Elle n'avait vécu que d'illusions ! Illusions qu'elle vit se cristalliser dans la naïve image qu'elle n'avait cessé de choyer en son cœur de Gouldsboro.

Elle s'arrêta. Son agitation se calmait. Le rideau fermé devant lequel elle avait trépigné trop longtemps s'était ouvert, et au moins, elle était soulagée de ne plus avoir à entretenir d'espérances sans lendemains. Que de fois elle avait rêvé qu'un jour, elle irait s'asseoir à Gouldsboro, parmi ses amis, et ce serait agréable. Les difficultés seraient aplanies. Il n'y aurait plus de distances.

Dans cette sorte de vide causé par la faim et l'angoisse, son cerveau tournait en une ivresse vertigineuse, mécanique emballée qu'elle ne pouvait retenir, mais dont le déroulement des pensées précipitées, apparemment heurtées et incohérentes, ne manquait ni de logique, ni de lucidité.

Ce n'était pas servir Dieu qui était important. Ce qui était important, c'était la forme d'allégeance rituelle sous laquelle on décidait de Le servir.

L'Esprit avait disparu derrière les cadres rigides et ponctuels, les dogmes et pratiques qu'ils idolâtraient, plus soucieux de conserver leurs croyances et plus effrayés de les perdre que de complaire au Très-Haut.

Loménie voyait juste. On ne lutte pas contre un saint. Et ce saint avait décidé de mener sa guerre contre trois principes qu'il honnissait.

Tout d'abord la FEMME, rivale de l'homme dans le cœur de Dieu et perverse de nature, puis la BEAUTÉ, qui n'était point à ses yeux don du Ciel mais piège de Satan, enfin sa LIBERTÉ D'ESPRIT, porte ouverte à toutes les hérésies, et de plus inadmissible chez une femme.

Et, aujourd'hui où tout était perdu d'une œuvre gigantesque et bienfaisante, il n'y aurait pas un doigt pour se lever, accusateur, pas une voix pour s'écrier : Jésuite, vous êtes un criminel ! Vous êtes un destructeur !

Il triomphe ! se dit-elle, et nous sommes perdus.

La tension qui la maintenait, vibrante comme une corde d'arc, tomba brusquement.

Ses épaules s'affaissèrent.

Il triomphe ! pensa-t-elle avec accablement. Oh ! pourquoi, pourquoi faut-il qu'il triomphe ainsi ?

À ce moment même et alors que, succédant à son exaltation, la conscience de l'état désastreux où elle se trouvait l'envahissait tel un flot étouffant, il y eut un heurt, comme une sorte de coup contre la porte et qui résonna longuement dans le silence, déjà presque de tombe, du petit poste enfoui sous la neige. Ce fut bref et subit, mais très net.

Quelque chose cogna contre le bois, et comme elle tressaillait et retenait son souffle, doutant de ses sens et ne pouvant déterminer d'où exactement était venu le bruit, il y eut un autre coup, plus sourd, tel qu'en produirait un poing vigoureux heurtant l'huis, ou le choc d'un bâton manié des deux mains ou d'une crosse de fusil, peut-être ! Puis, plus rien.

Cette fois, elle était certaine. Par deux fois un coup avait résonné contre la porte.

Elle demeura figée, interrogeant encore le silence redevenu opaque, hors les modulations sifflantes du vent qui ne cessait de tourbillonner alentour, prenant le temps de se convaincre qu'elle n'avait pu être victime d'une hallucination.

Le frémissement d'une joie incrédule commença à courir dans ses veines, avec un bouillonnement, un friselis de soie comme celui des ruisseaux au moment du dégel, qui la faisait défaillir, suffoquer, tandis que sa chair frissonnait. C'était la même sensation qui l'avait fait se dresser un soir lors de leur premier hivernage et alors que la faim les menaçait, que la tempête sifflait dehors, et que nul secours ne pouvait être espéré. Nul coup, cette fois, ne l'avait alertée. Seule, une sensation puissante. Elle avait dit d'une voix blanche :

— « IL Y A QUELQU'UN DEHORS. »

Et, avec Mme Jonas, elles avaient marché vers la porte. Cette même porte-là tandis que leurs compagnons hochaient la tête en se moquant un peu. À elles deux, s'arc-boutant, elles avaient tiré la lourde porte caparaçonnée de gel. Et, à travers les rafales du blizzard, elles avaient aperçu des silhouettes nues qui se penchaient au-dessus de la tranchée de neige. C'étaient Tahontaghète et ses Mohawks qui, envoyés par Outtaké et le Conseil des Mères iroquoises, leur apportaient des vivres...

Cette fois, la même joie devant le miracle l'envahit avec tant de violence qu'elle craignit de tomber si elle ébauchait un geste.

— Je savais qu'ils viendraient – Outtaké ! Outtaké ! Je savais qu'il ne pouvait pas m'abandonner, qu'« ils » viendraient...

Elle tremblait de tous ses membres... Bientôt elle allait pouvoir faire absorber aux enfants une soupe de haricots, bien chaude, corsée de pemmican émietté. Oh ! mes petits enfants. Comme cela va être bon ! Et puis du riz sauvage, quelques poignées de ces graines transparentes et brunes récoltées à la surface des lacs, chez les Illinois, la folle-avoine que l'on fait germer dans un peu d'eau tiède et qui guérit du « mal de terre »...

Aurait-elle la force d'ouvrir cette porte ? Il le fallait.

Elle marcha jusque-là avec des pas raides et traînants de vieille.

Ayant ôté la barre et fait tourner les clés, au moment de tirer le lourd vantail, elle hésita, les mains s'appuyant au bois. Et si c'était une hallucination ? Non ! Non ! N'avait-elle pas gardé toujours en réserve, dans son cœur, et sans le dire, l'espoir que le miracle du premier hivernage se renouvellerait ?...

Elle dut lutter, comme aux prises avec un cauchemar, pour ouvrir cette porte qui donnait sur la nuit comme sur un dangereux abîme plein de monstres dissimulés. Et se contraignant à supporter l'étreinte coercitive du froid, elle leva les yeux vers le sommet de la tranchée.

La tempête n'avait pas la sévérité cruelle de l'autre fois. Elle aperçut la lune entre des nuages d'acier noir effilochés qui couraient très vite sur un ciel de plomb fondu.

La crête blanche des hauts remblais de neige devant la porte étincelait, mais aucune silhouette humaine ne se profilait sur ce décor où obscurité et clarté s'entremêlaient tumultueusement.

Avait-elle rêvé ?...

Elle regardait de toutes ses forces et ses yeux pleuraient de froid. Son espoir ne voulait pas mourir. Elle le maintenait en elle comme un poids énorme suspendu qu'elle ne voulait pas laisser retomber car, alors, il l'écraserait et elle n'y survivrait pas. Non ! Non ! elle n'avait pas rêvé ! Elle avait entendu un coup... deux même... Elle sentait... Elle sentait qu'il s'était passé quelque chose. Quelque chose avait changé..., quelque chose avait bougé, altérant l'immuable et impavide solitude qui les encerclait et les retenait prisonniers. La nuit avait cessé d'être déserte. Un mouvement humain avait eu lieu.

Le visage tendu vers le rebord de neige, elle fit un pas en avant, mais la lune se cacha dans l'arrivée soudaine d'épais nuages obscurs qui se ruaient à l'assaut du ciel, comme regrettant d'avoir laissé s'instaurer quelques instants une subtile trêve. Surprise et devinant la tempête montante, elle avança encore, puis trébucha et faillit tomber contre un obstacle.

Elle s'était heurtée à une masse dure et sombre. On aurait dit un bloc de rocher jeté en travers du seuil. Sa main tâtonna, devina les plis d'une texture insolite, cuir ou toile rêche, que déjà un menu grésil soufflé par la bise recouvrait de poudreuse : un sac ! un gros sac !... Des vivres !... Des provisions !...

Elle n'avait donc pas RÊVÉ !...

« Ils » étaient venus...

Elle entourait de ses bras la masse qui, sans doute jetée du haut de la tranchée, s'était coincée entre les parois et obstruait l'entrée.

C'était un énorme sac, gonflé, bosselé.

Des haricots ! Du maïs ! Des citrouilles séchées !...

Des vivres !...

Ne pouvant rien mouvoir, elle changea de tactique. Fébrilement, de ses doigts nus qu'écorchait le gel, elle cherchait à agripper une aspérité, un pli, qui lui permettrait d'opérer une traction suffisante pour ébranler et entraîner le ballot dans la légère déclivité menant vers la porte.

Elle était trop faible. Elle songea à rentrer dans la maison pour aller chercher ses mitaines. Mais rien au monde n'aurait pu la décider à se détourner de sa proie, craignant qu'une fois qu'elle se serait éloignée, le rêve ne s'évanouisse.

La tempête se déchaîna brusquement, voilant la lune, abaissant le ciel jusqu'au ras de la terre, et déversant jusqu'au fond du trou où elle se trouvait des tourbillons de neige qui, en quelques secondes, menacèrent de les ensevelir, elle et son fardeau qu'elle s'évertuait à déplacer.

Enfin, elle trouva une prise plus dure à l'une des extrémités du sac, et une fois qu'elle put l'agripper, le reste vint avec une relative facilité, tandis qu'à genoux, elle reculait, la tête baissée pour échapper aux gifles des rafales, et pied à pied réussissait à trouver le seuil, à s'introduire à l'intérieur de la grande pièce où elle traînait son fardeau sur le plancher, tandis que des trombes de neige s'introduisaient à sa suite.

La lumière à peine suffisante de la torche, dans un recoin, vacillait.

Consciente qu'elle était enfin à l'abri et qu'elle devait éviter à tout prix de se trouver dans l'obscurité et aussi qu'il était urgent de refermer cette lourde porte avant que la neige qui s'amoncelait ne rende l'opération impossible, Angélique se traîna à nouveau vers l'ouverture.

Rassemblant ses forces, elle se redressait. Chaque mouvement lui coûtait. Dégager la neige, tirer la porte, la pousser, l'ajuster, mettre les loquets, tourner la serrure, poser la barre transversale.

Le silence revint. Angélique, à bout de forces, s'appuya au vantail pour ne pas tomber.

Son effort avait été si grand et si désespéré que la sensation de joie et de triomphe éprouvée à la découverte de ce dépôt devant la porte s'était effacée. Elle ne ressentait qu'un sentiment morne, épuisé, tandis que luttant pour ne pas s'évanouir, elle s'abandonnait à la cadence haletante de son souffle qui passait comme un feu brûlant à travers ses poumons, sa gorge, ses lèvres desséchées devenues insensibles sous la morsure du froid. La salle qu'elle avait trouvée froide en s'y rendant tout à l'heure, maintenant lui paraissait étouffante. Elle s'apaisa, reprit vie.

Sous le coup d'une immense fatigue, elle fermait les yeux, puis les rouvrait. Le sac était toujours sur le sol, ce sac qui renfermait son salut et celui de ses enfants.

Dans la pénombre, elle lui trouva une forme étrange. La lumière basse de la torche, en projetant son ombre, lui conférait une longueur démesurée.

Hésitante et poignée d'un soupçon subit, elle se rapprocha et s'agenouilla. La neige fondant autour de la masse étendue révélait un long cocon d'une peau grossièrement tannée qu'un laçage de cuir entrecroisé fermait d'un bout à l'autre presque entièrement.

Mais l'une des extrémités était dégagée et vaguement s'entrouvrait, et Angélique, soudain horrifiée, crut deviner dans l'entrebâillement l'ébauche d'un visage.

Elle avança une main blême, rejeta en arrière cette sorte de capuche.

La face d'un homme lui apparut, noircie, comme brûlée, avec des paupières de cire, pâles et closes. Elle demeura pétrifiée, accablée d'une déception sans mesure.

Ce n'était pas un sac contenant des vivres que l'on avait déposé devant sa porte.

C'était un cadavre.

Ses sens refusaient de comprendre. Et ce qui tout à l'heure – cette découverte sur son seuil – l'avait projetée au sommet de la joie, maintenant elle aurait voulu l'effacer. Que cela n'ait pas été ! Que cela ne soit pas ! Le destin n'avait pas le droit de jouer ainsi avec sa misère ! Cette tête de mort au fond d'une capuche obscure, c'était pour lui jouer quel tour ? Quelle mascarade ?...

À la pâleur des paupières abaissées contrastant avec la noirceur de la face où les brûlures du gel se mêlaient à la salissure d'une barbe noire et hérissée, elle devina que c'était un Blanc, sans doute un Français. Il y avait aussi du sang coagulé, noirâtre sur sa face... Les lèvres étaient deux minces traits charbonneux retroussés sur l'éclat des dents, d'où ce rictus macabre.

Un coureur de bois égaré ?... Était-il venu mourir contre sa porte, épuisé ? Mais non ! Elle ne l'aurait pas confondu, dès le premier abord, avec un ballot informe. Or, il était étroitement cousu, de la tête aux pieds, dans une peau retournée, cuir au-dehors, comme dans son linceul.

« Ils » étaient donc venus.

« Ils »... Français ? Indiens ? Iroquois ? Abénakis ? Présences humaines dans la nuit mortelle et déserte de l'hiver, et au lieu de se faire connaître d'elle, « ils » avaient déposé ce mort sur son seuil, puis s'étaient évanouis comme des fantômes.

Pour une aussi cruelle et vaine visite, seuls les Iroquois étaient aptes. Mais pourquoi ?

Machinalement, elle tirait un lacet, élargissait l'ouverture. Comme elle écartait les pans de cuir raidis, elle entraîna quelque chose qui y était collé et elle vit que c'était un morceau d'étoffe noire avec un peu de chair adhérente. La peau et la chair de cet homme semblaient déjà en putréfaction. On aurait dit du brai, du goudron. C'était une chair de brûlé, qui, au moindre effleurement, partait en lambeaux.

Le souffle d'Angélique s'arrêta. Sa gorge se contracta d'horreur et de pitié.

– Un martyr !... un prêtre !...

Sur la poitrine, le crucifix s'incrustait à même les blessures, petite croix simple de missionnaire.

– Pauvre malheureux !...

Tout à coup, elle se redressa d'un bond, hors d'elle, les yeux dilatés.

– Qu'as-tu fait, Outtaké ?... Qu'as-tu fait ?

Elle demeurait tremblante, mais plus de rage impuissante que d'effroi.

L'incrédulité, la certitude qu'elle était en train de faire un cauchemar éveillée, que les hallucinations de la folie commençaient de la gagner, le disputaient en elle à un sentiment de fatalité inéluctable, lui rappelant qu'elle avait toujours su aussi que cela arriverait un jour. Au point qu'elle avait presque l'impression d'avoir déjà connu plusieurs fois cet instant qu'elle venait de vivre. Cet instant où son regard avait vu briller au centre de la petite croix, comme une goutte de sang, la lueur rouge d'un rubis.

52

Elle aurait voulu se dire : C'est du sang.

Mais elle ne se le disait pas. Elle ne pensait RIEN.

Elle savait. L'instant était arrivé qui devait arriver.

Elle aurait pu se dire : Ce crucifix, SON crucifix, c'est un autre prêtre qui le porte.

Mais son entendement lui refusait toute clémence. Elle ne se leurrait pas sur l'inanité d'une telle explication fallacieuse.

Elle savait ! Ce crucifix appartenait au martyr qui était étendu là, sans vie.

Ce corps, c'était le SIEN !

Ce cadavre, c'était LUI !

Lui, LUI, enfin ! Le Persécuteur !... l'ennemi sans visage.

Outtaké avait tenu sa promesse : « J'irai jeter à tes pieds le corps de ton ennemi !... »

Lui, à ses pieds, le jésuite maudit.

Sébastien d'Orgeval, l'irréductible. Lui, à ses pieds, ce corps informe qui s'en allait en pourriture, brisé, brûlé, meurtri de cent façons ?...

Mort !

Et elle, Angélique, la Femme qu'il avait, sans la connaître, poursuivie de sa haine, debout, devant lui, jetant sur ces restes macabres un regard presque éteint, lui aussi.

Combien de temps resta-t-elle immobile ?

Peut-être quelques secondes ? Peut-être de longues minutes ? Durant ce temps, la nature miséricordieuse lui accorda une totale absence de sensations et de pensées. Ni douleur, ni révolte, ni haine, ni joie, ni triomphe...

Alors, elle commença lentement de revenir à elle, à la réalité. Elle ne tremblait plus. Elle ne souffrait plus ni de la faim, ni de la peur. Il y avait seulement, en elle, un grand vide que, peu à peu, comme une marée grise qui s'enfle et monte sans bruit, comblait une infinie tristesse. Amère et stérile victoire ! Le flot lui en touchait les lèvres, la faisant vaciller.

Bourdonnant à ses oreilles, plaintif comme le souffle d'une conque marine lointaine, lui parvenait par intermittence un appel de lamentation triste aussi et si nostalgique comme il s'en élève parfois au large de Salem ou de Gouldsboro, les soirs de brouillard ou de lune... Appel si déchirant qu'elle en fut ébranlée. On aurait dit la plainte d'une créature humaine. Et une fois de plus, elle revenait à la surface d'elle-même, retrouvait la lueur vacillante de la torche sur les murs de bois mal équarri du fortin de Wapassou et sa solitude de tombe, et à ses pieds, cette forme étendue d'où elle perçut que s'échappait par instants le gémissement lugubre.

Or, croyant avoir touché le fond du désespoir, de la révolte et de l'écœurement, son angoisse renaissait, requérant ses dernières forces pour un nouveau dilemme.

Si des plaintes s'échappaient des lèvres de ce mort, cela devait-il signifier qu'il était encore vivant ?...

Une fois de plus, elle crut à la perte de sa raison. Son cerveau, comme fouaillé par une mèche de fouet cinglante, se remit en marche avec vélocité, refusant l'abandon au délire et, impérativement, elle le sommait de se prononcer, sans travestir la vérité, si épouvantable fût-elle.

Comme un animal rétif, elle le ramenait devant l'obstacle, l'obligeait à le considérer sans faux-fuyant, si démentiel qu'il apparût.

Était-elle folle ?... Ou bien, si elle reconnaissait que des plaintes s'échappaient des lèvres noires de ce mort, devait-elle admettre qu'il était donc... VIVANT ?...

Et, dans ce cas, pourquoi Outtaké l'avait-il jeté sur son seuil ? Pourquoi le lui avait-il remis vivant ?

Pour satisfaire à laquelle de leurs lois venge-resses ou cannibales ? Pour l'achever ? Pour le manger ?...

Était-ce cela qu'il voulait ? Selon sa logique et son éthique aux racines primitives, entremêlant obscurément sagesse et folie, générosité et cruauté, vengeance et nourriture.

Un spasme lui tordit les entrailles. Elle sentit la brûlure de son estomac torturé, et porta la main à sa bouche pour retenir une nausée incoer-cible. De la nourriture, de la viande, de la viande ! Un bouillon chaud !... et sapide !... Le salut ! La vie !

Elle s'élança vers la porte pour fuir des images atroces, trouva dans l'indignation et la rage qui la secouaient des forces décuplées pour soulever encore la lourde barre, tirer les verrous, tourner les clés, arracher le battant à la neige et aux glaces.

Elle se jeta dehors, dans la tourmente, les appelant de toutes ses forces.

– ... Revenez ! Revenez, Indiens ! Revenez !...

Le blizzard l'assaillit de mille serpents forcenés aux sifflements aigus. Elle dut reculer, aveuglée. Mais elle continuait de crier :

– Revenez ! Revenez ! Mohawks !... Vous n'avez pas le droit !... Vous n'avez pas le droit de faire cela !...

Elle entremêlait les mots français et iroquois.

L'écoutaient-ils, tapis, nus et sauvages, derrière les giclées de neige glacée ?...

– Vous m'avez trahie, Indiens ! Vous m'avez trahie ! Indiens iroquois. Vous m'avez tuée ! Je meurs par vous !...

Elle tomba évanouie dans le linceul profond et doux de la neige amoncelée contre la porte. Elle se souviendrait plus tard s'y être enfoncée avec un infini soulagement.

La pensée des enfants la ranima. Elle crut voir debout devant elle trois petites silhouettes grises dans le blizzard mortel, qui l'appelaient en pleurant et, terrifiée, se dressa d'un bond. « Ils vont geler sur place ! »

Ses bras ouverts pour les secourir ne rencontrèrent que le vide, et cette fois alors, elle sut qu'elle avait bien été victime d'une hallucination.

Cependant, rentrée à l'intérieur du poste, elle continuait d'être hantée par l'idée qu'ils s'étaient éveillés et, ne la trouvant pas, étaient partis à sa recherche.

Titubant de fatigue, elle se traîna jusqu'à la chambre et les vit tous trois qui continuaient de dormir paisiblement dans le grand lit, les jumeaux de chaque côté de Charles-Henri, inclinant leurs petites têtes vers lui qui les tenait chacun par le cou.

Rassurée, elle retourna dans l'entrée pour en finir avec la porte qu'elle n'avait pas pris le temps de refermer entièrement.

Elle dut pelleter dur pour dégager l'huis, mais elle ne sentait plus sa faiblesse.

Sa peur avait été si grande d'avoir failli causer leur mort par sa défaillance, que tout le reste ne comptait plus.

Un sentiment de culpabilité la taraudait.

Comment osait-elle se laisser ainsi dominer par ses nerfs, alors qu'elle était le seul rempart de ces trois petites vies ?...

Elle consacra à la fermeture de la porte ses dernières réserves d'énergie.

La neige avait pénétré en tourbillons à l'intérieur de la pièce centrale et formait un gros tas, mais c'était sans importance puisque, à nouveau, leur refuge était clos. Les fureurs de l'hiver y battraient en vain, et la neige à l'intérieur fondrait.

Revenue dans la chambre bien chaude, elle se sentait éperdue de reconnaissance envers le ciel.

Le pire avait été évité !...

Elle resta à contempler les enfants et elle leur trouvait comme un peu de rose aux joues. Était-ce ce mélange de lichens et de graines qu'elle leur avait donné à boire, avant de les coucher, en suprême nourriture, qui leur avait fait du bien ?... Elle regarda ce qui restait dans le fond du bol, le réchauffa sur les braises et but longuement la mixture très chaude. Oui, cela faisait du bien, et c'était suffisant. Elle n'avait pas besoin de plus ! Assise sur la pierre de l'âtre, elle s'appuya contre le montant de la cheminée.

Bourré de bois d'ormeau, le feu tiendrait longtemps. Elle pensa qu'elle allait se reposer un peu, puis elle réfléchirait. Elle s'endormit, se réveilla en frissonnant, chargea encore le feu de bûches et de tourbe, presque inconsciente, alla se glisser sous les fourrures près des enfants, dans le grand lit qu'elle trouva délicieusement tiède.

Elle se rendormit. Elle était heureuse.

Son éveil la laissa flotter, encore indolore, entre l'oubli qu'avait dispersé le sommeil et l'appréhension latente de ce qui l'attendait lorsqu'elle aurait repris pied dans la réalité. Ce fut un moment de transition miséricordieux. Tout est résolu, se dit-elle avec un infini soulagement, tout est résolu.

Son corps était léger, mais reposé.

La pensée des enfants l'arracha d'un état de langueur qui ressemblait à une douce ivresse et lui ôtait toute force. Se redressant, son premier regard lucide fut pour eux, et, comme chaque fois, son cœur manquait un coup, dans la crainte que la mort ne les ait rejoints tandis qu'elle dormait.

Mais ils dormaient toujours paisiblement. Et il lui parut lire sur leurs petits visages amaigris un reflet de la béatitude qu'elle venait d'éprouver. Elle s'inquiéta. Ils dorment trop. Il faut les réveiller.

Mais, réveillés, ils réclameraient à manger.

Elle s'appuya au montant du lit et se souvint. Il n'y a plus rien à manger.

Elle se souvint. Elle avait voulu sortir pour essayer coûte que coûte de chasser. Émergeant comme des fonds d'un océan nocturne, des bribes de ce qui s'était passé la veille s'imposèrent : il y avait eu un coup dans la porte, il y avait eu un sac, et c'étaient des vivres. Elle butait contre l'âcre relent de la déception qui l'avait presque tuée. Non, ce n'étaient pas des vivres. Elle gémit tout haut. Elle ne voulait plus savoir la suite.

« J'ai rêvé ! »

Il y avait eu un cadavre et ce cadavre *était vivant*.

« J'ai rêvé. »

Elle se rassurait : « J'ai rêvé. »

Un grand calme régnait. Dans le fort et au-dehors, la tempête s'était apaisée. La neige montait plus haut que les fenêtres mais à cette lueur subtile d'albâtre, traversée par la flamme d'une veilleuse qui envahissait la chambre, elle devinait que le soleil brillait dans un ciel purifié.

Ai-je rêvé ?

Elle regardait ses mains écorchées par le gel. Chaque détail de sa lutte insensée contre la glace, contre la porte, contre le poids du sac, lui revenait et lui laissait la bouche amère.

Sa déception, sa folie, sa colère contre Outtaké, ses cris, la gueule noire de la nuit la happant de ses crocs, avec des hurlements sinistres, la dévorant presque, le silence de tombe de la grande salle lorsqu'elle avait réussi à rentrer et à repousser les lourds battants protecteurs. Et ce grand corps noir au milieu, étendu, inerte, sur le plancher.

Elle se posa la question.

Le corps pouvait-il encore être là, dans la pièce voisine ?

Cette pensée lui donna la notion d'une autre présence, partageant un abri perdu, et c'était à la fois effrayant et insolite.

Et s'« il » était vraiment là, encore ?...

« Qu'as-tu fait, pensa-t-elle, atterrée. En vérité, "il" était mourant et tu l'as abandonné ! »

Faible et maintenant lucide, elle ne s'expliquait pas ce qui l'avait poussée à fuir pour effacer l'horreur de ce qui venait de surgir, rompant la monotonie déjà horrible des jours qu'elle vivait, à s'engloutir dans la bienfaisance du sommeil pour oublier.

– Quel délire m'a prise ? J'ai cru que c'était... Le père d'Orgeval... Pourquoi cette obsession ?

Parce que Ruth lui avait écrit : « Ils vont sortir de la tombe ! » Elle se jugea folle et coupable.

Était-elle sûre maintenant d'avoir vu briller l'éclat du rubis sur le crucifix ? Ce n'était peut-être que du sang, du sang, se répéta-t-elle. N'avait-elle pas constaté que cet homme n'était que plaies ?... Elle avait perdu la tête !

– Qu'as-tu fait ?

À gestes lents, elle se levait, défroissait machinalement ses vêtements, et jetait un manteau sur ses épaules.

Dans l'âtre, le feu s'était maintenu sous ses cendres et, une fois ranimé, donna de joyeuses flammes. En contraste avec la chambre bien chauffée, le couloir et la salle se révélèrent glacés. Son haleine aussitôt flotta en buée devant elle. Elle alla en s'appuyant aux murs, tremblant d'anxiété, incrédule encore et habitée d'un secret espoir que toute trace de ce cauchemar aurait disparu.

Mais il était toujours là. Long gisant noir immobile, au milieu de la salle, à même le sol, tel qu'elle l'avait laissé la veille au soir.

Arrêtée sur le seuil, elle l'examina de loin, frappée d'effroi et d'aversion.

Certaines tribus primitives s'enfuient et décabanent si l'on commet la maladresse d'introduire dans leur village un colis épousant cette forme allongée d'un cadavre. Elle les comprenait. Elle n'en était pas moins atterrée.

– Qu'as-tu fait ? Le malheureux était mourant. Et maintenant il est vraiment mort.

La pensée que le chef des Mohawks avait monté cette affreuse mystification afin qu'elle pût se venger de son ennemi en l'achevant et, peut-être en le mangeant, la secoua d'un sursaut salutaire de dégoût et de colère.

– Tu ne me connais pas, Outtaké ! Tu n'as pas compris qui je suis !...

N'empêche qu'il avait gagné, le Sauvage !

Les entrailles tordues, elle avait fui.

– Qu'ai-je fait ? Même si ç'avait été LUI, ce qui est absurde à envisager, je n'avais pas le droit de le laisser mourir.

Saisie d'une infinie pitié, d'un infini remords, elle se rapprocha doucement et s'agenouilla près du corps.

Penchée, elle écartait à deux mains les pans de cuir raidi de la capuche et, ainsi que dans les cryptes médiévales l'on découvre dans les profondeurs des cagoules de pierre retombées les visages en larmes de ces « pleureurs » dont les statues veillent aux tombeaux des rois, elle la retrouvait là dans le creux d'ombre, cette même face cireuse, paupières closes, qu'elle avait entrevue la veille, elle aussi, rigide comme marbre, noircie de barbe hirsute et sanglante, de balafres et de brûlures. Elle pensait : « Pardonne-moi. Pardonne-moi !... »

C'était un homme blanc, un prêtre missionnaire catholique, un Français, un jésuite, et elle ne comprenait pas ce qui l'avait soulevée de peur ou de rancune à sa vue, et l'avait poussée à fuir. C'était un homme blanc, un chrétien, un martyr, un mourant, un frère.

Et elle n'aurait pas dû.

Elle avait donné la victoire à Outtaké-le-Barbare.

— Pardonnez-moi, mon Père. J'ai péché. Pardonnez-moi, pauvre homme !

Des larmes l'aveuglaient.

Elle se fustigea. Cela ne servait plus à rien de pleurer. Qu'allait-elle faire, maintenant qu'il était mort ? Et par sa faute.

Son regard descendit jusqu'au crucifix. Le rubis était bien là et scintillait. Le rubis !

Les yeux rivés à la face martyrisée, scrutant les traits informes et inconnus, elle s'interrogeait.

Qui pouvait être ce jésuite ? Et pourquoi portait-il au cou le crucifix du Père d'Orgeval ?

Un frisson s'empara d'elle. Elle venait de discerner comme une légère buée flottant au-dessus du visage immobile. Il vivait donc encore ? Inimaginable !

Fébrilement, elle chercha dans ses poches, trouva son petit miroir et le passa devant les lèvres rigides.

Sa main tremblait, sa vue se brouillait, mais elle ne put nier la trace du souffle qui l'effleura.

— Il vit !

À l'instant, elle retrouve force et courage.

— Je vais le soigner ! Je dois le sauver !

Elle s'affaira, poussée par une fièvre de rachat, un sentiment d'urgence. Si elle parvenait à arracher cet homme à la mort, se disait-elle, ils seraient tous sauvés.

C'était le signe. Le signe de la Rédemption, le signe du Ciel sur la Terre.

Le signe que veillait sur eux une force plus juste et miséricordieuse que celle des hommes.

Elle alla dans l'autre pièce attiser le feu sous des marmites d'eau.

Les enfants dormaient toujours.

Elle revint avec un pichet de boisson tiède, son coffre de médecines, ses instruments de chirurgie, de la charpie.

Au breuvage qu'elle voulait lui faire ingurgiter, elle avait ajouté une bonne dose d'alcool. Cela l'achèverait ou le ressusciterait. C'était un risque à prendre. Cependant, elle avait toujours fait confiance à la promesse que contient l'appellation latine : Aqua vitæ : Eau-de-Vie.

Sous les lèvres noirâtres et desséchées, la mâchoire crispée était serrée comme un étau. Mais des dents manquaient qui avaient été brisées ou qui étaient tombées, pourries, et par les interstices, elle réussit à infiltrer goutte à goutte le breuvage. Cela lui prit un temps infini car elle craignait de voir déborder de la cavité buccale le précieux liquide, mais un imperceptible réflexe de déglutition dut se produire car la tasse se trouva vide et elle se persuada qu'au moins, sa médecine avait imprégné les papilles desséchées et qu'elle allait s'insinuer lentement et ranimer le corps pétrifié. Il faudrait veiller à ce qu'il ne se réchauffât pas trop vite car elle savait que seul le froid l'avait maintenu en vie, l'engourdissant comme l'animal hivernant, et avait évité à ses plaies de se corrompre.

De son « eau » bienfaisante dont elle avait le secret, elle lava son visage, oignit les paupières soudées par le sang et la sanie d'un baume émollient. Il faudrait attendre pour soigner les brûlures de la poitrine car cela exigerait un travail de patience afin d'ôter les lambeaux d'étoffe noire qui y adhéraient.

Elle renonça à arracher le crucifix de son écrin de chair.

Maintenant, elle s'attaquait, pour dégager le corps sur toute sa longueur, au cuir épais et très dur de cette espèce de cocon dans lequel il avait été enveloppé et cousu entièrement de la tête aux pieds. Voyant, au chevet, un tronçon de corde qui pendait, elle pouvait imaginer qu'« ils » l'avaient traîné ainsi, à même la glace, pendant des lieues, le cuir à peine tanné étant aussi résistant et lisse qu'un bois de traîne.

Corps ballotté par monts et par vaux enneigés, derrière ces Indiens demi-nus, Iroquois ou Abéna-kis, courant par bonds sur leurs raquettes, pour-suivant une course hallucinée par la blancheur immaculée des jours, le noir des tempêtes sif-flantes et des nuits, entraînant derrière eux ce corps, dans son linceul de cuir, tout cela pour aller le jeter sur le seuil d'une tanière où Angé-lique, la Dame du Lac d'Argent, et ses jeunes enfants, abandonnés de tous, se mouraient de faim.

— Je ne vous comprendrai jamais, Indiens.

La cosse rugueuse se refermait sans cesse et elle dut la découper par plaques, comme une écorce. Sous l'enveloppe dure, elle fut surprise de trouver des sortes de coussins qui semblaient être là pour envelopper et capitonner le corps du martyr. Tirant à elle, elle amena un premier sac de peau de daim, gonflé et tendu, et, avant même d'en avoir dénoué le lacet, elle en avait deviné le contenu.

Comme la veille la déception, la joie aujourd'hui aurait pu la tuer.

— Oh ! Outtaké ! Outtaké ! dieu des nuages !...

Comme l'autre fois !

Des haricots, des haricots de la vallée des Cinq-Lacs !...

Du creux de sa paume, elle les fit ruisseler, éblouie, tel un avare contemplant ses pièces d'or et qui n'aurait pu être plus extasié.

– Des vivres ! Les enfants !... Ils seront sauvés...

D'autres poches et sachets contenaient du riz de folle-avoine à faire germer, du pemmican, des graines et des tranches de courges séchées, et encore du maïs, des pois, des haricots...

– Merci, mon Dieu ! Merci, mon Dieu !

À genoux, elle élevait ses deux mains jointes dans un geste de gratitude.

Le soleil brillait. Il se glissait par l'étroit soupirail, et le pinceau de lumière tombait sur elle. L'obscurité avait reculé. La vie reprenait son cours.

– Ils sont sauvés ! Merci, mon Dieu !...

Elle parlait tout haut et riait de bonheur.

Elle sut que quelqu'un la fixait dans l'expression de sa joie délirante.

Tournant la tête, elle s'aperçut que les paupières du moribond s'étaient soulevées. Un regard filtrait, délavé, sans couleur, mais c'était un regard.

Si bizarre qu'eût été le moyen employé par le subtil Outtaké pour la secourir, ce malheureux leur avait apporté le salut.

L'âpre volonté la reprit de ramener des limbes cet esprit qui, depuis de longs jours, errait aux portes de la mort.

Elle dit à voix haute :

– Vous êtes en sûreté, mon Père. Ne craignez plus. Je vais vous soigner. Je vais vous guérir.

Ces mots l'aideraient à comprendre qu'il était vivant, à se rappeler ce qui avait précédé son état d'inconscience.

– M'entendez-vous, mon Père ?... Si vous m'entendez, adressez-moi un signe, essayez de bouger les paupières...

Il se passa un très long temps. Les paupières ne cillaient point. Et les yeux restaient fixes et atones.

Était-il en train de mourir ?

Ce furent les lèvres qui bougèrent, remuant dans le vide à plusieurs reprises, puis un son s'en échappa et une voix lointaine et laborieuse, mais distincte, demanda :

– Qui... êtes-vous ?

Elle hésita. La tête lui tournait. Un vertige la saisit. Elle se trouvait sur un seuil redoutable et elle aurait voulu reculer le moment de le franchir.

Les yeux rivés à ce regard d'aveugle, elle dit, haletante :

– Je suis la comtesse de Peyrac.

Il ne broncha pas. Mais on aurait juré avoir vu luire, aussitôt disparue, une lueur bleue en ses prunelles ternies.

Ou bien était-ce une illusion ? Le fruit de sa hantise ?

Aucune force n'aurait pu la contraindre à l'interroger à son tour.

Aussi bien avait-il entendu ? Compris ?

« Je vais aller préparer à manger aux enfants, se dit-elle, puis... nous verrons. »

Mais voici que le phénomène se renouvelait. Les yeux pâles s'animaient et, leur rendant la vie par l'effet d'en colorer l'iris, la même lueur bleue y montait, y transparaissait, d'un bleu très fin, très pur, très intense, mais aussi traversé d'un éclat dur et blessant : la lueur du saphir.

Le regard était là aussi.

La même voix étouffée et fragile s'éleva, démentant par sa faiblesse ce regard dans lequel venait de se rassembler toute l'énergie du corps perclus. Elle dut se pencher plus près encore afin de percevoir les paroles prononcées. Et c'était pitoyable et presque déchirant d'entendre ce timbre brisé et de voir ces lèvres blessées s'évertuer à prononcer les formules de politesse consacrées par l'usage d'une aristocratique éducation.

– Per... permettez-moi, Madame... de... me... présenter. Je me nomme... Sébastien... d'Orgeval...

Le pinceau de soleil se déplaçait avec lenteur.

Rien ne bougeait dans le fort perdu, rien ne semblait vivant à part ces nuées évanescentes de deux respirations conjuguées, que le froid condensait.

Signe ténu de vie, pour deux vies, prêtes à s'éteindre, la vapeur argentée de leurs souffles épuisés frémissait entre eux.

Cela n'aurait pas dû se passer ainsi. C'était trop tard !

Mais c'était arrivé.

Angélique de Peyrac et le jésuite Sébastien d'Orgeval SE REGARDAIENT FACE À FACE.

53

Les résurrections obtenues par un bol de bouillie de maïs enrichi d'un peu de pemmican sont parmi ces phénomènes qui rachètent l'infirmité du monde et confortent les croyances en un Dieu bon et généreux.

Il fallait en apparence si peu et des dons de la terre si modestes pour ramener des bords de la tombe ces petits enfants pleins de vie et que la faim étiolait comme des fleurs privées d'eau.

Angélique les avait nourris par petites quantités, comme des oiseaux, les laissant se rendormir entre chaque bouchée. Et maintenant, ils se réveillaient comme par un beau matin de Wapassou, autrefois, et glissaient hors du lit leurs petites jambes amaigries, impatients d'aller à la découverte de toutes les surprises que leur promettait ce jour nouveau.

Et Charles-Henri, qui s'était vêtu très soigneusement et avait imposé aux jumeaux d'au moins enfiler une casaque sur leurs robes de nuit, se plantait devant Angélique et lui disait :

— Puis-je vous aider, ma Mère, à soigner « le mort » ?

Avait-il déjà trouvé le moyen de sortir de la chambre et d'explorer la maison ? et d'y découvrir dans la grande salle ce corps gisant ? Certainement.

Ils étaient tous les trois beaucoup plus lucides

491

qu'elle qui, une fois de plus, émergeait d'un repos plus proche de l'évanouissement que du sommeil.

La veille – mais était-ce la veille ? – pendant quelques heures elle n'avait été qu'une fourmi besogneuse transportant des trésors inappréciables dans la chambre commune : sachets de pemmican et de riz sauvage, sacs de maïs et de haricots, éclats de courge séchées qu'elle avait disposés et mis de côté, les divisant déjà en portions quotidiennes. Oh ! chère et sainte nourriture !

Accrochant aussitôt les chaudrons à la crémaillère pour y jeter des poignées de blé d'Inde et dans un autre des haricots avec un peu de sel natron pour hâter leur cuisson, délayant du pemmican dans de l'eau tiède pour sans attendre l'introduire dans la bouche des enfants inertes avec des morceaux de courges écrasées. Ils avaient avalé ce premier viatique sans ouvrir les yeux. Et seulement après, elle s'était nourrie à son tour, reléguant au fond de sa pensée le souvenir de la déclaration que lui avait faite cette voix mourante : « Je suis le père d'Orgeval ! »

L'étrange procédé qu'avait pris Outtaké pour la secourir continuait à la maintenir en état d'incertitude. Outtaké lui-même leur avait fait dire « le père d'Orgeval est mort » et tout cela relevait de l'hallucination.

Mais rien ne l'assurait que c'était Outtaké, le chef iroquois mohawk, qui lui envoyait ces vivres salvateurs. Et le malheureux martyr n'était peut-être qu'un pauvre jésuite des grands lacs que les tortures avaient rendu fou.

Elle s'entendit murmurer.

– Je ne peux plus les supporter, ces Sauvages ! Je ne peux plus les supporter !...

Non, répondit-elle, plus haut s'adressant à Charles-Henri, tu es bien gentil, mon petit. Mais je préfère que tu restes ici à surveiller Raimon-Roger et Gloriandre, afin qu'ils ne tombent pas dans le feu et qu'ils ne fassent pas de bêtises.

Elle prit une brosse et commença de brosser leurs cheveux, puis les siens.

Voilà. Il suffit d'un peu de potage dans l'estomac pour se retrouver une créature digne de vivre.

La vie, à la racine, c'est cela : nourriture. Ne recommence pas à penser, ne fatigue pas ta cervelle. Il y a encore beaucoup de jours à franchir avant la fin de l'hivernage.

Mais maintenant, et malgré la précarité de leur situation, le processus de salut était amorcé.

Puisque parvenue au fond du désespoir et s'avouant: « C'est la fin », un miracle avait eu lieu, elle y voyait une assurance qu'ils parviendraient tous en vie au bout de ce long voyage de l'hiver.

Même lui, le « comateux »...

Je suis folle, se dit-elle, sa brossé à la main. Je l'abandonne ainsi !... Je l'abandonne encore !

Puis, fatiguée et se donnant le temps de reprendre des forces, elle se disait : Un peu plus !... un peu moins !... Il est mort ! Il va mourir !... Qu'y puis-je ?... Mais qui peut-il être ?

Elle ne croyait pas vraiment qu'il lui avait parlé, et sa déclaration : Je me nomme Sébastien d'Orgeval, se confondait dans son esprit avec les effets de rêves ou de hantise. C'était maintenant qu'elle croyait vraiment à la mort annoncée par le père de Marville. *Car il ne pouvait pas en être autrement.*

Cependant, elle commença à faire son plan de bataille pour soigner ce malheureux : des herbes, des baumes, de la charpie, elle en avait. Du bouillon aussi, car il faudrait l'alimenter lorsqu'il sortirait de son état léthargique.

Elle le panserait dans la pièce voisine. Le froid y était glacial. Puisqu'il n'en mourait pas, cela maintenait son insensibilité.

Ensuite, il faudrait le traîner dans cette pièce, l'installer devant l'âtre. Se réchaufferait-il ? Reviendrait-il à la vie ? Émergerait-il de ses limbes ? Parviendrait-il à redevenir d'un cadavre, d'un corps misérable qu'elle aurait soigné comme un enfant, un être humain qui se ferait connaître et partagerait leur claustration hivernale ?

Elle redoutait de montrer au petit garçon en quel état un être humain pouvait être réduit par la cruauté de ses semblables. Mais Charles-Henri, né sur la terre d'Amérique, aurait peut-être soutenu ce spectacle avec plus de simplicité qu'elle-même, acceptant d'emblée, comme tout enfant, le décor des lieux de sa naissance, la sauvagerie qui l'avait bercé, les règles du théâtre érigé où, comme en ces « Gestes » ou « Mystères » de la Vieille Europe, sur les tréteaux dressés aux parvis des églises et des cathédrales, chaque personnage jouait son rôle symbolique selon un rituel immuable.

Ici, sur fond de forêts et d'eaux cascadantes, de lacs aux horizons sans fin et de vallées désertes, c'était la « geste » des deux mondes s'affrontant, les mêmes actes posés, les mêmes personnages irréconciliables : d'un côté, le missionnaire en robe noire, grand chapeau, croix en main, sa barbe inquiétante, et sa fièvre d'amener à Dieu les âmes païennes, de l'autre, le lisse Indien nu, emplumé, tatoué, et sa farouche et inexplicable passion, comme un code d'honneur, pour la mort par torture, qu'elle fût sienne ou celle des autres.

Des pieds à la tête, elle avait maintenant à le panser. Comme elle en avait décidé, elle se livra à cette première opération dans la grande salle, à l'emplacement où il gisait depuis son arrivée. Il respirait toujours cependant, mais d'un si faible souffle qu'elle se demanda par où commencer sa besogne, pour ne pas, d'un geste inconsidéré ou trop brutal, trancher le fil ténu de cette existence.

Lorsqu'elle voulut dégager le crucifix, elle eut beau prendre toutes les précautions, tamponnant alentour avec de l'eau tiède, la marque resta là, incrustée, suintant un sang rouge parmi les chairs noirâtres.

Elle tint cette croix de buis où l'œil du minuscule rubis scintillait. L'ayant lavé pieusement, elle le posait sur un linge. Elle avait dû trancher le cordon qui le retenait au cou.

Elle n'aurait pu dire de quoi l'homme était vêtu. Ayant découpé non sans mal la peau coriace d'un buffletin, elle tira pièce par pièce les lambeaux noirs d'une soutane.

Des brûlures, encore des brûlures dont certaines dégageaient une odeur putride.

Pauvre malheureux ! Pauvre malheureux ! ne pouvait-elle s'empêcher de murmurer allant d'une plaie à l'autre, et ne s'expliquant pas comment, couvert d'autant de brûlures, il lui était encore possible de se maintenir en vie. Mais lorsqu'elle eut lavé et relavé son corps, ses bras, ses jambes squelettiques, une observation intriguée lui fit remarquer la « répartition » des brûlures, certaines causées par l'application de plats de haches rougies au feu, et d'autres par des alènes incandescentes traversant un muscle. Restait une assez importante surface de chair épargnée. Et elle nota que le membre viril n'avait subi aucun dommage.

C'était dans la coutume des Iroquois que de respecter la victime en ce qu'elle avait, à leurs yeux, de plus sacré. Ils n'attachaient pas leur ennemi au poteau de torture dans l'intention de l'humilier et de l'avilir. Au contraire, cette tradition des tribus iroquoises de faire périr dans les supplices les plus barbares ceux qui les avaient combattus était une marque d'honneur qu'ils se seraient sentis coupables de refuser à un adversaire valeureux. Subir et bien appliquer la torture était parmi les plus précieux enseignements qu'ils recevaient, discipline dont la pensée et la préparation ne cessaient de dominer leur vie depuis la naissance jusqu'à la mort, une mort que tout guerrier digne de ce nom ne cessait de souhaiter aussi lente que terrible.

Au hasard des conversations, Angélique avait appris des gens de Canada que les Iroquois étaient spécialisés dans l'administration des supplices, réussissant à torturer un prisonnier pendant plus de douze heures et jusqu'à deux jours sans qu'il mourût et cessât d'être lucide. En vue d'obtenir ce résultat, ils veillaient à éviter de faire couler le sang.

– « C'est une SCIENCE, lui avait affirmé quasiment avec fierté un de L'Aubignières ou un Nicolas Perrot, et nos Hurons, qui sont de race iroquoïenne, se montrent très habiles dans sa pratique. »

Cette fois, on aurait dit qu'ils avaient torturé le missionnaire de façon à lui permettre de survivre. Mais il s'en fallait de peu !

Elle avait le cœur au bord des lèvres.

Malgré le froid pénétrant qui régnait dans la grande salle, elle était « en nage »...

Elle guettait sur le visage du supplicié des réactions. Mais hors cette légère buée au-dessus des lèvres, il ne donnait aucun signe de vie. Il lui fallut, avec des ciseaux, couper tant bien que mal la barbe hérissée pleine de nœuds et collée de sang séché.

Enfin, elle le considéra, couvert de pommade et de bandelettes. Le plus dur serait de le traîner jusqu'à la chambre.

Quand elle essaya de le déplacer, il poussa un gémissement profond. Le premier. Et elle comprit qu'avec la conscience, celle de la douleur lui revenait.

– Je dois vous transporter, lui expliqua-t-elle très haut, espérant que sa voix le rejoindrait là où il était.

Mais il sombra à nouveau, poussa un râle et devint plus pesant encore. Jusqu'à ce qu'elle eût rejoint la chambre et pu passer un miroir devant ses lèvres, elle fut convaincue qu'il avait poussé son dernier soupir.

Elle avait songé à l'installer devant le feu sur une paillasse. Cette solution ne la satisfaisait pas. D'une part, au sol, il risquait de se refroidir, d'autre part, de mourir la joue rôtie si le feu était trop vif, comme le malheureux roi d'Espagne, qui, malade, n'avait trouvé personne pour écarter de lui son brasero, le préposé par l'étiquette à cette charge demeurant introuvable.

Et rôti, il l'était bien assez comme ça.

Charles-Henri lui apporta la solution qu'elle ne trouvait pas dans sa fatigue.

– Nous devons le mettre dans notre lit. Il y fait toujours chaud. On le met d'un côté, et nous de l'autre et vous au milieu pour nous soigner tous.

– Tu as raison, petit garçon.

Cette fois, elle accepta l'aide de l'enfant. Avec beaucoup d'énergie, en serrant les dents, il soutint les pieds enveloppés de pansements tandis que, prenant sous les épaules la longue et sinistre marionnette brisée, elle la hissait tant bien que mal de l'autre côté du grand lit. Ils durent s'y reprendre à plusieurs fois, et les ahanements de la femme et de l'enfant répondirent aux profonds gémissements qu'exhalait le martyr, tandis que sa tête ballottait en tous sens, tombait en avant ou se rejetait en arrière, comme celle d'un poulet au cou rompu.

Enfin, il fut étendu de tout son long, et elle soupira de le voir à l'abri du sol dur et froid, et dans la situation qui est celle d'un malade honorable : destiné à s'acheminer vers la guérison ou, dans le cas contraire, en état de rendre dignement le dernier soupir.

Avec des galets enveloppés de peaux ou de linges épais, elle pourrait l'aider à se réchauffer car il fallait éviter qu'il perde, à lutter contre le froid, ses dernières forces. Maintenant qu'il avait franchi ce seuil d'hibernation du coma, il ne devait plus retomber dans un tel état léthargique qui annoncerait la mort. La marche de sa guérison, au-delà de la ligne fatale, devait sans cesse se poursuivre dans un retour vers la conscience qui le ramènerait parmi les vivants. Sur les oreillers de crin et d'herbes auxquels s'appuyait la tête décharnée, elle avait mis un linge blanc. La nuit, elle pourrait, se trouvant à ses côtés, humecter ses lèvres desséchées, le faire boire à petites gorgées, surveiller la montée de la fièvre ou la dangereuse retombée de faiblesse, apaiser ses souffrances, changer les compresses, réduire la douloureuse inflammation d'une plaie par quelque pommade...

Ce jour-là, après l'avoir installé sur le lit, quand ils se furent reposés un peu, malade et infirmiers, elle entreprit encore de lui couper les cheveux, retrouvant sur l'occiput la trace d'une tonsure maladroitement entretenue. C'était donc bien un prêtre.

Puis elle lui frictionna le crâne et les tempes avec un vinaigre médicinal.

Elle mit des compresses sur ses yeux brûlés par la réverbération de la neige, et menacés de cécité blanche.

Elle savait que ces soins qu'elle lui dispensait avec dextérité, y étant depuis des années – en vérité depuis l'enfance – tellement accoutumée, les rapprochaient. D'étranger qu'il était, ils en faisaient son enfant, et d'elle sa mère.

Elle essayait de se rappeler qu'il s'agissait du père d'Orgeval, leur ennemi, leur meurtrier en somme, et y croyait de moins en moins, car soigner et recevoir des soins est un des plus spontanés langages de paix et de compréhension mutuelles.

Elle luttait d'avance contre l'attachement qui allait se tisser quotidiennement entre eux du fait, chez elle, de son dévouement, chez lui, de sa dépendance.

Inerte, n'ayant plus qu'un souffle de vie, il était

difficile aussi de croire à sa réalité et, au cours de cette journée, elle sursautait parfois en découvrant sur le lit la forme immobile.

Lorsque le soir vint et qu'à leur tour elle eut couché les enfants, disposé les remèdes, les boissons qui pourraient être nécessaires durant la nuit, couvert le feu de cendres, elle demeura indécise, ne se décidant pas à aller s'allonger auprès de la pitoyable momie déjà fixée dans la rigidité de la mort, s'interrogeant, tourmentée par des questions qui ternissaient sa joie première d'avoir reçu des vivres pour sauver ses enfants.

« Que devais-je faire ? Ai-je eu raison ?... Quel est le devoir de l'être humain en notre temps ?... Je le soigne... Mais qui est-il ?... Supercherie ?... Ou bien en vérité notre ennemi irréductible ?... Dans les deux cas, danger !... J'ai sauvé Ambroisine. Je l'ai arrachée aux mains des hommes qui voulaient la tuer. Et ainsi je l'ai laissée poursuivre ses crimes. J'ai mis ma fille en danger !... »

Sur l'auvent de la cheminée, elle avait posé le crucifix du jésuite et les lueurs étouffées des braises faisaient scintiller le rubis.

— Ô croix, pardonne-moi, dit-elle à voix haute. Je sais bien que c'est de toi que vient tout miracle.

La nuit fut paisible.

Au matin, elle se réveilla, persuadée qu'elle avait rêvé cette intrusion extravagante dans leur existence condamnée. Puis elle le retrouva avec un mélange de satisfaction et d'effroi. Car elle ne pouvait oublier qu'elle devait à sa venue les joues plus roses de ses enfants et le retour à la vie dans le fort enterré sous la neige, et qui avait été sur le point de devenir leur tombeau.

Les premiers jours, voyant les petits trottiner à travers toute la maison avec un besoin de se dépenser, de retrouver leur agilité et leurs forces, elle conçut le projet de les faire sortir afin de prendre l'air.

Le soleil brillait. On le devinait à travers les interstices des fenêtres et des vantaux qu'elle avait soigneusement bouchés contre le froid de toutes les manières possibles. Mais à le deviner, ce soleil au-dessus de leur trou enfumé, un besoin les prenait d'en sentir la caresse. Le soleil avait des vertus thérapeutiques divines. Elle avait plus d'une fois constaté la guérison de plaies ulcéreuses, d'eczéma, de dartres à s'exposer à ses rayons. Un peu de sa caresse, et des enfants languissants reprenaient appétit, vigueur. Joffrey lui avait raconté comment sa mère, dans son enfance, le recevant blessé, brisé, des mains du paysan cévenol qui l'avait rapporté du massacre dans lequel avait péri sa mère nourrice, l'avait installé sur la terrasse du palais de Toulouse, et il y était resté des années, exposé aux rayons du dieu Phoebus, à recouvrer la santé.

Elle les hissa par la trappe, l'un après l'autre, sur la petite plate-forme qui servait de toit au-dessus de leur ancienne chambre, et les y rejoignit, et ils restèrent là, vacillants, dans une lumière d'or pâle, cruelle, pétrifiante, qui blessait leurs yeux affaiblis par la pénombre, leurs paupières irritées et rougies par la fumée, dans une atmosphère confinée.

Couverts comme ils étaient, à ne montrer que le bout de leur nez, le froid les oppressa à les faire tomber raides comme les petits oiseaux qui, dans le même temps, tombaient des branches dans les forêts. Lorsque Charles-Henri voulut parler, une bouffée d'air lui sécha les paroles au fond du gosier, et il resta ainsi la bouche ouverte, incapable de la refermer.

Angélique s'empressa de les faire redescendre, ferma la trappe de la plate-forme, celle du faux grenier au-dessus, et se réfugia dans la chambre unique. Elle retourna allumer un grand feu dans l'âtre de la salle principale, pour y faire bouillir un gros chaudron d'eau. Tels qu'ils étaient, elle avait enfoui les enfants dans le grand lit à côté du « gisant ». Elle leur fit avaler une boisson chaude avec une grande cuillerée de miel – ce miel plus précieux que de l'or qu'elle avait trouvé aussi, suintant de son corbillon d'écorce, parmi les victuailles envoyées –, transporta dans la chambre ses chaudrons d'eau bouillante, en remplit un baquet de bois, et quand le bain fut prêt, elle les dévêtit et les y plongea tous les trois, les portant rigides et pâles comme si, plus encore que le froid, le paysage de fin du monde entrevu, à la fois livide et d'un bleu pâle translucide, avait eu le don de les pétrifier.

Ils retrouvèrent des couleurs aussitôt et s'animèrent, babillant avec volubilité. Debout dans le cuveau, ils s'excitèrent, les yeux brillants. Les jumeaux racontaient une histoire avec de grands gestes descriptifs qui faisaient gicler l'eau, l'un et l'autre renchérissant de détails.

Angélique ne pouvait comprendre de leur petit jargon que quelques mots qui revenaient sans cesse : bateau, oiseau, faut pas ! faut pas !

– Mais que disent-ils ? s'informa-t-elle auprès de Charles-Henri, pour lequel ce langage n'était pas hermétique, et qui suivait leur exposé en approuvant de sa tête bouclée.

– Ils disent que les eaux ne se sont pas encore retirées et qu'il ne faut pas lâcher la colombe ! Vous savez, mère, comme dans l'Arche de Noé !... Je leur ai raconté que nous sommes dans l'Arche de Noé. Ils aiment beaucoup cela. Mais ils disent qu'il ne faut pas encore envoyer la colombe dehors. Il fait trop froid... Oh ! maman, c'est vrai. Elle n'aurait pas où se poser. Elle ne pourrait pas voler. Voyez, ils agitent les bras, et puis s'arrêtent pour montrer qu'elle ne pourrait pas voler.

501

— Plouf ! fit Raimon-Roger, en se laissant tomber dans le baquet au milieu des éclaboussures, aussitôt imité par sa jumelle.

— Vous voyez, ils disent qu'elle tomberait, plouf, comme une pierre...

Charles-Henri se tourna vers le lit et cria :

— N'est-ce pas, « mort », qu'il ne faut pas encore envoyer la colombe ?...

— À qui parles-tu ?

— Je parle au « mort »... Je lui parle souvent pendant que vous êtes en train de préparer à manger ou d'aller chercher le bois dans la réserve.

— Est-ce qu'il te répond ?

— Non. Mais il entend tout.

Puis la température descendit encore, et la tempête dont elle avait vu les prémices se déclara. Le froid était si intense que ce fut une tempête sèche plus terrible encore que celles qui apportent la neige. Le blizzard, le vent du nord-est, ce « Nordet » des Canadiens, « ce cruel ennemi de l'homme » venu du Pôle, passa sur la surface de la terre à des vitesses incalculables, avec une violence, une furia, qui déracina des arbres, faucha comme d'une lame géante aiguisée la cime des petits bois sur les îles des lacs, emporta des villages de wigwams d'écorces entiers avec leurs habitants.

Cette année-là, l'hiver qui déferla sur le Bouclier Laurentien, du Labrador au sud-ouest du Maine, fut si terrible que des ours endormis périrent de froid dans leur tanière, ce qui est rarissime.

Angélique, par instants, craignait que ce vent hurleur finisse par crocher sur le fortin de Wapassou, tout enfoncé qu'il était heureusement dans la terre, et à demi dans la falaise, et le décalotter de son toit comme une vulgaire marmite perdant son couvercle.

Elle avait transporté dans la chambre commune une importante provision de bois qui, empilée, en occupait le quart. Elle n'eut donc pas à sortir de cet ultime refuge intérieur dont la porte, même à l'intérieur de la maison, était ébranlée par instants. Trois jours, quatre jours, ils restèrent blottis sous les fourrures, cherchant dans le sommeil l'oubli des saturnales extérieures. Angélique ne se levait que pour entretenir le feu, vérifier les ouvertures, portes, fenêtres, consolider les barres des vantaux, préparer les rations de nourriture – avec le souci qui recommençait à poindre qu'elles ne s'épuisent trop rapidement –, les faire ingurgiter à toutes ces bouches avidement entrouvertes, faire boire les enfants et le malade et mieux valait avaler de chaudes tisanes de camomille et de tilleul pour jouir d'un sommeil paisible que de s'énerver et de s'effrayer de ces clameurs sauvages courant là-haut sur la terre.

Les enfants ne semblaient pas s'émouvoir de ce bruit du vent. Les tempêtes de la Nord-Amérique avaient bercé leur courte vie. Ils dormaient beaucoup à nouveau, mais d'un meilleur sommeil. Pour sa part, elle demeurait éveillée, ne s'accordant que de courts repos, en alerte contre ces assauts lugubres de l'extérieur qui portaient de sombres menaces : la destruction de l'habitation sous les coups du vent, ou l'incendie toujours à craindre avec le feu dont de mauvais souffles rabattaient la fumée dans la pièce.

Il lui fallait aussi renouveler les pansements du blessé. Longue et ingrate tâche qui ajoutait à son épuisement.

Il restait inerte, inconscient.

À certains moments, elle le sentait très loin, ailleurs, en un lieu où il pouvait réparer ses forces, et à d'autres, l'état d'insensibilité dans lequel il s'enfonçait l'avertissait de la lente approche d'une issue fatale.

« Il s'éteint », pensa-t-elle au bout de quelques jours.

Insensiblement, il se mit à refuser la nourriture. Il la laissait couler aux commissures des lèvres, et Angélique en était à la fois irritée et désespérée, car, d'une part, c'était une nourriture précieuse qu'il ne fallait pas gaspiller et aussi, cela indiquait qu'il commençait à perdre les réflexes de survie.

Elle lui parlait d'un ton bas, doux et persuasif, sachant que la connaissance peut être atteinte sans qu'il y paraisse rien, par des sons, des inflexions ou des mots qui éveillent et tirent de l'apathie. Comme pour les enfants, elle cherchait ce qui pourrait, à lui, religieux, éveiller son intérêt pour l'existence et l'encourager à faire un effort afin de revenir à la surface de son être et s'alimenter.

– Il faut vivre, père... c'est un devoir. Dieu l'exige ! Ouvrez la bouche !... Essayez d'avaler... Faites un effort... Pour l'amour de Dieu !... Pour l'amour de la Sainte Vierge.

Mais ces objurgations pieuses n'avaient aucun effet. Et il semblait parfois plus mort que lorsqu'elle l'avait découvert dans son linceul de cuir.

Cependant, les plaies de la face se cicatrisaient.

Elle avait remarqué, la première fois où elle les avait traitées, qu'il ne s'agissait pas de brûlures mais de plaies bizarres qui semblaient causées par les coups d'instruments pointus ou griffus. Ces trous étaient infectés et tout autour envenimés. Après quelques jours, l'enflure s'était résorbée et des croûtes s'étaient formées qui avaient donné au malade un assez triste aspect. Mais une fois tombées ces croûtes, les traces des blessures commençaient à s'effacer. La chair devenait saine, quoique restant blême. Les joues sous les pommettes se remplirent, le front immense se dégagea, sur lequel retombèrent des mèches de cheveux aux reflets mordorés et elle vit s'ébaucher les traits d'un visage qui ne manquait pas de beauté, une beauté virile et régulière. « La beauté du Christ », avaient soupiré quelques pénitentes un peu exaltées en évoquant leur confesseur, le père d'Orgeval.

54

Au bout de six jours, les fureurs du blizzard commencèrent à fléchir, et vers le milieu d'une nuit, le vent tomba tout à fait. Un calme surprenant s'établit, ce qui coïncida pour Angélique avec le meilleur sommeil qu'elle eût goûté depuis longtemps et un rêve paradisiaque.

Soit que pressentant la fin de la tempête, elle sût d'instinct que sa garde pouvait se relâcher, soit que l'instant fût venu, commé en tout épisode dramatique, de renverser le mouvement de terreur pour envoyer les signes d'espérance, elle dormit comme une enfant heureuse et vécut ce rêve qui lui parut si vrai qu'elle le traversa avec l'arrière-pensée qu'elle avait fait la nuit précédente un cauchemar horrible. Dans ce cauchemar, elle était enfermée avec les enfants dans un trou sous la terre, tandis qu'une tempête furieuse passait au-dessus de leurs têtes. Quel rêve stupide ! alors qu'il faisait si beau en ce printemps, et que les oiseaux chantaient éperdument dans les arbres.

Elle était appuyée au bras de Joffrey, et ils marchaient tous deux dans les allées d'un parc, ou peut-être d'une forêt, car il y avait des arbres chatoyants et ordonnés, aux belles essences choisies et bien disposées, chênes et châtaigniers, escortés de petites hêtraies et de bosquets de frênes avec, çà et là, un pin bleu au tronc rose, un conifère élégant jetant des notes sombres sur la soie verte des feuillages.

Une forêt qui aurait pu être un parc, car ses chemins et ses sentiers avaient l'élégance nette d'allées tracées, et elle voyait sur leur sable se poser la pointe de ses souliers de satin brodés rose et argent.

Il y avait une volupté à marcher sur ce chemin avec, aux pieds, des souliers aussi charmants.

Elle s'appuyait au bras de Joffrey, et elle sentait la chaleur de son bras, de son corps, de sa jambe contre elle dans sa démarche. Elle sentait l'adoration de son regard, sans cesse revenant sur elle, et la douceur de ses lèvres se posant sur son visage, ses paupières, ses lèvres à elle, son front, ses cheveux, sans cesse attirées et ne pouvant se rassasier de sa chair vivante, de sa peau douce et tiède, de son sourire, de sa présence.

Ils arrivèrent au bord d'un promontoire, et se tinrent là, avec derrière eux la forêt bruissante.

Joffrey passa un bras autour de ses épaules, et de l'autre lui désigna en contrebas un petit château clair devant lequel s'étendait la mosaïque rouge, mauve et bleue de parterres « à la française ».

Alentour, la même forêt l'environnait, mais c'était une forêt humaine, qui avait ses coins d'ombrage et de lumière, ses rocs et ses eaux murmurantes, ses troupeaux de biches et ses sangliers, mais qui, au-delà, rejoignait d'autres domaines, d'autres campagnes labourées.

Au sein de la forêt le petit château était une île couleur de miel.

Curieusement, puisque c'était la première fois qu'elle le découvrait, Angélique sut que ce matin-là à son réveil, à l'une des croisées, elle avait vu venir se poser un oiseau blanc entouré de lumière : la colombe de l'Arche.

Elle demanda :

– Y a-t-il un pigeonnier ?

– Oui, il y a un pigeonnier.

Elle fut si heureuse qu'elle crut vivre un conte de fées, alors que tout était bien réel.

– Est-ce notre demeure ? interrogeait-elle.

Le bras de Joffrey entourait ses épaules et sa voix disait :

– J'ai bâti pour vous bien des palais et des demeures... Mais ceci est LE PRÉSENT DU ROI !...

Une serre de vautour encercla son poignet et elle ne put pousser un cri. Le vautour était-il tombé de ce ciel bleu pâle d'Ile-de-France ?... Était-ce la colombe qu'il voulait saisir ?

Elle émergea du rêve dans un état de douleur qui la rendit muette.

La serre sur son poignet était une main.

Une main hideuse, aux doigts tronqués, rognés.

Un homme qu'elle ne connaissait pas, aux yeux déments, était penché sur elle presque à toucher son visage et répétait :

— Il y a un élan dehors, un orignal !... Réveillez-vous, Madame.

La voix autoritaire la tirait de son rêve, de son engourdissement.

— Levez-vous ! Levez-vous ! il y a un élan dehors, un orignal. Il faut que vous l'abattiez. Cela vous donnera de la viande... de la viande jusqu'au printemps...

La nouvelle fit son chemin dans l'esprit d'Angélique. Brusquement, s'arrachant à la serre du vautour qui la tenait, elle bondit hors de la couche. Le cœur battant la chamade, les yeux écarquillés, elle se demandait quel était cet homme barbu, qu'à la place de « son mort » elle apercevait dans son lit.

Il répétait :

— Abattez-le... vous aurez de la viande jusqu'au printemps...

Elle commença machinalement à enfiler sa casaque et ses bottes. Puis elle décrocha le mousquet, chercha la poire à poudre et le sac de balles. Soudain, se retournant, elle regarda vers le lit, fixant sur le grabat cet inconnu qui lui avait parlé d'une voix venue d'ailleurs et qui continuait de la fixer avec des yeux brûlants.

— Que racontez-vous là ? Comment savez-vous qu'il y a du gibier, un orignal ?

— J'ai assez vécu, prisonnier aux Iroquois, pour sentir quand la bête rôde... Hâtez-vous ! Qu'attendez-vous ?... Il ne faut pas la laisser s'éloigner...

— Vous délirez...

— Non ! Je le sais... Vite, ne la laissez pas s'échapper.

Alors elle pensa que la vie — si elle était encore en vie — prenait des allures fantastiques et burlesques. C'était la première fois qu'elle dialoguait avec lui, d'humain à humain, de vivant à vivant.

Il était vraiment là.

Il était vraiment vivant.

Il était le Père Sébastien d'Orgeval, devant elle. Et ils se disputaient et se houspillaient à cause de la viande, à cause de la nourriture dont dépendait leur sort, comme des Indiens exacerbés par la famine, comme toutes les vraies créatures de ce désert blanc en butte à l'hiver infernal.

— Dépêchez-vous ! Dépêchez-vous ! Qu'attendez-vous donc ?

— Je ne peux pas sortir. Il fait trop froid ! Et je suis trop faible.

Elle laissa aller le mousquet contre le mur, ne pouvant le soutenir.

— En vérité, vous n'y croyez pas, dit-il avec colère. Et pourtant *la vie est là,* dehors... Vous DEVEZ sortir.

Elle était tentée de le croire. Elle était prête à prendre le risque d'une illusion, d'un mirage. Mais chaque étape lui apparut insurmontable : Par où sortir ? Pourrait-elle monter sur le toit ? Mettre ses raquettes ? s'avancer dans la neige profonde ? Elle tomberait, mourrait seule...

Personne pour la secourir.

— Si je tombe, personne ne viendra... Les enfants mourront.

— Approchez.

La même voix étrangère l'adjurait : Approchez ! De ce lit où il gisait à demi assis, il lui faisait signe.

— Approchez ! Venez là !

Elle lui obéit, incertaine que cet ordre vînt de lui, méfiante de la folie qui semblait s'être emparée de ce demi-mort, et ne pouvant lui résister.

— Venez plus près !

Il tendait vers elle deux bras raidis qui avaient peine à se mouvoir et deux mains qui la saisissaient, pliaient sa volonté rétive. Que lui voulait-il ? Il l'obligeait à s'agenouiller près du lit. Et toujours, avec cette énergie de fer contre laquelle sa faiblesse ne pouvait rien, il attirait sa tête contre son épaule, il l'y maintenait serrée.

Elle l'entendait parler au-dessus d'elle.

— Vous le pourrez ! Vous gagnez toujours ! Avec cet orignal, c'est de la viande jusqu'au printemps pour vous et vos enfants. Vous devez l'abattre... Vous le pourrez...

— Et si je le ratais ?...

— Vous ne le raterez pas. Ne dit-on pas que vous tirez si bien, Madame de Peyrac ? Mieux que n'importe quel arquebusier... Gagnez ! Gagnez encore, Madame de Peyrac. Vous avez été chef de guerre.

Soudain, elle se retrouva debout, harnachée de pied en cap, pénétrée d'une volonté farouche. Elle gagna la grande salle. Elle avait décidé de sortir par le galetas, sur la plate-forme. De là, elle pourrait tout d'abord se rendre compte s'il y avait vraiment, dans les parages du fort, un orignal, comme il l'affirmait.

La nuit était plus glaciale encore qu'elle ne l'avait appréhendé, mais claire par la magie d'une lune presque ronde et qui paraissait un friable coquillage de nacre, prêt à se briser sous l'effet du gel. Les étoiles petites et nombreuses givraient le firmament de traînées pâles, adoucissant le bleu velouté de la nuit. Sous la voûte céleste, tout était blanc ou noir. Blanche la plaine gelée, noirs les bouquets d'arbres, les forêts à la lisière desquelles d'impalpables traînées de brume semblaient capter en lumières fugaces les miroitements de la clarté lunaire. Le blizzard avait arraché la neige des arbres, d'où leurs silhouettes et leur masse obstinément ténébreuses.

Elle regarda autour d'elle, avide de surprendre, dans ce silence pétrifié, l'écho d'un pas, la mouvance d'une ombre. Rien ne bougeait. Ses yeux lui faisaient mal. Elle sentait sur ses cils fleurir de petits cristaux de glace.

Elle n'avait pas voulu le croire, mais maintenant qu'elle constatait l'inanité de son avertissement, elle s'apercevait, à sa déception, que l'espérance s'était emparée d'elle aussitôt.

Elle fit le tour de la plate-forme, jetant un regard vers tous les points de l'horizon. Si l'animal était passé près de la maison, elle aurait dû apercevoir ses traces. Mais la neige autour du fortin était un beau tapis blanc immaculé qui, depuis longtemps, n'avait retenu ni pas d'homme, ni galop de bête. Elle s'attacha à examiner le boqueteau le plus proche qui s'avançait comme une île sur une mer laiteuse.

Elle ne voulait pas abandonner sans avoir tout essayé, et envisagea de sauter par-dessus le rempart, qui se trouvait à une toise à peine du sol avec l'accumulation des neiges, pour aller débusquer ce gibier fantôme dans la forêt, s'il s'y trouvait. Ce fut à cet instant qu'elle discerna un remuement dans la zone d'ombre projetée en lisière du petit bois. Sortant précautionneusement de son abri, l'animal apparut. Sa silhouette semblait immense, se détachant sur la neige. Il avançait à pas hésitants, humant l'air. Derrière lui, quelque chose bougea et un élan de plus petite taille vint à sa suite.

– Deux ! Ils sont deux ! Une femelle et son enfançon !

Elle commencerait pas abattre l'adulte. On verrait ensuite à s'assurer l'autre prise.

Elle s'approcha du rebord de bois sur lequel elle comptait prendre appui.

Ce qui la picotait sur son visage, c'étaient des gouttes de sueur gelées. Sa langue était si sèche, sa soif était telle qu'elle attrapa une poignée de neige et la porta à sa bouche. La douleur lui fit un choc et en même temps du bien. Son esprit clarifié lui permettait de raisonner. Elle devait avoir des gestes lents, précis, et ne pas trembler.

Elle avait calculé qu'à cette distance elle avait encore une chance de l'atteindre. Mais voici qu'alerté peut-être, l'animal s'ébroua et prit quelque distance, puis commença de courir.

Sur la neige dure, l'orignal s'éloignait comme à petit trot, et l'écho de ses sabots diminuant et s'étouffant scandait la folle déception d'Angélique. Maintenant, elle ne pouvait plus le tirer de la plate-forme. C'était trop loin.

Le jeune, qui avait essayé de suivre la course de sa mère, marquait de l'hésitation et s'arrêtait. Elle décida de tenter le coup. Essayer au moins d'atteindre celui-là.

Soudain l'adulte revenait au galop… Angélique, qui s'apprêtait à changer de place pour mieux viser le jeune élan, ne comprit pas tout d'abord la direction prise par cette masse en mouvement, ombre noire sur le clair de lune. En la voyant grossir, elle réalisa que la bête se rapprochait, et promptement elle se mit en position au bord du créneau.

Lorsqu'elle épaula et posa le doigt sur la détente, elle sentit que ce doigt au repos avait adhéré contre une plaque d'acier et qu'elle y laissait, en le relevant, un lambeau de chair. Elle perçut à peine la blessure. La douleur n'était rien dans un moment si crucial.

Elle souhaitait laisser l'animal s'approcher le plus près possible, puisqu'il semblait lancé comme un boulet vers le poste.

Mais, le voyant ralentir sa course, puis s'arrêter

et humer l'air, tournant de droite et de gauche un profil goitreux au long museau caprin, elle ne voulut pas risquer de le voir repartir dans une autre direction et tira.

Elle avait visé, en rassemblant toutes ses facultés de vision, de précision, d'instinct, au garrot pour atteindre le cœur, car elle craignait que la tête petite et mouvante ne présentât une cible moins sûre.

Lorsqu'elle regarda dans le fracas des échos du coup de feu répété de façon infinie jusqu'aux derniers sommets courbes des monts Appalaches, l'animal était toujours debout.

En hâte elle rechargea, ne sachant avec quels doigts elle pouvait accomplir les gestes nécessaires car elle ne les sentait plus.

Mais comme, tremblante d'impatience et d'anxiété, elle relevait l'arme pour viser à nouveau, elle ne vit plus l'orignal. À sa place il y avait un monticule noir sur la surface blafarde de l'étendue neigeuse. L'enfançon s'était enfui et réfugié sous le couvert du petit bois.

La bête était tombée foudroyée. Seule, la poussée de son corps pesant, répartie sur quatre pattes aux sabots élastiques, d'assiette large et adhérant comme des ventouses, l'avait maintenue debout quelques secondes après sa mort. Puis elle s'était abattue lourdement.

Une sorte d'ivresse de joie envahit Angélique devant l'effet d'une victoire si totale, et si pleine d'assurance de vie plus enivrante encore. Au-delà du corps de la bête tuée, c'était l'hiver vaincu.

Elle dégringola les degrés des échelles du galetas, traversa pièces et couloirs sans toucher terre.

– Je l'ai eu ! Je l'ai eu !

Elle se jeta au pied du lit, riant et sanglotant, et serrant dans ses bras le corps de son mort-vivant.

– Je l'ai eu ! Je l'ai eu ! Oh ! mon cher Père,

merci. Nous sommes sauvés ! Nous sommes sauvés !

— Avez-vous ramené la bête ?

Il la repoussait, et elle tombait presque au pied du lit.

— Avez-vous ramené la bête ?... Il ne faut pas l'abandonner en proie aux loups !...

Elle poussa un cri. De révolte, d'épuisement... d'atterrement enfin !

— Ah !... Vous ne me laissez pas respirer... reprendre haleine !... Les loups, dites-vous ?... Les loups ! mon Dieu !...

— S'ils ont le temps d'arriver ils ne vous en laisseront guère... Dépêchez-vous, sotte femme ! Ils ne sont pas loin, je les ai entendus !

Les lumières qu'elle avait cru voir en lisière de la forêt, étaient-ce leurs yeux ? Non. Il voulait sa mort tout simplement, qu'elle replonge dans ce froid glacial pour y périr. Non, elle ne pouvait plus ! Demain elle irait chercher la bête.

— Hâtez-vous, hâtez-vous !... répétait-il. Prenez garde aux loups... Prenez une torche, la meilleure arme. Et un pistolet à deux canons, si vous en avez prêt à servir. Sinon, la torche. Seulement la torche. Prenez une traîne sauvage ou une toile rude, un drap pour tirer votre gibier sur la neige... prenez de la charpie pour lier l'animal, cela vaut mieux que des cordes si elles sont trop raides... Des lanières de cuir pour haler la charge. Allez ! Allez !...

— Je n'y arriverai pas.

— Allez ! vous dis-je ! Le temps presse.

Le pistolet à deux canons ? Il n'y en avait pas en état de marche.

Dans la grande salle, elle s'occupa de la torche. Elle en prit une longue comme un cierge et bien enduite et vint l'allumer à l'âtre de la chambre commune. Elle avait retrouvé son contrôle si l'on considère qu'une bouillonnante colère intérieure peut être parfois génératrice de sang-froid en distrayant l'esprit par son emprise des problèmes insurmontables de l'heure. Elle était fort calme maintenant.

Elle s'était demandé parfois si elle pourrait haïr le jésuite qui leur avait fait tant de mal. Mais, maintenant, elle savait qu'elle le haïssait profondément.

Elle était furieuse contre lui, cet homme, cet intrus, à cause de la hargne avec laquelle il l'avait repoussée en criant : Dépêchez-vous, sotte femme !

Il fallait reconnaître que la façon dont elle s'était jetée sur lui en pleurant de joie tenait du délire le plus imbécile et le plus déliquescent, et qu'elle était impardonnable de s'être laissée aller à cette hystérie, et d'avoir oublié l'irruption possible des loups sur un lieu de chasse.

Occupée de sa vindicte, elle mit en place avec une célérité sans pareille les différentes phases de l'opération qui s'annonçait. Et en premier lieu, il lui fallait dégager la porte principale, au moins l'ouvrir. Il n'était pas question qu'elle pût hisser l'orignal mort sur la plate-forme, ni l'introduire par la trappe trop petite, sans l'avoir dépecé auparavant, ce qui lui serait impossible en dehors de la maison. Elle n'avait qu'une solution : mettre à l'abri l'élan abattu dans cette pièce, en l'introduisant par la porte.

Ces différentes perspectives se présentaient à son esprit à une vitesse vertigineuse, et elle devait décider sans attendre.

Par bonheur, les efforts qu'elle avait fournis pour dégager la porte la nuit où elle avait trouvé le « cadavre » sur son seuil portaient leurs fruits. Les gonds, serrures, barres de fer fonctionnaient bien. Elle les avait huilés d'un peu de gelée de lichen. Elle n'eut qu'à donner quelques coups de pelle et pic à glace pour pouvoir l'ouvrir au plus large.

La tranchée, devant le poste, était pleine d'une fine poussière glacée raclée par le vent à la surface de la neige durcie. Sur cette neige polie comme au rabot, l'espèce de traîneau de cuir non tanné dans lequel les Iroquois lui avaient envoyé le Père d'Orgeval, une fois ouvert dans sa largeur, glisserait facilement.

La torche au poing, nantie d'un sac rempli de rouleaux de lanières et de bandes de toile, traînant derrière elle l'encombrant traîneau, elle se hissa hors de la tranchée et comme elle y parvenait, un doux hurlement s'éleva, qui lui parut proche.

Elle se mit à courir en poussant des cris et en agitant sa torche et, après avoir contourné le monticule que formait le poste enseveli, elle déboucha sur la plaine.

Elle n'avait pas eu le temps de mettre ses raquettes, mais leur usage rendu inutile par la neige durcie aurait ralenti sa marche.

La femelle orignal était toujours là, échouée. Et autour de la forme abattue, le jeune tournait à pas précautionneux sur ses longues pattes filiformes. Puis il se redressait, tremblant de tous ses membres et regardant alentour, comme si toutes les issues étaient fermées à sa fuite. Angélique s'arrêta et planta la torche. Tel était l'effroi du jeune animal que son arrivée pesante et bruyante ne l'avait pas décidé à s'écarter du cadavre de l'autre. Elle le tira presque à bout portant. « Deux, pensa-t-elle en le voyant tomber près de sa mère. Avec cela nous sommes garantis de survivre jusqu'au printemps. »

C'est alors qu'elle entendit comme le chuchotement d'une marée qui s'avance, un bruit fait de martellements menus et serrés et qu'elle aperçut les loups qui avaient pris le galop, là-bas, à la lisière de la forêt.

Le coup de feu les avait à peine immobilisés. Ils reprenaient leur course vers la proie entrevue et cela faisait comme une vague d'écume grise qui roulait vers elle, piquetée des lueurs dorées de leurs yeux. Elle ne se laissa pas impressionner par leur retour furtif et rapide.

– Trop tard, mes bons amis, leur dit-elle. La viande sera pour moi.

Elle reprit la torche et la tendit en avant de l'orignal échoué, créant ce cercle de lumière qui tiendrait à distance les fauves affamés, mais craignant le feu de l'homme.

Puis elle rechargea son mousquet, le posa à portée de main.

Tout en ne cessant de surveiller au-delà de la lumière le ballet muet et énervé des loups, dont les allées et venues se croisaient et s'entrecroisaient en une fiévreuse hésitation, elle poussait, tirait, basculait sur la traîne le corps énorme de l'orignal, l'attrapant par ce qu'elle pouvait, les pattes, les oreilles, et elle put croire à un moment que l'emprise du gel avait déjà soudé son flanc au sol. Elle travailla du couteau, de la hache, frénétiquement, et le dégagea assez vite; elle le ficela tant bien que mal, avec ses bandes de charpie qu'il lui avait recommandées de préférence à des cordes, hissant par-dessus plus facilement le corps du petit et fixant la torche à l'arrière en la maintenant par le poids des corps des animaux, le mousquet en travers de la traîne; elle s'attela aux lanières de cuir et réussit à ébranler son curieux équipage. Une fois mise en route, la glace sur laquelle ils se déplaçaient rendait l'entreprise aisée. Elle marchait aussi vite qu'elle le pouvait, courant presque, devinant que les loups se lançaient à leur suite, retenus cependant par la gerbe de la torche à l'arrière et la pluie d'étincelles qu'elle faisait pleuvoir sur eux à chaque cahot. Mais la fidèle amie soudain vacilla. Angélique n'eut que le temps de stopper le traîneau et de se précipiter vers l'arrière pour la retenir, avant qu'elle ne tombât sur la neige au risque de s'éteindre.

Ce qui avait entraîné la défaillance de la torche, c'était la glissade du jeune élan mal arrimé qui avait chu de la traîne et qu'elle aperçut, heureusement à moins de dix pas. Incident qui avait commencé dans sa première phase par provoquer le recul des loups, peureux de tous bruits, de tous mouvements insolites.

Il était temps. Sa torche en main, Angélique courut pour le reprendre et le recharger mais elle trébucha et tomba. Quand elle se releva, les loups étaient tout près d'elle, de l'autre côté de l'animal, et sur le point d'y planter leurs crocs.

Elle moulina de sa flamme avec frénésie en criant : Arrière ! Arrière !

Mais c'est à peine s'ils acceptaient de reculer, les pattes agrippées au sol, l'échine basse, à la fois pour la dérobade et pour le bond en avant. Et comme elle se penchait afin d'attraper la patte du jeune élan et le tirer à elle, elle vit, presque au niveau des siens, les yeux des loups qu'Hono-rine aimait tant, et qui lui parurent moins phos-phorescents que dans le lointain des bois, mais seulement brillants, plus doux encore que ceux des chiens, presque humains et comme suppliants, avides et tristes. Elle vit combien ils étaient efflan-qués et en somme peu nombreux, cinq ou six, ou dix, soumis comme elle à l'épreuve infernale qui menaçait leur existence : LA FAIM.

Ils n'avaient pas de férocité. C'était elle qui était la plus féroce, ne voulant rien leur laisser de la proie.

« Je leur laisse l'enfançon, pensa-t-elle, je le dois, je le dois. »

Elle se mit à reculer sur les genoux, lentement, la torche toujours brandie, pour les tenir en res-pect aussi longtemps qu'elle le pourrait.

— Je vous laisse l'enfançon, leur cria-t-elle.

Et cette fois, ils sursautèrent et firent un bond en arrière à cette voix humaine qui s'élevait étonnamment claire et puissante dans l'air glacé. « Je vous laisse l'enfançon... parce que vous avez faim... et parce que nous sommes frères... frères. »

« Faim, faim, faim !... Frères, frères, frères !... »,
répétèrent les échos interminables du pays de
cristal. Elle avait rejoint le traîneau et restait à
genoux, ce qui était beaucoup plus dangereux que
de se tenir debout.

C'était pour demeurer au niveau de leurs yeux
et tant qu'elle les fixa, ils ne bronchèrent pas.
Ce ne fut que quand elle se redressa qu'elle put
les voir se rapprocher du jeune élan, doutant
encore de leur bonne aubaine, puis se jeter dessus
voracement.

Derechef, Angélique s'attela aux rênes de cuir
avec une énergie décuplée. Un peu de pente
facilitait sa course vers le fort et son chargement
la suivait sans difficulté, en tressautant et en
raclant au passage des aspérités avec un bruit
répercuté qui lui emplissait les oreilles. Vers la
fin, la torche mal équilibrée tomba, roula sur la
glace et s'éteignit dans un grésillement. Elle préféra ne pas faire halte. Elle volait, parfois presque
dépassée par la traîne.

L'ombre du fort la plongea dans l'obscurité.
Des difficultés surgirent. Il y avait des fondrières
dans lesquelles elle tomba. La charge versait. La
bête se déplaçait. Elle la repoussait tant bien que
mal sur le traîneau et refaisait des nœuds avec
des doigts gourds.

Enfin parvenue au bord de la tranchée, elle y
bascula sa charge et sauta à son tour.

Elle ne cessait de se demander si les loups,
ayant promptement fait un sort à une maigre
pitance, ne la suivraient pas et, levant les yeux,
crut en distinguer un plus grand, plus maigre,
plus vieux que les autres, penché avec son museau
aigu tandis qu'elle essayait de repousser la porte
pour y introduire le corps de l'énorme orignal.

Elle était là à se débattre dans ce trou avec
cette bête aussi grande qu'un cheval, qui en tombant avait coincé le mousquet, et cette porte qui
ne s'ouvrait pas. Et ce loup qui la regardait.

Fantasmagorie ! Longtemps après, le souvenir du loup au long museau et aux yeux obliques et humains, aux yeux tristes, rêveurs et pourtant pleins d'intérêt pour ses gesticulations, ce loup qu'elle n'avait peut-être pas vu, viendrait poser un baume doux-amer sur son cœur. Elle se souviendrait qu'elle murmurait de ses lèvres gercées : Je t'en supplie ! Je t'en supplie !...

Elle raconterait aux enfants que l'écho des lieux perdus de Wapassou disparu avait chanté : Nous sommes frères... frères... frères !... et que le passage de l'orignal à travers les portes et le « sas » obscur du fortin avait eu tout d'un monstrueux accouchement dont elle aurait été la sage-femme minuscule comme dans le conte de « Gargantua ». Voilà qui les ferait rire et battre des mains, et jeter des cris aigus de revanche et de soulagement que provoque la cocasserie du tragique.

— Mes enfants, leur dirait-elle, l'orignal est là, enfin, dans la salle du fort. Les deux portes sont refermées. Ni les loups, ni personne ne peuvent venir nous le ravir. Nous avons de la viande désormais. De la viande, jusqu'au printemps !

— Je l'ai offert aux loups, lui déclara-t-elle d'un air de défi, je leur ai donné l'enfançon !...

Le gisant eut pour elle un regard moqueur, lui semblait-il, comme si son excitation lui paraissait puérile.

— Au matin, vous irez voir s'ils n'ont pas laissé les sabots. On peut en faire une bonne soupe de colle, très nutritive, en dernier ressort... Et maintenant il faut dépecer la bête... Il ne faut pas attendre, fit-il d'un ton impatient comme s'il prévoyait la révolte de sa lassitude. Il faut retirer les viscères qui peuvent gâter les parties saines, couper la langue, mettre à l'écart les abats, le

fiel, la vessie. Possédez-vous un grand « devantier » de cuir ?...

Il ne cessa tout au long de la nuit de lui indiquer
les étapes du travail. Elle avait allumé un grand
feu dans l'autre salle, disposé tous ses chaudrons,
plats, écuelles. Elle venait lui demander, échevelée, les mains sanglantes :
— Et maintenant ?
Il disait :
— Prenez une scie, une hache, un coutelas.
Sciez, tranchez, grattez, broyez...
Ce qui la frappa d'étonnement au cours de la
besogne, ce fut de découvrir qu'il ne s'agissait
pas d'une femelle mais d'un mâle.
— Comment se fait-il que ce ne soit pas une
femelle ?
— Parce que c'est un mâle, riposta-t-il, toujours
avec cette grimace qu'elle prenait pour un sourire
moqueur.
Il était exaspérant, sans aucune considération
pour l'état de fatigue dans lequel elle se trouvait
jusqu'à en être abêtie.
— Un petit le suivait.
— Ce n'était pas un petit mais un jeune sans
doute, amaigri et de moindre taille que l'ancêtre.
Il lui donnait des indications très précises pour
retirer le cœur, mets de choix.
— Il n'y a pas de cœur, lui assena-t-elle. Ma
balle l'a fait éclater.
— Vous vouliez viser le cœur ?
— Oui.
— Une seule balle ?...
— Oui.
— À quelle distance ?
— À portée de tir.

Toujours cet éclair d'ironie.
Elle ne sut la venue du jour, et qu'on se trouvait
au milieu de la matinée qu'à la vue de Charles-

Henri devant elle, se proposant pour l'aider, tandis que les deux marmousets, habillés de vêtements propres que le petit garçon les avait aidés à revêtir, commençaient de patauger au milieu des quartiers de viande et à s'intéresser aux oreilles de l'orignal et à ses gros yeux éteints sous des cils en brosse. Ils n'avaient pas la sentimentalité d'Honorine qui aurait dit : « Pauvre orignal ! »

— Me laisserez-vous au moins le temps de m'occuper de mes enfants, et de leur préparer un bouillon ? cria-t-elle à son tourmenteur et guide en dépeçage.

Il s'informa si elle avait porté les principaux quartiers de viande enveloppés de peau ou d'écorce, au gel, et consentit enfin à ce qu'elle interrompît sa besogne.

Et encore, il lui dictait la recette du bouillon, les morceaux qu'elle devait prendre, c'était la recette de sa « tante Nenibush », lui dit-il, et elle commença à le regarder comme un fou.

Ou bien c'était elle qui devenait folle d'avoir respiré ces exhalaisons de sang et d'entrailles chaudes. Elle était à la fois écœurée et surexcitée.

Elle fit boire les enfants et son bonheur fut tel qu'elle oubliait ses membres courbatus et les heures éprouvantes. Elle but à son tour et crut qu'elle allait tomber évanouie de bien-être. Ce n'était pas encore le moment. Elle prépara pour lui un bol du divin et chaud nectar et, saoulée comme si elle avait, en place de jus de viande, avalé tout un hanap de vin capiteux, le lui apporta. Soutenant sa tête, elle le fit boire à petites gorgées. Il se taisait. Elle pensa qu'après l'orignal, après avoir un peu rangé, il faudrait qu'elle s'occupât de renouveler ses compresses.

— L'enfant m'a donné quelques soins. Je peux attendre. Reposez-vous, Madame.

— Vraiment ? Vous m'accordez du repos ?... Je n'en attendais plus autant de votre bonté, ironisa-t-elle.

Elle tituba vers l'âtre, étonnée de ses gestes, mais ravie car c'était la vie qui revenait en elle avec l'agressivité et le raisonnement, des réactions de personne vivante et non plus à demi morte. C'était le signe que la « camarde » ne les avait pas rattrapés. Oh ! merci à vous, le Jésuite ! Cher messager de la nuit et des Iroquois. Il était tout à fait haïssable, mais c'était une bonne chose que d'être capable de s'irriter contre quelqu'un. La vie allait redevenir quotidienne. Les gestes se faisaient assurés, les gestes de ceux qui ont de quoi se chauffer et se nourrir sur la terre.

Il n'était rien arrivé. Jetant des regards vers le lit, elle se demandait encore ce qu'il faisait là.

Il avait un regard très bleu.

Deux lumières pures, qui émergeaient de ce cloaque gris dans lequel se perdait son regard d'habitude. Sa voix redevenue lointaine, faible et hésitante, s'éleva.

— Je crois avoir des excuses à vous présenter, Madame, pour mon manque de civilité. Le gibier passait à portée. Les secondes étaient précieuses.

— Ce n'était pas une raison pour m'insulter comme vous l'avez fait, vous qui êtes la cause de notre état misérable, à moi et à ces pauvres petits enfants, vous qui, même mort, avez poursuivi votre œuvre de destruction, vous à qui nous devons la perte de *tout* ce que nous avions rêvé ici, conçu, bâti, édifié, avec tant d'efforts et de sacrifices.

Elle reprit haleine, et comme il se taisait, laissa couler le flot de sa colère.

— Et je vous apprendrai en premier lieu que j'ai eu raison de ne pas m'élancer du toit où je me trouvais perchée pour ramener à mains nues cette bête énorme. Je n'aurais pu ni la traîner jusqu'au poste, ni remonter sur le toit et rentrer dans la maison. La porte était close... Est-ce vous qui auriez pu m'aider ? ou l'un de ces frêles enfants ! Vous ne savez rien !... Vous me répu-

gnez. Vous n'êtes que mépris, orgueil, égoïsme...
Croyez-vous que cela m'amuse de panser vos
plaies une à une, de m'épuiser à vous rendre la
vie, vous à qui je dois injustement tant de malheurs, tant de défaites, de morts et de désastres?
Et qui m'insultez de surcroît ! Ah ! comme vous
haïssez les femmes !

Elle voyait sa face blêmir et son regard s'éteindre, mais elle ne pouvait s'empêcher de parler.
L'heure était venue pour lui d'entendre ces vérités,
et de sa bouche. Et tant pis s'il reprenait son
apparence de tronc mort et pourri, abattu sur la
terre qui va l'absorber et l'ensevelir. Il n'était
rien d'autre.

Lorsqu'elle se tut, il parla cependant et sa voix
restait intelligible, bien que lente et rauque.

— Vous avez raison, Madame, je vous dois mille
excuses. Le commerce des barbares rend grossier,
et toute la vilenie, toute la boue qui demeurent
au fond des cœurs des hommes remontent en
surface chez celui qui n'a pas l'âme assez forte
pour résister à cet abaissement.

Pardonnez-moi, Madame.

Il répéta à plusieurs reprises, sur un ton de
supplication intense : Pardonnez-moi ! Pardonnez-
moi ! puis se tut.

Cette soudaine humilité fit tomber sa colère
qui s'éteignit en elle comme la flamme d'un feu
de paille et la laissa vidée de toutes forces, au
point qu'elle dut s'appuyer au mur.

— Je ne sais pas ce qui m'a pris, reconnut-elle,
de crier ainsi et d'avoir perdu la tête après avoir
abattu l'orignal... J'étais comme folle... Mais je
ne sais pas si c'était de joie, de reconnaissance
envers vous, d'une ivresse de victoire...

— Nos corps sont faibles pour les courants qui
les traversent, dit-il. Il y a des choses enfouies
qui, tout à coup, sortent comme des colères ou
des désespoirs d'enfant qui n'auraient jamais été
exprimés. La folie s'empare de nous lorsqu'on

réalise que l'on a été armé pour la victoire, mais que l'on n'était pas prêt.

— Je n'étais pas prête pour vivre un instant aussi sublime, dit-elle, le cœur encore battant d'une émotion qu'elle n'arrivait ni à contrôler, ni à expliquer.

— On est prêt pour ce qu'on doit vivre, répondit-il, mais ce n'est pas toujours ce qu'on avait prévu. D'où notre affolement...

Sa voix baissa.

— Dieu sait que je n'étais prêt pour rien de ce que j'ai entrepris de vivre. Tout fut surprise.

Après avoir ainsi parlé avec une clarté et une lucidité qui n'en finissaient pas d'être étranges, venant de lui et en ce lieu, il se tut à nouveau et parut s'effacer et disparaître, comme déserté de l'être de vigueur et de décision qui, quelques heures, l'avait habité.

Elle le vit si pâle, les paupières bleuâtres et closes, le nez pincé, qu'elle comprit que l'effort soutenu par lui pour mener à bien la bataille de l'orignal l'avait achevé. Il avait rassemblé ses dernières forces. Il avait prononcé un dernier mot : Pardonnez-moi. Et puis, il expirait.

Ce fut pour elle un coup suprême. Il était mort. Cette fois, il était bien mort.

Elle tomba à genoux près de la couche, envahie d'une terrible déception, qui effaçait l'exaltation de la victoire.

« De la viande jusqu'au printemps. »

Il faudrait de nouveau rester seule. Il était mort. Elle serait à nouveau seule avec les enfants.

Elle posa son front sur la main inerte et se mit à sangloter.

Ce fut le babil des enfants qui la réveilla. Elle avait si bien dormi qu'elle ne comprenait pas très bien où elle était. Elle avait sur les épaules un pan de fourrure. Elle avait dormi, à genoux, le front appuyé sur la main du mort.

— Qui a mis cette fourrure sur moi ? demanda-t-elle à Charles-Henri, qui se tenait debout près d'elle.

— Lui ! répondit l'enfant, en désignant l'homme gisant.

Alors donc, il n'était pas mort. Ces résurrections et ces redisparitions avaient quelque chose d'épuisant.

Elle finissait par se demander si elle n'était pas visitée par un « vrai » mort qui, par instants, semblait mort et à d'autres, revenait habiter son corps.

Sa main cireuse était bien celle d'un mort. Elle l'examina. C'était une main fine et longue qui restait patricienne malgré la déformation des doigts coupés ou des ongles arrachés. Elle la caressa à plusieurs reprises. La main restait glacée. Elle ne s'était même pas réchauffée à la chaleur de son front.

— Pourquoi pleuriez-vous ? demanda une voix.

— Quand cela ?

— Avant de vous endormir.

— Parce que je croyais que vous étiez mort.

Elle répondait à cette voix comme à celle d'un fantôme.

Mais elle sentit tressaillir la main qu'elle tenait dans les siennes, et il y eut une exclamation :

— Ainsi vous auriez eu du regret de ma mort ? de ma fin ? Moi, votre pire ennemi ?...

Elle demeurait, sans en avoir conscience, la joue appuyée contre sa main, à en guetter le frémissement.

« Quelle force il y a en lui ! » songeait-elle en se remémorant cet instant où il avait dit : « Approchez ! Venez là ! Venez plus près ! » Et où il l'avait prise entre ses deux mains comme dans des serres et où, de force, il avait appuyé sa tête contre son épaule et lui avait communiqué sa force, à lui, mourant, la force de se lever, de sortir et de tuer l'orignal.

Elle resta longtemps appuyée, à genoux, comme elle avait dormi en ce sommeil réparateur, puis, relevant la tête, elle sourit. Elle eut l'impression que les lèvres blessées lui renvoyaient ce sourire. Une trêve serait possible.

55

Elle avait reconnu qu'il était Sébastien d'Orgeval déclaré mort martyr aux Iroquois depuis deux années. S'en convaincre lui demanderait plus de temps. Le passé avait édifié des situations et des images et tout cela tombait en poussière devant la réalité, puis se recomposait avec brutalité. Le Père d'Orgeval était mort et celui-ci était un imposteur. Il lui faudrait attendre pour recevoir des réponses aux questions qu'elle se posait. Une fièvre ardente s'était emparée du malade, et en examinant ses jambes le lendemain matin, Angélique remarqua l'une d'elles plus enflée, la peau tendue. La crainte de la terrible gangrène s'empara d'elle. Lorsqu'une chose comme celle-là commençait, il n'y avait que deux issues. Ou la mort, ou l'ablation du membre atteint.

– Non ! Non ! là, je ne pourrais pas.

Elle avait découpé un orignal en entier, mais devoir scier une jambe sur un être vivant, non, là, elle ne pourrait pas ! Elle retrouva sa force intérieure.

Il devait vivre. Eux aussi. Trop de signes avaient été donnés. Elle s'acharna à lui administrer tous les remèdes qu'elle avait en sa possession.

Le spectre de la gangrène s'éloigna. Mais la fièvre ne tombait pas. Il s'agitait, geignant et tournant la tête de droite à gauche en répétant : « Oh ! qu'elle se taise ! qu'elle se taise !… » et la plupart du temps balbutiant des phrases indistinctes en iroquois.

Quand la fièvre tomba, il resta prostré et Angélique avait à nouveau l'impression qu'un mort partageait leur demeure, en tout cas un être diminué, ce qui lui était le plus difficile à supporter. Car maintenant qu'il y avait de la viande pour longtemps, elle aurait voulu se réjouir et se détendre.

S'il était vraiment le père d'Orgeval, la pensée que les Indiens avaient amené à un tel degré de dépérissement, de consomption, mais aussi, parfois, d'abêtissement, le grand missionnaire la tourmentait.

La maladie qui le rongeait allait plus loin que ses maux physiques. Cette force, qui par moments jetait des éclairs, ne semblait pas appartenir au même individu qui, s'abandonnant aux visions de son délire ou à la torpeur, semblait se laisser glisser vers la mort par lâcheté.

Elle aurait voulu effacer les traces des sévices qu'il avait subis, le ramener à ce qu'il était AVANT, le grand, l'intraitable, l'intolérant père d'Orgeval qui menait ses troupes au combat en brandissant sa bannière brodée, qui, au pied de l'autel, s'abîmait en prières, qui haïssait la Femme parce qu'il n'avait connu que des femmes infâmes et les combattait comme l'incarnation du Mal, mais aussi qui souffrait des trahisons de ses amis, celui qu'on disait avoir le don d'ubiquité, confessant en Acadie, aux Grands Lacs, à Québec, qui savait tout, menait mille intrigues, et fabriquait des bougies vertes parfumées avec la cire des baies de waxberries.

Un matin, alors qu'elle brossait les cheveux des enfants en leur racontant une histoire, elle sentit qu'il l'observait et, se tournant dans sa direction, trouva à ce regard, à nouveau lucide, une expression sournoise.

Il ébauchait une sorte de grimace moqueuse, qu'elle jugea vulgaire, dont elle n'aurait pu dire la signification, mais qui la rejeta dans ses doutes.

Celui qui gisait là était un imposteur, quelque coureur de bois, sans « congé », excommunié, ivrogne et qui, pour s'échapper, avait pris le crucifix, la soutane du père d'Orgeval défunt. Il la fixait avec ce sourire sardonique, édenté, et cela lui fut très désagréable. Elle ne put s'empêcher de jeter :

— Qui êtes-vous ?

À sa question abrupte, il changea d'expression et parut inquiet.

— Je vous l'ai dit ! Je suis Orgeval de la Compagnie de Jésus.

Et son regard vacilla avec cette tendance à loucher qui avait suivi sa forte fièvre.

— Non ! Vous n'êtes pas le père d'Orgeval. Lui était un être d'élite. Vous !... vous êtes méprisable. Vous avez volé son crucifix, son identité, tout... Vous n'êtes pas *lui*... Je le sens.

Elle s'approcha du lit et son regard guettait cette face étrangère à l'expression ambiguë et soudain angoissée.

— Qui êtes-vous ? répéta-t-elle. Vous n'êtes pas ce jésuite saint et martyr. Je vous démasquerai.

Elle attira un escabeau et s'assit à son chevet sans le quitter des yeux. Elle était décidée à lui tendre des pièges pour le confondre.

— Parlez-moi de votre sœur de lait, dit-elle du ton de la conversation.

Il parut troublé comme un enfant qui craint de ne pas trouver la bonne réponse.

Elle insista.

— Oui, votre sœur de lait... son nom commence par un A, comme celui de la Démone... Pourriez-vous avoir oublié cette créature du diable ? Ambroisine ?...

Sa peau terreuse blêmit. Son regard s'éteignit, et il détourna la tête. Puis il répondit en hésitant :

— Ce... Ce n'était pas ma sœur de lait... mais... celle de Zalil.

Puis il recommença de sourire avec une brusque ironie et continua après un silence.

— Cependant la mère de Zalil fut aussi ma nourrice avant lui. L'aîné de Zalil, qu'elle nourrissait en même temps que moi, mon vrai frère de lait, celui-là avait un pied bot... Déposé près de lui, ce dont je me souviens, c'est qu'il voulait me tuer. L'on m'a dit que ce fut moi qui finis par l'étrangler dans notre bercelonnette commune.

Angélique frémit et se souvint des mots qu'Ambroisine aimait à répéter avec exaltation et nostalgie : « Nous étions trois enfants maudits, là-bas, dans les montagnes du Dauphiné. »

Ramenée sur terre, elle protesta avec vigueur.

— Sottises ! On a voulu vous persuader de cette fable pour mieux vous effrayer, vous asservir. Que vous ayez été entouré dans votre enfance de femmes perverses et cruelles, je le crois. J'en ai eu un échantillon avec votre Ambroisine. Mais que vous ayez été à leur image, *non,* je ne le crois pas.

— Comme vous me défendez avec fougue... Mais vous avez peut-être raison. Plus singulière est la naissance, plus exigeant est le destin.

— Vous avez été chargé d'un lourd fardeau, Père, et ce n'est pas sans raisons.

— Pourriez-vous me les exposer, Madame ?

— Je ne vous connais pas assez. J'ignore même tout de vous. Le personnage qui nous a été présenté : le missionnaire, le guerrier, le conquérant de mondes nouveaux, pour la gloire de Dieu et du royaume, le prêtre dévoué au salut des âmes, était-ce vous ? ou n'était-ce qu'une défroque, un déguisement pour une période transitoire ? N'êtes-vous venu aux Jésuites que pour mieux prendre votre chemin de traverse ?

— Qui me mènerait où ?

— Où vous êtes en train d'arriver peut-être.

Il se débattit.

– Non. Je ne peux le croire. Je ne peux accepter que tant d'horreurs, que tant d'actes vils soient le chemin de mon destin, voulu par Dieu... Vos raisonnements sont fortement entachés d'hérésie. Vous vous rapprochez de Luther qui disait : « Pèche, mais pèche fortement !... »

– Oh ! ne me fatiguez pas, je vous en prie. Je ne suis pas en état de discuter théologie. Les dogmes ! La Lettre ! Armes qui tuent. Je veux simplement dire qu'il faut jeter sur votre vie un autre regard... la considérer à travers d'autres vérités... Et que vous devriez cesser de vous occuper de ce qu'ont dit Luther, Calvin ou saint Thomas... Car vous n'êtes pas apte à décider de ce qui est péché ou non !

Elle avait parlé sans réfléchir. Ç'avait été un échange subit de paroles, comme deux lames étincelantes de duellistes s'entrecroisent au début d'un combat pour juger de leurs forces.

Ces derniers mots le firent tressaillir et elle retrouva l'éclair dangereux de ses prunelles dont la couleur bleue avec la santé se faisait plus précise, mais elle ne se laissa pas impressionner.

– Oui ! Oui ! c'est ainsi, tout jésuite que vous êtes, et vous ne m'en ferez pas démordre. Ne parlons plus de sujets lugubres.

Il demeura tendu un court instant puis se rejeta en arrière et resta figé, les yeux clos. Elle se demanda s'il n'était pas encore en train de passer de vie à trépas sous le coup de la contrariété, et se reprocha d'être trop brutale dans ses propos et de ne pas assez le ménager. Mais comme elle se levait pour le laisser se reposer, il se redressa d'un mouvement souple, et lui prenant la main dans les siennes la porta à ses lèvres.

– Soyez bénie ! murmura-t-il.

Suivit une période feutrée, atténuée, mais non dénuée de vivacité et de rayonnement, comme en dispensent les braises ardentes d'un feu couvant sous un manteau de cendre.

C'était en fait un manteau de neige.

Et Angélique perdit un peu la notion du temps, le partageant tant bien que mal entre des nuits où elle devait se relever pour entretenir le feu, et les travaux du jour qu'elle accomplissait, elle s'en rendait compte, fort lentement. Préparer à manger, laver les enfants, leur brosser les cheveux, changer les pansements du blessé, distribuer à manger, le jour, si sombre et si peu différent de la nuit, était fort court. Elle le voyait s'achever avec plaisir, pouvant se glisser à nouveau sous les couvertures. Plus tard, elle se relèverait pour nourrir une fois encore tout son monde et c'était le moment où elle passait derrière son pan de rideau pour procéder à ses ablutions, et s'asseoir devant le miroir pour soigner à son tour ses cheveux. Mais parfois, elle était très vite à bout de forces de se tenir assise, et elle regagnait rapidement le lit où elle se laissait aller avec un soupir de bien-aise, le lit où l'on avait chaud et où l'on pouvait se détendre dans le repos, oublier la faim et les angoisses du lendemain, ce lit les porta d'un jour à l'autre de l'hiver mortel, les porta au fond de l'ombre, comme un radeau chargé de vivants sans forces descendrait le courant d'un fleuve nocturne vers la lumière du printemps.

Dans des plats garnis d'étoupe humide, elle mettait à germer, jour après jour, de petites portions de riz de folle-avoine; ces germes représentaient une défense contre le scorbut, qu'on appelait aussi « mal de terre », car il était aussi menaçant dans les hivernages où l'on manquait de vivres frais que sur les navires. Elle en faisait manger une cuillerée chaque jour aux enfants : quand elle voulut en introduire entre les lèvres du « comateux » il détourna la tête, puis geignit, puis murmura.

— Donnez-le aux enfants. Je suis une bouche inutile. Pourquoi m'avez-vous sauvé ? Pourquoi ne m'avez-vous pas mangé ?...

Tout avait changé.

Le désert blanc relâchait son étreinte.

La nuit, parfois, elle s'éveillait, surprise de goûter la douceur de moments où enfin l'angoisse lovée au creux de son être s'était dissipée. Le confort qu'elle éprouvait, de la chaleur, du repos accordé à ses membres affaiblis, du sommeil des enfants blottis contre elle, un sourire aux lèvres, lui permettait de se détendre et elle goûtait ce calme où toutes choses rassurantes étaient enfin en place.

La lueur des charbons abrités sous les cendres jetait des reflets rosés et dansants aux solives basses de l'abri. La présence humaine à ses côtés avait cessé de lui causer un malaise ambigu, où s'étaient mêlées la peur qui s'attachait à un nom ennemi et l'appréhension qu'elle ne cessait d'éprouver de le voir mourir. Ses réactions premières s'étaient apaisées. Seule demeurait la hantise qu'à tous les échecs dont elle lui était redevable, il ajoutât celui de succomber. Elle aurait vu cette fin comme l'annonce inéluctable de la leur. Elle lui en voulait à l'avance de ce dernier coup. Jusqu'au jour où cela aussi s'évapora et qu'elle comprit qu'elle ne voulait pas qu'il meure parce qu'elle tenait à lui. Dans le silence de la nuit, elle écoutait la respiration de son mort, parfois hachée de râle ou de mots désordonnés. « Soif !... Soif !... » ou bien « Ah ! qu'elle se taise !... qu'elle se taise !... » C'était une voix humaine en réponse au grand silence qui avait été sur le point de l'ensevelir dans les limbes de la folie. Ses sensations aiguisées percevaient tout de cette existence qui avait pris place avec eux au fond de leur tombeau. En mots brefs et chuchotés, se tissaient une complicité, une approche d'aveugles se cherchant dans leur obscurité, de naufragés, seuls survivants à la surface de la mer s'appelant dans les brumes.

– Vous dormez ?

– Non.

– Souffrez-vous ?

– Non.

Une fois, il répondit :

– Je ne sais... Il y a longtemps que j'ai oublié ce que c'est que de vivre sans souffrir...

Et il commença de discourir de son ton de professeur en chaire sur les principes exposés dans le « Practica Inquisitionis », l'un des célèbres manuels de l'Inquisition, écrit par Bernarel, qui fut Grand Inquisiteur de Toulouse pendant près de vingt ans au début du XIIᵉ siècle. Il cita : « l'audencia de tormento » comme méthode de torture utilisée de façon courante. Là aussi, disait-il, comme poursuivant une conversation avec elle, le sang ne devait pas couler de façon à entraîner une mort trop rapide. C'est pourquoi l'on s'en était tenu à trois points principaux : la roue, le chevalet et la question par l'eau. Le feu venait ensuite pour la purification.

Au début, croyant qu'il délirait, elle le laissa poursuivre son sinistre discours, mais comme il semblait attendre réponse ou commentaire, elle lui intima à mi-voix :

– Taisez-vous. De tels sujets risquent d'alimenter nos cauchemars. C'est la nuit. Dormons.

– Ce n'est pas la nuit, mais le jour.

Sans bouger et sans même ouvrir les yeux, il savait toujours si au-dehors, c'était le jour ou la nuit, si la neige tombait ou si le ciel était pur, si le vent allait se lever ou le gel sévir.

Cela aida Angélique à redonner à son existence une structure plus en accord avec la discipline qui aide le commun des mortels à mener le fil de leur vie, d'un jour à une nuit et d'une nuit à un jour, pour en faire des mois, puis des années. Le jour étant destiné à la station debout et aux travaux, elle pouvait mieux résister à la tentation de s'étendre et de se réfugier dans le sommeil, tentation qui l'avait menacée lorsque, ne pouvant se raccrocher qu'à de vagues lueurs qu'elle ne savait comment interpréter, elle se laissait dominer par l'emprise de la nuit.

Suivraient donc les heures et les jours, les semaines, presque les mois du cœur de l'hiver, son noyau dur et noir, coupé de rémissions ensoleillées plus dangereuses que ses tempêtes hurlantes, que ces lourdes et inépuisables tombées de neige, une période interminable et trop brève, mystifiante comme un labyrinthe, obscure et oppressante comme un souterrain où l'on rampe, désespérant de retrouver jamais la lumière du jour à l'autre bout, ponctuée de moments de charme, d'une douceur et d'une tendresse infinies qui naissaient de cette prenante intimité de l'hiver, enveloppant de neige ouatée des jours où le sommeil avait si grande part, des nuit où, consciente de la vacuité du monde enfin déserté, la pensée se plaisait à éclore plus librement car souvent ils ne surent si c'était le jour ou la nuit, un temps hors du temps, et où Angélique ressentait le dépaysement d'être portée par des forces de vie d'une sorte inconnue, venues les aider à traverser l'hiver en un état de grâce qui ressemblait à celui que l'on doit éprouver lorsque l'on marche sur les eaux, et qui, pour la durée de leur salut, les délivrait de la pesanteur et de l'impotence qui accablent les humains.

« Que nous fûmes heureux !... » se dirait-elle un jour.

Ces mots lui viendraient aux lèvres lorsqu'elle se retournerait vers ce temps-là. Tout avait un sens. Tout était d'une légèreté, d'une simplicité, d'une clarté incroyables : les gestes, les silences, les mots et jusqu'à ces plages aveugles du sommeil. Récits, aveux, confidences, confessions, disputes, enseignements, tout fut échangé.

Je ne voudrais rien oublier, se disait Angélique, redoutant sa mémoire affaiblie.

Elle s'imaginait plus tard une plume à la main, devant une fenêtre ensoleillée, ouverte sur les murmures d'un parc, occupée à rédiger ses « Chroniques du radeau de solitude » où deux voix souterraines, étouffées par la nuit et le poids de l'hiver, dialoguaient avec pour seul écho un babil d'enfants ou le craquement du feu dans l'âtre de galets, où les réponses avaient été données peu à peu, sur lui, sur le passé, mais aussi sur l'avenir, les destinées, les bouleversements des temps et des esprits, et jusqu'à cette question qu'elle s'était posée un jour « Et moi ? Qui suis-je ? » et à laquelle Ruth, la magicienne de Salem, avait répliqué :

— « Quelqu'un te le dira un jour. »

Pour le jésuite, le développement de la chronique suivit celui, lent et anarchique, de son retour à la santé, et, dans une certaine mesure, à la raison. On aurait dit que celle-ci émergeait par à-coups d'une gangue d'abrutissement dont les stupeurs profondes de l'âme l'avaient frappé, ajoutées à l'effet plus matériel de volées de coups de bâton, de préférence sur le crâne, dont, d'après ses récits, il avait été quotidiennement abreuvé au cours de ses années de captivité. Les paroles, qui lui échappaient parfois comme par mégarde, retraçaient ce calvaire. Par exemple à propos de discussions pour rendre savoureuse la « sagamité », la bouillie de maïs ou de blé d'Inde, il expliqua :

— Oh ! Ma tante Nenibush me rouait de coups, mais c'était une fine cuisinière. Elle connaissait au moins huit recettes différentes pour préparer le blé d'Inde.

— Qui était votre tante Nenibush ?

— Ma patronne iroquoise.

Au début, ses remontées en surface prenaient un tour étrange. Comme s'il se fût efforcé de réunir en lui les morceaux d'un personnage qui avait volé en éclats, il disait tout à coup, de sa voix rauque, hésitante et appliquée, de magister mondain :

— Madame, vous agréerait-il de m'entendre vous entretenir des orignaux ?

— Des orignaux ?

Mais Charles-Henri, entraînant les jumeaux à l'écoute, assurait :

— J'aime quand il raconte des histoires de bêtes, maman.

C'était ce jour où Angélique était en train de faire bouillir dans la marmite les sabots du jeune élan qu'elle était allée chercher — suprême effort — le lendemain de la chasse, et qu'elle avait trouvés dans le cercle de piétinement des loups avec quelques ossements et lambeaux de fourrure, reliefs du festin. Et voici qu'il expliquait pourquoi, à cette époque de l'année, ce ne pouvait être une femelle et son petit.

— Il n'avait pas ses bois, argua-t-elle.

— L'orignal mâle perd ses bois en décembre et ils ne commencent à repousser que vers avril, jusqu'à devenir ce superbe panache qui, en automne, ajoute à l'excitation de son rut. Hargneux et dangereux, son appel fait alors retentir les forêts. La femelle ne mettra bas que huit mois plus tard. D'où l'impossibilité de rencontrer en cette saison une femelle et son faon.

— Étais-je stupide ? Tout cela je le savais, il me semble, mais j'étais hors de moi-même...

— Les deux animaux, un ancien et un jeune, chassés de leur territoire par les intempéries, devaient être les derniers survivants d'une harde dispersée par le froid et la famine.

À la question qu'elle lui posa :

— Comment avez-vous su qu'il y avait un orignal dehors ?

il répondit tout à trac :

— Et vous ? Comment avez-vous su, une nuit

d'Épiphanie, que le Père Massérat et ses compagnons se mouraient sous la neige à quelques pas de votre demeure ?

Il savait beaucoup de choses sur elle, sur eux. Et après tout, il n'y avait pas là de quoi crier au miracle si l'on se souvenait à quel point, au cours de leurs années d'Amérique, l'existence de ce jésuite avait été mêlée à la leur.

Peu à peu, elle commença d'éclaircir les points obscurs.

— Père, lui dit-elle un jour, on promène à Québec, lors de processions, dans un reliquaire, un de vos doigts, et encore que cela ne prouve rien car les gens de Canada, missionnaires ou coureurs de bois, n'ont jamais été économes de leurs phalanges pour le salut des Indiens, empressés de témoigner par la torture devant les païens de leur foi chrétienne et leur attachement au roi de France. Mais, en ce qui vous concerne, vous, Sébastien d'Orgeval, on parle de reliques saintes. Vous êtes mort, Père, mort martyr aux Iroquois. Vous êtes déjà sur la liste des béatifications présentées à Rome, la canonisation suivra de peu. Comment se fait-il que ce bruit se soit répandu de votre mort certaine ? Et ce, depuis plus de deux ans déjà ?

Il ferma les yeux et laissa passer un temps avant de répondre d'un ton méprisant.

— Les bavards aiment à créer des légendes.

— Celui qui porta la nouvelle n'avait rien d'un bavard, dans le sens où vous l'entendez. Il s'agit de l'un des frères de votre Ordre, le Père de Marville. Il m'a paru très austère et peu porté à la plaisanterie. Or je l'ai entendu moi-même affirmer : « Le Père d'Orgeval est mort martyr aux Iroquois. J'en suis témoin. » Et nous décrire vos supplices et votre fin. Il était accompagné de Tahontaghète, le chef des Onondaguas, qui apportait à mon époux, de la part d'Outtaké, le chef des Mohawks, un collier de wampum l'avertis-

sant : le Père d'Orgeval est mort. J'ai vu ce collier
et déchiffré sa « parole ».

Le jésuite se redressa à demi et ses yeux étin-
celèrent de colère.

– Il a fait cela ! Il a fait cela ! répéta-t-il à
plusieurs reprises sans qu'elle pût savoir s'il parlait
d'Outtaké ou de Marville. Il a osé !...

Il vrillait sur elle un regard farouche.

– Que disait *exactement* le collier ?

– À vrai dire nous crûmes à ce premier sens
que confirmaient les déclarations du Père de Marville. Mais la parole exacte du wampum plus tard
s'est révélée être : Ton ennemi ne peut plus te
nuire.

Elle le vit secoué de spasmes et crut qu'il suffoquait, mais il riait avec des éclats rauques et
désenchantés.

– C'est vrai... Oh ! combien cela est vrai !...
Ton ennemi ne peut plus te nuire.

Il se tourna vers elle, perdant ses forces, et se
laissa aller sur l'oreiller en murmurant :

– Mais c'était de votre faute, de VOTRE FAUTE
à vous. De VOTRE FAUTE... TOUT !...

À de tels éclats de hargne, elle réalisait mieux
qu'elle avait devant elle un homme qui les avait
poursuivis de son hostilité depuis longtemps, qui
l'avait personnellement attaquée.

– Pourquoi une telle animosité, en ce qui me
concerne, mon père ? Vous ne me connaissiez
pas... et vous ne m'aviez même jamais vue !...

– Si, je vous avais vue !...

Elle recevait donc la certitude de ce qui n'avait
été, malgré tout, qu'un soupçon.

Devinant à quel incident il faisait allusion, elle
sentit qu'ils n'étaient ni l'un ni l'autre en état de
l'aborder avec franchise et simplicité. Là, il
butait sur un obstacle qui le faisait haleter, comme
saisi d'angoisse, et elle préférait s'en tenir à ces
premières ébauches de confidences. Elle préférait

que tous deux demeurassent à la surface des explications. Elle devinait le « plongeon » qu'il serait contraint de faire, un jour ou l'autre, dans les zones interdites de son être. Elle pressentait qu'il était de son devoir à elle de l'y aider et qu'elle seule le pouvait.

Il parlait volontiers de son enfance. Elle l'y encourageait. Cette enfance semblait à Angélique familière, sans doute à cause des récits et du personnage d'Ambroisine qui les rapprochait par la connaissance intime et sans illusions que chacun des deux avait de la créature.

Enfance sombre, dominée par la nuit et les massacres aux côtés de son redoutable père qui lui avait mis, très jeune, une rapière en mains, bénie par l'aumônier du château, pour aller massacrer les hérétiques des régions avoisinantes.

Il était donc né parmi des femmes démoniaques, soumises à différents titres au Malin.

— Elles étaient toutes des « Lilith », la femme première du péché, le principe féminin du Mal.

Très jeune et charmante comme un petit ange, Ambroisine excellait dans tous les vices, en particulier celui de mensonge et de cruauté.

— Et c'est ce parangon de vice que vous nous avez envoyé pour parvenir à vos fins : abattre vos rivaux de la Baie Française !

Il eut un sourire moqueur.

— Un beau combat pour deux fort belles femmes !... Elle ne pensait pas que vous lui renverriez ses armes : ruse et impertinence. Vous en avez triomphé.

— Pas entièrement, hélas ! Car elle n'est pas morte, elle non plus. Elle est revenue pour achever son œuvre.

Mais quand elle commença à lui expliquer avec véhémence le développement des derniers événements, il montra de l'indifférence. Il n'avait pas l'air convaincu qu'il s'agissait de la même Ambroisine tout aussi dangereuse.

Son esprit semblait s'être arrêté aux premiers épisodes de leur lutte. Ce qui était arrivé après son départ aux Iroquois ne l'intéressait pas.

Comme il évoquait Loménie qui avait été son ami de collège, elle s'informa des événements qui, de ce rude Dauphiné, l'avait amené à se retrouver chez les Jésuites au début de son adolescence. Il en parla volontiers.

– J'avais un oncle, frère de mon père, évêque ou chanoine, je ne sais plus, au moins aussi rude à dispenser la férule de l'Église sur ses ouailles que mon père celle de son épée sur les hérétiques.

Il s'avisa de me vouloir dans les Ordres, et mon père eut beau lui remontrer que j'étais son seul héritier, il n'en voulut pas démordre. J'ignore si, comme cadet, l'ecclésiastique voulait se voir revenir une partie de l'héritage. Les deux énormes bonshommes luttèrent pendant deux jours aussi bien par les armes des arguments et des menaces que par celles des coups. Ce fut mon intervention qui emporta la partie pour l'évêque.

Conscient, par la grâce de Dieu, que tout ce que je vivais au domaine paternel n'était pas sain, et finirait par causer ma perte morale et physique, j'insistai près de mon oncle pour le suivre. C'est ainsi que j'entrai au collège de Clermont des Jésuites à Paris.

Il revint souvent à ses années d'études d'adolescent, parlant de l'amitié du jeune Claude de Loménie-Chambord, moins de son temps de noviciat, car il s'agissait de longues années d'initiation, secrètes aux profanes, et que la discipline de l'Ordre lui commandait de taire. Puis il revenait à l'enfance, la noire enfance, mais pour déplorer, cette fois, la perte de cet état d'enfance lorsque arrive l'adolescence.

– L'enfant se souvient de l'ineffable. L'extase lui est parfois accordée à lui seul, innocent. Combien vite la cendre et le sable sont jetés sur ses rêves... J'avais cru retrouver cela parfois près du petit Claude de Loménie de quelques années mon cadet. Les chemins auxquels on me contraignit, par la suite, me détournèrent de sa douceur.

– Ils m'ont brisé quelque chose là, disait-il en désignant son flanc.

Et elle croyait qu'il parlait de ses tourmenteurs iroquois, mais c'était de ses maîtres jésuites.

– Brisé, pire, tordu, jusqu'à ce que la branche pleine de sève devienne sèche et pétrifiée, et incapable de renaître... J'étais un enfant de la nature. Dominé par les sources et le sang... Les femmes échappent plus facilement à ces influences. Elles s'entendent mieux à concilier la lumière et l'ombre, l'harmonie et le chaos... Une fois de plus, lorsque je m'embarquai pour l'Amérique où m'attendait mon ancien condisciple, Claude de Loménie-Chambord devenu Chevalier de Malte, je me berçais d'illusions. L'Amérique ! En m'y rendant, je me disais que la lumière m'y attendait.

Plus tard, après bien des années de lutte, je continuais d'espérer l'y trouver.

L'œuvre que j'avais entreprise et réussie comblait mon attente !... Je voyais s'étendre, jusqu'aux confins de cette terre sauvage, le règne du Christ que j'étais venu y apporter.

Aussi, lorsque j'appris qu'un gentilhomme d'aventures qui ne relevait ni du roi de France, ni du roi d'Angleterre s'installait dans ce no man's land du Maine sur les côtes d'Acadie, je fus aussitôt en alerte.

Je pris tous renseignements sur lui. C'était un flibustier des Caraïbes. Mais il y avait plus. Si je voyais en lui un danger, *celui qu'il préparait pour moi était d'une sorte inconnue*. Cette fois, celui-ci apportait avec lui ma perte.

– Je crois pouvoir vous assurer que mon époux, en s'installant sur les côtes du Maine avec des lettres de gérance du Massachusetts, ignorait tout de vous. Au contraire, il se tenait prêt à rencontrer tout habitant ou missionnaire de la région, Français, Anglais, Écossais, pour faire alliance avec lui. Quant à moi, à ses débuts dans les parages de la Baie Française, je n'étais même pas présente.

– À vrai dire, le danger de sa venue n'est pas celui qui m'alerta. La Baie Française est un tel salmigondis de nations que chacun peut encore y trouver place. Mais j'avais eu une espèce de songe : « Tout commence, tout commence », me criait une voix dans la nue...

Ce jour-là, il se refusa à en dire plus long. Lorsqu'il affectait de manquer de mémoire, ou de s'embrouiller, elle avait appris que c'était chez lui le signe d'une insupportable douleur qu'il ne pouvait franchir par les mots sans s'évanouir. Alors, elle lui recommandait de prendre patience, le ramenait, par des questions anodines, à des sujets moins pénibles.

Mais rien dans cette vie n'avait pu être anodin, semblait-il.

56

– J'avais quand même réussi jusque-là à ce que les digues ne se rompent pas, déclara-t-il soudain.

Puis, comme cela lui arrivait régulièrement, il laissa passer un long moment de silence, donnant l'impression qu'il avait perdu le fil de sa pensée, ou qu'il s'était endormi.

Il continua d'une voix étouffée, monocorde et qui tremblait par instants.

– La première fois que les digues se sont rompues... ce fut ce jour d'automne... je marchais dans la forêt. Vers le même temps, Loménie, sur mon ordre, devait investir le poste de Katarunk.

Lui et moi nous étions mis d'accord pour arracher sans attendre les racines de l'envahisseur qui promettaient de proliférer.

Nous agissions hors de l'approbation de Frontenac, mais ce n'était pas la première fois que mon camarade d'enfance et moi menions nos affaires à notre idée. Je l'avais pressé de se mettre en campagne afin d'arriver avant « eux », ceux qui montaient du Sud par caravane... Claude mettrait le feu au poste, puis dresserait son embuscade. Pour ma part je m'apprêtais à rejoindre un deuxième contingent de forces armées venu de Trois-Rivières et de Ville-Marie ainsi que de la région du Richelieu. Des Hurons et des Algonquins avec, à leur tête, les meilleurs parmi les seigneurs canadiens, qui m'avaient déjà suivi dans mes campagnes contre les hérétiques de Nouvelle-Angleterre : de L'Aubignières, Maudreuil, Pont-Briand.

Je marchais donc à leur rencontre, assuré d'avoir tout mis en œuvre pour sonner le glas des indésirables. Mais je marchais comme dans un mauvais rêve. Car une nouvelle m'avait été rapportée : « Ils » montaient avec des chevaux.

Je ne sais pourquoi ce détail me taraudait l'esprit comme une vrille d'artisan travaillant le bois en profondeur le pénètre et le vide de sa substance.

Il y avait dans cette audace à envahir le cœur d'une région jusque-là désertique, non seulement avec des femmes et des enfants, mais avec des *chevaux,* une affirmation de ne se laisser arrêter par rien, une tranquille assurance de demeurer finalement le plus fort et que je ressentais comme un défi.

Le pressentiment qui s'attachait à mon rêve ébranlait ma conviction de mener à bien cette campagne, malgré le soin que nous avions mis à la préparer, la certitude que nul de ces étrangers n'en réchapperait.

Je commençais à marcher dans un état dédoublé. J'étais à la fois avec les étrangers et leurs chevaux, accomplissant un exploit sans précédent, et avec Loménie et les troupes qui les attendaient pour les occire.

La forêt flambait. Je veux dire que je la voyais flamber à mes yeux. Le rouge et l'or des arbres à l'automne m'environnaient de flammes immobiles, et la chaleur incandescente du jour contribuait à ce mirage. Elle était partout la présence redoutable. Mon angoisse devint telle qu'au sommet d'un promontoire qui dominait un lac, je dus m'arrêter afin de retrouver mon souffle oppressé.

… Et c'est alors que je LA vis. Elle, « la femme nue sortant des eaux ».

« Nous y voilà ! » pensa Angélique.

Il se tut.

Elle ne chercha pas à rompre le silence… Moins par tolérance que par lassitude. Moins par pudeur que par accoutumance au débat. Elle avait assez de fois exprimé sa défense quant à ses droits qu'elle jugeait des plus inaliénables de pouvoir, par une chaude journée de l'été indien reconnue en effet incandescente, se baigner dans l'un des dix mille lacs de la région du Maine américain, région d'autre part réputée si impénétrable qu'il y avait bien peu de risques sur des milliers de miles à la ronde qu'elle puisse être aperçue par un étranger s'y promenant.

Que ceci eût entraîné toute une suite de drames, de complications et jusqu'à des guerres qui auraient sans doute eu lieu tôt ou tard, mais qui y trouvèrent prétexte pour se déclencher, on s'était chargé de lui faire comprendre au cours des années où elle avait vu se dégager à la fois tout l'artificiel du phénomène, mais aussi son ampleur secrète, indéchiffrable à tous, ou à presque tous.

La volonté de ramener l'affaire à des proportions normales lui dicta une très plate réflexion et les seuls mots qui pouvaient l'obliger à reconnaître qu'il s'en était emparé pour monter les esprits.

— Ne me dites pas que vous avez cru voir se réaliser la vision de la mère Madeleine sur la Démone de l'Acadie qui agitait vos ouailles ! Vous moins qu'un autre ne pouviez vous y tromper !

— C'est vrai, convint-il d'une voix étouffée. C'est vrai, je n'ai jamais eu le moindre doute, ce n'était pas vous la femme démoniaque de la vision de la mère Madeleine de Québec. Au contraire. Mais je me suis caché. Je décidai de me cacher derrière des mensonges, non parce que j'y ajoutais foi, mais comme la bête en danger se camoufle. Après ce qui venait de m'arriver, je n'avais pas d'autre solution.

Il gémit.

Sa poitrine se soulevait de façon spasmodique. Elle se leva et alla remplir un bol d'une boisson chaude. Puis, revenant à son chevet, elle glissa un bras sous ses épaules et le soutint pendant qu'il buvait.

— Parlez maintenant, si vous le souhaitez. Que vouliez-vous cacher ?

— Ce qui m'était arrivé.

— Mais quoi encore ?

— Le sais-je ?... La découverte de passions inconnues ? Vous ne pouvez pas comprendre. Un jour je vous expliquerai tout... mieux... Comment expliquer le sentiment qui s'empara de moi ? Plus qu'un sentiment, cela exigeait que je quitte tout, comme le jeune homme riche de l'Évangile, que je vienne au-devant de vous, étrangers promis à la destruction et que je reconnaisse : Je suis des vôtres.

Pire : en agissant ainsi, je me livrais, en me rapprochant de son objet, aux affres d'une passion qui ne pourrait être que corrosive et mortelle, car c'est ainsi que j'avais toujours considéré les débordements de l'amour, mais qui demeurerait, je le devinais à l'avance, inassouvie, faisant de moi un damné brûlant d'un feu dont je n'avais jamais soupçonné l'emprise.

Que d'aveux reçus en confession m'avaient décrit les mêmes symptômes, irrésistibles à fuir et à combattre, parce que vous ouvrant un paradis où l'on est seul à pénétrer, à des délices et des douleurs qu'on est seul à vivre, à donner, et dont, subitement, je me vis la proie.

Je fus frappé par la foudre. Le mot est faible. Je me retrouvai seul. Seul de mon espèce dans un monde peuplé d'ennemis. L'Amour !... Je comprenais, l'Amour.

— Était-ce la peine d'en faire un si grand drame ? émit-elle prudemment.

— Oui ! Car c'était la négation de toute ma vie et, par là même, ma condamnation.

Je me suis trouvé nu, sans même la foi en un dieu quelconque pour lui offrir le sacrifice de ma métamorphose. Fallait-il obéir à l'Illumination ?

Je ne le pus. Cela exigeait trop de moi. Je décidai de poursuivre ma route dans la direction choisie. Mais à partir de ce jour, tout fut détruit. Et ce ne fut plus qu'une lente et convulsive chute de tout mon être jusqu'à la fin.

Contre vous et les vôtres, j'essayai tous mes plans. J'envoyai chercher en France le compte rendu du procès de sorcellerie jadis intenté à votre mari. Mais votre victoire à Québec me gagna de vitesse, et je ne m'en étonnai point. J'étais vaincu d'avance comme, au fond, je l'avais toujours été. Quand vous approchâtes de Québec, Maubeuge m'exila.

Il s'arrêta, puis jeta avec un subit regain de colère :

— Sans son intervention, j'aurais repris la ville et vous ne l'auriez pas conquise.

Il continua, d'une autre voix :

— Maubeuge, mon supérieur, m'exila. Non sans m'avoir auparavant fustigé de dures paroles. Cependant, ce qu'il me dit en cette dernière entrevue, je le savais déjà. Je l'avais appris, dans un éclair, au bord d'un lac.

Mes vœux d'obéissance me contraignaient à m'éloigner au moment où je me sentais le plus démuni... Je m'en fus au loin, seul et sans amis.

Je perdis mes pouvoirs.

Je sentais au fond de moi la lâcheté, la faiblesse m'envahir, et la crainte d'être ainsi dépouillé de ce qui faisait ma force dominatrice sur les autres me taraudait.

Il parla peu des mois passés dans les bourgades d'un large secteur entre le lac Frontenac ou Ontario, et le lac des Hurons. Le point de ralliement des missionnaires était cet établissement du fort Sainte-Marie, reconstruit au détroit, qui faisait communiquer entre eux le lac des Hurons et le lac Supérieur ou lac Tracy.

Il se situait à des mois de navigation du dernier point de Nouvelle-France habité, la bourgade de La Chine, près de Montréal, d'où partaient, au-delà des rapides, toutes les expéditions vers le Haut-Saint-Laurent et les Grands Lacs. Hors les hommes de garnison des forts, tel le fort Frontenac, isolés, rares et à des semaines de marche les uns des autres, à part le passage de quelques « voyageurs » ou coureurs de bois plus ou moins en rupture de permis, des Sauvages, rien que des Sauvages.

Les missions groupaient les baptisés et catéchumènes de nations iroquoïennes plus ou moins dispersées et anéanties par les guerres avec leurs congénères païens. Les Neutres, les Ériés, les Andastes, et aussi des Iroquois des Cinq-Nations convertis, persécutés et chassés de leurs tribus pour ce fait. Ils quittaient la vallée des Cinq-Lacs pour venir se grouper à l'ombre des Français et des Jésuites, non seulement afin de pouvoir pratiquer leur nouvelle foi, mais aussi pour recevoir protection des militaires français.

D'après ce qu'il laissa entendre, le jésuite banni et relégué semblait avoir traversé ces années qui se présentaient comme des années actives d'apostolat dans un état de transes nerveuses soigneusement dissimulé aux yeux de ses frères en religion, les autres jésuites, et de leurs aides et serviteurs français. Il prenait soin d'éviter les coureurs de bois et traitants canadiens, se refusant à connaître quoi que ce soit sur ce qui se passait en Canada ou en Acadie. D'où le bruit qui s'était répandu prématurément dans les cités, censives et seigneuries de Nouvelle-France, qu'il était prisonnier chez les Iroquois, car nulle nouvelle n'arrivait sur lui jamais. Et par ailleurs, il n'en reçut aucune de quiconque. Nul ne chercha à s'informer des lieux où il se trouvait ni à lui faire parvenir un message.

– En fait, personne ne se préoccupait de moi, je le compris, fit-il avec une grimace d'amertume. Ni de ce qui pouvait m'advenir, ni de l'importance des travaux auxquels je consacrais mes jours. M. et Mme de Peyrac étaient à Québec, et chacun de se tourner vers les vainqueurs, tous avides de bénéficier de la rencontre.

On voulait m'oublier, j'avais disparu. Et il était plus simple de dire que j'étais captif aux Iroquois.

Or captif, je le fus. Mais seulement après ma « mort »... cette mort qui, m'avez-vous dit, fut tout d'abord annoncée en Nouvelle-Angleterre, avant de l'être en Nouvelle-France.

57

— Voici en quelles circonstances je fus capturé.

Un matin d'été, alors qu'en la compagnie du père de Marville et d'un jeune « donné » canadien, Emmanuel Labour, venu depuis une année se dévouer à la conversion des Sauvages, plus quelques néophytes, je me rendais à un village pour y célébrer la messe, nous fûmes environnés d'un parti de guerriers iroquois. Vous savez comment ils sont. Vous marchez au sein d'une forêt apparemment déserte, mais où les oiseaux se sont tus, et puis soudain tous les troncs des arbres se doublent d'une silhouette humaine. Et vous voilà entouré de fantômes emplumés qui se saisissent de vous.

Le calvaire commençait. Après deux jours de marche les guerriers et leurs prisonniers étaient arrivés aux abords d'un des premiers grands villages de la Vallée des Iroquois.

Aucun d'entre nous ne se faisait d'illusions. La torture et la mort nous attendaient.

La nuit fut longue dans la cabane où l'on nous enferma. Nous savions le sort qui nous était réservé. Je regardais avec envie mes compagnons Marville et Labour qui, après avoir prié, s'étaient plongés dans un sommeil tranquille. Je les avais exhortés moi-même à cette sérénité, leur disant qu'ils étaient entre les mains du Seigneur. Les mots me sortaient des lèvres comme des substances étrangères.

Une froide paralysie me gagnait. Et eux, comme réconfortés par mes paroles, ils dormaient, tandis que, guettant les heures, je voyais s'approcher celles d'effrayantes tortures que j'avais déjà connues. « Ah ! que la nuit ne finisse jamais, pensais-je, que ne commence nul jour, que Dieu arrête la terre, qu'il nous détruise tous, humains déments et cruels que nous sommes, vermine de la Création, mais que n'arrive jamais l'instant de la douleur qu'ils nous préparent. Tu n'as pas vécu, me disais-je. Tu n'as pas connu le bonheur. Et maintenant, ce corps qui n'a pas connu l'amour va être livré aux barbares pour des supplices auxquels ta chair se refuse.

Ah ! l'agonie du Christ et sa sueur de sang, comme elle me fut proche ! Aucun ange ne vint me consoler. J'avais par trop démérité.

J'étais en enfer. Le ciel était sourd. J'étais dans un enfer peuplé de démons. Dans un enfer aux portes duquel j'avais laissé toute espérance.

Seules subsistaient en mon être la peur viscérale des tortures et, en ma pensée, les raisons de cette odieuse fatalité. Et le souvenir de celle à qui je devais ma déchéance me revint. Un visage, une silhouette de femme toujours la même. VOUS, surgissant de ce chaos comme pour me narguer, se réjouir, se féliciter de ma perte...

Non, fit-il, interrompant d'un geste de la main qu'il posa sur la sienne sa protestation. Tout cela est faux. Vous ne portiez d'autre responsabilité dans ce délire rongeur qui me dévorait l'intérieur depuis si longtemps que d'exister, que de m'être apparue !

Mais à ce moment-là, pénétré de terreur, tremblant des pieds à la tête comme une bête forcée qui sent venir la mort et attend le coup d'estoc, je puisais un sombre soutien dans un sentiment de rancune et de haine envers un personnage symbole – une femme – qui, par son apparition, avait bouleversé le cours de ma vie.

Je vous ai dit une fois que je n'étais prêt pour rien de ce que j'avais entrepris. Or, c'est une chose que de prendre conscience d'une erreur, d'un échec, et chacun d'entre nous doit s'efforcer d'y faire face par intermittence. C'en est une autre beaucoup plus mortelle que de percevoir sa propre existence déjà longue comme une ridicule et dangereuse imposture, elle-même fruit d'une monstrueuse tromperie dont on n'a jamais su discerner la malice.

De ce réveil datait ma perte. Par la brèche avaient fui toutes mes défenses.

Ma présence en ces lieux, parmi ces démons prêts à m'immoler, m'apparaissait non seulement intolérable, mais d'une insupportable injustice.

Un cri montait à mes lèvres que je me retenais, dans un dernier sursaut de dignité, de clamer.

– « Pas deux fois ! Pas deux fois ! »

Je croyais par mon premier supplice avoir gagné des droits à la sérénité et à la prédominance, mais Dieu m'avait trompé, là encore. Il ne me suffisait pas d'avoir été torturé une fois, d'avoir perdu mes doigts...

Vers l'aube, j'entendis nos Indiens chrétiens, Hurons et Iroquois, qu'on avait placés dans une autre cabane, commencer de chanter leurs chants de mort. Je supposai qu'on vint les chercher, car leur chant s'éloigna, mais par instants on l'entendait voguer par la forêt au-dessus du village. Puis, je perçus les relents d'odeur de chair grillée si reconnaissable, qu'un vent léger rabattait vers nous : l'odeur des supplices.

Le soleil se leva. Par un interstice des écorces de la cabane, toujours guettant, je vis le jour envahir un ciel pur et doux comme la surface d'un lac le reflétant.

On nous emmena à notre tour. Jusqu'à la clairière où déjà fort rôtis, nos Indiens continuaient d'insulter leurs tourmenteurs. D'autres se taisaient, au-delà de la parole, la langue tranchée ou grillée, mais lucides encore à leurs regards.

Trois poteaux nous attendaient.

Se relayant auprès des victimes, les guerriers étaient nombreux, rassemblés dans une sorte de silence solennel et préoccupé, que coupait seule, par périodes, une litanie d'insultes et de réponses, où, selon le rite, bourreaux et victimes se jetaient à la tête les raisons qu'ils avaient de se haïr, de s'être combattus et d'avoir fait périr leurs amis et parents respectifs.

Devant moi, surgit Outtaké qui m'affronta de son œil brillant.

Les nausées de la peur tourmentaient mes entrailles.

C'est alors qu'il s'approcha de moi, muni d'un silex au tranchant aigu et d'un petit maillet et, me faisant ouvrir la bouche, il me cassa deux dents très proprement, très rapidement.

– « Tu es si fier de ta denture, Robe Noire ! me dit-il. Tu envies, comme tous les Blancs nous les envient, nos dents saines. Je les entends qui disent : Comme ils ont de belles dents, ces Sauvages ! Et je sais que tu as cherché notre secret pour conserver les tiennes aussi belles et aussi brillantes que tu les portais en arrivant dans nos contrées. Et je t'ai vu mâcher de la gomme mêlée d'argile fine et de jus de sumac blanc, comme nous autres, pour en garder la blancheur et la santé. Tu n'aimes pas souffrir, Robe Noire, ni être diminué devant tes ennemis, et surtout tes amis !... »

Je me mis à trembler.

Un guerrier s'approcha du jeune Emmanuel et, lui prenant la main, commença à lui scier une phalange avec le tranchant d'un coquillage.

Tout se mélangeait. J'étais obnubilé par ce doigt blanc du jeune homme adolescent que le coquillage sciait en le déchiquetant et par les gouttes de sang qui tombaient sur le sol, lourdement.

Je pensais :

« Ils m'ont déjà pris deux doigts. Cette fois, s'ils en coupent d'autres, c'en sera fait. *Je ne pourrai plus dire la messe*. Le Pape m'en refusera l'autorisation à cause de mes mutilations, et cette fois, il ne passera pas outre car il *saura* que je n'en suis plus digne. »

C'était dément et sans logique mais le centre de mon esprit devint un tourbillon de révolte, de détresse et de refus.

Un cri ! un cri d'épouvante s'enfla en moi comme un ouragan. J'entendais ce cri et ne savais pas que c'était moi qui le bramais.

Je me jetai à genoux devant Outtaké. Je rampai à ses pieds en le suppliant de m'épargner. De m'épargner surtout le supplice. Pas deux fois ! PAS DEUX FOIS !... lui criai-je. Tue-moi, mais épargne-moi la torture, je ferai ce que tu voudras.

Ce qu'il y avait de plus affreux au cours de cette scène abjecte, c'était de percevoir les regards effarés, scandalisés, incrédules de ceux qui m'entouraient, aussi bien des bourreaux que de mes malheureux compagnons promis au martyre, de ceux qui déjà parmi les néophytes avaient versé leur sang et souffert leur passion pour la foi chrétienne, et qui, à demi morts, assistaient à mon ignoble défaillance.

Puis, tous ces regards s'effacèrent, se rétrécirent, ne furent plus qu'un seul regard, celui bleu et candide de cet enfant, du petit « donné » canadien, Emmanuel, qui se laissait attacher, nu, au poteau de torture, sans une plainte ni un signe d'effroi, et qui me regardait, me regardait... HORRIFIÉ !... Non par les souffrances et la mort proche, mais par moi... horrifié !...

— Ne pleurez pas, dit-elle. C'est mauvais pour vos yeux. Vous risquez de devenir aveugle.

Elle se leva et vint baigner ses paupières. Les larmes coulaient en petits sillons sur sa face mâchurée, tandis qu'il haletait avec des sanglots secs et déchirants.

— Calmez-vous ! Calmez-vous, lui disait-elle d'un ton bas et rassurant.

D'une main légère, elle caressa son front, constellé d'ecchymoses et de cicatrices perfides.

— Calmez-vous, mon Père ! Nous reparlerons de tout ceci un autre jour.

Mais il lui fallait poursuivre l'hallucinant récit.

— Il y a une certaine volupté à être lâche lorsque toute sa vie on a lutté pour dominer les démons de la peur, reprit-il. Je ne le cèlerai point... Que vous dire ?... Comment décrire le lâche soulagement que j'éprouvais à me retrouver en vie et à voir s'éloigner le spectre sinistre des souffrances inhumaines ? Peu m'importait le mépris dont ils m'accablaient tous, les vivants et les morts, les bourreaux et les victimes, les amis ou les ennemis...

J'avais entendu les chefs discuter de me livrer aux femmes et aux enfants, ce qui était réservé aux guerriers pleutres faisant montre de pusillanimité devant la mort et le poteau du supplice, et croyez que ces petites créatures innocentes aux ongles aigus ne s'y entendaient pas moins que leurs époux, pères et frères pour vous faire mourir un couard dans des douleurs innommables.

Mais cette solution humiliante fut jugée encore trop honorable pour moi qui avais amené sur la compagnie une honte sans précédent.

Dieu merci, me dis-je, en devinant le verdict.

À demi évanoui après cette crise, je restai étendu, le front dans la poussière. J'aurais embrassé la terre vivante. Je l'aurais mangée.

Ils me relevèrent brutalement. Les yeux d'Outtaké étaient deux lames coupantes.

— « N'espère rien de moi, me dit-il. Je ne te ferai pas le bienfait de te tuer d'un coup de tomahawk comme tu le souhaites. Tu usurperais le titre de martyr auprès de tes frères. Et cela, je ne te l'accorderai pas non plus. Tu es trop vil, et tu m'as blessé par ta conduite, moi qui t'honorais. Tu nous fais non seulement douter de la grandeur de ton Dieu, mais de son existence. »

Rien ne m'atteignait plus de leur mépris, même

si on me jeta ensuite comme une ordure aux pieds d'une vieille femme pour être son serviteur et remplacer le fils qu'elle avait perdu à la guerre. Cette perte la laissait sans personne pour lui apporter du gibier et accomplir les corvées que son âge ne lui permettait plus d'effectuer.

Ma patronne me rouait de coups... d'autant plus que j'étais fort maladroit, peu robuste, et elle était de la part de ses compagnes l'objet de moqueries et de plaisanteries perpétuelles, car jamais n'avait-on vu une femme de village nantie d'un prisonnier qui s'était montré aussi lâche devant la mort, aussi répugnant dans ses supplications. La honte rejaillissait sur elle. « Comment tu as pu me faire cela, me disait-elle, toi qui représentais mon fils ? » J'essayais de lui faire remarquer qu'au moment de ces événements je ne lui avais pas encore été donné comme esclave. Mais pour elle, cette répartition du temps n'était qu'amusette...

Pour certaines choses, chez les Indiens, il n'y a pas d'avant et il n'y a pas d'après. Elle nous confondait son fils et moi, s'appuyant sur la certitude qui s'établit peu à peu que j'étais son fils ou sa réincarnation et c'était très fâcheux pour elle. Alors je lui rappelais que son fils, précisément, était mort très courageusement, torturé pendant au moins six heures par les Hurons de M. de L'Aubignières. Mais cela ne la consolait pas, car elle avait vu en songe que j'étais son fils et que mon attitude à moi devant les « Principaux » des Cinq-Nations l'avait déshonorée. Or, vous savez que les songes ont pour les Indiens une priorité absolue sur la réalité des faits.

58

Lorsqu'il se tut, terrassé, les paupières closes, elle demeura longtemps assise à son chevet. Les termes de la confession qu'il venait de lui faire, et tout ce qu'ils impliquaient se faisaient jour dans son esprit.

— Je comprends maintenant. C'était donc là le terrible secret que le jeune Emmanuel voulait me confier dans le jardin.

Elle avait parlé à mi-voix pour elle-même.

Il ouvrit brusquement les yeux.

— Le jeune Emmanuel ? Les Iroquois ne l'ont donc pas immolé ?

— Non, nous l'avons vu vivant. Il accompagnait le père de Marville lorsque celui-ci, escorté de Tahontaghète, le chef des Onondaguas, parvint à Salem pour y apporter l'annonce de votre « mort » et... de votre martyr.

— Pourquoi Outtaké a-t-il voulu que les Anglais fussent informés les premiers ?

— Ce n'étaient pas « les Anglais les premiers », mais *nous* les premiers. Or, Outtaké nous savait en Nouvelle-Angleterre, mon époux et moi-même, et voulait que nous soyons avertis avant les Français.

— De plus terribles ennemis que je ne suis pour toi... murmura-t-il comme récitant une phrase qui martelait sa mémoire. Ainsi, à vous les premiers, vous que j'avais tant combattus, il envoya ce collier qui disait : « Ton ennemi ne peut plus te nuire. » Oh ! comme il avait raison.

Y avait-il créature plus méprisable et plus dépouillée que moi de toutes possibilités de vous nuire ? Mais je comprends à quel impératif a obéi Marville, témoin de mon reniement, en me déclarant mort. Il fallait sauver l'honneur de l'ordre !

« Et certes, il n'a pas lésiné sur les moyens, c'est une justice à lui rendre, se dit Angélique, se remémorant le luxe de détails avec lesquels le jésuite, à Salem, leur avait décrit la « mort glorieuse » du père d'Orgeval.

Son intuition était donc juste. Dans toute la scène, elle n'avait cessé de soupçonner un mensonge embusqué. À travers la personnalité orgueilleuse du père de Marville elle avait senti vibrer une douleur d'écorché vif, *une vraie douleur,* faite d'humiliation, de déception, de frayeur, de chagrin. On pouvait deviner ce qu'avait ressenti ce jésuite convaincu devant l'écroulement du maître, la lâcheté du plus grand et du meilleur d'entre eux sous ses yeux. L'ordre des Jésuites avait été marqué de la plus affreuse des souillures : le reniement.

— Que votre frère en religion vous ait fait passer pour mort, n'ayant d'autre solution pour cacher votre honte, je l'admets, fit-elle, mais qu'il ait profité de l'occasion pour appeler sur nous la malédiction du Ciel, et nous rendre responsables de votre supplice, c'était là pousser un peu trop loin l'hypocrisie. Qu'y a-t-il de vrai dans cette accusation que, paraît-il, vous auriez proférée dans votre supplice : C'est elle ! c'est par sa faute que je meurs !

— Tout cela est vrai. Oui, j'ai proféré, j'ai crié de toutes mes forces de telles paroles. Au moment où le chef Outtaké abaissait sa main, et, par mépris, me faisait grâce, subsistait en moi la volonté de clamer ma justification, de donner à ceux que je scandalisais au moins une explication qui atténuerait la portée de mon acte... leur ferait croire par exemple que j'avais été victime des mauvais esprits, et seule m'apparaissait dans ce chaos, je vous l'ai dit, l'objet responsable de ma déchéance, la femme dont la vue m'avait entraîné par un processus que je ne pouvais ni analyser, ni admettre, dans une folie si contraire à tout ce qui était la voie droite de ma vie jusque-là. Au point que je me persuadais d'être dans la vérité, en accusant les sortilèges, et que je criais vers eux : C'est elle ! c'est ELLE qui me condamne, c'est à elle, la Dame du Lac d'Argent que je dois ma perte, que je dois ma mort...

Il eut un profond sanglot qui fut comme un râle.

— Je parlais de ma mort que je sentais fondre sur moi, la vraie mort, la mort totale, la mort à moi-même... La mort du héros que j'avais été... que j'avais voulu être... que j'avais rêvé d'être. Ma mort totale... je n'existais plus... Et c'était *elle* qui m'avait tué. Elle, la Femme, mon ennemie de toujours.

Je le sais... C'était une idée folle, monstrueuse, que de vous accuser, vous, nommément, mais ma hantise s'était nourrie de tant d'aberrations au cours d'années de mutisme et de solitude, que j'étais parvenu à me persuader de mon envoûtement.

Je criai : C'est elle, la Dame du Lac d'Argent qui est cause de ma mort... Vengez-moi !... Vengez-moi !...

Je vis leurs faces blêmes et rigides. Je sus que... je criais en vain. Ils ne me vengeraient pas. Ils ne me vengeraient pas comme je méritais d'être vengé... Ils n'étaient pas mes amis !... Ils avaient dormi pendant mon agonie ! Horrifiés de mon reniement, ils me rejetaient... Rien ne subsistait des sentiments d'affection, de dévouement, de respect que j'avais cru qu'ils me portaient. Je sus qu'ils ne m'avaient jamais aimé. Je n'étais plus rien pour eux.

Il s'agitait, et Angélique, redoutant de le voir en proie à un nouvel accès de fièvre, ne releva pas ses paroles et le prévint que le moment était venu de leurs « agapes » quotidiennes.

Elle se leva pour aller préparer et réchauffer

les portions tandis qu'il continuait de parler.

— C'est vrai. Pénétré que j'étais d'humiliation devant mon effondrement, je criais qu'il fallait détruire cette sorcière. Au moins, ai-je ainsi indiqué à Marville, dans sa perplexité, le chemin à suivre pour poursuivre ma lutte.

Tandis que Tahontaghète le conduisait vers la côte, il dut remâcher son amertume. Il avait reçu un ébranlement intérieur plus violent que celui de la torture et, ses ressources de transmutations mystiques étant limitées, il dut se raccrocher à cette pensée d'ennemis à combattre.

Pour ne pas être démonté à son tour, il lui fallait se bâtir *une version*. C'est bien ! C'est bien ! Il a bien agi.

Angélique l'écoutait d'une oreille intriguée.

— Ma foi, on dirait que vous l'approuvez presque !... Eh bien ! Ce n'est pas une légende que d'affirmer que les Jésuites se tiennent entre eux, quoi qu'il arrive.

Mais ce n'était pas le moment de faire repartir le débat.

Elle fit lever les enfants. Elle les prenait dans ses bras et les berçait, l'un après l'autre, pour les éveiller en douceur. Elle baisait leurs joues fraîches, leurs chevelures emmêlées et soyeuses, elle adorait leur fragilité et leur innocence, la lumière de leurs yeux et de leurs sourires, leurs petits corps harmonieux et parfaits où la vie et la vigueur frémissaient à nouveau. « Vous êtes la consolation du monde ! Vous êtes le trésor de ma vie ! murmurait-elle tout bas. Vous êtes la justification de nos luttes hargneuses, de nos combats imbéciles !... »

Elle donnait à chacun un peu de câlinerie, lui chantonnant un couplet, comme un secret contre son oreille, tout en le promenant de long en large, puis elle les faisait asseoir sur le banc devant elle, versait la soupe dans une écuelle, et distribuait la becquée aux petites bouches ouvertes.

C'était un rituel immuable.

Regardant les jumeaux dans leurs deux années et demie révolues, et tenant déjà bien solidement leur place sur cette terre, elle évoqua leur première colère, lorsque les deux « brimborions » qu'elle venait de mettre au monde à Salem avaient hautement désapprouvé l'intervention du père de Marville.

Étaient-ce ses éclats de voix désagréables ou de s'être trouvés subitement délaissés par une compagnie habituellement attentive et subitement bouleversée comme poules en basse-cour par l'apparition d'un jésuite au cœur de la puritaine Salem, ou l'obscur instinct de ce qui se déclarait hostile à leur famille, leur mesnie, leur maison, leurs troupes et équipages ?...

« Vous faisiez déjà partie de la tribu, mes petits Peyrac !... »

Ou simplement les nourrices affolées et curieuses avaient-elles oublié l'heure de la tétée ?...

Angélique, l'accouchée, en déshabillé, était assise sur les marches de l'escalier de Mrs Cranmer, entourée de toutes les femmes anglaises et hérétiques de la maison, et d'en bas, le père de Marville en prophète vengeur, le visage creusé par les privations, la soutane haillonneuse, la désignait en criant : « C'est elle qui est la cause de cette mort. »

Éclatait alors le vigoureux concert jumelé et contestataire, de ces neuves créatures qui ne pesaient pas six livres à elles deux. Et le spectacle avait pris fin.

Elle riait malgré elle de ce souvenir, mais, malgré son envie d'en faire la description à son hôte, elle se retint. Le moment n'était pas à l'humour.

Ayant nourri ses oisillons, elle leur donna à mâchonner un bâton de jujube qui tromperait leur faim s'ils n'avaient pas été assez rassasiés.

Puis, elle accrocha le chaudron plein d'eau à chauffer pour les ablutions, traîna son escabeau de l'autre côté du lit, au chevet du blessé. Elle l'aida à s'accoter aux oreillers afin de pouvoir le faire manger plus commodément, s'assit le bol en main et commença à lui faire avaler le bouillon par petites cuillerées. Elle ne savait jamais si elle réussirait à le faire manger sans difficultés. Soit par apathie, soit par désir de ménager leurs provisions, il montrait vis-à-vis de la nourriture une véritable répugnance. Était-il humilié d'être livré à sa merci, dans une dépendance infantile ? Ses mains, ses bras étaient trop faibles pour pouvoir porter bols ou cuillères à sa bouche sans maladresse.

À ces moments-là, elle lui en voulait moins que lorsqu'il discourait avec une subite autorité. Elle voyait en lui un homme qui avait surestimé ses talents pour maîtriser le cheval fougueux de la vie, une vie qu'il avait voulue supérieure, et l'impétueux et sournois coursier du destin lui avait fait vider les étriers. « Lorsqu'on n'est pas prêt, les faits se chargent de vous en avertir ! »

Cette maxime s'adressait aussi à elle-même, et le jugeant à l'échelle de ses expériences et à la lumière des confidences qu'elle venait d'entendre, elle se prit à le considérer comme un frère, un frère de combat.

– Je suis bien aise qu'il ait été épargné, murmura-t-il. Lui, le jeune « donné » qui avait un si beau nom... Emmanuel... Et que j'avais si fortement scandalisé. Je suis bien aise qu'il ait échappé au feu... Et qu'il ait conservé la vie... Lui saura quoi en faire pour la gloire de Dieu et le bien des hommes.

Le voyant serein, et acceptant docilement la nourriture qu'elle lui tendait, elle jugea le moment inopportun de lui révéler toute la vérité à propos du pauvre Emmanuel, qui, hélas, était mort aussi.

59

Ils échangeaient des dialogues dont parfois les sujets auraient fait dresser l'oreille d'une surprise inquiète à quiconque n'a pas vécu sur la terre d'Amérique, des questions, des réponses que seuls peuvent échanger ceux qui parlent, affaiblis, dans la pénombre d'un hivernage sans fin.

— M'auriez-vous mangé ? demanda-t-il certain jour qu'elle lui faisait le récit de sa découverte sur le seuil et de son regret en trouvant, en place de vivres, un cadavre.

— Peut-être !... Non... J'y ai pensé, oui. Ce fut très fugitif... Ce fut un vertige causé par la faim, une tentation... J'étais à bout. Je commençais à comprendre que je ne reverrais plus l'homme que j'aimais, que mes enfants étaient en train de mourir... Il n'y avait plus aucun recours... et j'avais éprouvé une telle espérance... Non, vraiment. Si cela m'a effleurée, ce fut avec horreur... Et puis... Vous étiez vivant ! Non ! Non ! Outtaké... je ne sais ce qu'il a voulu... Vous a-t-il envoyé à moi pour vous achever, vous manger ?... je ne sais. Tout cela est assez fou... ce serait la fin, la fin du monde, la fin de nos mondes... Il ne faut pas penser à cela...

— Eh bien, moi, ils m'ont mangé, fit-il, un petit peu, comme ça, par petites tranches qu'un guerrier, d'un couteau bien aiguisé, m'enlevait sur les omoplates... tandis qu'ils m'emmenaient au supplice.

— C'est donc la raison de ces deux blessures que vous avez dans le dos ?

Elle avait remarqué que ce n'étaient pas des brûlures et, cicatrisées, les plaies, malgré ses soins, laissaient deux profonds sillons.

– Oui !... Il me mangeait, puis il recrachait en disant : Que ta chair est immonde !

– Quand cela s'est-il donc passé ? À quel supplice ?

– Au deuxième supplice... au troisième, si l'on veut.

– Mais je croyais qu'Outtaké avait décidé de vous épargner ?

– Moi aussi, je me croyais quitte. Au cours des mois, je m'étais habitué, accoutumé à mon esclavage. J'étais évidemment roué de coups de bâton du matin au soir, ce qui entretenait les forces de ma tante, ma chère tante Nenibush qui passait sur moi ses nerfs, et au fond nous étions bons amis. Nous avions des conversations intéressantes. Elles ne sont pas sottes, ces femmes indiennes. Elles ont beaucoup de jugeote. Elles aiment réfléchir aux destinées humaines et le domaine des songes ouvre à leur imagination de multiples labyrinthes. Je ramassais et coupais son bois, j'allais en forêt chercher la bête qu'un sien parent pour elle chassait. Je partais en me cognant aux racines, et en m'égarant dans les broussailles, accompagné par les moqueries des petites Indiennes agiles qui, elles aussi, s'en allaient chercher les produits de la chasse de leurs pères ou époux. Je revenais bien après elles. Elles m'appelaient « Femme noire » et riaient de ma gaucherie à trouver mon chemin et à pénétrer dans la forêt car vous devinez que, plus encore que les « traitants coureurs de bois » qui sont indianisés, nous autres, missionnaires encombrés de nos soutanes, nous avons eu la palme de la maladresse chez messires les Sauvages. Tu es encore plus lourdaud que les Yennglies, me disaient-elles.

Ai-je vu passer les saisons ? Les ai-je comptées ? Un automne ? deux automnes... peut-être trois ?... Puis arriva cet autre matin où ils vinrent me chercher à nouveau. L'hiver mordait. Les neiges ont pris tôt cette année. Je m'occupais à tanner des peaux que ma tante et moi nous devions préparer pour le parent chasseur.

Je ne compris pas lorsque je vis devant moi quatre guerriers, parmi les jeunes braves, qui venaient me chercher, chargés de me conduire au village voisin où le chef des Mohawks, Outtaké, venait d'arriver. Je fus aussitôt saisi d'une mortelle inquiétude en apprenant la venue de mon pire ennemi.

Je vous l'ai dit. J'avais fini par me rassurer. Je ne craignais plus ni les coups, ni les fatigues de cette existence, ni la monotonie de ces travaux humiliants. Je n'appréhendais ni ne souhaitais la mort, à moins qu'elle ne me fût accordée d'un coup de tomahawk. Ma seule hantise, c'était de périr dans les douleurs du feu.

J'en étais donc là quand ils vinrent par ce froid matin où je tannais des peaux.

Ils vinrent et me dirent la formule consacrée et pour moi terrifiante : Mon frère, prends courage ! le moment est venu de chanter ton chant de mort.

Je les suivis, non seulement muet, mais dans un état de stupeur et d'abattement qui me faisait flageoler sur mes jambes, de sorte qu'ils durent me tenir par les bras. C'étaient de très jeunes gens que mon comportement atterra. Ce fut pendant ce trajet que l'un d'eux commença à me manger le dos.

Quant à Nenibush, ce fut elle qui se chargea de chanter mon chant de mort par le concert qu'elle nous servit de protestations et de glapissements, se cramponnant, furieuse, à mes loques pour me retenir.

Ce ne fut qu'à mi-route que les guerriers réussirent à s'en débarrasser. Je l'entends encore gémir et maudire, la pauvre femme à laquelle on enlevait une seconde fois son fils-prisonnier-esclave. Ses cris me restent dans l'oreille et m'importunent parfois dans mon sommeil.

— Je vous ai entendu répéter : Ah ! qu'elle se taise ! qu'elle se taise !

— Pas de doute, c'est bien d'elle qu'il s'agissait !... En arrivant au bourg, je trouvai quelques guerriers entourant les « principaux » des Cinq-Nations, et à leur tête, comme je vous l'ai dit, Outtaké, le Mohawk. Il me fit un long discours.

— « Ho ! Hatskon-Ontsi, te voici ! Aurais-tu retrouvé l'amitié de ton Dieu et le chemin de Sa Force ?... Toi le plus grand parmi les plus grands des Robes Noires, tu nous as plus blessés et insultés que quiconque. Nous qui naissons dans la fierté de notre mort, qui nous réjouissons dès notre plus jeune âge à l'idée de notre mort dans les tortures afin de prouver la grandeur de l'homme, tu nous as humiliés dans nos croyances. »

J'avais profondément blessé Outtaké, je le savais. Ma lâcheté et ma dérobade en avaient fait un ennemi implacable, sourdement furieux d'avoir été trompé d'une façon qu'il jugeait déshonorante, mais peu m'importait, les mots ne m'atteignaient pas.

Il se tut enfin. Puis, après un long moment :

— « Je vois à ton visage que tu ne t'es pas amendé, et que tu ne mérites pas de subir l'épreuve des braves... Mais ne te réjouis pas trop vite, car nous te livrerons aux femmes. »

Elles déferlèrent avec des cris aigus, jaillissant de chacune des longues maisons comme un torrent roulant ses eaux meurtrières.

Que vous décrire ? Là encore mes souvenirs sont chaotiques. Je ne revois nettement que le moment où, tenu par mille poignes menues et griffues, elles me lardèrent le visage de la pointe de petits roseaux coupants. Puis deux d'entre elles s'avancèrent, et quand elles furent proches, je vis qu'elles tenaient très serrés dans leurs poings de petits rongeurs qui se débattaient, dont seule la tête à la gueule ouverte sur les dents aiguës dépassait et qu'elles appliquèrent çà et là, sur mes joues, mon front, qu'ils commencèrent de mordre et grignoter, les femmes hystériques riant et répétant qu'elles allaient les laisser m'attaquer les yeux.

Alors je me suis mis à hurler, d'épouvante plus encore que de douleur.

J'aurais dû maîtriser ce sentiment de répulsion, je le sais maintenant. Et me taire, car je crois que pour une raison nouvelle, j'aurais pu supporter la douleur en silence. Mais c'était trop tard. Je me déshonorai une fois de plus.

Sur ce, les Anciens intervinrent, me retirèrent des mains des femmes et des enfants et m'entraînèrent à l'écart jusque dans la salle du Conseil. Ils parlaient entre eux et me considéraient d'un air sombre et déprimé, comme des médecins contemplent un cas désespéré, dont la gravité dépasse leur compétence.

Je les entendis prononcer des paroles qui avaient à peu près ce sens : Il faut pourtant le « préparer ».

Après avoir délibéré, ils m'emmenèrent dans un autre village où il y avait une case particulière pour pétuner, c'est-à-dire réservée au seul exercice de la tabagie.

Elle était petite et nous contint avec peine, les Anciens, les Chefs, quelques-uns de leurs « jongleurs » et moi-même. Le calumet commença de circuler de bouche en bouche. Lorsqu'il parvenait à moi, j'étais prié d'en tirer plus de bouffées que les autres. Cela dura longtemps et je ne serais pas étonné que la séance se soit poursuivie sur deux ou trois jours. Nous restâmes à fumer ainsi sans boire, sans aucune nourriture. Au début, une calebasse circula entre nous, non pour boire, mais pour les besoins naturels, uniquement pour l'eau. Mais cela se raréfia très vite. Nous étions vides, entièrement habités de fumée. L'air était bleu, épais. Les chants psalmodiés soutenaient l'hébétude.

J'eus des nausées. Mes poumons me brûlaient.

Puis je m'évadai de tout, aspiré par un phénomène que je décrirais difficilement, car il s'est presque entièrement effacé de ma mémoire. Ce que je suppose, c'est que pendant cette « absence », j'ai rencontré mon âme. Non pas seulement mon moi, mais, plus compliqué que cela, les différents amalgames de mon âme, des visages, des personnages d'un temps révolu, de vies anciennes qui encombraient mon moi, qui s'étaient insinués au sein de mon être actuel, le submergeant, l'étouffant, le paralysant, comme les vrilles d'une vigne inculte. Entités encombrantes et stériles, hors de leur droit qui est de laisser la créature nouvelle poursuivre librement son destin, se débarrassant peu à peu de ces ombres. Au cours de ce « voyage », peut-être ai-je réussi à les chasser.

Je revois la scène. Les Anciens continuaient à être autour de moi plutôt comme des médecins que comme des tourmenteurs... Oui, la drogue m'aida à revenir au point de départ. Si coriace était l'enveloppe qu'il fallait bien au moins cela ! Elle aida à briser cette coquille pétrifiée autour du noyau de mon être. En cela, bien des drogues sont utiles quand l'âme ne peut, par ses propres forces, retrouver le fil de son destin parce que le Malin, toujours lui, s'est plu à l'emmêler pour la perdre.

En séances inhabituelles, elles sauvent l'esprit sans nuire au corps... Les Indiens des possessions espagnoles ont un champignon qui peut permettre de telles régénérescences, au moins aider à survivre hors de la folie lorsque tout se ferme d'humain...

Il dévia sur le mystère des connaissances que contenait le continent encore inexploré du Nouveau Monde.

Elle attendait avec patience.

Et, après avoir réfléchi longtemps, il revint à ce qui avait suivi la sortie de la cabane à pétuner.

– Je n'étais pas guéri pour autant. Les Anciens ne s'illusionnaient pas, car je les voyais continuer à me regarder d'un air dubitatif, mais pour ma part je me sentais plutôt dans l'état de quelqu'un qui vient de subir une chirurgie, l'ablation d'organes d'importance, mais pourris et devenus dangereux. L'avenir seul dirait le bienfait que je retirerais de cette thérapie singulière.

Je devinais leurs sentiments. Pour eux, les Blancs étaient d'une espèce ingrate et malvenue, qui ne tirait guère bénéfice des précieux trésors et enseignements dispensés par la nature tutélaire. Il fallait les prendre tout jeunes, disaient-ils, si l'on voulait en faire des hommes dignes de ce nom.

Telle était leur conviction qu'il n'y avait pas grand-chose à tirer de moi, qu'ils renoncèrent à me demander de chanter mon chant de mort tandis qu'ils me conduisaient de nouveau au sacrifice. Je n'étais pas un être honorable. Je les couvrais de honte. Cette fois, pour torturer une si piètre créature, ils se mirent à l'écart du village où il y avait un vieux poteau désaffecté et préparèrent les instruments à faire rougir au feu : haches, alènes, avec les mines dégoûtées de gens qui sont contraints à se livrer à la plus ennuyeuse et insipide des corvées...

Angélique l'entendit rire à petits coups comme s'il revoyait le spectacle, et surtout les expressions morfondues des bourreaux humiliés qu'il se mit à nommer à mi-voix :

– Outtaké, Tahontaghète, Gosadaya, Hiyatgou, Garagonthie.

Puis il rit encore, et à ces instants-là, elle percevait en lui un esprit jeune et facétieux que seule son existence chez les Sauvages lui avait permis d'exprimer.

– Et... qu'est-il arrivé ensuite ?

– Je l'ignore.

Il laissa passer un long temps. Elle crut qu'il s'était endormi. Mais il répéta :

— Je l'ignore... Pourtant je me souviens aussi... Je vois les haches rougies qu'ils passèrent le long de mes cuisses et je crois sentir cette odeur infecte de chair grillée qui me suffoquait... Je crois avoir subi le supplice... et je crois avoir souffert horriblement... c'est très vague... Je ne sais pas si j'ai crié encore, pour ajouter à la honte de mes malheureux bourreaux...

Il rit à nouveau de ce petit rire nerveux, hoquetant.

— J'ai encore un dernier souvenir, une vision plutôt. Je vois Outtaké au-dessus de moi, il est très grand et il me domine car il me semble que je suis étendu à terre, il a derrière lui le soleil et de grands nuages blancs qui gonflent, pétris de lumière, qui glissent à travers le ciel comme des voiles. Et il me dit :

— « Ne crois pas que je te laisse quitte de la honte, Hatskon-Ontsi, toi qui fus si grand, toi qui m'as trompé et insulté plus que tout être au monde. Je n'admettrai pas que tu laisses dans nos mémoires un souvenir de mépris et qu'on ose dire lorsqu'on évoquera ton nom : Celui-là, qui ne mérite pas même un nom, était l'ennemi d'Outtakéwatha : tu pars. Je t'envoie au-delà des monts. Mais je te poursuivrai... je te retrouverai... »

Je lui demandai :

— « Pourquoi ne m'achèves-tu pas ? »

— « Ce n'est pas à moi de t'achever. Tu t'es attiré de plus grands ennemis que moi, à qui revient ce droit. »

Devant l'énigme de cette réponse, la peur me reprit. À qui allait-il me livrer ?... Ses yeux cruels flambèrent.

— « Je te le dis, Hatskon-Ontsi, tu souffriras sur cette terre toutes les douleurs, toutes les passions... jusqu'à ce que tu sois digne QUE JE DÉVORE TON CŒUR !... »

Ensuite, ce fut un long voyage obscur dont je n'ai pas gardé le souvenir.

Au plus sombre de mon enfance, je crois avoir gardé l'espérance qu'un jour je pourrais entrevoir la face lumineuse de la femme après en avoir connu le côté vénéneux. Ma vie, sans le savoir, trouvait sa signification dans ce cheminement... L'on croit qu'on part pour les missions d'Amérique, mais je sais maintenant que je suis parti pour *une autre rencontre*.

Lorsque je me suis éveillé, j'étais entre ses bras. Elle pansait mes plaies et me donnait à boire, comme nulle mère, nulle femme ne l'avait jamais fait pour moi.

Je la reconnaissais, et pourtant je n'avais jamais rêvé de la voir si proche. Elle se nomma, j'attendais ce nom avec émerveillement et terreur.

Alors, je compris ce qu'avait voulu Outtaké. Combien subtile et raffinée était sa vengeance. Pas plus que je ne pouvais fuir le tison enflammé s'approchant de ma chair, je ne pouvais me dérober à l'ultime épreuve.

Le rêve allait voler en éclats. La coupe du salut serait écartée de mes lèvres. Je retournerais aux arides et inéluctables certitudes de la cruauté du monde contre laquelle il n'est point de remèdes.

Pourtant, lorsque je me nommai à mon tour, je ne pus lire sur son visage que tristesse, douleur et compassion.

60

À la suite de ses deux longs et pénibles récits, il eut une période d'interminable mutisme.

Mortifié dans son orgueil, cherchait-il l'oubli dans le silence ? Elle continuait de lui parler afin de maintenir son esprit en éveil. Cependant, elle se montrait prudente lorsqu'elle était tentée de nommer Joffrey de Peyrac. D'instinct, elle évitait de prononcer son nom, ou de dire : mon époux, car elle savait qu'alors, sa voix à elle fléchissait, et qu'il en éprouvait une irritation mêlée d'amertume.

S'il proclamait très haut qu'elle était sa principale ennemie, elle devinait que Joffrey éveillait en lui un antagonisme plus trouble, car cette fois la « trahison » venait de l'homme, et il avait dû rêver d'un monde où tous les hommes s'uniraient pour abaisser et réduire au silence l'Ève coupable, qui avait entraîné Adam et toute la Création dans le chaos du péché.

Par provocation, essai de justification à laquelle il ne voulait pas renoncer, il n'hésita pas, quand il recommença de parler, à se montrer acerbe.

– Par votre faute, j'ai perdu mes deux amis les plus chers.

– Pont-Briand ?

Il s'impatienta.

– Pont-Briand n'était pas de ceux que l'on peut élever au rang d'ami. Ce n'était qu'un exécutant. Ce qui lui advint fut logique et de bonne guerre.

– Vous l'y aviez poussé, d'une façon habile et machiavélique.

– Comment juger des êtres sans leur donner à choisir, et ainsi à se démasquer ? J'avançai ce pion et je sus mieux, grâce à cette manœuvre, non pas qui il était, car je ne le connaissais que trop, mais qui *vous* étiez, et aussi à quelles sortes de provocations pouvait réagir M. de Peyrac.

Mais laissons Pont-Briand. Il a rempli son rôle.

Je parle d'un de mes collègues de l'Ordre, le R. P. de Vernon, et puis du chevalier de Loménie-Chambord, mon frère de prédilection depuis le collège de Clermont où il me sourit pour la première fois. J'avais quatorze ans et il en avait onze.

Avec ces deux-là, jamais une querelle. Pas une ombre. L'entente parfaite. La connaissance mutuelle, l'alliance efficace en tout. Dans nos missions et nos travaux. Et vous n'avez qu'à paraître, et tout s'effondre ! Ô mes amis disparus ! Quel crève-cœur de vous avoir perdus ainsi ! vous qui étiez une partie de moi-même.

– Comment avez-vous pu apprendre que le chevalier de Loménie était mort ?

– Mort ?

Son cri éclata comme celui d'un homme qui vient d'être frappé au cœur par le poignard d'un assassin.

Angélique comprit que, jusqu'alors, lorsqu'il disait : « Je l'ai perdu », il avait parlé de la désaffection sentimentale du chevalier de Malte à son endroit, et qu'il ne savait rien de sa fin.

Elle vint s'asseoir au pied du lit afin de le regarder en face. Tendu en avant, il la fixait d'un regard halluciné, voulant déchiffrer sur son visage la sentence qu'il se refusait à croire.

– C'est vous qui l'avez tué ?

– Oui !

Il se retira lentement en arrière, la face cireuse.

– En suis-je la cause ?

– Vous êtes la cause de tous les malheurs de l'Acadie. C'était vous l'Homme noir qui se tenait derrière la démone de la vision. Vous l'avez toujours su.

– Lui ! Ce n'est pas possible ! Où ? Quand cela ?

– Ici même. À l'automne.

– Je ne lui avais pas dit de venir, à lui. Je voulais le tenir à l'écart de ma disgrâce. Je craignais trop pour sa vie.

– Il se fait que c'est lui qui a entendu le mieux votre appel : Vengez-moi. Une fois de plus, vous l'aviez envoyé pour la vengeance, et il est venu. C'était une mission sacrée. Cette fois, il ne faillirait pas à son devoir comme à Katarunk et comblerait vos désirs d'outre-tombe.

Et vous vous mentez à vous-même comme vous l'avez fait plus d'une fois. Vous avez toujours compté sur lui plus que sur tout autre pour obtenir notre capitulation ! Vous avez toujours espéré qu'il reviendrait de son aveuglement qui l'avait fait se prononcer pour nous, qu'il *vous* reviendrait, qu'il reconnaîtrait ses coupables erreurs qui l'avaient fait se détourner de vous, son ami et son maître.

Il envisagea de renouveler l'exploit manqué de Katarunk. Investir le fort de Wapassou en notre absence et le brûler.

Mais j'étais présente.

Il n'avait d'autre alternative que de m'exécuter, après avoir obtenu la reddition de tous nos territoires jusqu'à Gouldsboro, ou de me ramener en Nouvelle-France, non en triomphatrice cette fois, mais comme prisonnière. Où j'aurais été livrée à Ambroisine. Le cycle infernal était refermé. Celui que vous aviez voulu.

Du haut de ce fortin où je m'étais réfugiée, je le vis approcher. Il était persuadé que je me laisserais convaincre. Je l'ai abattu. Que pouvais-je faire d'autre ? Me rendre ? Trahir les miens ? Mon époux ? Mes amis ? Tous ceux qui nous avaient fait confiance ?

Privées de leur chef, ses troupes se sont retirées, mais non sans avoir pillé puis incendié Wapassou.

Il baissait les paupières, pâle et sans souffle. La douleur le consumait.

— Oh ! Claude ! Claude ! s'écria-t-il. Mon frère, mon ami. Au moins l'avez-vous tué sur le coup, je l'espère ?... Au moins votre habileté légendaire lui aura-t-elle épargné une longue agonie ? Car, blessé, loin de tout secours, mieux vaut achever un blessé que de le traîner sur les interminables pistes du retour !... Dites-moi.

Il lui saisit le poignet.

— Il est mort sur le coup, n'est-ce pas ?

— Je n'en sais rien ! cria-t-elle en se dégageant

avec d'autant plus de colère qu'elle n'avait cessé
de craindre d'avoir trop tremblé en appuyant sur
la détente. Ils ont enlevé le corps et se sont retirés.

— Si je devais envisager ses longues souffrances
et son agonie, je ne vous pardonnerais jamais.

— Et à vous, dois-je pardonner ? Vous préoc-
cupez-vous de nos blessés, de ceux que vos « vengeurs » ont laissés agoniser sur la prairie ou, qui
sait, périr dans l'incendie ? J'ignore tout de ce
qui est arrivé à mes amis. C'est mieux ainsi.
Sinon, pourrais-je vous pardonner le sort de ces
femmes et de ces enfants, mes compagnes, mes
amies, des enfants que j'avais vus naître ici à
Wapassou, et qui ont été entraînés sur « les pistes
interminables du retour » mourant peut-être de
froid et d'épuisement, ou livrés captifs, en butin,
à des Sauvages puants ?... Par votre faute ! Par
votre faute !

Ils se guettèrent, hérissés, haletants, comme
deux lutteurs épuisés de leur combat et qui regar-
dent, hébétés, couler leur sang.

— Des Sauvages puants ? Pourquoi parlez-vous
ainsi des Sauvages ? Je vous ai entendue vous
féliciter de savoir votre fille Honorine réfugiée
chez les Iroquois et en sûreté.

— En effet ! Plutôt la vermine et la crasse des
longues maisons iroquoises que de tomber entre
les mains d'une Ambroisine, suppôt de Satan, de
Lucifer, de Bélial et des quatre-vingts légions de
l'Enfer !... Mais il n'empêche que c'est un sort
terrible que d'être prisonnier des Indiens.

Puis, ils cessèrent leur débat, non par manque
d'accusations à se lancer à la tête mutuellement,
mais faute d'énergie à le poursuivre.

À plusieurs reprises, il se défendit d'avoir fait
venir Mme de Maudribourg en Amérique...

— Si je l'ai encouragée à œuvrer pour mes projets, je ne pensais pas qu'elle viendrait elle-même.
Ambroisine m'avait rejoint à Paris lorsque j'y

prêchais à l'un de mes retours. Elle ne m'avait jamais pardonné de l'avoir fuie. Elle savait que sa passion me révulsait. Cela avait des racines si profondes. Elle ne m'a jamais tenté. Elle était ma peur. Ma peur des femmes qui avait dressé une barrière entre elle et mon désir.

La découvrant riche, influente, j'eus l'idée de la faire servir à mes desseins, l'encourageant à fréter une expédition qui aurait pour but d'envoyer des colons choisis parmi des corsaires ou flibustiers reconquérir un territoire que j'estimais français, Gouldsboro, tombé entre les mains des hérétiques.

À Paris, elle fit merveille, allant d'un ministère à l'autre. Les robins tombaient comme cailles dans ses filets. Les armateurs les plus coriaces lui mangeaient dans la main. Elle recruta Colin Paturel, son navire et son équipage.

Après qu'elle eut eu l'occasion de déployer ruses et tromperies et de jouer le grand jeu de la séduction auprès d'un nombre imposant de mâles, nous avons pu, elle et moi, nous mettre d'accord. J'étais son confesseur, elle, ma pénitente. Je l'encourageai à se poser comme Bienfaitrice pour le salut de la Nouvelle-France, et elle, elle jubilait de jouer un rôle dans une œuvre qui apporterait drames et défaites. J'ai vu briller ses yeux lorsque je lui parlai de votre époux. À ce moment, il ne vous avait pas encore amenée avec lui. Lorsque je signalai votre présence, elle dut prendre sa décision de faire partie de l'expédition. Elle eut le temps de rassembler tous renseignements à votre sujet. Elle était très habile et allait au-delà des recommandations que j'aurais pu lui faire.

— J'ai cru comprendre qu'au moment du départ de la *Licorne*, elle avait la police à ses trousses. Sa meilleure amie, Mme de Brinvilliers, venait de se faire arrêter par le policier Desgrez. Et l'on découvrait une des plus grandes empoisonneuses de l'Histoire, un monstre de perversion, dépravée depuis son plus jeune âge.

— Ambroisine non plus n'a jamais été une enfant. Elle était un produit des ténèbres.

— Elle ne devrait pas avoir de nom. Chaque fois que je la nomme, un frisson me parcourt.

— Elle se nomme « Légions »...

— Le père de Vernon l'a deviné aussitôt. Il l'a dénoncée dans une lettre qui vous était destinée, mais qu'elle a dérobée par la suite, après avoir tramé sa mort. J'ai eu cette lettre sous les yeux et je me souviens qu'elle disait en substance ceci : « Oui, mon père, la Démone est à Gouldsboro, mais ce n'est pas la femme que vous m'avez désignée expressément comme telle, la comtesse de Peyrac !... » Que le père de Vernon l'ait démasquée, est-ce une raison suffisante pour vous plaindre de l'avoir perdu, en tant qu'ami, par ma faute ? Il vous restait tout dévoué. Vous ne pouviez lui reprocher de ne pas se montrer un exécutant habile et efficace dans les missions que vous lui confiiez. Que ce fût d'espionner les Nouveaux-Anglais, ou de s'assurer de ma personne sur le navire de Colin Paturel.

— Lui aussi a succombé à votre séduction ?

— Vous êtes obsédé, ma parole ! Lui, le père de Vernon ! un vrai jésuite, Seigneur ! Quel jésuite ! Il me faisait penser à mon frère Raymond. Froid comme un glaçon. Je n'ai pas eu de peine à le prendre pour un Anglais.

— Il était amoureux de vous... Il vous a tenue dans ses bras.

— ... Pour me sortir de l'eau !... Mais, comment savez-vous tout cela ?

— J'ai reçu de lui un premier courrier qu'il m'envoya de la forteresse de Pentagoët. Il était encore chez le baron de Saint-Castine, après vous avoir laissée regagner Gouldsboro. Prenant, lui aussi, comme le colonel de Loménie-Chambord, l'initiative de contrevenir à mes ordres et de juger mes intentions. Ce courrier contenait un pli scellé de ses armes, et quelques courtes lignes dans lesquelles il me demandait de bien vouloir me charger de faire parvenir la missive ci-jointe à Mme de Peyrac, au cas *où il lui arriverait malheur*.

— Cette lettre ? Vous l'avez lue ?

— Oui ! J'étais son confesseur.

— Beau confesseur !

— Ces licences sont autorisées aux directeurs de conscience.

— Belle conscience !

— C'était une lettre d'amour, elle commençait ainsi :« Ma chère enfant, ma petite compagne de "l'*Oiseau-Blanc...*". »

Soudain, l'humeur d'Angélique changea et elle se mit à rire, à rire au point que les enfants, éveillés, l'imitèrent.

— Pardonnez-moi ! se reprit-elle, mais la vie est si merveilleuse ! Une voyante m'a dit un jour : « L'Amour te protège !... » L'amour m'a protégée. Le père de Vernon n'a pu laisser exécuter la sentence. Il n'a pu me laisser me noyer. Il a plongé !... Oh ! mon cher Merwin ! Comme je suis heureuse !...

Plus tard, il revint sur le sujet de Loménie-Chambord. Cela ne passait pas. Plus que tout, il ne supportait pas son insensibilité à elle. Il avait été hérissé, scandalisé de la brutalité avec laquelle elle lui avait résumé la scène fatale : « Il venait les mains nues, parlant de paix. Je l'ai abattu. » C'était choquant !

— Plus choquant pour moi, désastreux, riposta-t-elle, aurait été de me laisser attendrir, de me laisser fléchir, de le suivre, lui livrant Wapassou, mes partisans, mes enfants, de le laisser poursuivre, comme il en avait l'intention, sa campagne jusqu'à Gouldsboro, où, avec l'aide de Saint-Castine, ou contre lui, qui sait ? l'établissement lui aurait été remis. Sans coup férir ?... ce n'est pas certain. Il y aurait eu des morts. La faiblesse souvent ne fait que reculer le massacre et en multiplier l'ampleur.

Vous m'avez trouvée brutale, mon Père, dans mes paroles. Parce que je vous ai fait grâce de tous les conflits et tourments qui ont agité mon âme et brisé le cœur, en ces quelques secondes d'hésitation avant de tirer. Il m'aurait fallu des heures pour vous les décrire. Je lui criais : « N'approchez pas ! N'approchez pas !... »

Mais il continuait d'avancer. Lui aussi avait fait son choix. Reniant l'alliance qu'il avait passée avec nous. Comptant sur l'affection que je lui portais pour que je me rende docilement... Que se passait-il en lui ? Il était retombé sous votre égide au point de faire fi de son honneur, au point de vous complaire, de complaire à votre mémoire ? Ou bien essayait-il d'échapper ? d'échapper à ce choix, d'échapper à nous tous qui ne le comprenions plus ?... Je l'ai abattu, répéta-t-elle.

Ce fut Sébastien d'Orgeval qui, cette fois, tourna lentement les yeux afin d'observer ce profil de femme, à ses côtés, ourlé d'un liséré de lumière venu de l'âtre, cette bouche fine et parfaite qui prononçait de tels mots.

– Je comprends, maintenant, comment vous avez pu vaincre Ambroisine. C'est cela qu'elle ne peut vous pardonner. On vous croit une femme sensible, vulnérable. Et soudain, vous vous révélez rusée, implacable.

– Si j'entends bien, vous voulez dire que *je ne joue pas le jeu* ?... Ce n'est pas la première fois qu'on m'en fait le reproche, et surtout qu'on s'en désole... Ce serait si facile, sans cela !... n'est-ce pas ? « Jouer le jeu ? » Quel jeu ?... Celui de la faiblesse, se couchant, vaincue, aux pieds de la force ?... Celui de la femme héréditairement soumise, s'inclinant d'elle-même devant l'homme, le guerrier... Celui de la sensibilité et de la générosité fatalement piétinées et brisées par la cruauté et la traîtrise de ses adversaires, eux sans scrupules.

Il est facile d'abuser de la bonté et de l'élan des cœurs généreux pour causer leur perte. Je suis un Sagittaire. Il m'a toujours été insupportable de donner à mes ennemis la satisfaction de ma défaite, sans qu'il leur en cuise, d'une façon ou d'une autre, si peu que ce soit. Une question de justice. Rétablir l'équilibre entre le Bien et le Mal. Entre les lois du Ciel et celles de la Terre. Mais il y a plus encore. L'être humain est au milieu. Il n'a pas le choix.

Ce n'est pas nous, les « tendres », qui nous montrons durs et intraitables, sans rime ni raison. C'est la vie, ce sont les autres, les égarés ou les sans scrupules. C'est la médiocrité, c'est la félonie des autres qui nous contraignent au choix.

Qu'on le veuille ou non, qu'on rêve d'harmonie, de paix, de bonheur quotidien, d'enfants heureux parmi nos œuvres fécondes, vient un jour où l'on est contraint au choix, un jour où il faut prendre les armes. Pour survivre ou pour défendre l'innocence. Et c'est cette contrainte que je hais le plus, mais j'ai appris combien elle était inéluctable. Bien peu peuvent éviter de l'affronter au moins une fois dans leur vie.

Claude de Loménie est mort parce qu'il avait fait son choix de vous servir. Sachez, Monsieur d'Orgeval, que vous m'avez imposé un acte dont je ne me consolerai jamais. Car moi aussi, je l'aimais.

Ces deux scènes convulsives les laissèrent ébranlés, épuisés.

Tandis qu'ils reprenaient force, étendus côte à côte, ils flottèrent sur des eaux paisibles et réalisèrent l'inanité de leurs débats et la profondeur d'un sentiment qui venait de loin et qui ressemblait à de l'amitié.

Au-dessus d'eux passaient les orgues du vent, et aussi les chœurs des anges en chevauchées fantastiques.

61

Ils s'imaginaient toujours que tout avait été dit, que la paix entre eux s'était faite, et puis, sur un mot, une allusion, se réveillaient la rancœur, le désespoir, les regrets.

Rancœur d'avoir payé un si lourd tribut, désespoir devant l'irréparable, regrets de s'être montrés craintifs, imparfaits, d'avoir, par bonne volonté, fait le jeu de piètres passions qui, une fois assouvies, semblent futiles, sans proportions avec les désastres qui s'ensuivent, les deuils qu'elles ont engendrés, les larmes qu'elles ont fait couler.

Leur antagonisme éclata une fois de plus, et c'était pourtant à l'occasion d'un événement qui aurait dû être marqué du signe de la joie : leur première sortie hors du fortin, après une longue période inclémente de nuit et de tempêtes, où ils n'avaient pu faire autrement que de rester terrés dans leur trou, sortie qui verrait les premiers pas du « ressuscité » à la lumière.

Depuis le début, elle avait pris soin de lui faire plier et déplier les jambes malgré les douleurs que cela entraînait et qui lui faisaient pousser des cris. Car elle avait remarqué qu'il pouvait exécuter des mouvements témoignant de souplesse et de vigueur, comme cette fois où il s'était redressé pour atteindre sa main et la baiser. Et cela évitait la raideur des membres qui risquaient d'être gauchis par les cicatrices, toujours imparfaites, que forment les chairs brûlées.

— Aujourd'hui, vous devez essayer de vous

asseoir, lui disait-elle en lui tendant les deux mains, pour qu'il puisse s'y agripper.

Le moment vint de l'encourager à se bouger plus encore.

Les progrès furent lents, pourtant avec des étapes décisives, franchies d'une heure à l'autre, comme par miracle.

Un jour il fut debout, squelettique, désarticulé, comme un polichinelle cassé, mais réussissant à déplacer ses pieds de quelques pouces tandis qu'elle le soutenait, le portait plutôt, le retenant à la taille, l'un de ses bras autour de ses épaules, et qu'il s'appuyait de l'autre main au petit Charles-Henri.

Le temps s'étant amélioré, elle décida d'effectuer une sortie avec lui et les enfants. La saison traversait une période de beau fixe. Le froid restait intense, mais le soleil brillait sur la neige fraîche et poudreuse.

Angélique avait dégagé la porte. Avec les enfants, ils avaient pointé le nez dehors et perçu la caresse du soleil au-delà de l'étreinte du gel. C'est le temps au cœur de l'hivernage où quelques ours risquent une vague sortie titubante pour replonger ensuite dans un meilleur sommeil.

À Wapassou, les autres hivers, tout le monde sortait, et l'on passait les brèves heures ensoleillées du jour à baguenauder. On allait se visiter, visiter les Indiens, on se promenait en raquettes, on poussait des traînes et les enfants faisaient des glissades au bord du lac, où, pour imiter la société québécoise lorsqu'elle organisait ses parties de patinage et de pique-nique au Pain de Sucre, près des Chutes Montmorency, l'on dressait des auvents avec brasero, distribuant des saucisses et des tartines de mélasse. C'étaient toujours pour les enfants des jours de liesse. Par ce temps-là, Angélique et Joffrey montaient au sommet de leur donjon et regardaient l'animation tout autour de la belle forteresse de bois de Wapassou, la fumée s'élevant des toits enfouis des autres habitations ayant essaimé sous leur sauvegarde. Les cris des enfants sonnaient loin, les rires des femmes, les interpellations des hommes, se hélant ou s'encourageant dans leurs travaux.

On sortait afin de boire l'air et le soleil comme une panacée dont il fallait faire provision avant que la tempête ne les emprisonnât pour de longues semaines encore, entre leurs murs, sous le poids des neiges.

À l'arrivée du père d'Orgeval mourant, après l'avoir débarrassé de ses haillons, elle avait puisé parmi les chemises et les gilets de Lymon White pour le vêtir. Pour la circonstance, elle lui apporta les hauts-de-chausses, bas, souliers du gardien de la maison – qu'était-il devenu, le pauvre muet ? – plus sa casaque et son bonnet de peau fourrés. Lorsqu'elle vit le jésuite équipé de pied en cap, elle ne résista pas à la malice de lui demander si de se sentir revêtu des hardes d'un Anglais puritain congrégationaliste du Massachusetts et qui avait eu la langue coupée pour blasphème ne l'impressionnait pas. Il répliqua, frémissant :

– Comment osez-vous plaisanter sur vos trahisons ? La racaille pernicieuse dont vous vous êtes entourés, votre époux et vous, a causé votre perte.

Comme il était debout et fort vacillant, et qu'elle-même et Charles-Henri avaient de la peine à le soutenir, elle s'exerça à la patience et garda le silence.

Elle commit une imprudence. Celle de ne pas prendre en compte l'émotion que de telles paroles, injustes et révoltantes, éveillait en elle.

L'aventure commençait mal. Ce fut son erreur de ne pas y renoncer, et de poursuivre son dessein qui était de traîner tout son monde dehors. Affaiblie par la contrariété et la rancune que ces réflexions malintentionnées de son patient avaient provoquées en elle, elle se sentit presque mal. Elle lui en voulut à mort.

— Avec vous, je vais prendre dix ans de plus, lui dit-elle.

Mais il ne comprit pas. Il était préoccupé d'avancer le long du couloir, chaque pas lui coûtant un effort et, sans doute, une souffrance.

Lorsqu'ils se furent extirpés de la tranchée glacée et se trouvèrent debout sur la neige en proie au froid et à la lumière, le regard qu'Angélique jeta sur la plaine blanche et étincelante, au lieu d'être heureux, fut amer.

Ce qu'elle voyait se détacher sur le ciel bleu, c'étaient les ruines de Wapassou dont le chaos recouvert de neige dressait une barbare cathédrale au revers de la colline.

Dans ses précédentes sorties, elle avait toujours évité de se tourner de ce côté-là, mais aujourd'hui, par la faute des paroles qu'elle venait d'entendre, elle éprouvait un dangereux vertige en mesurant toute l'ampleur du désastre. Cela lui creva le cœur parce qu'elle avait fini par oublier, dans l'urgence des menaces de famine. Mais le spectacle lui était d'autant plus pénible qu'elle se trouvait devant l'homme qui avait voulu cette défaite et qui pouvait s'en réjouir.

— Regardez ! s'écria-t-elle, s'adressant à la forme masculine qui se tenait près d'elle. Voilà votre œuvre ! Réjouissez-vous ! Vous vous plaignez de vos amis, de vos fidèles qui vous ont trahi. N'empêche qu'ils vous ont bien vengé... Ne vous lamentez plus là-dessus. Vous avez gagné... Car les dernières adjurations d'un saint martyr sont des ordres sacrés. Voici le résultat !

Les mots violents lui sortaient de la bouche. Elle les avait longuement ressassés, et même répétés à voix haute lorsqu'elle était seule dans le silence du désert blanc. Mais elle était incapable de les ranger, de donner une cohésion à ce qu'elle voulait lui expliquer.

— Il s'en serait fallu de si peu que tout soit

sauvé !... que le pauvre Emmanuel ait eu le temps de me parler avant de mourir.

— Mourir ? Emmanuel ? Ne m'avez-vous pas dit qu'il avait été épargné ?

— Par les Iroquois, oui ! Mais pas par les vôtres ! Il est mort !... Il est mort pour que nul ne connaisse la vérité sur votre déchéance... Il était venu dans le jardin, à Salem, pour me faire des révélations. Il allait parler. Il allait me confier sans doute ce qu'il avait vu dans la vallée des Cinq-Nations, il allait me crier : Ce n'est pas vrai ! Le Père d'Orgeval n'est pas mort martyr aux Iroquois. Il ne vous a accusée, vous, Madame de Peyrac, vous la Dame du Lac d'Argent, innocentée par les plus hautes instances de l'Église, que pour dissimuler sa faiblesse devant les tortures, trouver à son effondrement un prétexte, mais qui ne tromperait personne. Tout n'est que mensonges, m'aurait-il dit en pleurant, mais je vois mes maîtres les plus vénérés bâtir une légende destinée à abuser les âmes pieuses.

Voilà ce qu'il était sur le point de me dire. Voilà ce qui expliquait sa pâleur et son désarroi. Il n'en pouvait plus de se sentir engagé dans cette félonie.

Le jésuite essayait de suivre ses paroles volubiles en l'épiant d'un regard anxieux.

— Et... A-t-il parlé ?

— Il n'en a pas eu le temps. Le père de Marville a surgi devant nous. Il a intimé au jeune homme de se taire et de le suivre. Je ne l'ai plus revu. Le lendemain, on repêchait dans les eaux du port le corps d'Emmanuel Labour. Dira-t-on qu'il s'est suicidé ? Je crains qu'une volonté étrangère ne l'y ait poussé.

Et parce qu'Angélique crut surprendre dans le regard fixe, posé sur elle, une lueur de soulagement, elle se sentit devenir folle d'indignation.

— Vous aussi, vous trouvez que tout est bien ainsi, n'est-ce pas ? Vous l'auriez fait ? Vous auriez joué de vos « pouvoirs », comme vous dites, pour entraîner ce pauvre enfant, désorienté, affaibli par la faim, la fatigue et les tortures à aller se détruire lui-même, à se noyer volontairement, emportant son secret dans la tombe ? Lui si chrétien, si courageux, comment pourrait-on expliquer un tel geste, si l'on ne savait quelles influences vous n'hésitez pas à déclencher lorsque vous le jugez nécessaire, mes Pères... comme vous l'avez fait si souvent...

Vous l'auriez fait, vous auriez sacrifié l'enfant vous aussi, comme le père de Marville l'a fait. Il fallait sauver l'honneur de l'ordre. Eh bien ! voici. Regardez autour de vous. L'honneur de l'ordre est sauvé. Et notre œuvre à nous est anéantie.

Elle haletait. Des petits nuages de buée, s'échappant de sa bouche, soulignaient les mots dérisoires qu'elle s'entendait prononcer et jeter aux quatre vents de l'univers glacé.

— Les dernières paroles d'un martyr ont le poids des ordonnances ! l'impératif d'un testament !... Marville a su ce qu'il réussirait en vous mettant sur les autels. Sachant qu'il ne pourrait jamais effacer la réalité de votre acte, il a transmuté ce plomb en or pur et, le dissimulant, l'a fait servir à la plus grande gloire de Dieu et du Royaume. Vous êtes le plus grand. Vous les symbolisez tous. Gloire vous soit rendue, père d'Orgeval. On vous édifie des chapelles et les foules vous adressent prières et suppliques. Votre frère en religion a fait plus que de vous venger. Il vous a canonisé. Et qui se repentirait du résultat d'une si brillante imposture !...

Le froid lui arrachait la gorge. Elle avait tort de parler ainsi, de crier ainsi, cela ne servait plus à rien et ne vengeait personne.

Angélique toussa. Ses lèvres étaient sèches.

« À quoi bon la colère », se dit-elle, regrettant son éclat et l'état dans lequel elle s'était mise, car elle sentait la sueur qui lui coulait sur l'échine se figer en glaçons. À quoi bon cette diatribe adressée à un revenant qui ne tient pas debout et qui ne peut mettre un pied devant l'autre !

Elle reprit souffle, les yeux clos, puis leva le regard sur lui.

Elle le vit la bouche ouverte, la mâchoire tombée, en une expression de stupeur, mais aussi d'incrédulité. Il venait seulement de réaliser le complot que le père de Marville avait tissé autour de son nom. Il se prit à secouer la tête et répéta plusieurs fois :

— Qu'est-ce que j'ai fait ?... qu'est-ce que j'ai fait ?...

Très lentement, il plia les genoux. Elle tendit le bras pour le retenir.

Mais il s'était seulement agenouillé. Et elle le vit lever les yeux, puis les mains vers le ciel.

— Pardonne-moi, Emmanuel. Et vous, très chers et saints et modestes martyrs, mes frères jésuites du pays de Canada, vous que le monde oubliera, pardonnez-moi ! Pardonnez-moi d'avoir usurpé, malgré moi, la gloire et la révérence qui vous sont dues, à vous seuls, vrais sacrifiés de Dieu, vous qui êtes morts pour Son seul amour, et non pour l'adulation des humains, pour leur servir d'exemple et non pour susciter leur vénération idolâtre, pardonnez-moi !

Pardonnez-moi les fautes commises de mon fait, les félonies auxquelles j'ai entraîné les miens. Pardonnez-moi ! À moi, indigne, moi, la honte de notre Saint ordre, moi le plus vil, moi le plus lâche. Par la fraternité de nos engagements, conservez-moi votre pitié, priez pour mon rachat, et par la vertu de vos saintes plaies, ô je vous en supplie, veuillez m'assister à l'heure de ma mort !...

La lumière qui rendait sa face translucide venait-elle du soleil ou de la transfiguration intérieure de son être ?...

Là encore, Angélique se trouvait devant un inconnu, et se demandait où était passé l'individu auquel elle venait tout à l'heure d'adresser son violent réquisitoire.

Puis, soudain, elle se retrouva dans le grand silence blanc et le froid cruel.

— Où sont les enfants ? s'écria-t-elle, revenant à la réalité. Où sont-ils passés ?

Elle regardait autour d'elle. Les enfants avaient disparu. Elle se remit à claquer des dents de froid et de panique. Elle avait perdu la tête à se disputer avec cet homme et, pendant ce temps, elle avait perdu de vue les enfants.

— Où sont-ils ?... Où sont-ils ! Où sont les petits innocents ?...

— Ils sont là-bas, au bord du lac, et ils font des glissades, dit le père d'Orgeval dont la vue était perçante.

Il s'était relevé et il posa une main sur son épaule.

— Apaisez-vous !

— Je ne pourrai jamais aller si loin les chercher. Mais comment font-ils donc ? J'ai à peine assez de force pour effectuer quelques pas et eux s'envolent comme des oiseaux. Comment les atteindre ?... Ils s'éloignent. Ô mon Dieu !

— Ne bougez pas, dit-il. Ils vont revenir. Ils vont revenir d'eux-mêmes.

Une brume sournoise de fin du jour commençait de poudrer les lointains, de pastelliser le bleu des forêts, de fondre tout le paysage derrière un voile d'irréalité.

Angélique ne voyait plus les enfants et s'affolait.

— Est-ce qu'ils reviennent ?

— Ils reviennent.

— Je ne les vois plus. Où sont-ils ? Ils vont disparaître. Disparaître !...

— Non ! ils reviennent ! Calmez-vous.

Elle sentit ce bras nerveux autour d'elle qui la soutenait, et la retenait de s'élancer, car elle serait tombée et n'aurait pu se relever.

Puis les enfants réparurent à sa vue, trois points ronds, même pas des silhouettes tant ils étaient petits et engoncés dans leurs vêtements, mais trois points qui, de façon insensible, grossissaient de seconde en seconde.

— Ils avancent ?
— Ils avancent.

Ils s'avançaient, comme naissant de l'or vermeil de l'hiver, Charles-Henri au milieu, donnant la main aux jumeaux, ceux-ci se dandinant sans hâte à ses côtés, et tous trois très satisfaits de leur expédition.

— Ne leur dites rien. Ne les grondez pas... Ils sont notre pardon ! Ils sont notre salut !

62

Elle avait cru que l'orignal, leur fournissant des réserves de viande jusqu'au printemps, garantirait leur survie jusque-là. Mais voici que pointait la face insidieuse du deuxième ennemi le plus cruel des hivernages, après la faim : le scorbut. Face hideuse, face pourrie, aux chairs gonflées, aux gencives sanguinolentes...

Elle commença d'en soupçonner l'approche en remarquant la pâleur et la fatigue de la petite Gloriandre. Cette charmante poupée, toujours gaie et qui suivait, avec un entrain aussi dévotieux qu'admiratif, les initiatives de ses frères, ne l'avait pas accoutumée à l'inquiétude. Depuis les premières heures de sa naissance, elle surnageait, faisant preuve d'une vigoureuse santé, petit poisson vaillant dans le courant des maladies et épreuves physiques qui s'abattaient sur son frère, et qu'on s'était habitué à lui voir franchir, elle, par ses seules forces et sans grand dommage.

À cause de cela peut-être, Angélique fut plus longue à s'alerter. Et quand elle s'en avisa, le mal lui parut déjà fort avancé. De toute façon, elle était impuissante à l'enrayer. Des éléments essentiels manquaient à leur nourriture.

L'enfant sur ses genoux, elle caressait le rond visage, où les prunelles d'un bleu changeant s'étaient ternies, elle caressait les longs cheveux noirs, si beaux et invraisemblablement longs chez une si petite fille qu'ils semblaient la vêtir, la cacher dans son abandon contre l'épaule de sa mère, tandis que ses petites lèvres gonflées s'efforçaient en vain d'ébaucher un sourire.

– Ô ma petite princesse ! Ô mon trésor ! Ce n'est pas possible. Je sais encore si peu de choses de toi. Je n'ai pas encore eu le temps de te connaître. Et tu t'en vas !... Je t'en prie ! Je t'en supplie... Ne pars pas !

Cet atterrement, cet affolement, c'était son premier réflexe sous le choc de la découverte. Elle avait tellement cru qu'ils étaient sauvés de tout, et que tous en vie reverraient le printemps.

Comment se défendre de l'horrible maladie ?... Elle allait trouver un moyen. Mais dans les premiers instants, elle ne pouvait que serrer l'enfant contre elle, avec passion.

Gloriandre de Peyrac ! La petite princesse ! La petite merveille parée de toutes les grâces ! La fille du comte de Toulouse. Elle pensa à Joffrey. Elle pensa aux femmes de sa lignée. Et à la régente d'Aquitaine, sa mère, superbe et ardente, dont il disait, en évoquant les vagabondages de sa jeunesse étourdie, « que même au bout du monde, et sans lui vouer un quotidien souvenir, il avait gardé la sensation de ne l'avoir jamais quittée ». À cet esprit tutélaire, elle confia l'enfant condamnée.

Cette femme avait adoré son fils, et combien Angélique comprenait et partageait ce sentiment ! Sa vaillance avait dû donner à la mère de Joffrey le pouvoir de continuer à veiller sur lui dans l'au-delà.

– Vous n'avez pas le droit de lui laisser reprendre sa petite-fille.

Le marché posé, elle se sentit mieux.

Du lit, la voix du jésuite lui parvint. Il s'informait de son souci, dont il avait perçu l'expression sur sa physionomie.

– Ma petite fille, je la croyais sauvée, murmura-t-elle. Et puis voici que je recommence à craindre qu'elle me soit enlevée, qu'elle ne parvienne pas jusqu'au bout de l'hiver.

Elle se mordait les lèvres, et c'était la première fois qu'il la voyait retenir ses larmes. Il découvrait en ses traits bouleversés la vulnérabilité de son cœur, sa tendresse émouvante que ce beau visage, parfois si impérieux, au regard qui pouvait être si fulgurant, faisait oublier.

– Pas deux fois, murmura-t-elle ! Pas deux fois cette angoisse.

– Ah ! vous voyez ?... Vous comprenez maintenant ce que cela veut dire. Pas deux fois. C'est le deuxième coup qui provoque la chute... Pour celui-ci, on n'avait pas de forces en réserve. Que craignez-vous ?

– Le scorbut. Le mal de terre.

Il fit un effort pour s'asseoir et se hisser hors du lit, puis vint, à petits pas de podagre, se pencher sur l'enfant et l'examiner avec attention.

Puis il retourna s'étendre et ferma les yeux avec un profond soupir.

Mais au bout de quelques instants, il dit d'une voix ferme :

– Gardez confiance.

63

Au matin, en s'éveillant, elle le vit debout au pied du lit, revêtu de la casaque et du bonnet de Lymon White.

Il lui dit qu'il avait décidé de partir et de marcher jusqu'à ce qu'il puisse trouver un poste ou une mission, d'où il rapporterait le supplément de vivres nécessaire.

Il allait remonter vers le Nord et joindre les chenaux glacés de la Mégantic. Quand il aurait retrouvé le fil d'une autre petite rivière sinuant l'été entre des falaises de deux cents pieds, il saurait qu'il serait sur le chemin le plus court sinon le moins accidenté pour atteindre la mission abénakise de Saint-Joseph, dans la région de la Haute-Chaudière, une des plus modestes, mais la plus proche pour eux. Il se pourrait qu'elle fût déserte. Que tous y soient morts ou en soient partis. Mais sinon, là, il se procurerait de quoi se changer de la sempiternelle viande d'élan, du maïs encore, de la farine, qui sait ? des choux si les pères en cultivaient, conservés glacés sous la neige. Et s'il n'avait pu en prendre en chemin sur les arbres, il trouverait dans leur pharmacopée cette fameuse écorce avec laquelle le chef huron, durant le premier hivernage dans la rivière Saint-Charles, avait sauvé l'équipage de Cartier, décimé par le scorbut. « Ce n'est que sagesse que de se fier aux remèdes des Sauvages lorsqu'ils ont fait leurs preuves. »

Angélique s'était levée. Elle se tenait devant lui, ne parvenant pas à se persuader de sa décison. Plus elle y réfléchissait, plus ce projet lui apparaissait pour ce qu'il était : fou, insensé et voué à l'échec sans rémission, malgré l'espérance qu'il faisait naître. Même un homme vigoureux n'aurait pu se mettre en chemin à cette époque de l'année, pour traverser la région sur une telle distance, sans que tous lui prédisent une mort certaine.

Le cercle des ouragans cernait leur île déserte, et elle avait trop bien compris que nul ne pouvait s'en échapper, ni y pénétrer avant la fonte des neiges.

La distance était immense. Les tempêtes menaçaient tous les jours, et si l'une le surprenait, il « s'écarterait » selon le mot terrible, qui condamne l'isolé perdu hors des pistes sans point de repère dans les rafales de neige.

— Votre fille est atteinte, fit-il en jetant un regard sur la petite Gloriandre. Je rapporterai de l'écorce spécifique, répéta-t-il, ou des fruits confits, des pruneaux secs, des choux, toutes choses qui éloignent en quelques prises le mal de terre, et aussi du maïs, des haricots, et des grains de folle-avoine à germer.

— Et si les jésuites vous reconnaissent ? Et s'ils ne vous laissent pas repartir ?

— Il n'y a là-bas que deux jésuites. Un profès, le père de Lambert, et un coadjuteur temporel, peut-être un serviteur laïque. Cela ne fait au plus que trois Blancs.

L'été, la place est intenable à cause des débordements de la Chaudière, et l'on quitte la butte isolée, infestée au surplus de moustiques.

Mais l'hiver, on y demeure pour assister les populations errantes qui essaient de joindre Lévis et Québec afin d'y recevoir des secours et qui, sans cette étape, mourraient en chemin de faim et de froid.

Angélique ne pouvait se faire à cette idée. Il ne pourrait jamais parvenir jusque-là ! Il tomberait en route. Puis, elle se rappela la venue de Pont-Briand et son Indien, le groupe de Loménie et d'Arreboust, les exploits isolés d'intrépides comme celui du jeune Alexandre ou de Pacifique Jusserant, le « donné » du Père d'Orgeval, et jusqu'à cette folle équipée de Joffrey qui avait poursuivi Pont-Briand jusqu'au lac Mégantic pour le tuer en duel.

Les fous du désert blanc. Il y en avait parfois qui survivaient et qui revenaient, car c'était un pays pour les insensés.

Elle insista cependant.

— Vous êtes faible, blessé, malade encore. Vous tenez à peine debout.

Il leva le doigt, comme s'il se fût mis en rapport avec un contact invisible.

— Le souffle de l'Oranda me soutiendra.

— Qu'est-ce que l'Oranda ?

— L'esprit et la force suprêmes au sein des

choses, au sein même de l'air que nous respirons. Je l'appellerai. Il viendra.

D'un mouvement impulsif, elle se jeta vers lui, le serrant dans ses bras.

— Vous reviendrez, n'est-ce pas ?

— Je reviendrai. Et vous, vivez ! dit-il en l'étreignant aussi, chacun voulant laisser à l'autre le viatique de sa confiance. Vivez ! bien-aimée femme, afin de ne pas rendre vain mon sacrifice.

64

Il bondissait ! Il franchissait l'espace ! Il brisait le cristal du froid, traversait les vibrations d'or du soleil.

Il n'avait plus de corps. Ce n'est pas lui qui reconnaissait la piste. C'était la piste qui lui faisait signe. La forêt qui s'ouvrait devant lui. Il savait où franchir les failles d'un bond. Où aborder les monts pour les traverser. Par instants, il renversait la tête en arrière.

« Oranda ! Oranda !... »

Le Grand Esprit lui apportait sa revanche. Il serait un homme comme les autres, luttant pour la sauvegarde d'une femme et de petits enfants.

Il éprouva quelques bourrasques, mais le temps restait pur. Les glaçons hérissaient sa barbe.

Une brusque tempête se leva au cours du dernier jour, mais il se savait près du but et ne s'égara pas. Ce fut à travers les rafales cinglantes qu'il entendit le carillon de la cloche.

La cloche du salut ! La cloche de l'office du soir. « Salve Regina. » Salut, Reine du Ciel !

Le temps de sortir de la forêt, de traverser une longue plaine, et de monter lentement vers la mission, et le ciel se dégagea, les nuages porteurs de neige s'enfuirent.

Ses lèvres noircies par le gel et le soleil ébauchèrent un sourire lorsqu'il aperçut la croix de la chapelle.

— Comme je t'aime, signe d'amour. Dieu crucifié ! Scandale de l'Univers ! comme je t'aime.

L'odeur chaude était enivrante.

— Nous avons boulangé, lui dit le missionnaire qui l'accueillait.

Les deux jésuites le considéraient en silence. Il s'inquiéta. Trouvaient-ils étrange qu'il ne se nommât pas ?

— Vous êtes-vous « écarté », cousin ? lui demanda le frère coadjuteur qui avait un visage de solide campagnard.

Il secoua la tête négativement. Puis il comprit que son apparence était celle d'un pauvre hère, décharné, rendu à demi fou par la solitude des bois, la peur, la faim. Pourtant il ne se jeta pas sur la nourriture qu'on lui présentait. Il fit signe qu'il voulait tout d'abord seulement se réchauffer et se reposer.

Lorsqu'il s'assit devant la cheminée, il sentit que ses vêtements collaient à sa chair en différents points car des plaies s'étaient rouvertes. Il refusa de percevoir son corps. Il n'était qu'une oreille attentive. Il écoutait ces voix d'hommes parlant français entre eux, reprenant la langue algonquine lorsqu'un Indien se présentait. Les Indiens avaient une apparence étrangère. Leur dialecte était presque incompréhensible pour des Abénakis de la région. Il leur attribua une parenté avec les Narragansetts du Sud. La nuit vint.

Après avoir récité le chapelet à la chapelle, et chanté des cantiques avec les fidèles, les missionnaires refermaient les portes de la petite palissade qui clôturait leur habitation.

« Tous ces bruits d'une mission, se disait-il, ces odeurs. Une odeur d'encens. Une odeur de pain ! de cierges éteints. De missels ! Des bruits de rangement de chapelets dans la sacristie. Des murmures de prières... »

Les deux hommes en robes noires revinrent dans la salle commune. Ils respectaient le silence de l'hôte étranger, mais il les examinait en secret et il se méfiait de leur subtilité. Ils dialoguaient entre eux, tout d'abord sur les peuplades qui campaient à leurs portes. Des survivants de la grande confédération des Narragansetts. Les Anglais sanguinaires dans le Sud avaient brisé leur révolte à jamais. Puis ils s'entretinrent des événements de Nouvelle-France. Le nouveau gouverneur semblait décidé à réduire les Iroquois qui œuvraient pour les Anglais. Il avait commencé une campagne militaire que l'hiver avait arrêtée. Ils parlèrent aussi de Wapassou et il fut tout ouïe. La coalition que Frontenac avait imprudemment formée avec le gentilhomme français, allié des hérétiques de la Nouvelle-Angleterre, s'était dissoute. À l'automne, la campagne de M. de Loménie avait mis fin à ce dangereux voisinage. Le nid de pirates impies avait brûlé. Wapassou n'était plus et ne renaîtrait pas de ses cendres.

Son cœur battait. Il pensait à elle, si loin, là-bas. Il se taisait. Il se demandait s'ils ne parlaient pas pour lui, l'ayant reconnu... ou s'ils ne devinaient pas d'où il venait... Puis il se rassura, comprenant qu'il ne s'agissait que d'un dialogue banal, comme en échangent au soir d'une journée de labeur ceux qui se retrouvent et commentent la situation afin de décider de la prochaine journée. Des nouvelles parvenues récemment avaient renseigné les deux solitaires sur des changements de politique dont ils n'avaient pu suivre les étapes. Il les entendit se féliciter du départ – on disait déjà du rappel – du gouverneur Frontenac, si hostile à la Compagnie de Jésus.

Il se taisait. Dans cette ardeur de détruire Wapassou qu'il sentait dans leurs propos, comme s'il s'était agi d'une croisade sainte, il reconnaissait sa propre rage, celle qu'il avait entretenue jadis, et ne comprenait plus.

— Tu es là-bas, songeait-il, se rattachant à la vision d'une femme, et à la tendresse de son regard posé sur lui, mi-indulgent, mi-provocant, un regard qu'elle n'avait que pour lui, et tu m'appartiens même si je ne suis qu'un compagnon de passage, un compagnon de misère, un ennemi auquel tu ne pardonneras jamais, un pauvre homme qui mérite pitié, même si tu n'appartiens qu'à l'autre, celui qui hante ton cœur, celui dont se languit ton corps, amoureux de son corps, de sa force, de son sourire. Je ne suis rien auprès de lui, mais tu m'appartiens si je le veux, se répétait-il, en trouvant une douceur et un réconfort à ce tutoiement hardi, signe d'une plus profonde intimité et qui ne franchirait jamais ses lèvres, car je suis celui qui est venu te soutenir et qui va t'aider à vivre jusqu'à ce que tu puisses te retrouver de l'autre côté de l'hiver et courir à nouveau vers ton amour. Je ne suis rien, mais je t'aurai offert ce présent qui est plus que ta vie, te conserver en vie pour lui, avec les enfants de votre amour. »

Il se tenait assis au coin de l'âtre les yeux baissés, accentuant son côté un peu borné de « voyageur » taciturne qui s'était « écarté » dans la fureur de l'hiver, et mal remis des fatigues et des efforts qu'il avait dû fournir pour échapper à la mort blanche. Il craignait aussi de se trahir par son regard, et répondait en grommelant à leurs questions.

Le frère disposa des écuelles sur la table et des gobelets d'étain.

— Viens-tu partager notre repas, ami ?

Il leur obéit, se décidant à ôter son bonnet noir et ses gants fourrés.

Quand il avança la main pour prendre le morceau de pain qu'on lui tendait, ils eurent un regard de pitié et de respect.

— Toi aussi, mon frère, tu as souffert par les Iroquois, ce nous semble.

Il fallait bien répondre.

Il parla d'un voyage aux Andastes, et comme quoi il était demeuré ensuite chez les Sioux, ces tribus de l'extrême ouest des Lacs, qui sont alliés des Neutres et des Pétuns, craignant de retomber entre les mains de ses tourmenteurs sur le chemin du retour. L'annonce de la campagne de M. de Gorrestat contre les Iroquois l'avait encouragé à faire une tentative, mais il avait eu du mal cette fois à échapper aux Sioux qui voulaient le retenir, et puis la rudesse de l'hiver, bien sévère cette année-ci, avait retardé son avance.

— N'êtes-vous pas un habitant du Cap de la Madeleine, dont la famille est sans nouvelles depuis trois ans ? demanda le père.

Mais le frère coadjuteur secoua la tête avant lui. Tous les visages de Nouvelle-France semblaient lui être dangereusement familiers.

— Je ne te remets pas, cousin !

Il allait continuer à lui poser des questions.

Pour détourner leur attention, il fit l'effort de les interroger sur leurs travaux. Combien de catéchistes ? combien de baptêmes pour l'année ?

Ils parlèrent volontiers de leur ministère. Cette année, il y avait ces tribus algonquines qui étaient montées du Sud. Les Indiens n'écoutaient pas volontiers la bonne parole, dit le Père, mais, ayant tout perdu par les Anglais, ils comprenaient que le seul refuge qu'ils pouvaient trouver désormais était à l'ombre de la croix catholique et de la bannière du roi de France.

Ils arrivaient de plus en plus nombreux. Ce n'était pas facile de les nourrir, de les soigner, de les défendre des sorcelleries de leurs « jongleurs » et de l'amoralité de leurs femmes. Surtout de l'ivrognerie, qui causait de grands crimes.

— Nous n'avons que peu de réserve de spiritueux ici. Seulement pour les malades et les blessés.

Nous ne brassons même plus de bière pour ne pas les tenter. Mais dès que le temps se fait meilleur, le froid moins dur, ils partent en campagne, sous prétexte de chasses, et remontent jusque sous Sorel ou sous Lévis pour se faire donner des provisions d'eau-de-vie, en échange de leurs fourrures qu'ils ont souvent volées dans les pièges des tribus locales, ce qui entraîne des conflits.

Ils devisèrent, et il se laissait aller à les écouter, les approuver, les encourager par de brèves paroles, touché de pitié pour eux, de compassion pour la rudesse de leur existence. Mais, sachant à quelle source sainte ils puisaient leur courage, il les admirait, il les enviait, il se sentait leur frère plus qu'aucun autre ne pouvait l'être, et en même temps, il se sentait séparé d'eux pour toujours, jusqu'à l'éternité, comme par une dure et infranchissable vitre, comme par le voile de la mort.

Le feu baissait dans l'âtre, et ses lueurs rouges et tressautantes jouaient sur les faces des trois hommes, assis à la table, et penchés les uns vers les autres en une attitude de confidence.

Sébastien d'Orgeval fut le premier à prendre conscience de la nuit qui s'avançait.

— Il se fait tard, mes frères, murmura-t-il. N'est-il pas temps pour vous de prendre du repos ? Pour moi, si vous l'autorisez, je dormirai en cette pièce, dans ce « banc de quêteux » que j'aperçois là-bas.

Les deux religieux se levèrent en silence. Le frère coadjuteur se souvint qu'il lui fallait veiller jusqu'à la fin de la cuisson du pain de la seconde fournée.

— Je veillerai, moi, s'interposa leur hôte. Je vous en prie, reposez-vous. Je serais heureux de vous remercier de votre hospitalité par quelque service.

Le père de Lambert et le frère acquiescèrent d'un signe de tête. Ils se tenaient devant la porte, ayant en main des veilleuses de fonte, dites « à bec de corbeau » dont la mèche, trempant dans la graisse d'ours, répandait un halo d'une couleur d'or ou sombre d'enluminure. À la mission, les chandelles servaient de cierges, et on les réservait pour la chapelle.

Ils regardaient vers l'homme debout dans la pénombre, l'homme aux mains de martyr, l'hôte venu du froid désertique, comme surgi, né de la tempête même, de ses rafales et de ses cris, et qui ne cherchait plus à feindre la posture gauche et bourrue d'un coureur de bois insoumis, habitué chez les Indiens.

— Nous nous levons dès matines pour prier, dit le père de Lambert. Les journées ne nous en donnent pas assez l'opportunité. Ensuite, je dirai la messe. Serez-vous des nôtres ?

— Avec joie. Et si vous ne m'en jugez pas indigne, après m'avoir confessé, je serais heureux de vous la servir.

Ils eurent un signe de tête affirmatif et, graves, se retirèrent.

Leur nuit serait courte.

Il devait mettre ce laps de temps à profit.

Pour lui, pas de sommeil. Quand il s'était relevé, ses plaies s'étaient rappelées à lui. Il ne pourrait les soigner. Les premiers mouvements qu'il ébaucha le firent grimacer de douleur. Il songea aux mains douces d'Angélique posant des compresses sur ses blessures, et à ce pli léger qu'elle avait entre les sourcils lorsqu'il lui prenait d'examiner une plaie avec attention, comme si celle-ci lui eût parlé face à face et qu'elle eût écouté ses explications.

Il sourit. « Vite ! hâtons-nous ! »

Il alla dans le fournil et, à l'odeur qui s'en échappait, jugea du temps qu'il faudrait encore pour que la cuisson des pains soit achevée.

Puis il entra dans un appentis attenant qui devait servir de cuisine d'été. L'hiver, on y entreprosait traînes et raquettes, bottes et gants fourrés, bonnets, lourdes casaques de peau ou cabans de grosse laine.

Il choisit une traîne, large, longue et solide, déjà harnachée de ses rênes, une paire de raquettes de rechange. Il entrouvrit la porte de la cabane et vit l'arrière-cour encombrée de neige avec un terre-plein déblayé devant la maison. Le remblai de neige, ourlé de clair de lune, projetait son ombre jusqu'au seuil. Il disposa la traîne au-dehors, sortit aussi la paire de raquettes.

Il revint à l'intérieur et alla ouvrir la remise aux provisions.

Il agissait sans bruit aucun, le pas si léger et les gestes si adroits qu'un Indien même n'aurait pu le surprendre.

Du magasin, il ramena des sacs de farine de froment, du blé d'Inde, des boîtes de pruneaux et d'écorces confites de citrons verts, du riz de folle-avoine, de la mélasse, des pains de sucre, du sel, des pots de conserves de graisse d'oie, des haricots, des courges séchées, et toutes sortes d'herbes.

Il se rendit dans la sacristie de la chapelle et prit quelque chose dans un des placards. Il revint dans la maison. Il se déplaçait avec une telle célérité évanescente qu'il semblait qu'il ne pouvait laisser aucune trace ni sur la neige, ni sur la terre battue des magasins et des caves, ni sur les planchers de l'habitation. Toute la ruse corporelle de l'Indien était en lui.

Il chercha encore un objet qu'il trouva enfin dans un petit coffre de la grande salle, et, avant de s'éloigner, il mit quelques cendres sur le feu afin de l'étouffer. Le produit de ses rapines avait été solidement arrimé sur la traîne.

En dernier lieu, il retourna au fournil et ouvrit le four pour y prendre les pains qui étaient bien levés et que l'on pouvait considérer comme cuits. Il les prit tous, et les transporta un à un sur la traîne. Il les tenait sur son cœur avec volupté, se réchauffant de leur chaleur brûlante et se disant que ce parfum de boulange était bien le plus grisant de la terre pour un être affamé.

Un instant, il craignit que cet encens généreux de la plus noble nourriture des hommes, le pain, ne parvînt aux narines des religieux endormis. Dans l'air glacé, les effluves s'élevaient comme une offrande sacrée.

Il jeta sur les miches fumantes une couverture de traite, et une fois encore serra et boucla des liens. Puis il chaussa ses raquettes, enfila à ses épaules les harnais de la traîne, et se mit en marche à travers la cour.

Il ne ressentait plus rien, ni douleur, ni fatigue. Il n'était qu'un corps en mouvement, et la lueur crue du clair de lune lui fut indifférente. Arrivé à la porte de la palissade, il retira habilement les diverses chevillettes, tourna la clé de la forte serrure qu'ils avaient placée pour décourager les voleurs la nuit, et commença de s'avancer vers la plaine.

Peu après, il se retourna. Au revers du coteau, la mission, déjà à demi ensevelie sous des masses de neige, commençait de disparaître à ses yeux. La petite croix du clocher brillait encore, en filigrane argenté sur le ciel d'un bleu sombre et vide, car, sous l'effet de l'éclat de la lune ou d'un léger brouillard, on n'y voyait briller aucune étoile.

En contrebas, il y avait les wigwams des Indiens, Wapanogs et Wonolancets, amoncelés en taupinières, d'où montait une nappe stagnante de fumée. Mais peu de lueurs brillaient. Au cœur de la nuit, on ménageait le bois.

Les bruits étaient étouffés, comme la vie elle-même, non seulement par l'hiver, mais par la misère et l'angoisse de la défaite, l'interrogation du lendemain comme une infinie pesanteur qu'on ne pourrait plus jamais repousser, rejeter.

Des enfants pleuraient, des chiens aboyaient,

des vieillards toussaient. Cela s'entendait à peine.
C'était fort menu, fort lointain, comme un rêve.

Il regarda vers le sud-est, et vit au-dessus des
montagnes éclairées de lune une barre noire qui
montait lentement. La tempête. C'était vers elle
qu'il allait.

La neige effacerait ses traces.

Personne ne pourrait le poursuivre.

Ils ne songèrent pas à le poursuivre.

— Où sont donc passés tous les pains de la
seconde fournée ? s'écria le frère Adrien, lorsque,
déçus de n'avoir pas vu leur hôte à la messe, les
deux religieux se rendirent dans la pièce commune
et que le convers ouvrit la porte du four.

Désorienté, il regardait autour de lui et ne
discernait plus nulle trace de celui qui, la veille
au soir, avait frappé à leur porte et demandé
l'hospitalité.

— Avons-nous rêvé ? Était-ce un revenant ?...

— Un revenant ne vole pas trois sacs de farine
de fleur de froment, autant de maïs et la moitié
de notre réserve de pruneaux, fit remarquer le
père de Lambert après avoir mené une rapide
inspection au magasin de vivres.

— Allons voir s'il n'a pas volé autre chose, dit
le frère tout chagrin.

— Que voulez-vous qu'il vole d'autre ?... De la
nourriture, c'est ce qu'il voulait.

— Il a pris la traîne.

— Pour porter son butin.

Le père ne voulait pas signaler qu'il avait
remarqué la disparition d'une soutane et d'un
missel.

Durant la nuit, la tempête les avait effleurés.
À l'aube, des nuées sombres étaient passées au-
dessus de la mission, une neige tourbillonnante
était tombée mais ce n'était qu'avant-garde prélu-
dant à de plus sévères chutes qui ne sauraient
tarder. Dans le tapis mince et velouté de neige

fraîche, la piste de la traîne et des raquettes était encore visible. Ils la suivirent jusqu'au-delà de la palissade et restèrent à regarder vers les lointains dans la direction dangereuse du Sud-Est inhabité, vers lequel s'en était allé l'inconnu. La tempête continuait d'avancer et promettait d'être farouche. La neige recouvrirait les traces du voleur, sinon lui-même et ses larcins, ensevelis.

— Pourquoi pleurez-vous, mon frère ? s'enquit le père profès. Allons ! Allons ! pour quelques livres de farine volées. Et il nous en a laissé à notre suffisance.

— Ce n'est pas pour cela que je pleure, dit le convers. Que m'importe le vol...

Des larmes coulaient sur ses joues paysannes, sans qu'il pût les retenir, mais c'étaient des larmes suaves.

— Je pleure parce que je me souviens de notre veillée hier soir. Comme nous étions bien lorsqu'il était assis parmi nous, partageant notre repas et que nous parlions ensemble. Quelle lumière ! O père, ne l'avez-vous pas remarquée ?

— En effet, dit le père, songeur. Il y eut comme une clarté autour de lui et une sérénité en nous et autour de nous.

— Je ne me souviens plus de rien d'autre. Ni de ses paroles, ni des sujets de nos entretiens, je me souviens seulement que ses yeux étaient bleus comme le ciel, et que nos cœurs étaient pleins de joie.

65

Depuis déjà plusieurs miles, il avait repris ses bonds déments. Une panique qui, à chaque pas, s'enflait, lui tordait les entrailles.

« Oranda ! Oranda ! »

Depuis plusieurs miles, il aurait dû percevoir

au loin cette trace de fumée qui ne peut se confondre avec les traînées de brumes pour un œil exercé, et qui l'aurait averti de l'approche de Wapassou.

Cette trace de vie dans le paysage mort, il se brûlait les yeux à la découvrir derrière les fentes du masque de cuir indien qu'il s'était fabriqué afin de moins souffrir de la réverbération.

Déjà, estimait-il en flairant le vent, il aurait dû percevoir l'odeur de fumée, si ténue fût-elle, diluée dans l'air glacé.

Rien. Et une mortelle appréhension le submergeait. Il s'arrêtait, et se tordait les mains. Puis repartait, volait par-dessus les fondrières, avalant, sans la voir, la piste blanche, entraîné par le rythme de ses raquettes frappant la neige et le bruit de sa respiration sifflante.

Trop tard ! Là-bas, au fond de l'impavide horizon translucide et glacé était la Punition !...

« Qu'ai-je fait ? se disait-il. J'ai voulu sa mort, j'ai voulu sa destruction... À travers elle, je voulais détruire la Femme. Dieu, pourquoi as-tu laissé une telle folie s'emparer de moi ? Je voulais Te servir... Je ne pensais pas qu'elle était si fragile, et si gaie, et si tendre. Je n'ai pas pensé aux petits enfants. Comme si je n'avais jamais su que derrière toute femme il y a des enfants. Ô Seigneur, pourquoi m'as-tu fait naître parmi les démons ? Pourquoi as-tu abreuvé mon enfance de sang ?... »

Il fit halte.

L'atroce était devant lui. Ses yeux pleuraient de douleur derrière le masque de cuir car il distinguait le fortin de Wapassou. Mais aucun filet de fumée ne s'élevait au-dessus du toit à demi enfoui sous les neiges.

Nul mouvement.

Jamais il n'avait éprouvé de sa vie un choc aussi terrible.

« ILS SONT MORTS ! ILS SONT MORTS ! »

Il se lança sur la pente en jetant des cris et des appels hagards.

– Me voici, mes petits enfants !... Me voici, j'arrive ! J'arrive !... Je vais vous préparer une bonne sagamité...

Il faillit se rompre le cou en tombant dans la tranchée avec son chargement.

Il se relevait, se ruait sur la lourde porte. Elle n'était que poussée et céda, battant mollement sur le vide et le silence.

Empêtré de ses raquettes qu'il n'avait pas ôtées, il demeurait sur le seuil, clignant de ses yeux blessés, afin de s'habituer à la pénombre. Il distinguait peu à peu, avec stupeur, les trois enfants très emmitouflés, mais qui, au milieu de la pièce, jouaient tranquillement aux osselets.

– Où est votre mère ?

– Maman dort ! répondirent-ils avec un geste vers la chambre.

Et ils se remirent avec gravité à faire tinter leurs osselets sur le plancher de gros bois.

Encore haletant de sa course, il pensait :

« Elle est morte ! Et les enfants prennent son immobilité et son silence pour un profond sommeil. »

À pas titubants, tremblant de tous ses membres, il gagna la pièce du fond et entra.

Elle était assise devant l'âtre éteint et dormait en effet, dans une attitude abandonnée qui trahissait une grande fatigue.

La lueur d'un soleil blafard venant de la petite imposte devant laquelle la neige avait été dégagée jaunissait son visage déjà très pâle, et là encore, avec un tressaillement, il crut qu'elle était morte.

Il toucha ses mains, ses joues. Elles étaient glacées, mais il perçut le mouvement léger de sa respiration.

À genoux sur la pierre de l'âtre, il commença de briser des brindilles puis de rassembler branches et bûchettes pour allumer le feu.

– Me voici, mes petits enfants, marmonnait-il, je suis là maintenant... Je vais vous préparer une bonne sagamité... très chaude, avec des airelles... Je suis là... Je vous apporte la vie...

Ce fut le craquement des flammes qui réveilla Angélique et elle se dressa avec un sursaut d'effroi, car, sentant qu'elle allait perdre conscience, elle avait évité d'allumer le feu, craignant d'y tomber, ou de ne pouvoir le surveiller, ou que les enfants n'entreprennent de jouer avec, dans la bonne intention de l'entretenir.

Elle était si fatiguée.

Elle vit le voyageur à genoux devant elle, guettant son regard.

– Pourquoi n'avez-vous pas allumé le feu ? s'écria-t-il. J'ai cru mourir de douleur en n'apercevant aucune fumée au-dessus du toit.

Elle dit que, les heures du jour lui ayant paru chaudes, elle avait préféré laisser tomber le feu pour économiser un peu de la provision de bois. Ils étaient sortis avec les enfants, il fallait profiter de ce soleil. Ensuite...

Il posa son front sur ses genoux, et elle voyait entre ses cheveux drus la tonsure comme une hostie blanche.

– Ô Seigneur ! murmura-t-il, ô Seigneur ! quelle douleur !... J'arrive à temps.

Alors elle lui avoua comme une faute que, depuis quelques jours, la fièvre ne la quittait pas. Avait-elle pris froid, ou était-elle victime d'une atteinte de malaria ?

– Je suis là, maintenant. Je vous rapporte aussi des cédrats confits, des pruneaux et toutes sortes de fruits séchés, du riz de folle-avoine, du miel, de la mélasse...

Il accrochait le chaudron à la crémaillère, versait l'eau.

– Pourquoi, étant fiévreuse, ne vous êtes-vous

pas réchauffée en vous étendant sous des couvertures ?

Elle lui expliqua qu'elle avait craint d'être entraînée dans les délires de la fièvre.

Étant assise, elle veillait.

Il comprit qu'elle ne savait plus depuis combien de jours il était parti, qu'elle n'avait plus trouvé de forces que pour les gestes essentiels des soins à donner aux enfants, qu'elle avait cessé d'espérer son retour... qu'elle ne tenait plus qu'en se répétant : « Ne t'endors pas... »

Elle regardait autour d'elle avec désolation.

— Excusez-moi, je n'ai pas balayé et rangé depuis longtemps. C'est une vraie porcherie.

Avec beaucoup de précautions, il l'enleva dans ses bras et la porta sur le lit.

— Je suis là maintenant. Je vous prends en charge.

Il l'étendit et la recouvrit avec soin.

— Le temps d'aller ramener à l'ordre ces petits piliers de tripot qui font des paris au jeu des osselets dans la grande salle, et je vous montrerai nos richesses. Ensuite, je vous mijoterai une soupe digne de ma tante Nenibush.

Mais elle détourna la tête en murmurant qu'elle n'avait pas faim.

En dépit de ses dénégations, elle put avaler quelques cuillerées du brouet.

Le fortin de Wapassou signait un nouveau bail avec la vie.

Elle avait pris froid en essayant de trouver des tripes de roche et de l'écorce d'épinette pour Gloriandre. Elle en avait trouvé et avait pu faire boire une tisane à la petite qui se sentait déjà mieux.

— Femme de peu de foi, dit-il, ne m'étais-je pas engagé à vous maintenir tous en vie d'une façon ou d'une autre jusqu'à mon retour ? Quand vous persuaderez-vous que le plus précieux de nous-même est invisible ? Vous semblez mépriser ces « pouvoirs » dont vous êtes pourtant si abondamment pourvue, et ne faire confiance qu'à vos actes. C'est là un défaut féminin, un défaut de ménagère. Le Christ l'a dénoncé en rendant visite à Marthe et Marie. Les femmes ne se sentent en paix avec leur conscience que si elles prouvent leur utilité, et apportent de façon souvent excessive la justification de leur existence.

Soit, dit-elle, elle avait eu tort de ne pas rester à l'attendre, les bras croisés, comme une lampe allumée qui veille. Ce n'était pas dans son tempérament. Et malgré ses remontrances, elle ne se corrigerait pas de sitôt.

Mais, blottie sous ses couvertures, les paupières baissées sur une martelante migraine, elle convint que c'était une des voluptés de la vie que de s'abandonner à la maladie, en rejetant toutes responsabilités sur quelqu'un d'autre.

Maintenant que le souffle de l'Oranda avait permis au jésuite d'accomplir la randonnée du salut, le combat contre l'hiver pouvait reprendre.

Il rangea les roues de pain sur les étagères, le long des murs de la chambre et de la grande salle, là où était leur place de réserves. Et quand il n'y en aurait plus, on boulangerait. On ferait gonfler du bon pain dans le four, de ce pain qui est, par excellence, la nourriture des Français, mets vital et riche, né pourtant de si peu de choses, de l'eau, du sel, un peu de ferment et de la farine. Farine de fleur de froment, miracle des moissons, issue du grain plus précieux que de l'or. Pain, vin. Du vin, il y en avait peu à la mission. Rien que du vin de messe. Il le leur avait laissé. Par contre, il ramenait une provision d'eau-de-vie.

Et aussi de la chandelle. Mais les chandelles, on les ménagerait. Les chandelles peuvent être d'ultimes ressources pour corser de la sagamité brûlante mais parfois trop clairette vers la fin des hivernages.

On ne les allumerait que pour les fêtes. Bientôt serait la Sainte-Honorine.

— Nous ferons un gâteau en l'honneur de votre grande sœur et nous prierons pour elle.

Dans la nuit, elle l'entendit délirer. Elle ouvrit les yeux et aperçut au mur les roues de pain de la mission Saint-Joseph, rangées comme des faces bonasses qui veillaient sur elle.

Il était donc revenu ? Mais où était-il ?

En réalité, elle n'avait jamais cru qu'il reviendrait.

Elle avait subi son départ comme une mort, et cela avait plus influé sur sa santé que les privations.

Il était étendu devant la pierre de la cheminée, enroulé dans une couverture.

Encore faible, mais se sentant mieux, elle alla s'agenouiller près de lui. Il dormait d'un sommeil fébrile et marmonnait des phrases sans suite. À ce voyageur qui revenait d'avoir traversé le Tartare glacé de l'Enfer, elle n'avait offert que des plaintes et aucune hospitalité. Elle avait pourtant eu le temps de se dire qu'il avait l'air d'un spectre. C'était tout juste s'il n'était pas encore plus affreux que lorsqu'elle l'avait trouvé cousu dans son linceul de cuir. La peau blême sous la barbe hirsute, le nez bleuâtre, les yeux enfoncés dans l'ombre du capuchon, un squelette sous sa défroque gelée par sa sueur dans la course, et maintenant humide, irritant ses plaies, un revenant...

Comment avait-il pu exécuter un tel exploit, fournir un tel effort ?

Elle le réveilla doucement.

— Venez vous mettre au chaud, dans le lit. Je parie que vos blessures se sont rouvertes, et que vous n'avez pas même avalé un bol de bouillon. Ah ! nous faisons une belle paire à nous deux !...

Mais à eux deux se relayant, ils continueraient à faire reculer la mort.

66

Quelques jours plus tard, il lui fit part de la mort de celle qu'entre eux ils continuaient d'appeler Ambroisine de Maudribourg. Il avait surpris la nouvelle dans les propos échangés par les deux jésuites de la mission Saint-Joseph.

L'épouse du nouveau gouverneur, en visite officielle à Montréal, s'étant écartée dans sa promenade, avait été victime, à l'automne, d'une étrange agression.

— Elle est morte ! Une bête sauvage l'a dévorée.

— Ce n'est pas la première fois.

— Cette fois, c'est la bonne, murmura-t-il.

Sur cette agression, les avis de la colonie, fort secouée par les conditions horribles de cet attentat sans précédent dans les annales, demeuraient partagés. Les uns parlaient d'une bête sauvage qui l'aurait mise en pièces, les autres, d'une attaque d'un parti d'Iroquois rôdant sournoisement en cette fin d'été.

— Avez-vous des détails ? Ce n'est pas courant qu'une dame de qualité se fasse attaquer par une bête sauvage en l'île de Montréal, bien peuplée.

— Mme de Gorrestat était allée se promener à la brune, vers la pointe du Moulin, tout à l'extrémité ouest de l'île. Seule. Malgré la réputation de piété et de vertu qu'elle s'était déjà méritée, il y eut certaines mauvaises langues pour chuchoter qu'elle y avait un rendez-vous galant.

— Toujours la même ambiguïté quand on parle d'ELLE. Les uns sont innocents et veulent croire à son charme, les autres savent et se taisent et ne parlent qu'après. Elle s'est donc éloignée seule vers la pointe du Moulin. Et ensuite ?

L'ancien compagnon d'enfance d'Ambroisine eut un sourire sardonique.

– Et l'Archange était là ! Et le monstre !...

– Qu'a-t-on vu ?

– Rien ! ni personne ! Aucune trace alentour, ni de pas, ni de pattes... sauf, chuchote-t-on, de griffes sur l'écorce d'un arbre... Mais rien de plus. S'il y eut de véritables traces, elles furent effacées. Ce qui habilita par la suite la thèse d'une attaque d'Indiens, car pour effacer des traces avec tant de talent, il fallait être un esprit ou un habitué des bois. Il fallait bien donner à M. de Gorrestat de quoi alimenter sa douleur et son désir de représailles. On sut le persuader que la mort de sa femme était due à un parti d'Iroquois, et, bien qu'à l'évidence, d'après ses blessures, celle-ci ait été plutôt victime d'une bête féroce, ce qui aussi ne laissait pas, malgré tout, de paraître invraisemblable si près de la ville, l'époux effondré et qui n'avait pas eu le courage de regarder le corps, puisa la force de faire face à son épreuve dans un brûlant désir de vengeance.

Un chef huron vint proposer « une chaudière », c'est-à-dire une expédition de guerre. L'armée, les seigneurs canadiens et les alliés sauvages se mirent en branle. Pour justifier ce déploiement de navires et de canots chargés d'armes vers le lac Champlain, on eut recours à la ruse. Le nouveau gouverneur envoya une convocation aux Principaux des Cinq-Nations, souhaitant les rencontrer et leur offrir festin pour les honorer. Les Iroquois qui regrettaient de n'avoir pas été au pawa de Fort-Frontenac à Cataracoui, comme chaque année, se rendirent à l'invite du nouvel Onontio. Au cours du repas, les Principaux furent enlevés et chargés de chaînes, et depuis dirigés sur Québec d'où on les enverra ramer sur les galères du roi.

Seuls Outtaké, qui était en expédition au loin, et, l'on croit, Tahontaghète échappèrent.

L'armée continua en direction de la Vallée des Cinq-Lacs. Mais l'hiver, surgissant brusquement et avec une sévérité sans égale, les troupes durent rebrousser chemin, non sans pertes. Ils se sont retirés dans les forts et les comptoirs de traite, et reprendront la campagne au printemps.

– Le Mal continue sur sa trace. Est-elle vraiment morte ?

– Autant que peut l'être une personne dont la tête a été retrouvée sur la fourche d'un arbre, alors que le corps gisait au sol à quelques pas de là.

La prophétie s'est accomplie.

LA CONFESSION

67

Dès qu'il eut repris des forces et fut en état de panser lui-même les plaies de ses jambes, il alla emménager dans la chambre de Lymon White. L'âtre de cette petite pièce correspondait avec la cheminée centrale qui, bâtie sur les modèles de Nouvelle-Angleterre, s'ouvrait sur quatre foyers différents. L'un, sur l'ancienne chambre des Jonas. Les deux autres, sur la grande salle.

Il entreprit de ranimer la maison engourdie. La nuit, il ne cessait de surveiller les feux. Il entrait à pas de loup, ressortait comme une ombre.

Angélique, n'ayant plus à se préoccuper de tout, dormait d'un sommeil plus réparateur. Il montait sur la plate-forme pour flairer les changements de temps, pour se prouver, pensait-elle, que l'hiver relâchait son étreinte.

Il neigea d'abondance et les portes et fenêtres furent à nouveau bloquées. Mais cette neige elle-même était signe de redoux.

Le gel, si redoutable, marquait un recul.

Ils déblayaient avec constance l'entrée du tunnel qui ne débouchait que sur l'univers clos, blanc et gris de la neige doucereuse et envahissante. Cependant, Angélique ne la haïssait pas. Elle préférait cette neige, penchée sur eux comme pour les envelopper et les cacher dans son giron, au cercle sans fin d'un univers sans vie ou au sifflement des tempêtes. Cette neige les avait sauvés à l'automne.

Que l'hiver était long ! Pourtant, chaque jour marquait une avance.

Si elle se représentait l'état dans lequel avait été déposé sur le seuil celui qui, avec beaucoup de soin et de vigilance, aujourd'hui l'aidait, elle ne pouvait que se féliciter de la marche du temps.

Ce matin-là, elle était assise à côté de la cheminée et roulait des bandes de charpie qu'elle avait auparavant lessivées dans l'eau bouillante additionnée de cendres. De ces bandes, elle avait fait un abondant usage, mais désormais elle pouvait aligner les petits rouleaux de toile blanche et les ranger en réserve dans son coffre de pharmacie en souhaitant de n'avoir plus à s'en servir d'ici longtemps.

Soudain, le père d'Orgeval apparut devant elle, vêtu de sa soutane noire.

À sa vue, elle resta stupéfaite.

Il était tel qu'elle l'avait imaginé autrefois, lorsqu'il était leur ennemi inconnu, et qu'elle appréhendait sans cesse de le voir se dresser devant elle, accusateur et implacable, et à plusieurs reprises, hantée par cette image, elle avait cru le voir surgir, silhouette noire, le confondant avec d'autres. Soit une fois sur le Penobscot, à l'orée d'un bois – mais ce n'était pas lui, c'était le Père de Vernon, soit dans la petite maison de Ville-d'Avray au pied de l'escalier, un soir à Québec – et c'était simplement Joffrey, son époux, qui rentrait tardivement vêtu de son caban noir. Ou bien, dans la pénombre de la maison des jésuites, toujours à Québec, l'apparition inopinée de l'un d'eux l'avait fait tressaillir, mais elle avait reconnu une fois de plus, le père de Guérande. Et ainsi, beaucoup d'autres fois, pour une silhouette entr'aperçue, elle avait pensé : « Cette fois, c'est lui !... Voici l'heure du combat. » Mais toujours, s'abritant derrière d'autres porte-parole, il s'était dérobé.

Et maintenant voici qu'il était là, la main posée sur sa poitrine tenant l'extrémité du crucifix où brillait le rubis, mince, délié, presque élégant dans sa robe noire, dont la large ceinture serrant sa taille amaigrie lui conférait une silhouette quasi féminine, avec une allure espagnole, à l'imitation du grand Ignace de Loyola, par le haut col aux revers blancs arrondis.

Simultanément, elle pensa : « Qu'il est beau ! » puis : « D'où tient-il cette soutane ? » Enfin, avec une frayeur panique : « Il va partir ! »

Mais, sans lui laisser le temps d'ouvrir la bouche, il la priait de ne point s'émouvoir et de ne pas interrompre sa tâche. Il souhaitait simplement lui parler.

Puis, devinant sa crainte, il affirma que cela ne remettait pas en cause sa présence auprès d'eux. Il resterait à leurs côtés jusqu'au retour du printemps, jusqu'à ce qu'il puisse lui-même les remettre entre les mains de leurs amis.

Il y avait seulement deux ou trois points encore qu'il tenait à éclaircir entre eux.

Tout d'abord, il parla de son ami le plus cher, Claude de Loménie-Chambord.

Lentement, comme avec piété, il évoqua leur amitié, et cette forme d'amour qui avait existé entre eux, subtile, exquise et déchirante, amour du cœur accepté, amour charnel refusé et qui faisait que pour chacun l'autre avait été le symbole du feu qui brûle au cœur de tous les êtres, issu du même foyer unique de l'Amour essentiel, et à travers lequel ils avaient pu aimer de passion et de tendresse le reste de l'humanité. Mais forme inachevée parce que interdite par la dure Bible, laquelle devait, dans les temps premiers, donner la primauté à la procréation.

Amour sublimé donc puisqu'ils n'avaient pas eu d'autres choix, qu'ils avaient vécu depuis leur jeunesse et durant de longues années dans cette incomplétude, mais qui leur avait permis de suivre dans la joie, et souvent dans la paix du cœur, les chemins ardus de dévouement et de sacrifices de leurs vocations.

— Et encore, dit-il, poursuivant un discours qu'il avait dû se répéter à lui-même, que j'en sois venu à me demander aujourd'hui s'il n'eût pas mieux valu pour la gloire de Dieu que nous ne soyons séparés en rien, car j'ai appris que rien n'est plus créateur et victorieux que l'amour sincère, je reconnais que ce pur et tendre amour que je gardais pour mon frère d'élection m'a préservé du poids de la solitude et de l'aridité du cœur et a comblé longtemps mon être affectif, laissant en paix mes sens qui ne se voulaient pas concernés.

On nous apprend dans notre noviciat à dominer en les sublimant ces désirs impérieux. J'y étais maître.

Elle l'écoutait attentivement, tout en continuant de rouler ses bandes puisqu'il l'en avait priée, mais plus lentement, donnant sans le vouloir une douceur rituelle à ces gestes simples des besognes quotidiennes qui bercent la vie.

Lorsqu'il parla de l'ardeur du sentiment qui l'avait uni au comte de Loménie-Chambord, elle pensa à Ruth et Nômie et son cœur se réjouit d'entendre ce prêtre en lévite noire accorder à leur amour interdit une sorte d'absolution indirecte. Pourtant, c'était bien le père Sébastien d'Orgeval qui était devant elle.

Elle fut peu à peu envahie par une rassurante conviction, qu'en cette heure, elle, lui, ils pouvaient *tout* se dire.

Ils étaient seuls au monde.

Dans un monde détruit, désert, inaccessible.

Nul ne pouvait entendre leurs propos, nul ne pouvait les recueillir pour les travestir et en faire des armes de mort.

Ils n'avaient pas à craindre de n'être pas compris. Ni d'égarer, ni de tromper, ni de blesser, ni de décevoir, ni de se faire des ennemis qui détruiraient leurs vies et celles des êtres qui leur étaient chers.

La folie de Babel s'agitait au-delà des frontières visibles.

Pour eux, ils étaient seuls sans autre témoin que le Créateur.

Il reprit la parole en disant qu'il devait revenir à ce jour d'automne au lac de Moxie. Ce jour où, dans une rupture de tout son être, il venait de comprendre que l'Amour, et l'amour charnel aussi, pouvait être le chemin du sacré. Conséquence de la révélation : l'effondrement de sa vie tout entière, le démantèlement des cadres qui le soutenaient.

— Alors je sus que l'Amour était un don de Dieu, et que j'avais été coupable, grandement coupable de l'avoir méconnu.

J'en voulus à mon corps d'être impliqué dans cette révélation. Sensations de transport et d'envol jamais éprouvées. Sur le moment, j'en bénis Dieu. Mais c'était trop. Je m'évanouis. Je revins à moi pénétré de confusion, d'effroi aussi. Je cherchai à reprendre pied dans mon univers familier. L'idée de la Démone annoncée me traversa l'esprit et j'eus peine à retenir un cri de victoire.

J'avais trouvé la parade.

C'est ainsi. Je ne voulus pas reconnaître la Lumière. Elle me blessait dans toutes les défenses que j'avais édifiées pour me préserver contre ce que je haïssais et qui me terrifiait le plus : l'Amour que je confondais avec la concupiscence, l'Amour, notion méconnue et qui venait de me frapper de son éclair, qui venait de me révéler l'envers caché de son mystère et de m'apprendre que la force d'un tel sentiment pouvait donner à tout individu la sensation d'exister sur terre, cet Amour qui est tout pour vous.

618

Ce que j'avais entrevu était trop fou... Je me suis entêté. Peut-être parce que je ne voyais pas comment matérialiser la révélation. Renoncer à mes amis les meilleurs, les décevoir... On me montrerait du doigt en disant : « Il est devenu fou... » La Femme, l'Amour, la Liberté de la conscience... Il était trop tard pour moi. Mon corps était façonné, raide, forgé au pouvoir sur les êtres, à la guerre, à la puissance... Tout quitter... Pour une vérité entrevue... Sans rien espérer en échange.

Circonstance aggravante, j'avais entr'aperçu les chevaux des hommes dans le sous-bois, une caravane. J'avais deviné *qui* était mon apparition... Donc, tout rentrait dans l'ordre. Je pouvais continuer ma guerre. Oui, vous le voyez, je me cherche des excuses. Mais cela ne change rien. Je n'en ai pas.

J'ai su le jour où je cessai d'avoir la conscience pure vis-à-vis de mes actes. Lorsque, enfant, je partais massacrer les protestants avec ma grande épée, j'étais terrifié, mais si convaincu de servir Dieu que Dieu me pardonnera ces crimes-là. Nous naissons aveugles, entourés de brouillard, effrayés par des monstres dont nous mettons des années à comprendre qu'ils ne sont que des épouvantails de paille et de bois mort.

Mais lorsque l'on voit clair, c'est alors que commence la faute.

Je suis criminel d'avoir continué à vivre en donnant à ce que j'entreprenais les apparences d'actions vertueuses qui cachaient en réalité toutes les folies d'un sentiment amoureux.

Cet amour, je l'appelais haine afin de pouvoir me trouver des raisons d'y songer. Je parlais de campagne de guerre, de croisades, afin de justifier l'obsession de mes pensées.

Tous les projets de défaites, de capture, de vengeance, de persécutions que je fomentais contre vous, c'était sous l'aiguillon d'une attirance à laquelle je refusais de donner un nom. Je croyais vouloir abattre, détruire, effacer, avilir ce qui ne méritait pas de triompher et j'étais hanté par une seule chose : l'approcher.

Je croyais que c'était pour pourfendre les ennemis de Dieu, pour accomplir ma mission...

Lorsque je montai à l'assaut de Newchewanick, près de Brunswick-Falls, je vous savais là, dans ce hameau de puritains sur la colline, je criai : « Amenez-la-moi ! » J'étais certain de toucher au but. Je vibrais, et je ne savais pas de quelle impatience... Qu'attendais-je de cet instant où elle serait devant moi, vaincue, prisonnière ?... Mais elle ne vint pas... Et Piksarett s'envola avec vous !... Ne riez pas !... Je commençais à comprendre que le duel avait plus d'importance que je ne voulais lui en attribuer, que je n'étais pas seul à décider de ce duel... et de son issue.

Fou, j'ai voulu votre mort pour extirper ce qui me rongeait, croyant qu'ensuite je retrouverais mon âme.

Puis il parla de la rancune et de la jalousie dévorante qu'il avait éprouvées envers l'autre, l'homme à qui elle appartenait, l'homme qui la possédait, et qui, par l'effet d'une injustice intolérable, était aussi aimé d'elle.

Cet aveu était plus difficile car il commençait à bien connaître Angélique et il savait que, si elle pouvait accueillir d'un front serein l'annonce qu'il avait voulu sa mort, elle était plus sensible lorsqu'il s'agissait de celui qu'elle adorait.

Non, assura-t-il, lui son époux, son amant, son amour, il n'avait pas voulu le tuer. Il aurait voulu l'écarter. Il aurait voulu qu'il démérite. Il aurait voulu voir abaisser sa superbe, briser son insolente aptitude à vivre.

— Ne croyez pas que la vie lui a toujours été facile, essaya-t-elle de protester.

— Il savait tout, trancha-t-il, et je ne pouvais le souffrir...

Comme il était bienheureux, ai-je pensé souvent, cet homme dont vous étiez si éperdument amoureuse, et qui n'avait rejeté ni la chair, ni l'amour, et ne s'était jamais embarrassé des lois. Athée, libertin, foulant aux pieds tous les préceptes, bafouant l'Église et ses institutions – son procès n'a-t-il pas été provoqué sur les plaintes de l'évêque de Toulouse ? –, je voyais qu'en échange de tant de transgressions effectuées avec désinvolture et sans se soucier du scandale, il avait couronné cette existence coupable par la découverte des joies les plus hautes et les plus enivrantes. Non seulement il avait découvert l'Amour, le vrai, celui qui se relie à l'extase divine, mais il avait été payé de retour. S'étant acquis la plus belle des femmes, il en avait été aimé. Il fut celui désigné pour la combler, la transporter, la ravir, l'enseigner.

Méritait-il tant, ce gentilhomme d'aventures, ce comte de Peyrac ? Je le maudissais. Pourquoi lui et pas moi ?...

Je me pris à l'envier d'être sans moralité, sans attaches, sans servitude et vassalité d'aucune sorte envers quiconque... Et pourtant, je le sentais juste parmi les justes. J'avais peur de comprendre. C'était lui qui avait raison. Lui qui marchait dans la Voie de la Vérité parce qu'il marchait dans la voie de sa vérité. Cela aussi, je devais le regarder en face.

C'est une chose terrible que de découvrir l'erreur accomplie et l'ampleur des pièges dans lesquels on est tombé. Mieux vaut rester aveugle que de comprendre que la lumière de la Vérité ne vous est pas accordée selon vos mérites, mais selon le Plan. Mieux vaut continuer de se croire parmi les élus.

— Et maintenant, qu'en pensez-vous ?

— Que Dieu accueille toutes les voies qui exaltent Sa grandeur et célèbrent Sa bonté. Je suis apaisé et assuré de moi-même, bien que perdu pour les miens à jamais. Voilà ce que je voulais vous avouer, pour que le passé ne laisse plus subsister d'équivoques et d'amertumes entre nous. Il fallait débarrasser ces événements de la duperie des apparences : *Je ne combattais pas pour Dieu, et vous n'étiez pas ses ennemis*.

Tout s'est passé ailleurs, là où s'ouvrent les nouveaux regards et où se préparent les bouleversements des générations. Mais... tout est si lent sur terre...

Il se tut.

Angélique avait fini de rouler ses bandes, elle les avait posées soigneusement l'une près de l'autre, sur l'escabeau voisin.

Il vit qu'il l'avait rendue nerveuse. Mais qu'elle ne parlerait pas. Car, en effet, tout était impondérable et il n'y avait eu que trop de mots.

Les mains sur les genoux, elle le regardait.

Un léger sourire jouait au coin de ses lèvres.

Il lui trouva une grâce infinie et ferma les yeux.

Elle dit cependant, au bout d'un long silence méditatif :

– Puis-je vous poser une question ?

Et comme il acquiesçait d'un signe de tête :

– D'où tenez-vous cette soutane en parfait état ? Je croyais avoir découpé en lanières celle que vous aviez sur vous à votre arrivée !

– Celle-ci, je l'ai empruntée aux missionnaires de Saint-Joseph.

– Pourquoi l'avoir revêtue aujourd'hui ?

– Pour des aveux difficiles, une armure est parfois nécessaire.

– Père d'Orgeval, il m'arrive de me demander si votre erreur initiale n'a pas été, plutôt que d'entrer chez les Jésuites, de ne pas vous être présenté à la troupe de M. Molière. N'êtes-vous pas un peu comédien de nature ?

– Je l'ai toujours été... Au collège, j'ai joué tous les grands rôles des héros de l'Antiquité. Car vous n'ignorez pas que l'éducation des Jésuites attache beaucoup d'importance au théâtre. Il faut avoir le goût de la déclamation et de la tragédie pour prêcher. Et ce n'est pas de vivre chez les Indiens qui sont des comédiens-nés qui aurait pu m'en guérir.

68

Par la suite, il remisa soigneusement la soutane « empruntée », et replaça le crucifix sur l'auvent de la cheminée de la chambre d'Angélique. Parfois, elle le vit lire dans un missel qu'il avait dû aussi rapporter de la mission.

Désormais, lorsqu'ils parlaient entre eux, ce serait comme il l'avait dit, dans un climat de confiance et de familiarité nouvelles. Elle pouvait l'entretenir de Joffrey. Il l'écoutait avidement. Elle s'apercevait qu'elle n'avait jamais eu l'occasion de parler de lui et de son amour, même avec Abigaël.

Le froid restait vif et il ne cessait d'apporter de lourdes nuées fouettées de neige, qui tombaient comme des cataractes, ou tourbillonnaient avec agitation, contraignant à se renfermer dans les murs, montant par degrés vers les déchaînements ordonnés de la tempête, aux attelages menés par un seul vent qui connaissait ses routes et n'avait qu'un seul but : ravager la terre jusqu'à l'os.

Sifflements, râles, hurlements.

Vieille harmonie, un peu lassante, un peu usée. Familière compagnie qu'ils écoutaient, rassemblés à nouveau dans l'unique chambre, auprès d'un seul feu à entretenir avec des sentiments mitigés de sympathie et de crainte pour ce qui bramait au-dessus de leurs têtes, car, s'ils discernaient un imperceptible fléchissement dans les violences de l'ouragan, ils savaient qu'ils n'étaient pas encore à l'abri d'un réveil de ses forces en une crise ultime, au cours de laquelle il détruirait tout, comme chez les vieux tyrans fous.

Les périodes de journées plus tièdes surgissaient entre deux tempêtes. Mais lorsqu'on parlait de tiédeur, c'était encore fort relatif. Durant les brèves sorties qu'ils s'autorisaient, en vain s'efforçaient-ils de percevoir ce bruit ténu, ce bruit des eaux qui recommencent à murmurer dans les profondeurs des bois. En vain se tournaient-ils vers les arbres les plus proches pour y entendre l'appel flûté, grinçant, de l'oiseau qu'on ne voit jamais, mais que l'on nomme « l'oiseau du printemps » et qui aurait préfiguré pour eux la colombe de l'Arche.

Oppressés par l'éternel silence, l'impassibilité d'un paysage où se lisait encore la mort de toutes choses, ils parlaient des villes lointaines qu'ils reverraient un jour, la ville, refuge des hommes.

Les hommes ont bien raison de construire des cités. Leur instinct grégaire les pousse à mettre en commun tous les biens et services dont ils ont besoin pour soutenir cette vie chétive qu'un croûton de pain et un voisin charitable peuvent sauver de la mort.

Qui n'a pas connu le désert blanc de l'hiver en des contrées incivilisées, seul peut se plaindre des villes.

Sébastien d'Orgeval l'encourageait à faire des projets dans le sens d'un retour vers l'Europe.

— Ce déplacement et ce changement ne vous couperont pas pour autant des liens que vous avez établis avec le Nouveau Monde. M. de Peyrac s'entend aussi bien que les Nouveaux-Anglais à sillonner les mers de ses navires et ne sera pas en peine de garder un pied dans chaque port, de New York à Québec, de même qu'il en a toujours fait dans le reste du monde.

À son avis, le destin des colonies ne se résoudrait pas par le seul fait de ceux qui s'y trouvaient. Aucune issue, hors le cercle déjà devenu infernal des guerres, des campagnes de représailles, des massacres perpétrés de part et d'autre, sans discernement de victimes, Indiens ou Blancs, Anglais ou Français, ou leurs partisans.

— La boussole est là-bas, disait-il. Versailles gouverne les destinées de ces peuples jusqu'au fin fond des vallées les plus inconnues et les moins visitées.

De menues expéditions de fourmis grignotent les espaces. M. de la Salle ne va pas tarder à aller planter l'étendard du roi de France chez les Illinois, et qui sait ? jusqu'au golfe du Mexique, s'il parvient à descendre le fleuve Mississippi, le Père des Eaux, jusqu'à son embouchure. Les Espagnols ne réagiront pas.

— Et la Nouvelle-Angleterre se trouvera encerclée.

— Vous voyez que c'est de Versailles que se décident les partages, et les guerres qui en découlent. Si votre époux n'avait pu accompagner M. de Frontenac, les intrigues fomentées contre celui-ci auraient mené notre meilleur gouverneur à la Bastille. Il faut faire plus pour lui encore. Il faut qu'il revienne en Canada. Car le nouveau gouverneur est un fou. Et ce qui est pire, un fou imbécile.

Elle évoqua la Cour. Il avait parlé, non sans raison, d'une jungle dangereuse, et qui, mieux qu'elle, pouvait en être conscient ? Pourtant, en ces jours où toute vision se parait d'un voile de clémence, c'était la beauté de Versailles qui lui apparaissait, de préférence aux intrigues sordides qui circulaient dans les entrailles du Palais.

C'était le culte que le roi rendait à la Beauté,

à toutes les formes de l'Art qui, aux yeux d'Angélique, absolvait Louis XIV.

La Cour était une jungle, mais aussi le Temple de la Beauté.

– Et pourtant, dit Angélique, il est plus difficile de revenir avec confiance sur un rivage où l'on a pâti que d'y faire ses premières armes.

Mais elle sentait en elle des forces vives prêtes à s'élancer. Maintenant que Joffrey avait pris contact avec le roi, rempli sa mission diplomatique, elle aurait voulu être près de lui, ne pas le laisser seul au milieu de cette faune disparate et vaine, dont l'espèce lui était si contraire. À deux, tout serait plus facile et surtout plus distrayant. À deux, ils pourraient goûter les charmes de Versailles et ce qu'il y avait d'excellent, et que si peu appréciaient dans le commerce avec le Souverain.

Lorsqu'elle revenait de ces rêveries, la pesanteur du silence et la rudesse du décor qu'elle retrouvait étaient dures à surmonter. Elle craignait encore un dernier et sournois coup du sort.

Franchiraient-ils un jour la sombre porte de l'hiver ?

Au-dehors, une planète déserte et figée.

– Peut-on imaginer que quelque part existent des palais où l'on danse, où l'on se gave de musiques célestes, où l'on fait bombance de pâtés si géants qu'un enfant déguisé en Amour peut s'y cacher pour surgir aux applaudissements d'une cour emperlée, enrubannée, ivre de tous les plaisirs, qu'il existe des banquets où l'on peut déguster, en les tenant à deux mains, d'énormes et délicieux fruits choisis, cueillis aux jardins du roi ?

– Oui, l'on peut l'imaginer, disait-il, et l'on peut en remercier les dieux. C'est l'honneur de notre étoile Terre de maintenir ainsi sans relâche, en quelques points, feu, paix et richesse. Si la vie partout s'éteignait, si partout était misère, partout alors ce serait vraiment la fin du monde.

Quelle reconnaissance ne devons-nous pas avoir nous autres, perdus dans notre géhenne, envers ceux qui, en ce moment, dansent, envers ceux qui rient, envers ceux qui, comme le Roi, continuent à chercher et à créer toutes les formes de Beauté pour ravir les yeux et les esprits.

Car cela signifie que le feu continue de pétiller, ne serait-ce qu'en un seul être de ce monde, et qu'il y a espoir pour nous de venir un jour nous y asseoir aussi, vivants, parmi ceux qui tendent leurs mains à ces flammes revigorantes et partager avec eux le festin. Tout est permis à l'espérance si l'on sait qu'en un seul point le feu demeure.

Certes, le flot de boue, crimes et turpitudes, qui nous emporte, est puissant. Mais le flot d'or et de pierreries des splendeurs de la vie, lave incandescente échappée au volcan divin, qui charrie nos extases et nos enivrements, nos joies et nos ardeurs, a aussi sa puissance irrésistible. C'est à lui que nous devons allumer nos rêves et nos ambitions.

On aurait dit qu'un aspect de l'esprit de Joffrey passait en lui. De plus en plus, elle croyait l'entendre lorsque le jésuite s'exprimait. Car elle sentait que les mots qu'il employait, les théories qu'il énonçait, étaient celles-là mêmes, parmi les multitudes de pensées qui bouillonnaient en la cervelle géniale du seigneur d'Aquitaine, que Joffrey n'aurait pas hésité à lancer et développer avec brio et fougue aux cours anciennes de l'Art d'aimer. Avec cette différence que le Troubadour du Languedoc, qui avait perdu sa voix sur le parvis de Notre-Dame lorsqu'on l'y avait traîné la corde au cou, répugnait aujourd'hui à exposer à voix haute le fond de sa pensée. Il avait appris à se taire. Mais ce qu'il énonçait par sa conduite avait causé des bouleversements plus importants que des discours.

Son cœur s'élançait vers Joffrey. Elle pensait

tout bas : « Je te comprends, mon amour. Nous nous retrouverons dans la paix et nous parlerons ensemble. »

À plusieurs reprises, le père d'Orgeval répéta qu'il souhaitait que M. de Peyrac ne perdît pas ses forces à s'inquiéter sur le sort de sa famille.

– Je suis là pour veiller sur vous.

L'important, c'était le roi. Et en circonvenant celui-ci, M. de Peyrac ferait plus pour le bien des peuples et des continents qu'en essayant de se porter, lui, au secours des siens.

Elle lui affirmait qu'elle avait toujours vu Joffrey se consacrer à une tâche sans se laisser distraire dans le moment par rien d'autre, et surtout pas par de fausses alarmes.

– Peut-être même pas assez, ajouta-t-elle avec une pointe de reproche.

Son intense pouvoir de concentration n'était pas sans donner à des cœurs jaloux une impression de mise à l'écart et elle n'avait jamais été sans inquiétude lorsque son intérêt, par exemple, se portait sur la gent féminine.

Pour l'instant, c'était le roi. Tout serait mené magistralement, Sébastien d'Orgeval pouvait en être convaincu.

Elle s'amusait lorsque ce dernier insistait sur le fait que M. de Peyrac devait *aussi* préparer avec le plus grand soin leur installation au Royaume de France.

– Vous ne devez avoir à souffrir d'aucun inconfort ! Vous devez pouvoir profiter de tous les agréments que votre fortune vous permet et que la capitale et le royaume mettent à votre disposition. Il vous faudra une nombreuse domesticité, dévouée, efficace, pas de tracas domestiques, carrosses, beaux attelages. Aux murs de vos hôtels et de vos résidences campagnardes, de beaux tableaux, de riches tapisseries, des meubles, des objets à aimer, la soie, le velours pour vous vêtir, des bijoux pour vous parer.

— Rassurez-vous, lui disait-elle, mon cher directeur de conscience. Si mon époux souhaite mon retour en Europe et décide de m'y attendre, tout sera prêt et rien ne manquera. Pas un bibelot, pas une parure, rien de ce qui peut me rendre le goût de l'existence et m'aider à trouver l'oubli de ce que j'ai perdu.

69

Elle le surprit à examiner les armes; bien entre-
tenues, enveloppées de chiffons gras, elles n'avaient
pas souffert. Il y avait abondance de munitions.

La fin de l'hiver, c'était le retour des hommes.

Il gardait le souvenir de ce qu'il avait surpris
à la mission Saint-Joseph. Dès que le dégel serait
amorcé et que rivières, fleuves et lacs auraient
été dégagés des glaces, M. de Gorrestat et son
armée reprendraient campagne contre les Iroquois.

— Ils sont à pied d'œuvre et en place. Ils encer-
cleront les bourgades et les brûleront. Il se peut
que ce soit la fin de l'Iroquoisie. Mais je les
connais. Outtaké s'échappera encore. Il emmènera
avec lui tous les survivants. En vain les pour-
suivra-t-on ! *Car ils auront disparu de la surface
de la terre.*

— Que voulez-vous dire ?

— Disparu ! répéta-t-il avec un geste de la main
qui effaçait. Je veux dire qu'ils seront rendus
invisibles.

Et comme elle attendait la suite, intriguée, il
consentit à en dire un peu plus.

— Je ne veux pas dire qu'ils seront morts. Ils
reparaîtront.

— Je ne nie pas le merveilleux en bien des
phénomènes, mais en celui-ci, je pense qu'il doit

y avoir une explication matérielle que vous allez me donner. Soit, père d'Orgeval, n'a-t-on pas dit que vous aussi voliez dans les airs !... et pouviez vous rendre invisible ? Cependant...

Mais il sourit à peine, plongé en de profondes réflexions.

– J'ai mon idée là-dessus, et vous avez raison. Dès que leurs poursuivants se seront retirés, ils resurgiront à la surface de la terre et... *non loin d'ici.*

Il connaissait par cœur tous les secrets de l'immense région de rocs et de broussailles de forêts sauvages creusées de lacs, striées de failles profondes, infranchissables sur des lieues, boursouflées de montagnes en vagues successives qui en barraient l'accès, qu'on appelait selon les bannières le Maine ou l'Acadie, inextricables, incivilisables, qui ne pouvaient s'ouvrir que pour quelques fous sautant les rapides, ou connaissant les verrous secrets des précipices, ou l'entrelacs mystérieux de pistes anciennes, d'une ligne de crêtes à l'autre.

C'était de la folie d'y avoir amené des chevaux. C'était de l'utopie de la part de M. de Peyrac, lançait-il parfois avec dérision, d'avoir envisagé que l'on pourrait un jour y tracer des routes, qu'on parviendrait un jour à joindre le Nord et le Sud, l'Atlantique et le Saint-Laurent, en le traversant.

Les deux tiers de la France. Un désert. Les peuples nomades eux-mêmes ne s'y groupaient pas. Car c'était un pan de désert impénétrable, une araignée, oui, une araignée, et la complication et l'engluement de sa toile, hiver comme été. Il fallait être canadien ou abénakis pour s'y risquer, ou alors appartenir à un parti de guerre iroquois en expédition vers les côtes.

– Par où passeront-ils ?

– Je crois le savoir.

Mais il ne disait rien de plus.

– Alors, si vous êtes persuadé qu'ils vont surgir et non loin, il faut fuir, mon père.

Il opposa à son insistance un visage soudain morne.

– Pour quelle vie ?... Pour quelle existence ? Pour quelle œuvre ?

– VOTRE VIE.

– Elle ne m'intéresse plus... Elle ne peut me promettre qu'errance et solitude. Je ne me sens pas fait pour être ermite. L'anachorète le plus isolé appartient, jusque dans sa solitude, à une communauté choisie par lui. Ceux qui, comme lui, ont entendu l'appel du désert, qui professent le goût de la même austérité, et surtout des mêmes disciplines mystiques. L'ermite se relie à ses frères d'espèce, prie le même Dieu, médite sur les mêmes vérités. J'en ai pris conscience au cours de nos conversations. Il n'y a plus de communauté pour moi.

– Nous serons votre communauté. Nous ne vous abandonnerons pas. Même au fond des déserts... Il y en a de très bien, vous savez ! dit-elle, en essayant de sourire et d'alléger leurs propos.

– Oh ! Je le sais. En Dauphiné... par exemple... La France est riche de ces lieux de recueillement. Il y a de beaux vallons qui incitent à la prière. Il y a des chartreuses, il y a des abbayes, des grottes, auprès d'eaux murmurantes... Mais ce n'est pas l'Amérique. Mon Amérique.

– Quelques capucins ermites ont trouvé où dresser leur oratoire du côté de la rivière Saint-Jean ou de l'isthme de Chignectou. Je connais l'un d'eux. Et l'on m'a dit que dans le Maryland, qui est l'État catholique des possessions anglaises, des moines cherchaient refuge. De toute façon, où que vous soyez, nous serons reliés à vous.

Il était tenté. Moins par la perspective de cette existence, vide malgré tout, qu'il lui fallait envisager car aucune lumière, aucune lampe ne pourrait remplacer en lui celle de sa vocation religieuse qui y avait brûlé si longtemps, mais plus par cette peur dont elle savait qu'il continuait d'être habité à l'idée de retomber entre les mains de l'Iroquois et qui l'encourageait à partir vers d'autres lieux.

Devinant, aux jours qui passaient, le relâchement du cercle de glace de l'hiver, voyant la terre renaître à des signes invisibles, ils s'encourageaient mutuellement à émerger de l'inertie de la mort dans laquelle les plongeaient le froid et l'obscurité encore régnants, à imiter la courageuse et constante Mère du genre humain, cette Terre qui, de la nudité et des ravages de l'hiver, ne refusait pas, elle, de refleurir.

— Dès que le printemps sera là, disait-il, que de travail pour nettoyer la place ! On compte les barrières cassées, les toits crevés, les sentiers coupés, les objets perdus que la neige envolée vous rend... et les corps. Il y a un irrésistible courant à tout recommencer, n'est-ce pas ?

— Combien vais-je en compter, de corps ? En est-il resté sous les décombres de Wapassou ?... C'est ce que m'apportera le printemps.

— Non, affirma-t-il. Pas de morts. Vos hérétiques de tout poil dont vous me parlez avec tant de tendresse : vos huguenots, vos quakers, vos « lollards » anglais, vos « pauvres de Lyon », la pire secte française avant même les Cathares, ces « vaudois » dont on parlait comme du diable dans nos montagnes, vous verrez, ils ne sont pas morts... Vous les retrouverez, et vous les sauverez encore.

Il souriait, voyant que ses paroles atteignaient leur but, et que déjà l'ardeur que lui inspirait la perspective de se débattre pour le salut de ses amis lui ramenait du rose aux joues.

— Vous pouvez tout, Madame. Le roi est à vos pieds. Que dis-je ? Le sceptre du roi est entre vos mains. Le souverain qui, déjà, gouverne la moitié de l'Europe et une partie du Nouveau Monde vous écoute et, par son influence mieux que par les armes, vous pourrez agir et faire le bien. Aussi, vous vous devez de surmonter votre fatigue et de guérir. Il n'y a plus que quelques jours à franchir qui nous séparent encore du salut : *le printemps*.

— Soit. Mais alors, me laisserez-vous vous sauver ? Écouterez-vous mes avis qui vous recommandent de vous éloigner à temps ?

Le jésuite détourna les yeux et secoua doucement la tête.

— Outtaké m'a dit : Je reviendrai, je me suis promis de manger ton cœur. Tu me le dois, Robe Noire.

— Folie ! Ne vous laissez pas gagner par la folie des Sauvages. Vous disiez vous-même qu'il ne faut pas essayer de les comprendre, ni perdre la raison à suivre les méandres de leurs pensées.

— Outtaké m'a dit : Tu me le dois, Robe Noire. N'es-tu pas venu de l'autre côté de l'océan, jusqu'à nous, *pour cela* ?

Elle protesta avec fougue.

— Non ! Non ! Une fois !... Deux fois !... C'en est assez ! Vous avez payé votre tribut à votre vocation. Fuyez ! Gagnez la Baie Française. Nous vous y rejoindrons. Je vous trouverai un refuge. Je vous cacherai dans un lieu sûr.

— Je ne peux vous laisser seule avec les enfants.

— Je me sens mieux maintenant. Je vous en fais promesse. Partez et n'attendez plus.

— Ne pensez donc pas tout le temps à me mettre dehors. La saison des tempêtes et des chutes de neige n'est pas close. Ce n'est pas pour moi que je crains. Guérissez ! Vous guérirez plus vite si vous ne vous tourmentez pas, ni pour moi, ni pour personne. Ne craignez rien. Je saurai bien juger le moment où je pourrai m'éloigner en toute quiétude.

Angélique ne protestait plus. Il avait raison. La nuit était encore profonde. La nuit de l'hiver qui fait les jours si courts, les réduisant certaines fois à une grise traversée de quelques heures, ouatée de neige tombante ou zébrée de rafales cinglantes.

Alors, il vint à la pensée d'Angélique qu'il fallait retenir ces heures, qui seraient les heures dernières de l'hiver et, comme il le lui recommandait, de cesser de se tourmenter pour en goûter la richesse et le charme.

Les travaux de la journée accomplis, le jésuite s'asseyait devant le feu, Angélique était dans son lit avec les enfants et leurs jouets contre elle, et ils recommençaient à parler à bâtons rompus, puis à s'entretenir plus longuement.

Il revenait moins sur le passé, et parlait surtout de sa vie de missionnaire, de ses expériences parmi les tribus.

– Elles survivront, disait-il, elles se prolongeront, mais par la rencontre des éléments les plus forts en elles avec ce que nous avons de plus fort en nous. Outtaké sait ce qu'il veut dire quand il me prévient : Je veux manger ton cœur.

La nature broie ceux qui s'opposent à sa marche. Elle condamne ceux qui refusent de suivre son torrent impétueux. Disparaîtront ceux qui ne veulent pas entendre, car sa voix est celle de la Création elle-même. Or, la Création est une lente naissance, une lente mise au monde, une lente incarnation de la puissance divine qui se trouve instillée, insufflée dans les merveilles du monde. Nul peuple et nulle idéologie ne peuvent la refuser car cette force est aveugle et irrésistible. Elle sait ce qu'elle fait. Cruellement parfois. Des peuples disparaissent pour avoir refusé l'avance. L'évolution de la Création est notre devoir. Nous ne le savons pas. Nous nous croyons maîtres d'elle. Plus loin, toujours plus loin. Les hommes peuvent arriver à la destruction. Jamais à la destruction complète *avant l'heure*. C'est l'achèvement de la Création que nous poursuivons. Tous les esprits en sont dépositaires, si humbles soient-ils, comme ces petits enfants. Chacun apporte sa brindille, son fagot, à ce grand feu qui ne consume pas, mais engendre.

– Un feu aussi vous attendra, si vous prononcez de telles paroles en chaire, dit Angélique qui s'était laissé transporter par son éloquence et se retrouvait tout à coup dans leur pauvre cabane, et plus chétives créatures encore, de se comparer à des vues si grandioses.

– Et pourtant, toutes les oreilles humaines peuvent être ouvertes pour les entendre. Mais « ils ont des yeux et ne voient pas. Ils ont des oreilles et n'entendent pas ». Derrière ce mot, la Nature, impérative, dominatrice, inéluctable, ils ne voient pas que c'est la face de Dieu qui s'embusque. Et si je dis Dieu, ils ne comprendront pas. Ils verront leur idole. Ils ne verront pas, ne concevront pas l'immense aventure des mondes dans laquelle chaque homme, avec toute l'humanité, est entraîné. Ce sont leurs petits soucis, leurs petites affaires qui les captivent.

Il se dressait devant le feu, et regardait à ses pieds, comme si du haut de la chaire, il eût contemplé une assistance emplissant la nef d'une église.

– Ils sont là, assis sur des bancs de bois, sur des chaises de paille ou des « carreaux » de tapisserie ou de satin, ils sont là, sur des trônes et ils lèvent le nez pour écouter le prédicateur, mais peu leur importent les mots qui tombent de ses lèvres. On ne peut pas leur ouvrir l'horizon. Il est trop étroit. Ils ne veulent pas savoir. Et même l'Amérique, elle est trop vide et trop vaste pour entendre et comprendre ce qui arrive, ce qui va arriver. Mais au moins, elle est vaste et vide et l'avenir lui est ouvert. C'est pourquoi je l'aime... On y découvre plus facilement les secrets enfouis. Si je peux dédoubler mon corps et qu'il reste apparemment plongé dans le sommeil tandis que mon esprit voyage et voit ce corps pesant l'élever au-dessus de terre et le déplacer, ce n'est pas, ce n'est même pas parce que Dieu m'accorde une grâce ou que j'ai reçu un don, mais que, par le truchement de révélations personnelles, de divinations personnelles, je me suis engagé sur le chemin d'un secret naturel. Les uns disent miracle et d'autres parleront de science !...

Cependant, les femmes sont plus aptes que les hommes à appréhender les mystères cachés. C'est peut-être pour cela que l'Esprit malin s'est si fort préoccupé de les mettre sous le boisseau, ces curieuses. Avec quel soin, avec quelle malice les a-t-il empêchées d'agir, surtout de penser.

– Ce fut la punition d'Ève, avide de connaissance, et déjà étourdie et indisciplinée de nature.

– Non. Plutôt déjà plus audacieuse et sans crainte de Dieu... de nature !...

Ils riaient. Cela les amusait de traiter ainsi avec impertinence les personnages bibliques, de les traiter comme des marionnettes sur le petit théâtre de leurs colloques.

Le jeûne sévère auquel ils étaient, malgré tout, soumis, libérait leur esprit à la façon d'une ivresse légère. La solitude de leur état et l'excès des souffrances endurées avaient fait reculer, jusqu'à l'effacer, le cercle des regards juges qui ne cessent de peser sur chaque membre d'une société dans laquelle le hasard l'a fait naître. De même se sentaient-ils, vis-à-vis des souverains qui régissaient le monde, pleins de désinvolture. Abandonnés sur un astre mort, ils pouvaient regarder de haut les puissants de la Terre. La disparition de la vie autour d'eux les avait faits roi et reine de la Création.

Le ton de plaisanterie ou de comédie qu'ils adoptaient, et les rires qu'ils ne pouvaient retenir entraînaient les enfants à prêter attention à leurs paroles. Ceux-ci se tenaient immobiles et bouche bée, leurs grands yeux allant de l'un à l'autre, et l'on aurait dit que les propos les plus abstraits avaient pouvoir de les plonger en extase, de les transporter hors d'eux-mêmes, dans le domaine du rêve et de la vision.

– Regardez-les, murmurait-il, comme ils sont beaux. Ce sont des fleurs de lumière.

Elle l'entendait aller et venir dans le poste, couper le bois, parler aux enfants. C'était comme la présence d'un ange. Il était venu comme un ange. Étayer, relayer sa force de femme qui faiblissait. Sa force de femme et de mère aimante, chargée de maintenir en vie les petits enfants, mais aussi la petite Honorine perdue aux Iroquois, force qui devait se relier comme par un fil d'argent à celle de Joffrey qui luttait, au loin, pour eux. Joffrey de Peyrac, le comte-chevalier, le défenseur, l'invincible, l'indomptable, leur abri, leur refuge, leur force à tous.

Mais les forces de l'homme le plus fort sont si faibles, ses moyens si réduits, et tout l'or du monde ne peut racheter l'impuissance dans laquelle le placent souvent les choix de ses luttes ou de ses mandats. Il n'est qu'un point minime dans l'univers.

Même Joffrey, se disait-elle, mesurait de quelles charges cet homme avait été investi, et à quels partages, malgré son courage sans limites, il se trouvait acculé. Seul l'Esprit peut multiplier la puissance. Elle comprenait ce qu'il avait voulu lui dire, en des paroles fiévreuses et passionnées, le dernier soir sur la côte Est, lorsqu'il la serrait dans ses bras. Sa force serait la sienne. Sa constance soutiendrait sa constance.

Ce n'était qu'un hiver à passer, où chacun des deux combattrait au créneau qu'il devait garder. Ceci accepté, il fallait reconnaître que les interventions du Ciel pour leur sauvegarde prenaient les formes et les visages les plus imprévus.

Elle n'avait cessé de tousser depuis sa dernière

maladie, et sous l'emprise de la chaleur du jour à laquelle succédait le froid glacial des nuits, elle fit une rechute.

Elle toussait et cela lui rappelait le temps de la côte Est lorsque Marcelline-la-Belle était venue la soigner, accompagnée de Yolande et de Chérubin. Marcelline était certainement vivante, et donc Yolande, et sans aucun doute Chérubin.

70

Il entrouvrit la porte avec précaution et dit :
— La première fleur !
Entre son pouce rongé et son médius tronqué, il tenait un crocus rose, le calice ouvert sur des pistils d'or, et agrémenté de quelques petites feuilles en gerbes d'un vert cru.
— Je l'ai trouvée en retournant une plaque de glace, sous le bord du toit qui commence à goutter. Elle avait frayé son chemin dans l'ombre et dans la glace, elle était d'une blancheur de salade, à peine verdâtre, et puis, après quelques instants à l'air et au soleil, elle se redressait et se parait de toutes ses couleurs comme un sang nouveau lui montant au visage.
Il laissa la fleur près d'elle, dans un gobelet d'eau.
Elle pensait à Cantor. Sa voix sous la fenêtre, à la fin de l'hivernage.
« Mère, la première fleur ! »
L'envie de le revoir, de revoir ses fils, de rassembler tous les siens autour d'elle comme ils étaient alors, l'envahit. L'idée de traverser l'océan pour y parvenir avait cessé de lui paraître insurmontable. Comme la venue des fleurs, tout allait s'ordonner spontanément. Honorine les rejoindrait à Gouldsboro, et puis l'on s'embarquerait,

et l'on se retrouverait tous : Florimond, Cantor, Honorine, Raimon-Roger et Gloriandre, tous, près de Joffrey, sous son aile. Et aussi le petit Charles-Henri, et tous les enfants, tous les jeunes qui auraient besoin de leur aide, de leur secours pour entamer le périple de leur existence au milieu des embûches de ce siècle. Quel toit abriterait cette nombreuse maisonnée ? Quelle province en serait le fief ? Qu'importe !...

Là où Joffrey dirait : Demeurons ! Là où sa prudente expérience, sa connaissance des hommes, la trame de ses alliances, l'autoriseraient à dire : Dressons notre tente. Ici, nous pouvons vivre en paix encore un temps de notre vie.

Joffrey ! Joffrey ! Bientôt le printemps va éclater et nous pourrons nous rejoindre.

Gel, la nuit. Une forte bise se leva, curieusement inaudible, s'infiltrant comme un élément épais qui aurait brassé une température polaire, et dont on ne prendrait conscience que sous son emprise paralysante et mortelle.

Les arbres qui avaient recommencé à respirer furent aussitôt caparaçonnés de glace jusqu'à la pointe de la dernière aiguille, ou branchette.

Angélique se réveilla en grelottant et claquant des dents, persuadée d'être en proie à un nouvel accès de sa fièvre et découragée de cette rechute.

Mais elle entendit les enfants s'agiter et se plaindre dans leur sommeil.

Leur compagnon fut là aussitôt avec un apport de couvertures et de fourrures.

— La petite fleur avait raison de se garder sous la neige, chuchota-t-il. Elle savait mieux que nous que l'hiver n'était pas encore fini.

Il ranima le feu, apporta des galets enveloppés de flanelle dont il les entoura, et fit boire à Angélique une boisson brûlante, fortement additionnée d'eau-de-vie, dont il semblait avoir gardé de son expédition à la mission Saint-Joseph une réserve inépuisable, et qui se renouvelait sans cesse, comme dans le miracle de l'huile sainte du Temple ou celui des pains et des poissons de l'Évangile.

Il alluma des feux dans tous les âtres du fortin et elle l'entendit le reste de la nuit – elle le devina plutôt car il avait toujours la même façon furtive de se déplacer comme les félins ou les Indiens – aller et venir pour surveiller les foyers et monter sur la plate-forme afin de s'assurer que les cheminées tiraient sans excès.

On pouvait se permettre cette débauche de bois, lui expliqua-t-il, car ce n'était qu'un dernier assaut du Père Hiver.

– Il lutte encore. Mais c'est en vain. Le printemps n'est pas loin. Le printemps revient toujours.

Et comme pour, à la fois, les convaincre de l'imminence de ce retour et leur permettre de regarder une dernière fois en face l'ennemi qui ne les avait pas vaincus, il ne voulut pas qu'on sacrifiât à la sortie quotidienne.

Ils se tinrent immobiles, les enfants eux-mêmes renonçant à s'ébattre, au sein d'un paysage de cristal, scintillant de mille feux, sous une translucide lumière qui semblait sourdre de toutes les directions.

Sébastien d'Orgeval leur montra dans le lointain la même brume dorée, brume à l'orient de perle traînant avec les apparences de ces buées de chaleur que l'on voit en été. Tromperie. C'était le gel. Mais si l'on y regardait de plus près, l'on découvrait que cette neige qui n'était pas tombée poudrait le fond déjà verdoyant des vallées.

– Le Père Hiver ne veut pas céder. Mais cela ne signifie rien. Cela ne nous empêchera pas, d'ici une semaine, de cueillir la « dent-de-lion » et de manger notre première salade.

Ils cueillirent la « dent-de-lion ».

Il avait des habitudes de célibataire, d'homme

qui a appris à se débrouiller seul. La cueillette des petites étoiles de verdure relevait d'un rituel solennel au début de la saison nouvelle.

Angélique recommanda qu'on grattât les racines, et qu'on les mît de côté à sécher. Cette fleur, cette frange de mousse au bord du toit laissant couler des larmes de joie, ce bruit lointain dans les forêts du murmure des eaux libérées, et la surface ternie du lac qu'elle avait aperçue comme une glace dépolie, tout cela annonçait le salut, mais aussi le retour des humains. La neige fondrait vite. On verrait s'amenuiser, se rétrécir la surface de son blanc manteau, et la neige disparaîtrait « sans qu'on sache, comme disaient les enfants étonnés, où elle s'en allait !... ».

Sur les surfaces spongieuses libérées, déjà des pieds nus chaussés de mocassins étaient en route. Les nouvelles allaient commencer de courir. Elles parviendraient de Gouldsboro et l'on connaîtrait enfin le sort de Wapassou. De toute façon, comme à l'habitude, une caravane se formerait pour monter vers le Haut-Kennébec, et Colin Paturel serait sans doute, cette année, plus empressé de la voir s'ébranler, pour s'informer d'Angélique.

Ces différentes perspectives la faisaient osciller entre la joie et l'angoisse.

— Je vous en prie, supplia-t-elle. Fuyez, l'heure est venue.

Elle répétait : « Fuyez ! Fuyez ! » sans savoir si c'étaient les hommes blancs civilisés qui ne comprendraient plus son langage, qu'elle lui recommandait de fuir, ou les Indiens incivilisés qui allaient venir se saisir de lui pour le faire périr dans les tourments.

— Je vous le promets, je vais partir.

Il la ramena dans la chambre et l'aida à s'étendre. Il revint, un bol en mains.

— Buvez une tisane encore ! Nous ne sommes plus à une tisane près. Les petites fleurs nous ont escortés jusqu'alors et nos provisions s'achèvent, mais elles renaîtront bientôt et vous pourrez les récolter.

– À Wapassou ? ! C'est fini. J'aurai manqué presque toutes les récoltes... Et maintenant, c'est fini.

– Vous les cueillerez en Ile-de-France. Les fleurs sont partout. Ce sont les plus fidèles amies de l'homme. Pour l'instant, dormez et reprenez des forces. À votre réveil, nous parlerons de mes projets. Je partirai, demain... ou après-demain, soyez assurée. Je vous vois bien remise. Dormez en toute quiétude. Les enfants jouent devant la maison. Je vais aller au bord du lac cueillir des roseaux pour fabriquer des nasses qui vous aideront par la suite à pêcher du poisson, en attendant la venue de votre caravane.

Ces préparatifs lui parurent de bon augure, bien qu'elle ne lui fît confiance qu'à moitié.

« Il attend qu'"ils" arrivent, songeait-elle avec un mélange d'agacement et de chagrin. Il n'a pas le droit de me faire cela. Après tout le mal que je me suis donné pour le guérir... »

Elle pensa à lui avec tendresse comme elle aurait pensé à l'un de ses fils menacé. « Je ne veux plus qu'il ait d'épreuves atroces à traverser. Je ne veux plus qu'il soit méconnu et méprisé. Je veux qu'il vive. Heureux ! Libéré ! Il mérite de vivre. Il a assez payé. »

– Vous me promettez que vous partirez demain ?...

– Oui ! À la condition qu'à votre réveil, vous puissiez descendre avec moi jusqu'au lac.

– Alors, en ce cas, je vous obéis. Je vais dormir pour gagner des forces.

Elle glissa dans le sommeil avec bonheur, et pour la première fois, avec une sensation de vraie convalescence.

71

Avant d'ouvrir les yeux, elle pensa : « Qui brûle-t-on ? » L'odeur qui hantait son sommeil s'effaça, lorsqu'elle reprit conscience dans sa chambre du fortin de Wapassou. Le soleil se couchait, et elle n'avait dormi que quelques heures. Elle se sentait bien, enfin reposée. Cette fois, pensa-t-elle, il pourrait partir. Elle regarda vers la cheminée où se tenait le crucifix et vit briller le rubis. « Me le laissera-t-il, ce crucifix, quand il s'en ira ?... Le remettra-t-il à son cou ? »

Puis, tournant la tête, elle aperçut, assis à son chevet, un jeune homme à col blanc, vêtu de noir, qui, la voyant éveillée, se leva et vint à elle en souriant.

— Bonjour, Dame Angélique.

— Martial Berne ? Que faites-vous ici ?

— On m'a chargé de veiller sur votre repos, chère Dame Angélique. Vous dormiez si profondément à notre arrivée, qu'après nous être assurés que vous étiez bien en vie, nous vous avons laissée à ce sommeil réparateur.

Angélique se hissa contre ses oreillers pour bien le regarder avec plus d'attention.

— N'étais-tu pas parti pour Boston afin d'y faire des études ?...

Il rit, comme rassuré de voir qu'elle le reconnaissait et le situait sans effort.

— Vous avez bonne mémoire, Dame Angélique. Mais j'ai jugé que ce n'était pas le moment pour moi, lorsque Gouldsboro a été menacé d'une attaque, de m'en aller me pencher sur des grimoires en pays anglais. Notre automne a été troublé. Mieux valait garder tous les bras vaillants d'autant plus que l'hiver, ensuite, s'est montré, plus qu'un autre, tempétueux. La neige s'est abattue sur nous, et un froid à fendre les arbres. La mer a gelé à l'embouchure des fleuves Penobscot et Kennébec.

Voyant qu'elle l'écoutait avec attention, il raconta que, sur la côte, ils ne se doutaient pas de ce qui était arrivé à Wapassou. Aucune nouvelle ne filtrait. On était coutumier du silence hivernal et, plus que jamais, cette année-là, durant les mois d'hiver, chacun avait vécu dans sa forteresse, combattant l'ennemi premier : le froid, les neiges, et pour beaucoup la faim.

Quand la nouvelle leur parvint, de vagues bruits émanant de récits d'Indiens, que Wapassou avait été investi à l'automne, et brûlé, ce fut l'atterrement. On disait que tous les habitants avaient été emmenés prisonniers à Québec, ce qui était préférable à la mort, et qui réconfortait un peu leurs amis, dans l'attente de plus de détails.

Puis, aux premiers relâchements du froid, l'Anglais muet arriva, conduit par un employé du poste du Hollandais de Houssnok. Lymon White avait été retenu captif dans un village abénakis. La tribu décabanant pour cause de famine, il s'était enfui, avait gagné tant bien que mal des lieux habités. Il apportait la nouvelle surprenante qu'Angélique et ses enfants étaient vivants à Wapassou, et en grand danger de périr... si ce n'était déjà fait.

On écarta résolument l'affreuse perspective. M. Paturel organisa aussitôt une caravane de secours, laquelle ne mit pas moins de deux mois à progresser, fleuves et cours d'eau étant encore gelés.

– Et voici quelques heures que nous nous trouvons sur les lieux.

Le jeune homme se mit à parler avec volubilité.

– Quelle joie de vous trouver en vie ! Quel soulagement à notre angoisse. Les enfants ! Comme ils sont beaux ! s'extasiait-il, comme ils ont grandi. Et ils discourent, que c'en est une merveille !

Qui pouvait imaginer, répétait-il, qu'après avoir traversé de telles épreuves, on trouverait des marmousets en si belle santé !... Il ajouta que le père de Charles-Henri avait voulu faire partie de la caravane. Son expérience de bushranger leur avait été précieuse. En vérité, lui aussi avait tremblé pour son fils. Celui-ci avait paru le reconnaître avec joie.

Enfin, tout le monde était heureux et l'on n'attendait plus que son réveil à elle pour être entièrement rassuré et fêter cette heureuse issue d'une si longue et si terrible épreuve.

Un lourd pas botté fit sonner le plancher du couloir, et dans l'encadrement de la porte basse, la forte stature de Colin Paturel se montra.

Son regard anxieux s'éclaira lorsqu'il vit Angélique à demi assise, et qui semblait attentive à ce que lui expliquait Martial Berne. Ce fut à ce moment que celui-ci cessa d'être pour Angélique une apparition encore incertaine. Lorsqu'elle vit Colin s'incliner vers elle, lui aussi, elle comprit qu'elle ne rêvait pas.

– Oh ! mes chers hommes, s'écria-t-elle, en se jetant à leur cou, en les entourant de ses bras.

Le moment tant espéré, tant rêvé, et qui avait tant de fois paru ne jamais pouvoir se réaliser était donc arrivé. Des humains les avaient donc enfin rejoints dans leur solitude, et, comble de bonheur et de soulagement, c'étaient les leurs, les gens de Gouldsboro.

Et Colin commençait de raconter ce qu'avait déjà exposé Martial. L'annonce trop tardive du désastre de Wapassou, comment ils avaient dû attendre pour se mettre en route vers les régions inaccessibles de l'intérieur, les difficultés de leur progression, combien de fois ils avaient été arrêtés par les ultimes tempêtes de neige, et les incommodités du dégel. Il décrivit la crainte lancinante qui ne les avait pas quittés de ne point les retrouver vivants, et la joie dont ils n'arrivaient pas encore à se persuader de découvrir dans le fort des petits enfants très vifs et délurés qui les avaient accueillis fort gracieusement. Un vrai miracle ! De quoi inciter les huguenots eux-mêmes à aller planter un cierge devant quelque divinité papiste en parlant de miracle.

– Qui brûle-t-on ? murmura Angélique, machinalement.

Son subconscient continuait à être indisposé par cette odeur de feu, d'incendie, trop pénétrante, pour elle offusquante. Étaient-ce les feux d'un campement ? Elle n'était plus habituée à l'odeur des humains.

Colin fit mine de ne pas entendre, ou bien ne comprit pas le sens de sa question bizarre. Il ne devait pas comprendre pourquoi elle disait : QUI brûle-t-on ? et non : QUE brûle-t-on ?

C'était un homme des rivages atlantiques et non de l'intérieur, le combat avec les forêts et les rocs qu'il avait dû mener pour joindre ce cœur des montagnes le hantait encore.

Il insistait sur la foi qu'ils avaient eue tous en le miracle de leur survie, et la preuve en était que, comprenant par les récits – si l'on pouvait s'exprimer ainsi – du pauvre muet qu'Angélique et ses enfants se trouvaient dépourvus de tout là-haut, ils avaient pris avec eux en sus de vivres, du linge et des vêtements de femmes et d'enfants, des souliers et des jouets, le tout offert avec empressement par les dames et les enfants de Gouldsboro.

– Oh ! quelle idée sublime ! s'écria Angélique. Comme la vie est bonne !

À ces détails, la renaissance se mit à courir en elle avec la même allègre vivacité qu'une source qui, enfin, brise sa prison de glace.

– Vite, je veux me lever !

Son regard tomba sur le crucifix, sur l'auvent de la cheminée.

– Et lui ?...

– Lui ?

– L'homme qui était avec nous... Ici... ne l'avez-vous pas vu ?... rencontré ?...

– Si fait ! reconnut Colin, tandis que Martial lui jetait un vif regard, puis se taisait.

Si fait, continua Colin. En arrivant aux abords du lac, nous avons aperçu sur l'autre rive un homme qui posait des pièges ou des nasses. Nous lui voyions l'allure d'un coureur de bois et, craignant que ne surgissent à sa suite les armées venant du Nord, nous nous sommes dissimulés tout d'abord. Puis, comme il semblait seul, deux d'entre nous se sont montrés et l'ont hélé. À notre vue, il a abandonné précipitamment sa besogne et s'est enfui.

– Enfin ! Dieu soit loué ! soupira-t-elle. Il s'est enfui...

Elle ferma les yeux et s'abandonna contre l'oreiller, soudain faible. Elle continuait à leur tenir la main à tous deux, comme une enfant qui a peur, en s'endormant, de voir l'abandonner des présences rassurantes. Elle les tenait maintenant. Ils ne la laisseraient plus. L'affection de leurs regards sur elle la réchauffait. Et bientôt, elle reverrait Joffrey.

– Dieu soit loué ! répéta-t-elle. Mes chers hommes.

Elle allait pouvoir se remettre à vivre, rentrer parmi les humains comme on rentre à la maison.

Cependant, une sensation confuse continuait à la tourmenter.

– Colin, quelle est cette odeur de feu et de grillade si forte !... Faites-vous bombance ? J'en ai la nausée. On dirait un campement indien...

– Les Iroquois sont là ! dit Martial.

72

– Nous les avons rencontrés du côté de Katarunk, l'ancien poste détruit, enchaîna aussitôt
Colin, un parti de guerre, et cela nous a fait
perdre quelques jours précieux, tout d'abord à
nous défendre de leur embuscade, ensuite à nous
faire reconnaître d'eux, et à les persuader que
nous n'avions pas d'intentions hostiles à leur
égard. Les Indiens malécites et étchemins qui
nous accompagnaient avaient détalé et nous ne
les avons plus revus. Enfin, le chef de ces intraitables a bien voulu admettre que nous n'apparte-
nions pas à des « Normands » de ses ennemis.

– Outtaké ?

– C'est son nom.

– Où se rendait-il ?

– À Wapassou, comme nous-mêmes. Il prétendait vouloir s'y emparer d'un jésuite, le père
d'Orgeval, qui s'y trouvait. Je ne sais s'il voulait
s'emparer de son fantôme ou de son esprit, puisque, si j'ai bonne mémoire, ce missionnaire est
mort depuis deux ans. Là encore, nos discussions
n'ont pas été faciles avec ce sauvage. « Tu ne
sais rien », me disait-il avec mépris, lorsque j'essayais de lui démontrer que ce prêtre ne pouvait
pas se trouver à Wapassou puisqu'il était mort,
et, d'après ce qu'on avait dit, de sa main par
surcroît. Par contre, j'essayais de lui faire comprendre que nous avions hâte de parvenir à notre
but, car nous savions que vous vous y trouviez,
Madame, mais craignions de ne pouvoir vous
retrouver vivante. « Elle est vivante », me rétor-
quait-il, toujours avec un dédain suprême. Malgré
son assurance, nous lui remontrions notre impatience de venir à votre secours, tremblant d'arriver

trop tard. Cette réflexion ou notre impatience trop visible, je ne sais, faillit mettre le feu aux poudres. « Je suis l'ami de Ticondegora, Normand, me dit-il. Ne t'imagine pas que tu l'es plus que moi et qu'il me doit moins qu'à toi. J'ai mieux veillé sur son étoile que tu ne l'as fait... » Nous nous sentions sur des aiguilles. Ils ne sont pas commodes, ces démons-là, et nous qui sommes accoutumés aux Abénakis baptisés de M. de Saint-Castine, nous ne savions par quel bout les prendre. Enfin, ils ont consenti à nous laisser poursuivre notre route, un peu ralentis par le poids de nos charges qui s'étaient augmentées de celles abandonnées par nos aides indiens. Les Iroquois restaient sur nos talons, ou nous précédaient. Je ne sais s'ils employèrent d'autres voies. Nous suivions le chemin habituel. Enfin, un jour, d'une hauteur, nous avons aperçu les ruines de Wapassou et, peu après... nous étions près de toi, acheva Colin d'une voix qui s'étrangla subitement.

Il lui prit la main pour masquer son émotion et essaya de rattraper le tutoiement qui lui avait échappé, ce qu'il évitait de faire en public.

— Nous allons vous ramener à Gouldsboro, Madame, vous et vos enfants. Là seulement, vous serez hors de danger. Le baron de Saint-Castine et ses Etchemins et Malécites nous défendront de tout adversaire, quel qu'il soit, en attendant le retour de M. de Peyrac auquel il a engagé sa loyauté. Ils sont de Gascogne tous les deux, et se sont promis assistance. Il nous aidera à nous défendre par la diplomatie, si nous avons affaire avec les gens de Nouvelle-France, par les armes s'il s'agit d'Iroquois. Il nous faut partir sans délai. Ici nous ne sommes pas en force, ni en sûreté. Hélas ! Madame, ici, pour Wapassou, la partie est perdue. C'est déjà beaucoup que ces terribles ennemis des Français se soient laissé convaincre de nous laisser en vie, bien que Français.

Elle l'écoutait en le regardant fixement et il se demanda d'où lui était venue l'idée qu'elle était affaiblie, et qu'il lui faudrait peut-être – retrouvant avec douceur et déchirement sur ses traits les stigmates du désert – la porter sur son dos sur la route du retour, comme il l'avait fait jadis sur les routes du Maghreb.

Certes ce visage tant aimé portait la trace d'épreuves indicibles, mais il était évident qu'elle les avait traversées et dominées sans vouloir abandonner rien d'elle-même, ni de son énergie, ni de sa vitalité de cœur.

– Et l'homme ? répéta-t-elle.

– Quel homme ?

– Celui que vous avez aperçu de l'autre côté du lac et qui s'est enfui ?

Elle le fixait de ce regard clair qui s'agrandissait et dont s'accentuait la couleur verte, limpide et rare, dont il avait appris le pouvoir, dont il avait analysé qu'en cet instant elle vous ravissait l'âme, dans le sens plus proche encore du mot ravir, lorsqu'il signifie s'emparer, que de ravir : enchanter. Mais l'enchantement s'y mêlait aussi. Un homme sous ce regard n'avait plus aucune échappatoire.

Il détourna la tête.

– Eh bien, nous te l'avons dit ! répliqua-t-il, retrouvant le tutoiement, dans son trouble qui le livrait à elle, malgré toutes les rudes et rigides barrières que le gouverneur Colin Paturel avait voulu élever entre eux. Nous l'avons aperçu, cet homme, de l'autre côté du lac, et il s'est enfui.

Ensuite, sur nos gardes, nous avons contourné le lac que nous ne pouvions traverser, et nous sommes parvenus un peu en contrebas du fortin... Et alors...

– Et alors ?...

– Alors, à ce moment, les Iroquois débouchèrent de la forêt, vers l'ouest, Outtaké à leur tête. Je vis le chef mohawk courir vers moi à une

allure folle, le tomahawk brandi. Il me cria :
« Celui que je cherche est là. Vous l'avez laissé
échapper !... » Je protestai avec vigueur, mais
jamais je ne fus si près d'avoir le crâne fendu,
sans avoir eu seulement le temps de porter la
main à la crosse de mon pistolet, ni pour mes
compagnons celui d'épauler... S'il ne s'était arrêté
aussi brutalement à quelques pas de moi, j'étais
mort. Mais il s'arrêta. Et il tendit le doigt vers
le sommet de la colline.

Levant les yeux, nous aperçûmes une Robe
Noire. Un jésuite se tenait là-haut, immobile
comme une apparition. Nous attendions qu'elle
s'effaçât. Mais il se mit à descendre vers nous
d'un pas tranquille, tandis que nous restions tous
en arrêt, Blancs et sauvages également médusés,
et nous demandant quelles intentions cachait son
audace. Il tenait d'une main sa croix pectorale,
la présentant à nos regards, et, quand il fut proche,
je vis qu'il y avait au centre du crucifix une pierre
rouge qui brillait.

Le jésuite alla droit à Outtaké et lui dit : « Me
voici. »

— *Et ils s'en saisirent,* murmura Martial.

Angélique restait pétrifiée, écoutant décroître
en elle l'écho d'un coup de ce gong solennel, « ils
s'en saisirent ».

— Colin, qu'en ont-ils fait ? Qu'en ont-ils fait ?

Il détournait la tête.

Ils l'avaient emmené, raconta-t-il, vers le vallon.
Puis leur chef était monté jusqu'aux ruines de
Wapassou et en avait rapporté un pieu de palissade
noirci. L'ayant planté en terre, ils y avaient attaché
le jésuite, après l'avoir dépouillé de ses vêtements,
et ils avaient entrepris de le supplicier.

Angélique sursauta et se dressa d'un bond.

— Mène-moi vers eux !

Colin la retint alors que, debout contre lui, elle
vacillait.

Avec véhémence, il lui jeta toutes les paroles

qui lui tournaient dans la tête depuis leur arrivée.
Car il la connaissait, et il aurait souhaité maintenant qu'elle eût dormi plus longtemps.

– Je t'en supplie, Angélique ! Assez de risques !
Assez de folies ! N'avons-nous pas déjà assez
obtenu du ciel en vous retrouvant toi et tes enfants,
vivants !... Nous devons partir le plus tôt possible.
Profiter de ce qu'ils sont... occupés.

– Laisse-moi ! Tu ne peux pas savoir. Je ne
supporterai pas qu'il retombe entre leurs mains.
Conduis-moi jusqu'à eux !...

– Angélique, c'est notre massacre que tu veux ?
Tu sais comment ils sont avec leurs prisonniers.
Leurs coutumes sont sacrées. Ils ne supporteront
pas que des Blancs s'en mêlent. Et quand bien
même nous essayerions... Il faudra tuer tout le
monde. Nous ne sommes pas en force, te dis-je !
Nous ne pouvons intervenir...

– Vous ? peut-être. Mais moi, si. Ils ne me
font pas peur... Si je pouvais marcher seule, j'irais
seule. Aide-moi. Aide-moi à marcher.

– Angélique, pour l'amour du ciel, je ne serai
sûr de ta vie que lorsque je t'aurai ramenée au
rivage. Quel front présenter à ton époux, si tu
n'es plus en vie ? Ce cauchemar m'a hanté. Tu
décides de notre mort ! Pense à lui !

Elle eut une brève hésitation.

– Joffrey le ferait !

Elle s'élança soudain, oubliant de mettre ses
souliers. Elle se sentait plus légère pieds nus,
pour courir. Courir !...

Elle entendit Martial, le jeune huguenot de La
Rochelle, crier avec désespoir :

– Pourquoi, pourquoi, Dame Angélique ?... Ce
n'est qu'un jésuite... Un de nos pires ennemis...

« Ah ! laissez-moi tranquille, avec vos pires
ennemis !... » pensa-t-elle.

Mais elle n'eut pas la force de leur jeter sa
riposte. Elle traversa, sans les voir, sans les saluer,
une haie de personnes. Plus tard, cela lui revien-

drait, le choc intérieur de distinguer l'espace désert qui n'avait cessé de les environner, soudain comblé de présences.

Le vertige la fit tituber dans le soleil brutal. Colin la rejoignit, l'entoura de son bras et la soutint dans sa marche, renonçant à la retenir.

Cette fois, elle était pieds nus sur le tapis mordoré des herbes écrasées, à peine libérées par le dégel. Elle allait dans sa pauvre vieille jupe qui l'avait accompagnée tout l'hivernage, elle avait un aspect de revenante, mais son regard ne les trompa pas. Tous, qui la virent apparaître comme sortie d'un tombeau, la reconnurent. C'était bien elle, et elle n'avait rien d'une mourante.

Colin la soutenait, mais c'était elle qui l'entraînait, se dirigeant vers ce vallon où était rassemblée la masse sombre et emplumée des Iroquois et d'où s'élevait, poussés vers eux par un vent serein, l'odeur de fumée et un bourdonnement incessant de tambours.

Sur un signe de Colin, plusieurs des hommes de Gouldsboro, dont le grand Siriki, leur emboîtèrent le pas, tenant leurs mousquets, tandis que d'autres allaient se poster aux alentours du fortin et sur sa plate-forme, prêts à toute éventualité. Mais personne ne voulait rentrer à l'intérieur et le groupe, avec les enfants dans les bras, resta de loin à regarder.

— Tu ne peux pas comprendre, Colin, murmurait Angélique tout en avançant. Pas deux fois ! Pas trois fois !... Je ne peux pas laisser faire ça.

Ses pieds ne touchaient pas terre. C'était la seule force de Colin qui la soutenait et la portait de l'avant, d'où la sensation qu'elle avait de faire du surplace, comme dans les mauvais rêves où une force contraire vous cloue au sol.

Et devant elle, les longues, longues et lointaines montagnes des Appalaches se déroulaient sur un ciel pâle, avec des coulées plus vertes dans les vallées.

Une vierge et superbe nature s'était réveillée, et si farouche et si tendre que les ruines noircies de Wapassou au revers de la grande prairie, dominant le lac, à la corne du bois, semblaient belles.

On entendait se rapprocher le bruit des tambours. L'odeur de feu et de chair brûlée se faisait plus intense et c'est vers cela que tendait son effort. Son cerveau était comme vide... une prière y grelottait : Mon Dieu, faites que... faites que... je n'arrive pas trop tard !... Le wampum... je n'ai plus le wampum...

Là-bas !... Le cœur de l'Amérique qui rôtit sa propre chair, la dévore pour survivre.

Elle aurait voulu courir et entraîner Colin.

– Je t'en prie, ne te détruis pas, suppliait-il. Vois, tu es faible. Tu vas tomber.

Il craignait maintenant, pour l'avoir sentie si fragile en son corps amaigri, qu'elle ne succombât à cette force surhumaine.

Mais elle ne l'écoutait pas. Son cœur à elle aussi brûlait... De révolte et de détresse. De révolte et de détresse impuissantes... jusqu'à la fin des temps.

Colin ne pouvait pas savoir. C'était trop long à raconter... C'était impossible à raconter... Mais il lui fallait parvenir là-bas.

Enfin, elle y parvint !

Et elle le vit aussitôt.

Une silhouette de chair nue, maigre et misérable, attachée au poteau parmi les danses syncopées de quelques « jongleurs », et les fumées des braises à ses pieds, un homme blanc environné du ballet horrifiant des haches incandescentes qui faisaient grésiller la peau de ses cuisses sur laquelle elles passaient et repassaient, des couteaux qui lentement, savamment, découpaient de petites lanières sur sa poitrine.

Elle ne vit d'abord que cela, et dut s'arrêter

pour retenir le cri qui lui venait aux lèvres et reprendre souffle.

Trop tard !... Elle arrivait trop tard !...

Mais en regardant à nouveau en direction du supplicié, elle vit qu'il avait la tête droite et les yeux tournés vers le ciel.

Son silence n'était pas celui de la mort, mais celui de l'héroïsme.

Tout devint différent. Tout reprit sa place. Elle put s'avancer à nouveau, rapide, pleine d'énergie et d'espérance.

– Outtaké ! Outtakéwatha ! DONNE-MOI SA VIE !

Elle allait seule, lançant son appel d'une voix haute et claire.

– Outtaké ! Outtaké ! Donne-moi sa vie !...

Il tourna vers elle sa face, le dieu rouge, le dieu tutélaire de l'Amérique, et parmi les taches bariolées de ses peintures de guerre, son regard était fiévreux. Son cimier dressé et ses pendants d'oreilles frémissaient. Il se rapprocha de quelques pas, tandis qu'elle faisait halte. Il ne paraissait pas surpris de la voir là, mais son expression demeura menaçante. Un long silence s'établit.

– Jusqu'à quand me demanderas-tu des vies ? jeta-t-il enfin, avec humeur. Je t'ai donné la tienne et celle de tes enfants. N'est-ce pas assez ?... Jusqu'à quand t'acharneras-tu à sauver ceux qui te rejettent ou ceux qui veulent ta perte ? Que t'importe ce jésuite ? Pourquoi veux-tu sauver sa vie ? C'était ton ennemi. Je te l'ai envoyé pour que tu l'achèves. Je te l'ai envoyé pour que tu l'achèves, insista-t-il en s'animant, de tes ongles, à la manière des femmes. Et tu ne l'as pas fait. Je te méprise. Tu as contrevenu aux lois de la justice.

– Je n'ai pas à obéir à tes lois. Je viens d'une autre contrée, et j'ai un autre dieu pour me juger. Tu le sais fort bien, toi qui as traversé l'océan, Outtaké, dieu des nuages...

Outtaké se mit à aller et venir, s'adressant avec

emphase aux troupes iroquoises, massées sur la pente herbeuse, dans un mélange de dialecte mohawk et de français, qu'il parlait fort bien, quoique avec cet accent criard qui venait de la prononciation de gorge sans presque de mouvement des lèvres.

– Vous l'entendez ?... C'est moi qui la comble de bienfaits et c'est elle qui me dicte des ordres.

Il continua de se démener avec une mimique qui signifiait qu'il étouffait d'indignation, et des gestes de dérision exprimant que toute sa raison était dépassée par l'inconscience des êtres, et surtout des Blancs, et surtout des femmes !...

Puis se figeant subitement, son expression changea et devint d'une gravité solennelle. Sa face matachiée parut se changer en pierre, ses yeux de jais, immobiles dans leurs orbites étirées, lancèrent d'étranges éclairs.

Il tendit le bras vers Angélique d'un geste lent et hiératique, qui demeura raide comme celui d'une statue.

Les mots qui tombèrent de sa bouche eurent comme une résonance éternelle.

– Regardez ! Voici une femme folle au service d'un dieu fou. Et cela est de valeur... Elle est folle mais elle est fidèle à son dieu, qui a dit cette parole insensée : « Pardonnez à vos ennemis. » Une femme aussi folle que son dieu : la voici. Elle, au moins, son cœur est droit et elle va son chemin sans bifurquer. Elle a sauvé l'Anglais malade et l'Iroquois blessé, le pirate français abattu, et la Robe Noire mourante. Et elle vient crier : Rends-lui la vie ! Rends-lui la vie...

Sa pose changea quelque peu, les mouvements de son bras se firent à la fois accusateurs et lyriques.

– Oui, tu es bien cela... Tu ne dévies pas de ta route, Kawa, étoile fixe, et que pouvons-nous contre l'étoile qui est placée au centre du ciel et montre toujours la même direction ?... La suivre !

Dans la nuit de nos âmes, dans la nuit de nos cœurs... Ah ! tu brilles, et tu nous égares pourtant...

– Je ne vous égare pas.

– Si !... tu m'as trompé. Je te l'ai envoyé pour que tu l'achèves.

– Non ! Tu savais que je ne l'achèverais pas... La preuve en est que tu lui as dit, avant de l'envoyer : « Je reviendrai te chercher et je dévorerai ton cœur. »

Le chef des Mohawks se permit un bref éclat de rire.

– Je voulais savoir que tu étais bien cela, l'étoile fixe.

– Donc, tu savais que je l'épargnerais. Alors, cesse de finasser avec moi, Outtaké. Tu m'as donné sa vie une fois. Tu peux bien la donner une seconde fois.

Le chef des Cinq-Nations se remit à aller et venir de long en large comme un fauve.

– Bien ! Je te donnerai sa vie ! Je ne veux pas que tu sois bafouée pour avoir respecté les préceptes fous de ton Dieu fou, déclara-t-il.

Sur un signe de lui, un jeune guerrier s'avança et trancha les liens qui retenaient le prisonnier. Mais, malgré ses liens rompus, il resta debout, immobile.

Voyait-il encore ceux qui s'agitaient autour de lui sur cette terre ?

Cependant, l'ordre d'Outtaké de le délivrer et sa mise à exécution qui avait suivi avaient provoqué la colère de ceux qui participaient au supplice, et qui, installés autour du foyer, préparaient avec l'application et le sérieux d'ouvriers consciencieux leurs outils à faire souffrir.

L'un d'eux nommé Hiyatgou se précipita dans l'arène. S'il était difficile de suivre son discours débité dans son dialecte volubile, sa fureur visible et ses gestes outranciers le rendaient explicite.

Comme ses associés présents, il n'admettait pas de se voir frustré d'une noble et difficile tâche, celle de faire mourir à petit feu un ennemi honni – et à peine le supplice était-il commencé qu'on le leur retirait des mains –, tâche pour laquelle il était reconnu, lui Hiyatgou, fort et habile et dont l'exécution lui procurait d'intenses sensations : fierté et satisfaction. S'y ajoutait celle de la vengeance ayant trouvé enfin l'objet sur lequel assouvir ce brûlant sentiment de revanche qui, sans l'éteindre complètement, ni effacer le deuil dont l'ombre couvrirait à jamais l'esprit d'Hiyatgou, au souvenir de ses enfants, de sa femme, de ses guerriers, morts sur les remparts de sa ville de Onondagua ou dans les flammes de ces longues maisons incendiées, mettrait un baume apaisant sur ses ressentiments les plus vifs, sachant qu'il offrait aux mânes des siens la douleur multipliée de celui qui avait causé, par ses enseignements fanatiques, ses appels à la guerre contre l'Iroquois qu'entendaient si volontiers ces traîtres de Hurons et ces putois d'Algonquins, ennemis héréditaires, et qui, pour tous ces crimes, ne tarderaient pas à payer, eux aussi qui avait causé par ses ordres le départ des siens, si atroce et si immérité et prématuré, vers les terres de chasse du Grand Esprit. Fallait-il lui rendre la vie pour qu'il vienne les détruire encore ?

Sa tirade véhémente souleva une approbation générale de la part des Iroquois présents, qui se traduisit par un sourd grondement si profond et prolongé qu'il eût pu faire croire à l'approche de l'orage si le ciel n'avait été si pur et si bleu.

Hiyatgou, devinant qu'il tenait la situation en mains, prit à partie Outtaké, de façon plus directe.

– Il n'y a pas de chef suprême parmi nous, Outtaké. S'il y en avait un, il serait choisi parmi les Onondaguas, dont je fais partie, et non parmi les Mohawks. Tu déroges aux principes de la Ligue iroquoise. Tu n'as pas le droit de nous ôter le gibier, à nous qui avons participé à la chasse.

– Ce n'est pas un gibier mais mon ennemi, rétorqua Outtaké sans se démonter. Seul, j'ai pâti de lui, dans ma jeunesse, quand je fus enlevé et emmené de l'autre côté de l'océan pour pagayer sur les grands canots, les galères du roi de France. Et depuis mon retour, je vous ai toujours défendus de ses embûches. Le Conseil m'a mis à la tête de ce qui restait de nos peuples. Ne commence pas à l'oublier, dès que le danger s'est éloigné par l'effet de mes ruses et de mes injonctions.

Un autre grondement s'éleva, mais cette fois, Hiyatgou, qui ne s'était pas fait trop d'illusions, connaissant son adversaire, sut discerner que l'approbation allait aux paroles d'Outtaké.

– Soit ! Rends-le-lui, cria-t-il avec rage. Mais il ne sera pas dit que je n'en aurai rien !

Sa manœuvre fut trop prompte.

D'un bond, il sautait sur le prisonnier, toujours debout contre le poteau du supplice. Empoignant sa chevelure, il incisait d'une lame aiguisée le haut du front et tirait. Un cri sortant de toutes les bouches souligna son acte imprévu et cruel.

Hiyatgou, triomphant, s'écarta.

Insensible à l'indignation et à la colère qu'il provoquait, il se mit à pousser des hurlements de dérision, coupés d'imitations de cantiques chrétiens. Et, balançant son trophée comme un encensoir ou un goupillon, il aspergeait l'herbe de sang autour de lui.

Le jésuite restait debout. De son crâne scalpé, le sang coulait sur son visage en mille ruisselets aveuglants. Un guerrier le poussa en avant à l'épaule, mais malgré la bourrade, il ne tombait toujours pas.

Quand, à deux, le prenant par les bras, ils l'arrachèrent du poteau, il y laissa de l'échine aux reins des lambeaux de chair collés.

Ce fut ce corps sanglant qu'on traîna et qu'on vint jeter aux pieds d'Angélique.

Elle s'agenouilla, s'inclinant, jusqu'à l'entourer de ses bras et avoir son visage tout près du sien.

Cette fois, c'en était fait de lui.

Il ne reviendrait plus d'entre les morts.

La vie s'était éteinte sur la face sanglante, car les paupières s'étaient closes sur le regard encore brillant, aveuglé par une soudaine pluie de sang.

Angélique détacha son mouchoir de cou et essaya, très doucement, d'étancher le sang. Elle appela à mi-voix :

– Père ! Père d'Orgeval ! Mon ami !

Sa voix à elle, femme lointaine et terrestre, pouvait-elle le rejoindre dans les zones d'enfer... ou de paradis où il errait déjà ? Souhaitait-il l'entendre ? Il souleva les paupières. Son œil demeuré bleu la perçut et une joie y parut. Il la voyait, mais il s'éloignait comme sur un navire vers les rives de l'éternelle Joie, et elle sentit qu'elle demeurait, elle, pesante, agenouillée sur un sol dur souillé de sang, dans l'obscurité de la terre. Alors il eut une étincelle moqueuse, puis une expression grave et impérieuse et elle crut entendre son adjuration, qu'il lui avait répétée si souvent : « Vivez ! Vivez pour votre triomphe et pour notre lumière... Vivez pour ne pas rendre vain mon sacrifice. » Son regard se ternit. Elle y lut encore une supplique ardente, triste et presque humble d'un homme qui ne se croyait pas digne, mais qui, à l'heure dernière, aspirait au mérite, l'ardent vœu d'un cœur qui vint en Nouvelle-France pour le salut des Sauvages et qui les avait tant aimés.

La dernière exigence de sa vocation.

Il l'en suppliait, elle, qui allait disposer de son cadavre. Comprendrait-elle ? Mais elle comprenait tout. Elle était si près de lui. Ils avaient suivi ensemble des sentiers peu communs, exploré le dédale des mystères de l'Amour, et des multiples apparences sous lesquelles se dissimule sa flamme.

– Oui, je vous le promets, fit-elle à mi-voix, et bien que de prendre cette décision lui fît mal, je vous rendrai à eux, je vous rendrai aux Iroquois. Et ils mangeront votre cœur... Et vous demeurerez parmi eux... à jamais.

Durant cette scène, les deux chefs avaient poursuivi leur querelle, continuant à se défier, tout d'abord par l'insulte, puis se livrant au ballet de la lutte, tournant l'un autour de l'autre, la hache et le tomahawk brandis, Outtaké, fou de rage d'avoir vu sa suprématie et son droit de clémence mis en cause, et sa parole trahie par le geste de son rival, lequel ne cessait de rappeler que les arrêts qui statuaient du sort d'un prisonnier devaient être pris au Conseil, et que le chef des Onondaguas avait priorité sur celui des Mohawks...

Ivres d'un chagrin qu'ils n'arrivaient pas à définir, plus encore que d'eau-de-vie dont ces chefs usaient peu, cette querelle en paroles et menaces fut sanglante.

Finalement, il fut décidé qu'Outtaké et l'autre se battraient en duel iroquois, avec la hache et le tomahawk.

Ce fut donc un combat très court et très serré, avec des passes et des cabrioles magistrales et qui se termina résolument par la victoire, pour ainsi dire, des deux chefs, aussi forts l'un que l'autre, ne parvenant pas à se porter des coups suffisamment mortels pour se mettre l'un ou l'autre hors de cause.

Plus tard, la dispute reprit quand la question se posa de savoir si le cœur du jésuite serait mangé rôti ou cru, et là-dessus la palabre s'éleva à des degrés de discussion qui n'avaient pas de limites, et la lutte entre ces derniers survivants des Cinq-Nations faillit rebondir et tourner en bataille, mais la chose se régla par l'éloquence d'Outtaké.

– Je suis fils de la Paix. J'enterre la hache de guerre en même temps que je dévore ce cœur.

Il nous le faut manger palpitant encore, parce qu'il doit nous communiquer sa force surhumaine et sacrée.

— Mais il est empoisonné, rétorquait l'autre. Pour ne pas prendre son venin en même temps que sa force, il doit être rôti.

— Non ! Il n'en est pas ainsi. Le cœur d'Hatskon-Ontsi n'a plus de poison. Ce cœur est pur. Ce cœur est purifié. La femme blanche s'en est portée garante en le réclamant, en nous le rendant.

Cette fois, Outtaké fut le plus rapide. Le plus rapide à ouvrir la poitrine du mort, et en arracher le cœur tant contesté. Frappés de respect, les autres firent silence.

Le jour s'achevait. Le ciel devenait rouge au couchant. Dans la lueur pourpre, Outtaké éleva, au bout des doigts, ce cœur tant contesté, perlé de sang vermeil :

— Le voici. Nous allons nous nourrir de ce cœur purifié, nous recevrons les conseils de ce cœur qui nous a porté la haine et qui nous aimait. Nous pourrons marcher vers la recherche de la paix. La paix pour nos villages, la paix pour nos cantons qui renaîtront puisque nous n'avons pas été exterminés tous. Il nous inspirera. Il nous apportera la connaissance de ces Français indomptables qui nous emmêlent l'esprit et trompent nos cœurs, et il nous guidera pour savoir ce que nous devons attendre d'eux, la confiance que nous devons leur accorder pour leur survivance et pour la nôtre.

Alors, comme la lune, aux cornes aussi effilées qu'un poignard, basculait dans le ciel d'un bleu printanier, les chefs des Cinq-Nations iroquoises survivantes, étreints à la fois d'une peine et d'un espoir immenses, partagèrent entre eux et dévorèrent le cœur de leur ennemi Hatskon-Ontsi, le jésuite deux fois mort et plusieurs fois martyr.

Dès que les chefs iroquois eurent repris des mains d'Angélique le corps du père d'Orgeval, Colin Paturel enleva la jeune femme dans ses bras et la porta jusqu'au fort, sans y avoir grand mal. Elle était si légère, immatérielle.

La hâte de l'arracher aux folies mortelles qui hantaient ces parages le taraudait. La journée était trop avancée pour qu'on pût organiser un départ. Il faudrait demeurer jusqu'au lendemain.

Avec les grands coups de vent du soir, s'approchait une nuit glacée et, dans le fortin, des mains diligentes avaient allumé des feux dans tous les âtres. La joyeuse ambiance qu'y avait connue la recrue de Peyrac lors du premier hivernage avec ses mineurs, ses soldats, ses artisans, ses ouvriers, étrangers de toutes nations et aventuriers de toutes sortes, se recréait. On camperait dans le vieil abri pour la nuit, sous la garde de sentinelles relayées toutes les deux heures, et qui ne cesseraient de surveiller les bois, les lointains, les alentours et plus assidûment le vallon où pétillaient les feux des Iroquois d'où arrivait, par bouffées, le bourdonnement lugubre de leurs chants et de leurs tambours.

Les enfants, comblés de gâteries, avaient mangé et dormaient déjà dans l'ancienne chambre des Jonas, veillés par des paires d'yeux jaloux et attendris, attentifs à ne pas les quitter du regard un seul instant. Biens précieux qu'on avait crus perdus, trésors qu'il fallait maintenant ramener en vie jusqu'au rivage.

Ils dormaient en serrant dans leurs bras les jouets apportés pour eux de Gouldsboro.

Colin porta Angélique dans la chambre du fond, et la déposa sur ce grand lit où ils l'avaient trouvée endormie.

Elle demanda qu'on la laissât pleurer seule.

Mais Colin resta près d'elle, et quand il voyait la houle de ses sanglots s'apaiser, il disait quelques mots faisant allusion à la paix qu'elle trouverait parmi eux à Gouldsboro, au retour proche du comte qui ne saurait tarder. Ces mots ne lui parvenaient pas, seulement le son d'une voix différente qui avait rompu la nuit éternelle des jours de l'hiver.

Elle soulevait ses paupières douloureuses et se voyait seule sur le radeau de la survie. Elle voyait Colin assis près d'elle, penché, l'inquiétude et la tendresse de son regard clair, familier.

Soudain, enfin, la pendule du temps avait sonné. Un coup. Et ce fut la fin des jours sans fin.

Les portes de glace s'étaient rompues. Des hommes avaient surgi.

Elle pouvait croire que rien ne s'était passé. Ou peu de choses. Rien que quelque chose de très simple et de très naturel dans la vie des hommes. Quelques mois d'hiver à franchir. « Tout prend fin !... tout recommence, disait-il. » Elle aurait pu croire qu'elle l'avait rêvé. Un fantôme l'accompagnant de sa force pour l'aider à parvenir à l'autre bout du tunnel. Elle aurait pu croire qu'il n'avait pas existé, s'il n'y avait pas eu ce crucifix, toujours là, qu'elle apercevait avec sa petite étincelle rouge qui s'allumait aux lueurs du feu.

— Colin, ne m'as-tu pas dit que lorsque le jésuite est venu vers vous, il avait au cou son crucifix qu'il présentait ?...

— Si fait... Mais au moment où les Sauvages se sont saisis de lui, il l'a ôté et me l'a tendu. Et il m'a dit de façon très courtoise, mais très ferme : « Monsieur, je vous prie, ayez la bonté de remettre ce saint objet sur l'auvent de la cheminée, dans la chambre où, en ce moment, Mme de Peyrac sommeille. Elle vient d'être fort malade, mais la voici hors de danger. Je veux qu'à son réveil, elle aperçoive ce crucifix à sa place accoutumée. » Il me cria de loin alors qu'on l'entraînait : « Montez vite vers le fort. Les petits enfants sont seuls !... »

Angélique se mit à rire au milieu de ses larmes.

– ... Il était autoritaire !... Il était maniaque !...
Oh ! vraiment pour ces détails, il était maniaque
comme une femme !... Pourquoi ai-je dormi ?

Elle pleura encore, mais plus doucement.

– Pourquoi ai-je dormi ? Pourquoi si longtemps ? Si j'avais été éveillée au moment où vous
arriviez, suivis des Iroquois, il aurait eu le temps
de s'enfuir.

– Je ne crois pas qu'il le voulait, dit Colin.

73

Plus tard elle ôta ses vêtements encore tachés
du sang du martyr et pénétrés de l'odeur de
fumée, de l'odeur de l'hiver, de l'odeur des longs
mois passés dans les ténèbres.

Elle souhaitait pleurer encore, mais quand elle
se trouva revêtue de linge et de vêtements frais,
non usés, et qu'elle reconnut dans les plis de la
jupe, du caraco et du fichu, le parfum discret de
son amie Abigaël, une euphorie bienfaisante la
gagna.

Bientôt elle serait près de sa douce amie à se
laisser entourer par elle d'attentions, à écouter la
mer battre les rivages de Gouldsboro en attendant
que surgissent les voiles du navire qui ramènerait
Joffrey.

Abigaël avait songé à tout. Même à joindre à
ses envois un sachet d'écorces de quinquina
apporté par Shapleigh.

Elle glissa dans le sommeil, apaisée. Elle sut
qu'elle dormait quand le visage du jésuite vint se
pencher sur le sien. Ses yeux étaient bleus et il
n'y avait aucune brèche noire dans le sourire de
ses belles dents qu'elle n'avait pas eu le temps
de réparer. Elle crut qu'il allait lui dire : « Il y
a un orignal dehors !... Levez-vous. » Mais il se

contenta de lui chuchoter : « Et Honorine ? » avec un clin d'œil complice, comme pour lui rappeler un secret entre eux, et qu'ils avaient encore une œuvre commune à mener à bien.

Ce rappel tira Angélique de son demi-sommeil avec un cri.

— C'est vrai ! Honorine !... Je sais pourquoi je ne veux pas quitter Wapassou, dit-elle à Colin qu'elle aperçut, veillant toujours à son chevet. Je dois y attendre Honorine. Elle ne sait pas que Wapassou a brûlé et essaiera de nous rejoindre ici.

Colin Paturel ignorait tout de l'odyssée d'Honorine, et croyait se souvenir que l'enfant était en pension, chez les religieuses à Montréal. Mais, voyant Angélique s'agiter, il lui affirma qu'ils resteraient à Wapassou aussi longtemps qu'il le faudrait pour attendre Honorine, se promettant de la raisonner le jour venu. Pour le moment, la nuit était encore profonde. Il fallait dormir, insista-t-il.

Combien elle était faible, nerveuse et diaphane ! se disait-il, en la regardant repartir dans le sommeil, comme sous le coup d'une défaillance, mais toujours indomptable.

Colin Paturel s'agenouilla près d'elle et posa ses lèvres sur la main abandonnée.

— Merci ! Merci ! mon agneau ! lui murmura-t-il. Merci d'avoir sauvé le bonheur de nos vies en surmontant ta mort...

La seconde phase de son repos, un peu avant l'aube, fut pour Angélique plus troublée. « Les Iroquois ! Les Iroquois, répétait-elle, poursuivant une pensée qui la fuyait mais qui, à la fin, se précisa. Les Iroquois, mais ce sont eux, au moins certains d'entre eux, qui pouvaient me donner des nouvelles d'Honorine... Si elle a passé l'hiver chez une de leurs nations... J'ai oublié de m'informer auprès d'eux... »

Elle s'éveilla en s'écriant : Les Iroquois ! Elle était seule cette fois, dans une chambre ensoleillée. On l'avait laissée dormir, malgré le jour venu.

Fâchée contre elle-même, elle se jeta hors de sa couche, toutes ses forces ranimées.

– Les Iroquois sont-ils encore dans les parages ?

– Oui ! Fort bruyants et désagréables pour notre malheur, ils continuent de palabrer et de se quereller au fond du vallon.

– Dieu merci !...

Elle lui expliqua qu'il fallait immédiatement ou les joindre ou les convoquer car, par eux seuls, elle pouvait espérer obtenir des nouvelles d'Honorine. Sans essayer de la distraire de son idée fixe, Colin put aussitôt lui donner satisfaction. Point n'était besoin de les convoquer. Les Iroquois montaient vers eux. Outtaké s'était fait annoncer avec les siens pour l'heure suivante.

En sortant, Angélique aperçut le grand fauteuil de bois qui avait été porté dehors.

– Le messager du Mohawk a recommandé de sa part qu'on te prépare un siège afin que tu puisses écouter, sans fatigue, la harangue qu'il compte nous adresser avant de prendre congé de nous et qui sera longue.

Angélique prit place dans le fauteuil préparé pour elle, en hochant la tête avec résignation. « Ces Indiens, je ne les comprendrai jamais !... »

Sur l'esplanade, son regard embrassait la perspective de Wapassou, qui lui parut plus déserte encore que dans les premiers jours où ils y étaient arrivés, en caravane, des années auparavant, pour rejoindre déjà au fond de ce terrier les quatre mineurs qui avaient commencé d'y travailler.

À gauche, elle distinguait une partie du lac d'Argent, miroitant au soleil comme s'il avait oublié que sur sa plaine blanche elle avait couru, pourchassée par les loups, en traînant un cadavre d'orignal.

Au loin, dans la combe verdoyante du vallon,

la foule brune des Iroquois s'agitait et leurs démarches et allées et venues pouvaient laisser envisager qu'ils se préparaient au départ.

– S'ils montent sans armes, il faudra que nos sentinelles dissimulent les leurs, recommanda Angélique à Colin.

Elle demanda que les deux jeunes gens qui s'étaient chargés de veiller sur Raimon-Roger et Gloriandre vinssent se placer à ses côtés avec les petits. Ses deux rejetons, elle en était persuadée, ne manqueraient pas d'être intéressés par ce spectacle bariolé d'une délégation iroquoise, mais ce n'est pas pour cela qu'elle prenait cette mesure, qui souleva autour d'elle des murmures de désapprobation. Elle expliqua à ceux qui s'inquiétaient que la vue des enfants flattait les Indiens et surtout les farouches Iroquois, leur prouvant qu'ils n'inspiraient pas de crainte et qu'on les recevait en amis de la famille.

À part quelques hommes du groupe qui avaient couru les bois pour la fourrure, ou qui avaient eu l'occasion d'habiter dans des villages des frontières, la plupart de ceux qui étaient venus des rivages se porter à leur secours nourrissaient un solide préjugé de méfiance vis-à-vis des Indiens de l'intérieur, plus encore envers les Iroquois, très redoutés, et dont les partis de guerre venaient de fort loin semer la panique chez les Algonquins de l'Est.

Angélique restait calme. Pour sa part, elle ne redoutait rien, sinon de perdre patience. Ou de se laisser gagner par l'impatience durant le discours, dans son attente de recevoir quelques nouvelles de sa fille. Elle avait hâte d'interroger Outtaké. Par lui, elle obtiendrait peut-être une indication, quelqu'un qui l'aurait vue, aperçue, qui sait ? aurait parlé avec l'enfant, et qui lui rendrait l'espoir, en lui assurant qu'elle était toujours en vie, malgré les guerres, les épidémies et la famine. Elle devrait donc attendre sans nervosité la fin de sa harangue.

Une petite main se posa sur la sienne, qui reposait sur l'accoudoir du fauteuil.

– Moi aussi, je suis là, lui dit Charles-Henri, lui rappelant sa présence d'une voix gentille.

Angélique l'entoura de son bras et le serra sur son cœur.

– Oui, toi aussi, tu es mon fils, mon vaillant petit compagnon. Tu vas te tenir debout près de moi et m'aider à recevoir le chef des Cinq-Nations. Garde ta main sur la mienne et tiens-toi droit comme un fier soldat que tu es.

Qu'allait-il lui demander encore, Outtaké? L'impossible... ou peut-être rien. Avec lui, on pouvait s'attendre à tout.

– Voici notre théâtreux qui s'avance, dit-elle à Colin, qui se tenait derrière elle et qu'elle devinait plus tendu et moins à l'aise que s'il avait eu à prendre d'assaut toute une flotte de pirates des Caraïbes.

Mais pour sa part, avec le petit Charles-Henri à ses côtés, elle les regardait venir sans frayeur, et presque sans rancune. Ils portaient à leur ceinture leurs petites hachettes de combat et leurs tomahawks de pierre rouge ou blanche. Ils avaient laissé leurs mousquets dans le vallon, et Angélique fit signe aux porteurs de mousquets qui se tenaient la mèche prête d'aller se dissimuler derrière la maison ou dans les broussailles alentour.

Les chefs principaux des Cinq-Nations s'arrêtèrent à quelques pas de son fauteuil, avec derrière eux la masse des guerriers assemblés.

Un soleil pâle, un soleil encore froid d'hiver les éclairait.

Malgré leur harnachement de plumes et de fourrures, de pointes de porc-épic dans leurs cheveux dressés, de colliers de dents d'ours, de bracelets de duvet teints en rouge, ils étaient maigres, aussi maigres que des loups affamés. Leur chair lui parut blafarde sous la résille bleutée de leurs tatouages. Elle ignorait qu'ils avaient vécu cachés de longs jours dans les ténèbres de la terre, en traversant, sur plusieurs lieues, les méandres de grottes et de rivières souterraines.

L'homélie d'Outtaké, contrairement à l'avis qu'il en avait donné, fut de courte durée. Mais, bien qu'il en choisît avec soin, dans son français châtié, les mots, ce fut un discours difficile à saisir. Chaque parole en portait une autre et allait plus loin, telles les lignes superposées des montagnes.

Plus tard, elle s'en souviendrait comme d'une main effleurant les cordes d'une harpe, et dont les sons lui seraient parvenus amplifiés par l'écho, et l'écho de l'écho.

Pourtant, il commença par parler en toute simplicité de sa querelle avec Hiyatgou.

– L'un de nous devrait être mort. C'est la loi. Et nous voici devant toi en vie, tous deux. Ce qui veut dire, Kawa : Il en a été de ton dernier combat comme de mon combat avec Hiyatgou : pas de vainqueur, pas de vaincu. C'est le combat qui ne décide rien. Parce que, en fait, il n'y avait pas d'ennemi et il n'y avait pas de guerre. Seulement un précipice, et un pont qui manquait pour se rejoindre. Mais la clause est secrète et il faut se cacher de ceux qui ne voient pas le pont et qui ne comprennent pas pourquoi nous l'avons franchi.

Ticonderoga m'a fait faire des choses bien étranges dès que je l'ai vu. Il tordait mon être à l'intérieur comme une peau dans l'eau de la rivière. Il obligea ma raison à penser un peu à côté de son chemin habituel, ce qui est une douleur et un danger, mais peut mener au pont.

Toi, tu étais l'esprit flottant de Ticonderoga. Lui se tenait à la terre, lourd du poids de sa science, et toi, tu courais en avant, légère et invisible pour me happer. Je l'ai su quand je vous ai vus à Katarunk, après le feu. Deux et unis, et

d'une telle force. C'est ce qu'a dit la Robe Noire.
« Unis on ne peut les abattre. Il faut les séparer. »

Où, quand, Sébastien d'Orgeval avait-il expliqué cela au chef des Cinq-Nations ?... Sans doute
jamais. Outtaké l'avait peut-être entendu en songe...

— Mais Ticonderoga n'est plus là, et toi tu vas
partir. Me voici obligé de marcher encore un peu
à côté de mon chemin si je ne veux pas tout
perdre. Et voici pourquoi Hiyatgou est en vie...
Voici pourquoi je l'ai épargné, fit-il, jetant un
regard provocant au chef des Onondaguas.
Un seul mot encore que j'ai besoin d'entendre
de ta bouche, Kawa. Assure-moi, assure-moi que
celui qui est mort hier ne reviendra pas pour nous
détruire...
— Comment peux-tu douter ? fit-elle, surprise
de lire sur ses traits impassibles une réelle anxiété.
Tu es averti de ces choses mieux que moi-même.
— La faim et la défaite ont affaibli la clarté de
mes presciences. Autant Ticonderoga me fortifiait,
autant Hatskon-Ontsi troublait et affaiblissait mes
jugements.
— Tu parles au passé. Tu te donnes la réponse
à toi-même, Outtaké. Il n'y a ni vaincu, ni vainqueur, disais-tu, parce qu'il n'y a jamais eu d'ennemi. Toi qui as mangé son cœur, tu sais maintenant de quel amour il vous aimait...
— Ne va-t-il pas s'employer à aider ses frères
de race, les Français, contre nous ?
— Non ! Les Français n'ont pas autant besoin
de lui que vous autres, Iroquois des Cinq-Nations,
et c'était pour vous qu'il était venu. Je te le dis
parce qu'il me l'a dit et que je le sens ainsi. Il
est venu pour demeurer avec vous. Encore un
peu de temps, et il se glissera parmi vous. Je sais
que toi surtout, tu le sentiras toujours présent
pour t'aider dans ta tâche et combattre à tes côtés.

– Veux-tu dire qu'il aura découvert la justice de notre cause et l'horrible trahison dont nos ennemis nous accablent ? interrogea le Mohawk, ses prunelles noires laissant miroiter une étincelle de joie et de triomphe.

Angélique ferma les yeux. À l'image de Wapassou détruit, l'Amérique qu'ils laissaient derrière eux lui apparaissait comme un champ de ruines, une terre brûlée, une terre qui se dévorerait elle-même jusqu'à ce que des surgeons aux racines les plus robustes réussissent à se maintenir et à dominer le chaos.

Elle n'était pas en état de jeter sur l'avenir un regard optimiste, mais devait lui répondre et lui rendre confiance.

– Il aura découvert que tu as mérité de l'avoir à tes côtés pour te soutenir et te conseiller jusqu'au bout de tes jours, répondit-elle avec fermeté, mais en soulevant ses paupières avec peine.

Ce bref instant où elle avait fermé les yeux pour réfléchir, elle avait cru qu'elle allait s'évanouir ou pour le moins s'endormir tant elle était fatiguée, mais elle savait que même blessés ou menacés comme ils l'étaient présentement, les Sauvages, et surtout son interlocuteur, étaient capables de reculer leur départ et de minimiser le danger qui les guettait, afin de poursuivre une discussion « de valeur », montrant, à présenter et réfuter les arguments de leur défense et de leurs attaques, une endurance qui pourrait les mener jusqu'au soir.

– Crois-tu vraiment, recommença Outtaké, rassemblant son souffle, pour une longue période...

Les paupières d'Angélique étaient retombées. Elle les rouvrit avec vaillance et fut surprise de voir le chef des Cinq-Nations incliné devant elle et lui présentant sur ses deux paumes une mince lanière de cuir enfilée de perles de koris blanches, noires et mauves.

– Je t'offre cette branche de porcelaines, dit-il.

C'est tout ce qu'il me reste du trésor de guerre des Mohawks que les Français appellent Agniers. Garde-la en signe de mon alliance éternelle, et celle-là, ne la perds pas.

— Mais, je n'ai pas perdu le wampum des Mères des Cinq-Nations que tu m'envoyas lors de notre premier hivernage ici, protesta Angélique. Il a disparu dans l'incendie de Wapassou. Peut-être, si l'on fouillait les décombres, le retrouverait-on ?

— Les mères sont mortes qui te l'avaient envoyé, dit Outtaké d'une voix creuse, et le wampum qu'elles avaient tissé de leurs mains est enseveli sous les cendres. Ainsi vont les signes.

Il se recula de quelques pas, laissant le brin de coquillages enfilés sur les genoux d'Angélique.

— Et maintenant, j'ai à te donner des nouvelles de ta fille dont le nom est imprononçable, et que nous autres, Iroquois, nous nommons Nuée Rouge, fit-il d'un ton volontairement neutre et mesuré.

Mais son regard pétilla de malice, se réjouissant à l'avance de ce qu'il allait déclencher par ces paroles chez une aussi impulsive Française que celle qu'il avait sous les yeux et qui, si bien qu'elle s'efforçât de respecter les manières pondérées des Indiens, restait soumise au sang bouillonnant et anarchique de la race des Visages pâles sans éducation.

Cela ne manqua pas.

Angélique poussa une exclamation de joie, et son expression dolente fit place à l'excitation la plus éveillée du monde.

— Honorine ! ma fille Honorine ! Tu sais quelque chose d'elle ?... Tu sais où elle est ? Ah ! diable de Mohawk ! Pourquoi te taisais-tu ? Pourquoi ne pas me le dire aussitôt ?

— Parce que ensuite tu n'aurais plus rien écouté des discours que j'avais à te faire. Tu n'aurais plus porté la moindre attention aux paroles TRÈS importantes que j'avais à te communiquer avant de te quitter, et peut-être ne plus te revoir jamais, et je tenais à m'adresser à une personne aux oreilles ouvertes. Tu n'aurais même pas remarqué, je te connais, fit-il avec un grand geste désabusé, que je t'offrais mon unique branche de porcelaines en signe d'alliance éternelle, Ô mère que tu es ! Ô Femme ! Femme ! Femme que tu es, car tu es trois fois femme, par la lune et par les étoiles. Il y a des femmes qui peuvent se souvenir de l'homme qu'elles furent dans un autre cycle, et trouver les mots ou attitudes qui ne choquent point la dignité de celui qui s'adresse à elle, mais toi, tu as toujours été trop femme pour t'en préoccuper...

— Parle ! s'écria Angélique, en se cramponnant des deux mains aux accoudoirs de son fauteuil.

Si elle avait eu affaire à Piksarett, elle se serait dressée pour le secouer par ses tresses d'honneur.

— Parle ! Je t'en supplie, Outtaké ! Dis-moi tout ce que tu sais d'elle, et ne me fais pas languir ou je te promets que je vais me souvenir que je fus moi aussi une guerrière qui maniait le coutelas mieux que toi-même, et qui te l'a fait comprendre un soir près de la source, et ceci n'arriva pas dans une vie antérieure.

Outtaké éclata de rire, imité par ses compagnons qui ne comprenaient qu'à demi l'allusion, mais appréciaient l'animation de la scène.

Puis, se calmant :

— Soit ! Je te dirai tout ce que je sais d'elle. Je te dirai d'abord ce que je sais d'elle de *certitude*.

— Où est-elle ? Est-elle vivante ? L'as-tu rencontrée ?...

Le Mohawk prit un air offusqué.

— Rencontrée ? Que dis-tu ? Mais tous les mois d'hiver elle partagea la vie d'une famille dans la longue maison de l'Ohtara du Chevreuil aux Oneiouts, et tous les jours, moi qui me rendais au Conseil de la Fédération comme chef des Cinq-Nations, je la vis et devisai avec elle, jusqu'au jour où, maudit soit-il, le nouvel Onontio de Québec mena à nouveau ses troupes jusqu'à notre vallée des Cinq-Lacs, et brûla la bourgade de Touansho malgré ses fortes palissades après un effrayant combat.

C'est pourquoi, je ne peux répondre de certitude à ta première question : Où est-elle ?... Ni à la seconde : Est-elle vivante ?... Car, tu l'ignores peut-être, presque toute la population de cette bourgade a péri, sauf les quelques misérables que je pus entraîner avec moi et soustraire par mon habileté à la fureur vengeresse des Français et de leurs damnés Hurons, et de ces chiens d'Abénakis. Tout ce que je peux dire de certitude, c'est qu'elle ne fut pas parmi nous. (Il suspendit d'un geste le mouvement désespéré d'Angélique.) Je sais qu'un certain nombre de femmes et d'enfants iroquois, m'a-t-on dit, ont été emmenés par les Français jusqu'aux missions de Saint-Joseph ou de Quinté près du Fort-Frontenac, mais je ne peux pas te dire de certitude si elle se trouvait parmi eux.

Voilant son visage de ses mains pour dissimuler ses traits, Angélique refusait d'envisager que l'enfant eût péri dans les flammes des villages incendiés. C'était impossible. Il fallait donc souhaiter qu'Honorine se trouvât entre les mains des Français, ses compatriotes, que ceux-ci la ramèneraient à mère Bourgeoys ou à son oncle et sa tante du Loup.

Outtaké éleva le bras avec solennité, comme pour réclamer du ciel l'inspiration et des personnes présentes la plus scrupuleuse attention.

– Et maintenant, je vais te dire ce que je sais d'elle, Nuée Rouge, *par voyance*.

Il ferma les yeux et se prit à sourire.

– Elle arrive ! murmura-t-il. Elle vient vers nous ! Ne te hâte pas de quitter ces lieux, Kawa, car ton enfant se dirige vers le lac d'Argent pour t'y retrouver. Elle est accompagnée... d'un ange !...

Il s'esclaffa derechef, comme s'il avait été le témoin d'une cocasse plaisanterie.

– Ah ! tu m'écoutes à présent, et sans dormir cette fois !...

Il riait de plus belle, soutenu par l'hilarité de ses guerriers. Ce fut sur ces éclats de franche gaieté suscitée une fois de plus par les expressions interloquées des Blancs, et leurs difficultés à ajouter foi aux révélations si sûres des songes que les Iroquois s'éloignèrent et se séparèrent de celle qu'ils ne reverraient, sans doute, jamais plus.

Abasourdie par ce qu'Outtaké venait de lui dire, Angélique réalisa trop tard qu'ils s'étaient éclipsés. Et lorsqu'elle voulut au moins faire revenir Outtaké pour lui demander plus de renseignements et prendre mieux congé de lui, on ne trouva plus trace du chef mohawk, ni de ses compagnons.

– Par grâce, rattrapez-le, supplia-t-elle.

Outtaké n'avait-il pas dit d'Honorine : « Je la voyais tous les jours » ?... Elle aurait voulu le questionner sur sa petite fille perdue au cœur de la si grande Amérique.

Et puis, elle s'avisait qu'à aucun moment elle n'avait songé à le remercier pour les sachets de nourriture qu'il lui avait fait parvenir par l'intermédiaire du jésuite.

– Rattrapez-les !

Mais on ne rattrape pas des Iroquois qui sont repartis à la recherche des fragments errants de leurs tribus afin de les ramener dans la vallée des Ancêtres, et à la recherche de leurs ennemis afin de les exterminer.

Ils s'étaient fondus à travers le vaste paysage de monts, de bois et de gouffres, aux pistes invisibles et intracées.

Et à vrai dire, personne ne se sentait vraiment très empressé de vouloir les rattraper.

74

Cantor tira le canot sur la petite grève, dans un recoin de la rivière, puis, le hissant sur sa tête, le porta jusqu'à un abri de rochers où il le dissimula sous les branches.

– Nous n'irons pas plus loin par l'eau, dit-il. Nous devons aller à pied. Mais si nous marchons bien, nous pourrons être à Wapassou un peu après midi.

L'enfant indien qui l'accompagnait opina de son panache rouge de cheveux hérissés, et se mit en marche docilement derrière lui. Cantor le retenait par un lien à son poignet car l'enfant était à demi aveugle, et au début de leur voyage, à plusieurs reprises, il avait failli le perdre en traversant des forêts trop broussailleuses.

– D'où sortez-vous ce sauvageon ? lui avait demandé l'apothicaire de Fort-Orange, cette nuit-là où, après mille dangers traversés, ils avaient pu dormir à l'abri des remparts de la petite ville anglo-flamande, sur le haut Hudson.

Il avait répondu que c'était un orphelin iroquois, échappé aux massacres et aux épidémies qui avaient accablé la vallée des Mohawks, et qu'il avait recueilli.

Il était difficile d'avouer à ce brave Hollandais qui, très charitable, avait procuré de la pommade pour soigner les yeux du petit « maquas », qu'il s'agissait de sa demi-sœur Honorine de Peyrac.

Honorine, enfin, avait été retrouvée par lui dans un camp de réfugiés du lac Ontario, parmi les femmes et les enfants iroquois que les Français avaient rassemblés là sous la protection des Sulpiciens de Quinté.

M. de Gorrestat, l'intraitable et borné gouverneur dont la Nouvelle-France se trouvait affublée — provisoirement, disait-on, mais c'était comme un cauchemar — n'avait pas attendu la complète fonte des neiges pour lancer à nouveau ses armées contre les Cantons iroquois.

C'est ainsi que Cantor qui, lui aussi, dès les premiers signes du dégel s'était mis en route, non sans encourir le risque d'affronter les dernières et redoutables tempêtes du rigoureux hiver, n'avait trouvé, lorsqu'il se rapprocha des régions où il voulait se mettre en quête de sa jeune sœur, que des bourgades ravagées par les combats, fumant encore des incendies. Il s'affola, se demandant, si elle n'était pas morte, de quel côté s'enquérir.

On disait que les Iroquois avaient « disparu de la surface de la terre »...

Un contingent des plus braves et des principaux « capitaines » de ces Nations, parmi lesquels l'insaisissable Outtaké, s'était évaporé au moment d'une bataille décisive, et les « voyageurs » et « coureurs de bois » les soupçonnaient de s'être dérobés à la poursuite des Français et de leurs alliés indiens, en plongeant dans les labyrinthes souterrains de grottes dont le long réseau se déroulait invisible sur plusieurs dizaines de miles. Mais nul Blanc n'y avait jamais pénétré. Et la légende courait que l'obscurité y était si profonde qu'un séjour trop prolongé dans ces ténèbres faisait perdre la vue.

Cantor s'occupait des survivants, surtout des femmes et des enfants, parmi lesquels il lui restait un espoir d'obtenir un renseignement sur la fillette Honorine.

Il n'oublierait jamais sa joie, mêlée d'effroi et de compassion, lorsqu'il l'avait enfin rencontrée, un soir, à la lueur des feux, lorsqu'il l'avait tenue dans ses bras, petit gibier graisseux, maigre à faire peur. Effroi parce qu'il avait failli ne pas la reconnaître sous sa défroque de garçonnet et l'avait tout d'abord repoussée; alors elle s'était sauvée, et il avait dû parcourir tout ce camp, en lançant leur appel de jadis : « Honn !... Honn !... » Compassion, en la découvrant défigurée par les marques de la variole, dont l'épidémie avait commencé par décimer les populations iroquoises, déjà durant l'hiver.

Ne disait-on pas que c'était M. de Gorrestat qui avait eu l'idée de faire introduire des couvertures de traite ayant enveloppé des varioleux parmi les ennemis dont il voulait la perte ?...

Mais l'on disait tant de choses ! Les fléaux s'abattaient sur ces pays sauvages comme l'ouragan. On aurait dit que les intentions avaient des possibilités d'incarnation et de rapidité anormales. Elles se réalisaient plus vite que la pensée. Et d'autre part, l'immobilité de la mort aussi avait le pouvoir démesuré de figer toute vie, subitement, sur des centaines et des milliers de lieux, l'emprise du froid interdisant tout mouvement, tout déplacement des êtres pour des mois sur la surface d'un continent.

« Maudit hiver ! » songeait Cantor tandis que, d'un pas alerte, il suivait la ligne de crête des monts hérissés dont la piste mal tracée les menait vers Wapassou. En Europe, qui pouvait concevoir la puissance du dieu farouche de l'hiver qui les pétrifiait tous, là où il les surprenait ? Et malheur à celui qui cherchait à lui tenir tête. De justesse, les deux frères Lemoyne, qui avaient voulu poursuivre vers la grande mission des jésuites, au Sault-Sainte-Marie, n'avaient pu revenir vers les Odjibways sans « s'écarter », que grâce à un feu que Cantor avait fait allumer pour eux, entre deux tempêtes.

Maudit hiver ! Trop précoce, trop long, trop rude, qui ne lui avait pas permis de sauver à temps Honorine. Mais l'aurait-il pu ? Car l'hiver est implacable et les aurait rattrapés n'importe où tous les deux, quand même inexorablement et peut-être loin de tout abri, dans le no man's land du désert blanc.

À Quinté, la tenant dans ses bras, il avait songé : « Qu'importe ! tu es vivante ! Notre mère te guérira ! »

Bien sa chance, pauvrette ! Elle qui, déjà, n'était pas très adroite, maintenant elle se cognait dans tout, tombait, s'égarait. Elle en abusait, s'était-il dit, retrouvant ses ronchonnements de frère aîné. Il avait dû la porter sur son dos, et avait fini par l'attacher à lui par une ficelle, tandis que, par les fondrières du dégel, la traversée des bourgades iroquoises brûlées, pillées et encombrées de cadavres, le danger des lacs et des rivières dont la glace cédait sous leurs pas, ils entreprenaient le long voyage de retour vers Wapassou.

À Orange, où ils s'étaient offert une nuit de repos sous le confort des couettes hollandaises, Cantor s'était interrogé.

Si l'Hudson avait été dégagé de ses glaces, il eût trouvé plus sûr de continuer son voyage en descendant vers New York. Puis d'escale en escale, ils seraient remontés sur Gouldsboro. Le périple aurait exigé plusieurs mois.

Mieux valait continuer vers l'est par la sauvagerie des bois. Il était comme sa sœur. Il éprouvait l'impatience de rentrer à la maison. De rentrer au plus vite chez lui, chez eux. Et la maison, chez eux, c'était Wapassou. C'était le visage et les yeux de leur mère, ses bras ouverts, sa joie de les avoir là, qu'ils ne cessaient d'imaginer, c'était la présence de leur père, son sourire, rare mais si chaleureux, si complice, si entraînant qu'on était prêt à conquérir le monde pour en être digne, en recevoir l'approbation, c'était leurs amis, les Espagnols, les Jonas, c'était le petit frère et la petite sœur qu'il ne connaissait pas, mais dont Honorine ne cessait de lui parler. Elle se demandait comment des bébés de cet âge avaient pu accomplir autant de prouesses dans leurs courtes vies.

Il se retournait, et la regardait marcher derrière lui avec un profond sentiment de bonheur.

Il avait envie de lui dire qu'elle ressemblait à un porc-épic décoiffé, mais il se retenait. Elle était si fière d'être habillée en garçon iroquois.

— Outtaké a dit que j'étais digne d'être un guerrier, et puisqu'il y avait des garçons qu'on autorisait à s'habiller en femmes quand ils ne se sentaient pas de goût pour porter les armes, il n'y avait pas de raison de m'empêcher de m'habiller en garçon puisque je tirais bien à l'arc... C'était bien fait pour ces idiotes de femmes qui voulaient que j'aille ramasser du bois ou chercher l'animal tué par le chasseur, sous prétexte que j'étais une fille.

Parfois l'enfant s'arrêtait. Une crainte s'emparait d'elle.

— Crois-tu qu'elle est morte ? demanda-t-elle un jour.

— Qui ?

— Ma mère qui m'attend à Wapassou.

Elle disait « ma mère » d'un ton possessif, mais Cantor ne s'en formalisait pas. Il niait avec force.

— Non ! Cela n'est pas possible. Elle ne peut pas mourir. Je vais t'expliquer pourquoi. Trop de forces mauvaises se sont liguées contre elle. Et sais-tu alors ce qui arrive dans ces cas-là ?...

— Non !

— Un bien imprévu naît de ce mal intense. C'est une loi, comme dans une opération de transmutation chimique.

Honorine hochait la tête. Depuis son plus jeune âge elle avait entendu discuter autour d'elle de chimie, d'alchimie, et de phénomènes scientifiques.

Elle raconta qu'une nuit d'hiver, aux Cantons iroquois, tandis qu'elle dormait, elle avait vu Angélique mourante, elle s'était élancée en hurlant : « Ma mère se meurt ! Oh ! faites quelque chose vous autres !... » bouleversant tous les habitants de sa longue maison. On courait d'un cagibi à l'autre en s'informant de la santé de l'Indienne qui l'avait adoptée.

Elle se tut, retrouvant des souvenirs qui s'étaient effacés de sa mémoire depuis qu'elle avait été terrassée par la maladie. Puis elle reprenait ses confidences. Dans le feu rouge de la fièvre, plusieurs fois Angélique était venue la visiter. Et, persuadée que sa mère était près d'elle, elle luttait afin de pouvoir lui parler. Mais quand elle reprenait conscience, elle ne voyait que de tristes visages indiens penchés sur elle et qui secouaient la tête : Non, ta mère n'est pas là ! Une vieille Indienne comprit ce qu'il fallait faire pour la maintenir en vie, la petite fille blanche. Elle lui disait : « Bois ce bouillon, et quand tu te réveilleras, ta mère sera là. »

Une fois, elle s'éveilla, guérie. Elle pouvait se lever, aller à la rivière. La vieille Indienne n'était plus là, car elle était morte, et Honorine savait que sa mère n'était jamais venue. Peu après, les Français arrivèrent et se chargèrent des femmes et des enfants survivants.

Aux environs du lac du Saint-Sacrement, Cantor « les » sentit, grouillant autour de lui.

– Ne crie pas ! « Ils » sont partout !...

Il se jeta avec elle derrière un buisson que commençaient de voiler d'une résille verdâtre des bourgeons poisseux. Les sous-bois, sous l'effet des premiers signes du printemps, bourgeons, feuilles timides, roulées comme des chenilles, offraient une apparence floue, embrumée, propice à tous les guets-apens.

C'était peut-être un leurre ! La forêt était vide. Non, il n'avait pas rêvé. Levant les yeux, il vit flotter, à demi dans la frange mouillée des brumes basses, une bannière fleurdelisée.

– « Ils » sont partout, derrière chaque arbre !...

Par bonheur, un visage adolescent lui apparut entre les branches, et c'était celui du jeune Ragueneau avec lequel il avait chanté « Minuit, chrétiens » la nuit de Noël dans la cathédrale de Québec.

Fils du docteur Ragueneau qui, avec ses dix enfants, portait chaque été sa dîme d'un bouquet de fleurs de son jardin aux religieuses de l'Hôtel-Dieu, il avait été engagé parce qu'il jouait du fifre et du tambour.

Précédant l'armée, le roulement des tambours semait l'effroi dans les cœurs iroquois.

L'armée franco-indienne – cent vingt soldats de la métropole, quatre cents réguliers canadiens, et autant d'Indiens des missions, assurant l'avance et les flancs-gardes – suivait l'habituelle piste qui conduisait aux Mohawks et aux Oneidas. Cette piste était tortueuse, brisée partout, coupée de trous et d'à-pics, traversée par quantité de torrents...

Pour atteindre le nord du Maine, Cantor devait traverser cette armée dans sa largeur, comme un fleuve. Le jeune Ragueneau jeta sur ses épaules un dolman blanc cassé, uniforme du célèbre régiment de Carignou. Ainsi vêtu, mêlé à la troupe, et traînant derrière lui son sauvageon aveugle, il s'y mêla plusieurs jours, profita des bivouacs où l'on faisait bonne chère, garnit son havresac d'anguilles fumées, de pemmican et de rations de pain.

Puis il s'écarta de la longue coulée guerrière qui se glissait inexorablement vers le sud à la recherche des survivants des Cinq-Nations, quitte à buter contre les premiers habitants des frontières de Nouvelle-Angleterre et à y cueillir scalps et captifs pour se dédommager d'une inutile poursuite.

Continuant vers l'est, ils traversèrent un pays désert, sans hommes, sans bêtes, sans pistes. Ils pénétraient dans le Maine, le vrai Maine, inextricable, où, plusieurs fois par jour, il fallait, pour effectuer quelque avance, descendre au fond des gorges, trouver un gué dans le bouillonnement des torrents ou des chutes d'eau, remonter de l'autre côté la falaise abrupte.

Malgré son habileté et son flair, Cantor se surprenait à tourner en rond parmi les branches d'arbres cassées, à hésiter entre les traces de pistes indigènes, souvent désaffectées, et qui ne menaient nulle part. Les bosquets de Versailles lui avaient fait perdre le sens de ces fourrés-là, songeait-il avec dépit.

Mais les cours d'eau devenaient navigables. Une petite tribu d'Indiens nomades, qui émergeaient de l'hiver comme autant de sarments desséchés, achevait au bord d'une rivière de coudre des canots d'écorce et de les vernir de la résine du sapin baumier.

Les nuits étaient glacées, mais le soleil chaud durant la journée. Les Indiens avaient recueilli la sève sucrée de l'érable, et ils reprenaient des forces à en boire.

Avec les Indiens, le frère et la sœur descendirent la rivière, traversèrent des lacs, franchirent, le canot sur la tête, les saults qui, de marche en marche, les amenaient vers d'autres lacs ou vallées sillonnées de rivières où des wigwams se groupaient, rassemblant les rescapés du froid. Ils amenaient leurs fourrures et discutaient de la direction à prendre pour aller à la traite : soit vers les Français, soit vers les Anglais.

Cantor acheta un canot, et tous deux pagayant continuaient leur randonnée vers l'Est.

Un jour, entre deux nuages d'une journée un peu hivernale, ils aperçurent le sommet encore couvert de neige du mont Kathadin.

Wapassou n'était pas loin.

C'était la dernière étape, par une matinée légère. Encore une heure, deux heures de marche...

Il l'entendit derrière lui pousser des gémissements de chiot et se retourna.

– Fatiguée ?

Il s'étonnait car elle ne s'était jamais plainte des longues marches qu'il lui imposait.

– Elle m'a pris mes boîtes à trésors ! se mit à pleurer Honorine.

Sur le moment, il ne savait de qui elle parlait. C'était si loin déjà : le navire, la poursuite, le coup de grâce, la fin de la Démone. C'était comme si elle n'avait jamais existé ! Il s'étonnait même en pensant qu'il avait vécu à la Cour de France. Il était redevenu un adolescent du Nouveau Monde.

– Elle m'a tout pris, même la dent de cachalot de cosse de châtaigne, et le coquillage que tu m'avais donné...

– Que dis-tu ?

La maladie lui avait laissé une faiblesse dans la gorge et quand elle pleurnichait, elle devenait inintelligible.

– Même la bague de mon père, et la lettre de ma mère, continuait sur un ton d'homélie Honorine dont l'approche de Wapassou devait réveiller les souvenirs.

– C'est peut-être cela qui l'a affaiblie, murmura-t-il songeur.

Ce fut le tour d'Honorine d'essayer de comprendre et d'interroger.

– Que dis-tu ?

– La bague de ton père et la lettre de ta mère, ils lui ont sauté au visage, comprends-tu ? Et après, elle était comme paralysée. Comprends-tu ?

Elle hocha gravement la tête. Et, dans cette pensée, Honorine puiserait consolation pour ses trésors perdus.

Ils l'avaient mordue l'Empoisonneuse, et c'était bien fait !...

Nous arrivons !... pensa-t-il.

Mais ce n'était plus sous le coup, comme précédemment, d'une impatience enfantine, laquelle pourtant contenait dans son exultation la même vaste impression de victoire, d'achèvement, d'élargissement infini qu'il venait d'éprouver au moment où il murmura ces mots : « Nous arrivons ! » et où il sentit qu'il englobait tous les siens dans un mouvement nouveau.

La porte s'ouvrait où ils pénétreraient tous ensemble. Tout était immense, et lumineux.

« Pour tant de félicité, un jour, dans une abbaye, je chanterai Ta Gloire !... »

L'instant d'après, il était redevenu un jeune coureur de bois, tenant par la main sa sauvageonne de sœur, et contemplant d'un œil déconcerté et vaguement anxieux déjà, l'emplacement de Wapassou qui, de ce belvédère, aurait dû, pensa-t-il aussitôt, lui apparaître plus peuplé et plus animé, en tout cas plus bâti.

On lui avait fait, par lettres, maints récits détaillés, non seulement sur la construction et les aménagements du grand fort, mais sur les habitations entourées de jardins qui avaient essaimé au-delà de la palissade. On lui avait décrit des pacages couverts de troupeaux, les champs labourés, les prairies asséchées, aménagées pour les chevaux.

Il reconnaissait le cadre et ne voyait qu'étendues désertes..., frottées de verdure nouvelle, mais désertes.

Il s'avança encore et découvrit des ruines noircies.

Il ne put empêcher sa main de se crisper autour de celle d'Honorine.

— Qu'y a-t-il, Cantor ? demanda-t-elle.

— Rien, répondit-il, se félicitant qu'elle ne pût distinguer ce spectacle de désolation. Nous arrivons ! Nous allons bientôt apercevoir... la maison.

— Que s'est-il passé ? Où sont-ils tous ?...

Son père, sa mère, les petits jumeaux ! Les Jonas, les Malaprade, les artisans, les soldats ! Son cœur cognait fort dans sa poitrine. C'étaient des coups si douloureux que cela l'empêchait de penser au-delà de ces deux questions taraudantes qui sonnaient dans sa tête à chaque coup.

« Que s'est-il passé ? Où sont-ils tous ? Que s'est-il passé ?... Où sont-ils tous ?... »

Il continua d'avancer, et un nouveau pan de paysage se découvrit à ses yeux. Il était tellement assommé, le regard brouillé, qu'il ne reconnut pas tout de suite, accoté à son piton rocheux, l'ancien petit fort, lequel lui était pourtant familier car il y avait passé un hivernage. Peu à peu, il remarqua le mouvement de silhouettes humaines alentour.

« Pas mal de monde à tout prendre, se dit-il. »

Une robe de femme. Sa mère ! Oui ! C'était elle ! Il recommença à respirer, mais de la crainte qu'il avait éprouvée, il en avait les jambes coupées !

Honorine arracha sa main de la sienne et s'élança à la pointe du rocher...

— Ne tombe pas, cria-t-il, effrayé.

Mais le drôle de petit Iroquois, sa face grêlée illuminée de joie, levait les bras vers le soleil.

— Cantor ! Je le vois ! Je le vois !...

— Qui vois-tu ?...

— Le vieil homme sur la montagne ! JE LE VOIS ! Aujourd'hui, je le vois !

Il la rejoignit au bord du précipice, reprit sa main menue dans la sienne.

Tous deux restèrent immobiles, là-haut, encore invisibles aux yeux de ceux qui, plus bas, s'affairaient à réunir les éléments de la caravane, se préparant à prendre le chemin du sud et à quitter les lieux.

Ils étaient là-haut, le frère et sa jeune sœur, et dans la falaise rocheuse que les rayons du soleil frappaient de biais, les ombres et les lumières sculptaient le relief d'une face auguste et paisible.

— Le vois-tu, toi aussi, Cantor ?

— Oui, je le vois, répondit-il. Il nous regarde tous les deux.

— Il nous sourit... Salut, vieil homme de la montagne. Me voici, moi, Honorine. Je suis revenue. Et cette fois, je t'aperçois ! Oh ! Cantor ! Que je suis heureuse ! La vie est belle... la vie est belle !...

— Et tu n'es pas tout à fait aveugle ! Hourra ! Hourra ! Viens maintenant !... Nous allons leur causer une de ces surprises.

Il la prit à califourchon sur son dos, et descendit en bondissant de roc en roc, vers Wapassou.

ARRIVÉE DE CANTOR
ET D'HONORINE À WAPASSOU

75

– Il faut partir, mon amie, disait Colin.

Quatre jours, cinq jours... six jours de grâce !... Angélique avait fini par les obtenir. Mais les derniers délais s'achevaient.

La petite Honorine n'avait pas surgi des bois, accompagnée ou non d'un ange, comme l'avait prédit ce fou d'Outtaké. S'il fallait se fier aux songes des Sauvages... disaient les gens des rivages, plus anxieux de s'éloigner avant qu'apparaissent des partis de guerre d'on ne sait quelle nation, mais contre lesquels ils ne seraient pas en force.

Lymon White, l'Anglais muet, familier de Wapassou, et le père de Charles-Henri, coureur de bois chevronné, vinrent trouver Angélique et Colin Paturel, sous l'inspiration d'un projet qui permettrait de tout concilier. Ils proposaient de rester sur place, logeant dans le fortin. Si jamais les prédictions de l'Iroquois se réalisaient, eh bien, Honorine ne trouverait pas l'endroit désert. Les deux hommes la prendraient en charge et la ramèneraient jusqu'à Gouldsboro.

Malgré cette nouvelle décision, Angélique ne pouvait accepter la sentence.

Partir !... Partir sans tourner la tête.

Tout abandonner !

Jamais elle ne reverrait Wapassou.

Ô Wapassou ! Est-il interdit de connaître l'Eden sur la terre ? Mais tu l'as connu, toi. De quoi te plains-tu ?...

– Regardez les enfants ! Ils savent qu'ils ne reviendront pas...

Le printemps montait comme la mer !... Jamais il n'avait paru si beau, si suave, si plein de fleurs et de chants d'oiseaux.

– Encore un jour ! Attendons encore un jour, suppliait Angélique.

Elle s'irritait de leur hâte à quitter les lieux.

Quatre, cinq... six jours de grâce, c'est peu !

Et pourtant, ces jours-là étaient investis d'un pouvoir d'oubli et de renaissance qui comptait pour des années.

Quatre, cinq... six jours, et il n'en fallait pas plus pour que, avec la même célérité que le printemps mettait à envahir de verdure les vallées, s'évapore, fonde, s'efface comme par enchantement un temps de mort qui avait semblé ne jamais finir...

Il disparaissait lui aussi, le jésuite, bien qu'elle cherchât à le retenir sous l'aiguillon de l'attachement et du remords.

Les premiers soirs, quand elle s'étendait pour la nuit, elle revenait toujours à ce moment qu'il avait vécu et qu'elle n'avait pas vu... *parce qu'elle dormait.*

Ce moment où, ayant aperçu les premiers hommes de l'autre côté du lac, il avait abandonné ses nasses de pêche et avait couru vers le fortin pour la dernière fois. Et, passant près des enfants, il leur avait jeté : « Demeurez bien sages ! Ne bougez pas. Je reviens. »

Il avait été jusqu'à la chambre de Lymon White. Sur son corps décharné, il avait revêtu la Robe Noire... La maudite ! La magnifique !... Il l'avait boutonnée du haut en bas de ses doigts infirmes, mis la ceinture, enfilé le cordon du crucifix à son cou. Puis il était sorti. Et peut-être le petit Charles-

Henri, le voyant, lui avait-il crié : « Mort, où vas-tu ? »

Il avait marché sur la prairie, et s'était avancé au-devant des hommes venus pour le faire périr.

Elle s'agitait dans son sommeil, s'adressant des reproches. Car ensuite, elle s'était demandé si elle n'aurait pas pu essayer de le soigner, même scalpé. Les plaies à la tête saignent abondamment, mais peuvent être plus facilement jugulées. « J'aurais dû... J'aurais dû... »

Elle l'avait laissé saigner dans ses bras, anéantie.

Attendant cette mort.

Espérant cette mort.

Il fallait qu'il meure...

Ah ! longue, longue mort, que tu es longue à venir parfois, toi qui peux être si soudaine et si brève !

Patient, à son chevet, Colin n'essayait pas de la raisonner, se contentant de lui murmurer des paroles apaisantes et de la recouvrir quand elle se réveillait en pleurs.

Puis, sa santé se fortifiant, son inquiétude pour Honorine prenant le pas sur le drame récent, la vision qui la hantait et qu'elle ne pouvait s'empêcher de revivre point par point se dissipa.

Son sommeil désormais se fit paisible et profond.

Éveillée, le bruit des voix, des altercations, ce mouvement de silhouettes humaines autour d'elle l'ancraient de nouveau à la terre, sans pour autant la ramener tout à fait parmi eux.

Elle avait changé. Elle ne savait pas encore en quoi. C'était arrivé plusieurs fois dans sa vie, mais jamais avec cette impression de rupture, de dépouillement, comme celle d'une défroque qu'on jette.

Parfois, elle leur en voulait de leurs paroles sensées, de leurs prévisions logiques, de leurs projets matériels et solides qui tournaient autour de ce départ, et surtout de ne pouvoir s'expliquer et communiquer vraiment avec aucun, même avec Colin.

Son esprit, son cœur, son âme, se débattaient comme des oiseaux contre les barreaux d'une cage trop étroite.

Cela la rendait nerveuse, facilement impatiente, ce qu'elle se reprochait.

— Pardonnez-moi, ne cessait-elle de répéter. J'ai eu une parole un peu vive...

Mais ils lui pardonnaient tout, et comme ils n'étaient pas témoins de ses agitations intérieures, ils ne pouvaient que se réjouir, y compris Colin, de la voir retrouver son esprit combatif, et assez de vigueur pour discuter et les contrecarrer lorsqu'ils la pressaient de partir.

En fait, ils s'émerveillaient de la rapidité avec laquelle elle reprenait vie.

Au soleil, ses cheveux, comme sous les mains habiles d'un maître de la coiffure qui les eût nourris d'huiles revivifiantes, reprenaient souplesse et brillance.

Sa pâleur diaphane se fardait de rose aux pommettes, ses lèvres décolorées s'avivaient, l'ombre creuse sous ses yeux n'était plus qu'un cerne tracé d'une estompe savante, de sorte que, dans cette période transitoire qui la menait de la maladie à la santé, elle présentait cette beauté troublante, parce que due aux artifices, des femmes qui s'apprêtent pour une nuit de bal.

Les Indiens nomades commençaient d'arriver par petites familles, et ne comprenaient pas : où étaient le poste, le pain, les flots de perles colorées ?...

Ils contemplaient le site transformé du Wapassou qu'ils s'étaient habitués à fréquenter, puis, refusant la réalité, ils élevaient leurs tipis de peaux sur des perches croisées, ou leurs wigwams arrondis en forme de carapaces de tortues, d'écorces sur les arceaux flexibles. Les fumées lentes des feux, les abois des chiens et les cris des enfants recréaient la trame sonore familière qui annonçait les travaux de l'été.

Le dernier jour consenti s'était écoulé, et ce matin, la caravane se formait devant le fortin.

Angélique en voulait à Colin au point de ne pas lui répondre quand il lui adressait la parole.

Au dernier moment, le signal du départ fut retardé car l'on ne trouvait pas les trois enfants qui avaient profité des préparatifs pour se soustraire à une surveillance contraignante. Ils avaient pris goût de se lancer dans des explorations personnelles. Cependant, ils ne devaient pas être loin.

Tandis qu'on se lançait à leur recherche, les porteurs remirent à terre les charges qu'ils avaient déjà hissées sur leurs épaules.

Les yeux d'Angélique firent le tour de l'horizon de Wapassou.

Soudain, elle ne fut plus triste. Ces monts, ces bois lui avaient confié un secret ineffable. L'oublier, se laisser reprendre par la pesanteur de la terre, lui était interdit.

Les Indiens qui observaient de loin les Blancs soudainement aussi s'animèrent et se portèrent vers eux en foule, avec des exclamations affectueuses...

Angélique sentit passer en elle ce même souffle lumineux qui transfigurait toute peine.

Un enfant indien courait vers elle, les bras ouverts, en trébuchant et elle ne sut quelle prescience la fit s'élancer vers lui, courant aussi les bras tendus. Ce fut comme une vague d'amour à son sommet qui déferlait, résumant tous les transports, passions et espérances de son être.

— Honorine !

Elle enleva la forme frêle, si légère, et la tenant dans ses bras, crut mourir de bonheur.

Ni l'aspect rebutant de son visage et vêtements, ni son déguisement de garçor, son cimier de cheveux rouges collés de résine, n. l'avaient trompée.

Elle aurait reconnu, sous n'importe quel masque, l'étincelle des petits yeux d'Honorine...

– Je savais que tu viendrais... Ô toi ! indomptable, tu as réalisé tes rêves, à ce que je vois ?...

Et elle riait, en tournant follement avec l'enfant contre son cœur.

– Un guerrier iroquois ! un guerrier iroquois ! Venez tous, voyez la merveille... Un guerrier iroquois nous est revenu !...

Dans le brouhaha qui suivit, une voix s'écria :

– Seigneur Dieu ! Elle a eu « la picotte » !

Une autre voix, nouvelle et presque inconnue, répliqua :

– Oui, mais elle est vivante et notre mère la guérira.

Cette voix et ces paroles détournèrent l'attention d'Angélique qui avait ressenti un choc glacé en entendant le mot terrible : la « picotte » !... La variole !...

– Cantor !... Cantor !... Mais... D'où viens-tu ?

– De Versailles, répondit Cantor très mondain, mais avec un petit détour par Québec, Montréal et l'Ontario.

– Il est venu me chercher aux Iroquois, dit Honorine très fière.

Angélique la posa à terre pour tendre les mains vers le visage de Cantor, mais ce fut lui qui la serra dans ses bras.

Elle sentit sa force déterminée, farouche. C'était un homme. Elle devina tout. La rencontre qui l'avait poussé à s'embarquer, la poursuite qu'il avait menée, le geste qu'il avait accompli...

Sur ces entrefaites, deux ou trois hommes

dévoués, qui n'étaient pas au courant, revinrent en criant :

— Nous avons trouvé les enfants ! On peut partir.

Et tout le monde éclata de rire dans un besoin de détente.

On pouvait partir...

— As-tu vu ton père ?

Cantor ouvrit de grands yeux. Il ignorait que le comte de Peyrac s'était rendu en France. Leurs navires s'étaient croisés sur l'océan.

Angélique comprit que, si l'avenir qui les attendait était chargé d'inconnu, il l'était également d'un monceau de récits à se faire mutuellement et qui auraient de quoi occuper les heures de nombreuses veillées ou celles des traversées.

Leur vie n'était pas ruinée, leur œuvre n'était pas effacée. Wapassou resterait une riche et superbe moisson de souvenirs et de bonheurs.

C'était sur un seuil nouveau qu'elle se tenait maintenant, avec Honorine contre elle, et, devant elle, assez contents d'eux mais prêts au départ, les trois marmousets, barbouillés de suie pour avoir essayé d'explorer les ruines, et tenant au poing les bouquets des premières fleurs cueillies.

Les images se précipitaient. L'avenir inconnu se comblait déjà. Et tout d'abord, dans leur marche de retour vers le sud, il faudrait profiter de la disparition des neiges pour joindre les postes et les mines inaccessibles et s'informer des survivants de l'hiver... ou des attaques de l'automne.

La perte des biens, ce n'était rien.

La seule chose qu'elle n'accepterait pas, c'est qu'il y ait d'autres victimes.

Des victimes innocentes, qui auraient été immolées à la malignité d'une Ambroisine.

Elle exigeait qu'il n'y ait plus de victimes. C'était ainsi. Elle le voulait. Il n'y aurait pas de victimes.

On retrouverait les Jonas, les Malaprade et leurs enfants, et les Wallons, et les « lollards » anglais, et les Suisses, les Espagnols...

Et l'on pourrait boire et trinquer joyeusement, à la santé de tous, sur les rivages de Gouldsboro, avant de cingler vers l'Europe sur un beau navire, en un voyage qui ne connaîtrait pas de tempêtes, vers un roi assagi, des amis fidèles, impatients de la revoir, un époux plein d'attente, à la faveur assurée, dans les bras duquel elle se jetterait en se promettant, une fois de plus, de ne jamais s'en séparer.

Quant à Honorine ?... Elle reprit l'enfant dans ses bras pour avoir son visage à la hauteur du sien, et l'examiner.

Sa vue menacée ? Il était temps encore. Elle se faisait fort de soigner ses paupières, puis d'augmenter l'acuité de sa vision atteinte par l'affreuse maladie. La peau de son visage, sa peau fine d'enfant, criblée de cicatrices ? Ce serait plus long ! Ou peut-être court ?... Cela dépendait des moyens employés. Elle trouverait, elle, réussirait. Ce dont elle était sûre, c'est qu'elle obtiendrait que les traces du malheur et de la malédiction qui l'avaient accablée dès sa naissance s'effacent du visage de l'enfant bien-aimée.

Le monde ne manquait pas de forces miraculeuses : mains guérisseuses, thaumaturges, fontaines ou fleuves sacrés dépositaires du courant divin, lieux consacrés, touchés par Sa Puissance...

« J'irai, je parcourrai le monde s'il le faut, et une fois de plus, une fois encore, tu seras sauvée, mon enfant... »

Elle l'étreignit avec passion, comme elle aurait serré contre elle sa vie nouvelle.

— Il n'y aura plus de victimes ! C'est ainsi ! Je le sens ! Nous les retrouverons tous, nos amis perdus !... Et toi, tu seras belle ! Et tu seras heureuse !...

« Après tout !... » pensa-t-elle, défiant de ses prunelles vertes la lumière du printemps. « Après tout !... LE CIEL ME DOIT BIEN ÇA !... »

Littérature

extrait
du catalogue

Cette collection est d'abord marquée par sa diversité : classiques, grands romans contemporains ou même des livres d'auteurs réputés plus difficiles, comme Borges, Soupault, Goes. En fait, c'est tout le roman qui est proposé ici, Henri Troyat, Bernard Clavel, Guy des Cars, Alain Robbe-Grillet, mais aussi des écrivains tels que Moravia, Colleen McCullough ou Konsalik.

Les classiques tels que Stendhal, Maupassant, Flaubert, Zola, Balzac, etc. sont publiés en texte intégral au prix le plus bas de toute l'édition. Chaque volume est complété par un cahier photos illustrant la biographie de l'auteur.

Littérature

Impression Brodard et Taupin
à La Flèche (Sarthe) le 26 mai 1989
1083B-5 Dépôt légal mai 1989
ISBN 2-277-22501-0
Imprimé en France
Editions J'ai lu
27, rue Cassette, 75006 Paris
diffusion France et étranger : Flammarion